国家社科基金青年项目（13CZW013）

江西师范大学文学院
正大语言文学研究丛书

解构批评的形态与价值研究

苏 勇◎著

中国社会科学出版社

图书在版编目（CIP）数据

解构批评的形态与价值研究／苏勇著 . —北京：中国社会科学出版社，
2018.7
ISBN 978-7-5203-3016-9

Ⅰ.①解… Ⅱ.①苏… Ⅲ.①解构主义-文学研究 Ⅳ.①I109.9

中国版本图书馆 CIP 数据核字（2018）第 193490 号

出 版 人	赵剑英
责任编辑	任　明
责任校对	李　剑
责任印制	李寡寡

出　　版	中国社会科学出版社
社　　址	北京鼓楼西大街甲 158 号
邮　　编	100720
网　　址	http：//www.csspw.cn
发 行 部	010-84083685
门 市 部	010-84029450
经　　销	新华书店及其他书店

印刷装订	北京君升印刷有限公司
版　　次	2018 年 7 月第 1 版
印　　次	2018 年 7 月第 1 次印刷

开　　本	710×1000　1/16
印　　张	24.5
插　　页	2
字　　数	377 千字
定　　价	95.00 元

凡购买中国社会科学出版社图书，如有质量问题请与本社营销中心联系调换
电话：010-84083683

前　言

马克思在《〈黑格尔法哲学批判〉导言》中指出："理论在一个国家实现的程度，总是取决于理论满足这个国家的需要的程度。"① 理论如果不能解决现实问题，就失去了它生长和发展的必要性。改革开放以来，借"思想解放"的春风，纷繁多样的西方文艺批评理论一下子涌进了国门。客观上，这些批评理论在话语、范式，以及思维方式、价值观念上对学界的确产生了一定的影响。在这些批评理论的浸润乃至冲击下，我们的文艺学学科建设也有了明显的改观。但也有学者认为，异族理论的大量引进已经导致了本土理论的"贫血"乃至"失语症"。且不论这些描述是否客观、准确，但这的确也在某种程度上提醒我们：不要丧失、不能丧失本土性，不能丧失理论创新能力。然而理论创新又绝不可能一蹴而就，我们看到，无论是东方还是西方，在文艺批评发展史上，任何批评理论的创新与发展几乎都是建立在对其他批评理论的批判吸收和借鉴的基础上的。而要想很好地把握某一批评形态，从根本上说，就应该深刻领悟它的基本内涵和价值取向。因而，在对待西方文艺批评理论的态度上，也许我们就不应该仅停留在对某一具体批评理论的术语以及批评方法层面的介绍上，关键是研究其本质、把握其基本的文艺观念，并且在此基础上立足本土，对其进行科学的取舍，进而将其运用到具体的批判实践中，来解释文艺现象、文艺作品，解决现实问题，等等。而最理想的情况，应该是能够结合我国当前的文艺现状，生成一套具有中国特色的批评理论。那么，就解构批评来说，作为一种晚近的西方文艺批评理论，尽管在20世纪80年代初就已经开始以各种形式引入国内了，而且在学界产生了一定的影响，也产生了相当可观的学术成果，但是，把它当作一种完备的文学批评形态来进行专题研究的，我们总觉得还是有些薄

---

① ［德］《马克思恩格斯文集》第1卷，人民出版社2009年版，第12页。

弱，而且似乎也不够系统。更为严重的是，某种程度上，学界对解构批评还存在着非常严重的误解。那么如何才能尽可能地减少误解呢？一定程度上，我们认为，任何一种较为完备或成熟的批评形态，似乎都具有一个自成一体的系统，而话语、方法、范式、观念则是这个系统的主要构件，其中观念又是这个系统中最为核心的要素。因而就解构批评来说，把握它的核心观念就成为理解这一批评理论关键的一环。

为什么要研究解构批评

　　一般来说，我们似乎总是有一种潜在的忧虑，即在许多人的潜意识中，研究本身似乎就意味着一种认同、一种辩护、一种立场。例如，研究女性主义的，似乎大都成了女性主义者；研究后殖民主义的，也大多成了后殖民批评者。但也总是有另外一种声音在提醒我们，研究并不意味着无保留地认同，而是站在一定的、研究对象之外的立场上——现实的和理论的，对其在理论梳理的基础上进行把握，分析其优劣之处，并且在此基础上，批判性地为我所用。实际上，如果研究的结果是完全被研究对象所吞没，那么这样毫无主体性的研究本身其价值定会大打折扣。之所以将解构批评作为研究或写作的对象，当然可以有许多的理由。从唯物史观的角度来看，作为西方较为晚近的一种批评理论，解构批评是在西方特定的经济基础、社会历史条件下产生的，同时也是对它所处"形势"（situation）的一种表述和解决方式。这一形势必然和后工业社会所出现的种种问题关联在一起，比如消费文化、工具理性、异化、文化殖民主义、全球化等等。这些问题或多或少在我们的现代化建设中也会以这样那样的方式存在着，如果我们读过马克思主义的一些理论著作，就知道，异化的扬弃首先是个历史的过程，而同时，异化的扬弃不可能是局部的，而人的自由全面发展必然是全人类的共同实现。因而，我们认为，在全球化背景下，解构批评所对应的现实基础，并非孤立地只对应于西方，某些方面或某种程度上，这种批评理论应该是可以为我们的现代化建设提供一定的理论参照。从批评理论自身的发展进程或批评史的角度来看，诚如解构批评所认为的那样，理论永远不是什么从天而降的东西，晚近出现的理论总是在与之前理论讨价还价；总是既吸收了之前理论的某些方面又对其有所改造或超越。对于解构批评来说，同样也应该遵循这套规则，它同样也是对前人理论的继承和发展；因而对于解构批评理论的研究，也可以为建构我们当代的文艺批评理论形态提供积极的借鉴作用。

解构批评有时又被称作修辞分析（rhetorical analysis）、解构修辞学（deconstructive thetoric）、修辞批评（rhetorical critcism）、修辞性阅读（rhetorical reading）、解构阅读（deconstructive reading）等等。解构批评立足于这样一种立场或前提：一切文本都是异质性的，同时，在大部分解构论者眼中，文本的基本特征就是修辞性；因而一切文本都可以进行修辞分析，文学批评的任务就是进入文本，对其进行修辞分析。德·曼指出，一切叙事（all narratives）都是寓言式的，换句话说，叙事永远不只是叙事本身。在指称（reference）与指称物（referent）之间总是存在着一种裂隙。因而阅读总是一种施为性的，总是需要在文本的本义与修辞义之间进行决断，但是"对文本的解构并不是通过随意怀疑或专横的颠覆进行的，而是在文本内仔细地解析出意义的相互敌对的力量"。① 换句话说，在文本结构中，总是存在着被压抑的他者，这些他者在通常的阅读中很容易被忽视，而解构批评的作用就是，发现他者，并且让他者发声。在此意义上，解构批评的操作模式倒颇有些政治意味。

无疑，同新批评、结构主义等批评一样，解构批评仍然属于文本分析的范畴，但关注点却截然不同。诗歌之所以是诗歌，首先不在于它对于世界的简单模仿，而在于它语言上的陌生化，在于它打破了常规的或日常的语言规范；同时也在于它重新描绘世界的构造或创造能力，并且它也生产出了人们对世界全新的感知方式。但某种意义上，诗歌、诗性语言或者修辞语言一旦被组织进日常语言中，一旦成为某种不言自明的东西，实际上它作为诗歌的潜力就已经耗尽了；换句话说，当所有人都在不假思索地说"月亮代表我的心""白驹过隙"的时候，这些起初具有诗意的句子实际上已经不具有任何诗意了。在此

---

① Barbara Johnson, *The Surprise of Otherness: A Note on the Wartime Writings of Paul de Man.* see. perter Collrer, *Helga Geyer Ryan. Literary Theory Today*, Cambridge: Polity Press, 1990, p. 19.

意义上，日常语言还的确无可救药地成了诗性语言的尸体。诗性语言之所以不像那些主要用于交流的日常语言那样，就在于它首先让我们感受到的恰恰不是它单纯的字面义，而是它的修辞义。我国著名诗人臧克家先生曾经写下这样的诗句：

> 有的人活着，他已经死了；
> 有的人死了，他还活着。

单纯就字面义来看，这些文字将无法被理解，对于那些缺乏文学经验的人来说，简直是不知所谓。如果我们把这首诗讲给那些还未走进学堂的小朋友们听，他们或许会以为我们是在和他们讲笑话。这就像 J. 希利斯·米勒在谈到丁尼生的诗作《眼泪，无端的眼泪》时，所指出的那样："如果对西方传统以及比喻性语言（figurative language）知之甚少，则很难指出丁尼生的诗歌意欲何为。"① 很显然，诗性语言首先将我们引向了语言自身，引向了语言的物质性上，让我们注意到诗歌语言或者修辞语言的不确定性、含混性。对于臧克家先生的诗歌，如果我们将它看作一种反讽、一种隐喻，看作一种思考世界的方式，那么即便这首诗脱离了产生它的语境，它也仍然可以被当成诗来读。我们经常犯的错误可能就在于单纯地以为语言要么是修辞性的，要么是字面义的；而根本没想到它往往同时具有这两种功能。

江西省 2008 年的高考作文，要求学生以田鼠或者是田鼠天敌的名义给人类写一封信，在所有考卷中，出现了一份极为怪异的考卷，当然，也许在这位考生看来，其他考生的作文才叫怪异。之所以怪异是由于这位考生的作文，全篇都是由一个字的重复来构成：叽叽叽……而在这些相同的"叽"字中间还散落着一些逗号、冒号、分号、句号等等。这篇作文的分数是零分。之所以得零分，就在于事实上出卷方、阅卷方以及绝大多数考生已经默默地达成了这样的一个协议，而这个协议似乎不需要进行任何书面的说明。这个协议要求我们不能根据字面义去理解田鼠的语言，田鼠必须是拟人化的，必须借人的语言说出，而不可以只发出这些毫无意义的人类世界无法理解的叽叽声。因而准确地说，田鼠

---

① J. Hillis Miller, What Ought Humanists To Do? Daedalus, *Journal of the American Academy of Arts & Sciences*, No. 1, Winter, 2014, p. 24.

这个能指不能简单地对应于那种叫作田鼠的动物。无疑，这个考生是游离于这个协议甚或规则之外的，尽管他似乎正确地按照卷面上的规定——以田鼠的口吻——将田鼠那"叽叽叽"的语言誊写在了卷面上，但不幸的是，这位考生被戏弄了，不好意思，考卷上需要的是会说人话的田鼠。当然，尽管我们也可以在这份考卷中获得一种视觉上的冲击，我们在这种段落的分割，错落有致的句式结构中，确乎也感受到一种较为强烈的节奏感，而且这篇文章同样也能够引起我们对语言、规则以及那些似乎不言自明的东西的思考，但这不会使他的分数有什么改变，因为对不起，他不是或还不是马拉美。

　　需要指出的是，解构批评大大地修改了关于文学批评的定义，文学批评不再局限于文学文本，不再局限于艺术文本，而是可以扩大到一切文本中去。这是因为，在解构论者看来，一切文本都可以既是一种语法结构又是一种修辞结构。通过这种修辞性分析或者说解构式阅读，文本就会呈现出一种自我解构的状态。而"'解构'的目标就是：我们要试图对一些记忆，一些谱系，一些既定的等级结构进行分析和揭示"①。我们举格言为例来说明。格言必须由某位名人或权威人士说出，并且为众人所熟悉、接受并反复使用。一句话之所以会成为格言一定是经受住了时间的汰洗或考验，才会成为不朽或经典。但非常不幸的是，似乎许多东西一旦被奉若经典，就全然使读者、使用者变成了古斯塔夫·勒庞（Gustave Le Bon）意义上的"大众"——乌合之众——失去了辨别、分析、质疑的能力。也使诸如"格言"这种本来是使语言陌生化，并具有原创性的东西倒被使用它的人们越来越熟视无睹或置若罔闻了。《雷锋日记》中有这样一句朗朗上口，并为许多人所熟知的格言："对待敌人要像严冬一样残酷无情，对待同志要像春天一样温暖。"现在看来，这句话在一定的条件下是成立的，对于那些为人类的进步做出过贡献的人来说，当然就是我们的同志；而对于那些阻碍历史进步，危害人民利益的人来说，当然就是我们的敌人。在此意义上，这句话是十分合理而有效的。但需要警惕的是，这句话并不是放之四海而皆准的，因为任何二元对立只在一定的结构系统中才有效，而一旦这一系统被颠覆，那么原先结构秩序中的主项和次项，比如同志/敌人就可能会被重新命名。只要稍微想想雷锋所生

---

① 杜小真、张宁：《德里达中国讲演录》，中央编译出版社 2003 年版，第 155 页。

活的那个世界，就可以知道，他所说的敌人会是些什么样的人，这些所谓的敌人当然包括那些损害国家和人民利益的人，对待这些人当然要"像严冬一样残酷无情"；但是在那个特定的历史语境下，敌人也似乎包括那些当时所谓的"右派分子"乃至后来被命名为"牛鬼蛇神"的人，是章伯钧、费孝通、陈仁炳、冯雪峰、丁玲、"反动教员"梁漱溟等等这样的人；现在看来，这些昔日的敌人倒成了我们今天人人爱戴的同志，敌人/同志的关系恰恰发生了一个令人惊讶的倒置。因而，解构为我们提供了一种反思的动力，它使那些看似简单、确定的东西变得暧昧、复杂、游离起来，它通过释放出文本中的不稳定因素，让这些看似坚硬的、不容置疑的"真理性"话语/能指有所松动；在解构眼中，一切教条化的陈词滥调都需要接受严格的审查，任何貌似不言而喻、不言自明的东西都不再具有任何的神性了，都是需要重新阅读的。或许，我们可以借用一本畅销书的名字来形容解构式阅读给我们带来的影响："一切坚固的东西都已经烟消云散了"——尽管对于解构论者而言，的确也存在着不可解构之物。

既然一切文本都可以进行解构性阅读，或者按照米勒惯常的表达，一切文本都可以进行文学批评——米勒认为，所谓文学批评就是解构批评，那么文学的独特性岂不是被取消了吗？非也，解构批评认为文学的独特之处就在于它提供了新鲜的语言、新鲜的隐喻、新的世界、新的表达，文学延伸了人的世界和感知，而这一点无可取代。

由此可见，解构批评为我们阅读文学、看世界提供了新的角度、新的思维方式。对于那些强加于我们头上的诸种教条化的、似乎是不容置疑的权威话语，在解构批评的修辞性分析或解构阅读下，我们看到了这些话语在逻辑上的混乱、破绽百出的漏洞、自以为是的虚妄等等。这种解神秘化或去魅的文本操作思路对于主体的觉醒可以说有着重要的意义，这些都是我们研究解构批评的理由。当然，话又说回来了，上面所说的这种解构的思路也许并不一定是件好事情，人类某种程度上是需要谎言的；诚如塞尔所指出的那样："我们有什么理由认为，放弃了柏拉图主义理念及其种种努力就可以对文化的其他方面发生重大影响？"① 在面对死亡、恐惧和不可知的未来的时候，我们又有

---

① ［美］理查德·罗蒂：《后哲学文化》，黄勇编译，上海译文出版社 2004 年版，第105 页。

什么理由相信，反本质主义比本质主义更足以给我们的人生带来支撑
和抚慰呢？

众说纷纭的解构

不难发现，直到现在，国内学者对解构的一般看法，仍然被隐喻
性地同"危险"和"碎裂"相联系。一方面，解构是潘多拉的盒子，
它带来了我们未曾预料到的事情，而这些又是我们不可控制的，这些
东西有可能将我们引向歧途。另一方面，解构带来的破坏性是让人沮
丧和憎恶的，在许多人看来，解构除了拆散乃至摧毁一切之外，没有
丝毫的建构性。还有一些人认为解构不过是种文字游戏，它对于现实
世界一无是处。这些老生常谈的谬误，实际上很容易被揭穿，只要我
们诚实点，去阅读一下德里达以及他的那些美国朋友的著作，就知道
事实完全不是如此。当然，或许有些误解是巧合，而有些误解则是有
意为之的，因为某种程度上，我们似乎需要制造出某种"他者性"的
理论，并且通过为其贴标签的方式，来显示我们自身理论的科学、积
极和进步。

诚如本书的书名那样，本书实际上要解决的是两个问题，即"什
么是解构批评"以及"解构批评怎么样"——当然，这两个部分不可
能是截然分开的，而是你中有我、我中有你；前者为后者的展开提供
了准备，而后者则是对前者更为具体、更为充分的说明。那么，为什
么这两个问题很重要呢？

学界对解构批评理论的引介得益于 20 世纪 80 年代的思想解放大
潮，而解构理论能够顺利地进入学术界，也主要和当时那个"方法
热"的特殊年代有关。尽管解构已经迟到了很多年，但所幸的是，它
还是引起了学界的注意。而且随着解构的原典性理论著作的大量翻译
和介绍，已经有越来越多的人对解构表示出浓厚的兴趣。但从另一个
方面来说，这些翻译还是远远不够的。而国内学者对解构的理解尽管
已经取得了很多成果，但还是存在着一些问题。概括起来，主要是对
解构及解构批评仍然存在着一些非常严重的误读——此误读非解构意
义上的误读；而且在对解构批评的研究与阐发上，似乎还是不够
系统。

大抵如某些学者所说的那样，"目前解构在中国还属于'学术谣言'，这就是说，还属于'传说'阶段，难免走样和似是而非"①。这种说法看似有些偏激，但也从另一个方面显示出学界对解构以及解构批评的研究还是相当薄弱或者说存在着一些问题的。这里，我们不妨列出有代表性的几点。

第一，对解构的基本原理、本质特征等等的了解还不够透彻。例如，在术语使用上的不严谨就体现出学界对解构的理解还不够深入。这一点只要是翻翻手边的报刊就可以看到，太多太多以"解构主义"为题目的文章充斥着我们的眼球。我们想指出的是，主义这个词本身是一个形而上学概念，解构本身是反形而上学的，所以不管解构是不是种主义，但解构至少是对主义的质疑，德里达以及他的那些美国朋友们从来没有用解构主义（deconstructionism）这个词为自己贴标签，即便是他们的论敌也很少用这个词。为什么国内学者会将解构（deconstruction）置换为解构主义，这本身就很值得研究。我们还需指出的是，实际上，使用"解构主义"一词本身就是对解构的不尊敬或者公然冒犯。我们对解构当然可以将其主义化，但我们没必要一定要在解构后面加上"主义"二字，我们毕竟有过不加主义的先例，比如现象学。不得不说，在对解构的研究上，国内的某些学者的确——甚至终于——犯了一个比较有原创性的错误。

第二，对解构基本术语翻译上的不统一，使用上的不规范体现出研究上的不成熟。对"Derrida""deconstruction""Paul de Man"等一些专名或术语的翻译和使用上在早前的理论表述上还比较混乱，比如，有将"Derrida"译为"德立达""德瑞达""德雷达""德赫达""戴利达""德希达""德里达"等等；将"Paul de Man"翻译为"保罗·迪曼""保罗·德·曼""保尔·德·曼"等等。将"deconstruction"翻译为"分解""消解""解结构""解构""解构主义""分解主义"等等。将"différance"翻译为"异延""延异""分延""衍异""差延""延搁"等等。这显示了，我们在学术对话、学术交流的公共场域里，并未非常严肃地对待解构。当然，这种情况现在已经有了很好的改变。

①　陈晓明：《德里达的底线：解构的要义与新人文学的到来·自序》，北京大学出版社 2009 年版，第 1 页。

　　第三，国内对解构批评的研究已经形成了一定的规模，[①] 但在对解构、解构批评的基本话语、范式以及评价上存在着很大的争议，比如，就学界对"解构"这一术语的基本内涵而言，张隆溪指出，德里达应该是后结构主义最重要的思想家，他攻击"逻各斯中心主义"（logocentrism），否认任何内在的确定的结构或中心，认为作品是一个"无中心的系统"。张隆溪对"德里达的后结构主义"的评价是，这种观念必然导致阐释的多元论和相对主义，导致对读者和阅读过程的重视；而符号的游戏观念还暗示一种享乐主义的审美态度。他还指出，这种"消解"本质上是否定性的，它否认有恒定的解释和明确的意义，后结构主义的消解论有一种否定一切的虚无主义倾向。张隆溪对解构的论析对于中国学界理解"解构"影响至深，以至于后来很多学者都借用或沿袭这样一种看法。王一川在其论著《语言乌托邦》里也认为，解构朝边缘地带"移心"，即奔向非中心、非结构、非总体，在这片荒野上游戏，这样一味解构下去而放弃必要的重构，不会带来什么真正的生机。余虹指出，无论中国式解构还是西方式的解构批评都是"意义虚无时代"的表征，解构不过是种文字游戏。张首映也指出，解构理论以解构消解结构，以游戏攻击精神。刘放桐认为，德里达的消解哲学并没有提出一种超越传统哲学范围的新哲学。因而解构理论是种消解性的理论，是种无意义的文字游戏。更有甚者，国内的一些学者以"思想恐怖主义"和"文化取消主义"来对解构批评加以命名，著名学者徐岱先生认为这是十分中肯的。他指出，"德里达的解构理论事实上能够一言以蔽之：以一种'跟着感觉走'的方式，对任何肯定性事物实施无穷的否定"（《解构主义与后形而上学诗学》）。与此相对，另外一些学者认为，解构是一种严肃的科学思想。包亚明指出，解构论者以纯理论的方式表达了颠覆现实与传统的强烈愿望。张沛指出解构式阅读从根本上解放了读者。陆扬将解构策略称为对传统的二项对立概念的颠覆，认为解构有助于人们正确地理解一切现存的不合理。傅修延指出，"有些人望文生义地将其理解为'拆解结构'"，实为大谬，他还指出，"解"在汉语里兼有"解"与"释"的意思，解构的准确意思是"解析"文本之构。王宁和陈晓明

----

　　① 陈晓明：《德里达的底线：解构的要义与新人文学的到来·自序》，北京大学出版社 2009 年版，第 7—8 页。

在解构批评理论上做了广泛而深入的研究，王宁在《雅克·德里达：批评的遗产》一文中指出："我相信在德里达离世之后向其表达敬意的最好方式、也是表述其著作中的'信仰之表白'的最好方式，就是去认真仔细地阅读他。我一定要尽力理解他，并在陈述自己的意见时，忠实而负责地对他所说的话做出回应。这就是我的无条件性的责任。"① 陈晓明也指出："回到德里达的文本，回到德里达对其他文本的细读，特别是对德里达解构思路展开过程的探究，这是真正切近德里达思想精微处的最重要的途径。"② 可见，对解构的研究还需我们进一步深入下去。

第四，就目前国内学界对解构、解构批评所提出的大部分的批评来看，似乎并没有提出太多具有原创性的、立足本土的，或者说中国特色的问题，对解构批评虚无主义、怀疑主义、相对主义乃至恐怖主义的指责仍属于常规批评。不得不说，国内大多数学者对解构的指责或批评无论在理论深度还是在基本表述上，似乎都没有显示出足够的独特性；而且某种程度上，我们甚至怀疑，就连某些指责也是复制或翻译的，是对西方语境下"那些对解构的责难"的简单移用或复制。而西方人对德里达以及解构批评的抗拒或指责可能是出于以下几个方面。

1. 无论法国还是美国，对解构的指责可能部分地是出于一种民族主义情绪。在法国，人们认为它是一种德国思想的变体，因为解构与尼采、海德格尔有着某种亲缘关系，甚至可以说是具有维特根斯坦（Ludwig Wittgenstein）所说的"家族相似性"（family resemblance）；或许还与马克思主义有着某种千丝万缕的联系。而在美国，人们又认为解构是法国思想对美国的同化和征服。某种程度上，国内学者对西方思想的警惕与顾虑，也与上述这些民族主义式的抵御有些相似。

2. 对解构的指责应该与某种左派政治有关，也与对德里达以及解构批评的误读有关。在此意义上，通常认为解构只懂得玩一些无聊的文字游戏，对现实、（暴力）政治置若罔闻，实际上这应该是对德里达在《论文字学》中所说的"文本之外无物"的误读造成的，他们可能没有很好地理解德里达意义上的文本究竟指些什么。而实际上，解构论者眼中的文本

---

① 王宁：《雅克·德里达：批评的遗产》，《中华读书报》2004 年 10 月 20 日第 4 版。
② 陈晓明：《德里达的底线：解构的要义与新人文学的到来·自序》，北京大学出版社 2009 年版，第 5 页。

并不局限于文字文本，一切结构系统都可以纳入文本之中。

3. 对解构的指责有很大一部分说到底是一种范式之争，而有些论争竟还是解构论者挑起的，比如德里达的那帮美国朋友们对"精致的瓮主义"的群起攻之。而德里达更是直接向他的哲学同行们开火，被他点名批评的人多不胜数。然而，无论是伊格尔顿、哈贝马斯、伽达默尔，还是艾布拉姆斯、布鲁克斯等等，他们对解构所展开的批评乃至攻击，基本上都源自于他们对自身信念系统的固守。本书也想借此指出，任何看似合理的争执的背后，总是或隐或显地在进行着另一种叙事，而它的主题是：党同伐异。也许，正是由于这些论争，才将解构及解构批评推向了 20 世纪中后期的学术前台。

4. 仍然和政治或政治事件有关，那就是 20 世纪 80 年代末，围绕着解构批评的核心人物保罗·德·曼所发生的德·曼事件所展开的，对解构最为声势浩大的批判，批评者有这样一种立论，即认为德·曼事件和解构思想合二为一，既然德·曼是亲纳粹分子，那么解构就应该是反动的，甚至直接就是法西斯主义的。

第五，国内对解构批评的研究还不够系统，还有待于进一步深入。当然，我们这里所说的解构批评也即狭义上的解构，主要指的是作为文学批评的解构。很显然，国内对德里达进行研究的学者可以列出一个长长的名单：陆扬、陈晓明、郑敏、尚杰、汪堂家、王宁、廖炳惠、杜小真、张宁、朱刚、方向红、胡继华、高宣扬等等，而且也产生了很多优秀的成果，例如，陈晓明的论著《德里达的底线》就从多个角度非常系统地对德里达的基本思想进行了较为细致的论述。尚杰也写了几部与德里达有关的著作：《德里达》《精神的分裂：与老年德里达对话》《归隐之路》等等。有趣的是，这两位学者，前者是文学系的教授，后者从事的是哲学研究，不过在他们的著作里似乎找不到这种学科上的区分。而学界对于其他的解构论者保罗·德·曼、J. 希利斯·米勒、杰弗里·哈特曼、芭芭拉·约翰逊、哈罗德·布鲁姆等文学批评家的研究则显得比较薄弱。[1] 同时将解构批评作为一个完整的系统进行研究的论著似乎还不是很多。虽然近年来，几乎所有的

---

[1]　值得一提的是，2008 年朱立元主编了一套耶鲁学派解构主义批评译丛，该丛书翻译了布鲁姆的《误读图示》、哈特曼的《荒野中的批评》、米勒的《小说与重复》、德·曼的《阅读的寓言》，为国内研究解构批评的学者提供了很大的帮助。

西方文学批评史都将解构批评纳入专章来介绍，但是以专著的形式对作为文学批评的解构进行阐释和分析的，似乎还并不多见。

　　总之，由于上述这些原因，我们认为有必要对解构批评进行系统的研究。由于学界对解构及解构批评的基本原理、基本观念还存在着一定的误解，所以我们打算从两个方面对解构批评进行说明：一是勾勒出解构批评的具体形态，二是对解构批评乃至解构作出评价。

思路与方法：批评形态学

　　如何才能使解构批评的研究系统化呢？在此，我们想借助形态学（morphology）的方法来对其进行分析和研究。形态学一词来源于希腊语"morphe"，这个词有"形象""形态"之意，具体指的是一个有机体的生命形式，既包括它的外在特征，也包含着它的内部构成。一般认为，最早创立形态学（德语为 morphologie）这一术语的是歌德（J. W. von Goethe），歌德将形态学定义为形态的构成和转化的学科，并且认为一个有机体的生命形式是由一个完整的、有机的系统构成的。因而歌德意义上的形态学就包含着对生命体或者有机物进行系统研究的倾向，同时它也是一个动态概念，即包含了形态的生产、运动、转化以及变异等。尽管歌德创立了形态学，但形态学最早却并不是应用于文学研究，一般说来，形态学主要是生物学研究的一个分支学科，主要研究生物的形态，之后它也被运用于社会学、历史学、语言学等其他人文学科的研究。

　　形态学进入文科学研究领域大致上是在 20 世纪初期，主要发端于俄国，学者们最初是将形态学的方法用于文学形式以及结构要素的研究。例如，K. 季安杰尔的《长篇小说形态学》、普罗普（Vladimir Propp）的《故事形态学》（或者《民间故事形态学》）等等。普罗普在《故事形态学》的序言中指出："'形态学'一词意味着关于形式的学说。"[①] 在这部著作里，普罗普研究了大量的童话故事和民间故事——因为"skazki"这个词实在难以翻译，他企图找出这些故事中较为稳定的、不变的因素，这就是人物的功能，在该书，普罗普列出

---

① ［俄］普罗普：《故事形态学》，贾放译，中华书局 2006 年版，第 7 页。

了三十一种功能，将其分布于七个行动范围中。可以说，在俄国形式主义那里，文学的形态学研究方法已经是一种非常系统化的、科学化的研究方法了。

20世纪中后期，文学的形态学方法已经在许多国家盛行开来，结构主义尽管没有直接使用形态学这个术语，但从观念上来说，这种对结构的系统化研究似乎与形态学的基本观念或者说在方法论上，没有本质上的区别。而莫·卡冈（M. C. Karah）的《艺术形态论》（1972）可以说是对文学形态学研究方法的较为完备的论著，他于这本书中将这种方法集中传达为这样一些观念：首先，是系统观照与分类研究的统一，这可以说是系统科学的观念方法与形态学观念方法的有机融合；其次，是分类研究与时态研究（即索绪尔所说的"共时态"与"历史态"）的统一；最后，在承认事物的存在与发展是有某些客观规律在发生作用的前提下，采用描述与分析相结合的研究方法。[①] 因此，我们认为，形态学作为一种科学的研究方法——将研究对象看作一种有机的结构系统，对其外部表现、内部特征、基本规律等进行系统描述——是可以拿来运用的。赖大仁先生指出：形态学进入美学和文艺学研究领域，实际上已不是一种简单的移植和嫁接，而是转化为一种观念和方法，而这种观念和方法又与其他的哲学观念和科学方法相融合，形成美学和文艺学领域形态学研究的基本观念与独特方法。[②] 而且国内也已经出现了一些以形态学的方法去研究文学的著作——当然这些著作中的形态学观念与我们所说的可能并不一致，比如徐岱的《小说形态学》、柯汉琳的《美的形态学》、吴祖慈的《艺术形态学》。

关于文学批评的形态，赖大仁先生在《文学批评形态论》一书中将其概括为以下四种：以文学本体论为轴心的结构系统与批评形态；以文学文本论为轴心的结构系统与批评形态；以文学文体论为轴心的结构系统与批评形态；以文学价值论为轴心的结构系统与批评形态。而对于每一种具体的文学批评，也仍然可以对其进行形态学研究。赖大仁先生提出了这样一种设想，即每一种独立的、具体的、成熟的文学批评都可以被看作是一个有机的系统结构，在这个系统结构中一定

---

① 赖大仁：《文学批评形态论》，作家出版社2000年版，第29—33页。

② 同上。

包含着四个要素：话语、方法、范式或范型、观念。而这四个要素并不是孤立的，而是相互关联着的，其中范式与观念相对而言有着决定性的作用。为此，赖大仁先生有一个颇为恰当的比喻，他指出："文学批评形态是由一定的批评观念、方法、范型和话语构成的系统，如果把批评形态比喻为一棵树，则观念是根，范型是干，方法是枝，话语是叶。"① 因而可以看出，观念在这里是一个核心要素，观念决定着其他要素。

对于解构批评来说，如果将其看作是一个完备的形态，那么它就应该具备以上所说的四个要素，从目前学界的基本情况来说，这四个要素中，对解构批评基本话语，特别是德里达的一些专门术语如异延、增补、踪迹、署名等等学界已有大量的论述。② 当然需要补充说明的是，我们这里的话语有着特定的内涵，主要指的是某种文学批评形态的核心概念、基本术语，它是可以使这种批评形态区别其他批评形态的外部标识，例如俄狄浦斯情结就是精神分析批评的一个基本话语。因此，在对解构批评话语的描述中，对于那些已然为大家所熟知的话语，可能就没有必要浪费太多的笔墨去重复了。而且在对解构批评进行形态学意义上的描述中，我们将重点放在对它的基本范式以及基本观念的描述和归纳上；而解构批评的基本方法也将在对解构及解构批评的理论阐释中进行分析。同时，我们会将这种形态置于一定的社会历史语境、置于产生它的整个西方批评系统中对其进行描述和定位。

有必要指出的是，本书的出发点和落脚点都着眼于当前我国文学批评形态的建构。

毋庸赘言，经过几代学人的共同努力，在批评话语的建设上，我们已经取得了丰硕的成果，但是如何建构一套适合我国国情，能够得到广泛认可的文学批评形态，依然是路漫漫其修远兮。这正是我们将解构批评作为研究对象的首要原因，作为一种晚近的西方文艺批评理论，除了其社会历史原因之外，它的出现一定有其内在的文化逻辑，

---

① 赖大仁：《当代文学及其文论：何往与何为》，江西高校出版社 2008 年版，第 278 页。

② 参见王先霈、胡亚敏《文学批评原理》，华中师范大学出版社 1999 年版；朱立元《当代西方文艺理论》，华东师范大学出版社 1999 年版。

它的整个发展脉络以及建构方式，对于我国本土文学批评形态的建构一定会起到某种借鉴作用。其次，尽管在 20 世纪 80 年代初，解构批评就已经开始以各种各样的形式引入国内了，而且在学界产生了一定的影响，也产生了相当可观的学术成果；但是，将其当作一种完备的文学批评形态来进行专题研究，我们总觉得还是有些薄弱，而且似乎也不够系统。更为严重的是，某种程度上，学界对解构批评还存在着非常严重的误解。因此，有必要对解构批评进行科学而系统的研究，为此，我们的研究大致从四个方面进行了深入的探讨：一是通过对解构批评进行系统性研究，正本清源，还原解构批评的本来面目。二是希望能够进一步拓展解构批评在国内学界的研究空间。三是以解构批评为视角，重新考察当前我国几种"新"批评的价值意义。四是对解构批评的价值意义做出较为科学公正的评判。因此，从大的方面来说，本书主要从三个方面对解构批评进行梳理和分析：一是形态描述，二是价值评判，三是理论应用。具体说来，就是以唯物史观以及马克思主义人学的立场和方法，并结合批评形态学的一般理论，纵横两个方面展开研究，纵向描述解构批评出场与发展的基本情况，并分析其产生的历史原因，揭示其在整个文学批评史上的位置及其内在的逻辑关系。横向研究解构批评的基本话语、范式以及观念；在此基础上，分析其优势和不足。同时，将解构批评置于我国当前文学现状以及文学批评形态建构的基本层面上，思考该批评对于当下文学研究以及文学批评形态建构的意义，取其精华，弃其糟粕。

结合前人研究的经验和成果，我们旨在对解构批评进行集中性、系统性、反思性、总结式、建设性综合研究。我们从解构批评的基本理论命题、发展脉络以及它所受到的质疑来切入，并直接就其理论性质、理论追求进行客观分析和逻辑把握。我们看到，无论是在西方还是在中国，解构批评都引起了很大的争议。支持者认为，解构批评带来了一种全新的理解文学以及现实生活的方式，而反对者要么将解构批评视为与现实社会几无关联的文字游戏，要么将其视为相对主义、虚无主义、怀疑主义在西方的最新代表，视其为消解一切的邪恶力量。那么，究竟如何评价解构批评的是与非呢？评价的逻辑起点与标准又是什么呢？可以说，任何一种比较成熟的批评形态，都自成系统，都有该形态代表性的批评家，并且一定都有其某些方面的原创性，都有一套独特的批评理论以及一系列相关的批评实践，并且也都具有一定的影响力，这是一种批评形态得到认可的基本特征。那么从批评形态自身来说，一般认为，任何一种成熟的批评形态都包含着自身独特的话语、方法、范式以及观念等几个层面，那么在这些相关的层面中，起决定性作用的应该是观念，观念决定其话语、方法、范式。或者说，正是某种批评形态的基本观念决定了它是"这一个"。为此，要想全面系统地把握好解构批评的基本特征、基本精神、价值取向，要使其系统化，就必须对其基本的思想观念进行全面的梳理和总结。在此基础上，再来反观学界对其做出的评价，就能够较为准确地判别出哪些是合理的，哪些是强加之辞；最后，应该着眼于我们的现实问题，立足当下，对其做出合理的评价。

从大的范围来讲，研究分为三个部分：一是形态描述，二是价值评判，三是理论应用。具体而言，包括以下几个方面：

1. 就解构、解构批评的基本特点、基本内涵给予说明。本书指出，就解构的本质而言，解构作为一种本源性的、生生不息的、蕴含着极大颠覆性与创造性的内驱力，产生于结构成其为结构的那一刻，它是对他者性召唤的肯定性应答，是对结构等级制秩序的颠覆。解构在解放他者的同时也解放了他者的对立面，它不知疲倦地从一种结构奔向另一种全新的结构，以至无穷。而解构性事件就是二元等级秩序颠覆之后所产生的后果。解构有广义和狭义之分，广义上的解构有其巨大的光谱，它涵盖着后结构主义诸多的理论场域；狭义上的解构指的是作为文学批评的解构，可称其为解构批评。解构批评追随 1966 年、1979 年、1983 年、2004 年等标志性的年份，渐次呈现为兴起、高潮、扩散以及衰落的走向。

2. 在对解构的基本内涵、基本特点、历史变迁等进行描述之后，研究就解构批评的基本观念如文学观、文本观、批评观、语境观进行梳理和把握。在解构批评看来，不存在什么超验的文学本质，文学的特殊性就在于它比其他语言更直接地呈现为修辞性语言；文学的基本精神是自由，它激发我们想象和构造世界的创造力；而所谓的文本只能是存在于阅读之中，任何阅读理论或批评理论都应该是辅助性的，它们应该对阅读起到建设性而不是压制性的作用；文学批评的基本功能是探寻文本的"真相"，分析文本的修辞特性、别异性以及互文性等等；语境在解构批评看来是非常重要的，没有语境我们甚至无法理解，但是解构批评同时指出语境实际上是不可靠的，因为语境本身也同样是书写物，是一种建构，换句话说，它本身也不过是个文本。

3. 在对解构批评的基本观念进行了比较系统化的梳理之后，研究尝试着对解构批评的基本范式进行有效地定位和把握。为此，研究首先对范式的定义及其基本特点进行了概括，将范式理解为一种阐释模式，它具有不可通约性、继承与创新、竞争等几个方面的特征。其次，依据艾布拉姆斯的“文学艺术四要素说”，将文学批评形态归纳为四个大的范式。即模仿论、表现论、接受论、文本论四大范式；然后从这四大范式中再划分出各具特色的较小单位的范式。再次，研究对解构批评的范式进行概括，从大的范式上来讲，解构批评属于文本论的范畴，具体而言，解构批评已经从主题批评模式转向多义性的修辞性阅读模式。最后，研究还对修辞性阅读模式进行了阐发，并结合具体的文本进行了说明。

4. 以上三个部分对解构批评的具体形态进行了比较详细、客观、系统的梳理之后，我们将进入研究的第二个层面，即对解构批评进行评价。这一部分主要是针对学界从现实态度和思想性质两个方面对解构批评的指责，做出一些分析和回应。首先就有关解构批评回避现实、政治，解构毁灭一切的指责，分别从解构批评产生的历史语境、解构的性质、解构批评的旨趣等角度对此进行分析，认为某种程度上解构论者的确不再直接采取“五月风暴”式的激进手段来介入现实，但另一方面他们与现实的对抗也似乎从未妥协，只是改变了形式；而对于解构批评反人文主义的指责，研究也进行了分析，指出解构批评只是反对形而上学意义上的人文主义，反对一切对人的主体造成压制性的结构，反对本质主义意义上的主体观；同时还就德·曼事件（The Case of Paul de Man）引起的争论，也给予分析。其次，针对将解构批评等同于虚无主义、相对主义、怀疑主义的看法，结合解构批评的基本观念进行分析，指出不能笼统地将解构批评与虚无主义、相对主义、怀疑主义等同起来，实际上，解构批评本身有个很好的传统，即谱系学的研究思路，解构批评不是怀疑一切，而是质疑在场；而且解构批评不是单纯只看到差异，而是说所有同一性中都蕴含着差异；尤为重要的是，解构批评可以说是有史以来对教条主义展开的最为彻底、最为猛烈的攻击。

5. 在厘清关于解构及解构批评的一些误解和争议之后，该部分集中对解构批评的优点和不足进行分析。研究指出，解构批评之所以不同于此前的批评模式，就在于它从判别作品意义的阐释学模式转变为注重意义如何产生的修辞分析模式。解构批评无疑是一种学院派的、精英式的分析模式，其积极价值主要体现在它对文本的修辞性、异质性的关注，对自由阅读的强调，对文学观念的重新理解，对批评功能的重新定位，等等。解构批评在打破"教条式阅读"方面有着极为重要的意义，它鼓励读者发挥自己的创造潜能来开拓文本，发现那些被压抑、被遮蔽但却非常有价值的东西。其不足之处不仅在于它对外部研究的忽视，更在于它对阅读投入和阅读能力的极高要求；而且，对异质性和修辞性的过度强调，同样使阅读和理解变成一种众说纷纭、莫衷一是，并且越来越困难的事情。同时，解构批评无疑太精英化、太学院化了，它对阅读提出的要求也实在是太过苛刻了，这并不是所有人都能够做到的。

6. 在进行价值评判之后，考察这一批评形态对于当前出现的一些"新"批评话语的分析及应对能力。研究集中对"文化研究"和"生态批评"展开分析，指出，尽管文化研究、生态批评都在某种程度上对解构批评有所借鉴，但在研究路径、旨趣上存在着极大的差异。解构批评同文化研究、生态批评之间的差异性，仍然是内部研究与外部研究的范式之间的差异。解构批评认为，不是要对文学进行文化研究，而是要对文化文本进行修辞分析或文学研究。至于生态批评，尽管在反本质主义的道路上与解构批评不谋而合，但说到底，生态批评是反文学的，是将文学生态政治化的。

7. 研究最后将落脚点放在我国文学批评形态的建构上，思考解构批评对于当前文学批评形态建构的借鉴价值。通过分析当前我国文学批评的现状，以及理论之间的对抗与对话的张力关系，试图打破这种批评话语之间的壁垒，建构一种新型的多维共释的批评形态，并结合具体文本进行分析。

此外，就学界关心的一些问题，笔者还与当前著名的解构批评家J.希利斯·米勒进行了深入的交流。

通过上面对本书结构的基本勾勒，大家就会明白，本书并不仅仅止步于对解构批评的形态进行描述，我们之所以对其进行描述，是为了回答学界对解构批评所提出的问题，并且站在我们当前历史和文化语境中来对其进行评价，思考这一批评形态到底能为我们带来什么。

解构就此出场！

目　　录

第一章

解构、解构批评

第一节 解构

解构是正在发生的东西！

解构仅仅就不可能的事物和仍然显得难以思考的东西做出相应的思考。

——德里达

一 解构的特征

如今，解构（deconstruction）这个词已经越来越频繁地出现在各种类型的文本中：哲学、文学、法律、绘画、建筑、广告、发型设计、行为艺术等等。这个词之所以如此流行可能主要得益于德里达，而不是海德格尔（Martin Heidegger）、胡塞尔（Edmund Husserl）或神学家马丁·路德（Martin Luther）——尽管德里达的这个词（法语为 déconstruction）来源于海德格尔的分解（destruktion），而海德格尔的这个词又来自胡塞尔以及马丁·路德。① 然而，是德里达发现、整理、置换并重新包装了这个词，从而使它变成了一个术语。不幸的是，人

---

① 参见［德］恩斯特·贝勒尔《尼采、海德格尔与德里达》，李朝晖译，中国社会科学出版社 2001 年版，第 18—20 页；［英］克里斯蒂娜·豪威尔斯《德里达》，张颖译，黑龙江人民出版社 2002 年版，第 2 页；［美］佳亚特里·斯皮瓦克《从解构到全球化批判：斯皮瓦克读本》，陈永国等译，北京大学出版社 2007 年版，第 39 页；陈晓明《德里达的底线：解构的要义与新人文学的到来》，北京大学出版社 2009 年版，第 90—91 页；汪堂家《汪堂家讲德里达》，北京大学出版社 2008 年版，第 26 页；杜小真、张宁《德里达中国演讲录》，中央编译出版社 2003 年版，第 155—156 页；等等。

们在使用这个词时却并不总是把它当做一个术语来对待。"举凡对抗、批判、戏谑、PK 等，都叫解构。"① 即便是在某些严肃刊物或学术论文中，在那些大量的冠以解构之名的文章中，解构要么是被鲁莽地描绘为解构的对立面，要么是变成一种与解构这个术语毫无瓜葛的东西，再不就是变成某种附庸风雅意义上的时髦点缀，变成博人眼球、制造卖点的一个"元素"。因而，无论如何，对解构这一术语负责而客观的描述都显得尤为必要。为了客观起见，我们姑且先不直接引用德里达及其美国朋友们关于解构的解释。我们来看看那些在国外学界有着一定影响力的工具书以及某些知名学者的看法。

《不列颠简明百科全书》（*Britannica Concise Encyclopedia*）对解构的解释是：

> 哲学和文学的分析方法，主要源自雅克·德里达的作品。质疑西方哲学在基本概念上的区分或对立，通过对哲学文本和文学文本的语言和逻辑的仔细检查，发现这些对立是典型的"二元的"和"等级制的"，也即涉及一对概念中，一个被假定为首要的和基本的，另一个则是次要的或者是派生的，例如自然/文化、言语/文字、心灵/身体等等。解构对立物就是去探究在文本所假定的等级秩序和文本其他方面的意义之间的紧张关系和矛盾之处，特别是其比喻或施为性（performative）方面。解构通过表明没有哪一项是首要的来"取消"这种对立。指出这种对立是一种产物，或者"建构"，而不是独立于文本之外的。言语/书写的对立集中体现了德里达所谓的西方文化的"逻各斯中心主义"（logocentrism），对于说话者或作者来说，语言是"在场"，而书写是"不在场"。换句话说，普遍假定"真理"优先并独立于被语言符号所表现的形式，在 20 世纪后期思潮的论战式讨论中，解构有时被贬义地用来暗示虚无主义（nihilism）和轻浮的怀疑主义（skepticism）。这个术语的流行用法已经意味着传统和传统的思维方式的解体。②

---

① 陈晓明：《德里达的底线：解构的要义与新人文学的到来·自序》，北京大学出版社 2009 年版，第 1 页。

② Britannica, *Concise Encyclopedia*, http：//www. answers. com/topic/deconstruction.

《牛津哲学辞典》（*Oxford Dictionary of Philosophy*）对解构一词的解释是：

> 由法国哲学家德里达发起的对连贯意义（coherent meaning）之可能性的怀疑，认为没有什么可以赋予文本以特权，比如作者意图、与外部现实的联系等。对于一个全新的文本或评注（commentary）总是有着无限的可能。解构论者（deconstructionist）的文本阅读通过揭示文本内在的矛盾和冲突来颠覆其表面上的意义（apparent significance）。然而，因为它不可能支持每一个凌驾于文本之上的处于显著的优势地位的观点，所以有时解构被认为是将一切都遗弃了；通过某种可辨识的理由，解构试图用双关（puns）和玩笑（jokes）去思考不可能之物，解构论者许多作品故意的晦涩不明似乎已经激怒了很多传统哲学家（orthodox philosophers）。[①]

尼尔·露西（Niall Lucy）在《德里达的词典》里对解构一词做了这样的说明：

> 无论解构是什么（如果它"是"的话），它都不能被简约为一种不一致（nonconformity）、抵抗性（oppositionality）以及原则性抵制（principled resistance）的态度。的确，"解构不是什么"的名单几乎可以无限制地延伸下去，比如，解构既不是"一般意义上或康德意义上"的一种批评的形式，也不是一种方法或一种理论，也不是一种话语或一种操作。这不是为了避免对解构做出明确的陈述，而是表明很难对解构进行定义。尽管一定程度上很难定义，然而比起每个"是"本身的不可能性来说，不可能性与立场的采取，或对解构的某个部分有选择性的断言上没有多大关系。可以说，解构始于对权威或每种"是"的决定权的拒绝。试探性地说，解构可以被说成是关于事物（things）正在"发生"着的什么。……解构恰好帮助我们看到（当然也说出）：内／外关系永远已经"在"（in）解构之中了，在此意义上，这意味着解

构不能帮助我们去看到或说出任何"新东西"。尽管解构不是一种二元对立（binary opposition）或任何内部与外部关系等之可解构性的一个原因，但是，任何二元对立一旦被我们接受，都已经在解构中了。……解构不是什么被带到对立物的东西，它是每个对立物的可能性之不可能的条件。不管这种对立是男人/女人、言说/书写（speech-writing），还是内在、外在等。因此，解构的"双重运动"（double movement）（或书写）既包括对等级制的倒转，也包括新"概念"（concept）的凸显。解构是一个正在发生着的东西。①

维克多·泰勒、查尔斯·文奎斯特编的《后现代主义百科全书》中对解构进行了这样的界定：

> 解构主义（又称解构）是一种文本阅读的方法，通过这一方法来揭示冲突、沉默和裂缝，该方法主要始于德里达的著作。解构主义既是一种理论也是一种实践，最突出的是它常用于文本阅读模式。因此，它与后结构主义只有些微差别，后结构主义与解构主义有概念和方法上的相似之处，但它更是一种哲学和观念。后结构主义与语言学有着更紧密的关系，而解构主义是一种可以在理论层面上用于任何学科和文化产品的方法。解构主义主要与德里达的思想和保罗·德·曼的著作相关。该理论最初以哲学和文学理论为中心，后被用于从建筑学到神学的广泛领域。②

肯尼思·麦克利什主编的《人类思想的主要观点》一书中对解构的解释是：

> 解构是批评与哲学的一种技巧，它可以追溯到古希腊人那里，但现在主要和德里达的名字相联系。它是一个极端怀疑主义的思想流派，它拒绝一切现成体系所推行的被认可的主张。例如，文

---

① Niall Lucy, *A Derrida Dictionary*. Oxford：Blackwell Publishing Ltd, 2004, pp. 11-14.
② ［英］维克多·泰勒、查尔斯·文奎斯特：《后现代主义百科全书》，章燕、李自修译，吉林人民出版社 2007 年版，第 104 页。

学批评里（文学批评是应用这种技巧的引起争议的最大的领域），人们从以下的假定开始：一个文学文本不是只有一种而是有许多种意义；"意义"本身，是片段的、弥漫的现象。详细考察一个文本，非但不会限定它所说的一切直到一条中心"意思"凸显出来，而且将释放出所有潜在的、碎片的、常常是矛盾的"意义"，但这不必然像是该文本的作者原来所想的任何东西。解构的方法，包括"拆解"文本，如同一个人拆开拼图玩具；换言之，它不是寻求同伙帮助将各个散片互相适应组成单一的东西，而是集中于个别的因素，集中于在它们之间的缝隙、混乱、分裂。这种技巧，不限于文学领域。例如，批评家还成功地把它用于建筑学的传统批评范畴（美、形式、功能、和谐、意义与秩序），用于人类学家与社会学家的工作——虽然不是以德里达和他的跟随者所想的一种严格的方式，但在商业和政治中它也是决策过程的一部分。①

美国知名学者詹明信指出：

德里达的理论有两个特点。第一，在分析作品时，它总是力图寻求其中的隐秘或潜藏的规范，这种规范一般是在二项对立的作用下产生效力的，例如中心对边缘、口语对写作、男对女、意义对荒诞、理性对疯狂、人性对罪恶等等。

第二个特点主要在语言方面，德里达通过对作品文本的微观分析和评论说明的是，作品表面的意义、意图，在批评之前就由作品语言的运动逐渐消解了。实际上，在某种更基本的层次上，语言总是消解它自身，陈述正是在争辩的过程中拆散它们自身的指示性。因此在结构上总是无法获得意义，这是任何作品结构中最根本的规范。②

---

① ［英］肯尼思·麦克利什：《人类思想的主要观点：形成世界的观念》，查常平译，新华出版社 2004 年版，第 362—363 页。

② ［美］弗雷德里克·詹明信：《晚期资本主义的文化逻辑》，陈清侨等译，生活·读书·新知三联书店 1997 年版，第 328—329 页。

概言之，以上对解构这一术语的定义主要集中于五个方面：第一，这一术语或概念是由德里达提出的，"是对本文的一种处理方式（'un protocole de lecture'），而不是一种哲学、理论或分析的固定方法"。① 第二，这一术语的提出主要针对的是西方的逻各斯中心主义，或者说，西方文化中的二元对立思维，这种二元对立——比如言说/书写、在场/不在场、存在/表象、男/女等总是体现着一种根深蒂固的等级制观念，即前一项对后一项的支配。在解构论者看来，这种所谓的二元等级制不过是人为建构出来的，而不是必然如此；解构就是对这种二元等级秩序的质疑。在此意义上，解构可以被理解为一种思维方式，即对形而上学概念的思考，是对形而上学的某些概念的谱系研究，同时解构也是对不可能性或绝境的思考。第三，解构对文本、语言给予特别的关注。在解构论者看来，文本是异质性的、不确定的，是"踪迹"（trace）的交织；解构就是尽可能地去释放出文本的各种意义，而这些意义之间则充满了矛盾、张力。而之所以会这样，在解构论者看来，这是因为任何文本都是修辞性的，而修辞特征是语言的基本特征，任何看似指涉性或陈述性的语言，必然具有施为性的功能。因此，解构常常主要被用来分析文本或语言的修辞特征。那么，在此意义上，解构主要指的是一种文学批评策略，也可以称之为修辞分析、修辞性阅读。第四，解构不可以简单地被归约为一种方法、一个学派、一种技巧等，解构是某种正在发生着的东西，在此意义上，解构是某种指向未来的东西，是旧事物消亡新事物诞生的关节点。第五，德里达以及其他解构论者如 J. 希利斯·米勒，保罗·德·曼等的作品因其风格和语言上的含混，很容易让传统哲学家以及传统的文学批评家产生误解，甚至有些学者将解构论者称为相对主义者、虚无主义者和怀疑主义者。

可以说，以上这几点大致勾勒出学界对于"解构"的一般看法，尽管有些地方或许有些偏颇，但对于"解构"这一术语的基本特征、范围等都有了一个较为清晰的勾勒。在此，我们还想引入马丁·麦克奎兰（Martin McQuillan）对于解构基本特征的几点归纳，某种程度上，麦克·奎兰的概括还是比较科学和完备的。他指出，对解构的定

---

① ［英］克里斯蒂娜·豪威尔斯：《德里达》，张颖、王天成译，黑龙江人民出版社2002年版，第151页。

义几乎是不可能的，但是可以概括出如下几个特征：

1. 解构不是一种批评方法。方法的目标是去建立一组适合文本的固定的规则。而解构只有一个规则：允许他者讲述。

2. 解构的每个例子对于它出现的语境（context）都是独一无二的。解构潜心于将自身置于文本中，接受文本的形式，与文本不可分割地扭结在一起。解构不是要批评文本，而是读取在阅读时文本留下的踪迹。解构不做任何事，而是显示：在文本中到底发生了什么。

3. 解构揭示出，二元思维是西方思想中逻各斯中心主义的基本模式，指出它服务于特殊的政治利益。二元对立是一种虚假的等级制，其中，一项对另一项享有特权，并使其边缘化（marginalised）。

4. 解构质疑任何思想封闭系统的合法性，解构表明那种被认为是一个系统的外部实际上一直在其内部起作用，侵蚀着系统的纯洁性。

5. 解构把"在场"（presence）作为它的主题，在场渴求稳定的、固定的和单一的（unitary）意义；强调中心（centres）、起源（origins）、上帝、权威的本义。逻各斯中心主义渴求在场，企图通过排除矛盾和不一致来实现稳定的意义。解构表明稳定的实体（entities）似乎正如它们所显示的那样并非一直如其所是。

6. 解构解释概念的历史。所有的概念都有一个历史。如果概念被显示为非天然的，而是在其历史中被历史化的、不连贯的，那么它的特权的（或稳定的）地位就是值得怀疑的。

7. 解构所说的"文本之外无物"（there is nothing outside the text），并不意味着读者应该仅仅注意纸上的词句，也不只意味着一切都是语言的结果。相反，它意味着没有什么发生在文本性经验之外（an experience of textuality）。我们阅读的文本不能脱离或独立于它所出现的语境。关注文本的所有语境（历史、政治、传记等）也同样是文本性的（textual）（与语言不可分割地捆绑在一起）。在此意义上，一个假定的非文本的（non-textual）"真实的"（real）世界就除了文本性（textuality）再也没有什么了。

8. 解构取消了文学批评惯例所划分出的"文本细读"（close

readings）与"语境阅读"（contextual readings）之间的二元关系。解构在文本内部从事细致的语言工作，同时也将文本向历史的、社会的、政治的语境敞开。文本外无物也意味着语境外无物。

9. 解构拒绝任何对意义设置限制或界限的企图。解构阅读哲学、文学、建筑、艺术、电影、政治、法学等等（没有任何限制）。解构不能被视为任何现存的程序（哲学的、政治的、文化的），因为解构已经总是在这种程序中起作用，颠覆这种占用的姿势（内/外）。解构喜欢混乱（mess）、污染（contamination）、杂质（impurity）、不得体（impropriety）。

10. 解构不能被简化为德里达和德·曼的作品，或他们的诸多读者的作品。解构仅仅是德里达对于文本中（哲学的、文学的、文化的、政治的）发生的东西的命名。①

二　解构的一个隐喻

德里达指出："解构仅仅是就不可能之思考，是对不可能的程度以及何以不可能的思考。"② 因而这种思考本身就具有挑战性、批判性，甚至是抵抗性，并直接向未来敞开。那么，为了使解构的运作得以有效说明，我们试图以解构论者大为欣赏的隐喻方式来对其进行演示。

在解构论者看来，建筑的文本和其他类型的文本例如文字文本实际上存在着相似的语言，之所以说是相似的，是因为构成它们的语言都具有这样的特征：都是修辞性的、异质性的、不稳定的。唯一不同的地方就在于，这两种文本或结构系统中所使用的材料不尽相同，前者是在砌石，而文字文本是在砌词或砌字。那么，为了便于理解解构运作的机制，我们不妨通过建筑文本中的"解构"来进行一个较为形象的说明。

如果说解构一定存在着某种动机，那它首先应该是寻找德·曼所

---

① Martin McQuillan, *Paul De Man*, London and New York：Routledge, 2001, pp. 6-7.

② Jacques Derrida, *Memorires for Paul de Man*（revised edition）, Translated by Cecile Lindsay, Jonathan Culler, Eduardo Cadava, and Peggy Kamuf, New York：Columbia University Press, 1989, p. 135.

称之"整个系统中有缺陷的墙角石"（*the defective cornerstone*）①。当然，真实的情况或逻辑也许并非必然如此，而且很有可能恰恰相反。很快，我们就会指出上面所表述的因果关系有可能会发生一个结构性的倒置：不是解构在寻找这个有缺陷的墙角石，而是这块有缺陷的墙角石在召唤解构。

不难发现，对一块有缺陷的墙角石的强调或关注，应该看作解构理论最有创意的洞见，德·曼最早发现了它。很多年以后，具体来说是在德·曼去世以后，德里达在追忆德·曼的时候，再次提到了这块有缺陷的墙角石。在《多义的记忆》一书中，德里达提到了这块德·曼所说的有价值的石头：

> 在某种建筑学、体系的艺术中，人们首先查找那被忽视的角落和有缺陷的墙角石，它们一开始就对建筑物的一致性（coherence）和它的内在秩序构成威胁的墙角石。但毕竟是一块墙角石！它是建筑结构所要求的，但它事先就从内部解构该结构。它保证结构的一致性，为此它同时以明显和不明显的方式事先在一角确定了它的处所，该处所最佳、最经济，适宜于将来的解构，这块墙角石为解构杠杆（deconstructive lever）的有效嵌入提供了绝佳的位置。②

至此，我们大致知道了这块墙角石的位置与分量，它既是整个建筑体系得以矗立的条件，又无时无刻不遭到体系的排除；它既是建筑物的必要组成部分，又是个相对独立的他者性的存在。它使建筑物得以矗立，却又保留了其自身所在位置的特权，而正是它所占据的那个位置为它颠覆整个系统提供了结构性的保障。利用这一位置，它随时可能解除这种从属状态。

很显然，我们是在隐喻或转义的意义上理解这块石头的，用这块石头来置换结构系统或文本中被压抑而又极具不稳定性的他者，它随时可以将

① Paul De Man, *Allegories of Reading: Figural Language in Rousseau, Nietzsche, Rilke, and Proust*, New Haven: Yale University Press, 1979, p. 104.

② Jacques Derrida, *Memorires for Paul de Man* (revised edition), Translated by Cecile Lindsay, Jonathan Culler, Eduardo Cadava, and Peggy Kamuf, New York: Columbia University Press, 1989, p. 72.

整个结构拆散。一块石头可以被命名为墙角石、拱顶石、捣墙石或者其他。而且这块石头必须被命名为这些不同的称呼，它才是有价值的，它才是履行着自己的职责，并实实在在地存在着的。然而一块石头一旦被命名为有缺陷的墙角石，它就存在着被压制的危险；一旦它被从整个建筑物中明确地指认出来，一旦它不再作为一种整体性的、同质性的存在，而是作为一个可辨认的、异质性的个体，它就遭遇到身份危机。拱顶石也同样如此。在墙角石和拱顶石主体意识的确立过程中，它们在建筑物系统中所处的位置就显得尤为重要，拱顶石因为接近或者处于中心而具有一种支配地位，它比墙角石更接近逻各斯，或者更接近神。由此它自负地以为整个建筑物其实就是为它而构造的，整个建筑物之所以成立就是为了成全拱顶石这个中心；至于墙角石，不过是支持这种权威的一个微不足道的论据。然而墙角石自从被指认出来以后就对这种待遇提出抗议，它抗拒这种压制性的结构，也反对拱顶石的自鸣得意。

　　一个很清楚的事实是，本来它们都只是一块石头，在建筑物没有砌好之前，或者在它们还没有被符号化之前，它们相互平等。在建筑物没有生成以前，或者说在墙角石还没有被命名为它所是之前，每一块石头都有多种可能，每一块石头都既可能是拱顶石也可能是墙角石、捣墙石或者其他；然而如果一块石头不被能指所捕获，它将永远无法指认自我。不幸也就发生在这里，这块石头一旦被嵌入建筑物中，它们成为其他身份比如磨刀石、吸铁石等等的可能性似乎就不太可能了。墙角石恰恰反对的就是这种不可能，并且自从被命名以后它就开始抗议。而在所有这些墙角石中，必定有一块有缺陷的墙角石，这块有缺陷的墙角石深刻意识到自己的特殊性，它从与其他石头的差异性中意识到了自己的独特性，意识到自己的缺陷或不完整性，而这些特征正是整个建筑物要排挤的东西，这块有缺陷的墙角石看到自己虽然在其中却又格格不入，它万分焦虑，它向解构发出了呼唤。

　　解构应声而至。

　　德里达在一次访谈中说："所谓解构就是在其自身对某个他者性的肯定性应答，就是这个他者性才呼求解构，才召唤解构，才是带有动机的。"① 这里的他者性指的就是那块有缺陷的墙角石所具有的独特性，即它虽然镶嵌在建筑物里却又明显带有异质性，正是这种既在结

---

① 〔日〕高桥哲哉：《德里达——解构》，王欣译，河北教育出版社 2001 年版，第 122 页。

构系统或文本中却又充满异质性的他者在召唤解构。因而似乎可以说，不是解构煽动有缺陷的墙角石去造反，而是这块有缺陷的墙角石在这个压制性的结构中召唤着解构来展开行动。

如果承认了解构与这块墙角石的同谋关系，其实就是承认了解构明确的政治立场，它坚定地站在被压迫者这一方，因而在此意义上，解构体现的就是一种政治介入，它是有着鲜明的价值取向的。至少那块有缺陷的墙角石是这么认为的。然而"解构不是'事后'某一天从外部意外发生，它总是已经在作品中运作（at work in the work），人们只需知道如何去区分好的或坏的成分，好的或坏的石头——当然，好的石头恰恰总是被证明是坏的。因此，解构的分裂力量总是已经被定位于作品的结构内"。① 也就是说，解构从那块有缺陷的墙角石诞生——这块石头迟早会诞生——之时就已经开始支援它的宏伟计划了。这块有缺陷的墙角石，尽管它在系统中被认为是坏的石头，因为它会导致建筑物的坍塌；但是对于解构来说，它是块好的石头，它的独特性就在于它的缺陷，这个缺陷有着巨大的解构力量，它随时可能导致规则、结构的破裂。解构回顾了拱顶石成为霸权话语的谱系，指出这种命名的粗暴和强烈的形而上学特征，指出本来都是石头，这块石头本质上并不比另一块石头更具有神性，它只不过是有效地占用了一个称之为拱顶石的能值而已。因而，解构没有外在的主体，解构没有借助捣墙石的力量砸坏建筑物。解构是自行解构（auto-deconstruction），是石头自己在解构自己，但它借重的是那块有缺陷的石头；那么对于其他文本而言，也就意味着是柏拉图自己解构自己，是卢梭自己解构自己——参照德·曼对卢梭《忏悔录》的解读。而解构的作用就是借重文本中那个不和谐的、异质性的他者，对那个自认为统一的文本或结构系统进行颠覆，诚如理查德·罗蒂所言"'解构'所指的，首先是把一个文本的'偶然'特征看作在背叛、颠倒其所声称的'本质'内容的方法。"② 因而，可以说，解构只是发现或揭示了这种真相：柏

---

① Jacques Derrida, *Memorires for Paul de Man* (revised edition), Translated by Cecile Lindsay, Jonathan Culler, Eduardo Cadava, and Peggy Kamuf, New York：Columbia University Press, 1989, p. 73.

② ［美］理查德·罗蒂：《后哲学文化》，黄勇编译，上海译文出版社 2004 年版，第 98 页。

拉图解构柏拉图，卢梭解构卢梭。

三　解构是什么

弗洛伊德（Sigmund Freud）将力比多冲动看作人类不断进步的一个本源性的动力，无疑，解构论者将这种心理学课题引入了结构系统或文本的领域。在此意义上，解构可以被用来指称着一种本体性的内驱力，它存在于文本或结构的二元等级秩序里，蕴含着极大颠覆性与创造性。德里达指出，解构"是那种来临并发生的东西，不是大学里限定了的东西，它并不总是需要一个实施某种方法的行动者（agent）"①。也就是说，解构不是某个外在的东西，而是一直存在于结构内部的一种充盈着勃勃生机的颠覆性力量，只要存在着结构性的等级制，只要存在着这种系统内部的权力关系，只要存在着既隶属于结构又被结构压制的他者，就存在着解构。正是这种解构的内驱力推动着一个结构向另一个结构的转变与发展，这种转变与发展不是结构内部秩序的简单翻转，而是结构内部的二元对立项共同走向完结之后的一种崭新结构的重构，解构不参与这种重构，然而一旦重构的结构产生，解构便再次苏醒，展开了新一轮的颠覆，无穷无尽、无始无终。

然而这种颠覆的结果，或者说解构力量的伟大成果，解构自己却无法看到。尽管它从诞生以来就目标明确、旗帜鲜明——需要补充的是，这样说是就解构的效果而言，解构本身似乎并无所谓目的，它是无限定、无止境的。但是一旦目标达到，它就在这一系统中耗尽了自身。因此，一个系统或结构内的解构与其解构的对象既同时产生又同归于尽。因而，解构不在哪里，它就在结构中，它对结构既需要又挑衅。一旦结构消失了，解构也将不存在；如果结构系统或者说文本中并不存在什么二元等级制，那么它将一无是处。而且，一定程度上，我们就居住于结构中——即便我们没有意识到，结构之中没有主体。德里达指出："解构活动并不触动外部结构。只有居住在这种结构中，解构活动才是有可能的、有效的；也只有居住在这种结构中，解构活动才能有的放矢。之所以说在一定程度上居住在这种结构中，是因为

① ［法］雅克·德里达：《书写与差异》，张宁译，生活·读书·新知三联书店，第15页。

我们始终都在居住，甚至在我们没有料到此事时仍然如此。"① 但同时，解构还是一种对未来的敞开，它指向这样一种运动，即从一种结构转向另一种结构。尽管在结构形式的政治性上——压迫与被压迫，统治与被统治——没有任何改变，然而，这种运动不单单只是一种角色互换的循环运动，解构必将产生出一个解构性事件，这个事件所产生的影响非比寻常，解构性事件是解构最有价值的成果，正是这个解构性事件宣布了结构秩序的解体。

对于解构以及解构性事件来说，它们的出现必须具备这样一个前提，那就是结构的必然存在，而且这个结构必定是有秩序的、有等级的构成。不言而喻，这个前提是成立的，比如，"在古典哲学对立中，我们所处理的不是面对面的和平共处，而是一个强暴的等级制。在两个术语中，一个支配着另一个（在价值论上、在逻辑上，等等），或者其中之一有着高高在上的权威，要消解对立，首先必须在某一给定阶段推翻等级制"②。推翻等级制意味着解放他者，即解放那块有缺陷的墙角石，而完成这一解放任务的无疑只能是这块有缺陷的墙角石自身。但是，一旦他者被解放，它就不再成其为他者；这块有缺陷的墙角石一旦被解救，它就不再是墙角石，就不再是一个他者的角色。因而，解构在解救他者的同时也正意欲消灭他者。同时，推翻等级制意味着对占支配地位的拱顶石之身份的瓦解；解构力量或者说解构的革命性就体现在对权威、霸权大无畏的批判与颠覆。一旦这等级制中的主导话语被解构凌迟，割裂为满地碎片的时候，解构也将耗尽了所有的气力，走向完结。需要指出的是，修辞总是一把"双刃剑"，上面这个隐喻可能会产生一种极为可怕的修辞效果，即很容易让人将解构和刽子手联系起来。然而将解构比作刽子手可能不太确切，因为这个贬义词执行的是统治者或霸权的命令。解构与霸权格格不入，它代表着一种自由和民主精神。它最大公无私，是个（准）烈士，它以牺牲自我来完成解放他者的事业，撕裂结构的同时也将自身撕裂。德里达指出："由于必须从内部入手，由于要从旧结构中借取用于破坏工作

① ［法］雅克·德里达：《论文字学》，汪家堂译，上海译文出版社 2005 年版，第 32 页。

② ［法］雅克·德里达：《德里达访谈录——一种疯狂守护着思想》，何佩群译，上海人民出版社 1997 年版，第 88 页。

的所有策略上和结构上的办法，由于要从整体结构上借用它们，也就是说，不能将各个要素和原子孤立起来，解构工作始终在一定程度上成了它自身的牺牲品。"①

因此解构是一种撕裂，既撕裂结构也撕裂自身。尽管这撕裂造成了结构的破裂，造成了结构秩序的解体，造成了在场的失效。但是，解构本身看不到这种终结；解构看不到共产主义。从另一个角度而言，建筑物的坍塌——任何建筑物都有它塌陷的那一天，既意味着本来是整体的一部分的那个他者/墙角石的获救，同时也意味着结构中那个他者的对立面/拱顶石也得到了解放。然而，他者和他者的对立面的解放只是相对的解放，只是意味着它可能脱离这种结构的控制，意味着之前的命名的无效；但是一旦它离开这个结构，瞬间就被另一个结构所捕获。也就是说，这块有缺陷的墙角石一旦获得了解放，仅仅意味着它不再被捆绑于那个秩序之中，不再用来被拱顶石所俯瞰，不再衬托中心，不再被支配。然而，它永远不可能仅仅是块无意义的石头，它总是立刻就被另一个系统所占有、总是被重新命名，一块不构成系统或文本的石头是无价值的。比如在新的系统中，它可能是作为拱顶石的存在，作为中心的存在，作为控制的存在；那么在这个结构中，它马上就会成为一个被解构的对象。作为他者的墙角石一旦拒绝墙角石这个能指，一旦需要权力来充斥自身，一旦变身为中心；就逃脱不了被解构的命运。那么解构也就意味着从一个结构转向另一个结构，它继续在另一个结构中取消等级制。当然这块墙角石也有可能在其他结构中成为捣墙石或者其他石头，但是只要它被命名、只要它被等级制控制、束缚，只要存在着被支配的他者，只要结构中那个既是自身又具有他者性的构成者发出召唤，就会有解构。从这个角度上讲，解构也是一场反对命名的活动。然而需要指出的是：上面的分析可能存在着简单化、机械化的危险，因为一个有主体意识的墙角石一旦获得解放，即使它可能成为拱顶石，也具有与它在以前的那个系统中所遭遇到的那个拱顶石不同的东西。也就是说，解构不是简单地从一个结构导向另一个结构，解构过后必将会留下一个深刻的解构性事

---

① ［法］雅克·德里达：《论文字学》，汪家堂译，上海译文出版社 2005 年版，第32 页。

件。德里达指出："那些使社会、技术转型了的事件就是解构性的事件。"①

四　解构性事件

为了更好地理解解构性事件（deconstructive event），我们试图引入《创世纪》来进行说明：

> 上帝在混沌中将光明与黑暗一分为二，形成了白天和黑夜，这是上帝创造世界的第一天。以后几天里，上帝又陆陆续续地创造了万事万物。第六天，上帝按照自己的模样用泥土先塑造了亚当，然后又取下亚当的一根肋骨，造了另一个人，由亚当给她取名为夏娃，生理性别也就此诞生了。② 从此，亚当和夏娃在上帝为他们打造的伊甸乐园里，过着"自由自在"的生活。上帝规定亚当和夏娃可以摘取伊甸园里所有的东西充饥，除了智慧树上的果子。不料，他们受了蛇的引诱，吃了智慧树上的果实，他们的眼睛顿时变得明亮，开始知道善恶。他们发现自己赤身露体，感到非常羞愧，就拿无花果的叶子编织成裙子围在腰间。上帝得知此事后，大发雷霆，并将亚当和夏娃逐出伊甸园。上帝还发出诅咒，使女人要受分娩的痛苦，受丈夫管辖，男人要终身劳苦，养家糊口。亚当和夏娃被逐出伊甸园后，一起生活并生儿育女，人类的历史由此蔓延开来。

如今，大多数人似乎已经习惯于将《圣经》当成（虚构）故事来读，尽管人们对于这则故事的感受不尽相同；当然对于基督徒而言，这一切都是真实的。对于《圣经》的理想读者（ideal reader）或者说大部分基督徒而言，他们通常会憎恶那条据说是魔鬼撒旦幻化的蛇，也会责怪肉眼凡胎、不守规矩、经不起诱惑的亚当和夏娃，他们愿意

---

① ［法］雅克·德里达：《书写与差异》，张宁译，生活·读书·新知三联书店2001年版，第15页。

② 从这里似乎可以看出男人为什么对女人如此重要，因为女人曾是男人的一根肋骨，她只有在拥有男人时，才是安全的，女人和男人这对范畴必须被结构化才是和谐的、稳定的。女人必须被组织进这个结构中，才能完美地呈现出上帝的完整幻象/影子。而男人与其说是爱女人，毋宁说是爱自己，因为女人不过是男人的数根肋骨之一。

毫无保留地认同上帝的做法，也对无所不能的上帝抱有幻想；另一些读者则选择同情亚当、夏娃的遭遇，对于上帝的做法也颇有微词；而在女权主义者看来，这个故事彻头彻尾地充斥着阳物中心主义的傲慢，处处体现着男人对女人的压制，女人／夏娃是由男性——显然上帝是男性——制造的，不仅她的名字，就连她的身体也是拜男人所赐。当然，或许女权主义者应该感到庆幸的是，谢天谢地，上帝总算没有从亚当身上取下第二根肋骨。在某些结构主义批评家看来，这个故事仍然是某种禁令／违反禁令、压迫／反抗结构模式的复沓，只是如果按照普罗普的模式，我们很难确定那条蛇到底是反面角色还是助手，因为如果从禁令／违反禁令这个角度而言，蛇无疑是反面角色，它构成了以下行动：欺骗（诱惑人吃禁果）——受害人落入圈套（听信诱惑）——欺骗成功（偷吃禁果）；如果从压迫／反抗这个角度去看，蛇无疑是助手，上帝则成了反面角色，上帝压迫亚当，阻止他成为有智慧的人，而蛇帮助亚当和夏娃成为有智慧的人。某些人文主义读者则完全可能把这个故事当成一则寓言，它预示着人类自我拯救的某种潜能。而另一些读者可能会这样阅读：

　　亚当，可以说是上帝在实践"模仿说"时，造就的一件艺术品。上帝颇为自恋地按照自己的模样，用泥土制造了亚当，按照柏拉图对艺术的看法，亚当应该算作是上帝的影子，换句话说，亚当的所有权属于上帝。上帝用亚当身上的一根肋骨制造了夏娃，而上帝制造夏娃主要是为了排遣亚当的寂寞，因而作为附属品的夏娃并不是为着自身的存在而存在，她本身不是目的，而是男人排遣寂寞的手段，就好像是一个制作优良的玩具，一个玩物而已。而作为人类（男／女）隐喻的亚当和夏娃在上帝面前是毫无主体性可言的，他们的"自由自在"是以牺牲他们的创造力和主体性为代价的。上帝创造了人，但又使他们"不能像一个自由、自决而有生产性的个人般的发展"①。上帝给予亚当和夏娃以人的身体，却将他们封闭在"一个透明而又严实的玻璃缸里"，他们无忧无虑地生活着，却缺乏自我意识。他们对于上帝而言，倒像是某些现代人豢养着的两只宠物。因而实际上，亚当和夏娃在偷吃禁果之前不是作为人，而是作为物存在着的。而恰恰是偷吃禁果这一事件彻底改变了他们的存在价值，这一事件使人变成了人；

---

　　① ［美］弗洛姆：《弗洛姆文集》，冯川等译，改革出版社 1997 年版，第 13 页。

上帝则变成了阻碍人成长的力量，也就是说变成了人的对立面，因而这就使上帝造人的故事旋即变成上帝阻止人成为人的故事，这种反讽使《圣经》变成了一个异质性的文本，使《圣经》的主旨暧昧不明，同时也使《圣经》反对《圣经》。

这里我们可以对智慧果进行一种修辞性的分析。就字面义来说，它指的是一种人吃了可以明是非、辨善恶的果实。但既然是智慧果，那为什么亚当在偷食之后，面对着夏娃——自己的肋骨，他却学会了羞臊呢？亚当和夏娃在未食禁果之前，并没有将对方和自我进行区分——他们可以赤裸着身体面对对方，反而是在食用了这颗智慧果之后，却使自己不认识自己了，这怎么能说是智慧果呢？夏娃的本质是亚当的一根肋骨，在食用禁果后，亚当为何如此在乎夏娃的表象，而忘记了她的本质或者她真实的在场呢？这禁果岂不如同柏拉图的"药"——既是毒药又是良药——一样，一方面使人获得了关于伦理上的"智慧"；另一方面却使人忘记了存在——夏娃的本质。

亚当和夏娃之所以感到羞臊是因为他们彼此将对方他者化了，他或她之所以围上无花果做的裙子就是感受到了他者的注视，自我意识就是始于这种他者的注视，而自我的成长也就在于主体能够打破自我的镜像阶段，将自我和他者（也包括上帝、伊甸园）区分开来。因而在此意义上，这个所谓的智慧果既是让人变得聪明的果实；同时也是一颗愚昧果，因为他或她将自己误认为他者。由此看来，创世纪的故事尽管颇富想象力，但并不高明，叙事者乃至说书人总是按照自己的逻辑想当然地以为每个词语、每个句子都服服帖帖地沿着自己铺设的道路行进，但如果接受者在修辞上稍加留意就能识破这种把戏。如果叙事者是在场的，那么面对接受者的质问，他的故事该如何继续呢？而这样的诘问似乎存在于每一个文本中，在《俄狄浦斯王》中，主人公怎么可能对拉伊俄斯的死一无所知呢？"俄狄浦斯之妻伊俄卡斯忒或皇宫里的其他人不可能不告诉他伊俄卡斯忒的前夫是如何死的，俄狄浦斯可能早就根据已知情况开始进行推断。然而，整部剧都取决于俄狄浦斯的无知。"① 又如灰姑娘之类的童话故事，既然"到了午夜十二点之后一切都会变回以前的样

---

① ［美］J. 希利斯·米勒：《解读叙事》，申丹译，北京大学出版社 2002 年版，第 3 页。

子"，为什么灰姑娘在慌乱中丢下的那只鞋没有变成一只老鼠或者其他什么呢？当然在《创世纪》这个故事中，漏洞、反讽到处都是。布鲁姆指出，对于耶和华而言，颇为反讽的是，"它本源地就使那蛇比那男人和女人更具有完善的意识，不过，这意识还不足以确定地知道他们的局限或他们自己……蛇的反讽被各种各样的诺斯替主义所大量利用，这一反讽就是，它既比人还要属于人，而同时又不只是人，尽管它不属于上帝的儿子之列"①。另外，布鲁姆还指出一个明显反讽的地方："对《创世纪》第三章的任何精确阅读首先都要认识到，亚当的妻子（在耶和华诅咒之前她一直是无名的）对蛇的能说会道、站立和聪明一点也不感到惊奇，不论是在它表现出的人的方面，还是在它所传达的信息方面。"② 这条能言善辩智商远在人类之上的蛇是上帝创造出来的吗？如果真是这样，那么这一切岂不是上帝自己一手策划或者自编自导的苦情戏吗？

偷吃禁果这个事件，一定程度上是个具有革命性的事件，或者按照解构批评的术语，应该叫作解构性事件。这一解构性事件的价值就在于人从物的无目的、无意识的状态向着真正的、有创造力的人的世界的转变。因为这一事件不仅在认识论上改变着人对这个世界，对伦理、性别、政治等等的看法，而且使人意识到自己作为一个类的存在物的价值，并且已经开始了人的创造性的实践活动。在《圣经》中，人类进行的第一个创造性活动，就是用无花果的叶子编织成裙子围在腰间，人开始有文化了；当然在这个故事中，裙子最早是作为伦理需要而不是作为生理需要被创造出来的。而以现代人的眼光来看，这条裙子也可算作是人类最早的艺术品，但我们发现，人类从事艺术活动也许暗含着某种美学上的冲动，但首要的不是为了审美，我们今天视为艺术品之类的东西在最初可能并不是艺术品。

至此，我们大致上已经明白了什么是解构性事件。

解构作为一种本源性的、生生不息的、蕴含着极大颠覆性与创造性的内驱力，产生于结构成其为结构的那一刻，它是对他者性召唤的肯定性应答，是对结构等级制秩序的颠覆。解构在解放他者的

---

① ［美］哈罗德·布鲁姆：《批评·正典结构与预言》，吴琼译，中国社会科学出版社 2000 年版，第 104 页。

② 同上。

同时也解放了他者的对立面，它不知疲倦地从一种结构奔向另一种全新的结构，以至无穷。而解构性事件就是结构中的二元等级秩序发生偏转甚至解体的转折点，就是从一个结构转向另一个结构的关键点。

解构运动必将产生出一个解构性事件，这个事件所产生的影响非同寻常，正是这个解构性事件宣布了结构等级秩序的解体。因此直立行走是一次解构性事件，蒸汽机的发明是一次解构性事件，有声电影的出现是一次解构性事件，中华人民共和国的成立是一次解构性事件。人类的进步就是取决于这一系列的解构性事件，人类历史或至少那些关于历史的表述正是由这些解构性事件构成的。

尽管解构性事件这个概念或者说批评形态论意义上的话语，在德里达乃至他的那些美国朋友眼中微不足道，解构论者也没有对其进行专门的论述，但笔者认为，这个概念是理解解构思想的一个关键要素。某种程度上，它同黑格尔或者马克思所说的"扬弃"（aufheben）有某种相似性，"扬弃"同时具有肯定和否定双重含义，它既是保留又是抛弃，既是代替又明显带有之前的踪迹。在事物和概念的发展运动中，每一阶段对于前一阶段而言都既是一种否定，同时在否定中也包含着某种肯定。而解构性事件也同样是等级制走向瓦解之后所留下的踪迹，它具有旧有结构的某些印迹，同时又是面向未来的东西。解构运动在生生不息地进行着，而这些解构性事件就是这些运动所留下来的踪迹，凭借着这些踪迹，我们才能设法进入解构运作的程序之中。在解构论者看来，夏娃偷吃禁果事件完全是一个解构性事件，如果没有这个事件，人类将无法打破那个和"上帝赋予的自然"和谐一体的镜像阶段，人类也不能够真实地认识到一个作为有认识能力、有创造能力的自我的存在。

总之，解构性事件作为解构运动的一个必然而重要的产物，它标示出了某一结构系统或者某一文本中解构内驱力的运动轨迹，它是解构对结构系统或文本中处于被支配地位的那个结构单位的一种应答结果。解构性事件一旦诞生，就面临着结构的重组或重新定位，也就意味原先在结构系统中的各个（对立）项在新的价值坐标中需要进行价值重估。就偷吃禁果这个事件而言，对于自主性的人之诞生来说，上帝和撒旦（蛇）的价值就应该重新评价。人类当然要感谢上帝，因为上帝又当爹又当妈地把人制造出来——一方面，是上帝"孕育"、制造（生产）出了人；另一方面，他按照自己的男性特征制造了亚当。一般说来，作为生产性的功能当然应该是属于母亲的，但是由于亚当是个男人，而他又是按照上帝的模样被制造出来的，所以上帝必然也是个男人，因而就性别而言，上帝的基本性征与其在这一事件中的功能颇为有趣地构成了一种反讽的效果，而恰恰是这种反讽同时也可以说是这种隐喻颠覆了性别秩序的生理基础。但是上帝的禁令——禁止食用智慧果，又使人的发展受到了限制。在此意义上，上帝又成了一种压制性的力量，而"蛇"或者说魔鬼撒旦则成了人类的盟友，没有它人不可能成为人。因而上帝和撒旦的功能或角色就被全然颠覆了，上帝成了阻碍人发展的魔鬼撒旦，而魔鬼则成了帮助人发展的"上帝"。在此意义上，《圣经》与其说是对上帝的歌功颂德，毋宁说是某种程度上对上帝的控诉。因而《圣经》成了《圣经》最大的反对者。德里达指出："解构的发生，是一个事件，这个事件并不等待一个主体的审议、觉悟或组织，即使是现代性的主体。它解构自身，它是可以被解构的（be deconstructed）。"① 解构是事物运动发展的必然，解构的发生来自文本内部，是文本自行解构，是《圣经》自身的异质性解构了《圣经》。

　　将解构性事件这个术语纳入文学批评中，也有着非常重要的意义，它是布鲁姆"影响的焦虑"之后所产生的一个积极性的事件，即新的诗歌范式、更优秀的作品的诞生，是对前辈作家的一种超越，但这种超越同时保留了某种解构之踪迹。解构性事件意味着新的文学范式、样式、风格的出现；新的批评形态、话语模式等的出现，而这些新生的东西又必然显露或继承着过去的某种东西，例如我们在福楼拜身上看到了他对巴尔扎克某种意义上的改写与留存，在解构批评身上依然看到新批评的细读法以另一种方式指导着人们的阅读，看到后结构主义批评仍然在多大程度上依赖于结构主义乃至其他文学批评形态所提供的底座。

---

① Jacques Derrida, Letter to a Japanese Friend trans. David Wood and Andrew Benjamin, in *A Derrida Reader：Between the Blinds*, ed. , Peggy Kamuf, New York：Columbia University Press, 1991, p. 274.

第二节 解构批评

一 何谓解构批评

解构（deconstruction）、解构批评（deconstructive criticism）、解构论者（deconstructionist）这三个术语是西方学术界在讨论解构时，经常用到的基本词汇，另一个词语也可能会用到，即"不可解构的"（undeconstructible）；而一般很少用解构主义（deconstructionism）这个词，也几乎不说什么解构主义批评，也不说什么解构主义者（deconstructionismist）。也就是说，"解构"在西方学界，很少同"主义"这个词捆绑在一起。但这种情况在国内学界却发生了非常有趣的变奏，我们并没有同西方学界保持着较为一致的步调，我们"创造性"地将解构与解构质疑的东西捆绑在一起，"解构主义"这个词对于解构而言，本身充满了反讽，但我们却并不是在反讽的意义上使用"解构主义"这个词。只要随手翻翻有关解构的论文或论著，我们就会发现，绝大多数与解构相关的论文都冠以"解构主义""解构主义批评""解构主义论者"之名；显然，只要稍加甄别，通常，国内学术界所说的解构主义并不是对应于"deconstructionism"一词，而是对应于"deconstruction"，这也就是说，学界将"解构"和"解构主义"混淆了。

不得不说，这类问题是中国学界独有的，我们推测这可能和国内学界对于解构理论的译介有直接的关系。就"解构主义"（deconstructionism）这个词来说，即便是在西方学术界，即便是解构理论的论敌们也通常不用这个词，更不用说解构论者了；而且不仅解构论者不会用到"deconstructionism"这个词，即便是"deconstruction"这个词或术语，德里达也认为应该用复数形式，认为存在着多种形式的解构。然而，解构（deconstruction）这个词翻译成中文的时候，很多情况下就莫名其妙地变成了解构主义，例如王逢振在其翻译的伊格尔顿的著作《现象学、阐释学、接受理论：当代西方文艺理论》中就将"deconstruction"先后翻译为"分解、分解主义、解构主义"①。郭英剑翻译米勒的《重申解

---

① ［英］伊格尔顿：《现象学、阐释学、接受理论：当代西方文艺理论》，王逢振译，江苏教育出版社 2006 年版。

构主义》一书中，将"解构"（deconstruction）翻译为解构主义、解构论，将"解构（式）的"（deconstructive）翻译为"解构主义的"，将解构批评（deconstructive criticism）翻译为解构主义批评，将解构论者（deconstructionist）翻译为"解构主义（者）"①。陆扬翻译乔纳森·卡勒的《论解构》一书中，将"deconstruction"翻译为："解构、解构主义"②。一本叫作《解构主义与翻译》（*Deconstruction and Translation*）的书，直接就将标题中的"deconstruction"翻译成"解构主义"③。此外，杨仁敬翻译的《剑桥美国文学史》④，张颖、王天成翻译的《德里达》⑤以及章燕、李自修翻译的《后现代主义百科全书》⑥也都是将"deconstruction"一词翻译为"解构主义"。

我们也发现，在最早对解构理论进行引介的文章或论著中，就已经常常看到这种将"解构"置换为"解构主义"、将"解构批评"等同于"解构主义批评"的做法，例如陆扬的《解构主义批评简述》、郑敏的《解构主义与文学批评》、晓风的《新历史主义批评对解构主义的超越》、逢春的《米勒解构主义理论的新发展》、陈鸣树的《解构主义述评》、张沛的《德里达解构主义的开拓》、张小元的《走出象牙之塔，重返历史之流——略论解构主义文学批评》、汪民安的《解构主义与中国当代文学批评》⑦等等都是用"解构主义"一词来

---

① ［美］J. 希利斯·米勒：《重申解构主义》，郭英剑译，中国社会科学出版社 1998 年版。

② ［美］乔纳森·卡勒：《论解构》，陆扬译，中国社会科学出版社 1998 年版。

③ Kathleen Davis, *Deconstruction and Translation*，上海外语教育出版社 2004 年版。

④ ［美］萨克文·伯科维奇：《剑桥美国文学史》，杨仁敬译，中央编译出版社 2008 年版。

⑤ ［英］克里斯蒂娃·豪威尔斯：《德里达》，张颖、王天成译，黑龙江人民出版社 2002 年版。

⑥ ［英］维克多·泰勒、查尔斯·文奎斯特：《后现代主义百科全书》，章燕、李自修译，吉林人民出版社 2007 年版。

⑦ 陆扬：《解构主义批评简述》，《学术月刊》1988 年第 2 期；郑敏：《解构主义与文学批评》，《外国文学评论》1990 年第 2 期；晓风：《新历史主义批评对解构主义的超越》，《外国文学评论》1991 年第 2 期；逢春：《米勒解构主义理论的新发展》，《外国文学评论》1991 年第 2 期；陈鸣树：《解构主义述评》，《东疆学刊》1991 年第 2 期；张沛：《德里达解构主义的开拓》，《北京师范大学学报》（社会科学版）1991 年第 6 期；张小元：《走出象牙之塔，重返历史之流——略论解构主义文学批评》，《人文杂志》1992 年第 5 期；汪民安：《解构主义与中国当代文学批评》，《华中师范大学学报》（人文社科版）1993 年第 4 期。

代替"解构"，并且这些论文的标题和摘要中的英文翻译，有很多都用的是"deconstructionism"而不是"deconstruction"，此外，现在我们所看到的大部分推广到各高校所用的批评理论教材也都似乎在不经意间使用了解构主义、解构主义批评等词汇，比如，王先霈、胡亚敏编的《文学批评原理》、朱立元主编的《当代西方文艺理论》、周忠厚编的《文艺批评学教程》等等都使用了"解构主义"这个词；邱运华编的《文学批评方法与案例》、赵焱秋的《文学批评实践教程》、凌晨光的《当代文学批评学》等等也都使用了"解构主义""解构主义批评"①，等等。因而，大致上从翻译到运用，学界经历了从翻译上的解构到解构主义（彼时的解构等同于解构主义），然后再自发地将解构主义非解构化（即解构主义并非等同于解构，而是 deconstruction-ism）等过程。

但奇怪的是，既然存在着看似如此严重的错误，为什么很少有人指出呢？为什么会情愿将这种"错误"普遍化为一种似乎大家都默认的学术语汇呢？

当然，如果非要给这种错误找一个理由，我们认为这可能是由于思维惯性所致。新时期以来，西方文艺理论一股脑儿地涌入国内，各种新术语层出不穷，不禁使人眼花缭乱。对于某些理论，在我们还没有对其辨识清楚——更不要说消化了——的时候，就已经要求我们对这些理论进行命名。而一个很清楚的理论现象是：西方的大多数批评理论都是行进在一系列的"主义"之中的，在形式主义、存在主义、结构主义次第展开的（历史）序列中，紧随其后的、如此声势浩大的"解构"照理也应该可以被"主义化"。而且某种程度上说，在"解构"之后加上"主义"一词，就可以和结构主义平起平坐了——且不论解构与结构主义的关系，这全不像新批评那般落寞，因为即便是新批评风靡美国也有一段时间了，但是美国著名的批评家休·肯纳（Hugh Kenner）却还是将之"贬低为一种课堂教学手段"②。因而新批

---

① 王先霈、胡亚敏：《文学批评原理》，华中师范大学出版社 1999 年版；朱立元：《当代西方文艺理论》，华东师范大学出版社 1999 年版；周忠厚：《文艺批评学教程》，人民大学出版社 2002 年版；邱运华：《文学批评方法与案例》，北京大学出版社 2006 年版；赵焱秋：《文学批评实践教程》，中南大学出版社 2007 年版；凌晨光：《当代文学批评学》，山东大学出版社 2001 年版。

② 赵毅衡：《新批评文集》，中国社会科学出版社 1988 年版，第 542 页。

评似乎没资格被称作什么"新批评主义"。与此相比，对解构而言，将其冠之以"解构主义"，应该实属荣幸，因为这无疑是一种抬举。但不幸的是，解构不该蒙受错爱，而且对不起，解构也不屑于被归入"主义"的谱系中去，进而被形而上学的话语所重新书写或重新表述。将解构"主义化"实际上意味着将解构形而上学化，将其简约为漫长而有序的批评史上的一块拼图，一个钉死的标本。殊不知解构最喜欢质疑的就是什么"主义"了，将"主义"忝列于解构之上，对解构而言，不啻是一个天大的反讽。

总之，在解构与"主义"的关系中，解构要做的，似乎恰恰就是要思考"主义"、考量系统、告别教条。在解构和主体的关系上，解构不是试图像结构主义那样将主体打发到结构的一个功能之中，而是对那些被整合于一定秩序与结构中的被压抑的、剥夺了主体性的他者之营救，让人真正成为一个独立的人，成为自己的主人，而不是被上帝、逻各斯、权威、霸权控制着的人，他不再是这样或那样的"主义"或系统的一个功能。在对待所谓的"主义"的时候，解构同实用主义一样，可能思考最多的是，我们要"主义"来做些什么，我们要从各种各样的"主义"中继承和发展出什么，而不是我们将要成为什么样的"主义"。也就是说，当我们将解构看作一种运动方式的时候，它是一个动态的概念，因而不能够用"主义"一词来规约。

然而，同样要对解构说声抱歉的是，使解构系统化，使其成为一个可被触摸、确定性的东西，也正是本书所要做的事情。我们这里是将其理解为一种具体的文学批评形态，也就是说要将其看作一个静态的概念。我们发现，的确存在着一套解构或者说解构批评的系统化了的话语、方法、范式和观念，而且对于德里达和他在美国的朋友们来说，解构的形式即便是多种多样的，但它还是有其较为普遍性和系统性的一面。这也是本书写作的意图所在，那么，为了表示对德里达或解构的敬意，除了引文中不可避免地提及"解构主义"之外，本书将尽可能避免使用"解构主义"一词。因为毕竟也有过这样的先例，我们在理解和把握现象学的时候，毕竟没有将其命名为现象学主义。

通常，解构在两种意义上被理解，一种是广义上的，一种是狭义上的；但在具体的讨论中，两者似乎又很难被截然分开的。我们试图对其进行一番简单的说明。

（一）广义的解构

前文我们主要是从解构的特点以及解构的实质，或者说解构的本质、解构的基本精神等方面，对解构进行了一番梳理和探讨，即将解构当成是一种动态的运动方式来看待，认为解构的基本态度或立场就是让他者说话。那么下面我们主要从把它作为一种思潮、作为一种文学批评形态甚至作为一个文学流派的角度来进行分析。从解构所涉及的具体内容、具体领域以及研究解构的不同角度上看，解构可以概括为以下三个层次。

第一，解构被用来指一种思想运动，或者说一种思潮。它脱胎于当时的社会历史文化语境，但又像任何一次思想运动一样，充满了俄狄浦斯式的叛逆以及尼采式的狂狷。而如果把它作为一个思潮来看，那么它在人文、社会学科等诸多领域都有所体现，如盛宁先生所说："选其最主要的代表人物说，它至少还应该包括对西方文明史、思想史谱系的建构原则进行质询的米歇尔·福柯（Michel foucault），对各种文化文本的符号性加以揭秘的罗兰·巴特（Roland Barthes），以及按照语言学原理对弗洛伊德精神分析学改写的雅各·拉康（Jacques Lancan），等等。"他们中的一些人或许从没有使用过"解构"这个术语，而德里达和福柯以及拉康之间还发生过争执，但是，"他们在敌视形而上学的传统，在探索后形而上学的认识可能性方面，却显示出一个大体一致的目标。正是由于他们的这一共同合力，这才形成了'解构'这样一股震撼整个西方思想界的冲击波"①。总之，这一思潮具有一个显著的特征，就是反形而上学、反本质主义。

第二，解构指的是一种思想方法，一种对待文本、处理对象世界的基本观念，它提出了一种全新的思考问题的方式，在此意义上，"'解构'的目标就是：我们要试图对一些记忆，一些谱系，一些既定的等级结构进行分析和揭示"②。我们认为，这一思想既是之前某种思想方法、某种认知结构、某种话语方式的优秀继承者，又是它的最为犀利、最为歇斯底里的反抗者。它孜孜不倦地对所谓的柏拉图主义或者逻各斯中心主义提出了大胆而颇具想象力的质疑。同时，它继承了尼采、弗洛伊德还有海德格尔思想中较为精粹的部分：价值重估、意识背后的无意识力量以及对在场的攻击。在此意义上的解构常常被同

---

① 盛宁：《人文困惑与反思：西方后现代主义思潮批判》，生活·读书·新知三联书店1997年版，第90页。

② 杜小真、张宁：《德里达中国讲演录》，中央编译出版社2003年版，第155页。

福柯、拉康、德勒兹等后结构主义者联系起来。而就德里达所宣扬的解构而言，那就是不要迷恋语言的单一意义，既不要被字面义所欺骗，也不要被那些惯常使用的、取消了字面义的隐喻化了的语言所蛊惑，一个聪明而有能力的人要懂得在字面义和比喻义之间做出决断。要在一句夸赞比如"你真美"这样的陈述中修辞性地读出或洞见其可能的"真实"意图，要在一堆媚俗或媚雅的广告文本中修辞性地读出其赤裸裸的资本逻辑。在解构论者看来，这是一种能力，也是这一时代形势逼迫下，我们得以继续思考、继续勇敢而自信地生存下去的有力武器，而且不久以后这种能力也许就可能会变成我们本能的一部分。

第三，就解构狭义的方面而言，它被用来指称一种具体的文学批评形态，或者说是一个流派，可以被称作解构批评。但愿这样的说法没有太过冒犯，因为无论是德里达还是德·曼，以及米勒、哈特曼、布鲁姆、约翰逊、加谢（Gasche）、沃敏斯基等这些强调差异的解构信徒们始终拒绝以"流派"这样的字样来归并他们，对他们来说，这不啻是"语言的牢笼"。谈及这一批评流派，主要应归功于霍普金斯大学、加州大学（厄湾分校）以及耶鲁大学。在美国，某种程度上而言，解构批评已经取代了新批评和现象学批评，成为美国 20 世纪 70年代整个文学批评界反响最为热烈的批评流派。

概言之，上面所谈的前两点可以理解为是广义上的解构，在此意义上解构可以看作一种思潮或一种运动。而这一思潮或运动与当时的社会形势，特别是和世界范围内此起彼伏的学生运动有着千丝万缕的联系。罗蒂指出："解构主义运动远不止于文学批评，最广义的解构主义可以作为一种表示，它所指的是一阵在知识分子中对现状不满和怀疑的强烈旋风。"① 因而它具有反传统的特征，在保守主义者眼里："'解构主义者'与'以一种莫名其妙、令人费解的语言对大家接受的观念进行任意批评的政治激进主义者'基本上是同义词"②。因而在此意义上，解构仍属于 20 世纪 60 年代激进政治运动在思想领域里的余波。

---

① ［美］理查德·罗蒂：《后哲学文化》，黄勇编译，上海译文出版社 2004 年版，第134 页。

② 同上书，第 92—93 页。

从 20 世纪批评理论的走向上来看，解构乃至整个后结构主义在其出场之前面对的是这样一种形势，当时整个欧洲学界正处于狂热的结构主义包围之中，但在 20 世纪 60 年代中期，结构主义内部已经呈现出某种断裂的情势，许多学者将 1966 年看成结构主义和后结构主义的分水岭。尽管在当时，似乎没有任何迹象表明结构主义已经家道中落，而且当时的情况似乎是这样的："出版社在 1966 年的出版活动可以清楚地表明，结构主义在那一年到处爆炸，几乎造成一场地震。"① 结构主义毫无疑问地占领了曾属于存在主义的高地。这一年出版了罗兰·巴特的《批评与真理》、格雷马斯的《结构人类学》、托多罗夫的《文学理论》、艾利亚斯·卡内蒂的《群众与权力》、布尔迪厄与阿兰·达贝尔合著的《爱的艺术》、艾玛纽埃尔·勒鲁瓦的《朗格多克农夫》、皮埃尔·古贝尔的《路易十四和两千万法国人》，当然还包括福柯的《词与物》，等等；而这一年，结构主义已经相当频繁地出现于法国主流（学术）杂志上：2 月，《解蔽》杂志出版了结构主义专号；3 月，《语言》杂志创刊，将语言视为人文科学研究的重中之重，主张对语言进行科学研究，而在这一年第三期的《精神分析学刊》上，拉康在回答哲学系学生提出的问题时，指出："精神分析作为一门科学将属于结构主义的范畴，因为它承认，它已经拒绝承认科学中的主体。"②《交流》杂志第八期更是集结了这样一些可以称为结构主义者的论文，这些作者包括：罗兰·巴特、格雷马斯、克洛德·布雷蒙、翁贝托·埃科、朱尔·格里蒂、维奥莱特·莫兰、克里斯蒂安·梅斯、茨维坦·托多罗夫、热拉尔·热内特等等。③ "当萨特的《现代》杂志出版结构主义专号时，结构主义横扫一切的成功之势被巩固了。"④ 但不得不说，看似如此红火热闹的结构主义实际上已经呈现出某种断裂的趋势，就福柯的情况来说，"米歇尔是由结构主义浪潮催生的，他的著作开始体现为在哲学上对新思想所做的综合，这样的新思想已经发展 15 年了。如果说作者后来刻意使自己与结构

---

① ［法］弗朗索瓦·多斯：《从结构到解构：法国 20 世纪思想主潮》，季广茂译，中央编译出版社 2005 年版，第 422 页。

② 同上书，第 426 页。

③ 同上。

④ 同上书，第 430 页。

主义的标签保持距离（他认为与结构主义同流合污是一种耻辱），那么在 1966 年，他认为自己正处于这种现象的核心地带：'结构主义不是一种新方法，而是被唤醒的杂乱无章的现代思想意识'"。①自此以后，巴特、福柯、德里达、拉康的著作再也不被简单地看作结构主义的了。德勒兹指出："在我们所有人的著作中，人们都看到了诸如多样性、差异、重复这样一些主题。"② 因而 1966 年，既可以被看作结构主义登峰造极之时，也可以被认为是结构主义盛极而衰的年份。

当然，如果我们要给结构主义下个定义，也的确是件颇让人头疼的事情，皮亚杰指出：所有结构主义者已经达到或正在追求的一个具有可理解性的共同理想是存在的，而结构主义者的批判意图，则是非常不同的。而如果"把结构观念的积极特征作为中心，我们就至少能够从所有的结构主义里找到两个共同的方面：一方面，是一个要求具有内在固有的可理解性的理想或种种希望，这种理想或希望是建立在这样的公设上的：一个结构是本身自足的，理解一个结构不需要求助于同它本性无关的因素；另一方面，是已经取得的一些成就，它达到这样的程度：人们已经能够在事实上得到某些结构，而且这些结构的使用表明结构具有普遍的、并且显然是有必然性的某几种特征"③。就此而言，结构主义体现了某种科学主义的倾向，它是对存在主义甚至人本主义的否定，但在其基本观念中，仍然有着一种简约化和普遍化的倾向，而且也仍然是一种压制性的思想，因为在结构观念中，结构等级制的观念是必然的也是绝对的，因而它仍然是逻各斯中心主义在近代批评理论发展的具体表现，它与白人中心主义、阳物中心主义仍然保持着某种一致性。而解构的起点正是对这种西方形而上学思想的反思，德里达指出："从我开始我的研究起，可能就是'解构主义'研究本身，我就始终对诸如瓦莱里、胡塞尔或海德格尔等在现代性名下表达的欧洲中心主义持极端批判立场。解构主义总的来说是一项事

---

① ［法］弗朗索瓦·多斯：《从结构到解构：法国 20 世纪思想主潮》，季广茂译，中央编译出版社 2005 年版，第 441 页。

② ［法］吉尔·德勒兹：《哲学与权力的谈判——德勒兹访谈录》，刘汉全译，商务印书馆 2001 年版，第 103 页。

③ ［瑞士］皮亚杰：《结构主义》，黄颂杰《二十世纪哲学经典文本：欧洲大陆哲学卷》，复旦大学出版社 1999 年版，第 549 页。

业，很多人正确地把它视作对于任何欧洲中心主义怀疑的举动。"①

当然，这种反思并不单纯是由德里达开启的。因而最广泛意义上的解构可以被纵横扩散为一个非常大的光谱。从横向上看，它包括了上面所列的那些优秀的后结构主义思想家，比如福柯、拉康、德勒兹、巴特等等。而就纵向上来说，它可以被追溯到尼采、弗洛伊德、海德格尔等，其中尼采最为醒目。可以说，尼采的《道德谱系学》本身就是解构批评的绝佳范文，而更为重要的是尼采的思想，"这种思想所体现的不仅仅是哲学的终结，而且也是哲学的启示录，它揭示了哲学的意义，或者更恰当地说，暴露了它的无意义性"。②但海德格尔认为，"上帝之死"虽然具有强烈的批判性和破坏性，这是对形而上学的无意义性的最为精辟的总结，但是美中不足的是尼采又使用"权力意志"和"永恒轮回"来填补了上帝死后留下来的空白。另外，尼采对艺术的看法也是摇摆的，一方面他认为艺术完全是一种无目的的游戏，而另一方面，他又认为它是一项有目的、支撑着生命、改善着生命的任务。这使尼采一方面沉溺于语言的游戏状态之中，一方面又对语言保有某种人文期待。海德格尔认为哲学家们思考的是存在物的存在，而不是对作为存在真理的存在的思考；柏拉图主义把存在与存在物的一般特征给混淆了。但是海德格尔对在场的攻击，在德里达看来也还是不够彻底的，海德格尔的"存在论区分"仍然是个受形而上学支配的概念，尽管海德格尔的"分解"（destruktion）在某种意义上已经具备了解构的一些内涵，海德格尔使用这个词意在"对在精神史进程中遮蔽了存在的本质并凭借着形而上学思维而日积月累起来的沉淀物和残余物的拆除、解散和分裂"③。在海德格尔看来，即使存在着形而上学的终结，也并不意味着人们不再进行形而上学的思考，不再创立形而上学体系。那么，为了同海德格尔进行区分，德里达创造了很多新的词汇，如解构、异延、踪迹等等，如果说海德格尔的词表达了"他对不可说的东西、沉默的东西、持存的东西的尊敬，而德里达

---

① ［法］德里达：《解构与思想的未来》，夏可君译，吉林人民出版社 2006 年版，第11—12 页。

② ［德］恩斯特·贝勒尔：《尼采、海德格尔与德里达》，李朝晖译，中国社会科学文献出版社 2001 年版，第 2 页。

③ 同上书，第 19 页。

的词则表达了他对繁衍的东西、难于捉摸的东西、隐喻的东西和不断地自我再构造的东西的充满深情的赞美"①。

因此，广义上的解构指的是，因怀疑和不满当时社会而激起的一种思想运动，这种思想运动集中地表现在对西方逻各斯中心主义的批判和颠覆，因而可以被理解为一种哲学思潮，一种对哲学不满的思潮。

而狭义上的解构，主要被作为一种文学批评的具体形态来指称，在这个序列上，它同形式主义批评、社会历史批评、精神分析批评等构成了一组纵向的聚合关系，就此而言，它究竟为我们今天的文学批评或文学阅读提供了哪些新的东西，诚如那站在大象身体不同位置的盲人们，他们到底摸到了大象的哪个部分？这是我们主要考察的地方。如果说结构主义文学批评主要是研究文学作品的内在形式和结构的特征，那么后结构主义则放弃了这种假设，并"逐渐认识到无论阅读是怎样的客观与科学，阅读的对象总是由阅读行为建构的，而不是在阅读中所发现的叙事作品的内在特征"。② 就此而论，前面所列的维克多·泰勒、查尔斯·文奎斯特编的《后现代主义百科全书》中对解构的定义——即将其看作一种文本阅读方法——是在狭义的意义上对解构做出定义的。

(二) 解构批评

狭义的解构指的是一种文学批评，一种对待、处理文本的方法，通常称之为解构批评 (deconstructive criticism)，有时又被称作修辞分析 (rhetorical analysis)、修辞批评 (rhetorical critcism)、解构修辞学 (deconstructive rthetoric)，以及米勒所钟爱的修辞阅读 (rhetorical reading)，等等。一般认为，其正式确立源于德里达、保罗·德·曼、J. 希利斯·米勒、杰弗里·哈特曼 (Geoffrey Hartman)、哈罗德·布鲁姆 (Harold Bloom) 合作出版的《解构与批评》(1979)。

乔纳森·卡勒在《文学理论》一书中对解构、解构批评做了这样的说明：

---

① ［美］理查德·罗蒂：《后哲学文化》，黄勇编译，上海译文出版社 2004 年版，第 97 页。

② ［英］马克·柯里：《后现代叙事理论》，宁一中译，北京大学出版社 2003 年版，第 4 页。

对解构最简单的定义是，将其作为构成西方思想等级制的一种批评：内/外，精神/肉体，字面的/隐喻的，言语/书写，在场/缺席，自然/文化，形式/内容。解构二元对立就是要表明这种关系不是本质的、不可避免的，而是一种建构，是依赖于这种对立的话语生产出来的。通过表明它是在作品中的建构，解构试图去拆开（dismantle）、重新描述它——这就是说，不是摧毁，而是要赋予它一个不同的结构和功能。但作为一种阅读方法，用芭芭拉·约翰逊的话说，解构就是"展示文本之中关于意义的各种相互抵抗的力量"。研究各种意义模式——比如在陈述性（constative）语言和施为性（performative）语言——之间的张力。①

《剑桥英语文学指南》给解构批评下的定义为：

一种阅读实践，主要归功于雅克·德里达的著作。他的论文《人文科学中的结构、符号和游戏》在美国开创了一种新的批评运动——尤其是在耶鲁大学。德里达的核心概念："在场""逻各斯中心主义"（logocentrism）、"语音中心主义"（phonocentrism）、"增补"（supplement）以及"异延"等等，自柏拉图之后，西方思想使用了各种各样的概念——比如"实体"（substance）、"本质"（essence）、"终极"（end）、"起因"（cause）、"形式"（form）、"存在"（being）等——来构造中心话语，以便对真理和谬误做出区分。逻各斯中心主义就是对中心的眷恋，这种信条包含着一个词语对另一个的特权。比如，在卢梭以及其他一些人那里，言语在等级上要置于书写之上；这种特定的"暴力等级制"被称为"语音中心主义"（以声音为中心）。解构就始于对这种等级制的颠覆，继而用新的等级制来替代，这样在这种特殊的话语场域（discursive field）就留下了某种不确定性。在法语里，"异延"这个术语结合了"差异"（differ）和"推迟"（defer）两种含义。正是通过差异系统，符号才获得意义，而同时一旦我们开

---

① Jonathan Culler, *Literary Theory: A Very Short Introduction*, New York: Oxford University Press, 1999, p. 126.

始解释，意义又会被生成的无休止的能指链所延宕。"增补"描述了诸如言语和书写之类的术语间存在着的不稳定的关系。一个词语总是既是对另一个词的代替，同时又是一种增补。

耶鲁的解构成员包括芭芭拉·约翰逊（Barbrara Johnson）、保罗·德·曼、杰弗里·哈特曼以及 J. 希利斯·米勒、约翰逊已经完成了关于巴尔特、德里达和拉康的优秀论文，她解构了坡（Pos）的《被窃之信》，通过对拉康之读解及德里达式的解构阅读的分析，显示了这两种对坡的阅读无意识中的特权观念。德·曼的著作探讨了语言的修辞（特别是比喻性语言）是如何抑制对事物的明确指称，并且也妨碍了意义的沟通。批评本身也陷入了同样的意义的修辞性位移。批评总是寓言性的：它只是用另一种话语来替代。德·曼也认为文学文本是自我解构的。因此文学批评就应该参与到文学文本的展开之中。哈特曼接受了一种极端的后结构主义观点，认为批评内在于文学。他把一种对于语言游戏的钟爱和一种不愿放弃传统的英国人文批评结合在一起。希利斯·米勒保留了新批评阶段时的缜密的文本分析，之后又接受了现象学批评，然而他接受了德里达对于之前那种稳定的、统一的文本或者意识的批评。他最近的著作探讨了不可预测性和文学语言的异质性。[①]

尽管上面对于解构批评的界定已经非常清晰了，但是还需要澄清一点：在许多学者眼中，似乎广义上的解构更多指的是德里达的思想，而狭义上的解构或者说解构批评虽然和德里达有关，但主要指的是美国的耶鲁四人帮。阿布拉姆斯在《文学批评术语词典》中指出："德里达没有将解构推广为一种文学批评模式，而是作为一种阅读所有文本的阅读方式，以此来颠覆西方思想中的在场的形而上学前提。然而他的观点以及他的程序（procedures）已经被运用于文学批评中，特别是美国。"[②] 德里达也的确多次声明解构不是一种批评，但实际

———————

① Lan Ousby, *The Cambridge Guide to Literature in English*, Cambridge: the Press Syndicate of the University of Cambridge, 1988, pp. 263-264.

② M. H. Abrams, *A Glossary of Literary Terms* (Seventh Edition), Fort Worth: Harcourt Brace College Publishers, 1999, p. 59.

上，我们认为：文学批评构成了德里达论著的一个相当重要的部分，而且即便是他的哲学论文，也总是以一种修辞的或者说是文学的方法来写就，因而我们在分析或讨论解构批评（deconstructive criticism）或者解构文学批评（deconstructive literary criticism）时，不可能将德里达排除出去。

那么就解构批评，我们姑且在这里作如下几点总结：

第一，解构批评集中于对文本进行修辞分析或修辞性阅读，集中于探讨文本的异质性，从范式上来说，解构批评关注的仍然是文本，而非文本之外的其他东西。米勒指出："其焦点在文学文本的修辞上，以修辞探究文学中象征语言的作用。这种方法有时被称作'解构主义'。这一名称至少有利于将它自己从'结构主义'的任何形式中严格区分开来。'解构主义'同法国的雅克·德里达、同我所在的耶鲁大学的一些批评家密切相关，现在它也同美国其他大学越来越多年轻的批评家们密切相关。"① 米勒主要表达了这么几层意思，一是解构的策略或抓手是修辞分析，二是解构批评的代表性人物包括了德里达和其他美国学者，三是解构批评在美国已经形成了一定的规模，并向新一代学者渗透。

这一批评形态的领军人物包括德里达、保罗·德·曼、J. 希利斯·米勒、哈特曼、芭芭拉·约翰逊、加谢等等。当然也有不少学者认为德里达不应该被归于这一批评流派之中，对此，米勒指出："我不认为在德里达和美国解构论之间存在什么根本性的区别，如果说有区别的话，那也只是发展路线有所不同，国别有所不同而已。"② 尽管在这个组织中，他们的观点并不总是那么一致，而且他们几位也都是个性十足的批评家，例如解构批评的重要成员之一的哈特曼就曾指出，虽然他们都是在解构名义之下，但又可以分为两个组，一组是德里达、德·曼和米勒，另一组是他和布鲁姆，而即便是布鲁姆和他，"又可进一步分为布鲁姆、我两组"③。而且哈特曼还指出："人们常

---

① ［美］J. 希利斯·米勒：《重申解构主义》，郭英剑译，中国社会科学出版社1998年版，第255页。

② 王逢振：《2001年新译西方文论选》，漓江出版社2002年版，第365页。

③ 罗选民、杨小滨：《超越批评的批评——杰弗里·哈特曼教授访谈录》（下），《中国比较文学》1998年第1期。

常将我与解构主义联系起来，而我至多只是在解构主义成为一种公众意识之前是一名解构主义者。我并非遵循某种教条主义的批评家。"①在这里，哈特曼并不是反对将自己归为解构论者，而是反对将解构批评教条主义化。尽管布鲁姆和哈特曼都不同程度地对解构批评提出过批评，而且布鲁姆、哈特曼等人也并不完全像德·曼、米勒那样专事修辞或转义研究，但就对修辞研究的强调，对互文性、对异质性等看法上还是比较一致的。

第二，解构批评也强调文本细读，但这种细读的方法和新批评的细读法有很大的不同，新批评强调"有机统一"，将那些异质性的、有碍于这种"有机统一"的东西视为赘物；解构批评则重点强调文本中不和谐的、异质性的东西，强调语言的别异性，强调文本的多义性、不确定性。乃至在德·曼看来，新批评的细读根本不够细。而哈特曼甚至认为，"英美批评不曾进行仔细的阅读。我认为德里达要比五六十年代其他许多批评家阅读得更为仔细。"②

第三，解构批评不只是针对文学文本，还可以被应用于哲学、法律、广告等，因为在解构论者看来，任何文本都是由修辞构成的，都可以进行修辞分析。用德里达的话说就是，"解构同样适用于不是文学、哲学和宗教文本的文体，比如司法或机构、法规、计划的文本。我经常并特别地说过：解构感兴趣的文字不仅仅是图书馆保存的文字"③。可以说，解构批评将文学批评的定义适当地扩大了，文学批评不仅仅指的是对文学文本进行批评，还指的是对非文学文本进行文学阅读或文学批评。

二　解构批评的地形图

德里达指出："解构式话语特别对这些东西比如历史的权威把握、总体化叙事、各种分期表示了足够的怀疑，我们不再以为可以天真地描绘出一幅解构的场景或者可以描述解构的历史。"④ 然而，德里达又

---

① 罗选民、杨小滨：《超越批评的批评——杰弗里·哈特曼教授访谈录》（上），《中国比较文学》1997 年第 3 期。

② 同上。

③ 杜小真、张宁：《德里达中国讲演录》，中央编译出版社 2003 年版，第 211 页。

④ Jacques Derrida, *Memorires for Paul de Man* (revised edition), Translated by Cecile Lindsay, Jonathan Culler, Eduardo Cadava, and Peggy Kamuf, New York: Columbia University Press, 1989, p. 15.

在多种场合下指出，不可能性是可能性的前提，解构就是对不可能、对绝境的思考。由此看来，尽管尝试对解构批评的历史谱系进行一种清晰的、逻辑的描述似乎是不可能的，但正是不可能才欲求可能，因而我们的描述就是从这种不可能中出发。

这一部分的描述主要围绕着四个事件以及德里达、德·曼等人的几本书展开。

这四个事件分别发生在 1966 年、1979 年、1983 年和 2004 年——当然这其中可能还要提到 1967 年，这一年德里达有三本重要的书出版；还有 1987 年由德·曼事件（The Case of Paul de Man）所引发的对解构及解构批评最为酷烈的、灾难性的攻击。上面所提到的四个时间对应的四个事件分别是：德里达在霍普金斯大学的演讲，《解构与批评》的出版，德·曼、德里达的先后去世。对于解构批评而言，这些事件无疑应该算作是一系列解构性事件，所有这些事件都见证了解构或解构批评的兴衰荣辱，或者说渐次为我们呈现出一幅较为清晰的关于解构批评的地形图（topographies）。①

1966 年

1966 年，一个与结构主义有着特殊而密切的联系的名字德里达被西方学界熟悉并接受。这一年 10 月，德里达参加了在美国巴尔的摩的约翰·霍普金斯大学人文学科中心（Humanities Center at Johns Hopkins University）召开的以"批评的语言与人的科学"为主题的会议。出席这次会议的有：吕西安·格尔德·曼、巴特、托多罗夫、拉康、皮埃尔·韦尔南等等，从这个长长的名单中可以看出，他们中既有哲学家、人类学家，又有精神分析学家和文学批评家。对于美国学界而言，似乎还是头一次聚集了如此之多的重量级的欧洲学者。这次会议上，最耀眼的学者无疑是罗兰·巴特，此外还有德里达；据说拉康因为不堪忍受被冷落竟提前拂袖而去。

------

① "地形图"一直是解构论者颇为喜欢的一个词，米勒有一本书的名字就叫作《地形图》，（See J. Hillis Miller, *Topographies*, California：Stanford University Press, 1995）。这个词之所以用了复数形式（topographies），意在表明：不存在本源性地还原或者毫无差异地复现，地形图的描绘可以是多个版本、多种风格、多种方式的，因而也就存在着不同文本类型的解构批评的地形图。

对于解构批评而言，这次会议产生了两个关键性的结果。

一个是德里达的基本思路已经较为公开地呈现在学术圈内，特别是美国学术圈。因此德里达的此次美国之行可以看作德里达美国学术生涯的开端。德里达在这次会议上宣读了题为《人文科学话语中的结构、符号与游戏》的论文，"这篇论文标志着与结构主义前提的明确决裂。因此很快就被看作'后结构主义'出现的标志"①。

另一个值得记忆却总是被人们忽略的结果是，德里达和德·曼的相识。很显然，保罗·德·曼对于解构有着举足轻重的意义，德里达指出："没有保罗·德·曼，解构会是什么呢？什么都不是，或完全不同的东西，这对我来说是显而易见的事实。"②

在这次会议上，德里达的论文成为会议关注的重点之一。这篇论文之所以被看成后结构主义出现的标志，就在于以下几点。

第一，解中心。

德里达在文中指出："结构，或毋宁说结构之结构性，虽然一直运作着，却总是被一种坚持要赋予它一个中心、要将它与某个在场点、某种固定的源点联系起来的姿态中性化了并且还原了。"③是中心组织了结构，并且限制了"结构之游戏的东西"，任何结构都有赖于中心，无中心的结构是难以想象的。但是这种中心"也关闭了那种由它开启并使之成为可能的游戏。中心是那样一个点，在那里内容、组成部分、术语的替换不再有可能。组成部分的对换或转换在中心是被禁止的。因此人们总是以为本质上就是独一无二的中心，在结构中构成了主宰结构同时又逃脱了结构性的那种东西"④。结构性也即让结构成为结构的东西，中心由此成了这样一个颇为反讽的东西，它既在结构之内，又在结构之外。举例说来，一个圆圈，它是由圆心和等距离的各个点构成的，但是圆心似乎既隶属于整体又在整体之外。而等距

① ［美］理查德·罗蒂：《后哲学文化》，黄勇编译，上海译文出版社2004年版，第91页。

② Jacques Derrida, *Memorires for Paul de Man* (*revised edition*), Translated by Cecile Lindsay, Jonathan Culler, Eduardo Cadava, and Peggy Kamuf, New York: Columbia University Press, 1989, p. 20.

③ ［法］雅克·德里达：《书写与差异》，张宁译，生活·读书·新知三联书店2001年版，第502页。

④ 同上书，第503页。

离和圆心就构成了结构的组织原则。一个圆就是由圆心将这些散漫游戏的点聚集并组织起来的，而圆的中心则是恒常的、确定的、不变的。因而结构概念就深深地陷入了这样一种矛盾之中，即中心——始源、终极、元力、上帝、先验主体、实体、意识、能量、实体等等——往往被设定为这样的一个东西，它决定着自身以外的各个不确定的、游戏的要素，而它自身则是确定的，处于"游戏之外"的。就拿实体的概念来说，在康德看来，作为物自体的实体无处不在却又捉摸不定，它是永恒的、不受限制的、永存的，而样式则是实体的特殊状态或具体形态，我们不能直接认识物自体，我们只能认识物自体的具体样式，也即呈现在时间和空间中的现象。康德曾经拿"烟"为例，试图证明实体的永恒性。康德说，如果你要问烟的重量是多少，那么只需要从燃烧的木材的重量减去燃烧的灰烬的重量，就是烟的重量。因而消失或改变的只是实体的形式，实体本身没有消失。

显然这种关于"中心"的话语是人为建构的，而且它本身除了是其自身，也是一个能指，也绝对无法在一个差异系统之外呈现自身，换句话说它也是处于游戏之中。这样一来，"中心并不存在，中心也不能以在场者的形式去被思考，中心并无自然的场所，中心并非一个固定的地点而是一种功能、一种非常所，而且在这个非场所中符号替换无止境地相互游戏着"①。

第二，两种解释模式

德里达在这篇论文中，还就列维-斯特劳斯的结构主义人类学的某些结构观念提出质疑。从斯特劳斯的出发点来说，他试图通过结构概念的运用来摆脱某种种族中心论，并且"宣布放弃某种中心、某种主体、某种特权性的参照点、某种绝对源头或某种元力的做任何参照"②。他也非常钟爱"游戏"这个词，并且相当频繁地出现在《谈话录》《种族与历史》《野性的思维》中。而游戏本身就是同历史、在场保持着某种张力的东西，因为它总是指向某种偶然性或不确定性的东西。但斯特劳斯本人的文本总是试图将时间和历史中立化，并且终止差异的游戏。"一种新结构、新系统的出现总是由于它与其过去、

_____

① ［法］雅克·德里达：《书写与差异》，张宁译，生活·读书·新知三联书店 2001 年版，第 505 页。

② 同上书，第 514 页。

其源头和原因的某种断裂造成的——而且这就是其结构特性的条件。所以只有在描述时不顾及其过去的条件才能对这种结构组织的属性加以描述：省去对从一种结构向另一种结构的过渡提问，即将历史置入括号之中。"① 一种结构与另一种结构之间总是存在着差异，而它们的构成也总是需要不同的条件，从这一结构向新结构的过渡或转化过程中，旧有的源头也就在某种意义上被抛弃了。然而在德里达看来，斯特劳斯仍然执着于某种在场。他仍然是想追求破译某种逃脱了游戏和符号秩序的真理或始源，并且无论他是否愿意，甚至在他忙于否定种族中心主义的那一时刻，这位人种学家同时也在把种族中心主义的前提纳入他自己的话语中。因此，"虽说列维·斯特劳斯比别人更好地使重复的游戏与游戏的重复显现了，他的工作却并不缺少某种在场、怀念本源、怀念上古与自然的纯真之伦理"②。

因而存在着两种对文本、结构、符号与游戏的解释：一种追求破译，或者说梦想破译某种逃脱了游戏和符号秩序的真理或源头，它将在场、存在等作为解释的前提和归宿；另一种则不再转向源头，它肯定游戏并试图超越人与人文主义、超越那个叫作人的存在，而这个存在在整个形而上学或存有神学的历史中梦想着圆满在场，梦想着令人安心的基础，梦想着游戏的源头和终极。③

无疑第二种模式是这样一种肯定，"它是对世界的游戏、生成的纯真的快乐的肯定，是对某种无误、无真理、无源头、向某种积极解释提供自身的符号世界的肯定。这种肯定因此规定了不同于中心之缺失的那种非中心（non-centre）。它的运作不需要安全感。因为存在着一种有把握的游戏：限制在对给定的、实在的、在场的部分进行替换的那种游戏"④。无疑尼采是属于这种解释模式之列的，但奇怪的是，德里达并没有指明自己的选择，也没有试图调和这两种模式。而似乎是提出了这样一种前提或立场："我本人却并不认为如今非作选择不可。首先是因为我们现正处在一个区域中——让我们暂时

① ［法］雅克·德里达：《书写与差异》，张宁译，生活·读书·新知三联书店2001年版，第522页。
② 同上书，第523页。
③ 同上书，第524页。
④ 同上书，第523—524页。

说它是一个历史性的区域——在那里选择的范畴看起来特别无足轻重。其次是因为必须首先尝试去思考这种不可还原的差异的共同基础及其异延。"①

通过这次会议，德里达思想的基本内容已经公开地在国际学术界展示出来了。接着要提到的是这次会议产生的另一个对解构批评影响至深的事件，那就是德里达和德·曼的相识。这次会议是他们第一次相遇，并且他们马上就成为了很好的朋友，这可能要归功于那位启蒙哲学家以及小说家卢梭（Jean-Jacques Rousseau）吧。德里达和德·曼两人都对卢梭以及卢梭那本不被人注意的《论语言的起源》感兴趣，尽管他们在对卢梭著作的理解上也存在着不小的对立。但一个可以预见的文学批评学派已经于此间萌芽了，而德·曼的功劳绝对不可小觑。罗蒂指出："德里达提供了哲学纲领，而福柯则提供了'左倾'的政治观点。但他们俩都没有把自己看作文学批评家，更没有梦想建立一个文学批评学派。没有第三个源泉，即保罗·德·曼的著作，就很难想象这个学派的存在。"② 当然，罗蒂的意思是：是德·曼把解构引向了文学批评的领域。而且也是因为德·曼，德里达才开始了他的耶鲁之行。德里达说："我在耶鲁大学主持的第一个研究班是谈弗朗西斯·蓬若，是应保罗·德·曼的邀请，他把我介绍到那里。"③

1967 年，德里达出版了《声音与现象》《论文字学》《书写与差异》三部对于解构非常重要的作品——这几本书均已有中译本。但在这里我们还应该提到德里达在此之前的一本不被学界重视的书《胡塞尔〈几何学的起源〉引论》（1962），这部著作是德里达在翻译胡塞尔的《几何学的起源》后加上去的导论性质的文章，但它的篇幅大概是胡塞尔这篇文章的六倍，在这部书里，德里达以《几何学的起源》为主线，以胡塞尔的整个思想发展为背景，从现象学的内部出发，在对胡塞尔晚期的思路进行认真审视和对话的过程中发现并论证了解构

---

① ［法］雅克·德里达：《书写与差异》，张宁译，生活·读书·新知三联书店 2001 年版，第 524—525 页。

② ［美］理查德·罗蒂：《后哲学文化》，黄勇编译，上海译文出版社 2004 年版，第 91—92 页。

③ ［法］德里达：《文学行动》，赵兴国等译，中国社会科学出版社 1998 年版，第 259 页。

理论的最重要支柱——异延原理。① 因而某种程度上这本书也可看作是解构的发轫之作。但真正引起广泛关注的是《声音与现象》《论文字学》以及《书写与差异》这三部著作。《声音与现象》仍然是一本与胡塞尔及现象学有关的书，主要谈的是《逻辑研究》的几个问题，共7个部分，符号和诸符号（Sign and Signs）、指示的还原（The Reduction of Indication）、作为独白的意义（Meaning as Soliloquy）、意义和再现（Meaning and Representation）、符号和瞬间（Signs and the Blink of an Eye）、保持沉默的声音（The Voice That Keeps Silence）、始源的增补（The Supplement of Origin），并收录了《形式和意义》（*Form and Meaning：A Note on the Phenomenology of Language*）以及《异延》（*Difference*）两篇论文，这本书既是对现象学的思考，也是对解构思路的廓清，德里达指出："对形而上学的现象学批判在确保形而上学的历史的那一刻背离了自身，我们的目的最好是开始证明对现象学批判的追溯本身就是形而上学式的，并在其历史功绩中恢复其最初的纯粹性。"② 同时，德里达在这部著作中也引入了通常被看作是解构核心语汇的"异延"（différance）、"踪迹"（trace）、"增补"（supplément）等，《论文字学》可以说对德里达和解构批评的意义非常重大，这本书几乎在全世界范围内引发热议，该书的第一部分某种意义上可以被称为解构宣言，西方的人种中心主义、逻各斯中心主义、语音中心主义等被作为一种解构的对象在此一一呈现。第二部分主要是针对列维·斯特劳斯、卢梭的著作进行的分析和批评。《书写与差异》收录了德里达1963年到1967年间的11篇论文。这些批评文章涉及到的主要作家包括：尼采、弗洛伊德、阿尔多、布朗肖、福柯、海德格尔、列维纳斯、斯特劳斯、黑格尔等等。在这些具体的批评文章中，德里达得以施展他的解构策略。

　　但就美国学界来说，有意思的是，《论文字学》直到1976年才有了斯皮瓦克翻译的英译本。因而德里达最早对美国学界的影响或许主要还是和他自己定期的美国之行有关。

---

　　① ［法］雅克·德里达：《胡塞尔〈几何学的起源〉引论·译后记》，方向红译，南京大学出版社2005年版，第154页。

　　② Jacques Derrida, *Speech and Phenomena*, Baltimore：Johns Hopkins University Press, 1997, p. 5.

当然，还需要补充说明的是，尽管德里达的思想对后来被称为耶鲁学派的几位学者有着广泛而深远的影响，但这并不代表美国的这些解构批评的中坚力量，在德里达还未曾造访美国之前，在研究方法、研究兴趣等方面没有同解构理论相契合的地方，彼得·韦尔默朗（Pieter Vermeulen）指出："我担保，在兴趣和观点上，哈特曼在此阶段（20世纪60年代）的作品与雅克·德里达同时期的作品有着诸多相似性，而德里达的这些60年代的作品在60年代的美国还并未曾被读到。"①

1979 年

20世纪70年代初，德里达便定期在美国的几所大学里任教。在约翰·霍普金斯大学，刚开始一般是每隔三年授课一个学期。从1973年起，每年有五周的研究班课程。之后，德里达应邀来到耶鲁大学，并公开授课，正式开启了耶鲁的解构学术研究。② 德·曼、布鲁姆、哈特曼以及米勒是德里达在耶鲁大学学术讲座中的常客，而当时这些批评家本身在美国文学批评圈内已经很有名气了，他们大多有新批评（当然这里的新批评指的是英美新批评而非法国新批评）或者现象学批评的背景。但德里达到来之后，他们很快转变为英美新批评及现象学批评或者意识批评的对立面或批评者。这一段时期他们的许多论著都相继出版：德·曼的《盲视与洞见》（1971）、《阅读的寓言：卢梭、尼采、里尔克和普鲁斯特的比喻语言》（1979），哈特曼的《超越形式主义：文学随笔》（1970）、《阅读的命运及其他》（1975），布鲁姆的《误读图示》（1975）、《理解与批评》（*Kabbalah and Criticism*，1975）、《诗歌与压抑：从布莱克到史蒂文斯的修正主义》（1976）、《有想象力的比喻》（1976），米勒的《托马斯·哈代：距离与欲望》（1970）、《查尔斯·狄更斯与乔治·克路克沙克》（1971）等等，尽管很难直接将这些论著同解构批评文论等同起来，但毫无疑问，这些论著都已经同传统的新批评以及现象学批评渐行渐远了。而且尽管这几位声名显赫的批评家个性鲜明，但是在他们的著

---

① Pieter Vermeulen, *Geoffrey Hartman*：*Romanticism after the Holocaust*, London：Continuum International Publishing Group, 2010, p. 3.

② 此后，德里达还受聘于美国加州大学（厄湾分校）以及康奈尔大学。

述中有了一致性的东西，那就是对文本细读、互文阅读以及文本多义性、不确定性、异质性等的强调。为此，美国批评家威廉·普理查德（William Pritchard）在《哈德逊评论》上撰文，将德·曼、布鲁姆、哈特曼以及米勒四人合称为"阐释学黑手党"（Hermeneutical Mafia）；而另一位批评家弗兰克·兰特里夏（Frank Lentricchia）在《新批评之后》一文中，也将他们称为耶鲁黑手党，而且他认为这个黑手党的教父就是保罗·德·曼，因为其他三位批评家无论是在谈话中，还是在文章里，每每提起德·曼的时候，语气都非常恭敬甚至带有崇拜的意味。① 除此之外，还有学者将他们称为"耶鲁学派""启示录之四个马车夫""耶鲁四人帮"等等，当然，在哈特曼看来，这种称呼"仅仅看到了事物的表面现象，事实上，置身其间的人要比局外人想象的联系得更为紧密。在 20 世纪 70 年代，特别是在非后现代时期，四位个性鲜明的文学批评家能汇集一处，会聚在同一所校园里确实非比寻常。我们将德里达当成我们的一分子，我们的第五号重要成员"。② 不难发现，解构批评呼之欲出。

　　一般说来，解构成为一个可辨识的文学批评流派，应该是以 1979 年出版的《解构与批评》为标志的，这部论文集收集了哈罗德·布鲁姆的《形式的中断》（*The Breaking of Form*）、保罗·德·曼的《面目全非的雪莱》（*Shelley Disfigured*）、雅克·德里达的《活着·边界线》[*living on · Border Lines* 该文由詹姆斯·赫尔伯特（James hulbert）翻译]、杰弗里·H. 哈特曼的《言语、愿望、意义：华兹华斯》（*Words，Wish，Worth：Wordsworth*）、J. 希利斯·米勒的《作为寄主的批评家》（*The Critic as Host*）。哈特曼在为该书所作的序言中指出："这不是一本挑起论争的书，也不是一般意义上的宣言。这些论文保持着每位作者的风格和特色，如果它想表明什么的话，它有一些共同的问题，这些问题集中在当今影响文学批评的两个方面。一是批评自身的处境，它断言何种较为成熟的功能———一种明显超越学院的或适于教学的功能。而讲授、批评并揭示我们文化中的伟大文本是基本的任务，坚持文学的重要性不应该使文学批评只承担一种服务的功能。

---

① 昂智慧：《文本与世界》，上海人民出版社 2009 年版，第 2—3 页。

② 罗选民、小滨：《超越批评的批评———杰弗里·哈特曼教授访谈录》（下），《中国比较文学》1998 年第 1 期。

批评是文字世界（the world of letters）的一部分，并且混合了哲学和文学，指涉和修辞力量。第二个共同问题正是文学的重要性或者力量。这种力量是由什么组成的，它如何显示自身？一种被描述和解释发展出来的理论，何以能够对艺术作品做出解释而不是纠缠不休呢？"[1] 因而其价值意义就在于，开宗明义地提出一种新的阅读的角度，并试图思考并尝试应对彼时特定语境中批评所面临的挑战和困境，进而重新思考文学的功能和特点。

尽管这部论文集的五位批评家个性鲜明、风格迥异，但正如前言所示，他们都是以解构之名进行文学批评实践的，而另外一个较为一致的地方是，他们都对雪莱生命中的最后一首残诗、一个未完成的文本《生命的胜利》提出了各自的见解。

这部论文集一经出版，便引起了很大的反响。此后，人们便以解构派或者解构批评为这一流派命名。同时解构批评起作用的领域尽管主要是在文学，但实际上在其他领域，比如哲学、历史、法律、建筑、音乐等等，也都不断有学者尝试借鉴和接受这一批评方法和观念，并将其运用到批评实践和艺术创作中去。

无论如何，"70 年代，德里达在美国人文社会科学诸学科中成为最被频繁引用的外国思想家，70 年代也是解构几乎作为美国造的思想而被反输入到法国的时代（'后结构主义'这一用语由美国创造，后传入法国）"。[2] 当然，美国能如此之快地接受解构，可能与美国的某些传统密切相关。尽管可以说，美国的解构批评与尼采、索绪尔、海德格尔、德里达等人的理论也存在着这样那样的差异，然而正如罗蒂认为的那样，在英吉利海峡两岸的哲学之间的这种区别更多的是风格上的区别而不是实质上的区别。德里达对语言的讨论不见得与维特根斯坦的讨论有什么重要区别，福柯对知识与权力之关系讨论，在罗蒂看来，也不见得与杜威的讨论有什么重要的区别。虽然在今日英国和美国，海德格尔和德里达的推崇者在哲学系寥寥无几，而戴维森和普特南的推崇者在文学系（海德格尔和德里达主要是这些系里的研究

---

[1] Harold Bloom, Paul De Man, et. al, *Deconstruction and Criticism*, London: Routledge & Kegan Paul Ltd, 1979, pⅦ.

[2] ［日］高桥哲哉：《德里达：解构》，王欣译，河北教育出版社 2001 年版，第 29 页。

对象）寥寥无几。① 而布鲁姆甚至声称自己是个实用主义者。许多学者甚至表示，德里达如果不是适时地出现在了美国，如果不是遇到了德·曼等人，那么他的解构思想可能永远不会"长大"，而且即便"长大"也不能如此"迷人"。德里达也指出："与人们通常想的相反，解构并没有从欧洲出口到美国。它在美国有一些原始构型（original configuration）；许多迹象表明，这些原始构型反过来在欧洲和世界其他地方产生了非凡的影响。"②

1983 年、2004 年

这两个年份当然和两位解构批评巨匠保罗·德·曼（1919 年 10 月 6 日—1983 年 7 月 21 日）以及雅克·德里达（1930 年 7 月 15 日—2004 年 10 月 9 日）的先后离世有关，同时这两个年份也暗示着解构批评已经逐渐为新的话语空间腾出了一块空地，解构批评逐渐衰落了。

尽管很多人认为德·曼在学术上受德里达影响颇深，但即使没有德里达，也丝毫不会影响他在美国批评界的地位，直到现在关于德·曼的研究论文仍然层出不穷。德·曼无疑是那种不可多得的天才型批评家，他精通法语、德语、英语等语言，当然也包括他的母语弗兰芒语。德·曼也似乎不像其他几位批评家比如米勒、布鲁姆、哈特曼那样专事文学批评研究，尽管一般意义上，他总是被命名为文学批评家，而且他研究过很多文学家的文本，比如，雪莱、华兹华斯、普鲁斯特、波特莱尔、司汤达、马拉美、柯勒律治、里尔克等等。但德·曼是很反对这种学科间的精细区分的，他也热衷于读解哲学、批评著作。因此他的批评总是被人们称为"批评的批评"，他批评过的哲学家或批评家有帕斯卡尔、洛克、黑格尔、康德、荷尔德林、海德格尔、狄德罗、尼采、奥斯汀、巴赫金等等。不仅如此，他还培养了一大批优秀的学生，正所谓"将门出虎子"，他的学生佳亚特里·斯皮

---

① ［美］理查德·罗蒂：《后哲学文化（作者序）》，黄勇编译，上海译文出版社 2004 年版，第 7 页。

② Jacques Derrida, *Memorires for Paul de Man* (revised edition), Translated by Cecile Lindsay, Jonathan Culler, Eduardo Cadava, and Peggy Kamuf, New York: Columbia University Press, 1989, p. 14.

瓦克、芭芭拉·约翰逊、加谢等等目前都已经是美国批评界享有一定声誉的批评家了。

至于德里达，他的声名与影响力自不待说。他的著作已经被翻译成多种语言，全世界有那么多的学者在阅读他的作品，并且写作同他及其著作有关的论文，尽管如他所言，全世界读懂德里达的可能不超过几十个。在德里达去世后，当时的法国总统希拉克发表声明高度评价了德里达毕生对法国思想文化和人类文明做出的贡献："正是有了他，法国才给了整个世界一位最伟大的哲学家和当代知识生活产生了重要影响的人物。"① 国内学者王宁这样评价德里达："甚至可以这么说，德里达就是解构理论乃至整个后结构主义/后现代主义理论思潮的鼻祖和领衔人物。尽管德里达从来不滥用后现代主义或后殖民主义这些批评术语，但利奥塔、鲍德里亚、哈桑、赛义德、斯皮瓦克、巴巴这些公认的后现代主义或后殖民主义大师却无不受他的思想的影响。甚至连哈贝马斯、詹姆逊这样的马克思主义理论家也未能幸免他的影响。"② 可见，德里达给这个世界带来了多么宝贵的精神财富，不难想象，在未来，德里达也仍然会在多个方面多个领域影响着人类文明的进程。

当然解构批评的衰落和这两个人的先后离世有关——当然也与全球化背景下的新形势有关，但在这两个事件的间隙里，还有一些事件对于解构来说是致命的或者说是灾难性的。那就是在 1987 年先后发生的"海德格尔事件"和"德·曼事件"。由于海德格尔和德·曼被指与纳粹有染，学术界借此对解构批评发起了最为声势浩大的攻击，我们将在后面的部分集中分析、论述这一事件，并试图对其进行修辞性阅读。我们认为这种分析之所以是必要的，不仅是想试图重现那依然是缺席了的所谓原初语境，更是试图修辞性地说明，为什么会发生这一事件。我们相信随着德·曼那些充满智慧的著作不断地被引介进来，他的学术价值一定会被学界认识到。当然，不难理解，随着德·曼影响力在中国的日益高涨，德·曼事件也迟早会成为学界对于解构之性质与价值方面纠缠不休的一个问题。因此这个问题我们必须尽早解决。

---

① 王宁：《雅克·德里达：批评的遗产》，《中华读书报》2004 年 10 月 20 日第 4 版。
② 同上。

　　我们还要提到的事件是米勒和德里达的中国之行，之所以称之为学术事件，是因为他们的中国之行，带来了很多热点话题，例如，图像化转向问题、文学终结论问题等等，这些问题在当时学术界都引起了广之的争议。

　　德里达的重要著作其实是在世纪之交才被翻译到国内的：汪堂家翻译的《文字学》于1999年出版，杜小真翻译的《声音与现象》也于同年出版，张宁翻译的《书写与差异》在2001年推出。学界对德里达的研究也于此间不断"热"了起来。2001年9月3日德里达来到中国，分别在北京大学、复旦大学以及香港中文大学进行演讲及座谈；同时还同《读书》杂志、南京大学、上海社会科学院等等地中国学者进行座谈。① 德里达的中国之行可以说引起了国内学者的热烈关注，而在此后，出现了德里达热，关于德里达的论文论著开始大量的涌现出来。

　　1988年5月，米勒首次来华参加中国社会科学院主办的学术会议，其间王逢振与米勒谈起出版编译旨在介绍反映当代杰出西方批评理论家思想发展或基本理论观点的知识分子丛书一事；1993年米勒再次来华与中国社会科学院外国文学研究所商定出版事宜；1994年12月9日米勒来中国社会科学院外国文学研究所讲学并接受了北京大学名誉教授的聘请；1997年4月9—11日应邀在北京大学英语系、中国社会科学院外国文学研究所作了题为《论全球化对文学研究的影响》等学术报告；2000年秋分别在北京语言文化大学、北京师范大学作了报告；2001年在北京参加了比较文学双边讨论会；2003年9月10日在浙江大学演讲，题为《幽灵效应：现实主义小说中的互文性》(*The Ghost Effect*: *Intertextuality in Realistic Fiction*)；2003年9月12日在苏州大学比较文学研究中心作了题为《比较文学的（语言）危机》的报告；同时在北京祝贺清华大学英语语言文学专业博士点建立之时作了演讲，主要探讨全球化过程中比较文学的语言危机问题；2004年米勒再次来到北京，并作了题为《为什么我要选择文学》的学术报告，演讲内容刊登在2004年7月1日的《社会科学报》上；2005年6月26日，由华中师范大学文学院主办的"文学批评与文化批判"国际

---

① 这些文章都收录于杜小真、张宁编《德里达中国演讲录》，中央编译出版社2003年版。

学术研讨会在武汉隆重举行，米勒应邀作了题为《文学与理论中的后现代共同体》的重要发言；2005 年 8 月 13 日，中国比较文学学会第八届年会暨国际学术研讨会在深圳大学国际会议厅开幕，米勒到会并做了《论比较文学中理论的地位》的演讲。① 此后米勒还多次在国内的学术刊物上发表论文，如《文学理论的未来》（见《东方丛刊》2006 年第 1 期）、《谁害怕全球化?》（见《长江学术》2006 年第 4 期）、《亨利·詹姆斯与视角》（见《江西社会科学》2007 年第 1 期）等等。

　　尽管来中国已经 10 次之多了，但是真正使学界关注起米勒应该是在 1997 年，他所做的《论全球化对文学研究的影响》的报告之后才开始的。此后，米勒的中国之行带来了他的修辞性阅读以及一些颇为国际化的议题：全球化时代的文学及文学研究现状、图像化转向及文学的危机等等，这些问题引起了国内学者的热烈回应。某种程度上，这些回应也是似乎国内学者同国际学术界就一些前沿问题所进行的难得的正面交锋。此后学界对米勒的研究逐渐展开。

　　可以说两位学者的到访，某种意义上也将解构批评正式引入了中国，并引起了中国学者的关注。但彼时在美国学界解构的热度无疑已经大不如前了。尽管解构批评有着制度上的保障，因为德里达、德·曼、哈特曼、布鲁姆的学生都在某种程度上延续着解构批评的香火，就拿 J. 希里斯·米勒来说吧，他的学生，如耶鲁大学的斯蒂文·阿拉克瓦（Steven Arakawa）、加州大学的大卫·阿瑞捏鲁（David Ariniello）、普林斯顿大学的玛丽亚·巴蒂斯塔（Maria di Battista）、弗吉尼亚大学的马克·埃德蒙逊（Mark Edmundson）、内华达大学的梅根贝克·兰克多（Megan Becker-Leckrone）、加州州立大学的奥利弗伯格夫（Oliver Berghof）、约克大学的雷切尔·鲍尔比（Rachel Bowlby）、加州大学的荷马·布朗（Homer Brown）［已故］、圣何塞州立大学的马克·卡尔金斯（Mark Calkins）、加州大学欧文分校的克雷·格卡森（Craig Carson）、纽约州立大学的汤姆·科恩（Tom Cohen）等等，都在从事着解构的事业，但不得不说，当解构批评变成一种教学方法，变成一种模式化、教条化的分析模式时，它所具有的激进、抵抗、批判色彩具已消退了。如王宁所说："作为一种批评

―――――――――

① 罗杰鹦《J. 希利斯·米勒在中国》，《国外文学》2006 年第 4 期。

理论思潮，解构主义早在 20 世纪 80 年代后期就受到新历史主义和后殖民主义的挑战而退居了次要地位。"① 但正如哈特曼所说："每一次文艺批评运动各领风骚 10 至 15 年，但这之后它们并不会自行彻底消失。在某一时期内，它们或是消失或是与其他事物相融合，但也许有一天他们还会重新粉墨登场。"② 但即便如此，我们也丝毫不能否认解构批评的积极意义，不能否认它对后来的诸多批评理论所带来的影响。如今学界普遍认可的一个事实是，新历史主义、女权主义、后殖民主义都从解构身上汲取了灵感。在此意义上，或许可以说，解构不是衰落了，它只是换了一种表述方式，它的锋芒仍会以一种全新的文化批判姿态呈现于世人面前，尽管德里达乃至其他的几位耶鲁学派批评家或许并不完全认可。

---

① 王宁：《雅克·德里达：批评的遗产》，《中华读书报》2004 年 10 月 20 日第 4 版。
② 罗选民、杨小滨：《超越批评的批评——杰弗里·哈特曼教授访谈录》（上），《中国比较文学》1997 年第 3 期。

第二章

解构批评的基本观念

第一节　解构批评之文学观

一　文学的本质

（一）不存在超验的文学本质

文学是什么？文学是现实生活的镜子，文学是情感抒发的渠道，文学是作家的白日梦，文学是作家的"排泄物"，等，每一种回答，总是在说出了一些什么的同时，也屏蔽掉了文学的其他可能或其他面向。德里达在《绘画的真理》中指出："如果想通过这种类型的问题（什么是艺术？艺术或艺术作品的起源是什么？艺术的含义是什么？艺术意味着什么）去触及艺术或审美，那么这种提问方式就已经提供了答案，艺术于此间被预先设定或者预先理解。"① 在此，德里达试图指出，当我们提出所谓本质、本体等类似问题的同时，我们其实早已有了理论预设。其实，这种所谓的本质主义的传统由来已久，而这一传统本身就是形而上学传统或逻各斯中心主义的经典模式。

实际上，现代意义上的文学概念，大约在 18 世纪中叶才出现的。② 而种种关于文学歧义丛生的定义，似乎是在以一种生动而近乎直白的方式转述或论证着解构批评的一个较为核心的命题：能指或概念的不确定性。而关于所谓的文学本质之类的问题，在解构批评看来，或许我们首先应该实用主义式地追问：我们要这些文学的本质来

---

① Jacques Derrida, *The Truth in Painting*, trans. Geoff Bennington and Ian Mcleod, Chicago and London: The University of Chicago Press Ltd. London, 1987, pp. 22-23.

② J. Hillis Miller, *On Literature*, London and New York: Routledge, 2002, pp. 1-2.

做什么，而不是事先假定或一厢情愿地以为文学必定存在着什么样的先验或超验的本质。而且任何超验的文学本质一定程度上都是在企图撤销文学语言本身的特性，都是某种意识形态的人为建构；如果真的存在着什么文学的本质，那么，最起码，文学的本质不在文学之外。

第一，超验本质在本质上是一种建构。

按照某种逻各斯中心主义的观点，文学的本质总是在文学语言、文学文本之外；并且总是存在着确定的先于语言的永恒的超验或者先验本质，这种超验本质可以被表述为道（文以载道）、上帝、外在的世界、真理、中心思想、语法等等。而文学不过就是这些东西的派生物，由这些东西所决定。因而文学或阅读的全部目的就在于通过语言或阅读语言直抵某种本质、存在，在此前提下，我们阅读文学的目的恰恰是跨过文学，跨过语言，乃至阅读之后忘记文学、抛弃语言——得其义而妄言。但在解构批评看来，这些所谓的文学本质往往是某种意识形态的构造，是人为建构的。有多少种文学理论、文学观念就有多少种文学本质。也就是说关于文学的本质或文学的本质属性的问题，亦如黄金的本质（属性）是什么之类的问题，按照德·曼的话说，"这并不是一个本体论的问题，即事物本来面目的问题，而是一个权威问题，即事物被规定的问题"①。所谓"可溶性是黄金的本质属性"之类的断言也许在某个特定时期，让人觉得言之凿凿，但现在看来，则多少让人觉得有些滑稽。

第二，文学的定义不在异延游戏之外。

文学的本质、文学的定义必须借助于语言才能显现，而一旦进入语言层面，无论如何它都逃脱不了异延的游戏。显然，异延让我们又一次想起了索绪尔关于能指的相关表述。一个能指并不向我们指涉着一个现实世界中的某个对象，而总是指涉着另一个能指，这另一个能指又总是指涉着另外一个能指。以此类推，永无止境。对于文学这个能指来说，显然也不例外。将文学定义为"审美""意识形态"等，都具有一定的历史合理性，某种程度上也似乎都可以自圆其说，但是从语言学的角度来看，也就是说，如果将"审美""意识形态"等看作符号，那么它们都既可以是所指，又可以是能指，而且符号的这种

---

① ［美］保罗·德·曼：《解构之图》，李自修译，中国社会科学出版社 1998 年版，第 76 页。

双重特征总是扭结缠绕在一起的，因而我们就必须对"什么是审美""什么是意识形态"进行解释，而关于审美和意识形态的定义同样是不确定的，就拿"意识形态"来说，有挪威学者曾经总结了150多种关于意识形态的定义，即便是经过伊格尔顿整理后，也仍然有16种关于意识形态的定义，如系统地扭曲了的交流（哈贝马斯）、符号的封闭（后结构主义）、语言和现象现实的混合（保罗·德·曼）、同一性思维（阿多诺）、必要的社会幻觉、具体社会集团或阶级的特殊观念系统、帮助政治统治权力实现合法化的观念等等。① 而就马克思关于意识形态的定义，学界也仍有不同的看法。那么，即便我们不考虑所有这些意义在词语上可能留下的踪迹，假定它只有一种意义，比如认定意识形态是系统化的思想观念，但我们马上又面临着"什么是系统化的思想观念"的追问。对于"什么是什么"之类的陈述，旋即就变成了对"后一个什么又是其他什么"的追问，而接着又是其他什么又变成了其他什么的什么……我们对文学的定义就这样钻牛角尖似地从一个能指滑向另一个能指，以至无穷。这时，德里达一直以来都喋喋不休的那个词便再一次在我们的耳际盘旋：异延。因而在语言学的层面上，关于本质的追问本身就是徒劳的，甚至是滑稽的。因为这类追问本身假定了一些能指比另一些能指更高贵。

第三，文学由传统和规则构成。

德里达指出："文学是一种允许人们以任何方式讲述任何事情的建制。"② "建制"这个词本身就是一种积淀物，就是逻各斯中心主义的一种体现。那么文学是一种什么样的建制呢？文学，如同福柯所说的疯癫一样，是理性之于非理性、正常之于非正常的一种表述与定位，通过给这些无法无天、胡言乱语、指桑骂槐、胡说八道甚至撒谎——在柏拉图看来，文学就是在干着一种欺骗的勾当而且还乱人心智——等非理性的东西一种笼而统之的命名，将其打发到福柯所说的"愚人船"上或"疯人院"里，而一劳永逸地使语言的透明性、直接性得到了净化。福柯指出："在疯癫和理性之间不再有任何共同语言。

---

① ［英］特里·伊格尔顿：《历史中的政治、哲学、爱欲》，马海良译，中国社会科学出版社1999年版，第94—95页。

② ［法］雅克·德里达：《文学行动》，赵兴国等译，中国社会科学出版社1998年版，第3页。

对谵妄的语言只能用沉默不语来对付，因为谵妄并不是与理性进行对话的一个片段，它本身根本不是语言，在一种最终沉默的意识中，它仅仅表示一种越轨。而且只有在这一点上，才可能重新有一种共同语言，因为它将成为一种公认的罪状。"① 显然，文学就是这种谵妄，就是这种疯癫的话语。较之于历史、哲学、批评来说，它只有被命名、被规约、被限定的命运，而不可能和它们直接对话。但诚如弗洛姆所说"精神病人是最健康的人"一样。文学尽管看似胡编乱造，但它也许比历史语言更真实、比哲学更通透，这是文学的反讽，也是文学的潜力和价值。德里达说："我比较了乔伊斯对待语言的态度和像胡塞尔这样的经典哲学家对待语言的态度。"② 乔伊斯想通过暗喻性语言、歧义和修辞的堆砌去创造历史，完成历史的重现与整体化。胡塞尔正好相反，他认为只有通过透明的、无歧义的语言，也就是科学的、数学的纯粹语言，才能再现历史。胡塞尔指出："没有透明地描述的系统，就没有历史性，而乔伊斯却说，没有语言中歧义的堆砌，就没有历史性。我对语言问题的讨论就是以这两种对立的语言关系之间的张力展开的。"③ 我们显然不能说卡夫卡、乔伊斯对世界的构造是彻底虚无主义的，也许他们构造的世界比现实更现实，比历史语言更真实。或者如哈特曼指出的那样："一个人通常可以在艺术中感受到一种较高的理性。"④

　　"讲述一切"并且"以任何方式讲述"意味着不存在严格的文学边界，文学可以漫无边际。当然，无疑这种看法实在是太过天真了。文学不可能无边无际，文学也不可能想说什么就说什么，文学本应该是最自由的，但文学自由的时代还远未到来。尽管人们对自由的理解多少有些出入，但大多同意这样的观点，即认为，自由乃主体不受外力的干涉和限制，可以按照自己的意愿去行动，并对其自身的行为负责。而在"文学与自由的关系"的问题上，席勒、康德、弗洛伊德、

---

① ［法］米歇尔·福柯：《疯癫与文明——理性时代的疯癫史》，刘北成、杨远婴译，生活·读书·新知三联书店 2003 年版，第 242—243 页。

② ［法］德里达：《解构与思想的未来》，夏可君译，吉林人民出版社 2006 年版，第 61 页。

③ 同上。

④ ［美］杰弗里·哈特曼：《荒野中的批评》，张德兴译，天津人民出版社 2008 年版，第 2 页。

弗莱、德里达以及德·曼等批评家保持着某种让人称奇的默契。他们大都认为，人们之所以需要文学，是因为现实世界中人们往往是不自由的，是被历史所挟持、被各种层次上的形形色色的关系系统（包括经济关系、政治关系、伦理关系等等）所束缚甚至捆绑的，人们不得不徒劳地扮演着一些给定的角色，不得不在弗洛伊德意义上"现实原则"的控制下赶走"本我"的不合时宜的冲动。文学则为我们打开了一个可能的世界，在这个世界里，我们得以体验不同的人生，并且于这种体验中，文学也在悄然延伸乃至建构着我们的自我。而文学之所以可以被表述、可以被学科化，本身就意味着存在着文学的边界，而且文学还要拜谢这种边界的存在，是这些边界的存在才使文学的创造变得如此丰富而又充满魅力，这如同京戏里的那一套程式或规则一样，文学也似乎有一套自己的规则，既有形式上的规约，比如三一律，比如讲故事要注意开端、高潮、结局的因果联系，等等；也有内容方面的限制，比如不可写某方面的内容，不可以肆无忌惮地触犯主流意识形态，等等。但解构批评想要强调的是，这种结构是不稳定的，传统和规则总是一而再地被打破，无论是就其形式还是内容上。所以德里达说："文学的法原则上倾向于无视法或取消法。因此它允许人们在'讲述一切'的经验中去思考法的本质。文学是一种倾向于淹没建制的建制。"① 因此，我们会看到像《尤利西斯》《项狄传》等作品以及波德莱尔、纪德等的作品对规则、传统或者"文学的法"的破坏。而且文学有助于我们思考这种对文学形成制约的传统或者法，而这些传统或法的一个核心构件无疑正是意识形态。因此，也可以说，解构批评不仅不是不关注意识形态，而毋宁说就是对于意识形态本身的揭露，它揭示了意识形态的不可靠性与虚构性。

（二）文学的本质不在文本、语言之外

首先，文学不是模仿，而是创造。

解构批评"反对模仿的或指涉性的（referential）文学定义"。② 认为模仿论本身就是一种逻各斯中心主义的集中体现，模仿论认为在文学之外存在着一个支配和决定它的外部世界。而另一部分人认为，

---

① ［法］雅克·德里达：《文学行动》，赵兴国等译，中国社会科学出版社 1998 年版，第 4 页。

② J. Hillis Miller, *On Literature*, London and New York：Routledge, 2002, p. 34.

文学是一个语言的世界、是一个自为的世界。就连解构批评最忠实的论敌艾布拉姆斯也指出："只会简单模仿的文学作品根本算不上诗。"① 不仅如此，在解构批评看来，正是模仿论的理解范式将文学送上了绝路，因为论起模仿的本领来，它既不像那秉笔直书的历史语言"真实"，也远不如电视、电影等新媒体来的逼真。或许某种程度上，正是由于人们普遍接受了模仿论的观点，才会义无反顾地同文学作别，而尽情地拥抱图像化文本。

　　如果我们稍加留意，就会发现，在儿童创作的作品中，世界几乎与成人肉眼感知到的大相径庭。儿童画的爸爸妈妈可能长了一张蓝色的脸，太阳公公也可能是紫色的；更为离谱的是，他们可能随便画了一个不规则的三角形，然后告诉你他/她画的是一匹马，或者是一只狗。可见，在人的童年时期，艺术便是以一种隐喻的方式直观地呈现出来的。我们明明知道青蛙不可能说话，老鼠不可能变成水晶鞋，大灰狼也不会说人话，可是我们却将这样的故事一次次地讲给小朋友听。可见，实际上，我们内心里也并不完全认同：文学艺术一定要模仿现实。解构批评指出：文学不是对世界的模仿，而是创造了一个世界，一个语言的世界。"大自然中不存在隐喻（metaphors）、明喻（similes）、转喻（metonymies）、呼语（apostrophes）或者拟人（personifications），它们只存在于语词的组合中。"② 文学的世界和现实的世界遵循的是两套规则，需要的是两种经验。一个生活经验丰富的人，即使他本身就像是一部跌宕起伏的小说，他若没有"文学能力"，没有文学经验，不懂得隐喻、双关，等等，他便无法阅读，也无法走进文学的世界。同样，一个文学经验丰富、创作过许多文学作品的人也并不能帮助自己成为生活的主宰，而可能的情况往往是，现实世界令他们苦恼不堪——想想屈原、济慈那命运多舛的一生吧，他们才想到要借助语言来创造一个世界。从事文学创作的人之所以写作，不是因为他的人生经历如此丰富，而一定是因为受到了其他文学文本的刺激和感召；而一个人之所以很会讲故事，那一定是因为他是一个很好的听众，他从别人的讲述中学会了如何讲故事。对于读者来说，他阅读文学，并不是因为文学模仿了现实世界，而

---

　　① ［美］M. H. 艾布拉姆斯：《镜与灯：浪漫主义文论及批评传统》，郦稚牛、张照进等译，北京大学出版社 2004 年版，第 22 页。

　　② J. Hillis Miller, *On Literature*, London and New York：Routledge, 2002, p. 42.

是因为它不仅给我们提供了想象他者世界的机会和权利，也赋予了我们如何构造一个新世界的能力，在此意义上，如何能说解构批评与所谓的人文精神背道而驰呢？

米勒在《解读叙事》的结语中引用了本雅明的话："小说之所以重要，并不是因为它向我们展示了他人的命运——或许不乏说教意味，而是因为这位陌生人的命运所点燃的火焰给我们带来温暖，而这种温暖无法从我们自己的命运中得到。吸引读者阅读小说的正是这么一种期待：用读到的死亡来温暖自己颤抖的生活。"[①] 因此，对于文学而言，现实世界只是一些等待编织的材料。它们在没有被组织进文学之中时，是一些无生命的东西。在此意义上，文学为我们提供的是一个全新的世界。文学与其说是模仿现实，不如说是在利用现实。它本质上是一种创造，它创造了一个现实中没有的世界。也正是在此意义上，哈特曼早在20世纪50年代就指出："伟大的艺术不是对自然的模仿，而是对创世之书的重新获取。"[②] 哈特曼认为，艺术就是要重新恢复人们的感性直觉，让人们从久已麻木的日常体验中抽离出来。当然，如果非要说文学模仿了什么，用哈罗德·布鲁姆的观点来说，那只能是之前的文本。而在德里达看来："艺术并不模仿自然界中的东西，或者，如果你愿意，也可以称其为自然本身；而是模仿大自然的行为，模仿物质的运行。"[③] 不难看出，德里达反对模仿论的那种陈词滥调，即将艺术降格为物质世界的复制品。即便真的存在模仿，也是模仿自然中的行为，模仿物质的运行方式。在此意义上，我们依稀透过德里达，看到了海德格尔对于老子"道法自然"的某种遥远而又耐人寻味的回应。

文学与其说是模仿现实，不如说是在利用、欺骗、贩卖甚至是敲诈现实。文学通过欺骗我们对能指一贯的信任而盗用了语言的指涉功能。世界上真的有个叫马孔多的地方吗？读者不会去追究这些，但读者如果愿意走进马尔克斯的《百年孤独》，他就必须相信这个世界是存在着的，否则故事将不复存在。童话里的世界是可能的吗？成年人

① J. Hillis Miller, *Reading Narrative*, Norman: University of Oklahoma Press, 1998, p. 228.

② Geoffrey Hartman, *The Taming of History*: *A Comparison of Poetry with Painting Based on Malraux's* the *Voices of Silence*, 1957. 125. see Pieter Vermeulen, Geoffrey Hartman: *Romanticism after the Holocaust*, London: Continuum International Publishing Group, 2010, p. 15.

③ Jacques Derrida, R. Klein, *The Ghost of Theology*: *Readings of Kant and Hegel*, Diacritics, Vol. 11, No. 2, Summer, 1981.

都知道没有会说话的镜子，但如果你希望进入《白雪公主》的世界，你就必须说服自己的确存在着那样一个可能的世界，而这个可能的世界当然不是现实存在的，毋宁说只具有现实性。而在德里达看来，现实性总是被话语构造（made up）而成的，一切我们认为是现实的东西实际上完全是人造的。

其次，文学不受制于语境。

米勒指出："文学是永恒的和普遍性的，它将经受一切历史的以及技术的变革，文学是任何时候、任何地方的一切人类文化的特征。"① 文学不受语境限制指的是文学的超时空性，也就是说，文学可以不依赖于任何外部因素，或者说它可以不指涉任何外部的东西，文学作品总是可以被置于任何一种语境下进行阅读，任何人、任何时间和地点，只要他具有文学经验，只要他通晓这一文本的语言规则，他就可以对其进行阅读并且做出阐释。你根本不需要知道哥伦比亚在20世纪发生了什么事，也无须知道马尔克斯是谁，无须知道什么是"魔幻现实主义"，更不需要了解是否真的有一个叫马孔多（Macondo）的地方。你只需要直接阅读和进入《百年孤独》所构造的这个世界就可以了。亦如新批评的代表性人物布鲁克斯所认为的那样，阅读的最佳前提是"无知"。又或如艾略特心中的理想读者，恰恰是那些没受过教育的人。当然你完全可以把文学文本和现实世界进行互文阅读，但是请不要一厢情愿地以为文学是对现实的一种模仿。现实会随着时间的流逝而悄然转变，但文学的世界却万古长青。"实际上，文学并非要指涉某一事物，乃是件'空物'（no-thing）；因为它一无指涉，晶莹剔透，也才能在每个时代接受不同读者的聆赏和评估，读者才能填补那一个'空白'（bank），在想象中具体化，甚至在自己写作里得到不同方式的变形，转而据为己用。"② 世界上，没有哪位作家是没有阅读过优秀的前辈作家的作品，就能够横空出世、一鸣惊人的。

你当然可以将神话理解为：那是我们的祖先在生产力发展水平较为低下的情况下产生的一种"精神幻觉"，但这不足以解释神话的全部，也无法说明为什么它至今仍被广泛传颂。文学总是自成系统，一旦被构造出来，它就被赋予了生命，它所描绘的世界就不被语境所困

---

① J. Hillis Miller, *On Literature*, London and New York: Routledge, 2002, p. 1.

② 廖炳惠：《解构批评论集》，东大图书股份有限公司1985年版，第29—30页。

扰，你不需要知道或考证哈姆雷特的故事究竟发生在哪个具体的年代，你只要进入故事就可以了；读者需要体验的是文本而不是文本之外的说明，伟大的文学或者说那些经典文本总是经受得住时间的汰洗，而且她总是召唤着我们一次又一次地走进她，并且也在召唤或生产着新的文本、新的情感以及新的现实。

最后，文学的基本精神是自由。

诚如弗莱所言，文学是迄今为止唯一可以自由的地方。弗莱的意思是说，文学有一种制度上的保障，因为它是一种虚构的语言，它原则上允许我们"以任何方式讲述任何事"，就像我们在许多电视剧的片头看到的那些字样——本故事纯属虚构，若有雷同，纯属巧合——一样，它在原则给了人们自由表达的空间和表达自由的契机，尽管文学意义上的自由似乎也从来没有真正地或绝对地实现过。而且这种自由是虚无的，因为既然它是一种虚构，那么它所讲述的一切在其开始讲述的时候就被宣告为无效，因而它是疯癫者的谵妄，是做白日梦者的呓语，是假的。因而，"讲述一切的自由是一种十分有力的政治武器，但这种武器又可以作为虚构而顷刻失效"①。解构批评所说的文学的自由当然包括这种意义上的自由，但一般说来，在更深的层次上，它强调的是创造的自由或者也可以说成是文学的生产能力，这种创造的自由包括两个方面：一是指对语言的创造性使用，二是指文学想象、构造世界的能力。

对语言的创造性使用，即创造或生产新鲜的语言、新的隐喻，这是文学语言、诗性语言或修辞语言的一个独特的魅力。依照卢梭以及德·曼的看法，语言最初都是诗。在《语言的起源》一书中，卢梭写道："正如激情是使人开口说话的始因，比喻则是人最初的表达方式。最初的语言是象征性的，而本义（proper meaning）或字面义（liter meaning）是后来才形成的。只是当人们认识到事物的真实形式，这些事物才具有真正的名字。最初人们说的只是诗，只是在相当长的时间之后，人们才学会推理。"② 诗早于语言，当然这里所说的语言主要

---

① ［法］雅克·德里达：《文学行动》，赵兴国等译，中国社会科学出版社1998年版，第5页。

② ［法］让-雅克·卢梭：《论语言的起源——兼论旋律与音乐的摹仿》，洪涛译，上海人民出版社2003年版，第18页。

指的是日常语言，并且生产出了语言；"人类说的第一个故事、第一次演讲、第一部法律，都是诗，诗早于散文。"① 而（普通）语言不过是那揭去了面纱的波佩，（普通）语言不再是有如诗那般欲说还休欲言又止了，它直接将诗的隐喻义当成了字面义，它不再是遮遮掩掩的了，它的魅力或神秘性因其遮盖物的去除而徒留下一副有确指含义的皮肉而消失殆尽了。布鲁姆也指出："语言只是死的文学，是陈旧的诗，是过时的周而复始的诗的残骸。"② 文学总是孜孜不倦地寻找着新鲜的语言、创造着尽可能丰富的能指，因而文学或诗性语言总是不断地繁殖着新的意义，但正如布鲁姆所说的那样，当这种新鲜的语言一旦被某一语言共同体重复使用后，它就变成一种乏味的语言了。例如，当玫瑰具有爱意的时候，就是文学展现其神奇创造力的时候，但是当所有人都在不假思索地用玫瑰来代表爱意的时候，或者说当玫瑰成为爱意不言而喻的替补物时，玫瑰所附着的诗性特质就已经荡然无存了。因而，文学的创造性首先就表现在它创造了新鲜的语言，换用俄国形式主义学者什克洛夫斯基的话，也可以称之为"陌生化"的语言。需要补充的是，虽然文学自身追求语言的陌生化，但陌生化又不完全是个语言问题，也不仅仅是诗歌语言的专属，要知道，对于普通人而言，信噪比、对乙酰氨基酚、物自体、卡斯卡迪亚断裂带等语言是陌生的，但这些文字显然不是诗。医生在病人的病历本上写着"前囟平软，枕突"，这是诗吗？即便这些字是普希金写的，并且还特意写成了"前囟平软，枕突啊"，那么这就变成一首诗了吗？可见，尽管诗歌语言往往需要陌生化，但又实在是不可以太陌生啊。

如上文所说，文学的自由精神还体现在文学创造性地想象和构造世界的能力。文学不是对现实的模仿，即便是我们的祖先刻在洞穴里的图画，它也绝对不是单纯的模仿，也具有施为性，是在以言行事。而"每一件艺术作品和每一篇被阅读的作品潜在地都是自由的一种展示：我们具有不顾政治的、宗教的或者心理学的干涉，通过我们自己

---

① ［法］让-雅克·卢梭：《论语言的起源——兼论旋律与音乐的摹仿》，洪涛译，上海人民出版社2003年版，第86页。

② ［美］哈罗德·布鲁姆：《批评·正典结构与预言》，吴琼译，中国社会科学出版社2000年版，第244页。

的表现方式去理解作品的能力。"① 文学向人类开启了一个想象的空间，在这个空间里，人类可以想象和构造任何可能的世界，而这一构造不仅是人类得以弥补自己生命有限性的一种补偿性活动，同时这种构造也是人对自身创造性潜能的一种开发。人类在社会发展进程中的每一次技术、制度等的革新或飞跃无不凝聚着非凡的想象力。而文学就是所有梦想展翅高飞的发源地，在文学的世界中，一切皆有可能。人人都知道在现实世界中，"人不会变成甲壳虫""六月天不会顷刻间漫天飞雪""蛇也不会变成美女，更不要说人蛇之恋了"。但在文学的世界中，这是被允许的。而且，无论在什么样的情况下，文学都有它独特的表达方式，文学鼓励人们能动地创造新的形式、新的隐喻，并且"在压迫人的社会制度下，它总是能找到一种方法去创造一种表现的形式"②。对于阅读而言，在解构批评看来，阅读本身就是一种书写，就是对文本的一种体验，但是阅读的自由并不意味着读者可以脱离阅读对象随心所欲、天马行空地胡编乱造，阅读意味着一种责任。同时还需要说明的是，阅读的创造性或文学的生产性还指的是，文学总是具有这种功能：文学在生产出一个新的世界的同时，也总是生产出我们表达、感知世界的方式。德里达指出："读者将会由作品'形成'、'培训'、教导、构想甚至生产——让我们说创造出来。"③

二　文学语言的特征

尼采在《论超道德意义上的真与假》中提出了一个颇为有趣的观点，一切语言必定都是比喻性的。尼采的论断促使许多人文学者重新思考语言，以及关于知识、真理的话语。重新定位语言的功能。显然，语言是社会生活得以成为可能的前提，通过语言，人和世界、人和人之间建立了某种联系；之后就有了关于生活经验的语言表述，知识和真理的概念也就此产生了，文化也随着发展起来了。但不幸的是，人们渐渐地认为真理似乎外在于或高于我们的语言和生活，并且

---

① ［美］杰弗里·哈特曼：《荒野的批评》，张德兴译，天津人民出版社 2008 年版，第 2 页。

② 同上。

③ ［法］雅克·德里达：《文学行动》，赵兴国等译，中国社会科学出版社 1998 年版，第 40 页。

人们"徒劳地追寻那些并不存在的、欺骗性的和错觉性的比喻式'真理',无论怎样,人类语言与'真实'世界之间并无连贯的对应关系。语言永远不可能如实地对世界的真相加以描述。'真理'和'知识'这样的概念是相对于语言而言的,或者说其实是'比喻性的',只能存在于语言之中——它们永远都无法告诉我们关于世界的任何事情。"① 也就是说,真理和知识某种程度上也如同文学那样只是一种对现实或世界的隐喻性表达。它构造了一个世界,或者说不过是将世界置换为一个文本,而不是说真实的世界必然如此,就像许多年以前所有关于"上帝的真理""地心说的真理"乃至所有"逻各斯的真理"一样都是强加于这个世界的东西,而并不必然如其所是。因而在本质上,它们不过是再现世界的一种隐喻模式。无疑,解构批评就是这样看待文本和语言的:一切文本、语言都具有修辞性或者说文学性。

(一)文学语言不是什么

解构论者对逻各斯中心主义或者在场形而上学的攻击,力图表明那种认为在知觉、语言、表象之前预先存在的道、真理、实体等逻各斯都是某种自欺欺人的话语构造。在此意义上,所有那些关于文学的超验本质都不过是逻各斯中心主义的一厢情愿,"没有文学的本质,也没有文学的真理"。② 文学的本质就在于文学的语言本身。但这并不等于说解构批评不重视文学文本之外的东西对文学所造成的影响,也就是说,解构论者没有忽视外部因素对文学造成的影响,而且对内与外的区分也十分敏感,德里达指出:"如果说名副其实的文学创作的制度或社会政治空间只是近期的事,那么这种空间不单纯是包围作品,而是影响作品的结构本身。"③ 但是,解构论者认为若想对这种制度或者意识形态进行说明,必须求助于文本和语言。而如果要理解文学,就要关注文本,就要关注语言自身,就要从文本的内部进行分析,求助于文本之外的批评不是修辞学研究的分内之事;与结构主义不同的是,解构批评关注的不再是什么"《十日谈》的语法",而是

① [英]戴维·罗宾逊:《尼采与现代主义》,程练译,北京大学出版社 2005 年版,第 48 页。

② [英]克里斯蒂娜·豪威尔斯:《德里达》,张颖、王天成译,黑龙江人民出版社 2002 年版,第 88 页。

③ [法]雅克·德里达:《文学行动》,赵兴国等译,中国社会科学出版社 1998 年版,第 7 页。

修辞。很明显，结构主义眼里的作品没有什么伟大不伟大，所有的故事都不过是某种"普遍语法"的勾兑。对于解构批评而言，结构主义所谓的"普遍语法"仍然在某种意义上是"逻各斯中心主义"的变体，它仍然是极权主义式的、排外性的、压制性的，并且试图通过将批评对象简约为"一个句子"来一劳永逸地将其控制，巴特不无嘲讽意味地说："把纽约几何化，以使它减少人口。"① 解构批评没有像结构主义那样剔除了语言的皮肉而徒留下一副干巴巴的骨头，而似乎是恰恰相反。

解构批评对文学语言的看法从根本上说是对之前关于文学语言的看法的彻底颠覆。保罗·德·曼在《文学和语言：述评》一书中批判了几种关于文学语言的看法：

（1）不要说"文本是由语词构成，而不是事物或观念（ide-as）"（新批评），因为如果不是观念和事物，语词还能指什么？

（2）不要臆断我们知道"伟大的文学"是什么（人文主义Humanism）。对文学的美化，使它变得难以接近。

（3）不要说文学语言和日常语言（ordinary language）没有什么关系（人文主义）；不要说文学语言仅仅是日常语言（结构主义）。这两项声明太轻易地断定我们知道日常语言是什么。

（4）不要假定一种对语言新的理解是将以前的知识丢进垃圾箱（读者反应批评）。新的知识是基于对旧的知识的阅读。

（5）不要把文学语言的研究与阅读的体验相脱离（现象学）。这会使文本呆滞不动。

（6）不要坚持文学语言的特征是虚构（语言学）。并非所有的文学都是虚构的：想想回忆录（memoirs）和信。

（7）不要认为文学语言通过深层的结构运作作用于文本的表面所生产出来的（结构主义）。这仅仅是文本自身内/外的隐喻的延伸。

（8）不要忽视文学语言的不一致性和反常现象（aberrations），这些会动摇传统的修辞学模式（现象学、结构主

---

① ［法］路易-让·卡尔韦：《结构与符号》，车槿山译，北京大学出版社1997年版，第131页。

义、读者反应批评）。关键在于这类模式将土崩瓦解。

（9）不要认为一种纯粹的文学语言的研究就可以避免对文本的误读（misreading）和误解（misinterpretation）。①

　　德·曼驳斥了几乎所有当时在美国流行的那些对文学语言的看法，包括新批评、结构主义、现象学、读者反应批评、语言学以及人文主义。下面，我们就德·曼的这些驳斥进行一个简单的说明。

　　第一，德·曼反对那种阻碍阅读的批评观念。首先，德·曼反对在进行批评或阅读之初，就已预先假定了某种文学是不是"伟大的"的前提，或者说先行地对文本进行价值评判。这种假定或预设无疑使批评难以真正地开展，使阅读变得畏首畏尾并充满偏见。因为这种做法赋予了文本以权威的地位，而使阅读服膺于这种权威的控制，德·曼认为这是人文主义对待文学的态度。其次，德·曼提醒我们，不要认为文学是由结构主义所谓的深层结构所生产出来的，所谓深层结构的支配作用仍然是逻各斯中心主义的一种变体，它在本质上不过是对文本的一种置换，它是对我们体验语言丰富性的一种阻碍。最后，对于那种将文学语言中的反常现象和不一致的地方看作毫无价值的观点，德·曼予以否定，因为如新批评、现象学、读者反应批评等等所持的这种文学观念都认为：文学语言应该是同质性的。然而恰恰相反，解构批评认为文学语言是异质性的，阅读和批评正是着眼于这些语言的别异之处才对文学展开"行动"。

　　第二，德·曼既反对那种将文学语言和日常语言严格区分的做法，也反对将文学语言和日常语言混为一谈的做法。在解构论者看来，一切语言都具有修辞特性，文学语言只是更明显地让人感觉并注意到它的隐喻的或诗性的特征，但文学性并不是文学语言的专利，日常语言中也有可能具有文学性。同时德·曼也反对将文学体验和文学语言彻底割裂开来的现象学批评。就文学的虚构特征来说，德·曼指出，这并不总是界定文学文体的唯一标准，实际上，德·曼在这里主要是想指出，文学语言的一个重要的潜质或功能就是对语言的修辞特征的充分发掘。

　　第三，阅读的不可能性，或者说"误读"，来源于语言的修辞特

---

① See Martin McQuillan, *Paul De Man*, London and New York: Routledge, 2001, p. 15.

性，来源于燕卜逊所说的含混性，这种含混性被德·曼置于一种语言的本质特征的基础上。语言的修辞维度"暗示着误读的持续威胁"。①新批评借用马拉美的说法，认为诗不是用观念而是用词语构成。新批评认为通过研究文本，可以实现一种精确的阅读。但在德·曼看来，文学语言的修辞特性使文本意义注定不可能是清晰透明的，我们的阅读总是开放的、流动的和临时性的，因而纯粹的、封闭的语言研究也根本不可能理解文学的全部意义。同时，德·曼也拒不承认如实证主义、读者反应批评所持的那种观点——认为读者控制意义。德·曼认为无论读者从文本中读出了什么，这都是文本中就已经潜在的或已经包含着的东西，读者在文本面前可以充分发挥自己的创造力去阅读，但读者就像是如来佛手中的孙悟空一样，即便本领再大，也绝不可能读出文本的全部意义。也正是在此意义上，德里达说："关于阅读文本有一件简单的事必须说清楚，那就是文本通常很难被全部读懂，也不可能一无所获。"② 因此，解构批评意义上的误读，指的不仅不是谬见（delusion），而且是文本意义的必要组成部分。而伟大的作品总是迫使我们一次次地走近她，一次次地重读她，对其做出新的理解。尼采写道："我们写东西不只要让人了解，同时更要让人无法了解。无疑的，一本书的目的就是要叫人百思不得其解。（也许这正是作者的意图吧），它不希望被'任何人'所理解。"③ 因而，在解构批评看来，既然文本是异质性的，那么形而上学批评那种同质性的阅读方式，无疑是在控制文本、戕害文本的意义上利用了文本，而不是真正阅读和体验了文本。

第四，德·曼并不认为新的理论会从天而降，不同范式、不同话语总是有其坚实的理论根基，新的理论或范式尽管是对之前理论的不满，但它仍然是脱胎于之前的理论。布鲁姆的《误读图示》显然也是持这样一种看法，即后辈诗人或强力诗人是对前辈诗人的继承和超越。"读者反应理论对文学语言的定义是对新批评之于文学定义的发

① Paul De Man, *Blindness and Insight: Essays in the Rhetoric of Contemporary Criticism*, New York: Oxford University Press, 1983. 285.

② ［法］雅克·德里达：《德里达访谈录——一种疯狂守护着思想》，何佩群译，上海人民出版社1997年版，第60页。

③ ［德］尼采：《尼采文集·悲剧的诞生》，周国平等译，青海人民出版社1995年版，第420页。

展，因而较早的定义是误读的，然后读者反应理论就包含着对误读的阅读。因此就会产生另一种误读。这样文学语言的理论就不可能从误读的问题中独立出来。"① 可以说解构批评某种程度上就是在新批评的基础上发展起来的，要知道解构论者大都有新批评——此新批评非彼新批评，此新批评指的是英美新批评，而不是巴特所说的法国新批评——的背景，而正是新批评的细读法使解构能够在美国而不是法国结出如此丰硕的果实。

（二）文学语言是什么

罗曼·雅各布森（Roman Jakobson）认为，言语信息或者文本通常包含有六种功能或形态：关联功能、诗歌功能、交际功能、情感功能、意动功能、语言功能。② 而一般说来，每一个言语信息或者说文本都具有某种或某几种功能，在这些功能中，可能有一种和几种功能占主导地位，而这些占主导地位的功能决定了话语和文本的性质和结构。其中诗歌功能指的是当信息强调自身，把注意力吸引到它自己的发音模式、修辞和句法时我们所发现的东西。③ 而文学文本通常就是指这种诗歌功能占据了主导地位的文本，因而文学文本通常会让我们直接感受到语言自身的特质，感受到修辞、句法等文本层面的特性，总之是将我们的注意力引向通常所说的语言载体自身，当然文学文本也包含着其他的功能；而在其他言语、文本中也同样包含着诗歌功能。雅各布森指出："诗歌功能并不是语言艺术的唯一功能，但却是它的主要和起决定意义的功能；在所有其他种类的语言活动中，它都只是一个辅助的和次要的成分。通过促进符号的感知性，这种功能加深了符号与物体的根本区别。"④ 因而"文学研究的主题不是作为总体的文学，而是文学性（literaturnost），亦即使特定的作品成为文学

---

① Martin McQuillan, *Paul De Man*, London and New York: Routledge, 2001, p. 16.

② 其中，关联功能指向语境，情感功能指向送话人，意动功能指向收话人，交际功能指向送话人和收话人之间的交流行为，元语言功能指的是不指向任何对象或意义的话语，它指向代码或能指本身。

③ 参见［美］罗伯特·休斯《文学结构主义》，刘豫译，生活·读书·新知三联书店1988年版，第38—40页。

④ 同上书，第40页。

作品的东西"。① 雅各布森所说的文学性指的就是语言的诗歌功能。解构批评同样对语言保持了关注，在《解构与批评》那篇带有宣言性质的前言中，哈特曼针对该书所收录的几篇文章的基本特征，指出："有许多描述文学力量的方式，语言对于意义的优先权仅仅是其中之一，但它在这些论文中担当了一个关键性的角色。"② 不过解构批评眼中的文学性主要指的是语言的修辞性。

就文学和文学语言的基本特征，我们将结合米勒在《论文学》中所描述的几个特征进行如下说明。

第一，文学的奇异性（strangeness）。每一部文学作品以及文学作品所虚构的每一个世界都是独特的、异质的。米勒指出：文学作品中所展现的每一个虚构世界都是虚构地实现了"现实世界"（real word）中没有实现的一种可能性，每一个都是对现实世界无可替代的、有价值的增补。同时，每部作品都是自我封闭的，甚至与它的作者相分离；作品自外于现实世界，自外于任何统一的超凡世界。③ 而要感受到这种独特性，就必须去阅读、体验这些作品，就必须求助于文学语言。米勒指出：一个人要想走进莫里斯·布朗肖（Maurice Blanchot）所谓的"文学空间"（l'espace littéraire），"比如，《罪与罚》《傲慢与偏见》的空间，除了阅读作品，别无他法。所有俄国、英国的历史，陀思妥耶夫斯基、奥斯丁的传记，文学理论，有价值的知识，都无法让你对这些作品最本质的也即最独特的东西有所准备"④。也就是说，我们无论阅读多少关于托尔斯泰的个人传记，无论对托尔斯泰所生活的时代有多么的了解，如果没有去阅读和体验文学作品，你便无法走进《安娜·卡列尼娜》。而且解构批评认为新批评所谓的细读压根就不够细，阅读之前不应该预设某种立场，不应该理所当然地以为文本是一个有机整体，我们的阅读和体验在伴随着文学语言行进的过程中，会遇到各种各样的阻碍，而这些阻碍是我们每个主体在感受和体验中不可预测的，正如我们的人生一样。因此，每个人的阅读和体验

---

① ［英］特伦斯·霍克斯：《结构主义和符号学》，瞿铁鹏译，上海译文出版社 1987年版，第 60 页。

② Harold Bloom, Paul De Man, et. al, *Deconstruction and Criticism*, London：Routledge & Kegan Paul Ltd, 1979, p. Ⅶ.

③ J. Hillis Miller, *On Literature*, London and New York：Routledge, 2002, pp. 33-35.

④ Ibid., p. 36.

都是独一无二并无可替代的。但同时，解构批评并没有全面否定文学理论的价值，只是认为所有这些理论都只能是辅助性的，它们对阅读不应该造成压制和困扰。

　　第二，文学使用施为性语言（performative utterance）。① 既然文学指向的是一个想象的、虚构的现实，那么它就是施为性地——而不是陈述性地——使用语词。米勒指出，"施为"与"陈述"都是来自言语行为理论的术语，陈述性的语言表明事物的状态，例如，外面正在下雨。这句话至少原则上是可以被证实或证伪的。施为性的语言则是用语词来做事，它不是标明事物的状态，而是形成事实，比如，在特定的语境中，牧师或其他被指派的人说："我宣布你们结为夫妻。"这里牧师的话就不仅仅是陈述性的，而是通过语言来执行一个行动，行使一个任务。文学语言看似是陈述性的，但是由于它描述的仅仅是个可能的、虚构的事态，而这一事态最多只能在语言和想象的世界中实现，那么它实际上就是施为性的，文学总是诱使我们相信它所描述的那个世界是真实的，是存在着的。"文学作品的每个句子都是施为性语言链条上的一部分，不断敞开那始自第一个句子的想象的国度。语言使这个国度可被读者所触摸到。在一种不断重复以及不断延伸的语态中，语言瞬间发明、也同时发现（某种意义上时揭示）了那个世界。"② 米勒进一步指出，文学语言的施为性不仅是让读者能触摸到一个想象的世界，而且也要求读者做出回应，并积极地参与其中。"面对作品的乞求，读者必须说出另一个施为性的话：'我保证相信你'。"③ 就麦尔维尔（Herman Melville）《白鲸》开篇的句子"叫我以实玛利（Call me Ishmael）"而言，就是一个施为性语言（double performative），从这个句子本身来看，它可以被理解为表示许可的句子，如"如果你愿意，我想自称以实玛利"。或仅仅是种遁词（evasion）："我的名字其实不是以实玛利，但我要你叫这个假名。"还可以表示一种非常粗暴的要求："我命令你叫我以实玛利。"从读者的角

---

　　① 学界一般将 performative 翻译为施为、施行。为了话语上的一致，我们这里也姑且将其翻译为施为；实际上，我们认为将"performative utterance"翻译成"表演性语言"可能更形象、更贴切。

　　② J. Hillis Miller, *On Literature*, London and New York：Routledge，2002，p. 38.

　　③ Ibid. .

度来看，读者可以表示同意或不同意。例如，"我同意你叫以实玛利"。或者，"我不乐意你叫这个名字，这听起来实在是太蠢了"。如果你同意叫这个叙事者以实玛利，你就可以进入作品，否则就不同了。这就是为什么在文学名著改编成电影电视剧之后，那么多人会抗拒或者反对新文本，因为新文本的演员可能与读者心目中的形象相差太远。

第三，文学使用修辞语言。米勒指出："文学作品以施为的而非陈述的方式使用语言的一个标志就是，文学的创造力有赖于修辞。"[①]文学语言中随处可见各种各样的修辞，这是在向我们表明什么呢？或者说修辞在文学中的作用是什么呢？

首先，这表明新生的世界是由语言实现的，大自然中不存在什么隐喻、明喻、转喻（metonymies）、拟人等等，它们只存在于语词的组合中。吉姆爷在现象世界中的任何地方都找不到，不论康拉德（Conrad）把吉姆爷生活的虚构世界描述的多么详细。那么，即便是传记体的小说，即便是根据现实世界发生的事情改编的小说，也仍然不能够完全一一对应于现实中的人和事，毋宁说，所谓的传记、写实从根本上来说，只是诱骗读者相信文本所写为"真"的一种手段，因为现实在文本中从根本上来说是不在场的。

其次，修辞的非同寻常的力量，能够简洁、优雅地将想象中的人物展现得更为活灵活现，将新娘和桃花、吉姆爷和公牛并置在一起，使人迅速进入一个逼真的世界，但是"新娘、吉姆爷以及所有这些文学幻觉都是语言制造出来的"。[②]但有趣的是，我们在修辞力量的摆弄下，把虚构的世界当成是真实的，而忘记了语言自身的物质性和客观存在性。

最后，修辞并不仅仅出现在文学语言中，那些日常所谓的指涉性或陈述性语言中也在使用修辞，例如在报纸上我们可能会看到这样的标题："医疗保险进行手术"。但这种使用了修辞的报道性文体又似乎并不被界定为文学，一方面是由某种公认的惯例使然，这种约定俗成决定了我们阅读期待、阅读姿态以及阅读习惯；另一方面则是因为它被运用在像新闻报道这样的实用的、指涉性的语言环境中，以致于人

---

① J. Hillis Miller, *On Literature*, London and New York: Routledge, 2002, p. 41.

② Ibid., p. 42.

们忽视了它的修辞特征。或者说这类文本所执行的主要功能并非是雅各布森意义上的诗歌功能。当然对这一问题,学界似乎还存有很大的争论。

第四,文学既是一种发明又是一种发现。文学作品所展现出的这个非比寻常的世界究竟是被制造出来的,还是被揭示出来的?这个问题我们始终无法回答,因为制造/揭示、指涉/施为总是扭结在一起的,因而,文学究竟是指向自身还是指向外部世界这个问题一直在引发争议。例如,我们在前面说过,对于雅各布森而言,是语言的诗性功能构成了文学作品的文学性,文学必定是自我反映(self-reflexivity)或自我指称(self-referntiality)的,而文学语言和语言的其他用途的主要区别就在于,文学是"一套指向自己的语言"。文学总是将我们的注意力引向语言,让我们注意到语言的独特性。可以说俄国形式主义大致上都是持这种看法,比如我们已经非常熟悉的什克洛夫斯基所说的陌生化(ostranenie/defamiliarize)——某种程度上也有点类似于布莱希特所说的"疏离效果"(alienation effect),即使用语言来破坏我们的正常感知方式,将我们的注意力引向对象本身,而什克洛夫斯基甚至还指出:"从狭义上说,'文学作品'就是指用特殊的旨在使作品尽可能艺术化的技巧创造出来的作品。"[1] 解构批评也承认文学具有这样的特征,但是米勒认为雅各布森过分夸大了文学语言的这一特征,认为:"这种说法通过一种潜在的性别区分来误导读者,使他们因文学是无益的、女性化的、乏味的自我反映而抛弃文学。"[2] 米勒认为,文学的确是一种发明,因为它的确是个语言编织物,是一种可被操控的东西;但文学又未尝不可以说是一种发现,文学语言所展现的这个世界,可以说是的确存在着的,这些独立的世界也许就等在某个地方,等待作家找到适当的词语来描述它们。存在于陀思妥耶夫斯基胸中的小说无疑都是精彩至极的作品,他仅仅是没有将它们全部写出来,但是"不能确切地说这些没有写出来的小说是不存在的"[3]。就此,米勒给出了文学的定义:

---

① [英]特伦斯·霍克斯:《结构主义和符号学》,瞿铁鹏译,上海译文出版社 1987年版,第 60 页。

② J. Hillis Miller, *On Literature*, London and New York: Routledge, 2002, p. 44.

③ Ibid., p. 45.

　　文学可以被定义为一种对语言的奇特使用，以此来指向一些物、人以及事件，关于它们，永远不可能知晓是否在某个地方它们隐秘地存在着。这些隐秘的东西是一个沉默的现实——只有作者知道——等待着被变成语言。①

三　修辞

（一）搅局的修辞

保罗·德·曼在《说服的修辞学（尼采）》一文中指出，在对待修辞学的态度上，存在着两种截然对立又似乎总是被联系在一起的看法：

　　在三学科的教学法模式范围内，修辞学的地位及其价值永远是矛盾的：一方面，例如在柏拉图乃至哲学史上的各个关键时刻（尼采是其中之一），修辞学成为对有才智者来说是可以想象到的最深远的辩证法思考的基础；另一方面，正如自昆体良（Quintillian）以来，修辞学在教科书里所呈现的面貌似乎一成不变，它是在演说中运用欺骗的、语法之恭顺的不那么受人尊敬的侍女。②

修辞学（rhetoric）一般被认为是一辞古典论辩艺术，一门研究说服技艺的学问。亚里士多德指出："姑且把修辞术定义为在每一事例上发现可行的说服方式的能力。"③ 修辞在古典三科——语法、逻辑、修辞——中的地位是最低的，因为它离真理最远，修辞学只有在被用来美化真理以便人们更容易接受的角度才具有价值；如果它被用来从事欺骗，那么这种蛊惑人心的东西就应该越少越好。而且修辞总是使语言变得摇摆不定，它破坏了语言的透明性、直接性，在此意义上，正是因为诗使用修辞语言，所以才会被柏拉图赶出"理想国"。但实际上，在对

① J. Hillis Miller, *On Literature*, London and New York：Routledge，2002，p.45.

② Paul De Man, *Allegories of Reading：Figural Language in Rousseau，Nietzsche，Rike，and Proust*, New Haven and London：Yale University Press，1979，p.130. 参见中译本［美］保罗·德·曼《阅读的寓言》，沈勇译，天津人民出版社2008年版，第137—138页。

③ 苗力田：《亚里士多德全集》，中国人民大学出版社1994年版，第338页。

待修辞的态度上，正如德·曼所言，总是有两种截然相反的看法：一种较为普遍的看法认为，修辞可以美化真理，在此意义上，他是语法、逻辑的随从。托米塔诺指出："演说家首先要找到真理，然后还要能够用优美动听的语言来说服他的听众，他要善于在盛着良药的杯子边上涂上一层香甜的醇酒。"① 显然，修辞被打发到一种派生性的地位中去，因为它并不内在于真理。这里就形成了一个极为有趣的反讽，修辞既在语言的内部，又在语言外部；修辞既是语言，又总是被视作语言的装饰性存在。另一种看法认为，修辞可以洞见真理。在斯佩尼罗那里，修辞是一种预见真理的绝佳方式，并且高于语法。他指出："语言从平凡人物的交谈中产生，正如颜色来自植物一样，语法学家像画家的徒工，先把画版打平磨光，然后像画家一样的修辞学大师便在上面描绘真理，按照自己的方式侃侃而谈。"② 斯佩尼罗分别将修辞和语法比作是画家和徒工，前者的活动是创造性的，而后者只是机械性地服务于画家。相对而言，语法是稳定的，它的功能是便于修辞根据自身的需要来使用语法。斯佩尼罗充分肯定了修辞的再生性特征，同呆板的语法相比，修辞是鲜活的、生动的、丰富的、富有创造性的。

如果我们将人们对修辞和语法的那种惯常看法——语法高于修辞——加以引申，就会发现，人们正是在相同的逻辑上看待哲学和文学的。这是因为语法/哲学往往被认为是理性的、严肃的；而修辞/文学则是非理性的、不严肃的，而且它还导致意义的不明晰、含混等等。并且哲学直接体现真理，而文学最多只是与真理有关。根本原因就在于文学使用隐喻性语言（figurative language）或者修辞性语言，而且这种看法有着悠久的历史。传统语言学认为修辞应该服务并服从于语法；而即便到后来将修辞当成是一种转义、辞格，法国结构主义以及符号学也仍然将其理解为语法结构的一种延伸，认为语法具有普遍性，因而在对文学文本进行研究时，就着重讨论其语法结构，只要把握住文本的语法结构，就可以将其普遍化为一种构造系统，由此可以派生出其他不同的模式。不言而喻，西方的文学批评理论正是在这样一种逻各斯中心主义的观念下发展起来的，不难看出，西方的批评

---

① ［意］加林：《意大利人文主义》，李玉成译，生活·读书·新知三联书店 1998 年版，第 153—154 页。

② 同上书，第 154 页。

理论有着一种强烈的控制文学的意图。这些被哈罗德·布鲁姆称为"憎恨派"的文学批评，比如女权主义批评、心理分析批评、后殖民批评、原型批评等等，都是在文学批评或文学阅读展开之前就已经先验地预设了批评的目的和效果，预先定下了评价的基调和方向，在此意义上，所谓的批评或者阅读只不过是空泛地执行着某种早有预谋的策略，不过是将所有的作品都变成一个文本。所以在精神分析学批评家的眼里，文学里除了力比多、无意识、俄狄浦斯情结等精神分析的东西之外，就再也看不到其他东西了；女性主义批评家看到的不过是父权制社会下被他者化了的女性；而结构主义更是异想天开地想用一套固定的模式来把握一系列文本的基本结构。正如乔纳森·卡勒所言："研究小说中的妇女状况要求助女权主义批评；着重研究文学作品的心理内涵，精神分析或许能澄清迷雾；而马克思主义批评，也能帮助批评家理解强调阶级差异及经济力量于个人经验之影响的作品。每一种理论都说明了一些问题，错误在于它们认定这些问题是唯一的问题。"① 显然，这些语法决定论者或者说逻各斯中心主义者都企图以其独特的话语来对文学文本进行单义性阅读，但实际上，这些批评话语本身不过是一套隐喻性的话语，不过是用一套隐喻性的语言结构来置换文学文本。而文学语言的不确定性、修辞特征都将这种单义性的阅读或者说语法模式指认为一种话语暴力，因而在此基础上的所谓价值评判就不可能是全面的，即便是深刻，也不过是片面的深刻，即便有可能是真理，也不过是局部的真理。

德·曼对文学阅读的语法模式提出了强烈的质疑，他指出修辞总是暗中破坏语法，语法根本无法保证意义的单一和确定。在《符号学与修辞》一文中，德·曼举了这样一个例子：

巴克的妻子问巴克要把保龄球鞋的带子系在上面还是下面。巴克回答说：这有什么区别吗？显然，他的妻子是个字面义主义者，便耐心地为他讲解系在上面和下面之间的区别。然而却引起了巴克更大的不满。②

---

① Jonathan Culler, *On Deconstruction*: *Theory and Criticism after Structuralism*, Ithaca: Cornell University Press, 1982, 206-207.

② Paul De Man, *Allegories of Reading*: *Figural Language in Rousseau*, *Nietzsche*, *Rike*, *and Proust*, New Haven and London: Yale University Press, 1979, p. 9.

　　德·曼在此想说明的是，同一种语法模式，却产生了相互排斥的意思。因为"这有什么区别"，既可以从字面上理解为：询问系在上面与系在下面之间的区别；也可以从修辞问句的意义上理解为：无论有什么区别都无所谓。很显然，这两种自相矛盾的意思是缠绕在一起的。德·曼指出："这个问题由语法模式转变为修辞模式，并不是由于我们既拥有修辞义，又有字面义，而是因为我们无法通过语法的或其他语言学模式来决定该如何取舍这两种意义。"① 因而，语法模式的阅读并不能帮助我们取舍文本的意义，语言因其修辞特性而变得自相解构。因此，阅读文学文本不应该只求助于语法，换句话说，在面对文学作品时，单纯相信语法模式，并不能解释文本或读解出作品的全部意义。同时，如果只相信修辞义而忽略了字面义，同样是对文本的一种误读。

　　《傲慢与偏见》里，贝内特大小姐简和二小姐伊丽莎白就一封来自卡罗琳·宾利的信，读出了截然相反的东西。卡罗琳是简的心上人查尔斯·宾利的妹妹，她反对哥哥和贝内特的那些女孩子们来往，所以写了一封有意疏远的信，并表示哥哥已经喜欢上了她自己心上人达西的妹妹。简看了以后很伤心，因为她觉得她的心上人或许并没有深爱着她，但伊丽莎白却不以为然。很显然简是按照信的字面义来读的，而聪明的二小姐则读的是信的引申义。于是就有了下面的对话：

　　　　"你觉得这句话怎么样，亲爱的莉齐？"简念完以后说。"说得还不够清楚吗？这不是明确表示卡罗琳既不期待、也不愿意我做她嫂嫂吗？表示她完全相信她哥哥对我没有意思吗？她要是怀疑到我对她哥哥有情意，这岂不是有意（真是太好心啦！）劝我当心吗？这些话还能有别的解释吗？"

　　　　"是的，可以有别的解释，因为我的解释就截然不同。你愿意听听吗？"

　　　　非常愿意。

　　　　"三言两语就能说明白。宾利小姐看出她哥哥爱上了你，却想让他娶达西小姐。她跟着他到城里去，就是想把他绊在那里，

---

　　① Paul De Man, *Allegories of Reading*: *Figural Language in Rousseau*, *Nietzsche*, *Rike*, *and Proust*, New Haven and London: Yale University Press, 1979, p.10.

而且竭力想来说服你，让你相信她哥哥并不喜欢你。"

简摇摇头。

"说真的，简，你应该相信我。凡是看见过你们在一起的，谁也不会怀疑他对你的钟情。宾利小姐当然也不会怀疑。她才不那么傻呢。假使她发现达西先生对她有这一半的钟情，她早就定做结婚礼服了。问题是这样的：我们不够有钱，也不够有势，攀不上他们，所以她急着要把达西小姐配给她哥哥，心想两家联了一次姻之后，就比较容易联第二次姻。这件事还真是有点独出心裁，要不是德布尔小姐碍着事，说不定还真会得逞呢。"①

简是个单纯的女孩子，美艳动人、温柔善良，她对人的信任同对文字的信任一样，都相信看见的就是真实的，相信能指和所指是一一对应的。而伊丽莎白则不一样，同大部分女性作家笔下的女主人公一样，伊丽莎白不是最漂亮的，但却是自尊心极强、棱角分明、勇气可嘉又敏感机智的。她凭借父亲给她的一双慧眼，一下子就识破了卡罗琳小姐的诡计。

梁山伯与祝英台的故事，可以说是家喻户晓，这一民间传说先后被改编成戏曲及影视作品，相对来说，越剧版的《梁祝》备受推崇，而其中的一折《十八相送》更是经典中的经典。《十八相送》讲的是梁山伯送祝英台下山的故事。一路上，祝英台通过隐喻、双关来暗示自己的性别以及对梁兄的爱慕，"树上鸟儿对打对"，"樵夫为何人砍柴"，"鸳鸯成对又成双"，"英台若是女红妆，梁兄你愿不愿配鸳鸯"，"雌鹅雄鹅"，"你看这井底两个影，一男一女笑盈盈"，"观音大士媒来做，我与你梁兄来拜堂"，等等，但由于梁山伯是个字面主义者，他完全不能从修辞学的角度来理解祝英台的话，以至于梁山伯一度以为祝英台在耍笑于他，"愚兄明明是男子汉，你为何将我比女人？"所以尽管他们一路上都在交流，可他们对语言的理解和运用却是错位的，他们不是在同一个层面上使用语言；虽然他们是同一个学校毕业的，但他们的理解范式却大相径庭。祝英台充分注意到语言的修辞功能，她试图利用语言的修辞功能，委婉地告诉梁山伯自己的想

① ［英］简·奥斯丁：《傲慢与偏见》，孙致礼译，译林出版社 2000 年版，第 112—113 页。

法。但梁山伯显然忽略了语言的修辞特性，只接受语言的信息功能和交流功能，并且相信能指和所指的一一对应，所以祝英台的一次次努力，最终都是无效的。可见，梁山伯和祝英台之间的失败对话囿于字面义主义者和解构分析者之间的距离。而舞台上所呈现出的这种反讽和张力，正是观众觉得有趣的地方。观众知晓一切，并且在某种程度上与祝英台构成了一种同谋关系，因而梁山伯越是不解其中味，便越是让人忍俊不禁。可见，掌握解构批评或修辞性阅读是多么重要啊，如果梁山伯是个解构论者，或许就用不着楼台会了，也用不着化蝶了。当然如果梁山伯是个解构论者，或许故事就没那么浪漫也没那么凄婉了。

修辞义和本义之间的张力关系，让语言变得复杂而多端，使理解变得困难，并且充满了不确定性。德·曼通过对叶芝的《在学童中间》一诗的分析，科学而有效地指出了修辞义和本义之间的这种对抗，而有趣的是，这种对抗又极为微妙地附着于同一个文本上，难解难分。诗作如下：

> 哦，栗树，根深花茂的栗树哟，
> 你是一片叶，一朵花，还是树干？
> 哦，合曲舞动的身子，哦，炯炯的一瞥
> 舞者和舞蹈叫人如何区别？①

就最后一句来说，如果将其理解为修辞问句，它的意思就是在强调舞者和舞蹈没有什么区别。而从字面义上来理解，则是让人注意舞者和舞蹈之间的区别，它暗示舞蹈和舞者并非一回事。因此这两种解释同样是相互排斥的，"一种阅读恰恰被另一种阅读宣布为错误，并且必然为其消解。我们也无从确定哪一种阅读更为优先，当一种阅读不存在时，另一种阅读也不存在了。没有舞者便没有舞蹈，没有指涉

---

① 原文为 O chestnut-tree, great-rooted blossomer, / Are you the leaf, the blossom or the bole? / O body swayed to music, O brightening glance, / How can we know the dancer from the dance? 翻译参照李自修《解构之图》，中国社会科学出版社 1998 年版，第 59 页。

物，也就没有符号"①。在此意义上，阅读便变得摇摆不定，读者要么相信文本的本义，要么相信文本的修辞义，但无论选择哪个层面的意思，都必然意味着某种程度上的屏蔽或阉割。总之，修辞总是暗中破坏着语法模式，并且使文本意义变得不确定，也使我们的阅读总是面临着选择。因此误读总是不可避免的。

总之，修辞总是暗中破坏着语法模式，并且使文本意义变得不确定，也使我们的阅读总是面临着两种选择：要么相信修辞义，要么相信字面义。因此误读总是不可避免的。与此同时，阅读的不可能性便因修辞的这种混杂性而异常清晰地显露出来，一张被称作钱的纸，可以以一般等价物的形式衡量物品的价值，而此时它却是以背离或忘却了自身的"字面义"，即作为纸的最普遍、最为约定俗成的那种意义；而成为一个纯粹的符号，一个赤裸的能指，一种隐喻。

（二）转义修辞学：字面义/修辞义

米勒在《当前修辞研究的功能》一文中也指出：

> 自从古希腊开始，修辞一直是一种有两个分支的学科。一方面，它是说服能力的研究，即如何使用词语；另一方面，它是语言之运作的研究。它尤其是转义功能的研究，包括林林总总的修辞手段，不仅仅是隐喻，还有换喻、提喻、反讽、进一步转喻、拟人、夸张、引申，甚至整个作品。②

米勒所说的修辞的两个层面，当然指的都是语用学意义上的，但是前者更倾向于将修辞作为一种辅助手段，来增强说服力；而后一种才是米勒所强调的修辞性阅读意义上的修辞，即作为转义（tropes）的修辞学，研究语言运用上的转义现象，研究修辞的生产性和创造性。或如 I. A. 理查兹在其《修辞哲学》中所言："旧修辞学把含糊性视为语言的缺陷，并希望限制或消灭之，而新修辞学却将它看成是语

---

① Paul De Man, *Allegories of Reading*：*Figural Language in Rousseau*，*Nietzsche*，*Rilke*，*and Proust*, New Haven：Yale University Press, 1979, p. 12.

② ［美］J. 希利斯·米勒：《重申解构主义》，郭英剑译，中国社会科学出版社 1998 年版，第 82 页。

言能力所造成的必然结果。"① 杰弗里·哈特曼也指出，含混性表明："那些认定有可能存在直接按字面意义或非转义的表达方式的阅读方法，都是把问题可怕地简单化了。"② 在此意义上，修辞性阅读研究的内容，首先不是意义，而是意义是如何产生的，或者说意义产生的机制。

那种将修辞视为"有缺陷的语言"的看法，在解构论者看来无疑是一种字面义主义。当然，修辞从根本上来说的确是有病的语言，不同种类的修辞如拟人、错格、反讽并没有什么严格的界限，而且修辞最初源自于词语误用（metonymy），鸽子怎么可能既是鸽子又是和平呢？白宫又怎么可能是美国总统呢？放屁就是放屁，怎么可能是胡说呢，发声部位都不一样。

字面义主义（literalism）一般持这样一种观念，认为语言指向字面的真理，认为"葡萄"这个词指向的是一个现实的东西而不是正在使用的一个词语，这个词仅仅是被描述为"葡萄"的这个东西的一种隐喻。德·曼认为"字面义主义"并不是绝对的真理，而是语言的一种效果，字面义并不自外于修辞学。德·曼在《阅读的寓言》一书中探讨了卢梭对于"巨人"（giants）这个词的分析。在《论语言的起源》一文中，卢梭认为，原始人在首次遭遇他人时，会体验到一种巨大的恐惧感，而这种恐惧感使他觉得这些人比他自己更高大、更强壮，因而由于这种恐惧心理作祟，便将其他人称为"巨人"。之后由于多次见到其他人，原始人意识到其他人并不比他更强大，所以他发明了另一个他和他们共有的名称"人"（man），而"巨人"一词用来描述那些他之前令他感到恐惧的印象。在这个看起来是字面义主义的描述里，"巨人"并不是描述人的外部特征，而毋宁说是描述原始人潜在的恐惧感。当他们说"巨人"这个词时，可能仅仅是在说"我害怕"。因而，"巨人"可以被视为一种隐喻（metaphor），它将内在的恐惧感同外在的形体特征联系起来。对于原始人而言，它将某种假设加诸事实之上，这是一个错误但并不是一个谎言，语言的丰富性就产

---

① 转引自［美］杰弗里·哈特曼《批评艺术的状况》，拉夫尔·科恩《文学理论的未来》，程锡麟等译，中国社会科学出版社 1993 年版，第 99 页。

② 同上。

生于这种发生于原始人身上的错误。① 语言最早总是隐喻性的，当第一次有人用玫瑰指称爱情时，玫瑰就是作为一种隐喻甚至"词语误用"来理解，但现在当人们看到玫瑰这个词首先想到的就是爱意甚至忘记了它还指一种花，此时的玫瑰/爱意便被当成是字面义来使用了。而"当第一次有人说'爱情是唯一的法律'或'地球围绕着太阳转'时，一般的反应会是，'你一定是在说隐喻。'可是一百年或一千年以后，这些句子可以候选成为字面真理了"②。因而，毋宁说，字面义不过是修辞义或比喻义的尸体，是修辞义在反复使用过程中，逐渐褪去了色彩的刻板的能指。

由此可见，语言在其原初意义上就是在修辞、转义的基础上才被发明出来的。因此，所谓的字面义或本义并不比修辞义高明多少，字面义不过是修辞义的堕落形式，是修辞义历经汰洗之后的躯壳。德·曼指出："转义（trope）并不是语言的一种派生的、边缘的或变异的形式，而是出类拔萃的语言学范式（linguistic paradigm）。值得一提的是，比喻结构不是一种语言模式，而本身就是语言的特征。"③ 我们这里以德里达和保罗·德·曼都曾谈到过的"毒品（drugs）"概念为例，Drugs 一词本身既可以指"毒品"又可以理解为"药品"，但通常这个词被用来指"毒品"，而"毒品"这个术语本身就是一种转喻（metonym）④，在我们使用"毒品"一词的时候，它的意思并不是由科学界定来决定，而是由伦理、司法或政治问题（责任、社会、身体等等）等哲学的界定所决定的。我们不禁要问，香烟是毒品吗？因为如果从字面义理解，所谓毒品应该指的是有毒的东西，即对我们的身体会造成某种伤害，很显然香烟对于身体是有害的，因而，在此意义上香烟当然是毒品，并且它应该是"臭烟"。但香烟不属于毒品，因为毒品这个概念是在转喻的意义上被使用的。

---

① Paul De Man, *Allegories of Reading*：*Figural Language in Rousseau*，*Nietzsche*，*Rilke*，*and Proust*，New Haven：Yale University Press，1979，pp. 149–154.

② ［美］理查德·罗蒂：《后哲学文化》，黄勇编译，上海译文出版社 2004 年版，第 29 页。

③ Paul De Man, *Allegories of Reading*：*Figural Language in Rousseau*，*Nietzsche*，*Rilke*，*and Proust*，New Haven：Yale University Press，1979，p. 105.

④ 转喻（metonym）通常指以部分代替整体，比如，在短语"苏格兰王冠（the crown of Scotland）"中，王冠（crown）就是国王（monarch）的一个转喻。

　　在解构批评看来，修辞是语言的一个不可消除的本质特征，修辞往往使得语言在指涉结构和施为结构，本义和引申义之间相互对抗。举例来说，在《荷马史诗》"奥德赛"中，特洛伊英雄奥德修斯正是巧妙地利用了语言的修辞功能才成功地逃出了独眼巨人波吕斐摩斯的魔爪。奥德修斯和他的同伴们来到独眼巨人（海神波塞冬之子）的巨大山洞里，巨人吃掉了奥德修斯的几个同伴，为此，奥德修斯想出了一个办法，他给了巨人一瓶烈酒，并且告诉他自己的名字叫"Outis"——希腊语中有"没有人"之意。当巨人喝醉之时，奥德修斯便刺伤了波吕斐摩斯的独眼，逃出了山洞。而其他巨人没有来救援独眼巨人，因为他们问波吕斐摩斯"是谁招惹了你?"他总是回答"没有人"。很显然，波吕斐摩斯绝对是那种单纯的字面义主义者，或者说，波吕斐摩斯一定缺乏修辞训练或文学修养，他相信能指与所指的一一对应，而全然没有想到他已经陷入了被"Outis"这个词所织就的圈套或罗网之中，这个词自相矛盾地将一个行凶者的名字同一个空无的对象或一个取消惩罚的陈述——"没有人"意味着并不存在罪犯和犯罪——叠加在一起，因而奥德修斯不仅成功地逃脱了巨人的威胁，还成功地炫耀了自己的聪明；当然这要赔上波吕斐摩斯的一只眼睛以及他那至为蒙昧的单纯。一定程度上，这个故事会使得那些最为"非文学性的"读者都不得不将注意力投向语词，投向那语词的模棱两可上。

　　而在其他类型的文本和符号中，也总是包含着一种修辞特征，即存在着字面义和修辞义这两种相互排斥的意义。一定程度上，衣服这个词所代表的意义或者它执行的功能已经远远不再是亚当以及原始人意义上的了，亚当和夏娃使用衣服是为了遮羞，而原始人则可能更多地是为了御寒；遮羞和御寒可以说是衣服最早的功能，或者说是它的字面义——衣服遮住肉体，同时也将外界隔离。而如今衣服更多地是在转义的意义上被使用，各种不同质地、不同款式、不同品牌的衣服都代表着不同的身份和文化，因而衣服被穿在身上的时候，就不仅仅是一件衣服，而是一种语言，一种隐喻，甚至是在一种话语，一种施为性的话语。衣服再也不是一个被动的客体，而是一个具有施为功能的能指，它可以言说，并且使得穿着的人风格化了。衣服与人的关系已经随着服装话语系统的生成而发生了一些颇为令人懊恼的倒置或反讽，不再是人穿衣服，而是衣服穿人，人沦落为衣服的一个构件。

因此，我们似乎总是在转义的意义上使用语言，但是语言又不可能将其最初的字面义全部打发掉。语言的字面义和修辞义总是"将它们自身扭结成一个结，从而使理解过程发生了停顿"①。同时，在许多解构论者看来：所有语言都是修辞性的（rhetorical）或者转义的（tropological）。"转义不是语言的一种派生的、边缘的、畸形的形式，而是卓越的语言学范式。修辞结构不是语言模式的其中之一，而是语言本身的特征。"② 因此，所有文本都是不确定的或者说都是复调的，一切文本都可以进行修辞分析或者说可以进行文学批评。而与此同时，我们马上会提出这样的问题，如上所说，如果一切文本都是修辞性的，都可以进行修辞阅读，那么文学的独特性又体现在何处呢？关于这个问题，解构论者认为，文学的独特性恰恰就表现在，它直接宣称自己使用修辞语言，文学文本与其他文本最大的不同，就在于文学语言强大的生产性。文学生产或繁殖出大量丰富的隐喻，从而生产出新的能指，组织构造了新的语言，并最终发展或更新了人们对文本乃至对世界的感知方式。米勒在《人文学者应该做些什么》一文中，谈到了他从物理学转向文学研究的原因，当时还在读大二的米勒被阿尔弗莱德·丁尼生的诗歌所吸引，并进而对科学语言和诗歌语言之间的这种差异产生了困惑。他指出："在理科的课上，在解释异常现象时，我被教导说话要直截了当，并且尽可能地使用简单的语言。但于我而言，丁尼生并非如此。"③ 丁尼生使用的是修辞性、比喻性语言，这种语言不是我们一眼便能理解和参悟的，它使我们将注意力放在了语言自身上，放在了语言的物质性方面，我们除了随着文本的渐次展开而摸索前进之外别无他法。可以说，文学语言的这种特异性（specificity）与疏离性（strangeness）诱使米勒在其此后的生涯中致力于文学研究。同时，我们也得以窥见为什么解构论者钟情的往往是浪漫主义的文学文本，而非现实主义的。

———————————

① Harold Bloom, Paul De Man, et. al, *Deconstruction and Criticism*, London：Routledge & Kegan Paul Ltd, 1979, p. 44.

② Paul De Man, *Allegories of Reading：Figural Language in Rousseau, Nietzsche, Rilke, and Proust*, New Haven：Yale University Press, 1979, p. 105.

③ J. Hillis Miller, *What Ought Humanists To Do? Daedalus, the Journal of the American Academy of Arts & Sciences*, （1）Winter 2014, p. 22.

第二节　解构批评之文本观

一　文本的构造

文本（text）一词来自拉丁语"textus"，有质地（texture）、组织（tissue）、结构（stucture）等意思，并与语言（language）、建筑（construction）、联合（combination）、联系（connection）等等有关；"textues"又来自动词"texo"，有编织（weave）、创作（conmpose）的意思。"text"这个英文单词与纺织品（textile）、质地（texture）等词相关，而所有这些词都含有合成性（composition）和复杂性（complexity）等意思。① 与此相较，"汉语中的'文'起源于'鸟兽之文'（爪迹蹄痕）"，② 取象人形，有文身、花纹之义，《说文解字叙》称："仓颉初作书，盖依类象形，故曰文。"《周易·系辞下》称："物相杂故曰文。"也就是说，物体的形状、纹理、色彩相互交织，这就是文。可以说，汉语中的文与文本一词还是有些相似之处的，屠友祥先生将罗兰·巴特的"*Le Plaisir du texte*"翻译成《文之悦》也可能正为此意。

可以说，有多少种文学理论，似乎就有多少种关于文本的定义；在维特根斯坦看来，给文本下定义几乎是不可能的，但我们还是可以对每一种具体的文本形态进行一番描述。这里先借用一下乔治·J. E. 格雷西亚（Jorge J. E. Gracia）关于文本的定义，他在《文本性理论：逻辑与认识论》一书中给文本下了这样的定义：

　　一个文本就是一组用作符号的实体（entities），这些符号在一定的语境中被作者选择、排列并赋予某种意向，以此向读者传达

---

① ［美］乔治·J. E. 格雷西亚：《文本性理论：逻辑与认识论》，汪信砚、李志译，人民出版社 2009 年版，第 17 页。

② 参见傅修延《文本学——文本主义文论系统研究·绪论》，北京大学出版社 2004 年版；同时可就汉语文本的独特性等问题参考该书第六章，第 199—220 页。

某种特定的意义（specific meaning）。①

　　就这一定义而言，文本可以被看作由这么几个要素构成：构成文本的实体、符号、特定的意义、意向、选择和排列、语境。而在解构批评看来，这些构成文本的要素都是极其不稳定的。

　　文本是由符号组成的，但"在普通语言学以及偶尔在哲学语言中，符号（zeichen）这个词包含着两种相异的概念：表达（Ansdruck）的概念（总的说来，人们经常错误地把它看作符号的同义语）和指号（Anzeichen）的概念。"② 也就是说一个符号既可以是一个能指，同时也可以是一个所指。格雷西亚认为，在构成文本的实体和构成符号的实体之间是有区别的，例如，"黄色笑话"。它可以被看作由构成文本的词、标点等几个符号构成；也可以被看作由墨迹、点、线等构成，而后者也可以被看作构成文本的符号。但是如果将其看作一个文本的话，那么，我们就可能不是把看到的符号本身当成是实体，而是使这些符号具有了符号之外的功能或意义，而这些才是构成文本的实体。当我们形成了一幅"黄色笑话"这一文本的图画时，"组成这幅图画的文本或符号并不是由知觉的外在对象构成的。该文本及其符号是由并不呈现于眼前的图像构成的"。简单地说，作为构成文本的符号和作为文本的实体之间的区别，就相当于德·曼所说的文本的字面义与修辞义之间的区别。当然就"黄色笑话"这个文本来说，在字面义上它是扭曲了的，笑话怎么可能有颜色呢？

　　对文本和符号的区分，历来是一个比较困难也非常容易被忽略或忽视的问题。通常认为文本是多少有些复杂的混合物，而符号一般不是这样；文本必然由符号组成，而且也有可能是多个符号的混合物，而符号则通常是单个的。例如，"郁闷 ing"就应该被看作一个文本而不应该被看作一个符号，当然如果要使它具有意义，可能它要求读者具备一定的素质或能力——懂英语语法。但这种区分又很容易被混淆，因为就一个普通的符号 P 来说，很难说它不是文本，如果这个 P

----

　　① ［美］乔治·J. E. 格雷西亚：《文本性理论：逻辑与认识论》，汪信砚、李志译，人民出版社 2009 年版，第 16 页。

　　② Jacques Derrida, *Speech and Phenomena*, Baltimore：Johns Hopkins University Press, 1997, p. 17.

指的是 Word 处理系统中被用作打印指令。这似乎回到了胡塞尔对符号的区分，以及索绪尔对于能指和所指的区分上来。任何一个符号可能既是表达，又是指号；既是所指，又是能指；既是指涉性的，又是施为性的。但格雷西亚认为，符号的同一性条件与文本的同一性条件是不同的。符号的意义不是构成该符号的实体的意义的结果，"文本的意义则部分地是组成这些文本的符号的意义的结果"。也就是说符号本身只对自身有意义，而文本的意义则是由组成文本的符号的意义以及符号的排列（或许还包括规则、语境）来构成。在解构批评看来，文本的意义之所以暧昧不明，主要是由于这些符号层次上的意义与文本层次上的意义总是混合在一起，两者相互缠绕，难舍难分，因而任何一个文本也因此是不确定的、不透明的。

接着要说的是构成文本的另一个要素："特定的意义"，即"文本性"（textuality），对文本意义有三种基本的看法：意义的指称观（referential view of meaning）、文本意义的观念论（ideational theory of textual meaning）以及以言行事观（illocutionary act）——学界也有将其翻译为言语施为理论。指称观认为文本的意义与指称（reference）是同一的，如"猫"的意义就是"猫"，"柏拉图的老师"的意义就是"苏格拉底"；观念论将意义理解为文本所表达的一种或几种观念，如"女人"的意义就是"女人"的观念。以言行事观将意义理解为用途（ues），通常认为奥斯汀（J. L. Austin）是现今在语言哲学和语言学中非常著名的言语行为理论的首创者。当我们开始用语言谈论时，我们就从语言转到了言语。当然言语活动本身就是人的一种行为。因此，"即便是在最为通常的'说话'这一层面上，说话也是做事，言（saying）即是行（doing）"[1]。奥斯汀将这一层面上的言语行为称为"话语行为"（locutionary act），当然奥斯汀关注的不只是这种意义上的言语行为，还包括一种更高层面的言语行为，即"我们的说话是有意图的，我们总是在说话中做点说话之外的事情，或就世界中的事件进行陈述或报道，或做些另外的事情，如进行结婚、打赌、致歉、命名、许诺等社会活动"[2]。这个层面的言语行为，奥斯汀称之为"言语施为行为"。奥斯汀的理论很容易让我们想到维特根斯坦

① 杨玉成：《奥斯汀：语言现象学与哲学》，商务印书馆 2002 年版，第 65 页。
② 同上。

（Ludwig Wittgenstein）那句意味深长的话："言词即行为。"① 举例来说，牧师对一对儿教堂里的新人说："我宣布你们结为夫妻。"那么这句话就具有施为性，这句话意味着这对新人的结合是合法的、神圣的、有据可查的。实际上就每一个具体的文本而言，这三种关于文本意义的观念总是同时存在的。而解构批评正是发现了一个文本可能既是指涉性的、同时又可能是施为性的，才需要读者——阅读着的主体要在文本的指涉性和施为性之间做出决断。因而文本性——简单地说就是使文本具有某种意义的东西——总是不确定的、多重的。

"意向总是指向某个确定意义的传达。"② 用在文本里，指的是作者在创作文本时意欲传达给读者的某种特定的意义。作者意欲传达的东西，并不需要作者充分意识到自己意欲达到的目标，换句话说，他不必充分意识到他意欲传达的特定意义或者有效地传达意义所必需的方法乃至符号的选择和排列。③ 可见，格雷西亚还是比较注重作者意向的传达，尽管有时这种传达总是不那么明显或者作者也并不是能充分意识到。但是就对待作者的态度而言，解构论者显然不认同这种说法，诚如杰里米·霍索恩（Jeremy Hawthorn）所言，"新批评承认当'他'或'她'在从事文学写作的时候，作者是存在着的；但是一旦文学宝宝（literary child）被生产出来，作者就丧失了任何亲权（parental rights）。而最近的解构论者以及拉康的理论则认为，传统意义上的作者从未存在过"④。解构批评不再将作者视为文本意义的创造者，在此意义上，创作主体的确如罗兰·巴特所说："主体隐没于这织物——这纹理内，自我消融了，一如蜘蛛叠化于蛛网这极富创造性的分泌物内。"⑤ 不仅如此，解构批评乃至后结构主义大都认为，某种程度上说，相信作者就是取消自我，文本与作者几无瓜葛，它诞生于其他的文本，只不过恰好是借某一作者之手写出。因此，"作为个体的

① ［英］维特根斯坦：《文化与价值》，许志强译，浙江文艺出版社 2002 年版，第83 页。

② ［美］乔治·J. E. 格雷西亚：《文本性理论：逻辑与认识论》，汪信砚、李志译，人民出版社 2009 年版，第 42 页。

③ 同上书，第 43 页。

④ Jeremy Hawthorn, *Unlocking the Text*: *Fundamental Issues in Literary Theory*, London: Edward Arnold Ltd, 1987, p. 67.

⑤ ［法］罗兰·巴特：《文之悦》，屠友祥译，上海人民出版社 2002 年版，第 76 页。

作者只是和文学有联系而不是它的源泉"①。

"选择和排列"一定程度上会改变文本的意义，比如，单纯的冠词不具有独立的意义，但是如果和"man"（人、男人、人类）这个词连起来用，就会改变"man"的意义，"a man"（一个人）、"the man"（那个人）和"man"所表示的意义是非常不同的。而且一个单词的位置也可以使得整个意义都发生改变，例如，格雷西亚举例说，"只有（only）男人才允许进入这家俱乐部"，这句话的意思显然是指所有允许进入这家俱乐部的都是男人，因而女人是被排除在外的。而如果说将"只"（only）的顺序变换一下，这个句子的意思就发生了改变，比如变成"男人只（only）允许进这家俱乐部"。因而，它的意思也就变成，除了这家俱乐部男人不允许进入其他地方，对于女人能不能进这家俱乐部则没有要求。实际上，解构批评是非常注意一个文本中基本符号的选择和排列的，对于那些迥异于其他文本的语言现象都给予很高的重视，例如德里达对于马拉美文本中的"or"的重视，米勒对于小说中重复出现的东西的注意，等等；而且只要看看解构论者所关注的那些文学文本，卡夫卡、普鲁斯特、马拉美的文本，《项狄传》《鸽翼》等，就知道他们对于这些文本在语言使用上的别异性是极为警惕的。

至于语境，当然是至关重要的。"语境不仅是意义的决定因素。文本的其他特征也在一定程度上被语境决定，或至少依赖于语境"②。在解构批评看来，语境对于确定文本意义当然是非常重要的，但语境本身也是存在着一定问题的，因为它本身也是不确定的、不稳定的，也是需要不断增补的。解构批评关于语境的论述，我们将在下一章作进一步地论述。

就解构批评看来，上述这些构成文本的因素都是极不稳定的。而且在解构批评看来，文本——尽管有时候解构论者也会用这个词来指某一具体的阅读对象——与书、作品的不同之处在于，文本是一种意义的建构，而书、作品只是纸上的墨迹，是静态的、无生命的，文本

---

① Jeremy Hawthorn, *Unlocking the Text: Fundamental Issues in Literary Theory*, London: Edward Arnold Ltd, 1987, p. 67.

② ［美］乔治·J. E. 格雷西亚：《文本性理论：逻辑与认识论》，汪信砚、李志译，人民出版社 2009 年版，第 46 页。

只有在阅读中才会诞生。在此意义上，阅读本身就是书写，因为它构造了文本，使阅读对象产生了意义。举例来说，即便詹姆逊和伊格尔顿阅读的是同一个德文版本的、甚至就是同一本叫作《巴黎手稿》的书，但他们阅读的不是同一个文本。因为这本书在他们的阅读中产生了不同的意义，他们对这本书提供了不同的解释，不同的体验，因而也就建构出了全新的、不同的文本，乃至最后变成了他们各自的书。但是，解构批评并不认为这是由阅读主体自身的原因造成的。文本之所以会产生不同的意义就在于文本的语言是修辞性的，而文本的这种修辞性将阅读引向各个方向。德·曼指出："所有文本都具有同样的组成模式：一个（或者一整套）修辞和它的解构。"[1] 它使得阅读总是歧义丛生，阅读也就由此意味着总是在语言的比喻义和字面义间进行决断。因而，文本是不确定的，文本是多义的，文本是独一无二的。而且如巴特所说，"既然符码的全体在活计中、阅读的进程中方得到领会，它们便构成了一件编织物（文、织品及编物，是同一件物品）。每个线头，每个符码，都是种声音；这些已经编织或正在编织的声音，形成了写作"。[2] 因而阅读实际上也是一种写作。

二　文本外无物

解构批评对文本的看法，某种程度上，可以浓缩在德里达的那句常被引用却又常被人误用、误解的话里：文本外无物。这句话主要见于《论文字学》《有限公司》等等。为了更详细地对这句话进行分析，我们想引用尼尔·露西在《德里达的词典》中对"文本"（text）这一词条的解释，这里打算对其全部译录，虽然稍微长了点，但还是非常有必要的。因为目前说来，露西对解构意义上的"文本"这一术语的理解还是相当到位的，而国内似乎还没有这本书的中译本。

　　在最为宽泛的意义上，文本是某种被建构或被制造的东西（小说、电影、法律文件、哲学著作等等），这意味着，世界上还有其他东西（存在、正义、真理等等）是不用被制造就已经有了

---

[1] Paul De Man, *Blindness and Insight: Essays in the Rhetoric of Contemporary Criticism*, New York: Oxford University Press, 1983, p. 205.

[2] ［法］罗兰·巴特：《S/Z》，屠友祥译，上海人民出版社2000年版，第263页。

的。按照这种标准的（形而上学的）看法，我们可以说，世界上的一切事物，要么属于再现（representation）（文本）一边，要么属于在场（实在）一方。

德里达在谈到文本时，也是从标准意义上来说的，但也有些变化。德里达的"文本"承载了一般意义上的被制造之物——但仅此而已。也就是说，文本在其自身之外并没有承载任何指涉物。这种说法有这么两个后果：首先，一切事物都是文本。因此，"没有什么自外于文本（outside-text）"（《论文字学》，158）。其次，因为一切事物都是文本，不存在先于文本性（textuality）的东西，所以，事实上也就没有再现这种事。对德里达而言，文本不是对在场的模仿（imitation）；相反，在场是文本性的一种效果（effect）。这不是说，解构将关于经济的、政治的、历史的力量（forces）的理解视为"虚构"（fictional），或认为它们与修辞系统在同样的层面（plane）上起作用；也不意味着，解构不能涉及意向性（intentionality），或者不能对民主（democracy）说些什么。德里达解释说，"我所说的'文本'包括所有称之为'现实的'（real）、'经济的''历史的'、社会制度（soci-institutional）的，总之：所有可能的指涉的结构"（《有限公司》，148）。尽管这些指涉物有其自身特点（singularity）（摄影角度不同于经济上的转变），但是它们都没有外在于自身的文本：至少，可能（might）属于它们的价值与意义是对解释开放的——根据这些解释可能被建构出许多可能的语境。

尽管如此，德里达意义上的文本可能被称作是无限的（或不确定的）指涉，而这不应该被错误地当成是一种再现的形式。对解构而言，符号学（semiotics）称之为指涉物的东西，不过是另一个文本。德里达写道，"这并不意味着一切指涉物都被悬置（suspended）、否认（denied），或隔绝于书本中，正如人们声称的，并足够天真地相信和指责我相信的那样。"毋宁说这意味着，"一切指涉物，一切现实（reality）都具有差异的踪迹的结构，人们不可能在解释的经验之外指涉这种'真实（real）'。在差异性的指涉运动以外，后者既不产生意义，也不假定（assume）意义。仅此而已"（《有限公司》，148）。所以，文本之外无物存在的声称，只是承认你永远不可能到达这样一个点，在那里一物不再指涉另一物：这也就是说，语境之外无物存在。比方说，如果你在一个（适当的）字典里查找单词"猫"，你会发现其定义中包含这样一些词，而它们自己就是字典定义的对象，等等。由于与其他的一切词语放在一起，"猫"的定义不能取决自身；它的意义是它在指涉物系统内差异性的关系的结果。并不外在于这种"系统"（system）。当然，世上确实有猫，但字典中却没有。并且，任何对我们称之为"真"猫的东西的指涉仍将是一种指涉。你不可能通过如下想法来脱离这一点，不是使用单词"猫"，而是无论走到哪里都抱着一只真正的猫，以便当你需要去指涉一种可以发出"喵呜"声音的动物时，你能够举起这个恰好的物本身。你的真猫将仍是指涉性的——当然，某种意义上，它也是真实的。但其"真实"在对知道它存在的宣称之外将不可能存在。总之，真实是文本性（textuality）所假设的东西，仅此而已。①

在德里达看来，文本是一个意义的世界，是一个符号链，是一个差异系统。文字也是最为普遍的符号，因此符号学可以被称为文字学。而文字可以不被形而上学的话语所牵制，它是一个不可能以在场/缺席的对立为基础而加以理解的结构和运动，它处于一种差异游戏之中。因而文字学的确切命名应该是异延。因而，某种程度上，德里达意在用逻各斯来替代逻各斯。② 简单说来，文本外无物可以被理解为以下几点。

第一，文本外无逻各斯。

解构批评意义上的"文本"是同"在场"相对立的一个概念，"文本外无物"（il n'y va pas de hors-texte）中的"物"主要指的是这样一些东西：逻各斯或者说存在、本质、太一、始源、终极、真理、元力、自然、实体等等。因而"文本外无物"实际上指的是文本外不存在什么决定文本存在的始源以及终极意义，所谓的在场不过是文本的某个效果，而不是决定文本意义的东西。文本受制于始源、本质、

① Niall Lucy, *A Derrida Dictionary*, Oxford：Blackwell Publishing Ltd，2004，pp. 142 - 144.

② 陆扬：《后现代性的文本阐释：福柯与德里达》，上海三联书店 2000 年版，第 22—31 页。

终极的说法不过是在场形而上学或者说逻各斯中心主义意欲控制文本、限制文本意义的一种图谋。而事实上，文本没有什么中心可言。在此意义上，"文本外无物"意欲对抗的是逻各斯中心主义的思维方式，文本的意义来自于文本自身，而不是被某个外在于文本的逻各斯/在场所决定，而且逻各斯不在文本之外，它是由文本生产出来的。文本是异质性的，它的修辞特性决定了它是不确定的、多义的，因而也就存在多个中心或者说多个逻各斯。

第二，异延。

异延（deférance，它既非一个词也非一个概念）[①]主要被用来描述符号的活动方式，它是对存在或在场的拒绝，这个术语也常常被翻译成延异、差延等等。异延源自"deférance"（差异），德里达认为差异这个词非常重要，因为任何同一性、相似性都离不开差异，但德里达对这个词又不是很满意，因为这个词不具有时间性，"不可能意指作为延缓化的 deférer 或作为争端的 deférends。于是 deférance（带一个a，'延异'）这个词将补偿（相当经济地）这一意义的缺失，因为'延异'能够同时指涉其意义的全部配置"[②]。异延在这里同时具有"差异"和"延宕"之意，也就是说一方面，如索绪尔所说，一个符号之所以有意思就在于它不是其他符号，任何符号只有在差异系统中才可以被辨识，例如"cat"之所以是猫，就在于它不是"cap"，也不是"hat"。同时，因为符号是以替代物的形式存在着的，"当我们无法把握或展示事物，无法说明在场者、在场之'在'时，当无法使在场者出席时，我们采取符号化。在这个意义上，符号是被延缓的存在"[③]。存在或在场并不在语言之外，而能指所意指的东西也绝对不会与其本身一致，猫可以指一只长了毛的四条腿的动物，恶毒的人，多节的鞭子，美国人，起锚用的横梁，六角架，短的锥形棒，等等，而甚至当它仅指长了毛的四足动物时，这个意思也绝不会在从一种语境到另一种语境的转变中保持完全的一致：所指将由于其被卷入各种能

---

① 参见王岳川《现代主义文化研究》，北京大学出版社 1992 年版，第 90—93 页。

② 朱立元、李钧：《二十世纪西方文论选》（下），高等教育出版社 2002 年版，第 215 页。

③ 同上书，第 215 页。

指的链条而被改变。① 德里达指出："言语和存在在唯一的词中，在最终适合的名称中结为联盟。而且在对'延异'的拟似肯定中写录的问题也这样。它承担（影响）着以下这个句子的每一部分：'存在/时时和处处/通过/语言/叙说。'"② 不仅如此，异延本身就是对语音中心主义（形而上学的一种体现）直接抗议。语音中心主义重言说而轻文字，认为言说的语言是有生命的、有主体，有目的、是认真的，而文字是沉默的、是无目的的，它对任何人讲述。而且，言说语言被认为是始源性的、在场的、自然的语言，文字则被认为是派生的、模仿的、技术性语言，后者是前者的颓废形式。德里达指出，说出来的语言总是超越着言说主体的意识，语言具有言说主体意想不到的破坏力量，换句话说，语言总是播撒（dissémination）的。而异延这个词正好体现了文字之于言语的优先性，因为异延和差异在能指层面上的区别只存在于文字中，异延不是对先于它的言语的模仿，不是言语语言的一种派生物；虽然它的发音和"deférence"相同，但是当我们发出这个音的时候，我们无从对"deférence"与"deférance"进行区分，而只有在文字中才能被清晰地辨识，也就是言说引起的纷争或混乱反而需要文字来平息。因而，在此意义上，异延可以说颠覆了语音中心主义中言语之于书写的特权地位。

异延隔绝了文本与在场、存在同文本之间的联系，文本变成了一个踪迹纵横交织的世界。"通过开发词语的修辞性力量，使语词不得不产生一个不断扩展的意指世界，从而颠覆真理。"③ 异延动摇的正是在场的支配地位，而动摇在拉丁语（sollicitaire）中的意思是动摇了整体，使整体产生振荡，所以异延思想质疑的正是作为在场或作为存在性的存在的支配地位。④

需要指出的是，异延不仅承认差异的普遍性，而且也是将差异置于同一性中去考察的，在同一性得到认可的时候，差异也在同时聚集。因此强调差异、多元、多样性并不意味着必然忽视统一性、同一

---

① Terry Eagleton, *Literary Theory: An Introduction* (Second Edition), Malden: Blackwell, 1996, p. 112.

② 朱立元、李钧：《二十世纪西方文论选》（下），高等教育出版社 2002 年版，第225 页。

③ ［英］马克·埃德蒙森：《文学对抗哲学》，中央编译出版社 2000 年版，第 86 页。

④ 同上书，第 84 页。

性，德里达在这个问题上，多次明确地解释道："关于统一性（/同一性：unity）和多样性（/复多性：multiplicity），我认为非常简单——在一定意义上，也许太简单了——我们不必选择一个，抛弃一个。当然，解构——到目前为止一直采取了这样的策略——并不是坚持鼓吹多样性本身，而是强调异质性、差异、分离，这在于他者的关系中是绝对必要的。此一与他者关系的状态瓦解了整体性。把优越地位赋予同一性、整体性、各种有机的整体以及同一化的社会对于独立责任、自由选择、伦理和政治都是威胁。所以，我才强调阻止同一性自我封闭的那些因素。我不仅仅是在描述事情的本来面目，而是为了保证责任、抉择和伦理承诺的可能性。理解这一点，你们需要注意我所称的独一性（singularity）。独一性既不是简单的同一性，也不是多样性。我并不主张摧毁一切形式的同一性，需要某种聚合和结构。纯粹的同一性和纯粹的多样性——当只有整体性、同一性存在，或者只有多样性或离散存在——皆意味着死亡。我关心的是任何试图达到整体化、实现聚合（/聚集：versammeln）——我之所以使用此（海德格尔式的）德文词汇，因这对我而言非常重要——的努力所存在的局限，这种同一化或统合运动势必面临其本身的局限，因为同一性与其自身的关系就蕴含着差异。"[①] 德里达在《明天会怎样》一书中也指出："延异是一种普遍现象，它并不是分离，偶然或对立的，而是一种阶段式运动，一种时间上的差异化，一种并非对立的相异性。因此延异包含着同一性和相异性的双重含义，既有差别又有一致。"[②] 可见解构并不是如许多学者所认为的那样，仅片面地强调多样性，因为只强调同一性或者只强调多样性都意味着"死亡"，实际上，对于同一性与多样性之间的关系，解构论者是持一种辩证态度的，解构批评不是否认同一性，而是质疑同一性之于多样性的优越地位。

　　第三，任何指涉结构都具有文本性。

　　德里达不是不相信现实，也并不是要将现实完全悬置起来，更不是要否认所有那些关于现实的、经济的、政治的表述的价值。而是表

---

　　① ［法］德里达：《解构与思想的未来》，夏可君译，吉林人民出版社 2006 年版，第 48 页。

　　② ［法］德里达：《明天会怎样：雅克·德里达与伊丽莎白·卢迪内斯库对话录》，苏旭译，中信出版社 2002 年版，第 29 页。

明一切现实、一切传统上认为的外在于文本的东西都可以被文本化，都可以纳入文本。因此德里达才说，他所说的文本包括所有称为"现实的"（real）、"经济的"、"历史的"、"社会制度（soci-institutional）的"等等，总之是所有可能的指涉的结构。而这个结构是向着阅读开放着的。那么在此意义上，它同其他文字文本一样，也是一个差异系统，同样充满了异质性，并且可以和其他文本互文。

另外，德里达指出，我们所说的真实性、现实性以及事实性（facticity）很多情况下是一种构造而不是必然如此，我们所说的现实总意味着是关于现实的表述，当现实变成文本之时，就要求我们按照文本的特质去思考，而文本的基本特征按照德·曼的理解，就是修辞性，德里达指出："保罗·德·曼经由解构之思最终将修辞学定义为文本。"① 因而对文本的阅读必然纠缠于文本的语法结构和修辞结构、字面义和修辞义之间，而事实性在某种程度上则成了阻碍我们对现实进行思考或阅读的东西。事实性按照布鲁姆的解释是："意指某一事实的状态，比如说，一个不可回避和不可变更的事实。陷入事实性，也就是陷入不可回避和不可变更之中。自由的状态或境况是不适用的，文本或事件阅读我们要比我们所希望阅读它们更为全面和生动。"② 因而在此意义上，事实性似乎就是某种绝对的权威，是对现实、事物或者说文本的唯一正确的解释，但它使自由的阅读成为不可能。对于我们的祖先来说，"太阳绕着地球转"这一事实性阻止了他们探求天体运动真相的可能。"事实性迫使我们只能按字面意义去理解弗洛伊德的一切，以至于我们现在只能假定我们就是本我、自我和超我的让人难受的三合一，是爱洛斯本能和死亡本能的混合体。千万要记住的是，弗洛伊德的动因和本能概念是一些转义，而不是人类生活的实际存在或现实状态。"③ 我们总是被这些事实性所包围，对于黑

---

① Jacques Derrida, *Memorires for Paul de Man* (revised edition), Translated by Cecile Lindsay, Jonathan Culler, Eduardo Cadava, and Peggy Kamuf, New York: Columbia University Press, 1989. 135.

② ［美］哈罗德·布鲁姆：《批评·正典结构与预言》，吴琼译，中国社会科学出版社2000年版，第99页。

③ 也正是在此意义上，维特根斯坦曾抱怨说，弗洛伊德是一个强有力的神话学家。参见［美］哈罗德·布鲁姆《批评·正典结构与预言》，吴琼译，中国社会科学出版社2000年版，第100页。

格尔、弗洛伊德来说，这真是一个迷人的反讽。"那些不知不觉地使用语言进行有意识的理解神秘化的人自己被具有遏止作用的事实性的更大陷阱神秘化了。"① 因而所谓的事实性，不仅无助于我们进入文本，而且是对于我们参与文本的一种阻碍，而所谓的对现实的描述也都不过是将现实置换为另一个文本。

既然关于现实的表述——现实似乎总意味着是对现实的表述——也不过是一个文本，那么它就再也不是逻各斯意义上的先于其他文本之上的存在，而同样是一种构造，是需要进行解释和建构的对象。在现实文本同文字文本之间就不存在决定与被决定、支配与被支配的关系，而且两者也可以进行互释。米勒在《文学中的后现代伦理：晚期德里达、莫里森以及他者》一文中就将托妮·莫里森的小说《宠儿》与美国社会来进行互文阅读，而马克思也同样用莎士比亚的戏剧来充当他的论据。

第四，文本永远是未完成的。

文本和书不一样，书一旦被出版就已经是完成了的，即便是像曹雪芹的《红楼梦》这样的残作，虽然人们将其称为"半部红楼"，但作为一种叫作书的存在物来说，它其实是已经完成了的，但作为文本它又是未完成的，即便曹雪芹生前已经写足了全本。这是因为文本只能在阅读中展开。书不是文本，书仅仅是有墨迹的纸，文本是意义的建构（construction of sense）。"一本书可能被指出来，但是一个文本却不可能被指出来。比如德里达和德·曼阅读同一本卢梭的书，但是每个读者都生产出各自独立的文本，也即他们的阅读产生出不同的意义。"② 文本是未完成的，因为文本与阅读或体验有关，也只有在阅读或体验中才存在着文本，文本是一个意义的世界。

可想而知，无论什么样的个体，他每一次的阅读或体验必定是不同的，因而文本总是不确定的。在解构批评看来，这倒不仅仅是因为阅读主体之间存在着差异性——在解构论者看来，不会有什么确定的、本质化的主体，主体是流动着的，是不断被建构着的。根本上说，这是由文本或语言本身的特性决定的，德·曼指出："文本是语

---

① ［美］哈罗德·布鲁姆：《批评·正典结构与预言》，吴琼译，中国社会科学出版社2000年版，第100页。

② Martin McQuillan, *Paul De Man*, London and New York：Routledge，2001，p. 23.

法领域和修辞领域之间的矛盾的交汇处。"① 换句话说，"我们称所有那些可以从双重角度被考虑的存在物（entity）为文本。作为一个生成的、开放的、非指涉性的语法系统；作为一种修辞的系统，该系统被颠覆文本语法代码——得以使文本存在——的先验意义封闭了。文本的定义也说明了它自身存在的诸多可能性，也预示了不可能的寓言式叙事"②。而语法和修辞之间的矛盾是不可调和的。因此文本总是促使我们做出新的解释。而且文本的未完成某种程度上也指的是文本具有再生性，它总是在召唤并催生着新的文本，或者说文本总是需要增补的。正如许多年后，即使我们的父母、恋人、朋友等等都已经离我们而去，我们也都还在同他们对话，我们的欢喜悲忧也都永远在他们的注视之下，他们或者说他者是不在场的在场，我们的"自我"中深深地浸润着他们的形象、话语与影响，没有他们，"自我"的建构也将无法开始。德里达指出："意义和效果从未被绝对地产生或拒绝；它们总是维持一种保留物，供潜在的读者支配，这种保留物与数额巨大的财富没有什么关系，与它有关的是轨迹中一种碰运气的边缘性，是一种充斥语境的不可能性。那个'相同的'言辞可以指涉大量的其他'文本'（短语、手势、语调、场景、各种标记）和总体上的其他的'他者'；它可以通往其他效果、交叉点、嫁接、重述、引文等等。"③ 因而文本总意味着文本间性，文本总意味着不确定性，意味着永远无法完结。德里达说道："我们不能断言马克思、恩格斯以及列宁的文本是彻底完成了的。"④

哈罗德·布鲁姆在其享誉学界的著作《影响的焦虑》中，将前辈艺术家与后辈艺术家之间的关系隐喻性或类比地读解为父与子。前辈艺术家在创造了伟大作品的同时，也创造了新的表达、新的权威、新的典范，后辈艺术家在面对前辈艺术家及其文本时会产生极大的焦虑，他们的文本无可避免地要受到前辈艺术家的影响，他们无时无刻

---

① Paul De Man, *Allegories of Reading*: *Figural Language in Rousseau*, *Nietzsche*, *Rilke*, *and Proust*, New Haven: Yale University Press, 1979, p. 270.

② Ibid. .

③ ［法］德里达：《德里达访谈录》，何佩群译，上海人民出版社1997年版，第60—61页。

④ Jacques Derrida, *Position*, Alan Bass trans, Chicago: University of Chicago Press, 1982, p. 64.

不与这些幽灵般的存在进行着永无休止的对话与对抗。即便这些前辈艺术家已然驾鹤仙去，他们也仍然将其权威的幻影梦魇般地笼罩在后辈艺术家的心头，他们是缺席的在场，但他们并非仅仅停留在拉康所说的现实界和想象界，而是已经融入了波澜壮阔的符号界之中，这使后辈艺术家"深受压迫"、苦不堪言。那些孱弱而愚钝的创作者只能生活在大师们的阴影中，以"抄袭"大师为生，他们使用着大师的语言，说着大师说过的话，让渡了自己的主体，尽管如此，他们并不焦虑。焦虑只发生在那些寻求突破的伟大的后辈艺术家，于他们而言，只有创造出新的艺术范式才能缓解或消除这种焦虑，因而那些成绩卓著的后辈艺术家总是既续写着前辈艺术家的文本又颇为残忍地阉割并改写着前辈艺术家的文本。就此而言，在面对尼采、弗洛伊德以及保罗·德·曼时，布鲁姆是否也一度焦躁不安呢？

总之，艺术史是什么？艺术史就是艺术家的艺术反叛史。

三　文本的疆界

（一）文本分类是一种建构或虚构

一直以来，存在着关于文本类型的不同区分，并且这种区分直接就暗含着某种价值判断，从而使一些文本凌驾于另一些文本之上。这一现象突出地表现在哲学与文学、神学与文学之间的关系上，一般认为前者使用的是透明的、纯净的、字面义的语言，而后者使用的则是隐晦的、混乱的、修辞的语言；前者是理性的，主要与本质、真理、上帝等相关，而后者则是非理性的，它不仅搅乱人的心智，还使纯净的语言受到污染。因此，毫不奇怪的是，"作为文学的《圣经》"这个命题一定会遭到很多人的非议，但是，"没有人会责怪'作为文学的但丁（Dante）'，尽管《神曲》比《圣经》更明显是神学的。这个问题使我们的注意力集中于一个关键领域，即神学和文学的交叉口"①。而解构批评正是对以上这些看法提出了质疑，并且迫使我们重新思考关于文本属性、文体的功能或价值等问题。

在解构批评看来，文本之间严格意义上的区分是不存在或不可能的，文本本身总是抵抗或者说在解构着这种区分，而且对文本进行人为的区分某种程度上也会使文本的意义受到限制，这是因为将某一文

---

① T. R. Wright, *Theology and Literature*, Oxford: Basil Blackwell, 1989, p. 41.

本确定为某种类型的文本使我们在阅读之先就会具有某种意向，或者说某种阅读期待，从而使文本的其他方面的意义不可避免地遭到损伤甚至遮蔽。解构批评指出，所有文本区分实际上都是一种建构甚至虚构，例如，"德里达暗示说，文学和哲学的主要成分是同一的，这两种文字之间的区别主要在于它们施加到语言上的惯例不同"①。文本之间的界限总是一再地被打破，人们总是对一些文本的归属或文体界定不断地提出疑问。

第一，一般说来，文本区分更多地是从文本所负载的价值或功能来考量的，但是历史地看来，某些文本其过去和现在的价值总是在发生着一些偏差。就如同在某些国家和地区所发生的那样，牛以前是用来耕地，现在却用来烹饪。巫术最早是具有某种实用目的的，这显然在目的和审美上，与我们说的"巫术艺术"有着很大的区别；而对于《史记》的文体归属问题——也即它到底是属于历史文本还是文学文本，目前为止，尚未定论，估计也很难有什么定论，因为它似乎既可以被看作关于历史的记录，而且从司马迁本人的创作初衷来讲，他也更多地是把它当成历史文本来对待。但《史记》也同样是语言运用的杰作，而且里面所构造的世界也似乎更像个故事。在解构批评看来，之所以会这样，并不一定是历史在作弄人，更有可能是文本本身就具有多种维度，可以进行多元阐释。

第二，就严肃文本与非严肃文本的看法，同样也经不起推敲。某些曾经是严肃的文本，现在人们却再也不把它们当成严肃的文本了。而最初是不严肃的文本，则有可能变成严肃的文本了。弗洛伊德的文本最初人们都认为是在胡言乱语，而且被看作对人们伦理底线的挑战。但许多年以后，不仅心理学系的学生要不厌其烦地研读它，而且文学系、哲学系的学生也将其视为理论经典。当然，近来越来越多的学者却宣称，弗洛伊德不过是个编故事的高手，他所说的一切都不过是个隐喻，因为他所说的那些本我、自我、超我以及什么俄狄浦斯情结实际上就是一种虚构，根本就无从证实，而且按照维特根斯坦的说法："在弗洛伊德梦的解析中，梦可以说是被肢解了。它完全失去了

---

① ［英］马克·埃德蒙森：《文学对抗哲学》，中央编译出版社 2000 年版，第 90—91 页。

原有的意义。"① 因而弗洛伊德最多是个想象力丰富的文学家。现在，再也没有人把《诗》当作是什么"经"了，它已经变成了文学史的一个组成部分，尽管它仍然被当成是严肃的，但最多是一种严肃文学；某种意义上，它也被视为经典，但不过是文学经典。同样，京剧成为国粹也不过是最近几十年的事情，不要忘了，它最初可并非如此"神圣"。

第三，文本区分总是被新的写作方式打破，文本间的疆界总是一再地被抹去。自尼采以来，很多哲学家再也不那么按部就班地从事哲学写作了。在德勒兹看来，"《无耻者的一声》堪称是喜剧与美的杰作，福柯的著作中有某种近似于契诃夫的地方"。② 正是由于德里达独特的写作方式，巴里·斯密斯一干人才质疑其接受剑桥大学荣誉学位的合法性，斯密斯指出："他的大部分作品似乎是由不少煞费苦心的笑话和像'逻辑的男性生殖器'（logical phallusies）等双关语，以及诸如此类的东西所组成的。德里达的学术生涯在我们看来就是把类似于达达主义者（Dadaist）或具体派诗人（Concrete poets）的恶作剧和鬼把戏翻译到学术领域中来。""德里达先生容积庞大的写作作品，依我们看，超越了学术成就的正常形式，超越了识别的界限。"③ 可见，文本的疆界总是会被一再地打破，新的文本风格、样式、形式等等尽管说总是引起那些保守派的质疑和责难，但其意义已远远超越了作品的形式本身。更为重要的是，它显示出：一种对待哲学乃至看待世界的观念已经于此间悄然改变，而那些优秀的作家也似乎总是能够见缝插针般地创造出新的文体形式，打破那种已然僵化的文本界限。

总之，解构批评认为文本间所谓的严格分类，或者说将文本命名为文学的、哲学的、神学的、历史的、政治的等文本都在某种程度上是对文本意义的一种限制或控制，而文本的这种区分实际上是一种建构，文本的界限其实是非常模糊的；另外，较之哲学文本，人们对文学的看法仍然持有很大的偏见，上述斯密斯的看法无疑就是这种偏见

---

① ［英］维特根斯坦：《文化与价值》，许志强译，浙江文艺出版社2002年版，第119页。

② ［法］吉尔·德勒兹：《哲学与权力的谈判——德勒兹访谈录》，刘汉全译，商务印书馆2001年版，第171页。

③ ［法］雅克·德里达：《德里达访谈录——一种疯狂守护着思想》，何佩群译，上海人民出版社1997年版，第232—233页。

的最佳代表。当然，现象学批评或意识批评也主张抹去一切文本的区分，但是与解构批评有所不同的是，现象学批评这样做的目的是进入作者的"精神之流"。乔治·布莱（George Poulet）指出："我的打算是抹去一切形式的区别，把一切文本都归结为作者的思想的一种语言形象。我甚至相信，福楼拜的一部小说、拉辛的一出悲剧实际上只不过是某种福楼拜思想或拉辛思想的表达，而为了正确地阅读并赋予它生命，应该忘掉作品的体裁，以便把它们只看成一股单纯的精神之流，这种精神之流没有任何外在的特征，颇像人们在私人日记的评论部分里发现的那种精神之流。"① 在布莱看来，小说、戏剧以及其他的文体如日记、评论等等都不过是作者思想的载体或者形式，"抹去一切形式的区别"也即取消文体间的差异，直指作者的"精神之流"。在形式的后面，在结构的后面，在语词的不断的水流的后面，只剩下了一种东西：一种没有形式的思想，总是在它接连不断的表现中与自己不同，却又总是在它的深处坚贞不渝地忠于自己。② 意识批评或者现象学批评很显然不再把体裁、文体看作一种必然的和必要的区分。解构论者的大部分成员在此之前或多或少都接受了现象学的浸染，德里达、米勒都写了很多有关现象学的论文。但有所不同的是，解构论者不再将作者的思想——仍然是逻各斯中心主义的典范——当作阅读的目标，也不再将文本、语言形式看作思想的载体了，他们面对的是文本，而且在文本中发现了具有巨大颠覆能力的修辞特征。这种修辞特征不止存在于文学或艺术语言中，也存在于哲学、法学甚至广告、会谈等文本中。

（二）修辞即文本

一切文本都是修辞性的，都可以对其进行修辞分析，这是解构批评对待文本的态度和方式，也是解构批评在解构传统逻各斯中心主义时的基本策略。

自古希腊以来的西方传统思想认为，哲学与真理有着独一无二的关系，而文学是虚构的形式，不仅如此，文学还使语言受到污染，给语言制造了混乱。并且文学犯的这种错误被清晰地同语言的修辞使用

---

① ［比］乔治·布莱：《批评意识》，郭宏安译，广西师范大学出版社 2002 年版，第258—259 页。

② 同上书，第 259 页。

相联系，比如在一首诗中可以说"少女是水仙花"，当然如果从字面义上来看，这肯定是错误的，因为少女除了是少女不可能是别的。因而依照传统的看法，这就产生了关于文学文本和哲学文本不同的阅读态度和方式：一个被视为理性的、严肃的，而另一个则被视为非理性的、不严肃的。然而，德·曼认为其实哲学使用的是和文学一样的语言。因此应该用同样的修辞分析去阅读。"柏拉图对荷马最大的不满就是荷马的存在。在柏拉图看来，诗歌就是欺骗：它提供模仿的模仿，而生活的目的是寻找永恒的真理；诗歌煽起难以驾驭的情感，向理性原则挑战，使男人像个女人；它诱使我们为取得某种效果而操纵语言，而非追求精确。"① 因而在柏拉图看来诗歌对于培养健全的灵魂和合理的国度毫无作用，不仅如此，它还蛊惑人心，让人变得软弱，因而诗人应被逐出理想国。总之，之所以存在着这种哲学/文学的二元对立关系，源于一种假定，即认为"哲学在纯粹真理的王国活动，因而'高于'它的语言问题之上"。② 也就是说哲学尽管是一种语言，但它却是对语言的控制，因而它既在语言之中，又在语言之外。这似乎又回到了德里达在《人文科学话语中的结构、符号与游戏》的基本论调上了，"中心可以悖论地被说成是既在结构内又在结构外。中心乃是整体的中心，可是既然中心不隶属于整体，整体就应在别处有它的中心。中心因此就并非中心了。中心化了的结构这种概念——尽管它再现了连贯性本身，再现了作为哲学或科学的认识之前提——却是以矛盾的方式自圆其说了"③。

哲学怎么可能既是语言又高于语言呢？

解构批评正是由此入手，通过指出哲学也使用修辞语言，从而强行撕破了它那貌似高高在上的面具。黑格尔指出："每种语言本身就已包含无数的隐喻。它们的本义是涉及感性事物的，后来引申到精神事物上去，掌握（Fassen）、把握（Begreifen）以及许多类似的涉及知识的词按它们的本义都只有完全感性的内容，但是后来本义却不用

① ［英］马克·爱德蒙森：《文学对抗哲学》，马晓东、王柏华译，中央编译出版社2000年版，第1页。

② ［英］克里斯蒂娜·豪威尔斯：《德里达》，张颖、王天成译，黑龙江人民出版社2002年版，第88页。

③ ［法］雅克·德里达：《书写与差异》，张宁译，生活·读书·新知三联书店2001年版，第503页。

了，变成具有精神意义的词；本义是感性的，引申义是精神性的。但是这种词用久了，就逐渐失去它们的隐喻的性质，用成习惯，引申义就变成了本义，意义与意象在娴熟运用之中就不再划分开，意象就不再使人想起一个具体的感性观照对象，而直接想到它的抽象意义。例如我们把"把握"（begrei fen）按精神性的意义（理解）来了解时，就不再想到用手把握事物的那种感性事实了。"①黑格尔的这番话提醒我们，所谓透明的、字面义的、精神的哲学语言最早也来自隐喻性的语言，因而哲学语言并不比文学语言高明多少，甚至可以说它在最早就是一种修辞性或隐喻性语言。德·曼指出："所有的文本范式都是由修辞（或者修辞系统）以及它的解构组成，但是既然这种模式不能被最终的阅读（final reading）封闭，相反，它导致了一种增补的修辞叠合，这种修辞叠合是对先前叙事不可能性的叙述。"②也就是说一切文本都可以通过修辞阅读来分析其中的不和谐或者相互矛盾的地方，而且这种修辞分析可以永远继续下去。在此意义上，一切文本都可以被看作文学文本。

但德·曼又认为一切文本都可以看作哲学文本。之所以如此，是源自对这样一种假定的颠覆，这种假定认为：哲学接近真理，并且生产知识；而文学不生产知识，只会胡言乱语。但正如我们已经指出的那样，文学不仅创造了新的世界、新鲜的语言，也生产出我们对世界的感知方式。因此，"诗歌实际上就是批评，因为'kairos'正是诗歌的本质，并且是宇宙的非理性本质的证明。真正的感觉是一种感受欺骗的能力"③。

需要补充的是，解构批评在将哲学和文学视为文本时，是拒绝将它们严格分类的，因为本质上它们都是在使用语言，而语言在本质上又都是修辞性的。但这并不代表他们完全否认文学和哲学的区分，就其基本价值或功能而言，文学和哲学以及其他类型的文本的区别就在于（当然这种区分并不是绝对的，哲学有时候同样可以执行文学的这

---

① ［德］黑格尔：《美学》第 2 卷，朱光潜译，商务印书馆 1981 年版，第 128 页。

② Paul De Man, *Allegories of Reading*：*Figural Language in Rousseau*，*Nietzsche*，*Rilke*，*and Proust*，New Haven：Yale University Press，1979，p. 205.

③ ［美］哈罗德·布鲁姆：《批评·正典结构与预言》，吴琼译，中国社会科学出版社 2000 年版，第 260 页。

种功能，文学也一样）：哲学将人的认识、人的活动提升为一种抽象的本质或存在，简约为一种具有普遍性的形而上的知识、真理等等，而文学不是这样，文学虽然是将人变成了某种类型化的功能，即把人变成了角色，但它不是对人的一种简约，而是对人的某种功能的放大，所以我们在言情小说里，会看到男女主人公主要从事的活动似乎就是谈恋爱；而在武侠小说里，似乎有太多的人不用工作就可以吃饱喝足，而他们主要从事的活动乃至事业似乎就是打架。那么在其他类型的小说里，也总是突出了或加强了人的某一方面的能力或功能，而这就是小说的世界，这就是想象的世界，这就是文学的世界；无论如何，这不是对现实的简单模仿，尽管它在某种程度上利用了现实，利用了我们对现实的信赖。文学的神奇之处就在于它创造了一个世界，它深刻而精细地展示了人的多种可能，开掘了人的多样性和人的可能性。文学，一个虚构的世界，但本质上它会将这种虚构引向我们单一乏味的生活，将这种虚构同我们的现实互文对照来照亮我们的生活，开启我们的心智，来揭露我们生活的不完满和不自由，因而文学在本质上呼唤的是自由：自由的创造以及创造的自由。

第三节　解构批评之批评观

显然，解构批评反对历史的、社会学的以及心理分析学等等的批评模式，而将修辞分析引入文学研究的腹地。诚如米勒所言："文学研究无疑应该终结那种想当然的指涉性研究，这样的一种（特指解构批评的）文学原则将正确地终止对作品进行专门的思想、主题以及各种各样的人类心理研究，进而（使文学研究）成为语言学、修辞学、比喻认识论的研究。"① 不仅如此，解构批评还在某种程度上重新定义了文学批评。在解构论者看来，传统的文学批评概念——对文学进行批评——实在是太狭窄了。他们认为文学批评的对象不应该局限于文学文本，应该指向任何具有"文学性"的文本，而解构批评所理解的

① J. Hillis Miller, *Narure and the Liguistic Moment*, see. ed. U. C. Knoepflmacher and G. B. Tennyson, *Nature and the Victorian Imagination*, Berkeley: University of California Press, 1977, p.451.

文学性指的乃是文本的修辞性。在保罗·德·曼看来，任何文本都具有修辞特征，都是在转义的意义上使用语言，都是将语言之前的意义在某种程度上的置换或取消，但语言之前的意义并非就此消失，它仍然会在语言符号上留下某种踪迹，解构就是对踪迹的追寻。由此看来，一切文本都可以被拿来进行修辞分析，因而文学批评就不再是对文学的批评，而是变成了对一切具有文学性或修辞性的文本的批评，文学批评变成了对文本的文学批评而不是对文学进行（社会历史、心理分析、政治等等）批评，而后者通常在解构批评看来并不是文学批评，不仅不是文学批评，而且还是文学的敌人，是几欲想杀死文学的刽子手。德·曼在《抵制理论》一文中将文学研究定位为一种文本方法，"不再基于非语言学，也就是说不再基于历史的以及审美考虑"①。解构批评的批评观，不言而喻，指的是解构批评这一批评形态对于文学批评的基本认识和看法。我们拟从批评的目的、批评的伦理以及批评的功能这三个方面来解析解构批评的批评观。当然我们所讨论的范围仍然局限于传统意义上对文学批评的规定，即研究文学的文学批评，也就是说将解构批评定位在对文学进行文学性或修辞性的批评。

一　批评的目的

解构批评的几位领军人物尽管在文学观念上有着比较一致的看法，但是其批评旨趣却大相径庭。诚如乔纳森·卡勒（Jonathan Culler）所言："德里达积极地从文本中部署能指来描述文本逻辑；相反，德·曼回避文本提供的范畴，而将他所感兴趣的要素与源自修辞学和哲学的元语言学术语结合在一起。约翰逊对文本资源的有节制开采产生了类似双关的效果。"② 因而，从批评的操作层面而言，解构论者关于解构的对象、侧重点明显有所不同；但在观念的层面上，也就是在关于批评的基本目的或基本任务的见识上，我们发现这一批评形态还是有着比较一致的看法。总的说来，有以下几个方面：

---

① Paul De Man, *The Resistance to Theory*, Minneapolis: University of Minnesota Press, 1986, p. 7.

② Jonathan Culler, *On Deconstruction*: *Theory and Criticism after Structuralism*, Ithaca: Cornell University Press, 1982, p. 240.

（一）探寻文本真相

解构批评认为，文学批评应该是一种施为性的创造活动，它追问的是文本说了什么，以及文本到底想说什么。希利斯·米勒在《人文主义者该做些什么》一文中提到了他为什么会从物理学科转向文学。当米勒还在奥柏林学院读大二的时候，他被丁尼生的诗歌所吸引，进而对文学语言产生了浓厚的兴趣，自此之后，米勒穷其一生都在研究文学作品的这种魅力。他指出："我最喜欢做的事情，就是关于纸质文学的阅读、教学、讲授与写作，我试图找出一个给定的文本或诗歌真正想要表达的东西……尽管我一直对理论很感兴趣，但于我而言，理论不是目的，理论是辅助性的，是文学阅读的婢女。"德里达指出："'书写'不止于对所说的话的单纯记述。尽管一切的文字记述都要归结为原初地被说出的东西，但它同样也必须向前看。所有被说出的话也总是已经以理解为指向的，并且一道包含着他者。"① 因而任何文本都是异质性的，它自身所包含的东西要远远超过作者的欲求。一个文本之所以被视为一个迷宫般的存在，就在于文本的修辞性与指涉性、比喻义与字面义之间所产生的张力与冲突，这使得文本不再可能是某种单一意义的附着体，毋宁说变成了一个歧义丛生的混合物。诚如德·曼所言："修辞即为文本，因为它包含着两种不可兼容、彼此解构的视点，并因此给任何阅读和理解设置了不可逾越的障碍。"② 而批评或阅读总是需要在文本的指涉性和修辞性、比喻义和字面义之间做出决断，否则，阅读便不能够继续。米勒也指出："阅读总是属于施为性质，而不是对信息的被动接受。"③ 这种施为性的阅读就意味着文本某一层面的意义总是不可避免地遭到加强或压制。因而，文学批评就应该揭露这种文本运作的机制，从而打开文本所暗藏着的所有秘密，而解构就是要发现这些"隐藏着的事实"，发现那些已经写出但还不被人识辨、不被人表述的他者性的东西。为此，批评至少应该是从这么两个方面展开：一方面，按照芭芭拉·约翰逊的说法是："仔细地

① ［德］伽达默尔、［法］德里达：《德法之争：伽达默尔与德里达的对话》，孙周兴、孙善春编译，同济大学出版社2004年版，第21页。

② Paul De Man, *Allegories of Reading*: *Figural Language in Rousseau*, *Nietzsche*, *Rilke*, *and Proust*, New Haven: Yale University Press, 1979, p. 120.

③ ［美］J. 希利斯·米勒：《解读叙事》，申丹译，北京大学出版社2002年版，第9页。

梳理出文本中互不相容的指意取向。"① 我们在德·曼的《辩解——论〈忏悔录〉》一文中，不难发现这种旨趣。另一方面，通过文本细读，推究那些常常被阅读和批评所忽略的细节来颠覆、翻转或打破先前被认可了的、权威化了的、习见的看法，用希利斯·米勒的话说就是："解构批评试图抵制批评的总体化（totalizing）和极权主义倾向。"②在这种解构式的质疑中，文本得以解放，并且为阅读或批评的无终结性和不确定性提供了解释的空间。从这个角度来说，解构批评所要求的细读文本，不只是要细读批评直接面对的作品，也即原文本；还要阅读附加于原文本之上的其他批评文献。也正是在这个层次上，布鲁姆将解构批评称为"版本校订主义"。尽管布鲁姆对这种研究路径不以为然，但某种程度上来说，这种对先前阅读或批评结果的解构分析，仍然构成了解构批评的重要任务之一，它仍然反映了解构批评对"探寻文本真相"或者说"去蔽"这一信念的执着追求。解构批评对于文学批评或文学研究的这种寄望，预示着真正的批评或阅读永远都是独一无二的，而每一次的阅读或批评永远都是文本的重新开启。

　　总之，正如德里达所说的"药"那样，它既可能是治病的良药，亦可能是致病的毒药。而且一种药物可能对于某种病症来说是解毒药，对于其他的病症或者对于健康的身体来说则可能相反。文学也是这样，如果说文学是人类的精神家园，那么解构批评提醒我们注意，小心，这个家园不一定是天堂，也有可能是地狱。这里所谓的良药/毒药，天堂/地狱，都是对于人而言，解构的阅读方法就是让人们懂得，看上去最像天堂的地方有可能栖息着可怕的幽灵，而即使是鸦片，它也有治愈或者控制疾病的可能，因而循着解构的思路，我们应该清楚这样一个事实，所有文学并非都对人有好处，即使存在着一种好的文学，也同样是有待证明的。因而解构也具有一种这样的意志：求真意志。没有什么东西是自明的，没有什么是不经审查、不加分析就可以轻易做判断的。显然，这正是批评得以展开的基本态度和前提。

---

① Barbar Johnson, *The Critical Difference*: *Essays in the Contemporary Rhetoric of Reading*, Baltimore: Johns Hopkins University Press, 1980, p. 5.

② Harold Bloom, Paul De Man, et. al, *Deconstruction and Criticism*, London: Routledge & Kegan Paul Ltd, 1979, p. 252.

（二）探寻文本的修辞功能以及文学语言的别异性

在解构批评看来，新批评的文本细读非常有价值，它使我们去注意文本的一些细节，但问题在于，在新批评看来，这些细节中只有那些对于确立文本"有机整体性"的才算是有价值，那些对"有机统一"的文本的确立毫无价值的细节则被认为是没用的、有缺陷的。而这些没用的、有缺陷的部分却赢得了解构批评的重视和尊重。这显然与解构批评的这种假设有关："一部作品或许由多种不同成分构成。"① 希利斯·米勒在《作为寄主的批评家》一文中，重申了解构批评所倡导的一种科学的阅读观念，他指出："解构就是考察在修辞、概念和叙事相互交织的固有属性中究竟隐含着什么的批评。"② 从这里我们可以见出，解构批评对于作为一种修辞系统的文本的关注，并且还认为这个文本是异质共生的；这与新批评所设想的有机统一的文本是背道而驰的。为此，解构批评对反讽、转义、错格等修辞格作为一种无法消除的文本特征投注了极大的热情。解构批评对于奇特的文本和文本的奇特之处的关注多少和弗洛伊德的梦的解析的分析方法有关，弗洛伊德在进行梦的解析时，常常会重视那些往往很容易被人忽视的细节，比如口误、重复、下意识的举动等等。就阅读而言，弗洛伊德认为，"主题不对文本施控的地方，文本异常顺畅或是极为粗糙的地方，才是读者应该关注的地方，这样他就不只是阅读文本而且还解释文本"。③ 当然，令解构批评失望的是，弗洛伊德对这些地方的注意总是被不可避免地和他的精神分析主题诸如俄狄浦斯情结等联系起来。

我们注意到，米勒、布鲁姆、德·曼等解构批评的代表人物都对雪莱去世前留下的最后一首看似尚待完成的诗作《生命的凯旋》进行过分析，包括关于这首诗与雪莱所有诗作的关系探讨，诗歌中的某一意象与几乎所有使用过这一意象的其他诗人的诗作之比较，以及这首诗作在语言上的独创性上的分析，等等。而这些分析都将文本的修辞

---

① ［美］J. 希利斯·米勒：《小说与重复》，王宏图译，天津人民出版社 2008 年版，第 22 页。

② Harold Bloom, Paul De Man, et. al, *Deconstruction and Criticism*, London: Routledge & Kegan Paul Ltd, 1979, p. 223.

③ ［美］佳亚特里·斯皮瓦克：《从解构到全球化批判：斯皮瓦克读本》，陈永国等译，北京大学出版社 2007 年版，第 40 页。

性视为研究的出发点。例如，德·曼在分析这首诗时注意到，出现在这首诗里的"叙事的声音"与文本所使用的辞格并不吻合，这使得雪莱所一直尊崇的卢梭，在雪莱的最后一首并且在许多人看来是微不足道的断篇残章中折射出颠覆性的力量，使卢梭成为雪莱一个意欲超越甚至不屑一顾的对象，使这首诗成为对雪莱之前所有诗作的具有反讽意味的背叛与颠覆。

　　而说到反讽这个术语，更是构成了解构批评的轴心范畴。在希利斯·米勒的《解读叙事》一书中，反讽这一术语可以说是支撑这整部著作至关重要的一个构件。米勒指出："对于小说这一文类而言，甚至可以说，反讽是最根本的叙事辞格。"① 这种反讽特定地表现在作者与叙述者以及叙述者与人物之间，尤其是第三人称间接引语的作品中，叙事者与第三人称的叠合与抽离、再现与表述都使文本构成了一种反讽，因而就不存在什么所谓的中心了，不再是确定的原本的逻各斯，不再是只有一个焦点的圆，而是具有两个焦点的椭圆。即便是第一人称的小说，也在叙事者视角与人物视角上存在着反讽性差异。保罗·德·曼也多次提到反讽的功能，从而接续了弗雷德里希·施莱格尔"把反讽提高到文学构成方式的地位"② 的传统。

　　此外，解构批评还特别关注语言的别异性，重视那些看似反常或怪异的语言，分析语言的独创性以及语言的"修辞伎俩"。希利斯·米勒指出："所谓'解构主义阅读'，照我看来，就是这样一种以揭示语言的别异性为己任的阅读。"③ 米勒举例指出，在阅读亨利·詹姆斯（Henry James）的小说《鸽翼》时，应该注意到这一或那一人物一共讲了多少次"oh"或者多少次"There you are"，进而探究这些怪异究竟意味着什么，"并结合着对整个作品的读解——但愿不是整体的或整体化的（声称能够取得对作品整体的把握将是一个错误）——说明这些怪异何以会出现，但最终之目的则是要在这些怪异的相互关联中尽可能地烛显出更多的该作品的特色"④。德里达在马拉美的诗歌里发

① ［美］J. 希利斯·米勒：《解读叙事》，申丹译，北京大学出版社 2002 年版，第31 页。

② ［美］保罗·德·曼：《解构之图》，李自修译，中国社会科学出版社 1998 年版，第27 页。

③ 王逢振：《2001 年新译西方文论选》，漓江出版社 2002 年版，第369 页。

④ 同上。

现了具有独创性的语言魅力，通过探究出现在马拉美诗作中的一个多义词"or"，进而指出马拉美已然偏离了法国的文学传统，并且在创造着新的规范。而他之所以卓尔不群，不在于他的思想，不在于他的无意识，也不在于他的主题、他的文学沙龙，而在于"他已经与修辞仪范决裂，即与柏拉图和亚里士多德以来、已被修辞传统自己所证明的缄默的经典和哲学再现相决裂。他的文本躲开了这种再现的控制，以实践证明了其不适宜性"①。德里达也指出："每次我研读柏拉图的时候，我都试图找出他著作中的异质性。比如在《蒂迈欧篇》里，'khora'这个词就和公认的柏拉图体系不相容。"②

（三）探寻文本与文本之间的关系

一般认为，互文性或者文本间性（intertextuality）这个概念是由法国批评家茱莉亚·克里斯蒂娃（Julia Kristeva）提出来的，她指出："每句话或每个文本作为所有话或所有文本的一个交集，至少在一个其他的句子或文本中可以被读到。这样，任何文本都是作为一种引文的拼凑而被建构的，任何文本都吸收和转化了其他的文本。"③ 在解构论者看来，新批评的那种视文本为封闭自足的观念实在经不起推敲，并不存在确定的、孤立的、有机统一的文本，文本内部充满着裂隙和不确定性，而且"作品和文本间的对话是永无止境的"。④ 在此意义上，希利斯·米勒断言："文学研究就是互文性研究。"⑤

简单地说，解构批评认为文学批评或阅读在探寻互文性时，侧重于以下几个方面。

首先是扭转了新批评视文本为封闭的存在物的批评观，将一个文本的各个部分看作整个文本系统中的一个构件。在《阿里阿德捏之

① ［法］德里达：《文学行动》，赵兴国等译，中国社会科学出版社1998年版，第338页。

② ［法］德里达：《解构与思想的未来》，夏可君译，吉林人民出版社2006年版，第45页。

③ John Frow, *Marxism and Literary History*, Cambridge：Harvard University Press, 1986, p. 127.

④ Paul De Man, *Blindness and Insight：Essays in the Rhetoric of Contemporary Criticism*, New York：Oxford University Press, 1983, p. 32.

⑤ M. H. Abrams, et. al, *Deconsturction：A Critique*, Hampshire：The Macmillan Press Ltd, 1989, p. 256.

线：故事线条》以及《解读叙事》等论著中，希利斯·米勒认为，通常所说的文本的开端、中部和结尾都不过是看似如此，实际上根本不存在什么开端、中部和结尾。文本的开端不过是任意的开场，它可以是其他文本的结尾；文本的中部也并不是连贯的，它使讲述总是可以向着多种不确定的方向进行下去；结尾也并不意味着完结，它总是能够被当作另一个文本的开端而接着讲述。

其次是强调文本的再生性以及文本对其他文本的影响。这种再生性使文本总是处于变动不居的状态，使文本不断产生出新的意义，因而批评就不得不一次次地对文本做出新的解释。同时，这种再生性又总是呼唤另一个与之相关或相似的文本的出现，或者说，一个文本总是脱胎于另一个文本，同时又召唤另一个文本。那些强有力的文本总是在不断地召唤着其他文本来仿效、续写、阐释它，这就是为什么《红楼梦》《西游记》等经典文本有那么多前传、补传以及仿造之作，而且这些经典文本还不断地召唤批评对其做出新的阐释或增补。就莎士比亚对我们施加的影响而言，"莎士比亚不会允许你们去埋葬他，去回避他，去取代他。我们几乎毫无例外地——而且往往在并未欣赏过莎士比亚戏剧的舞台演出或阅读过剧本的情况下——已经内化了、吸收了莎士比亚戏剧的力量"[1]。在布鲁姆看来，任何文本都会受到之前文本的影响，都是对之前文本的模拟或超越，"影响意味着压根儿不存在文本，而只存在文本之间的关系，这些关系取决于一种批评行为，即取决于误读或误解——一位诗人对另一位诗人所做的批评、误读和误解"[2]。布鲁姆不仅在王尔德的文本中看到了柯勒律治的光辉，在史蒂文斯的文本中析出了佩特的文风，以及在丁尼生、阿诺德、霍普金斯和罗赛蒂等作家身上看到了济慈施予的影响，而即便是在莎士比亚的文本中，也仍然见出克里斯托弗·马洛对其长久的影响。

最后是要求批评家充分调动自己的创造力，将此前的阅读经验施于批评活动中，由此将批评本身看作一种互文写作。当然这种阅读或者说批评的前提是："必须具备一双富有新奇感的眼睛，而不能带有

---

① ［美］哈罗德·布鲁姆：《影响的焦虑·再版前言》，徐文博译，江苏教育出版社2006年版，第9页。

② ［美］哈罗德·布鲁姆：《误读图示·导论》，朱立元、陈克明译，天津人民出版社2008年版，第1页。

过多的先入之见，即预先就设定好你最终将要发现的东西。"① 也就是说，批评要抛弃先入之见，但又不能放弃主体的创造权力。正如张首映先生所指出的那样："解构批评所呈现的'互文性'不仅在于知识和文本层面，而且还休现在批评家的思维活动和心理活动中；批评家尽可调动自己所有的知识潜能，发挥意识、潜意识、无意识、联想、幻想等能力，利用一切可以利用的'印迹的印迹'，构思不同文本之间的互文性。"②

（四）拯救文本

这里借用哈特曼一本书《拯救文本》(*saving the text*)——一本讨论文体和德里达的书——的名字，主要是想指出，解构批评特别对那些被忽视、被批判的文本给予一定的关注，并且通过重新阅读它们，来发现它们仍有生命力、仍有价值的东西。如果仔细留意一下解构批评所研究和批评的对象，我们就会发现，他们对浪漫主义的文学传统给予了极大的关注，这显然与新批评对待浪漫主义的态度截然相反。新批评的对象主要集中在玄言诗上，他们捧在手里的是约翰·唐恩、克拉萧、考利的诗。而对浪漫主义文学传统则不屑一顾，T. E. 休姆直接将浪漫主义与资产阶级自由主义等同起来。艾略特也直接将浪漫主义文论家指称为"辉格党"（英国自由主义党）。T. E. 休姆指出："我反对浪漫主义者中甚至是最好的作家，我更反对这种善于接受浪漫主义的态度。我反对那些心软感伤的人，他们不把一首诗当作一首诗，除非它是为某些事情呻吟、悲哀之作。"③ 在新批评看来，浪漫主义的诗最多可以算作是韵文。但是解构论者却给了浪漫主义很大的关注，也给了他们很高的评价；对于现代派和后现代派来说，它们无疑是一种对启蒙运动乃至浪漫主义的弑父之举，用布鲁姆的话来说就是："启蒙运动以后的全部诗歌传统——浪漫主义——到了现代派和后现代派这些不肖子孙手里就显得破败了。"④ 这并不是说，解构批评否定现代派，实际上，布鲁姆很多时候都从事现代派诗歌研究。我们

---

① 王逢振：《2001 年新译西方文论选》，漓江出版社 2002 年版，第 373—374 页。

② 张首映：《西方二十世纪文论史》，北京大学出版社 1999 年版，第 443 页。

③ 赵毅衡：《新批评文集》，中国社会科学出版社 1988 年版，第 13 页。

④ [美]哈罗德·布鲁姆：《影响的焦虑》，徐文博译，江苏教育出版社 2006 年版，第 11 页。

认为，对浪漫主义的重视和重新评价实际上体现了一种解构精神，从这里也可以看出，解构批评对于那些过分肯定以及完全否定的东西总是保持着警惕，他们要拯救的是那些被遮蔽掉的东西，尊重那些被边缘化、被忽视的东西。从 1979 年那本合集《解构与批评》中我们已经看出这种走向，这本论文集对雪莱生前的最后一首诗歌进行了集中评论，要知道这首诗并不被诗歌研究者看重。哈特曼指出："布鲁姆与我最明显的相似处表现为对浪漫主义的关切，确切地说是 50 年代以及 60 年代早期被耶鲁所遗漏和忽略的东西。"①

二 批评的伦理

批评的伦理指的是文学批评与文学文本之间的关系。一般情况下，对于两者间的关系，即在主要的文本和次要的或附属的文本、在第一性的文本和第二性的文本的关系问题主要有这么两种看法：一种看法认为两者之间的关系是一种寄生和寄主的关系，批评文本是由文学文本派生或孵化而出的，是文学文本的婢女。文学是第一性的，而批评则是第二性的。另一种看法认为通过批评可以把握和制服文学，批评使文学的本质得以显现，可以将文学文本隐藏的秘密揭示出来。因此它是凌驾于文学之上的。另外，就文学和批评的功能和结构来说，一般认为，两者具有不可通约性，批评可以对文学指手画脚，而文学则只能指向自身；批评更具实用性，而文学更具创造性。解构论者主要从两者的文体区分以及功能结构上对以上所提出的看法进行解构，指出：批评与文学的这种关系以及人们对二者的这种定位不过是貌似合理，实际上却并非如此。

（一）作为文学的批评

就文体而言，我们如何确定一些文本究竟是批评文本还是文学文本，以及与此相似的是，我们如何确定一些文本是哲学文本还是文学文本，或者历史文本，这是个问题。在哈特曼看来，某些文本比如像纳博科夫的《暗淡的火焰》、布鲁姆的《影响的焦虑》、莫里斯·布朗肖的《超越障碍》、雅克·德里达的《丧钟》、罗兰·巴特的《一个热恋者的演说》（又译《恋人絮语》）等等都既是文学文本也是批

---

① 罗选民、杨小滨：《超越批评的批评——杰弗里·哈特曼教授访谈录》（下），《中国比较文学》1998 年第 1 期。

评文本，而且"它们属于'文学'的领域而不属于纯'批评'的领域，它们使我们认识到我们把文学的概念弄得太狭窄了"①。由此，我们就可以引申出以下关于批评作为文学的基本的看法，即文学批评本身就是一种隐喻结构；而就解构批评而言，批评是对文学的增补，它不在文学的外部。而且从语言的角度来讲，批评和文学一样，也是一种修辞性的语言②，因而它们之间的严格区分就此被撤销了。

首先，批评作为一种隐喻结构。

在解构论者眼中，任何一种主题批评比如马克思主义、女权主义、精神分析学等等都不过是将关于存在（being）的虚构转变成虚构的存在，与其说批评解释了文本，毋宁说它只是以隐喻的方式构造了一个文本。因此它并不必然对小说构成一种支配和控制关系。詹姆逊在《论阐释：文学作为一种社会的象征行为》一文中指出，这种批评构成了一种颇似寓言或隐喻操作的东西，其中，"一个文本依据某一根本的主符码或'终极的决定事例'而被系统地加以重写。那么，照此看来，所有'阐释'在其狭隘的意义上都要求把某一特定文本强有力地或不知不觉地改变成特殊主符码或'超验所指'的一个寓言"③。因而从这个角度来看，批评提供了一套符码，利用这套符码，批评隐喻性地重写了文本。因此在精神分析学批评的文本中，我们总是可以看到俄狄浦斯情结、性压抑等常规分析。因而，"每一个新的理论总是把它自身加到一堆它想消除的东西上去，并增加了它打算消除的重负。换言之，每个理论不过是另一个文本"④。或者按照德·曼的说法，所有的语言都是比喻性的，修辞不是语言的一个变异的、边缘的形式，而是语言的基本特征。批评"是一种转义（trope）的修辞学模

① ［美］杰弗里·哈特曼：《荒野的批评》，张德兴译，天津人民出版社 2008 年版，第 22 页。

② Paul De Man, *Allegories of Reading*: *Figural Language in Rousseau*, *Nietzsche*, *Rilke*, *and Proust*, New Haven: Yale University Press, 1979, p. 19.

③ ［美］詹姆逊：《詹姆逊文集》第 2 卷，王逢振编，中国人民大学出版社 2004 年版，第 181 页。

④ ［美］杰弗里·哈特曼：《荒野的批评》，张德兴译，天津人民出版社 2008 年版，第 271 页。

式，如果非要唤作什么，应该是文学"①。

实际上，解构批评是反对那种所谓的外在/外部批评的，这里的外在批评指的是上述社会学、心理学等视角下的文学批评通过提供一套符码来对文学文本进行符号替换或隐喻式的说明，这类批评的弊端就在于它总是根据确定了的主题（比如恋母弒父的主题）来将文学文本简约为其基本主题的一个例子，在解构论者看来，这无异于削足适履，而且"从修辞学的角度上，'凝缩'和'移植'可以翻译成隐喻和转喻"。② 而解构批评展开的前提是源于语言的不确定性、任意性以及多义性，解构批评所做的工作往往是揭示自相矛盾、自行解构的文本逻辑，而不是提供另一套符码来勾兑文学，解构论者常常暗示我们要将其所写就的文本当成侦探小说来读。不过，颇为反讽的是，我们总是在解构论者的论述中，读出一种"反逻各斯中心主义"的主题模式，正如我们常常在德里达或德·曼的文本中所看到的那样，颠覆西方形而上学传统已经构成了解构批评某种基本的批评主题或目的。

其次，批评内在于批评对象。

解构批评给予了批评以相当高的地位，批评不再是文学的附属品，不再是次要的文本，传统上关于批评和文学的分类被颠覆了。雷纳·韦勒克在《近代文学批评史》中针对杰弗里·哈特曼之于新批评的批评，指出："哈特曼和其他人已经努力克服这种（文字）迷信，要则求助于与作品背后的作者的纯粹的直觉认同，要则提倡一种彻底的解释自由，以图把批评抬高到艺术的地位，消除批评与创作的区别，为此，罗兰·巴尔特发明了方便的常用术语'写作'。"③ 这里所说的"解释的自由"，在解构论者看来，并不是指文学批评可以任凭批评家天马行空，无视文本对象，而恰恰相反，解构批评是要求批评深入文本，之所以会出现"解释的自由"，是由文学语言的不确定性和修辞特性决定的。因而某种程度上，解构批评属于内部研究的范畴。并且批评就内在于文学，这就是说，批评不是独立于文学文本之

---

① Paul De Man, *Allegories of Reading：Figural Language in Rousseau*, *Nietzsche*, *Rilke*, *and Proust*, New Haven：Yale University Press, 1979, p. 15.

② ［美］佳亚特里·斯皮瓦克：《从解构到全球化批判：斯皮瓦克读本》，陈永国等译，北京大学出版社 2007 年版，第 39 页。

③ ［美］雷纳·韦勒克：《近代文学批评史》第 6 卷，杨自伍译，上海译文出版社2005 年版，第 259 页。

外的，而是对文学文本的增补或重构，这就是为什么德里达在他关于马拉美、卡夫卡、黑格尔等人的批评文章中，尝试着重复这些作家的写作风格去展开他的批评，通过这样的一种文本构造，使这个新文本同时成了一个由批评家和作家共同署名的文本。

（二）作为批评的文学

批评一直自诩凭借自己的理性能力，可以穿透文学的修辞迷雾，达到一种"显现"的洞见，本质、真相、存在由此而表露出来。然而在解构论者看来，这种由来已久的形而上学偏见，只不过是人类认识论上的一次徒劳无获的自欺。在海德格尔看来，"思"是存在的展示，而语言是存在之家，但并非所有的语言都是存在之家，只有本质的语言才是存在之家，而所谓的本质的语言就是存在或在场的显现，只有通过这种本质的语言，人才能领悟存在。但是这种本质的语言恰恰不是柏拉图以降的形而上学的语言，而是诗。在此意义上，海德格尔说："作诗乃是人之栖居的基本能力。"①借助诗，存在得以敞开。解构论者虽然不再执着于本质、存在这些形而上学概念，认为这些概念如同尼采眼中的上帝一样是个根本无从把握、无从感知甚至根本就是一种人为虚构出来的幻象，但是德里达以及他的同伴们已经深深地认识到海德格尔所描述的文学或曰这种隐喻的修辞结构所具有的强大的认识功能和批评能力，而这种批评能力指向以下两个方面：

首先是就一个具体的文学文本而言，文学文本内部的修辞力量使我们在理解文学作品的时候，总是发现文本永远不可能被彻底地、明晰地读完，总是会有新的亟待解决的问题出现，这些新问题不仅仅包括：在我们的阅读过程中，对那些之前不被重视的细节的重新开掘所带来的阐释视角、阐释内容的转向；而且错格、反讽、重复、隐喻等无所不在的修辞格总是召唤着我们不断地质疑、修正、推翻、增补之前的阅读经验，这种修辞性的阅读或批评并不是我们强加于文学文本之外的，而是重新建构了先前的文本。德·曼指出："解构不是我们把某种东西增加到文本中去，而是解构原来的文本。一个文学文本同时肯定和否定它自己的修辞方式的权力，并且通过阅读我们所解构的文本，我们只是试图像不得不首先以写句子为目的的作者一样，较为

---

① ［德］马丁·海德格尔：《海德格尔选集》，孙周兴译，生活·读书·新知三联书店1999年版，第479页。

接近地成为一个严谨的读者。诗歌写作是最先进、最精致的解构方式；它也许是在连接的系统方面，而不是在性质与批评的或推论的写作不同。"①

其次是就一系列文学文本而言，或者说就文学史、文学文本的谱系（genealogy）来说，文学文本可以展示出强大的批评功能。在布鲁姆看来，整个文学史就是一部批评史，布鲁姆惯常使用的术语是误读（misreading）。他认为面对前辈诗人，特别是那些成就斐然的伟大诗人，后辈诗人往往如同弗洛伊德所言的儿子与父亲的这种境遇，既敬畏同时又充满了焦虑，布鲁姆将其称为"影响的焦虑"（the anxirty of influence），一方面，后辈诗人通过直接或间接地阅读前辈的作品来吸收养料；另一方面又不得不因前辈诗人的影响而产生出焦虑，进而试图改变和克服这种焦虑。因而这种影响的焦虑所产生的巨大的批评力量，使那些强力诗人或多或少地修正、改造着前辈的文本。在此意义上，布鲁姆指出："文学批评可以归属于文学范畴，也可能归属不到任何门类；而伟大的作品就像文学批评一样，它总是在强烈地（或虚弱地）误读着前人的作品。每个人对待一件隐喻性的作品的态度本身就是隐喻性的。"②

此外，从文学批评的写作风格上来讲，解构批评对于新批评所谓的"非个性"论、"反个性"论是持批判态度的③，相对而言解构批评较为重视这种个性化的写作——尽管德里达可能并不同意这个观点。哈特曼指出："没有风格的写作、不能被识别的写作会立刻削弱可视性，会使写作失去目的。"④ 而像德里达和德·曼、哈特曼等批评家的著作本身而言，都是独具特色的，解构批评认同的是这样一些批

————————

① Paul De Man, *Allegories of Reading*: *Figural Language in Rousseau*, *Nietzsche*, *Rilke*, *and Proust*, New Haven: Yale University Press, 1979, p. 17.

② ［美］哈罗德·布鲁姆：《影响的焦虑·再版前言》，徐文博译，江苏教育出版社 2006 年版，第 10 页。

③ T. S. 艾略特在《传统与个人才能》一文中指出，诗歌"不是表现个性，而是逃避个性"。"诗人没有什么个性可以表现，只有一个特殊的工具，只是工具，不是个性，使种种印象和经验就在这个工具里用种种特别的意想不到的方式来相互结合。"该文参见赵毅衡《"新批评"文集》，中国社会科学出版社 1988 年版，第 24—33 页。

④ Geoffrey Hartman, *Saving the Text*, Baltimore: Johns Hopkins University Press, 1981, p. 156.

评家的声音，他们的作品个性鲜明，写作风格、语言运用等等都独具匠心，他们的文本本身就可以被理解为是对之前文本的批评。"伟大的理论家奥斯卡·王尔德则属于这种声音之声音，他步瓦尔特·佩特的后尘提醒我们记住，不要让批评的想象不知不觉地陷入精确的习惯有多么的重要。我们必须把对象即诗歌看作本身实际不是的东西，因为我们不仅要看到它所疏忽的东西，而且要看到为什么它不得不有所疏忽。卡莱尔和罗斯金，佩特和王尔德，都是强力批评家，但马修·阿诺德根本不是一个批评家，而仅仅是一个丧门星，或者说是同行的学院督导。"① 解构批评在此提醒我们不要让批评家的写作成为一种惰性的缺乏想象的模式化写作，要突破常规，应该将诗歌当成诗歌而不是什么现实的指涉来研究。而且批评家应该有自己的个性，在布鲁姆看来，"根据实用主义的观点，根本就不存在什么批评的语言，而只有作为个人的批评家的语言，因此——我又一次不得不同意罗蒂的观点——强力误读理论不承认或应该存在任何共同的语汇，使批评家能相互进行争论。一种诺斯替主义和精英论的强力阅读——如爱默生的——支持的是孤立个体、独立阐释者，如狄金森、卢梭或惠特曼式的文学文化"②。由此可见，解构批评是极为尊重个性化写作的，认为批评家应该有自己个性化的语言，批评家的写作应该是"去理论化"的写作，应该是富有诗意的写作，是一种文学化的写作，而德里达的"文本的难度十分有名，这也成为一些怀疑神秘、不愿作出努力阅读具有马拉美式语言密度的作品的批评家反对他的理由"③。但是，正如布鲁姆《影响的焦虑》中所提到的那样，前辈诗人的文本总是强烈地影响着后辈诗人，而后辈诗人也总是在继承前辈诗人的基础上对其进行超越。因此不可避免地在批评家写就的文本中留下了批评对象的某些特质。同时解构批评的这些批评家都具有现象学批评的背景——注重抹去自身来体验作者的意识，尽管后来这些批评家都转向了解构批评，也都否认在理解作品中作者所具有的权威的或中心的地位，但是

---

① ［美］哈罗德·布鲁姆：《批评·正典结构与预言》，吴琼译，中国社会科学出版社2000年版，第239页。

② 同上书，第242页。

③ ［英］克里斯蒂娜·豪威尔斯：《德里达》，张颖译，黑龙江人民出版社2002年版，第1页。

他们也认为阅读应该是对文本的体验，这种体验应该首先是对文本的尊重。德里达指出：在写关于乔伊斯的东西时，"如果我用的是一种写作形式，根本不受乔伊斯的语言、他的发明、他的反讽，那种由他引入思想或文学空间的骚动的影响，那将是一个耻辱"。①

当然，需要强调的是，解构批评对文学和文学批评之间关系的颠覆主要是功能性的，而从文体上讲，尽管他们对文学和文学批评之间的界限存有疑问，但是某种意义上还是认为存在着界限的，只是这种界限并不是必然的、本质性的，而是可以互相转化的。德里达指出："我不想去区分'文学'与'文学批评'，但我也不会去同化写作或阅读的一切形式。就疆界的纯度与限度而言，这些新的区别应当放弃。它们的形态应该既是严格的，又能包容所有这些对立之间相互交感的根本可能性。"②

三　批评的功能

从批评的词源学来看，它源于希腊文 kritikos，意思是辨明、区分、判断。尽管这个词最早并不特指文学批评，但是这里已经包括了文学批评的几个主要功能，即认识功能和评价功能。赖大仁先生在《文学批评形态论》一书中指出：文学批评作为对文学的认识评判，有这么四个方面的功能：一是描述功能，即批评家对批评对象或文学现象的描述，通过这种描述，告诉人们批评的对象是什么或是怎样的。当然，尽管文学批评的对象是客观存在的，但是由于批评家的审美观念、感受力以及批评观念的差异，使得批评家即使面对同一个批评对象也会有不同的认识把握。但无论怎样，批评家对批评对象的描述，构成了文学批评的起点，因之也是文学批评的基本功能。二是文学阐释功能，文学阐释就是告诉人们批评家所批评的文学现象"为什么是这样的"，较之建基于文学客体的文学描述而言，文学阐释就更为主观化了，批评家总是依据自身的话语范式、批评观念、认识角度去进行阐释，尽管阐释仍然是以文学现象为前提和依据的，但阐释必

---

① ［法］雅克·德里达：《德里达访谈录——一种疯狂守护着思想》，何佩群译，上海人民出版社 1997 年版，第 143 页。

② ［法］德里达：《文学行动》，赵兴国等译，中国社会科学出版社 1998 年版，第19 页。

然导向评判的目的，因而这种阐释就有一套相对自足的文本逻辑，其主观性和差异性就不足为奇了。三是文学评判功能，作为传统文学批评的核心要义之所在，文学评判就是将文学对象置于一定的价值关系中，依据一定的价值尺度加以权衡，然后做出价值评判。然而，在现代批评观念中，也有人认为任何评判都可能是片面的、武断的，所以批评的重心不在评判，而在于阐释。四是文学规范功能，规范功能可以说是文学批评向纵深领域及向更高层次的延伸，是由"实际批评"向"理论批评"的延伸，它由对个别文学现象的分析评判，走向建立关于文学的普遍法则。①

　　以上所谈的这四个层次之间的关系，在赖大仁先生看来，并非并列而是逐层深入的，后一个层次上的功能总是以前面一个层次的合理展开为依据，而其中文学的评判功能位于文学批评的核心地位，文学批评如果不对文学做出价值评判，那么这种批评就是失职的，甚至不能称其为批评，而在此基础上的文学规范则是进一步深入文学现象的本质中去，揭示出的"一般精神法则"。就解构批评而言，似乎关键的问题就集中于是否对文学现象做出价值评判，以及如何在理性科学的基础上做出让人信服的评判。当然解构论者很少用"文学现象"这样的语汇，德里达颇为让人熟知的看法是："文本之外无物"。

　　就批评的描述功能与阐释功能而言，解构批评的基本看法是：批评本身就是对文学文本的一种增补或重构，而文本之所以是文本，它的前提就在于读者或批评家的阅读参与。这种参与通过运用修辞的、词源考证的、隐喻等等的分析来解除语言的神秘性，但这并不是说批评家可以根据自己的喜好肆意地篡改文学文本。实际上，解构批评展开的前提就是对文本的尊重，解构论者视为圭臬的细读原则也着实提醒我们解构批评的阅读态度是严肃的，批评从来就不是脱离文本而是内在于文本的一种活动，它是文本自行解构的一种演示。因而，批评"远不是一种越来越深入文本，越来越接近一种最终阐释的链条，随着不断地深入文本，总是会遇到一些摇摆的模式，在这种摇摆（oscil-lation）中，通常对于文学以及具体到某一既定的文本，总有两种见解会互相抑制、互相颠覆、互相削弱。这种抑制使任何一种见解都不可

---

①　赖大仁：《文学批评形态学》，作家出版社 2000 年版，第 6—11 页。

能成为一个牢靠的栖息之地得以抵达分析的终点"。① 也就是说，分析永远是正在进行中，描述永远需要重新描述，而阐释也永远无法到达终点，解释学所祈望的那种文本原初意义的在场揭示，在这里被宣布为无效。正如希利斯·米勒在雪莱的作品里看到的那样，既有理想主义，又有怀疑主义；既有指涉性，又有施为性，分析变成了瘫痪。文本永远不会有什么直达中心的坦途，毋宁说，文本永远是小径交叉的花园。也正是在这个意义上，解构批评将阅读视为一种文本体验（experience）。德里达很喜欢使用"体验"这个词，他指出："它的原意带有贯穿的意思，指一种对身体的贯穿的意思，它激发出一种事先不存在，但当人前行时就敞开的空间。"② 体验就是不断地敞开，对文本的敞开。文本是不确定的，是伴随着阅读展开的，只有通过阅读和体验，文本才渐次呈现出它的模样。因此，文学描述以及文学阐释实际上就是对这种体验的描述与记录，这种随着阅读而不断敞开文本的体验活动提示我们，通过细致而严肃的阅读，文本内纵横交织的路径便会清晰出来，但这需要一双发现的眼睛，一种深邃的洞见参与其中，它使一种"事先不存在"成为"敞开的空间"，因而在此意义上来说，阅读本身就是文本自身建构的一个必要构成，是阅读打开并解救了文本，并且参与了文本的建构。批评的描述功能和阐释功能因而就变成了文学文本的一个自我建构的功能，它不是对文学文本的简单概括，而是内在于文学的文本逻辑。哈特曼这样总结道："由于拒绝关于一种被动的或被限制的角色的遁词，他立刻成为读者和作者——或者说，充分意识到，他既是文本的一个解释者，又是一种自我解释的深层文本的创造者。"③ 读者或批评家在此意义上，成为一种具有双重身份的、既内在又外在于文本的主体，一方面他们是文本的解释者，是外在于文本的；另一方面，他们又是文本的创造者，他们使文本发声并显现自我。

解构批评在对待批评的价值评判功能时是极为谨慎的，一方面，

---

① Harold Bloom, Paul De Man, et. al, *Deconstruction and Criticism*, London: Routledge & Kegan Paul Ltd, 1979, p. 252.

② ［法］雅克·德里达：《德里达访谈录》，何佩群译，上海人民出版社 1997 年版，第 4 页。

③ ［美］杰弗里·哈特曼：《荒野的批评》，张德兴译，天津人民出版社 2008 年版，第 186 页。

他反对那种集权化的评判，即反对霸权化的价值评判，因为这种所谓
的权威评价会对文本造成一定的伤害，从而限制了人们对文本的阐
释。而好的批评不应该阻塞或封闭人们对文本展开多层面、多角度分
析的可能。实际上，这些被解构批评称为"憎恨派"的文学批评比如
女权主义批评、心理分析批评等等都是在批评展开之前就已经预设了
批评的目的和效果，预先定下了评价的基调，所谓的评价实际上在批
评展开之先就已经被固定下来。在解构批评看来，这实际上是对阅读
的戕伐。乔纳森·卡勒指出："研究小说中的妇女状况要求助女权主
义批评；着重研究文学作品的心理内涵，精神分析或能澄清迷雾；而
马克思主义批评，也能帮助批评家理解强调阶级差异及经济力量于个
人经验之影响的作品。每一种理论都说明了一些问题，错误在于它们
认定这些问题是唯一问题。"① 任何试图对文学文本进行单义性的阅读
都是在企图终结文学阅读。文学语言的不确定性、它的修辞特征都将
这种单义性的阅读指认为一种话语暴力，因而在此基础上的所谓价值
评判就不可能是全面的，即便是深刻，也不过是片面的深刻，即便有
可能是真理，也不过是局部的真理。

　　此外，价值评判的标准这个命题，在解构论者看来，首先就应该
是一个被解构的对象。因为对于善的概念，不同的时代、不同的性
别、不同的族群、不同的利益集团都会有不同的理解。苏格拉底因被
指控不敬国家所信奉的神，而且还宣传其他的新神明，鼓励言论自
由，并以此来败坏青年，而被希腊人民法庭以国家和人民的名义判处
其服毒自尽。但在今天看来，希腊人民法庭的做法实在是令人愤慨。
那么就文学文本而言，即便是同一个文本，在不同的时代里，人们对
待它的态度也都不尽相同，许多在这一时代颇受推崇甚至被奉为经典
的作品，在其他时代里可能被作为禁书或者非严肃读物来看待。而且
随着人们价值观上的变化，人们对"什么是文学文本"的看法本身都
在不断地发生着漂移（move），对于今天的人们而言，《圣经》完全
可以当作文学作品来读，而弗洛伊德的作品也可以当作一套隐喻结构
来阐发。于是，在此基础上，哈特曼不禁要问："因为历史的变化和
语言的不稳定性，从而形成了错误解释或片面解释的可能性，那么对

---

① Jonathan Culler, *On Deconstruction*: *Theory and Criticism after Structuralism*, Ithaca: Cornell
University Press, 1982, pp. 206-207.

文学的过去做一种评价性理解真是可能的吗？"① 哈特曼的问题相当于：这个世界存在着永恒不变的善吗？我们对文学史的评价又在何种意义上显示出某种毋庸置疑的科学性、客观性和真理性呢？我们如何能在做出评判的同时又有效地阻止其成为一种限制阅读的阻碍？是否存在着一种生产性的评判，这种评判不会对人们阅读文本造成某种威慑，不会扭曲了主体和文本的关系，而是为自由阅读扫清障碍？

但是，从另一方面，解构批评又总是在进行着价值评判。

我们发现，解构批评总是对某些文本特别看重，这些文本包括莎士比亚、尼采、马克思、马拉美、济慈、普鲁斯特等等，以及据说会让你嘴巴变臭的纪德等作家的文本。那么这些文本有什么特点呢？尽管这是不同历史时代不同国家和地区的不同作品，但是这些作品都毫无疑问地在某个方面比如思考问题的角度、写作的方式、风格、样式、个性化等方面都大大地超越了之前的作家，他们是那种自觉地第一个吃螃蟹的人，是那种一眼就被识别出来的那个卓尔不群者，是一代文风的开创者，是未来历史的预言家，他们是布鲁姆所赞美的强力诗人或对前辈诗人的强力"误读者"，总之他们是作家的作家。普通的作家只会模仿——这里的模仿指的是模仿之前伟大作家的文本而不是模仿现实，伟大的作家不仅模仿，而且写。他们不仅构造出了之前从没有过的语言世界，也构造出了我们的认知方式和认知结构，他们不仅给我们提供了一个虚构的世界，也启发了我们想象和构造世界的能力。对于像莎士比亚这样的作家，布鲁姆写道："莎士比亚为我们创造了心智和精神，我们只是姗姗来迟的追随者。"② 因此，解构批评欣赏的是那些勇于打破常规的强力作家，欣赏的是那些能够克服时代局限创造出全新作品的作家。

另外，我们还想简单地指出解构批评的基本价值观念，这里我们想援引出自德里达《法律的力量》的一句话："解构是正义的。"德里达这样说，是针对法律（law）的解构而言的，他认为："法律是可以解构的，也是必须被解构的。那是历史、革命、道德、伦理以及进

---

① ［美］杰弗里·哈特曼：《荒野的批评》，张德兴译，天津人民出版社 2008 年版，第 279 页。

② ［美］哈罗德·布鲁姆：《影响的焦虑·再版前言》，江苏教育出版社 2006 年版，第 9 页。

步的条件。但正义（Justice）不是法律。正义给了我们刺激、驱动，或者说去改善法律的动力，即解构法律，没有正义的召唤，我们不可能对法律的解构有任何兴趣。"① 对于正义或公正来说，德里达认为"公正不可能还原为法律，你可以改变和解构法律，但你不能解构公正。相反，我们可以以公正的名义去解构法律"②。正如日本学者高桥哲哉所言："这样的断言不仅会给解构的敌对者和批判者以冲击，也能给予解构的理解者和共鸣者以冲击。"③ 一方面，这种宣称是德里达对于其反对者所斥责的虚无主义名声的拒绝，另一方面则构成了一个人文知识分子保有的基本立场和情怀，因为就正义或公正而言，某种程度上说，它本身就是个历史概念，本身也是要经受解构的。因而对正义或公正的坚持在德里达这里就与一种信念结合在一起，而且正义或公正在德里达这里是一个将要到来而永远缺席的东西，是一个永远处在未来的东西，它为解构指明了一种方向，让法律以及人的实践活动朝着这种方向前进。借此，解构批评不是不作价值评判，而是对那些霸权化的权威评判方式的明确拒绝，它赞扬那些能够突破故步自封的写作范式的文本，赞扬那些具有远见卓识的预言家，它被一种正义感所充实，因而就不再是盲目的、虚无的。

　　笔者还想在这里再一次声明，解构是对于踪迹的追寻，是对附着于词语身上的"积淀物"——一个海德格尔偏爱的词——的清理，而"不可解构的（undeconstructible）不是可知的（knowable）、可以预见的（foreseeable）或可以宽恕的（forehavable），而是持续不断地请求，'来吧'"。④ 也就是说对于那些一直属于未来、一直吸引解构不停运动下去的东西，就不仅不是解构的对象，而且还是召唤解构的东西，换句话说，"解构是对不可解构之物的'肯定'（affirmative）"。⑤ 而正是这些东西比如正义、弥赛亚性（Messianic）召唤着我们前仆后

---

① See John D. Caputo, *Deconstruction in a Nutshell*, New York: Fordham University Press, 1997, p. 125.

② 杜小真、张宁：《德里达中国演讲录》，中央编译出版社 2003 年版，第 158 页。

③ ［日］高桥哲哉：《德里达：解构》，王欣译，河北教育出版社 2001 年版，第 167 页。

④ John D. Caputo, *Deconstruction in a Nutshell*, New York: Fordham University Press, 1997, p. 128.

⑤ Ibid., p. 129.

继、勇往直前，而这些东西通俗地说就叫作信念，解构的信念。

第四节　解构批评之语境观

一个女子对一个男子说：你这个坏蛋。看起来这是一句诅咒的话，但实际上，这个女子真正想表达的可能并不一定是这句话的字面义，这个女子既可能是在撒娇，也可能是在抱怨，当然也可能非常愤怒，这主要取决于她在何种情况下说出这番话。当她面对久别重逢的心上人，面对不听话的小宝宝，以及面对欺骗、戏弄或者欺负她的恶棍时，她都可能说出这番话，这就必然要牵涉到语境（context）。[①]"'Context'（语境）一词由单词'text'和前缀'con'组成，这一点绝非偶然。按照字面意义，'语境'表示'with (the) text'（伴随着文本），也就是说，语境是在任何情况下都伴随着文本的东西。在这个一般的意义上，任何围绕着文本的东西，即以某种方式与文本相关、却不是文本组成部分的任何东西，不论它是否会影响文本，都将是文本语境的一部分。"[②] 一般说来，什么样的情况或背景下说话、做事或行动以及话语被限制在什么样的上下文中，这似乎就是语境所关注的主要问题。然而语境也并不是一个诸如石头、木头等具体的、固定的东西，它总是处于一种流动状态中。即便是在言说的话语而不是书写的文字中，说话人所意指的语境与接受人意识到的语境也是充满着很大差异的，这当然要考虑到交流的个体之间在学识、个性、身份上的差别，这也就是为什么虽然都是茄子，但大观园意义上的茄子并不是刘姥姥常识中的那种东

---

① "语境"即言语环境。学界对这个概念所涵盖的内容一直存在着分歧，概括起来主要是理解的角度不同，也即语境的狭义和广义上的区别。从狭义的角度看，语境主要指上下文，是在话语或文句中，位于某个语言单项前面或后面的语音、词或短语。广义的语境由此延伸至整个文本以及文本之外，指一种历史背景以及话语或文句的意义所反映的外部世界的特征。或专指说话人在话语过程中的一些主观和客观因素。比如，说话人的气质、学识、兴趣、艺术修养、身份地位、社会关系、文化观念等以及言说的时间、空间、对象、目的、表情、动作等。就此看来，广义上的语境既包括语言性语境，也包括非语言性语境。本文既考虑语言性语境，也关注非语言性语境。

② ［美］乔治·J. E. 格雷西亚：《文本性理论：逻辑与认识论》，汪信砚、李志译，人民出版社2009年版，第47页。

西，大观园里的茄子已经超出了刘姥姥所有关于茄子的认知。所以刘姥姥会说："别哄我了，茄子跑出这个味儿来了，我们也不用种粮食，只种茄子。"而且语境往往还和规范联系在一起，今天情人之间表达爱意可能会送玫瑰花，但是在占代，人们可能是用其他东西，比如可能用莲花来示爱，莲即怜的谐音，怜者，爱也。也就是说，如果你要对杨贵妃表达爱意，结果送的却是玫瑰花，那么你的心意，她一定不能理解。"一尊维纳斯的古雕像，在古希腊和中世纪就处于完全不同的传统关联中。希腊人把维纳斯雕像视为崇拜的对象，而中世纪的牧师则把它视作一尊淫乱的邪神像。"① 因而某种程度上说，语境总是变动不居的，即便可以说存在着一种"西方传统"，那么这个传统也是充满了异质性的，古希腊和中世纪实际上代表着不同的传统，因而看似同质性的语境总是被其他更小的、充满差异性的语境所分割，这样看来，语境也就变成了一系列叠加在一起的材料。而且语境也并不总是能让我们的理解变得确定，因为它总是使能指不断产生出新的意义，而且有时这些意义还是相反的，我们历来都认为意义可以在语境中变得确定，当然，实际上也往往如此。但问题是语境往往不是固定不变的，而意义的不稳定性有时往往在于语境的变动不居。由于语境的变幻无常，使得即便是在日常的交流中，也总是存在着误解，只是或多或少的问题。这是因为：一方面是主体间存在着智力、价值观等方面的差异，另一方面是受客观规范或规则所制约的。

那么在转述或复述的话语中，在书写的文字中，语境又会如何呢？某种意义上，语境是可被复述的，而且也必须被复述，但需要提出疑问的是：是谁在复述语境？语境是可能被完全复述的吗？实际上，这种理想状态其实并不存在，因为事实的语境或真实的语境在转述或复述的话语里始终不可避免地呈现为缺场，在此意义上，任何语境也都只能在语言的表述中显现自身，因而语境就变成了对语境的表述，或者说变成了关于语境的叙事。而无论如何，一种转述或复述的语境都不可能是真实语境的完整复制，言说中的语境总是被筛选、截取甚至修改、变形了的。无庸讳言，转述的话语总是无可避免地印上了说话人的立场、价值观念或意识形态等东西。因而我们需要注意，当语境变成了叙述，事实的语境或真实的语境即便不是面目全非，至

---

① ［德］本雅明：《机械复制时代的艺术作品》，王才勇译，中国城市出版社 2001 年版，第 15 页。

少也是被涂抹、修饰过了，在此意义上，语境的表述替补了真实的在场，语境变成了语境的替补物，但实际上，替补物无论如何不能等同于真实的语境，更有甚者，它完全可能是对真实语境的一种遮蔽，因而实际上连踪迹都算不上，这就是为什么语境总是被表述为这样，也可能被表述为那样，并且总是被不断地增补。事实的语境或真实的语境因其一次性的、过去式般的不可重复性，就像个体的生命无法再从头来过一样，只能封存于历史中。任何文本语境的建构都不可能完全达到那种被极端历史主义者视为真实的克隆效果，而效果一词恰恰暗示了语境是一种建构，是语言的结果。换句话说，语境是多重的，语境同样是不确定的，语境本身是文本化的。而且这种关于语境的建构不得不打上社会历史的以及言说者的意识形态烙印。在具体的"研究"中，我们总是会看到这种情况，即研究者在其研究伊始，就因其固执的预设而偏信了某一语境，这样，其他语境便被无情地驱逐出境。在日常生活中，转述者在转述某个事件/文本时，真实的语境在经过意识形态"检查"而进入话语层面时——尽管这种检查常常是无意识的却也是不可避免的——已经被"修饰"或"置换"了，当然这种"修饰"或"置换"也会产生新的意义，但这种意义来自一个新的有别于实际的那个"真实"语境的文本。文本一经转述便不再是历史中的那个事件，它必定是某种或隐或显的意识形态使然，是说出来或写出来的"故事"而并不必然确实如此。因而语境不能单纯地看作理解的前提，而毋宁说语境本身就应该是认识的对象，是需要分析、研究和质疑的东西。

一 不可靠的视点：言说的语境与接受的语境

哈贝马斯在分析目的行为和交往行为的区别以及言语与行为的关系时，认为语言表达的目的是与其他人就世界中的事物达成共识，因而没有接受者的协作和赞同就无法实现。他在此引入了"视点"这一看上去似乎属于结构主义标记的东西。他从作为第一人称的行为者的角度、第三人称的观察者的角度和作为第二人称的参与者角度来展开论述。指出作为第三人称的参与者与作为第一人称的行为者始终是有距离的，观察者可以通过对行为者的行为表象来推测其意图，但却无法确切地断定这种意图，而言语行为则满足了这个条件。而且这种言语进行的前提是自觉地将这种遥相观望的局外人说服成同谋者/参与者，"他们作为语言共同体中主体间所共有的生活世界成员而相互照面，也就是说，他们是作为第二人称相互遭遇到一起的"①。而且这里的第二人称同时既保留了观察者的客观立场又实践了行为者的目的行为，因而"都为超越对方保留了一种超越的地位"②，同时，在一般意义上说"所有的行为，不管是言语行为还是非言语行为，都可以说是一种有目的的行为"。而且"言语行为能够自我诠释，因为它具有一种自我关涉的结构"③。因而言说本身就既具有指涉性，而且同时也具有施为性，在这点上，解构论者无疑是非常赞同的，由于在转述或复述中，语言变成了语境的替代物，所以语境不可避免地变成了语言的一部分，因而在此意义上，语境也同样具有指涉性和施为性，语境既有利于我们的理解，又可能会诱导我们做出错误的判断。我们记得林黛玉在其香消玉殒之前说过这么一句话："宝玉，你好……"就这句话我们根据不同的语境，可以得出不同的结论，例如，宝玉，你好绝情；宝玉，你好糊涂。并且语境的有效性虽然是建立在言说者与接受者共同置身其中的"语言共同体"所确立的并且具有主体间性结构的生活世界当中，但由于言说者明显的或无意识的意识形态动机使这种语境走变得片面、狭隘因而也就偏离了客观和真实。当然在福柯看来，"至于共同语言，根本就不存在，或者说再也没有这种东西了"④。因而在此意义上，真正的沟通实际上是不可能的，言说者事实上是在进行着一种自我的独白，而倾听者可能永远只按照自己的习性、惯例以及意图来选择性地接受和理解。

　　阅读与文本以及文本与作者的关系也同样不具有"同一性"，从解释学的角度来看理解、接受的过程。这"不只是一种复制的行为，而始终是一种创造行为（伽达默尔）"。⑤同样的声调出现在弗洛伊德的著述里，"沉思者利用他的批评能力，可以拒绝某些在他注意到后便进入意识中的思想；突然终止它们，以便不去追随这些向他敞开

---

　　① ［德］于尔根·哈贝马斯：《后形而上学思想》，曹卫东、付德根译，译林出版社2001年版，第56—57页。

　　② 同上书，第57页。

　　③ 同上书，第55页。

　　④ ［法］米歇尔·福柯：《癫狂与文明》，孙淑强、金筑云译，浙江人民出版社1991年版，第2页。

　　⑤ 徐岱：《批评美学》，学林出版社2003年版，第91页。

的思想。同时在其他思想上，他能按同一方式行动以致它们根本不会变成意识——也就是说，它们还在被知觉到之前便已被压抑了"①。希利斯·米勒在《解读叙事》中指出："阅读总是属于施为性质，而不是对信息的被动接受。正如俄狄浦斯的推理过程，阅读是一种积极的干预。诚然，这种干预受制于某种意识形态的阐释假定和框架。"② 因此视点实际是最不可靠、最意识形态化的。如同摄影机的镜头一样，在选择了一个点以后，其他视点之外的景物便毫无幸免地被逐出表达之外，即使在一个镜头内部，由于呈现在画框中的物什总是被远景和近景所分隔，这样观众如果过分关注前景，那么背景信息必然会被忽略，而如果执着于背景，那么前景中的重要物件的一些特征则也可能被盲视。如果通观整个场景，则前景后景的每个部分都可能会留不下较为清晰的印象。另外，由于摄影师的人为因素，为了突出他所要表达的东西，可能会选择特写、中景或近景来特意着墨，那么作为背景的物件则可能被认为是无足轻重的装饰，也就可能会被强行遮蔽。

"视点一词有一种潜在的误导作用，暗示着有关某一话题所持的观点或立场。"③ 的确如此，在学术领域中，反思自身的一个方法必然是"回顾自己的历史，然而很难获得关于学术领域的客观历史，因为如果历史学家本人是这个学术领域的实践者，他自己就带有偏见，很容易偏袒学术领域中某一个或某一些分支"④。考据的方法向来被视为走向历史本真面目的科学方法，这种方法向来确信通过对踪迹的考察可以回到本真的语境，但考据的目的不是或不仅仅是为了发现或发明一个语境而是构建一个文本或一个事件，语境作为一个语境式的存在从来就不曾被特写式地表达，也就是说语境从来不被当作目的，因而它的存在只是为"其他存在"而存在，并不可避免地被"其他存在"所利用和支配，因为它（语境）自身不掌握语言，无法言说，因而始终是对象化的第三人称式地被利用、被言说的对象。而意义在德里达

---

① ［奥］弗洛伊德：《梦的释义》，张燕云译，辽宁人民出版社 1987 年版，第 43 页。

② ［美］J. 希利斯·米勒：《解读叙事》，申丹译，北京大学出版社 2002 年版，第9 页。

③ ［英］马克·柯里：《后现代叙事理论》，宁一中译，北京大学出版社 2003 年版，第 22 页。

④ ［美］海登·怀特：《作为文学虚构的历史文本》，包亚明《二十世纪西方美学经典文本》第 4 卷，复旦大学出版社 2000 年版，第 572 页。

看来"与其说可以被'还原'不如说总是被'延异'",① 也就是说文本的意义本身就是不确定的。那么这种根据踪迹而生发出的联想的历史语境也就难免因"发明者"的主观因素创造性地压抑了真实的、那个事实上支离破碎的语境。

总之,由于视点上的差异,使得语境总是显得支离破碎,或者正如德里达所提到的那样,作为一种被说话者和接受者视为具有同一性的"共同语境"(common context)② 只存在于话语中,并不可能真实地再现于任何交流与书写之中。在所有关于历史的言说或书写中,考据上的新发现总是不断地修改甚至推翻之前的论证,从而使之前关于历史的假设乃至想象必然被重新勾勒,历史、语境因而就总是变动不居,并总是处于不断地建构与重构之中。

二 语境的互文性与开放性

"回到语境"意味着回到历史,发现历史。历史在海登·怀特眼里似乎是个不洁的能指,它既不像"科学"那样能够产生某种可资用来认识世界、改造世界的普遍法则。也不像文学那样直率地书写这个"可能性"的世界;它间或充当着一种貌似清高实则朝秦暮楚、趋炎附势的角色。这似乎同叔本华有些暗合,在叔本华看来,历史是关于单一、个别的事物或现象的描述。不像科学翱翔于经验之上,也不像哲学专注于事物的普遍性,历史的素材是"个别的、零星之物及其细节,还有个中的种种偶然、变故,是只存在一次、以后永远不在的东西,是错综复杂、风中流云般变幻不定的人类世界"③。历史"不过是人类漫长、沉重而混乱不清的大梦而已",④ 因而"根本不存在过的世界是无限美好的世界,整个人类过程只是一个可怕的,本该消除的错误……一旦陷于明显的愚蠢,人性便坚持认为历史是有价值的,而实际上历史所记载的只是残杀、痛苦和不幸。因此我们思考历史的能力本身就可能解释为意志的阴谋、卑劣的诡计。通过卑劣的诡计,

---

① 王逢振:《2001 度新译西方文论选》,漓江出版社 2002 年版,第 368 页。

② Harold Bloom, Paul De Man, et. al, *Deconstruction and Criticism*, London: Routledge & Kegan Paul Ltd, 1979, p. 76.

③ [德] 叔本华:《叔本华美学随笔》,韦启昌译,上海人民出版社 2004 年版,第 31 页。

④ 同上书,第 36 页。

历史便避开了我们对其无益性的认识"。① 因而某种意义上，历史本身就变成了一个可供选择的结构，历史的价值也因此就存在于人类愚蠢的偏见之中，那么，如果是这样的话，（历史）语境就不再是一个真正的客观性存在。结果也就似乎只能是"如果谁创造了历史就由谁叙述历史，这种历史就是最确凿可凭了"。② 历史变成了言说，并且被权力所主导，历史的表述则遵循着典型的成王败寇的逻辑。在此意义上，历史的真实性就被混同于文本的真实性、叙述的真实性乃至虚构的真实性了。

在解构批评看来，"一切语境，不管是政治的、经济的、社会的、心理的、历史的、还是神学的，都成为文本间的关系，传统成为互文性"。③ 语境作为一种多向度的"背景知识"，它同时也是几个文本间相互阐释并共同建构的一种结果。而不是一个确定的已经存在的可供不断利用的元话语，它本身不是一个独立的概念，而是一个需要不断阐释和再阐释的生成性结构，一个随着言说而不断膨胀的开放性结构。

克里斯蒂娃提出"互文性"概念主要针对的是那种将文本视为自足、封闭的结构的观念。她将文本界定为一种互文性的文本组合，即在一个给定的文本空间里，来自其他文本的不同话语的相互交织。罗兰·巴特也赞同这一观点，他探讨了在文学语境中的互文性，得出了任何文本都是过去的引文的新织物的看法。解构批评则视互文性为所有文本都具有的一个特征。德里达所说的"文本之外无物"，似乎同样也暗含了这样一种看法：语境并不外在于文本，它也是一个被不断建构的文本，它同样是不同文本交织的产物，因而也是可以对其进行互文阅读的。并且在解构批评看来，似乎并不存在一个子虚乌有的所谓文本的外部构成。语境一定程度上实现了作为一个共时性的文本对"自主的文学历史的"历时性本文的替代。怀特所理解的互文性是"文学文本"和"文化系统"之间的相互关系，他指出："新历史主

---

① ［英］特里·伊格尔顿：《美学意识形态》，王杰、傅德根等译，广西师范大学出版社1997年版，第145页。

② ［意］维柯：《新科学》，朱光潜译，人民文学出版社1986年版，第145页。

③ 萧莎：《德里达的文学论与耶鲁学派的解构批评》，《外国文学评论》2002年第4期。

义往往被指责为进行了双重意义上的简化：它首先把社会置于一种
'文化'功能的地位，然后又进一步将文化置于'本文'的地位。"
因而文学与社会的关系被转化为文学与文化的关系，以及文学文本与
文化文本的关系。"对丁新历史主义而言，历史语境是一种'义化系
统'，而社会制度和实践，其中包括政治在内，都被解释为这个系统
的功能，而不是刚好相反。"① 怀特认为，在谈论某一具体的（文学）
文本的语境时，批评家的出发点可能是假设了这个语境——历史背
景——具有虚构作品无法达到的具体性、直观性和真实性。似乎观察
了成千上万的历史文件后，组合起来的世界是无比真实的。怀特坚决
否定了这种僵化了的历史主义，指出批评者所研究的文本语境本身就
是历史学家研究这些语境时所制造的虚构产品。历史文件与文学批评
者所研究的文本一样是不真实的、具有欺骗性的。"历史文件所表现
出来的世界之不透明都随着历史叙事的生产而不断增长。每一个新的
历史著作只能增加必须被解释的本文的数目。"② 历史只能是关于历史
的表述，为了使历史看上去更符合某种历史观，历史就需要不断地被
增补和解释。

　　正是在这个意义上，伊格尔顿指出："极端历史主义把作品禁锢
在作品的历史语境里，新历史主义把作品禁闭在我们自己的历史语
境里。"③ 但无论是哪种语境，在解构批评看来都是不可靠的，而且
由丁语境同样具备的互文性特征使任何自封为"真实的语境"——
试图对历史、本真做客观描述的企图——都不可避免地变相为语境
的一种发明，而且这种发明会随着文本间的相互阐释而渐趋丰满甚
至过分肥胖，当然也有可能会因为对语境的不同阐释造成了语境的
分崩离析。

　　语境作为一种文本建构，它所具有的另一个特征就是开放性。德

　　① ［美］海登·怀特：《评新历史主义》，包亚明《二十世纪西方美学经典文本》第 4
卷，复旦大学出版社 2000 年版，第 584 页。

　　② ［美］海登·怀特：《作为文学虚构的历史文本》，包亚明《二十世纪西方美学经典
文本》第 4 卷，复旦大学出版社 2000 年版，第 581 页。

　　③ ［英］特里·伊格尔顿：《历史中的政治，哲学，爱欲》，马海良译，中国社会科
学出版社 1999 年版，第 111 页。

里达在《活着，在边界》一文中指出，"永远都不能够使语境饱和"①，"脱离语境没有任何意义可以被确定，也没有什么语境是可以饱和的。在这里我所指的不是其本身的丰富性以及语义的繁殖能力，而是结构，遗迹（remnant）和迭代（iteration）的结构"②。语境是一个开放性的结构，而所谓遗迹的结构指的就是，语境永远是可以被无限期地增补下去，而迭代的结构是指语境是一个不完善的、不稳定的结构，同时也充满了异质性，它随时都可能因为之后的增补而转向另一种迥异于前的表述，或者说有可能推翻关于之前语境的相关表述。遗迹和迭代使语境充满了变数，语境变成了一个充满异质性的文本，并永远向未来敞开。

三　语境的强制性：误译

翻译之语境的强制性指的既是翻译受语境制约，语境对翻译的结果既具有压制作用，同时也可能具有生产作用。翻译作为古今、中西对话的一个重要环节，其作用之大不言而喻。正如本雅明所言："翻译的工作不像诗歌和理论那样定义严格，但却在历史上留下同样重要的印记。"③ 雅各布森将翻译分为语内翻译（intralingual translation）、语际翻译（interlingual translation）、语符翻译（intersemiotic translation），④ 其中语内翻译和语际翻译主要涉及的是语言间的翻译，具体来说，语内翻译主要指的是同一语言不同变体之间的翻译，比如将山东话翻译成普通话，语际翻译主要是不同语言之间的翻译；而语符翻译指的是非语言文字符号和文字符号之间的翻译，例如将毕加索的画作翻译成直白的语言文字。由此可见，语符翻译涉及的范围是极其广泛的，在此意义上，电影导演乃至作家等都是翻译者，导演不过是将剧本上的文字翻译为影像，而作家——按照模仿论来看——不过是将社会生活翻译成语言文字，因而电影、小说不过是翻译品，或者是本

① Harold Bloom, Paul De Man, et. al, *Deconstruction and Criticism*, London: Routledge & Kegan Paul Ltd, 1979, p. 76.

② Ibid., p. 81.

③ ［德］瓦尔特·本雅明：《本雅明文选》，陈永国、马海良编，中国社会科学出版社1999年版，第286页。

④ Kathleen Davis, *Deconstrunction and Translation*，上海外语教育出版社2006年版，第23页。

雅明所说的"复制品"。而解构论者眼里的翻译实际上是非常广义的，即任何文本、任何交流都是一种翻译，例如，许多用英文写成的诗歌，某种程度上都是对莎士比亚、华兹华斯等强力诗人的翻译。这种翻译又基本上是异质性的，因为并不只是我们说和写所用的语言，任何符号都参与到差异系统的运作中去，并且没有任何符号可以成为一种真正的、外在于差异系统的在场（presence）。而且即便是一般意义上的翻译，永远不可能忠实于"原文"，翻译本身因语境上的差异而成为一种文本置换。

　　在普通意义上的翻译工作展开之前往往需要追问的是：文本/话语是不是可译的？译文与原文是"同一性的"吗？毫无疑问的是，译文一定缘自原文，但在翻译的过程中译者要按照另一套可能完全不同的话语规则进行词句的重新组合，因而"颇具反讽意义的是，翻译把原文移植到一个更加明确的语言领域，因为它不再能够被二次表达所置换。原文只能在那里被更新和被置于其他时刻"①。美国逻辑实证主义者蒯因指出，任何两种语言之间的完全对应关系其实并不是确定的，因而不存在两种语言之间的彻底翻译。就是说一种语言表达的意义，不可能在它原来使用的意义上毫无歧义地翻译为另一种语言。单从语境的角度去考察，译文已不再是个复制品，它是经过了翻译者的意识形态、艺术修养、品格气质、才能学识等因素选择创作出来的产品。而语言的特点就在于它往往抹杀了个别性，比如"女人"这个词就将所有高的、矮的、胖的、瘦的、年长的、年幼的，将美国的、法国的和中国的女人简约为具有同一性的含义，因而翻译中，实际上已经剔除了美国男人和中国男人的差异，剔除了人们在某些传统、生理特征、习惯或者说认识论乃至价值观念等方面的差异。但本质上，语言是不确定的，将中国的"龙"翻译成西方的龙（dragon），就会使西方人大呼惊奇，因为西方的龙代表的是邪恶，他们无论如何也不会明白，中国人为什么会对代表恶的东西如此顶礼膜拜，也就更不理解为什么中国人愿意做"龙的传人"。实际上，龙（此龙非周处意义上的蛟龙或恶龙）作为古老的华夏图腾，连接着我们的民族情感、民族传统、民族想象和民族寓言，因而在中国人眼中往往是神圣的、高贵

----

① ［德］瓦尔特·本雅明：《本雅明文选》，陈永国、马海良编，中国社会科学出版社1999年版，第285页。

的，远非是什么恶的化身。保罗·德·曼在《抵制理论》一书中对翻译的不可能性提出了自己的看法，指出，翻译就是使原文本脱离它所产生的语境，而进入另一种语境中，翻译总是重写的别名，因为翻译不仅意味着能指的转换，也意味着对能指的歪曲。"对面包（bread）而言，当我需要叫面包时，我使用了单词面包（brot），所以我是在这种意义上使用单词面包（brot）。而翻译将会在叫'面包'的意图与单词'面包'自身在其物质性上揭示出基本的差异之处，揭示出意义的花招。你会在荷尔德林（经常在他的文本中提到面包）的语境中听到面包，我不可避免地要提到《面包和葡萄酒》（*Brot und Wein*），这是伟大的荷尔德林的文本——在法语中被翻译为'*Pain et vin*'（也是《面包和葡萄酒》的意思），而'*Pain et vin*'在法语中则是在餐馆里你可以得到免费的东西，所以从德文中的《面包和葡萄酒》翻译成法文的《面包与葡萄酒》'*Pain et vin*'就包含了不同的含义"①。希利斯·米勒在谈到《俄狄浦斯王》的翻译时指出："无论译者如何热切地希望忠实于原文，都难免遮盖或者压制索福克勒斯原文中的诸多含义。"米勒主要是从希腊文和英文的文本中，来考察《俄狄浦斯王》剧对阅读的抵制。"因为构成该剧重要的主题的乱伦和灭亲的欲望是大多数人想压制的东西。就这些东西来说，谈论得越少越好。"② 因而翻译因语境的非同一性造成了翻译的文本总是或多或少修改了原文本。而且译文和原文一样面临着被禁止的危险，为了使文本能够进入话语系统之中，必须巧妙地避开或摆脱福柯所说的那个由社会指定的旨在平息话语的巨大嘈杂声的约束体系（《话语的秩序》），文本必须被语境化。因而译文有可能压抑了原文中某些明显的"违规"话语。由此可见，翻译总是会因为语境的特殊性将文本的某些特点、意义不可避免地压制或修改了。再比如，西方电影在进入中国市场之前，首先是要接受关于意识形态以及影片等级制度的审查，同时可能还要按照中国的话语习惯为影片进行配音，有的影片可能还要进行重新剪辑。观众在电影院里看到的电影大部分都是经过挑选、删减和修

---

① Paul De Man, *The Resistance to Theory*, Minneapolis：University of Minnestoa Press, 1986, p. 87.

② ［美］J. 希利斯·米勒：《解读叙事》，申丹译，北京大学出版社 2002 年版，第17 页。

改之后的影片。而观众对影片的理解也一定深深地打上了本民族意识形态、生活习惯、文化观念的烙印。因此被语境化是不可避免的。

《哈姆雷特》这部剧作中，有这么一个句子：“这是一个脱节（out of joint）的时代。”德里达提供了几个版本的翻译，伊夫·博纳芙翻译为“这是一个乱了套的时代”；还有的将其翻译为“这是一个令人沮丧、萎靡不振的时代”（Le temps est à l'envenrs），“这是一个颠倒的世界”；以及纪德翻译的“这是一个声名狼藉的年代”。德里达认为博纳芙的翻译最为忠实。而第二种翻译则冒有相当的风险：它的法语表达容易让人从天气而不是时代的意义上来理解“Le temps”；纪德的翻译看上去令人惊讶，但是德里达认为纪德的理解与那一习语的传统——从莫尔到丁尼生——还是一致的，它显然赋予了这一表达以更为伦理或政治的意义。这种结果当然是语言的异延结构导致的，因为任何一个符号都既是表达（Ausdruck），又是指号（Anzeichen）；① 既是所指又是能指。同时还与翻译者的才学和修养有关，无论如何，在原文与译文之间必然留下了诸多的裂隙，这种裂隙“最后或者说首先，就体现于对其他语言，对那些造就规则的天才之笔，以及原文的所有虚拟性的不可简约的不适当处理中。再优秀的译文也不能幸免”。② 因而德里达指出：“译文自身就处于‘脱节’之中。无论它们多么准确和合理，无论人们承认它们是多么的正确，它们全都是混乱失调的，因为对于给译文所制造的裂隙来说，这是不公正的。”③ 由此看来，语境总是具有一种压制作用，它使原文的独特性、原创性等受到了伤害，甚至有被遮蔽的危险。

但是，语境同时具有生产作用，它在压制原文本意义的同时，会生产出新的意义，广义上的翻译，如同本雅明最广义上的复制一样，“对艺术品的机械复制较之原来的作品还表现出一些创新。这种创新在历史进程中断断续续地被接受，且要相隔一段时间才有一些创新，

----

① Jacques Derrida, *Speech and Phenomena*, Baltimore：Johns Hopkins University Press，1997，pp. 17-26.

② Jacques Derrida, *Specters of Marx：The State of the Debt，the Work of Mourning，and the，New International*, trans. Peggy Kamuf, New York & London：Routledge, 1994, p. 21.

③ Ibid. .

但却一次比一次强烈"①。在这种最为广义上的翻译中，语境可以说起到了极为重要的生产性或创造性作用，在萨特看来，福楼拜的《包法利夫人》是对福楼拜所属的法国资产阶级的思想矛盾和社会矛盾的一个象征性的解决，同时，又是独特的形式上的创新，它"解决"了小说作为一个类型发展进化的问题，可以说是摆脱了自巴尔扎克之后作家们必须改革旧的形式但又无所适从的困境。② 因而福楼拜的小说既可以看作某种意义上对巴尔扎克的翻译，同时又是一种创新。因而在这里，翻译的价值就不在于忠不忠实于原文，而在于它是否有效地既传达了原文的某种精神，又创造性地提出一些新的东西。中国古代文论的现代转化实际上也涉及到翻译问题，因为古代文论在话语上和现代文论实际上也是异质性的，因而若想使它能够更有效地被翻译和应用，就必须考虑我们当前的语境，考虑它在新的语境下的生长点，就必须使其既能够解决我们当前的理论困境，回答我们的现实问题，又能够提炼出一种同当前话语具有内在一致性的东西。就西方理论的翻译而言，回顾 20 世纪八九十年代，大量的批评流派、批评话语似乎是毫无保留地长驱直入，但是在转译的过程中，由于语境的客观因素如翻译的时间、空间、条件、因果、前提以及语境的主观因素如语言习惯、才能学识、兴趣爱好、意识形态等等，使得翻译、还原成为不可能，任何翻译或者还原都必然是一种重新书写。

就一般意义上的翻译来说，不同语言间的翻译总是被不同的传统搅扰、撕扯。翻译也因此总是一种转义，一方面它的确是指涉着原先那个文本；另一方面它同时是施为性的，它必然加入了翻译主体对原文的理解。例如，为了更有效地反映人物性格，并且为了使中国普通老百姓能够更方便更有效地理解外国电影，西方电影需要被配上中国语言，当然表面上看来，这是极富反讽性的，让电影里的美国总统讲一口流利的中国话并且时不时说上几句成语，这实在是有趣之极，但是观众不会觉得可笑，因为观众已经接受了这种美学形式。不过无论

---

① ［德］本雅明：《机械复制时代的艺术作品》，王才勇译，中国城市出版社 2001 年版，第 5 页。

② ［美］弗雷德里克·詹明信：《晚期资本主义的文化逻辑》，陈清侨等译，生活·读书·新知三联书店 1997 年版，第 326 页。

如何，这种语言上的翻译都是一种改写形式，它不仅改写了原文的语言，也创造了一种新的美学形式。

总之，解构批评的语境观主要是想告诉我们，不要过分倚重语境，因为语境本身也是一种语言建构。在言说的语境中，因为言说者和接受者之间的个体差异，比如视点的不同，使某种理论上假定为"共同语境"的东西早已四分五裂。而且"回到语境"这句话本身就意味着"真实的语境"已经缺席了，因而"回到语境"的真正内涵就只能变成为"回到某种语境"，语境变成了一个多维的结构，它总是借着考据上的新发现——踪迹，来不断地敞开自身，但却永远都无法自我显现，语境变成了关于语境的叙事，变成了文本，也就变成了不确定的乃至不可靠的东西。必须指出语境的绝对真实性已被说话者的意识形态割裂得四分五裂，作为接受者的理解也并没有真正进入言说者预设的语境。语境必然涉及到历史和意识形态，真实客观的语境不过是一个乌托邦。因而，在某种意义上，对于历史和意识形态结构的集中关注，"具有过分强调语境而忽略文本本身之阅读的危险性。作品可能会被语境淹没，成为某种空洞或者空白"①。尽管某种程度上，语境似乎是唯一可以使意义变得确定而透明的东西，但由于语境本身也是由语言构成的，因而它本身也被卷入异延的运动中去。它不可避免地向着外来敞开，永远不可能饱和。作为一种遗迹（remnant）和迭代（iteration）的结构，语境总是处于一种需要不断阐释的运动中，同时随着新的阐释话语的进入，之前的话语建构可能得到修改、增补甚至重建。如果承认语境是一种叙事、一种文本，那么它同样是一种互文性的话语，可以对其进行互文阐释。作为一种互文性的存在，语境总是处在不同表述的话语碰撞与建构之中。在不同语言的转译过程中，原语境和原文本随时被再度语境化。但这并不是说"回到语境"这个措辞必然走向一种话语霸权，也不是说承认了语境的意识形态性就必然得出反语境从而走上纯粹形式主义或历史虚无主义的结论。我们"不能以'一切艺术都是一种意识形态'为理由，无视审美作为一种客观价值所具有的超意识形态性"②。但无疑解构批评是反对

① ［美］J. 希利斯·米勒：《解读叙事》，申丹译，北京大学出版社2002年版，第82页。

② 徐岱：《批评美学》，学林出版社2003年版，第106页。

那种企图通过强调语境的权威性来减免文学作品自律性的做法的，那种在语境/作品的结构中，刻意强调语境对于作品的决定作用，在解构批评看来仍然是逻各斯中心主义的一厢情愿。而真实的或现实的语境早已随风而逝，语境不过是一种话语建构，而这种建构永远是未完成的，永远需要增补。同时，语境也就实际上只存在于语言中，而既然语境也不过是种表述，是一个文本，那么语境就似乎既可能被描述为这样，而在其他场合下，也完全可以是另一番样子，如此，语境就变成了多样的、不确定的了，语境总是多个、多重的。因此，解构批评就在一定程度上取消了语境的这种支配力，并且对其合理性也提出质疑，认为语境并不是客观的，甚至是非常不可靠的。

第三章

解构批评的范式

第一节　范式及其特点

一　范式的提出

美国学者托马斯·萨缪尔·库恩（Thomas Samuel Kuhn）之所以提出范式（paradigm）这个术语，与其所处的时代是密不可分的。库恩是在"科学日益产业化，而且正转变为一种职业而不再是一种使命的过程中成长起来的"①。两次世界大战已经使科学的名声一落千丈，人们对那些将科学运用于战争的疯狂举动仍然惊魂未定，科学不再被必然地和真理联系在一起了，科学家也无可救药地被组织进一定的利益集团中，而更为不幸的是，当"吸烟有利于思考"这样的科学论证呈现在公众眼前时，科学的研究已经在某种程度上被整合进资本主义的发展逻辑之中了。而且科学对于世界的解释总是受历史条件所限，对世界的解释总是和该科学共同体的价值观以及信念有关，库恩敏感地觉察到"科学家不是发现真理的勇敢冒险家，毋宁说他们是工作在一种已确立的世界观中的解谜者（puzzle）"②。也就是说，科学家们的言说方式、研究方法、研究对象，甚至研究的结论都已经被某一科学共同体的信念系统所掌控。因而，"科学并非是对客观性和真理的追求，它有点像是在已被接受的信念模式内解决问题"③。借此，库恩

---

① ［英］蔡汀·沙达：《库恩与科学战》，金吾伦译，北京大学出版社 2005 年版，第 43 页。

② 同上书，第 47 页。

③ 同上书，第 24 页。

提出了范式这个概念。

"范式"一词尽管在古希腊语中早已有之，但是将其术语化并且赋予它全新意义的应该是库恩。他在《科学革命的结构》（1962）一书中创造性地使用了"范式"这个词，将其作为科学史、科学哲学等的专门术语。认为范式"是一个成熟的科学共同体在某个既定的时间内所接纳的研究方法、问题领域（problem-field）和解决问题之标准的源泉"①。当然，库恩在这个术语的使用上并不严谨，"据有关人员的研究调查，仅对库恩本人在《科学革命的结构》一书中出现的用例来看，他就赋予了'范式'以二十一种不同的含义"②。玛格丽特·马斯达曼（Margaret Masidaman）将这些用例分为三个部分。

首先是作为形而上学的范式、高层范式、哲学范式、元范式等等，用来指称一种信念系统。在此意义上，范式主要指的是某一科学共同体在某一专业或学科中所具有的共同信念，这种信念规定并制约了他们共同的基本理论、基本观点和基本方法，并且为他们提供了共同的理论模型和解决问题的框架，从而形成该学科一种共同的传统，并为该学科的发展规定了共同的方向。

其次指的是社会学的范式，也即就某一特定的科学共同体而言所提出的典型问题以及解决问题时所取得的科学业绩。库恩在《科学革命的结构》一书的序言中指出："我称之为范式的东西通常是指那些普遍认可的科学成就，它们在一段时间里为实践共同体提供模型式的（model）问题与解答。"③

最后指的是一种"构成范式"，一种解决问题的具体工具或方法。库恩指出，范式"这个术语与'常规科学'联系密切。选择这个术语，我意在暗示某些实际科学实践的广泛接受的例子——例如它们包括定律、理论、应用和仪器等等——为特定的、连贯的科学研究的传统提供模型"④。在此意义上，教科书、经典著作等等都是

---

① Thomas S. Kuhn, *The Structure of Scientific Revololutions* (Third Edition), London: The University of Chicago Press, Ltd, 1996, p. 103.

② ［日］野家启一:《库恩:范式》，毕小辉译，河北教育出版社 2001 年版，第 5 页。

③ Thomas S. Kuhn, *The Structure of Scientific Revololutions* (Third Edition), London: The University of Chicago Press, Ltd, 1996, p. X.

④ Ibid., p. 10.

范式的构成部分。①

在库恩看来，科学革命的实质就是范式的转换（paradigm shift），而这种转换同时包含着上面所说的多个层次上的转换，即价值观念、理论视野、研究方法、理论话语、工具等方面的变革。本书主要将范式理解为一种阐释模式，当然，这必然指向一种与之相应的信念模式。

二　范式的特点

大致说来，范式有以下几个特点：

第一，不可通约性。

库恩认为，新旧范式具有不可通约性（incommensurability）的特征，"范式处于竞争中，不同范式在范式选择中会进行竞争，这些范式所扮演的角色必定是封闭的。每个范式的共同体都用它自己的范式去为这一范式辩护"②。具体说来，包含这么几个方面：一是，新旧范式在理论视域上存在着极大的差异，因而提出的问题以及解决的对策也具有不同的角度和意义；二是，即便新的范式某种程度上仍然使用旧范式的概念、基本工具等，也是在改造其基本内涵和关系的情况下使用的；三是，从更深层次的角度来说，这种不可通约性乃是世界观上的不同。可以说，新旧范式的不可通约性带来的问题主要是关于新旧范式的评价问题，因为按照库恩的说法，他们提出的问题和解决的问题，甚至面对的问题都是不一样的，所以不同的范式不存在共同的价值标准。"虽然科学在最广泛的意义上可被解释为研究或学业，其实它应被看作工艺作品（craft work），那么在对科学产出的评价中，'真理'应被'品质'（quality）的观念所取代。"③ 正如美国哲学家理查德·罗蒂（Richard Rorty）在《后哲学文化》一书中指出的：

---

① 参见［日］野家启一《库恩：范式》，毕小辉译，河北教育出版社 2001 年版，第 190—191 页。

② Thomas S. Kuhn, *The Structure of Scientific Revololutions* (Third Edition), London: The University of Chicago Press, Ltd, 1996, p. 94.

③ ［英］蔡汀·沙达：《库恩与科学战》，金吾伦译，北京大学出版社 2005 年版，第 61 页。

"是我们的信念和愿望形成了我们的真理标准。"① 在批评领域也同样如此，不同研究范式的批评理论往往在关注的问题、所使用的符码以及阐释模式上都存在着极大的差异。而批评的标准也直接取决于它们的文学观念。

第二，传统与革新的辩证法

范式的不可通约性强调的是知识的某种断裂性，这与传统所说的知识的累积是有所不同的。库恩指出：范式的转换或者说科学革命也就是"指科学发展中的非累积性的发展经历，其中旧范式被一个与其完全不相容的新范式全部或部分地取代"②。这种取代是由于形势的需要，如果形势需要新理论，以解决因旧理论与新形势不相适应而出现的反常，那么一个成功的新理论必然做出某些与旧理论不同的设想。如果两者在逻辑上是相容的，则这种差别就不可能存在，在此情形下，新理论势必会取代旧理论。反过来说，"当范式发生改变，这个世界本身也随之改变了。科学家经由一个新范式指引，采用新的工具，关注新的领域。甚至更为重要的是，在革命过程中科学家用熟悉的工具去注意以前注意过的地方时，他们会看到新的不同东西"③。库恩在强调新旧范式之间存在着的巨大差异时，也看到了在新旧范式之间存在着的传统与革新的辩证法，"从属传统越深，就越能变成破坏革新的原动力，这种矛盾就成了科学革命本质性的程序"④。只要我们考察一下新批评、现象学批评和解构批评之间的关系，这一点似乎并不难理解。

第三，范式间的竞争

范式的竞争，也就是新范式与旧范式之间取代与反取代的关系，在这种充满张力的竞争关系中，科学所面对的问题以及它所依托的信念系统都在压跷跷板似地来回偏移，直到新的范式最终决定性地取代旧范式。但是这并不证明新范式比旧范式更具真理性或普遍性，而只

---

① ［美］理查德·罗蒂：《后哲学文化·作者序》，黄勇译，上海译文出版社 2004 年版，第 3 页。

② Thomas S. Kuhn, *The Structure of Scientific Revololutions* (Third Edition), London: The University of Chicago Press, Ltd, 1996, p. 92.

③ Ibid. , p. 111.

④ ［日］野家启一：《库恩：范式》，毕小辉译，河北教育出版社 2001 年版，第 109 页。

是说它更适合新的形势。在库恩看来，"科学知识如同语言一样，本质上是一个共同体的共有财产，否则什么都不是。为了理解它，我们必须认清那些创造和使用它的共同体的具体特征"①。因此范式间的竞争体现着不同的科学共同体在信念、权力、利益上的角逐。在批评领域也存在着这种范式的竞争，一段时期，某种批评形态可能是压倒性地占据主流位置，或者说控制着话语权，但这并不能说明它比其他的批评形态或者说文学批评的其他范式更科学。

第二节　文学批评的范式

一　文学批评的四大范式

哈罗德·布鲁姆的老师 M.H. 艾布拉姆斯在《镜与灯》一书中提出文学艺术四要素说，即每一件艺术作品都涉及到以下四个要素：作品、艺术家、世界、欣赏者。他指出："尽管任何像样的理论多少都考虑了所有这四个要素，然而我们将看到，几乎所有的理论都只明显倾向于一个要素。就生发出他用来界定、划分和剖析艺术作品的主要范畴，生发出借以评判作品价值的主要标准。"② 因而按照艺术作品之本质和价值阐释的不同角度，可以归纳为四种基本的阐释模式也即我们这里所说的四种基本的范式，即作品与世界的关系范式、作品与艺术家的关系范式、作品与欣赏者的关系范式以及将作品作为一个自足系统来阐释的范式。按照韦勒克的看法，关注文本、对文本系统进行研究的属于"内部（intrinsic）研究"，而除此之外的属于"外部（extrinsic）研究"。如今，我们对于这四种批评范式似乎都并不陌生了。它们都有一套相对自足的阐释模式，由此形成了模仿论、表现论、接受论、文本论的批评范式。

相对于前三种批评范式或者外部研究的阐释模式而言，特别是相

---

① Thomas S. Kuhn, *The Structure of Scientific Revololutions* (Third Edition), London: The University of Chicago Press, Ltd, 1996, p. 210.

② ［美］M.H. 艾布拉姆斯：《镜与灯：浪漫主义文论及批评传统》，郦稚牛等译，北京大学出版社 2004 年版，第 5 页。

较于模仿论的批评范式来说，以文本为中心的阐释模式是个"迟来者"，它的开创与发展迄今也不过一百年的时间。通常我们将形式主义、英美新批评、结构主义批评都纳入这一系统之中，罗伯特·休斯笼统地将它们都纳入文学结构主义的名下①，但就形式主义、英美新批评、结构主义批评等这几种具体的批评形态而言，其具体的批评实践或操作实际上也还存在着极大的差异性，比如，即便这些具体的批评范式都对文本、结构、语言、文学性（literaturnost）感兴趣，也都认为，"艺术是自主的：一项永恒的、自我决定的、持续不断的人类活动，它确保的只是在自身范围内、根据自身标准检验自身"②。但是它们在基本话语、关注点以及表述方式上还是可以见出很大的差异，例如形式主义和新批评就处于两个不同的历史和学术空间，前者一般认为是主要发生于二、三十年代的俄国；而后者则构成了美国四、五十年代批评界的主流批评话语形态，尽管一定程度上，俄国形式主义对新批评的产生和发展有着极为重要的影响，但是两者在话语构造、着力解决的问题或者所要面对的形势（sitiuation）都是不同的。俄国形式主义的出现同当时的文化、历史语境密切相关，形式主义处于未来主义与象征主义相互交汇的历史场景中。而且俄国形式主义特别看重艺术作品的语言形式，并且提出了自己的术语，如"陌生化"（de-familiarization/ostranenie）。新批评则源于对玄言诗的重视，在分析诗歌时，注重艺术作品的有机统一性，认为文学批评要关注作品的整体，以及组成整体的各个部分之间的关系，等等。对文学的评价也就变成了文学作品是否形成了一个和谐或有机的统一体。不仅如此，即便是在某一具体的批评形态之内——比如新批评内部也还是存在着这样那样的差异或争执，理查兹与布鲁克斯之间的巨大区别就可以很好地说明这一点。如此说来，某一具体的范式总是被一个更大的范式所包裹；一个范式内部、一个科学共同体内部又总是被具体化为一个个充满差异的相对独立的较小单位的范式，但它们的基本信念或理念上，却又似乎有着某种一致性或相似性。

---

①　［美］罗伯特·休斯：《文学结构主义》，刘豫译，生活·读书·新知三联书店1988年版。

②　［英］特伦斯·霍克斯：《结构主义和符号学》，瞿铁鹏译，上海译文出版社1987年版，第60页。

　　一定程度上，以文本为中心的批评范式与外部研究的阐释模式的确存在着让人难以想象的"代沟"，他们自诩为文本研究的专家，也似乎是史无前例地将"文学性"推到文学研究的首要位置上来。而从俄国形式主义、新批评、结构主义批评以及符号学等文本论范式发起的初衷来看。也似乎并不纯粹与现实脱节，而且某种意义上，还具有非常重要的现实诉求，比如文本论范式的批评家大都对科学、工业化所引起的负面后果给予强烈谴责，如韦勒克所说的那样："新批评派是科学的对头。"① 然而，以文本为中心或者语言学的阐释模式实际上本身就是科学主义的一个组成部分，它们极为重视文本的独创性，重视文学性，重视"新鲜的不受污染的语言"，重视文本的结构技巧。这种对结构技巧的重视本身就是科学主义或者说是技术主义的。某种意义上，当时的文学思潮、文学运动如未来主义、玄言诗等等适时地呼唤并催生了这一批评范式的到来。可以说，以文本为中心的批评范式某种程度上与当时的文学创作构成了一种琴瑟和鸣之势，这使得这种批评范式能够滚雪球似的逐渐上升为一种普遍话语，并进而把阐释的对象、阐释的工具以及对文学的定义都全面改写了。而且这些批评范式也将批评的范围从未来主义、玄言诗等等伸向莎士比亚、荷马史诗等等，不过由于每种具体的批评范式总是有其最适合的批评对象，对于那些于其不利的文学样式或者文学形态，特别是那些专事模仿的作品也即罗兰·巴特在《S/Z》中所提及的"可读的文本"却表现出一副不以为然、不屑一顾的姿态，不是将其排除于他们所理解的文学之外，就是将其贬低为低级的或次等的文学。对于现实主义作品，文本论范式的批评家要么将其极力贬低，要么就是修改了传统上对于现实主义的定义，即认为现实主义作品根本不是什么对现实的简单模仿。巴特指出："对于真实，话语不负任何责任：最现实主义的小说，其中的所指物（référent）毫无'现实性'（réalité）可言。"② 不幸的是，解构批评也加入了这一行列。当然，解构批评并不反感"模仿的"文本，因为在解构论者看来，完完全全模仿的文本从来不存在，任何文本都是修辞性的，一种看似模仿的文本，总是在阅读中

---

　　① ［美］雷纳·韦勒克：《近代文学批评史》第 6 卷，杨自伍译，上海译文出版社 2005 年版，第 255 页。

　　② ［法］罗兰·巴特：《S/Z》，屠友祥译，上海人民出版社 2000 年版，第 164 页。

被辨认出具有施为的功能以及反讽的特征，所谓的"模仿"不过是文本的一个策略，模仿以及通常所说的"真实性"不过是文本的一种效果。而"所有的现实主义小说或多或少都是反讽的文体"①。一种本是虚构的东西硬是声称自己是对虚构的反对，这正是现实主义小说故弄玄虚之处，希利斯·米勒不禁要问："为什么这种解构自身根本性的虚构和创造虚构人物一样都是现实主义小说一贯的特点呢？"②当然，在雅各布森看来，现实主义同样使用的是一套修辞模式，同浪漫主义和象征主义的修辞模式相比，现实主义更为注重转喻模式，"隐喻过程在浪漫主义和象征主义文学流派里的头等重要性，已反复得到了人们的承认，但是有一点人们还认识不足，这就是，正是转喻的优势为所谓的'现实主义'思潮打下了基础，事实上它是这股思潮存在的先决条件……"③

二　文本中心论范式概要

弗雷德里克·詹明信认为在当今法国思想界存在着两种传统，一种是结构主义，另一种是"从结构主义到符号学再到后结构主义的思潮中，始终存在着另一种不同的思潮，我把它称作辩证的思潮。反对派把它称作'法国思想中的德国残余'"④。詹明信这里所说的这种传统实际上主要指的是解构思想。所谓后结构主义（post-structuralism）这个术语，其实"是在一个宽泛的范围内被使用的理论话语，它是对那种客观知识的观念以及一个可以自我认识的主体观念的批评。这样，当代女权主义、心理分析理论、马克思主义和历史主

---

① ［美］J. 希利斯·米勒：《小说与重复》，王宏图译，天津人民出版社2008年版，第4页。

② ［美］J. 希利斯·米勒：《重申解构主义》，郭英剑译，中国社会科学出版社1998年版，第90页。

③ ［英］特伦斯·霍克斯：《结构主义和符号学》，瞿铁鹏译，上海译文出版社1987年版，第79页。在索绪尔看来，隐喻在本质上是联想式的，探讨语言的纵向聚合（paradigmatic）关系，即语言的垂直关系；而转喻（例如用白宫来代替美国总统）则一般是横向组合（syntamatic）的，探讨语言的水平关系。雅各布森认为这两种模式的普遍竞争将表现在任何象征过程或符号系统中。

④ ［美］弗雷德里克·詹明信：《晚期资本主义的文化逻辑》，陈清侨等译，生活·读书·新知三联书店1997年版，第32页。

义都带有后结构主义的色彩。不过后结构主义最主要的还是指解构，尤其是雅克·德里达的著作"①。因此，通常我们所说的后结构主义其内核应该是解构思想，而这一思想的重要代表当然非德里达莫属。如果说在 20 世纪 70 年代，解构更具有"文学化"的色彩，那是因为这一时期，它主要被运用在文学批评方面来起作用，彼时，德里达的许多著作如《播撒》《丧钟》《马刺：尼采的风格》《明星片》都具有鲜明的文学特征，德里达自己也承认，这些著作"自觉地破坏着古典哲学的文风，是想要写实验性的作品的时期"②。而到了"80 年代的德里达，用一句话来概括那就是逐渐给人以'政治化'的印象。既是作为著作的主题，政治、法律、正义、宗教的诸问题都展现在面前，所谓的'文学家社会参与'的政治行为也明显起来"③。实际上，这种转变并不是风格与方法上的，德里达只是想告诉大家，解构所发生的领域，并不仅仅是在文学领域，同时也可以是在政治领域。

　　那么，詹明信所说的德国残余又如何理解呢？一方面，众所周知，这主要是由于解构和尼采以及海德格尔有着千丝万缕的联系，他们都被铭刻于在抵抗形而上学的谱系中。或如斯皮瓦克所言："对形而上学的包围提出质疑的人们——包括尼采、弗洛伊德、海德格尔——表示需要借助'涂抹'这一策略。尼采涂抹了'了解'；弗洛伊德涂抹了'精神'，海德格尔明显涂抹了'存在'。像我所说的那样，这种抹煞事物的在场但仍然把它写出来的动作的实质，在德里达的词汇里，就是'书写'——这是把我们从形而上学的包围中解救出来，同时也把我们监禁其中的一种姿态解放出来。"④ 但另一方面，某种程度上，解构和马克思主义还有着一定的联系。詹明信指出，解构是"马克思主义传统中所谓'思想分析'的一个特殊的子体系"。⑤

---

　　① Jonathan Culler, *Literary Theory: A Very Short Introduction*, Oxford: Oxford University Press, 1999, pp. 125-126.

　　② ［日］高桥哲哉：《德里达：解构》，王欣译，河北教育出版社 2001 年版，第 29 页。

　　③ 同上书，第 30 页。

　　④ ［美］佳亚特里·斯皮瓦克：《从解构到全球化批判：斯皮瓦克读本》，陈永国等译，北京大学出版社 2007 年版，第 34 页。

　　⑤ ［美］弗雷德里克·詹明信：《晚期资本主义的文化逻辑》，陈清侨等译，生活·读书·新知三联书店 1997 年版，第 328 页。

只不过解构的分析方法更着眼于文本内部。

　　结构主义作为 20 世纪语言学转向的重要表征，体现了批评乃至整个人文研究领域里研究范式的重大转变。如詹明信所说的那样，结构主义盛行的时代，实际上是从雅各布森和索绪尔的语言模式被运用到社会（人类学）、心理（心理分析）、历史（马克思主义的传统）等不同的领域中算起的。而在结构主义崩溃之后，形成了两种不同的话语范式，一是政治化的后结构主义，以德里达和福柯为代表；二是科学性的符号学，以托多罗夫、冉奈、李法泰为代表。后者已经完全脱离结构主义世界观，而侧重于文学或作品文本的科学。

　　实际上，无论是英美新批评、意识批评还是结构主义，表面上看，它们都切断了文本与世界之间的联系，不再将外部世界作为理解文本的源头。1977 年版本的《大英百科全书》对结构主义的定义非常清晰地显示了这一点："结构主义是对于社会、经济、政治与文化生活的模式的研究。研究的重点是现象之间的关系，而不是现象本身的性质。"① 尽管文本中心论将关注点投入至文本之中，但显然，解构批评的诞生源于对这几种理解或批评模式的不满，而这种不满是一种关于"排斥"或"放逐"的不满。新批评倾向于认为作品是一个有机统一体，或者用克林斯·布鲁克斯的表述为："文学批评主要关注的是整体，即文学作品是否成功地形成了一个和谐的整体，组成这个整体的各个部分又具有怎样的相互关系。"② 而对于那些难以被统一进来的元素，要么被无情忽视，要么被视为畸形。意识批评则将语言看作承载作者意识的工具，没有意识到语言中的修辞力量，因而那些看似与作者意识有着强烈冲突的内容就可能被忽视掉了。而结构主义的野心就更大了，试图用一个固定的结构模式囊括所有的作品，那些不能被囊括进来的作品不是被视为偶然，就是被视为例外。总之，解构批评"要推翻这样一种过于绝对的理论，即作品有充分的理由在所使用的语言范畴内确立自己的结构、整体性和含义"③。因而同外部研究一样，新批评、意识批评、结构主义同样是一种有着强烈在场特征的

---

　　① 转引自赵宪章《文艺美学方法论问题》，暨南大学出版社 2003 年版，第 189 页。

　　② ［美］克林斯·布鲁克斯：《形式主义批评家》，赵毅衡：《新批评文集》，中国社会科学出版社 1988 年版，第 1486 页。

　　③ ［美］阿布拉姆斯：《文学术语词典》，北京大学出版社 1990 年版，第 69 页。

批评。

　　解构批评同新批评最大的分歧，在于如何看待文本中那些充满别异性或异质性的元素。"新批评关于每一细节都有意义这一假设有很大的价值，但每个细节在和谐一致地有助于小说或诗歌这一'有机的整体'确立时才有价值，这随之而来的另一个假设将诱使人们忽视作品中不协调的成分，认为它毫无价值或将它视为一种缺陷。"① 而意识批评或者现象学批评则将语言工具化了，阅读不是为了感受文学语言，而是通过语言进入另一个人（作者）的意识之中。对于这两种批评形态来说，通常，"一个作家作品中异常的因素（与预先设定的整体意识不相吻合的那些特性）便可能被忽视。一部作品或许由许多不同成分构成这一假设在我看来，它的巨大价值在于使批评家有充分的思想准备来观察作品中明显'重要'，但又不能简单地被我上面提到的整体理论中任何一个所包容的那些因素"②。米勒指出了别异性元素的重大价值，认为批评家应该重视这些元素。而意识批评从语言到意识这样一个过程，被解构批评无情地倒转了——从意识到语言。"这一反向的变换原则上允许人们更为细致地观察纸页上实际存在的一切以及意义得以产生的读者和语词间的特定机制。"③ 而这一改变所体现出的正是研究范式上的转变。尽管解构批评和结构主义都是在同文本结构打交道，但它们的路径或研究范式却有着很大的区别，结构主义太过倚重语法而解构批评则钟情于修辞，当然修辞性阅读并非像有些学者所指出的那样——消解否定一切。文本的解构"并不是通过随意怀疑或专横的颠覆进行的，而是在文本内仔细地分解出意义的相互敌对的力量（warring forces）"。④

　　解构批评眼中的修辞研究与传统修辞学研究有着很大的区别，传统修辞学主要是将修辞理解为一种劝说、说服的技巧，通常用在演讲或辩论之中。而解构批评所说的修辞研究主要指的是转义修辞学，即更注重

---

　　① ［美］J. 希利斯·米勒：《小说与重复》，王宏图译，天津人民出版社 2008 年版，第 22 页。

　　② 同上。

　　③ 同上。

　　④ Barbara Johnson, *The Surprise of Otherness: A Note on the Wartime Writings of Paul de Man*, see, Perter Collrer, *Helga Geyer Ryan. Literary Theory Today*, Cambridge: Polity Press, 1990. 99.

研究语言的辞格，研究意义是如何产生的。解构批评认为语言的这种修辞特征具有普遍性，而在逻各斯中心主义思维模式熏陶下的我们总是不自觉地接受了其中一种意义而忘记或排除了它的其他的可能的意义，或者说将它本来尽可能多的意义简约为一种透明的、单一的意义，解构批评认为这种思维模式本身就是霸权主义、极权主义式的，是对他者——在这里就指的是文本其他意义——的蔑视，并且是在禁止他者说话。解构批评之所以对文学有如此大的激情，就在于文学之中包含着极为丰富的意义，它或多或少地可以使人们摆脱传统思维观念的束缚，它总是容许人们做出各种各样的解读，这本身就是对逻各斯中心主义，是对于那种将语言视为单一的、透明的"憎恨派"的一种绝佳反抗。很显然，解构批评对传统批评表示出了强烈的不满，而解构眼里的传统批评指的是它之前的所有文学批评，它认为所有文学批评都是一种主题批评，都是希望驯服文学，都希望文学被清晰地阅读，都将文学的多种可能简约为一种单一的、透明的意义，如弗洛伊德式的、女权主义式的、后殖民批评式的，更不要说结构主义批评了，而解构批评无疑是尼采式的读者，它鼓励能指的自由嬉戏，让文学向意义敞开，尽可能释放它的能量，让文学不受什么起源、终极意义、权威的束缚，让它构造尽可能多的世界，让它丰富着我们本来就无比乏味的世界，让它开启我们的想象力和创造力。在解构批评眼中，文学的价值就在于有没有提供新鲜的语言，有没有提供全新的意义，有没有构成一套全新的意义的生产方式或者话语表述模式，在此意义上，弗洛伊德的著作无疑是一种创新性的文学，马克思、弗莱的著作也是这样一种优秀的、原创性的文学，因为它们的语言是如此的新颖，它们所构建的世界时如此的新奇，而且它们是如此的具有想象力。但是如果将这些著作教条化了，变成一种模式，变成一种权威，变成一种我们借以阅读文学或其他东西的清规戒律时，它们就变成了逻各斯中心主义的帮凶，变成了取消读者主体性的东西，它们使我们的阅读变得单一，并且使我们的阅读变成了它们的一个功能和构件，阅读变成了千篇一律，而最重要的是，这些教条化了的东西限制了我们想象世界的能力，更为可怕的是，它还限制了我们构造世界的能力。

　　总而言之，解构批评提出了一种全新的阅读观念和方法，不再相信文本内部的和谐统一，不再过分强调文本之间的连续性，而是将关注的焦点置于文本内部那些别异性的地方。例如德里达对柏拉图和亚里士多德的阅读，就与传统的阅读模式大为不同。他指出："我阅读柏拉图、亚里士多德等哲学家的方式并不是掌控、重复与保持这份遗产。我是要通过分析，找出它们的思想中有效（work）和无效的部分，找出它们著作内部的张力、矛盾和异质性。这种'自身 解构（auto-deconstruction）'的法则是什么？解构不是一种你从文本外部加以运用的方法或工具。解构是一种发生在文本内部的事件；比如柏拉图的著作里，就有解构在运作着。"①

可以说，解构批评与新批评、意识批评等等的争论与其说是"后来者"对前辈所展开的弗洛伊德意义上的弑父之举，毋宁说是新范式对旧的占统治地位的范式所展开的一场惊心动魄的学术空间争夺战。

第三节　解构批评的范式

解构批评在批评范式上的转变表现在两个层次上，一是从外部研究转向内部研究。例如，耶鲁四人帮之一的布鲁姆就将精神分析学批评、社会历史批评等侧重于外部研究的批评形态视为憎恨派，认为这些批评都是在逃避美学，而逃避美学的结果是把美学变成意识形态或者形而上学，人们再也不能把一首诗当成诗歌来读，因为它首先是社会文件。对于这种方法，布鲁姆表示："我坚决抵制，敦促尽可能全面地、纯洁地保护诗歌。我个人坚信，个人和自我是理解美学价值的唯一方法和全部标准。"② 二是在内部研究的范畴里，解构批评的独特之处就在于，将修辞分析引入文学批评之中。之所以出现这种转向自然有其历史唯物主义式的解释，库恩也指出："在范式转换的前后，科学家相关的世界自身也发生变化。"③ 解构批评之所以掀起范式变革的波澜，自然无法脱离其当时特定的历史语境。在激进的左翼运动诸如全球性的学生运动——特别是"五月风暴"——渐趋衰落之后，新

---

① ［法］德里达：《解构与思想的未来》，夏可君译，吉林人民出版社2006年版，第45页。

② 张龙海：《哈罗德·布鲁姆教授访谈录》，《外国文学》2004年第4期。

③ ［日］野家启一：《库恩：范式》，毕小辉译，河北教育出版社2001年版，第151页。

的社会形势，特别是日渐加剧的异化的生存状态以及日渐走向"消费"的后工业社会的文化空间，这些都向精英知识分子提出了全新的要求，孤独零散的个体将如何及以何来对抗结构化的权力关系，如何揭穿"文本结构"中权力的支配者根据自身利益所编造出的那些普世性的谎言，如何使权力结构中处于被支配地位的、无声的他者发出自己的有效的声音？在此情形下，解构批评发现了文本并非如西方形而上学所设想的那样，直接而透明；而是看到了文本的异质性、修辞性。解构批评同样也将目光投向了语言，投向了这个看得见、可触摸却一再为我们所忽视的东西。在解构批评看来，语言不再仅仅是无生命的工具或载体，而毋宁说是充溢着勃勃生机的具有强大创造力和杀伤力的有机物，语言不仅被言说，而且它自己本身就在说。"语言并非沟通主体与客体的桥梁。所谓作为桥梁的语言，是人们的虚构，是人们出于自身的愿望并采用一种语言学的工程学中虚构出来的东西。但是，从人类和语言自身的悠久历史来看，人的这种工程学工作并无多么大的功效。语言具有自身的生命。"[1] 换句话说，"即使我们在最清醒地使用语言的时候，语言仍然享有着我们无法控制的权利。德里达本人就通过利用语言惊人的'丰富性'，动摇了现存的哲学体系"[2]。解构批评所关注的问题，不再是传统阐释学或主题学研究范式下对于作品意义的研究，而是关注作品的意义何以产生？借此，或直接或隐喻地揭示出意义运作的机制，也可以说，解构批评借以获得话语权的东西不是语言中的语法，而是修辞。同时像德里达、米勒等知识分子已经看到，培养有辨别能力、有想象能力的阅读者——而不是那些盲从的，相信作者、文本及批评权威的阅读者——的重要性。就文学阅读而言，解构批评认为文学之所以是文学，在于我们经历的是一个语言的世界，而不在于检验它是不是贴切地模仿了现实。一个现实经历无比丰富的人如果缺乏文学训练，他将无法阅读文学作品；而一个被模仿论的研究范式所统治或控制的读者将无法理解普鲁斯特、马拉美和卡夫卡。由此看来，至少本义上，解构批评是对代言式、专断式的批评范式的批

---

① ［美］沃特斯：《美学权威主义批判》，昂智慧译，北京大学出版社2000年版，第192页。

② ［英］约翰·斯特罗克：《结构主义以来：从列维·斯特劳斯到德里达》（导言），渠东等译，辽宁教育出版社1998年版，第18页。

判。简单地说来，一方面尽管解构论者对于内/外之间的区分十分反感，但解构批评无疑仍属于文学批评的内部研究范式；另一方面就内部研究而言，又从对语言、文本的语法式或结构式的阅读模式转向修辞分析，当然解构批评意义上的修辞指的是转义修辞。

一　对文本阅读的关注

从韦勒克所区分的文学批评之内部研究和外部研究这两种范式而言，解构批评应该属于内部研究，即重视文本研究，当然解构批评眼中的文本是在一个相当宽泛的意义上使用的。在解构论者看来，一切语言都是修辞性的，一切叙事包括政治、历史都可以文本化；或者如布鲁姆通常所说的那样，文本包括文字的文本和自然的文本。解构批评的文本研究不同于结构主义批评的地方就在于，注重文本的修辞结构而不是语法结构。在解构论者看来，任何文本或者任何叙事都包含着陈述和施为两种功能或特征，它使得阅读总是要在这些地方停顿下来，阅读就意味着要在语言的这两种功能中做出选择，要么你相信语言的字面义，要么你选择其引申义或修辞义，因而阅读总不可避免地是一种误读。当北方人问你"吃了吗"的时候，在做出回答之前，你一定要清楚这句话可能具有的意义，这句话并不一定意味着他要请你吃饭。作为一个陈述句，这个句子可能仅仅是陈述一个事实，即对于你有没有吃饭提出疑问；但是，这里还有另一种情况，即它具有一种施为功能，因为在北方，这句话通常是小老百姓见面后的问候寒暄，其功能往往是引起你的注意，或对你表示礼貌，后者某种程度上相当于"你好"或者许多西方人通常所说的"今天天气怎么样"。在这种情况下，"吃了吗"这句话就完全是在转义——改变了之前的意义——的意义上被使用的。因而阅读就总是意味着要在语言的陈述功能和施为功能、在本义和转义之间做出决断，也因此阅读总是意味着不确定、犹豫不决、延宕（deferral）或者误读的。阅读也就变成了对文学作品多种意义的不同建构。当然这种文本分析的传统如果追溯起来，应该始于尼采，"没有他（尼采），文本的'质疑'永远不会冒出来，至少，在今天看来，不会出现严格意义上的'质疑'"。① 在解构批评之前似乎还没有哪种批评理论注意

---

① ［美］佳亚特里·斯皮瓦克：《从解构到全球化批判：斯皮瓦克读本》，陈永国等译，北京大学出版社 2007 年版，第 16 页。

到阅读本身的责任、困难或某种程度上的不可能。

解构批评意义上的阅读关注的是文本、语言的修辞特征，这当然不同于外部研究如社会历史批评、传记批评、心理批评等等将社会、作者传记、心理等而不是语言的修辞特征作为研究的出发点和基本内容；也不同于内部研究如新批评、意识批评等将研究视角伸向有机的文本、作者的意识等。

当然，读者反应批评也强调文本的多义性，但是多义性的来源则不同，解构批评人为多义性的来源在于文本的修辞特性。而在读者反应批评看来，一方面，他们也认为不存在确定的文本意义，另一方面，他们认为也不存在不依存于任何结构组织的绝对独立的读者。意义的产生取决于解释团体（interpretive communities），"解释团体既决定一个读者（阅读）活动形态，也制约了这些活动所制造的文本"①。作品本身并无什么通俗与否之分，没有什么晦涩的作品。晦涩指的是一种审美或者知觉效果，它是阅读者的理解结构不足以支撑其理解文本所造成的。刘姥姥不认识钟、不认识大观园的茄子，只表明刘姥姥的认识对象超出了她的认知体系，当然也不能说刘姥姥的看法就是错误的，我们之所以会被刘姥姥逗乐，是因为我们已经接受了史湘云他们的认知系统，因而我们更多地是和史湘云而不是和刘姥姥具有同样知性、知识体系或者说认识范畴。

读者反应批评同样认为，文本是个不稳定或者不确定的组织，它有多种多样的意义。文本之所以"往往具有一个字面意义，是因为在任何情势下，总存在着一个似乎十分明显的意义"②。在读者反应批评看来，这样的理解只是表明，我们在理解或者阅读的时候，已经处在某一种相对稳定的情势或者说处于某一观念、知识体系、意识形态甚至制度化了的话语和范式之下，然而这些理解或者说阅读的前提并不是绝对的、永恒的、稳定的，因而字面义也应该随着这些情势的变化而变化，以前那些被压抑的隐喻义可能变成了字面义；而先前被认为是字面义的，后来则被理解为隐喻义或者从人们的理解视域中淡出甚至消失。人们对《十日谈》《圣经》《诗》等等的阅读史可以轻松地

① ［美］斯坦利·费什：《读者反应批评：理论与实践》，文楚安译，中国社会科学出版社1998年版，第46页。

② 同上书，第72页。

佐证上面所论述的看法。当然，读者反应批评不是不强调语境，而是从强调文本或作者的语境，转化为对读者阅读情势或者语境的强调上来，他们甚至认为不存在独立的阅读，每一次看似独立的阅读都暗含着一个团体、一个阶级、一个民族等等的阅读代表。这与解构批评强调文本自身的多义性的理解方式明显不同。

　　解构批评大大扩展了"阅读"这个术语的意义，并且某种程度上使它脱离了之前通常的（conventional）意义。阅读不仅仅是文学作品的阅读行为，而且包含了"感受（sensation）、感知（perception），也因此是人类的任何行为"①。在解构论者看来，就语言的修辞性来说，在日常语言和文学语言中没有什么明显的区分，因而阅读可以是针对一切文本的，不仅文学，还可以是哲学、法学、电影、广告等等。解构批评强调语言的修辞性，阅读就意味着对修辞性语言的解释。而修辞性语言的特征便是意义的不确定性，因而解构批评所研究的主要不是阐释学意义上的作品意义，而是作品的意义是如何产生的，研究文本的不确定性，研究如何阅读作品，研究阅读主体如何不被那些专断的、强调单义性的批评范式所操控。在解构论者看来，那些所谓的外部批评事实上都与真正的阅读无关，不仅如此，这些阅读因为如此强调文本的单义性，而使得文本屈服于这类批评范式所意欲获得的阅读效果，例如弗洛伊德主义的阅读总是和力比多联系在一起，女权主义的阅读中看到的（似乎也是唯一能看到的）总是"女性的被压制"，某些马克思主义者也似乎只对文学的阶级属性以及文学的政治化阅读感兴趣。解构论者将这些批评范式统统称为"憎恨派"（the School of Resentment），因为它们的出发点不仅不是文学（语言），而是企图在文学文本之外建构一个外在于文学的本质，因而它们不仅是逻各斯中心主义的一种表现或变体，而且还是对文学文本其他方面意义的遮蔽甚至是棒杀。在解构批评看来，真正的阅读或者成功而有效的阅读不是像意识批评（有时也称作现象学批评）那样将某种"经验的再现"还原为叙述者的经验，而毋宁说是阅读者的一次独特的体验，一次穿越文本的探险之旅；阅读创造了经验，而不是还原，阅读本身除了体验什么都不是。并且阅读总是存在着误解，"任何文学文本，或者任

---

　　① J. Hillis Miller, *The Ethics of Reading*：*Kant*，*de Man*，*Eliot*，*Trollope*，*James*，*and Benjamin*，NewYork：Columbia University Press，1987，p. 58.

何种类的任何文本，都要求读者理解其意，阅读就是对这种要求的一种回应。然而无论是文学文本还是生活文本，都不会毫不含糊地支持我们的任何一种理解。这意味着阅读不是一个单纯的认知行为，它在一定程度上具有施为性质。读者必须对自己在一定程度上强加于文本的理解负责"①。在解构批评之前，即便是强调阅读，但是对于促成文本多义性的阅读者的阅读行为也大都缺乏应有的重视。例如，在英美新批评家布鲁克斯看来，阅读行为"主要关注的是整体，即文学作品是否成功地形成了一个和谐的整体，组成这个整体的各个部分又具有怎样的相互关系"。② 而在现象学批评家布莱看来，"阅读行为（这是一切真正的批评思维的归宿）意味着两个意识的重合，即读者的意识和作者的意识的重合"。③ "阅读或批评，乃是牺牲其全部习惯、欲望和信仰。这是通过一种类似笛卡尔的夸张的怀疑的剥离而达到的一种先决的虚无，达到一种空虚的状态，紧接着而来的不是我思中的有关我们自身存在的直觉，正相反，是有关他人的存在与思想的直觉。"④ 而读者反应批评尽管认为作品的意义存在于文本与读者的相互作用之中，但实际上，在具体的实践中，又总是从文本转向了读者，尤其重视不同的阅读者对同一文本的阅读反应，因而其研究针对的就不仅仅是阅读行为本身，而是对阅读效果的分析。

二　修辞性阅读

何处合成愁？离人心上秋。（吴文英《唐多令·惜别》）

显然吴文英的这句诗，语带双关并自行解构。⑤ 这句诗一方面是

---

① ［美］J. 希利斯·米勒：《解读叙事》，申丹译，北京大学出版社 2002 年版，第 32—33 页。

② 赵毅衡：《新批评文集》，中国社会科学出版社 1988 年版，第 486 页。

③ ［比］乔治·布莱：《批评意识》，郭宏安译，广西师范大学出版社 2002 年版，第 3 页。

④ 同上书，第 85—86 页。

⑤ 王世祯（祯亦作禛）认为吴文英的这两句诗为《子夜》变体，而汉乐府《子夜歌》，一个非常突出的特点就在于大量地运用双关。实际上，我国古代很多诗歌都喜欢运用双关："柳"同"留""莲"同"怜""丝"同"思"等。例如，"东边日出西边雨，道是无晴却有晴"（刘禹锡《竹枝词》），这里的"晴"与"情"谐音，寓意男女之爱。

告诉大家"愁"字的基本结构，诗人似乎是在告诉大家，"愁"字无非是上面一个"秋"，下面一个"心"。另一方面，诗人通过心上之秋，来突出离人心中之愁闷。

不过可惜的是，吴文英玩的这个文字游戏，给这首诗带来的后果是双重性的：一方面，会使这首诗变得活泼灵动起来，让人不得不佩服他的机智或聪慧；但另一方面这个文字游戏也是灾难性的，因为一旦读者将注意力转向诗歌的语言层面，转向字形构造上，那么这首诗就不再那么正经严肃了，诗中所包含着的离愁别绪就有可能会被读者轻易地打发掉了。

在我们的古典诗歌中，存在着大量的双关语。如果我们不懂得这些词语本身所携带的其他含义，我们的阅读感受必然就大打折扣。如果我们不知道"柳"和"留"之间的谐音双关关系，我们便不能够完全读出送别诗里，"柳"所涵盖的全部价值。比如，在王之涣的《凉州词》中，"羌笛何须怨杨柳，春风不度玉门关"，即使我们不知道"柳"所裹挟着惜别之意，我们也能够很通畅地读解这首诗，但显然就不够透彻了。再比如，当我们读到"上马不捉鞭，反折杨柳枝"（《折杨柳歌辞》）一句时，即便我们既不懂"柳"所暗含着的双关意味，也不懂古代这种"送别折柳"的文化风俗，也依然会有很清晰的画面感，但是对于反应迟钝的读者而言，或许未必能立刻感受到文本所弥散的思乡之苦、离愁之情。这样的例子不胜枚举，还有像"莲"（同"怜"）、"丝"（同"思"）等词，它们被运用在诗歌里，字面义与引申义相互交织缠绕，含蓄蕴藉，甚为有趣。此外，还有些诗人会非常自觉地创造性地使用双关，比如，在刘禹锡的《竹枝词》："东边日出西边雨，道是无晴却有晴。"这里的"晴"与"情"谐音，寓意男女之爱。王世祯（亦作祯）指出，吴文英的这两句诗"滑稽之隽"，"与龙辅闺怨诗'得郎一人来，便可成仙去'，同是子夜变体"①。的确在乐府民歌《子夜歌》中，双关语比比皆是，例如，"理丝（思）入残机，何悟（误）不成匹（匹配）"；"明灯照空局，悠然（油燃）未有期（棋）"；"黄檗向春生，苦心随日长"（既是树之苦心，也是人之痛苦思念之心）；等等。王世祯所说的"滑稽之隽"，实际上指的就是诗歌双关中的两重意义指向，互相纠缠、互相解构。

---

① 唐圭璋编：《词话丛编》第一册，中华书局1986年版，第675页。

可以说，解构批评对双关这种修辞表现出了极大的兴趣，并且在解构论者看来，双关绝不是语言表达的一种偶然，更不是生了病犯了错的语言。双关是一种普遍性的存在，并且是语言最本质的特征。语言或文本永远都是双关的，永远都是言在此意在彼。而诗歌中对双关的创造性运用，突显了语言的不确定性、多义性和丰富性，开启了多重体验的可能。而我们通常所说的寓言不过是双关的变体。

我们都知道，在西方文学传统意义上，寓言是一个相对来说比较低级的文学概念，然而在解构批评看来，寓言不可避免地附着于任何一种话语表述中。德·曼在《阅读的寓言》中指出，"任何叙事（narrative）都首先是其自身阅读的寓言（allegory）。"① 我们先来看看近代以来文学理论家对寓言的看法，本雅明认为，"寓言是古典主义发展出的一个与象征（symbol）对立的思辨概念。歌德曾指出，寓言与象征的区别是，前者从一般中寻求特殊，而后者从特殊中寻求一般，象征比寓言有更大的艺术价值。本雅明不赞成歌德等人重视象征轻视寓言（视象征为艺术，寓言为技巧）的观点，反把寓言看作一种优于象征的超越时代的审美形式"②。M. H. 艾伯拉姆斯界定说，"寓言是一种叙事，它的行为者和行为，有时包括背景经过作家刻意的创作，其目的不但使它们本身有意义，而且更重要的是揭示出一种相关的、第二层面的人物、事物、概念或事件。"③ 因而我们可以把寓言简单地概括为言在彼意在此或者或此或彼。因此，"寓言精神具有极度的断续性，充满了分裂和异质，带有与梦幻一样的多种解释，而不是对符号的单一的表述。它的形式超越了老牌现代主义的象征主义，甚至超过了现实主义本身"④。在解构论者看来，叙事同时就是寓言，对"一个小伙子送给一位姑娘一朵玫瑰花"的阅读，总是指向两个方面，一方面它陈述了一个事实，即送花这个事实；另一方面它或许还表明，小伙子可能在向这位姑娘求爱，因为玫瑰花在转义的或隐喻的意

① Paul De Man, *Allegories of Reading*: *Figural Language in Rousseau*, *Nietzsche*, *Rilke*, *and Proust*, New Haven: Yale University Press, 1979, p. 76.

② ［德］本雅明：《本雅明文选》，陈永国、马海良编，中国社会科学出版社1999年版，第25页。

③ 转引自赵白生《民族寓言的内在逻辑》，《外国文学评论》1997年第2期。

④ ［美］詹明信：《处于跨国资本主义时代中的第三世界文学》，张京媛《新历史主义与文学批评》，北京大学出版社1993年版，第239页。

义上代表着爱意。因而，在"词与物"之间总是存在着裂隙，正如在作为玫瑰花的玫瑰花与作为爱情的玫瑰花之间的差异一样。阅读的寓言或者说语言的修辞本质总是使误读、歧义层出不穷，小伙子到底仅仅是送一朵花给这位姑娘呢，还是在向这个姑娘表达爱意呢？因而"寓言一直是一种隐喻的寓言，也一直是阅读的不可能性的寓言"①。就"小伙子送玫瑰花给姑娘"这句话而言，看似是陈述性的，但也完全可以是施为性的。因而如果我们独断地将其当成是一个简单的陈述句，那么我们就忽略了它的修辞特征，或者说忽略了语言的施为性特征；反之，如果我们把这个句子当成是施为性的、隐喻式的，那么我们同样可能被这种隐喻误导了，因为很可能小伙子对那位姑娘并无爱意，或者说小伙子可能并不十分清楚玫瑰到底是否暗藏春色，他只是随手送一朵花而已。因而误读就不可避免了。德里达或保罗·德·曼指出，误读是无法避免的，而且也是阅读的必要的组成部分，意义依赖误读，如果在说与听之间仅仅存在一个单一的意义，那么我们就不需要解释，也不存在什么诗歌或文学了。诗歌、文学似乎也正是在这种既是彼、又是此的暧昧与含蓄中彰显出自己独特的魅力，看上去它似乎什么都可以说，但同时它又什么都没说。你既可以说小伙子是在向姑娘示爱，但如果仅仅把玫瑰花当成是玫瑰花本身时，这句话似乎并没有说什么。而文学的这种被伪装了的自由表达一旦以学科和建制的方式确定下来，就使得不可能的、不被接受的、不被允许的表达变得可能了。因此文学语言的本质就是打着虚构、隐喻、修辞性的旗号可以言说一切，另外在修辞学或者转义的意义上，任何叙事都似乎如德·曼所说的那样，都在诉说着单义性叙事的失败。德·曼之所以使用"阅读的寓言"，其意在告诉我们阅读总是双重的乃至多样的，都既可以是这样、也完全可能是那样；阅读建构了意义，使作品变成了不同的文本，总之，一切文本只存在于阅读之中。

希利斯·米勒在《小说与重复》中提到这样一句我们似乎都认可的陈述，而且通常似乎都没有人对这句话提出过疑问：小说是人类现实生活的语词形式的表现。他指出这个看似清晰的表述，实际上充满了对抗，定义中的不同构件——人类现实生活、语词形式、表现——

---

① Paul De Man, *Allegories of Reading: Figural Language in Rousseau, Nietzsche, Rilke, and Proust*, New Haven: Yale University Press, 1979, p. 205.

本身孕育了不同的甚至是相互冲突的阐释模式。对定义项的每一个词语或词组的强调，同时就意味着对其他项的遮蔽。例如，强调"人类现实生活"，就会完全忽略小说作为一种虚构和想象、作为一种语言艺术的特性，而将小说中的角色、故事当成是现实生活的真人真事，"从道德伦理价值、善恶祸福诸如此类的判断演绎这些故事的'意义'"①。而强调"表现"则可能发展出一套现象学的批评方法，"这将和小说家设定的、叙述者或角色具有的有关他自身和其他人的意识种类发生联系，或者和小说表现的意识的时间结构、和作为一系列时间描绘的故事在读者心头激起的复杂的情感反应发生联系"②。而强调"语词形式"则必然又进入到另一种研究范式中。很显然，每种具体的批评形态或每一研究范式都同意上面关于小说的定义，但是在具体的阐释中却将自己强调的那一特征确立为唯一、本质和关键。解构批评在批评其他研究范式的偏狭傲慢时，实际上正旁若无人地掉进自己所批判的陷阱中。

　　无疑，解构批评强调的是定义项中的"语词形式"或修辞模式。与新批评不同的是，新批评侧重于研究那些对建立作品"有机的整体"有价值的细节，但是忽视作品中不协调的成分，不是认为其无价值就是将其看作某种缺陷。解构批评侧重于研究作品中的异常部分，充分尊重语词的多义性，强调对作品进行修辞性或者修辞学阅读。希利斯·米勒指出："我不是将'修辞学'视为说服劝导的方式，而是依据它的其他意义，在那个词最为广泛的意义上，将'修辞学'看作运用比喻转义的规律：语言偏离了直接的相关意义。"③ 因而作品就不是直接而透明的，而毋宁说是不确定的、多义的。这使得我们的阅读再也不是那么轻松的、舒适的；再也没有通常意义上所说的理想的读者（ideal reader）了；当你觉得作品是清晰的、单义的时候，实际上你已经中了文本的圈套，你相信的是语言的指涉功能，而忽略了语言的施为功能。解构批评提醒人们，阅读真正要注意的是意义是如何产生的而不仅仅是意义为何。保罗·德·曼指出："将修辞看作说服时，

---

　　① ［美］J. 希利斯·米勒：《小说与重复》，王宏图译，天津人民出版社 2008 年版，第 23 页。

　　② 同上。

　　③ 同上。

它便是指涉行为，但将其看作一个转义系统时，它又解构了它自己的语言行为。修辞即文本，它始终包含着两个互相排斥、相互自我解构的力量，借此给任何阅读或理解留下了无法消除的障碍。"①

米勒进　步指山，文学作品的修辞性将阻碍作品其他两方面（即注重"人类社会生活"与"表现"）连贯起来或者说和谐地运转。它使得"批评家既无从证实对一部特定的小说所做的通篇连贯的主体阐释，又不能使在它们的相互联系中将它视为一个有关意识的假设系统这一纯粹单义的现象学描述得到证实"②。语言的修辞性预示了阅读的不确定性和不可能性，阅读意味着读者在我们将之称为"文本探险"的活动中在字面义与比喻义之间做出取舍。而从批评范式上来说，"就'解构'是运用修辞的、词源的或比喻的分析来解除文学和哲学语言的神秘性，这种批评就不是外部的，而是内部的"③。

总的说来，范式这个术语的多义性，本身很好地说明了德里达那些早已为人们熟识了的关于语言的播散、不确定性等的表述。以至于库恩在他后期的著述中停止了这个词的使用，而代之以另一个词"学科母体"（disciplinary matrix）；但这并不妨碍我们对范式这个术语的借用，如今这个术语已经被广泛地应用于不同的学科和领域，而且某种意义上这个术语有点类似于米歇尔·福柯所说的知识型（episteme），也近似于罗蒂所说的"终极语汇"（final vocabulary）。但库恩并不是为了反对科学和知识，而是提请人们注意科学的意识形态性。我们在这里主要采纳了库恩较为流行的一种关于范式的定义或定位，即指的是一种阐释模式或者一种信念模式。范式所具有的几个基本特征用来解释不同的批评范式所具有的排斥、竞争，以及旧有的批评范式对新的批评范式的催生作用可谓是恰如其分。如果我们认可艾布拉姆斯所提出的设想，即文学活动是由作品、艺术家、世界、欣赏者这四个要素构成的，那么不同的文学研究范式：以艺术家与作品的关系为核心的研究范式、以欣赏者与作品关系为核心的研究范式、以

---

① Paul De Man, *Allegories of Reading*：*Figural Language in Rousseau, Nietzsche, Rilke, and Proust*, New Haven：Yale University Press, 1979, p. 131.

② ［美］J. 希利斯·米勒：《小说与重复》，王宏图译，天津人民出版社 2008 年版，第 23 页。

③ Harold Bloom, Paul De Man, et. al, *Deconstruction and Criticism*, London：Routledge & Kegan Paul Ltd, 1979, p. 251.

作家与作品关系为核心的研究范式以及以作品自身为核心的研究范式
就各有各的自洽性并且也各有各的合理性。然而，当二十世纪六七十
年代解构批评风靡美国时，它将文学研究的基本范式从判别文学作品
之意义的阐释学模式转变为注重意义是如何产生的语言学模式，从结
构主义的"语法"研究转向转义的修辞学研究。从"主题"批评研
究转向多义性研究。解构批评注重阅读行为本身，而同时，在解构批
评看来阅读就意味着写作，因为是阅读建构了文本。而这种阅读必然
是尊重文学语言所同时具有的陈述性和施为性特征，在此意义上，也
即修辞性阅读，这种阅读对于所有那些自以为清晰的、透明的、确定
性的、单义的批评范式表示了深深的怀疑。诚如乔纳森·卡勒对保罗
·德·曼的概括："他（保罗·德·曼）坚持认为，我们不应向寻求
意义的欲望让步，要带着对意义的怀疑和抵御来进行阅读，他的这些
看法鼓励对任何停顿之处，任何可能使我们深信我们已获得去掉了神
秘性的知识的时刻，都要表示严厉的怀疑。"① 但阅读并不是如艾布拉
姆斯所言，可以漫无边际地自由联想、自由生发。解构批评认为阅读
行为必须具备这样一个前提："'阅读'意味着逐字仔细琢磨，事先不
带任何成见。"② 此外，对于外部研究来说，解构批评认为任何声称外
部研究的东西，也完全是一种内部研究，不过是以一个千篇一律的文
本来置换文学文本，这些外部研究所要做的事情就是将所有作品都变
成同一个文本。而所谓的反应、语境等等不过是另一种形式的隐喻、
换喻而已。

三　异质性的文本：阿喀琉斯之踵

　　每一位在艺术上有所追求的作家，都希望自己的作品能够获得不
朽的生命。正如每一位负责任的母亲，都希望自己的孩子能够出类拔
萃一样。阿喀琉斯的母亲忒提斯（Thetis）显然无愧于这样的传统。
忒提斯在自己还没有做母亲的时候，她的姑妈忒弥斯就曾预言，忒提
斯的儿子将强大无比，长大后一定会超越其父亲。彼时，美貌的忒提

---

　　① ［美］拉夫尔·科恩：《文学理论的未来》，程锡麟等译，中国社会科学出版社
1993年版，第368页。

　　② ［美］J. 希利斯·米勒：《解读叙事》，申丹译，北京大学出版社2002年版，第
1页。

斯正被一大群男神所追求，这其中包括神王宙斯以及他的哥哥波塞冬，但是当泰坦神普罗米修斯把有关忒提斯的预言告诉了宙斯以后，尽管心有不甘，宙斯还是放弃了追求忒提斯，因为他实在是不想重蹈祖父、父亲的覆辙。之后经宙斯和诸神商议，让佩琉斯（Peleus）想办法娶了忒提斯，佩琉斯当然也很有魅力，但毕竟不是神。因此所生的小孩不过是半神之躯，终将难免一死。忒提斯于是就将所生的小孩置于冥河的黑水中浸泡（一说为天火煅烧），以便使得子女逃脱死亡的命运。当忒提斯握着阿喀琉斯的脚踝将其浸泡在冥河之中时，被不知情的佩琉斯发现了，佩琉斯暴跳如雷，忒提斯吓得赶忙逃回父亲涅柔斯的海底宫殿里。但可惜的是，阿喀琉斯浑身上下刀枪不入，唯独留下没有被浸泡过的脚后跟这个致命弱点，以致于后来被帕里斯一箭射中而丢掉了性命。

　　如果将阿喀琉斯之踵看作对解构批评操作方法的隐喻性注解，显然是恰如其分的。没有不死的人，也没有完美无缺的艺术品。任何文本都是异质性的，正如阿喀琉斯那不完美的身体一样。同一般意义上的批评家不同的地方在于，解构论者绝不会像大多数读者那样，听信作者的诡计，赞美阿喀琉斯的完美，毋宁说更像阿波罗和帕里斯，能够敏锐地创造条件，发现英雄的不完美之处，或者说发现文本的别异之处，进而戳穿这种完整统一的骗局。因而，似乎解构批评某种程度上也是反阅读的，尽管英雄都有软肋，但大多数读者不希望看到英雄被射杀。解构论者似乎比谁都希望看到英雄快快露出马脚，进而揭露这种伪神的虚幻性。但解构批评并非如原型批评、精神分析学批评、道德批评、女性主义批评等批评那样，借助于文本之外的话语来对文本进行控制。解构从来都是自我解构，阿喀琉斯那充满异质性的脚后跟本身是文本的一部分，而不是解构批评的强加之词。这是解构批评同其他形而上学批评最大的区别。

　　这里有一个有趣的悖论，即阿喀琉斯的脚后跟本身是其本真自我的一部分，而浸染了冥河之水的其他部分才是异己的。但在其整个生命过程中，恰恰是除脚后跟之外的其他部分成就了他的丰功伟绩，而这个所谓真实的本真的脚后跟却将他引向了死亡。脚后跟作为阿喀琉斯身体边缘化的一部分，在身体/脚后跟这组二元关系中，是个意欲被排除在外的东西。当然这只不过是表面上看来如此，实际的逻辑关系也许正好相反。阿喀琉斯之死的真正原因或许不是由于这个存满异质性的脚后跟，而正是因为身体其他部分所具有的神性——刀枪不入，使他忘记了自己的凡人之躯，忘记了自己与生俱来的致命弱点。这亦如那些优秀的文本一样，它们通体光芒四射，很容易让人忽视文本自身的不足，很容易让人忘记他们不过是"编织之物"。阿喀琉斯之死本身带有宿命色彩，他的死亡本身早已被预言，不管忒提斯和其他一些人如何心存侥幸也终不能幸免。那位曾答应保护阿喀琉斯的阿波罗，不仅没尽到保护之责，竟鬼使神差地将阿喀琉斯引向死亡。正如俄狄浦斯的悲剧一样，阿喀琉斯之死成为不可抗拒的命运的另一个注解。我们在为英雄扼腕的同时，又顺从地接受了命运的不可逆性。

解构批评基于这样一种假定，即任何文本都有一个阿喀琉斯的脚后跟。既然文本是语言的编织物，既然文本是修辞性的，那么无论看上去多么平顺的文本，必然暗流涌动，其内部定然是裂隙不断，定然是异质性杂陈。只要稍加留意，就会发现文本的别异性，而只要抓住文本的别异性，就可以将作者精心编制的文本进行另一番读解。

第四节　解构阅读举隅

一　我们真的读懂了《鹅》？

解构批评注重创造、创新能力，重视"强力诗人"，呼唤尼采式的超人。在此前提下，我们发现有许多我们熟悉的诗人如屈原、李白等等都可以被称为解构批评意义上的强力诗人。此外，还有一些经常被我们忽视的天才诗人，这些诗人至少是有能力跻身于"强力诗人"行列的。骆宾王就是这样一位天才诗人，这位距今 1300 多年的浙江人在他 7 岁的时候，就已经能够灵活自如地把玩韵律、节奏和色彩了。在那篇如今我们已经熟悉的似乎几无"陌生化"可言的《鹅》里，他已经能够将我们所熟悉的事物，以一种提喻的方式将"曲项""白毛""红掌"凝练而有力地拔萝卜似的掷向我们，我们不得不惊讶于文本呈现给我们的这种蒙太奇似的剪辑效果，惊讶于诗人举重若轻、信手拈来的才情。

尽管这首诗的作者依然属于规规矩矩的"自然主义"诗人，他对鹅的"再现"也仍然是刻板地自上而下或从头到脚，这与毫无章法可循的后结构主义诗歌显然迥异，但我们在"歌""浮""拨"这几个动词里又分明感受到一些浪漫主义式的调皮与欢快。在骆宾王之前甚至是之后，似乎还没有哪位诗人可以如此轻松而麻利地肢解过鹅，也似乎从来没有哪位诗人觉得鹅的叫声有多么优美。

我们倒并不打算从生态主义的意义上给当时年纪尚幼的骆宾王戴什么高帽，但一个显然不能忽略的事实是，在骆宾王这首诗出现之前的几乎所有诗作里，首先鹅出现的频率不高，这或许是因为，在大多数诗人眼里，鹅似乎是没有资格入诗的。实际上，纵观古今诗作，鹅的地位远不及鸡、鸭、鱼。其次在《鹅》诞生之前甚至是之后的一些诗歌里，即便是写鹅，甚至是所有那些花花草草、飞禽走兽，似乎都只是作为一个背景或空镜头而存在的，它们的存在是以排除自身为代价的，它们不过是为着点缀客体而存在的，因而是客体的客体。但是在《鹅》里，我们完全感受得到，鹅是有血有肉的存在，它（们）衣着光鲜，而且怡然自得。这些全然不是像柳三变这样的二流诗人可以做得到的，像柳永这样充满才情的通俗作家，我们在他的诗作中却几乎看不到什么创造力，他似乎只会写一些很久以前别人就已经写过的东西，即便是偶尔我们也能惊喜地看到某些诸如"杨柳岸晓风残月"灵光乍现的诗句，但终究不能跨入天才诗人的行列。

接下来，我们尝试着对这首诗进行修辞分析。作为一种演示，我们不打算做过多的引申，点到即可。之所以选择这首诗来进行分析，是因为在许多人看来，它太简单、太直白了，而且一想到它来自一个七岁孩童之手，很多人似乎连阐释的欲望都没有了。这首诗几乎是所有中国小朋友在进入幼稚园以后学习的第一首诗歌，当然太多的小朋友在他刚刚牙牙学语的时候，就已经在家长的教导下开始背诵这首诗了。当然实际上，他们的父母也未必真正读懂了这首诗。那么，下面我们就来看看这首诗真的就是这么容易理解吗？

鹅

骆宾王

鹅　鹅　鹅，
曲项向天歌。
白毛浮绿水，

红掌拨清波。

全诗一共 18 个字，看上去似乎一目了然，无非是说，鹅在水中游。但如果我们从修辞分析的角度逐字逐句去看，就会觉得歧义丛生。

我们先来看第一句，"鹅　鹅　鹅"。那么这三个"鹅"字到底写了几只鹅？是一只鹅、三只鹅、还是一群鹅？从字面义上看，"鹅　鹅　鹅"一句，骆宾王直接给出了描述的对象，每个字之间似乎都有停顿，好似诗人在一只一只地数数，我们似乎在脑海里还浮现出这样的画面，一位小朋友在鹅面前，一顿首脱口而出一个"鹅"，这样他连说三个"鹅"字，也就是有三只鹅。因此若有小朋友指出这是在描写三只鹅，也毫不奇怪。而从修辞的角度来看，这里可能用的是一种辞格——"反复"，可能水里只有一只鹅，诗人或许平时很少见到鹅，那么一个偶然的机会，诗人一下子看到水里有这么一只优雅的鹅，不由得惊呼起来，于是大呼"鹅　鹅　鹅"。诗人也有可能写的是一群鹅。实际上，"三"在古代是一个很大的数字，用三来代表多，所谓三木成森、三人成众。所以"鹅　鹅　鹅"三个字也可能代表的是一群鹅。当然第一句也完全可以理解为两只鹅，即一只在远处，另一只在近旁，由后面的描写，我们就知道，水面非常清澈，因而近旁的这只倒影在水中，看上去就像活着的一样，因而加上远处的那一只，就变成了"鹅　鹅　鹅"。

我们为什么要纠结于到底是"几只鹅"呢？很显然，一只鹅、两只鹅、三只鹅和一群鹅给我们营造出的画面或意境是全然不同的。一只鹅给人以孤独凄清的感觉，两只鹅的画面给我营造出的是一种浪漫宁静的感觉，三只鹅的画面则活泼了一些，而一群鹅给人的感觉是热闹欢腾的。但我们在理解的过程中，只能选择一种，要么是一只鹅，要么是两只鹅或三只鹅，要么是一群鹅；不可能既是一只鹅又是两只鹅、三只鹅，同时还是一群鹅。我们的理解意味着要在这些不同的画面中做决断。

那么，我们是不是可以从后面的三句话里面，来确定到底是几只鹅呢？"曲项向天歌。白毛浮绿水，红掌拨清波。"这三句显然并不能帮助我们确定到底是几只鹅。但如果我们先行确定了鹅的数量，那么下面的画面或许会大为不同。如果诗歌仅仅描写的是一只鹅，那么下面三句就似乎是分别对这只鹅的不同部位进行描写，或者说后面三句是一种互文——我国传统意义上的辞格；如果是两只鹅或三只鹅，那后面几句就是使用转喻来分别描述这几只鹅的不同活动方式；而如果是许多只鹅，后三句则是用二种活动方式来转喻式地表达许多只鹅的千姿百态。

关于鹅的数量我们姑且搁置，我们看看还有其他让我们费解的地方吗。当我们读到第二句"曲项向天歌"的时候，我们又会产生这样的疑问，这第一句与第二句的关系到底是什么样子呢？到底是因为诗人听到第二句中鹅之"歌"，才连呼三声"鹅"呢？还是说是第一句只是给出了描写对象，而后几句对此进行描述呢？之所以提出这样的问题，是因为这两种逻辑关系所唤起的诗情是迥然不同的。

同时，第二句中的"向"，我们又该如何理解呢？对向的不同解释，也会影响我们对诗歌的理解。通常的理解是"向"作为一种方位词，指的是朝向、对着，如果是这样解释"向"，那么这句话就可以理解为：鹅是对着天空唱歌，这里就有个疑问，既然是曲颈（弯着脖子）又如何向天歌？结合后面的"清波"，我们似乎可以将此句理解为，水面如此清澈，鹅向着天空在水中的倒影鸣叫或歌唱。那么，从修辞分析的角度看，这句还可以拟人化地去理解，因为"向"还有"给""对""倾向""为""趋向"等意思，比如"向你献花"。在此意义上，"曲项向大歌"这一句就变成了拟人，这只鹅似乎是有意识的，它的鸣叫或歌声是有对象的，即它是为天空歌唱。

"曲项向天歌"这一句的"歌"也同样既可以作字面义来解，也可以作修辞义来讲。既可以理解为鸣叫，也可以拟人化地理解为歌唱。当其作为"鸣叫"来解释，那么第二句就是极为写实的，仅仅传达了鹅的一般意义上的禽鸟鸣叫之声。当我们将其理解为歌唱，鹅就似乎具有了人的主体性，它的声音就不是机械的、动物性的鸣叫，而具有对象性和目的性。当然，通常我们更愿意将歌理解为"歌唱"，似乎这样更有诗意。但这句诗显然又不同于"花笑莺歌咏""鸟歌花舞太守醉"等等。因为这首诗的作者不过才七岁，他所理解的"歌"真的就一定是歌唱吗？这也不得不让人疑惑。

而第三句和第四句就更让人困惑了，"白毛""红掌"究竟使用的是转喻还是字面义呢？如果是字面义，它暗示了作者的观察位置为远景，诗人从上一句的鹅之歌中，已经判断出水中之物是鹅，但是远远地望去，却只见一堆白毛浮于绿水之上；联系到最后一句，"红掌拨清波"——这一句明显是近距离观察，"红掌""清波"必然是一种近景。那么由此可以看出诗人的观察是由远而近的，这从"绿水"到"清波"也体现的出来，"绿水"在字面义上显然应该是人在离水面相对较远的地方感受到的水面的样子，而"清波"则显然是近距离观察的结果。而如果将白毛理解为鹅的转喻，则似乎就体现不出这种观察视角的变化了。当然，这里并不是按照传统上对绿水的理解进行解释——绿水的一般意思即为清波，而不是指水的颜色。而是将绿水字面义化了，即突出水的颜色。"浮"字也同样带来歧义，因为这个词至少具有两种全然不同的意思：一是作漂浮来解，此时，这个词是静态的；同时这个词还可以理解为浮动，这明显又是动态的，动和静所呈现出的审美效果自然是大为不同。

总之，一首诗经过这样的分析之后，就显然再也不能将其理解为是一首容易读懂的诗了，因而，在此意义上，无论采用哪一种读解，都是对文本的一种误读。德·曼不止一次地提醒我们："阅读的不可能性不应该被轻视。"[1]

二　影响的焦虑：杜尚三画《蒙娜丽莎》

法国艺术家马塞尔·杜尚（Marcel Duchamp）的出现，某种意义上为现代艺术提供了一种别样的灵感，并多少改变了西方现代艺术的面貌。新行动画派代表性人物之一的德·库宁（Willem De Kooning）盛赞杜尚，说他直接开启了一场运动，一场真正的现代运动。[2] 即便库宁的说法听上去略显夸张，但显然，杜尚的作品的确使得艺术在表现手法以及表达空间等方面都发生了令人错愕的转变，当然前提是你得承认诸如《现成的自行车轮》（1913年）、《泉》（1917年）、《大玻璃》（1917年）等作品乃艺术。杜尚因其作品另类，使得他生命中的大多数时光臭名昭著，好在他晚年时来运转，并日渐坐稳了大师的宝座。现在，太多的人喜欢匍匐在杜尚的脚下，仰视着杜尚的"小便

---

[1] Paul De Man, Allegories of Reading: Figural Language in Rousseau, Nietzsche, Rilke, and Proust, New Haven: Yale University Press, 1979, p. 245.

[2] ［美］卡文·托姆金斯：《达达怪才——马塞尔·杜尚传》，张朝辉译，上海人民美术出版社2003年版，第10页。

器"，并喋喋不休地使用诸如"横空出世""盖世无双""开山祖师"等词汇来形容杜尚；但如果杜尚尚在人世，他对这些溢美之词恐怕也不能欣然接受，不然，他也不至于三画《蒙娜丽莎》了。

在哈罗德·布鲁姆看来，伟大的艺术家在创造出经典作品的同时，也一定创造出了全新的艺术范式。这些新的范式犹如一座巍峨耸立的山峰一样，横亘在后辈艺术家心头，后辈艺术家在面对前辈艺术家及其文本时，必然会产生常人难以理解的焦虑，后辈艺术家要想获得自己独特的、比肩前辈艺术家的身份，就必须打破前辈艺术家所创造的范式，并创造出自己独特的艺术表达。

一般说来，那些不思进取的后辈艺术工作者只能屈就于大师们的荫庇下，以"抄袭"大师为生，他们使用着大师的语言，说着大师说过的话，让渡了自己的主体，尽管如此，他们并不焦虑。

焦虑只发生在那些寻求突破的优秀后辈艺术家身上，于他们而言，只有创造出新的艺术范式才能缓解或消除这种焦虑，因而那些成就卓著的后辈艺术家总是既续写着前辈艺术家的文本又颇为残忍地对其进行着阉割或改写。对于杜尚而言，他倒不是不愿意做前者——不思进取的艺术工作者，只不过是不被允许而已。杜尚并非一出手就惊天地泣鬼神，他早期的画作也曾向当时的流行艺术靠拢，只是他一直没有被认可。更为糟糕的是，在 1912 年，还发生了一件让杜尚颜面尽失的事情。当时，杜尚向独立协会递交了画作《下楼的裸女》，但不幸的是，画作最终被撤下，并且就在画展即将开幕前。这一事件使杜尚很长一段时间挣扎于愤怒与绝望之中，并毅然决然地放下了画笔。

即便如此，前辈艺术家对他产生的影响，也并未就此抹除。而对于杜尚这样的天才艺术家，只有创造出新的艺术范式，才能彻底消除这种所谓的影响的焦虑。实际上，直至《泉》的出现，杜尚才最终以一种"弑父的"、反艺术的姿态开启了他全新的艺术尝试。事实证明，直至他去世前夕，他还在与那些高高在上的前辈艺术家进行着象征性的搏斗。

1919 年 10 月，杜尚创作了一幅在当时和现在都极为惊世骇俗的作品，他在一张印有达·芬奇杰作《蒙娜丽莎》的明信片上，为蒙娜丽莎添了两撇并不对称的八字胡，并给他的作品命名为《L.H.O.O.Q.》。这幅作品刊登于 1920 年 3 月号的《391》杂志，当然，按照杜尚的说法，大多数人眼中的这幅作品，并非他的原作，《391》杂志刊登的实际上是主编毕卡比亚（Picabia）的仿制品。在原作中，杜尚不仅画了八字胡（moustache），而且还在蒙娜丽莎的下巴上画了山羊胡（goatee）。[①]

L. H. O. O. Q.，如果你用法语来读出这几个字母，听起来就像是"Elle a chaud au cul"，翻译成中文，即"她的屁股热辣辣"。这种对待经典艺术的态度和行为，立刻遭到所有传统艺术的酷爱者以及当时几乎所有正统人士的抨击。但杜尚却宣称，我们为什么要顺从大师，为什么不能换一个角度、换一种眼光、换一种方式来对待大师的作品？如果我们永远生活在大师的光环之下，我们的自我、我们的灵魂、我们的精神必然会委顿不举并且永无出头之日，难道我们情愿被大师们奴役吗——即便是所谓的"高贵"的奴役。

作为一个强大的前辈艺术家，达·芬奇所创造的艺术作品，在经典化、权威化之后，日益以一种完美无缺的范本样式横亘于后辈艺术家的心头。对于大多数后辈艺术家而言，学习绘画首先意味着学习达·芬奇，并无可避免地遭遇到《蒙娜丽莎》。不同于梵·高未完成的作品《海边渔夫》，《蒙娜丽莎》不仅是完成了的，而且也是完美的。但作为文本意义上的《蒙娜丽莎》却是永远未完成的，她永远都召唤着后辈艺术家来对她进行模仿、修改、补续。而真正的强力艺术家可不愿意仅仅充当一个模仿者。布鲁姆指出："文学批评可以归属于文学范畴，也可能归属不到任何门类；而伟大的作品就像文学批评一样，它总是在强烈地（或虚弱地）误读着前人的作品。每个人对待一件隐喻性的作品的态度本身就是隐喻性的。"[②]虽然布鲁姆主要着眼于文学的角度，但任何门类的艺术又何其不是如此呢？那些才华卓著的后辈艺术家对前辈艺术家的改写又何尝不是在误读以及反叛的基础上，进行的范式上的改造呢？

当然杜尚现在呈现在公众面前的这幅"八字胡的蒙娜丽莎"，与其说是创作，毋宁说是毁弃；但反过来说，毁弃又何尝不是一种创造呢？杜尚的这一创举显然清晰地显露出他在面对"影响的焦虑"时所

---

① Pierre Cabanne, *Dialogues with Marcel Duchamp*, Boston：Da Capo Press, 1987, p. 63.

② ［美］哈罗德·布鲁姆：《影响的焦虑》，徐文博译，江苏教育出版社2006年版，第10页。

做出的不甘和反抗，这种反抗固然深深地印上了世界大战给艺术家们带来的虚无感，但也体现出杜尚对于前辈艺术家别样的抗争。当然，就文本而言，我们可以做出很多极富创见或个性化的解读，例如，从性别、时代、文化等角度去读解；但就艺术家自身来看，这显然是对前辈艺术家施加其身的潜在的焦虑的一次释放或发泄，幸运的是，他成功了。尽管这种成功随着时间的推移显露在两种截然悖反的意义上：一是在这幅画产生的时代，他因为这幅画而臭名昭著。二是在几十年之后，这幅画被赋予了批判性、超越性等意义，并因之进入艺术史。而即便是在第一种意义上，对于杜尚而言，其内心也是狂喜的，因为他终于如此与众不同，并且还众所周知。杜尚指出："一张画如果不能引起轰动就不是一张好画。"① 当然，杜尚在制造热点和轰动方面的确是个天才。卡巴内在谈到《泉》《秘密的声音》《下楼的裸女》等作品时，多少有些不怀好意地说，你老是想制造些丑闻，这下你满意了？杜尚毫不避忌，直言：没错，在此意义，也的确算是一种成功。② 进而，杜尚指出："艺术家之所以存在，是因为被人熟知。人们可以想象，曾经有十万个天才存在过，这些天才消失了，被自己所杀，因为他们不知道如何为人所知、吹捧自己、让自己成名。"③ 杜尚太过强调一幅画声名鹊起的偶然性，强调观者而不是艺术家对于文本意义的生成作用。这不免使人生疑，这难道不是杜尚对于自己的作品缺乏本体论意义上的自信之表现吗？

退一步而言，如果说 1919 年的这幅涂鸦尚属无心之举，那我们如何理解，在此事件 20 年后，杜尚再一次开起了蒙娜丽莎的玩笑呢？

1939 年，杜尚画了一幅题为《L. H. O. O. Q. 的翘胡子和山羊须》的单色画，尽管作品里没有出现达·芬奇的"原作"，只留下上次画在蒙娜丽莎嘴巴上的八字胡，但是，显然我们对这幅画的辨识和理解，有赖于杜尚 1919 年所创作的《L. H. O. O. Q. 》；同时，也一定联系着达·芬奇的《蒙娜丽莎》。即便如此，达·芬奇的《蒙娜丽莎》也仍然是缺席的在场，因为如果没有"蒙娜丽莎"，《L. H. O. O. Q. 的翘胡子和山羊须》就"什么都不是"，但画面里的确没有蒙娜丽莎，

---

① Pierre Cabanne, *Dialogues with Marcel Duchamp*, Boston：Da Capo Press, 1987, p. 69.
② Ibid. , p. 55.
③ Ibid. , p. 70.

这其中的反讽极其耐人寻味：一方面杜尚希望通过这幅作品，将前辈艺术家彻底抹除，只留下自己的印记——八字胡；而另一方面，这种抹除同时是失效的，因为如果没有蒙娜丽莎，八字胡就什么都不是，八字胡作为一个作品的存在价值完全取决于前辈艺术家的经典作品。因而，这个八字胡仍然不是对前辈艺术家影响焦虑的消除，毋宁说仍然是焦虑的显现。

杜尚曾多次否认前辈艺术家对他的影响。阿伯里奈尔（Apollinaire）在他关于立体主义的书里，曾指出杜尚深受波拉克（Braque）和德洛内（Delaunay）的影响，这让杜尚大为光火。杜尚辩解道："有意思！当一个人看到了其他人的东西，这个人就被影响了，即使这个人自己压根就没想过。"①

当然，我们姑且不论马奈、塞尚、毕加索等人对杜尚的影响。无论如何，杜尚回避不了达·芬奇对他的影响，因为达·芬奇这位卓越的前辈艺术家对后辈艺术家施加影响的，可不只是杜尚一个人，而是整整一个乃至几个时代。杜尚回忆起自己学习版画时的经历曾说过，当时成为版画家需要通过非常专业的考试，而面试的问题，全部与达·芬奇有关。或许，连杜尚自己都没有意识到，达·芬奇对其施加的影响有如此之深。

可以说，杜尚与前辈艺术家的较量乃至殊死搏斗几乎纠缠了他的一生，及至晚年，杜尚也仍然没有从前辈艺术家的影响中解脱出来。

1965年，78岁的杜尚在纽约的大街上买了一件《蒙娜丽莎》的印刷品，为其取名为《L. H. O. O. Q. 的翘胡子和山羊须剃掉了》（也被人称作《剃掉了胡子的蒙娜丽莎》）。这就更为有趣了，这一次，缺席的尽管是"胡子"，但却反客为主，变成了真正的在场；而达·芬奇"原作"中的蒙娜丽莎却成了一个被阉割过的对象——胡子被剃掉了。命名和署名置换了原文本，原文本和现文本之间的依存关系在杜尚这里被彻底颠覆了。

杜尚在晚年承认了诸如外来派对他的影响，但并没有指名道姓。杜尚说："尽管我被他们影响过的，这是任何人都可能遇到的情况，但我希望以一种充分自我的语言来画出属于自己的作品。"② 杜尚最终

① Pierre Cabanne, *Dialogues with Marcel Duchamp*, Boston：Da Capo Press, 1987, p. 29.
② Ibid. , p. 35.

选择了新的策略，妄图超越前辈艺术家。不可否认，杜尚开启的崭新的艺术道路，无论是在观念还是在方法上都迥异于前辈艺术家。杜尚指出："我走出了任何种类的画，我发觉这对我们这一代来说是解决问题的好方法，在油画发展了四五百年，你没办法继续画下去的时候，就没有理由要无休止地继续下去。假如你找到其他自我表达的方式，就该好好利用。所有现在的艺术都是如此。"① 无疑，杜尚在大师辈出的年代走出了一条属于他自己的道路，达达主义、超现实主义、波普艺术、新现实主义、集成艺术、偶发艺术、观念艺术、大地艺术、包扎艺术、装置艺术等等都将杜尚奉为先驱。

杜尚在其代表作推出的年代，尚属边缘，但时至今日，杜尚早已被另一种主流所追认，只是这种关于杜尚的主流化的重新书写与指认，或许离杜尚曾经的艺术态度、艺术旨归、艺术品格已经相去甚远。杜尚抱怨道："我使用现成品（readymades），目的是想阻挠审美，可是新达达主义（Neo-Dadaists）却抓住我的现成品，并执着于其中的审美发现。作为一种挑战，我把瓶架和小便器丢到他们的脸上，而现在他们却赞赏起它的美感了。"② 杜尚的创作实践，最终被整合进浩瀚的人类艺术发展史之中，并进而走进艺术院校的课堂之中，这大概是杜尚本人都始料未及的。

但是，即便如此，杜尚仍不能免除前辈艺术家对他的影响，即便是杜尚在其晚年已然被主流艺术所接纳，已然被扶上大师的王座，但他终归不是以达·芬奇的方式超越达·芬奇，不是以达·芬奇的方式被认可。无论如何，杜尚作为一个画家的身份一直备受质疑，他终其一生都未能在达·芬奇等前辈画家所伫立的绘画殿堂里拥有一席之地。

从整个艺术史发展的轨迹来看，新的艺术风格、新的艺术理念、新的艺术流派的形成，总是伴随着后辈艺术家一次又一次地对前辈艺术家进行着的无休止的弑父之举。前辈艺术家的文本总是一次又一次被后辈艺术家嘲弄、挪用、涂抹、改写。当然，这种对于原作的改写既不可避免又无休无止。杜尚试图摆脱前辈艺术家的影响，只是他所采取的反绘画、反艺术的方式并没有帮助他彻底消除这种焦虑。当然

① 陈君：《杜尚论艺术》，人民美术出版社 2002 年版，第 40 页。
② T. J. Demos, *The Exiles of Marcel Duchamp*, London：The MIT Press, 2007, p. 28

所幸的是，他最终被艺术史追认，并成为另一种意义上、另一个序列中的前辈艺术家。

三 灾难还是秀场：《一个女摄影师经历的"9·11"》

大众文化语境下，解构批评何为？

一直以来，很多学者都认为，解构批评与文化研究两者之间的旨趣格格不入，也有人认为解构批评与现实无涉。当然，解构批评的确对文化研究的操作模式不以为意，并认为文化研究败坏了文学批评的名声。尽管某种程度上，文化研究也深受解构批评启发，并且文化研究的方法也完全可以是解构式的。如果说，文化研究是在文学文本中见出政治、种族、性别等的内涵，那么解构批评则可以在大众文化的文本中修辞性地读出文本的别样意图。

2008年5月1日，《南方周末》（第25版）刊登了王小慧的专栏文章《一个女摄影师经历的"9·11"》。从题目上看，它包含了性别、职业和事件等几个要素，从中我们隐约可以预见到这可能是一个亲历者关于灾难、爱与挣扎等等内容的回忆性文章。当然在行文之中，也的确表现了这方面的内容，但如果我们进行修辞性阅读，我们就会发现这是这一个充满了异质性的文本，文本总是以另一种声音在反对并解构着这个外在的表述。事实上，你只要读了文章的开头部分，你就知道，你完全上了这个题目的当。这个承载了太多让人战栗内涵的标题，不过是一个养尊处优、自我感觉良好的女人忸怩出场的噱头。

（一）空间：灾难之壑/秀场

由于笔者的孤陋寡闻，非常遗憾，笔者不认识王小慧这个人。笔者无法确定她的国籍，她虽然用的是一个中国名字，而且用汉语写作，但是文章中关于民族认同的表达一直是缺席的，这倒很可能是作者有意为之的。从文章里可以清晰地看出，作者显然是不屑于将自己的身份固着于一个确定或明晰的文化空间之中的。尽管从标题里就可以预见，文中的主导空间将围绕纽约展开。然而，随着叙述的推进，这个灾难莅临的绝对空间总是不时地被僭越。就像是电影里的闪回镜头一样，恍惚间作者置身的空间拼贴增补、变化游移，时而慕尼黑、时而纽约、威尼斯、巴黎或者柏林，而这些符码所代表或附着的文化意味不言而喻，其间的文化诉求也同样耐人寻味。

　　文章的题目为《一个女摄影师经历的"9·11"》，这个题目如我上文所说包含了诸多信息，我们不妨来修辞性地对其解读一番，显然"9·11"这个能指可以指向的是时间，而全世界在这个时间内，发生着许许多多的事情，除却那些重大的政治事件来说，数不清的芸芸众生在这一天可能经历着失业、怀孕、丧偶、车祸、受洗、摘西瓜、中彩票、加薪、结婚、酒精中毒、剃度、考试、割包皮等等。或许是因为这些事情太过琐碎太过平常太多微小，以至于它们似乎没有资格被"9·11"这个日期所涵盖。因而显然这里的"9·11"不是或不仅仅是一个时间概念，它有其具体的指称，即指向 2001 年 9 月 11 日发生在美国的一起系列恐怖事件。当然作者的用意显然不是单纯地指向这起事件，或者修辞性地说，尽管看上去这个事件有着强烈的在场感，但实际上，作者可能更在乎的是，这个能指所唤起的效果。也就是说，作者需要的是事件的恐怖，而不是恐怖的事件。

　　这里的"女摄影师"一词，我们不妨也对其进行修辞性解读。从字面义来说，似乎只是在强调摄影师的性别而已；但是从引申义来看，则大有深意；特别是和后面的"9·11"联系在一起，其潜在的意义显然是在说，女摄影师（而不是摄影爱好者、摄影工作者）本来已经是凤毛麟角，而且还要在这个特殊场景中经历恐怖和苦难，看吧，这是多么了不起啊。

　　就这篇文章的主导空间纽约来说，纽约所代表的象征意味在这篇文章中已经远远超越了纽约作为具体的、可见的、实在的表象，它更多地被作为一种具有别样意指的符号资本镶嵌于文本之中，成为一个可以带来光晕与炫耀的能指。纽约这个能指所昭示出来的文化意义使得置身于其中的王小慧着实身价不菲，当然，作者也毫不掩饰自己对纽约的热爱或赞美：

　　　　纽约绝对是全世界当代艺术最重要的地方，是全世界重要的当代艺术家聚集的地方。

　　作者这样描述纽约——"绝对是""……最重要……最重要"，其用意是很明显的，里面的逻辑关系也是不言自明的。即纽约是全世界重要的当代艺术家聚集的地方，那么能在这个地方出没也即表明自己是个当代重要的艺术家。

当时准备做我经纪人的 R 先生极力劝我去纽约，并亲自陪我几次去纽约看房子看画廊。

为了让我认识到他（R 先生）的知名度，在威尼斯双年展开幕的那几天，让我与他们一起住在最热门的豪华酒店，在早餐时把我介绍给来自世界各地的重要收藏家和评论家……

对于这个在慕尼黑居住了十五年（文章开头有交代）的摄影师来说，纽约是个极负盛名的艺术殿堂，那么能出入那样的空间，对于大多数人来说，当然是极为令人羡慕的。然而，作者在这里用了一个习见的叙事或修辞策略，即先是事先对某个稍后要加以利用的场景或空间做重要的铺排，然其真正用意则是借助这个场景或空间来为作者的登临浓墨重彩地造势。就是这么重要的地方，然而"我"——一个外来者/纽约客眼中的他者——却可以通行无阻。

作者利用纽约这个高效的能指，制造出一个有趣的间离效果，这种间离集中指向两个层面，即自我的双重他者化。一方面，作者是文本内，纽约客或者西方人眼中的他者；另一方面，在读者的眼中，也营造出一种异质性。通过自己作为纽约客眼中的他者，表达了自己作为一个非纽约人而成功地获取了一个艺术家的名分，这自然实属不易。通过自己作为读者眼中的他者，来强调她榜样式的自我实现的标高。

作者写的是"9·11"事件，但是文中的主场景或主要空间却不在灾难一线，而是在帝国大厦，作者更多写的是灾难发生后，作者如何逃离这个"可能的灾难"——恐怖分子只是有可能袭击帝国大厦。因此，尽管是写"9·11"事件，但作者却将这个主要的事发空间修正为一个可能的遭袭空间，将一个事实空间改写为一个相关空间。世贸大楼或者被袭后的废墟以及那些正在经历着灾难的人们在文章中只是偶尔提及或一笔带过。当然我们不能要求作者一定要亲历那个灾难的策源地，但即使是那个可能被袭的帝国大厦，作者的描写也极为笼统。作者花了大量的时间所进行的描写不外乎是：她如何不顾钱财和生命来满足一个艺术家的艺术创作。

（二）身份：一个意淫的艺术家

最近一段时间以来，随着全球化浪潮以及现代化的双重冲击，人们基本上认可这样一个事实，即一个人的文化身份总是变动不居的，总是不断地处于一种未完成的建构过程中，文化身份的建构需要借助权威话语的认可，如证书、奖状、许可证、聘书等等。就拿众所周知的明星级导演张艺谋来说，早已是声名在外，那么，实际上他就是先通过国内、国际奖项的双重肯定或认可来获得一定的文化资本，并借此在电影界拥有自己的一席之地。文化身份同样需要一定的文化形象、品牌或者直接就是商业包装来完成建构的，也就是说，背着吉他的歌手和扛着锄头的农夫之间的区别不是一个物理力学上的问题，而是一个文化身份的问题。文化身份的获得，既可以在主流话语的规则之内，以一种合法性的姿态，通过获得主流话语的认可而进入中心；也可以以一种他者的姿态，同主流文化构成某种对抗性的存在来获得某种身份。通常那些激进主义者会选择一种反秩序反霸权反话语的姿态来引起人们的关注并进而获得某种命名。80 后作家、美女作家等等，他们的出场某种程度上都具有一定的反主流、反秩序的诉求，当然也可以将这种诉求理解为策略，借此获得大众的关注或者是批判。批判本身意味着被命名、被辨识，能引起主流话语的批判其实也就意味着在某种程度上获得了一定的文化资本，不要忘记，登临舞台的最重要场景就是引人注目。从文化张力的角度上说，这种言说方式构成了对权威的挑战与威胁。

通过阅读，我们知道她是个女摄影师，而这个身份又被作者用另一个更为优雅而令人仰视的能指"艺术家"来置换。作者几乎是用一种极为自恋的口吻，通过牺牲掉大量的文字空间来处心积虑浓墨重彩地将自己抬举到一个令人咋舌的地步：

> 他（R 先生）选择我也是为自己找到一个绝好的"装饰"：除了我的艺术水准外，他很满意我的外表、举止、言谈以及风度等。
>
> 他（R 先生）近五年的研究和写作计划里，第一个要做的是我，在计划中还有杰夫·孔兹、路易斯·布朗斯娃等世界非常著名的艺术家。杰夫·孔兹的作品创造了当年活着的艺术家的拍卖纪录。R 先生让他等了两年才答应为他写一部专著。而路易斯·布朗斯娃则是当代最无可争议最出色最抢手的女雕塑家。我对他讲：我是一个喜欢自由的人，我绝对不会因为可能身价百倍而失去我自由呼吸的空间，所以我不会同意让别人独家经营，我们就

合作的事谈了整整两年。

这里的逻辑关系也是非常明显的，R 先生是个了不起的经纪人，有很多的"最无可争议最出色最抢手"——作者一口气用了这么多"最"——的艺术家想和他合作，但是就是这样的一个经纪人，作者整整折腾了他两年。这就暗示了作者在身价和艺术成就上要超过这些"最无可争议最出色最抢手"的艺术家，因而，什么杰夫·孔兹、什么路易斯·布朗斯娃不过是作者抬高身价的一个砝码。

另外，作者显然不甘心仅仅称自己为艺术家，而是把自己的艺术家身份装饰成为与众不同的艺术家，或者比"最无可争议最出色最抢手"更为成功的艺术家。"除了我的艺术水准外，他很满意我的外表、举止、言谈以及风度等。"这里所要表达的是这样一种自我肯定，"我"是个完美的人——从内到外，是个鹤立鸡群的艺术家。

而在"9·11"灾难降临的时候，作者还不忘记炫耀一下自己的那些有身份、有地位的朋友。

> 事后让我感到后怕的是，我干女儿的父母 9 月 10 日整天都在世贸中心开会；值得庆幸的是另外以为德国摄影家朋友 Roland 那几天在 Thomas 的画廊办展览，那天早晨才离开世贸中心的 Marott 酒店，这酒店未能逃过厄运，而我差点听他俩的建议住到那家酒店去。

作者的这些朋友在这里发挥的功能，主要是让作者的身份变得尊贵。作者甚至花了大量的篇幅解释自己为什么没有住在朋友家，而是住在了帝国大厦旁边的小旅馆。

作者通篇所弥漫出来的这种自诩的语气，实在是让人觉得矫揉造作，似乎如果她那天在"9·11"事件中碰巧遇难了，全世界都应该给她办个隆重的追悼会一样。

（三）事件：一个空洞的表象

我们预期的灾难虽然被作者一再地延宕，但还是在文章的中间段落展开了，不过作者在这里却表现了某种漫不经心。她在描写灾难之前，先表明自己是个不错的精神分析学家，而且能够运用弗洛伊德的一般理论来分析自己的梦境。紧接着就提到自己刚好在灾难发生那天做了一个颇有预示意味的梦。按照作者的意思，无疑她是那个了不起的忒弥斯。

> 梦到许多人死去，许多尸体和肢体碎块挂在空中，到处死黑色的管道和仪器，甚至一些很强壮的人都躺在地上，奄奄一息……
> 后来我看到报道上说好多人已经找不到了，但找到七十多具尸体碎块，印证了我在梦中的画面。

接着作者写到了神色慌张的韩国女人，因为语言不通，所以不知道这个女人所要表达的意思。后来是一位中国朋友（作者在这里提到她的中国朋友时，没有用中文名字，而是用了一个叫作 Michael 的英文名字）告诉了她美国的灾难已经降临。作者同时没有忘记秀一把自己惊人的预见能力。

> 他是懂中文的①，当他看到我日记本里记录下来的梦境酷似事故现场，感到十分震惊。

世贸中心被炸后，帝国大厦成了恐怖分子可能袭击的下一个目标，作者写了自己在接到通知后的所感和所为。

> 我甚至来不及锁上旅馆的房门，就随着众人匆匆逃离。当有人大声提醒我们带上贵重物品时，我没有去拿那些散放在浴室里的首饰，或锁在保险柜里的钱，只是拿了我的相机包，塞了一把胶卷进去，顺手拿了床头的日记本，其他东西统统扔在那里，没有多想就跑了出来。
> Michael 不断催促我快一些，而我仍然不能停止拍摄。他最后不得不拉着我跑，怕我掉队。最后逃到他家时已经近黎明。他说他可以做证明，我真的像我在《我的视觉日记》一书中假想过的：假如家中着火，我首先要抢救的是照相机和日记本。

---

① 这句话很值得玩味，既然是作者的中国朋友，懂中文还需要如此强调吗？

　　作者的套路显然是我们非常熟悉的，不顾钱财与生命，身处险境还不忘自己的艺术。如果 Michael 这个人物不是一个虚构，那么他的存在也许只对于表明作者可以为了艺术不顾一切。到这里，作者冗长的叙述不过表明了两个东西，一是她可以先知先觉；二是她可以为了艺术奋不顾身。

　　作者是以时间的顺序来安排这篇文章的，作者写了她晚上在华盛顿广场参加"烛光晚会"，还写了她去拥抱一个绝望的陌生女人。但笔锋马上一转，从这些可怜无助的难民们身上，一下子又转回到自身。

　　　　我买了一个非常昂贵的摄像机镜头，只为了在远处拍一下世贸大厦。

　　作者似乎已经习惯了用金钱来衬托她对艺术的热爱。并且作者是这样理解一个艺术家和摄影记者区别的。

　　　　虽然我们拍摄下来的都是真实的，但摄影记者拍的是客观的真实，而一个艺术家拍摄的则是主观的真实。我强调真实的主观性，因为它只能是个人化的，有个性的，与别人不同的东西，这样才有作为艺术品存在的价值。

　　这里，作者有意把具体的人/行为主体捆绑在两个符号中——艺术家/摄影记者，并且按照自己的一厢情愿做出抽象的区分。然而，通过这篇文章，我们发现她对灾难的关注并没有超越一个职业摄影工作者的职业范围，就是那些少之又少的直接描写灾难的段落，也不过是她记录下了几个人们惊恐万状的表情，她自认为她比那些摄影记者高明，可是通过文本阅读，我们发现她可能只是在自我吹嘘上比别人高明。

　　　　特别是，他们简直无法想象在那种混乱奔走的时候还能想到去拍摄，我又不是一个电视台的特派员或战地记者。

　　通过她的表述，作者自认为自己了不起的地方，很显然是她做了她本不该做的工作，比如，她认为那是战地记者或者电视台特派员的工作，但是她做了这样的工作，所以她理当受到肯定。这样的逻辑似乎太过牵强！

显然，从解构批评或者修辞分析的角度看，我们发现文木在表面上讲述了某件事情的同时，却又在另一个层次上，讲述了另外一件完全不同的事情。或者说同样的书写，组织了两个不同的文本。或者说一个自我标榜、自我炫耀的文本，通过修辞分析渐次地展开，这样文本便清晰地显影了。

第四章

对解构批评之批评的批评

第一节　解构批评与现实政治

一直以来，无论是在西方还是在东方，对解构批评如下的指责总是不绝于耳：

"解构通常是在带有强烈负面的含义上使用：'解构' = '以一种虚无主义者的游戏精神放弃或至少是不关心一些好的选择之建构的情况下，将一些东西（文学文本、哲学争论、历史叙事、以及无论什么样的真理声称和价值系统）拆开。'"① 在此意义上，解构就是摧毁的同义语。

"修辞阅读或解构的理论产生了一种信条（这种信条是相当错误的），即它已完全迷失于无休止的、乏味的语言游戏之中，它是精英的、反动的和不关心政治的。"② 而解构论者的著作，如保罗·德·曼本人的作品，常常"被各种各样地描述为'难懂的'、'反人类'（anti-human）或者'与政治无关的'（apolitical）"③。因而，解构不仅脱离现实，而且在政治上反动。

"在 20 世纪 80 年代早期，解构主义已变得名声不佳。其原因正如马克思主义批评家等从事政治性批评的批评家们所预言的：解构主义从根本上说是保守的，它主张政治上的清静无为。尽管解构主义热

---

① Christopher Norris, *Deconstruction*: *Theory and Practice*, London and New York: Routledge, 2002, p. 135.

② ［美］J. 希利斯·米勒:《重申解构主义》，郭英剑译，中国社会科学出版社 1998 年版，第 234 页。

③ Martin McQuillan, *Paul De Man*, London and New York: Routledge, 2001, p. 1.

衷于发现不确定性，赞成叙事作品中有不可简约的复杂性的观点，但它还是被视为一种新的形式主义和反历史主义，既缺乏社会和政治现实的基础，又没有社会变革的纲领。"①

"解构似乎是一种非政治化审美主义（apolitical aestheticism），优柔寡断地处理着文本，而不关心真实世界的要求和决断，更多地致力于分析话语而不是权力，倾其所能地关注双关（puns）而不是政治。"②

一言以蔽之，解构批评不关心现实、政治，说得好听点叫保守，难听点叫反动。但是罗蒂却指出："德·曼影响的结果之一是，文学系，而不是社会科学各系科，成了同时也是学术界人士的政治激进分子的主要庇护所，成了左派政治活动的主要舞台。"③ 因此，我们有必要对解构批评与现实政治的关系，以及解构批评对待现实政治的态度进行一个必要的说明。

一　解构批评："后五月风暴"的一种表征、策略

将表征和策略这两个词用来形容或描述同一个东西，或者说同一个文本，无论如何将是一个极为冒险而又极具反讽意味的尝试，换句话说，这两种描述本身就是相互解构的。因为按照解构批评的看法，任何一个文本都既是指涉性的，同时又是施为性的。很显然表征可以对应这里的指涉性，因而它是静态的，是社会历史、政治运动的产物，是一定时期历史文化、价值观念的一个缩影。而策略对应于施为性，它具有目的性，具有主体性或者说有自我意识，它是面对彼时萨特所说的形势（satuation）所采取的一种行动策略。在解构批评身上，无疑同时背负了这两种内涵，尽管这两种内涵或这两种叙事是自我解构的。解构批评既可以被描述为"后五月风暴"时代的一种历史文化、思想意识的表征。在此意义上，它是暴力反抗走向"终结"之后的一种失望情绪的集中体现。又可以被描述为是这种反抗的继续，只

---

① ［英］马克·柯里：《后现代叙事理论》，宁一中译，北京大学出版社 2003 年版，第 6 页。

② John D Caputo, *Deconstruction in a Nutshell*, New York：Fordham University Press, 1997, p. 125.

③ ［美］理查德·罗蒂：《后哲学文化》，黄勇编译，上海译文出版社 2004 年版，第 142 页。

是在形式、风格和对象上发生了一些改变，这种策略——通过颠覆二元等级制，挖掘语言的修辞能力和不确定性，等等——既具有强大的活力和颠覆能力，同时又不必担心为此偿付什么政治责任。

解构批评乃至整个后结构主义似乎都可以和这样一些现实或政治事件联系起来，如新左派运动（new left）、反（传统/主流）文化运动（counter culture）、反战运动、性解放运动、嬉皮士（Hippie/Hippy）等等。当然，这其中有许多运动是相互联系在一起的，比如，性解放运动最初就是和反战运动相伴相随的，20 世纪 60 年代中期，在美国伯克利举行的反对越战的运动中，示威者身上佩戴"要做爱，不要作战"的徽章。"他们觉得如果一个人越多地去做爱，就越少会想到打仗。"①

20 世纪 60 年代末，整个世界的图景被轰轰烈烈的学生运动勾勒得格外醒目。这些充满朝气的年轻人相信：他们"将建立一个伟大的学生运动，并且不久，全世界发动起来的学生都会了解，他们没有丧失任何东西，他们得到的是赞扬"②。当旧金山的学生举着三 M（即马克思、马尔库塞、毛泽东的拼音首字缩写）的标语冲向街头时，63 岁的萨特倔强、激昂而愤怒地走在巴黎学生游行队伍的最前面。③ 而与此风格浓郁的"狂欢场面"形成鲜明对比的是，"结构没有上街"。当然在雅克·拉康看来，"这恰恰是 1968 年所发生的：结构主义来到了街头。这种显而易见的爆炸性街头事件最终是由社会的结构性失衡导致的"④。但无论如何，结构主义此时已经显示出它在激进运动方面的退缩或回避，它是如此的冷漠，与千千万万人的政治热情相去甚远；既缺乏存在主义的激情，也没有尼采乃至后结构主义般叛逆。当然，上不上街并不是判定其激进动机和政治倾向的唯一标准，因为上街的也有可能是流氓无产者、政治投机分子等等。

---

① ［美］詹姆士·克利夫德：《从嬉皮士到雅皮：昔日性革命亲历者自述》，李二仕、梅峰译，陕西师范大学出版社 1999 年版，第 13 页。

② 沈汉、黄凤祝：《反叛的一代：20 世纪 60 年代西方学生运动》，甘肃人民出版社 2002 年版，第 77 页。

③ 当然这种描述是不够准确的，但是我们还是可以将这两个不同空间的历史事件进行一种共时性的表述。

④ ［斯洛文尼亚］齐泽克：《齐泽克论 1968 年"五月风暴"》，连小丽、王小会译，《国外理论动态》2009 年第 4 期。

　　尽管从 20 世纪 60 年代中期开始，学生运动就持续不断地在全球几乎每一个角落里渐次展开。但是在西方国家中，最为醒目、最具代表性的仍然应该是"五月风暴"。可以说，它掀起了欧洲、美洲范围内学生运动的高潮。在一系列由街垒、催泪瓦斯、四起的烽烟、燃烧的红旗等隐喻性符号构筑起的狂欢式的场景中，年轻的法国大学生们以一种愤懑而狂热的心情、以一种激进的政治行为，与那个时代腐朽、僵化而又不无狰狞的大学体制、政权结构、社会制度等等展开了一场貌似自不量力的斗争。究其深意，"在其核心，68 年是反对自由资本主义制度的，是对其整体的否定"①。运动很快得到了来自产业工人、知识分子等等的支持，并且也取得了这样一些效果："引起了全国性的大罢工，整个社会的瘫痪与国家权力的暂时真空，最终导致内阁的更动，国会的全面改选与总理蓬皮杜的下台"。②然而没多久它就结束了，斗争也并没有取得预想中的结果，资本主义政权仍然屹立不倒。而在美国，左翼学生组织"学生争取民主社会组织"（Students for a Democratic Society）分裂出的激进组织地下气象员（Weather Underground Organization）③ 也于 20 世纪 70 年代初走向解散。显而易见，由这些运动的失败所引起的失望或消极情绪已经弥漫于整个西方思想界。因此有人甚至指出，"'68 年精神'已经耗尽了它的政治潜力"。④ 无疑，解构思潮乃至后结构主义的兴起和扩张都与这种情绪和氛围有着密切的关系，一方面形而下的运动大势已去；另一方面"斗争"似乎还要继续下去。解构批评以及整个后结构主义认识到那种赤裸裸的政治斗争似乎已经无法撼动资本主义政权结构的根基，那就不

　　① ［斯洛文尼亚］齐泽克：《齐泽克论 1968 年"五月风暴"》，连小丽、王小会译，《国外理论动态》2009 年第 4 期。

　　② ［法］安琪楼·夸特罗其、汤姆·奈仁：《法国 1968：终结的开始·五月的吊诡》，赵刚译，生活·读书·新知三联书店 2001 年版，第 13 页。

　　③ 该小组的名字主要源自鲍勃·迪伦（Bob Dylan）的歌曲《地下乡愁蓝调》（Subterranean Homesick Blues）的一句歌词：你不需要气象员就知道风吹向哪边（you don't need a weather man to know which way the wind blows）。该组织希望通过暴力革命使政府垮台，号召白人左翼力量以及黑人解放运动组织等团结起来，一起摧毁美帝国主义，并且建立一个无产阶级的世界，也即世界共产主义。越战结束后，该组织已经基本解散了。

　　④ ［斯洛文尼亚］齐泽克：《齐泽克论 1968 年"五月风暴"》，连小丽、王小会译，《国外理论动态》2009 年第 4 期。

妨掉转枪头，将其指向整个西方文化，指向语言的不确定性。在某些人看来，解构批评乃至整个后结构主义不过是这样一种表征：它全然是一种妥协、软弱的表现，不过是退避到象牙塔做一些无聊的文字游戏，与"外面的世界"几无瓜葛，也背离了马克思主义的基本精神。

　　然而"五月风暴"的精神并没有就此消失或瓦解。遥望这段历史，并审视其可能造成的影响。米歇尔·罗伊（Michael Lowy）认为，"'五月风暴'的所有因素今天依然活跃着，只不过以不同的形式、围绕着不同的问题展开，采取了不同的表达方式"①。某种程度上说，解构批评仍然继承了"五月风暴"的激进，但这种激进不再直接地表现为政治对抗和激进的社会运动，而是进入西方文化传统中去，对整个自柏拉图以降的形而上学或逻各斯中心主义传统展开激烈的批判，并且通过颠覆语言、文本的既定结构来揭露出二元等级制的不稳定性或荒诞性，以此让他者说话。同时，这也是"后五月风暴"时代的知识分子得以避开政治责难或政治迫害的一种策略。诚如伊格尔顿所言："后结构主义是1968年那种欢欣和幻灭、解放和溃散、狂喜和灾难等相混合的产物，由于无法打破政权（state power），后结构主义发现有可能转而颠覆语言结构，至少没有人可能会因此而敲你的脑袋。"② 在此意义上，不妨说，"解构主义文学批评只是欧美知识分子的自我形象所发生的一个正在进行的微妙而又深刻变化的表现"③。

　　现在看来，作为一个由学生运动引发的政治事件，"五月风暴"多少缺乏些原创性，但这一事件却又绝不是一次缩水版的"中国式文化革命运动"。从它的发起来看，它的确直接受到了同一时期"中国无产阶级'文化大革命'的启发"，或者如尚杰所说："'文化大革命'是近百年以来中国曾经输入欧洲的唯一精神产品。"④ 但是从内容、风格、意义上来看，它似乎更接近于五四新文化运动，它们都是

---

① ［美］罗伊：《"五月风暴"的遗产》，郑亚捷译，《国外理论动态》2009年第3期。

② Terry Eagleton, *Literary Theory: An Introduction (Second Edition)*, Malden: Blackwell, 1996, p. 123. 中译本参见［英］特里·伊格尔顿《现象学、阐释学、接受理论：当代西方文艺理论》，王逢振译，江苏教育出版社2006年版，第138页。

③ ［美］理查德·罗蒂：《后哲学文化》，黄勇编译，上海译文出版社2004年版，第134页。

④ 尚杰：《精神的分裂——与老年德里达谈话》，同济大学出版社2006年版，第304页。

由于不满当时的社会结构、制度，所采取的形式也都是由学生运动来发起，就连口号与价值取向都有着一定的相似性。罗伊指出："'五月风暴'运动中不存在普适的'建议'，但存在普适的价值：团结、自由、社会（性别）平等、横向民主等等。斗争本身不屈服，起义、抗议都体现出了这些价值。"① 而五四新文化运动中的"德先生"和"赛先生"与上面所说的这些价值诉求又是何等的相似。并且在五月风暴和新文化运动之后，思想界也都表现出了对文化、制度的深刻反思。鲁迅先生发现了"国民劣根性"，而解构批评看到了逻各斯中心主义、霸权、惨遭遮蔽和压抑的他者等等，或许，这也就是为什么人们对发生在同一时期的"无产阶级文化大革命"与"五月风暴"的评价会如此大相径庭，并且尽管前者对后者有一定的影响，但本质上并不属于一个系统。齐泽克指出："1968 年真正的遗产体现在这句口号中：'让我们成为现实主义者，去要求不可能的事情。'今天的乌托邦，就是相信现存的全球系统可以无限制地复制自己。成为一个现实主义者唯一的方法就是在这个协调系统中设想看似不可能之事。"② 很显然，解构就是对不可能、对绝境的思考。德里达说过这样的话："解构仅仅是就不可能之思考，是对不可能的程度以及何以不可能的思考。"③ 因而解构仍然可以被看作对 1968 年遗产的继承，同"五月风暴"相比，解构只是在策略和风格上有所改变。

因此，与其说解构批评是政治运动与激进反抗的堕落形式，是左派政治集体溃败的某种表征，毋宁说它仍然是 1968 年精神的继承者。与之前的激进运动所不同的，只是策略上的改变。而且与其说它是遮遮掩掩的，不如说它更为勇猛、更为大胆，因为解构批评所针对的是整个西方文化传统。在此意义上，甚至可以说"福柯、德里达和德·曼在当代英语国家政治激进分子的理智生活中所起的作用相当于 50

---

① ［美］罗伊：《"五月风暴"的遗产》，郑亚捷译，《国外理论动态》2009 年第 3 期。

② ［斯洛文尼亚］齐泽克：《齐泽克论 1968 年"五月风暴"》，连小丽、王小会译，《国外理论动态》2009 年第 4 期。

③ Jacques Derrida, *Memorires for Paul de Man* (*revised edition*), Translated by Cecile Lindsay, Jonathan Culler, Eduardo Cadava, and Peggy Kamuf, New York: Columbia University Press, 1989, p. 135.

年前马克思、恩格斯和托洛茨基的作用。"① 当然，这话也许讲得有点过头。

二　解构与摧毁

2001 年德里达的中国之旅，也可以说是"解构"的中国之旅。我们不妨将德里达的中国行看作解构的一次拓疆之旅，甚至看作一个"解构性事件"。某种程度上，它使中国学者对德里达和解构的误解和成见似乎没那么深了。之所以这么说也并非空穴来风，只要翻阅一下德里达在中国讲学的记录——《德里达中国讲演录》，就可以得知，之前"解构"在中国很大程度上可以说只是个传说。德里达不得不一次又一次地解释这个术语，不得不一次次纠正那些提问者的错误：解构不是摧毁。然而，德里达的中国之旅又似乎不应该被看作一个"解构性事件"，因为尽管对德里达和解构感兴趣的人越来越多了，陆扬、杜小真、陈晓明、王宁、郑敏、尚杰、汪堂家、张宁等一大批学者都投入了对德里达和解构的研究中，并且也有了相当多的成果；但学界对德里达和解构的误解也仍然层出不穷。且不说某些学者直接将解构等同于摧毁，直接将解构同恐怖主义、虚无主义等等挂钩，只要我们翻一翻手边的刊物或者在期刊网上检索一下，就会发现，以"……的解构与重构""……的解构与建构""……的解构与构建"为题的文章——而且很多都是核心刊物上的，可以说是多到令人咋舌。对于解构而言，不知道是幸还是不幸。这种现象至少表明了以下两个事实，一方面，解构一词似乎已经深入人心了；另一方面，对解构的误解也同样深入人心。只要稍微留意一下这些文章，我们就知道解构在这些文章里是在什么样的情况下被使用的，那必然是在与重构、建构、构建等相对立的意义上被使用，也即把解构置入一个否定性的言说场域，因而，解构被无可救药地理解为毁灭、消解、取消等等。在此意义上的解构已经基本上和解构这个术语本身没有什么直接关系了。因而，如果将"能指的嬉戏"置于上面所说的这种令人懊恼的词语误用上，倒像是早已预言了解构这一术语命中注定的悲哀。但只要我们在词源上对解构一词稍加留意，就会发现解构并没有什么"摧毁"

---

① ［美］理查德·罗蒂：《后哲学文化》，黄勇编译，上海译文出版社 2004 年版，第133 页。

之义。

首先，来看看解构（déconstruction）一词在法语里有没有摧毁、毁灭、破坏等含义。实际上，德里达并不是解构一词的法语发明者，在德里达之前，已经有很多人使用这个词了。德里达指出：在法文字典里，解构一词指的是"一种分析和揭示某个组织的结构方式，它有某种技术的含义"①。由此可见，在法语中，解构指的是一种分析方法，而不是什么毁灭。

其次，我们再来看看这个词在德语中的用法是不是有毁灭、破坏之意。之所以要检索解构在德语中的意义，是因为德里达承认该词源于"海德格尔的 destruktion，那是一种分析和揭示本体论历史的方法，也就是我们所说的'解构'。这个词没有'摧毁'的意思。黑格尔的'aufgehoben'（扬弃）也是这个意思。这个词没有贬义"②。伽达默尔在《解释学与逻各斯中心主义》指出："早期海德格尔提供给我们的'解析'（Destruktion）一词的深奥启示；至少对那些同时真正懂得德语的人们来说，这个词决没有英语、法语以及其他语言对它的外来用法所具有的那种摧毁的否定意味。对我们来说，'解析'乃是一种拆解（Abbau），去掉被遮蔽物的遮盖。当我们要表示'摧毁'的意思时，我们不说 Destruktion，而是说 Zerstörung。海德格尔在 20 年代就是这样来使用 Destruktion 这个词的。"③很显然海德格尔在使用这个词的时候也没有什么摧毁、毁灭的意思，海德格尔意义上的解构指的是拆解、去蔽的意思，而德语中也一般不用 Destruktion 这个词来表示摧毁。德里达指出，海德格尔把这个词理解为"对在精神史进程中遮蔽了存在的本质并凭借着形而上学思维而日积月累起来的沉淀物和残余物的拆除、解散和分裂"。④那么再往上追溯，德里达指出，海德格尔

①　杜小真、张宁：《德里达中国讲演录》，中央编译出版社 2003 年版，第 155 页。

②　同上。

③　［德］伽达默尔、［法］德里达：《德法之争：伽达默尔与德里达的对话》，孙周兴、孙善春编译，同济大学出版社 2004 年版，第 111 页。译者注释：德文 destruktion 的字面意思正是"解构"，但依伽达默尔这里的说法，这种"解构"并没有"摧毁"之义，考虑到汉语学界已经习惯于把德里达的 deconstruction 译为"解构"，我们在此把海德格尔和伽达默尔的 destruktion 译为"解析"。

④　［德］恩斯特·贝勒尔：《尼采、海德格尔与德里达》，李朝晖译，社会科学文献出版社 2001 年版，第 19 页。

这个词是来自德国神学家马丁·路德。"在路德那里，解构说的是由教会或神父审查和处理神学中的救世信息，以求获得最初的原始资料。"① 可见在路德那里，解构指的是处理信息以及获得一手资料或初始资料的一种方法，何来毁灭之说？

再次，我们来看看这个词在英文中是否具有毁灭的意思呢？在英语中，解构（deconstruction）是由前缀 de 加上 construction 构成，construction 一词有"建造""建设""建筑物""建筑业""解释""意思""结构""句法关系""建造的方式"等意思。de 这个前缀来自拉丁语，有"离开""出"等意思；另外，它还表示"除去""取消""非""相反"等意思。因而将前缀 de 和 construction 联系在一起就有解析、分解、离开结构、解（结）构等意思。"这个词同诸如'衰老'（decrepitude）、'外延'（denotation）等以'de'构成词一样，表述的是一种既否定又肯定的相互矛盾的行为。"解构批评游走于成双成对的极限之间，以自身的活动证明了，譬如说，任何一种解构同时又是建构性的、肯定性的。该词中'de'和'con'并置就说明了这一点"②。——"con"作前缀有"联合""共同""一起"等意思。

最后，"解构"这个词在中文中也有其特定的内涵，傅修延先生指出，"解构"一词古已有之，如《淮南子·俶真训》中有语云："孰肯解构人间之事，以物烦其性命乎。"这里的解构意为"参与""干预"等。解构"这个词的准确意思是'解析'文本之构，从中多向度地'释放'出意义的力量。'解'在汉语里兼有'解'与'释'二义，用'解构'来对应'deconstruction'真是非常微妙传神"③。

总之，从词源学上的考察中，我们并没有发现解构有什么摧毁之义，却发现它有"解析""释放"之义，也即将之前文本中所有被"囚禁"之义释放出来，这可能是解构的较为妥帖的解释。

那么会不会是如伽达默尔所言，海德格尔虽然没有在摧毁的意义上使用这个词，但是德里达错误地理解了海德格尔，让其具有了"摧

① 杜小真、张宁：《德里达中国讲演录》，中央编译出版社 2003 年版，第 155 页。

② Harold Bloom, Paul De Man, et. al, *Deconstruction and Criticism*, London：Routledge & Kegan Paul Ltd, 1979, pp. 250-251.

③ 傅修延：《文本学：文本主义文论系统研究》，北京大学出版社 2004 年版，第 131 页。

毁"之义呢？伽达默尔指出："我设想德里达并没有真正了解它（解构）的用法，因而——就我的语言感受来说——选择了一个特殊的、累赘的动词构造［即'deconstructionn'（解构）］，因为他在'解析（destruktion）'一词上除了听到摧毁（Zerstörung）之外，听不到任何别的东西了。"① 可以说，海德格尔使用这个词主要是对思想史中遮蔽了存在的本质并借助形而上学思维累积起来的积淀物和残余物的拆解和分裂。但正如斯皮瓦克所言，并不是德里达将海德格尔的意思歪曲了，而是将海德格尔的意思更加坚决地向前推进了一步，将"注意力放在文本的细节上，德里达不止注意到了句法（syntax），还注意到了句法中的词的形状"②。贝勒尔也指出："海德格尔'为形而上学去蔽'的任务与德里达的'对形而上学和逻各斯中心主义进行解构'是有直接联系的。甚至可以说，德里达通过在海德格尔的'destruction'中插入一个音节 con 从而得以用法语更为清晰地把海德格尔的意思表达了出来。"③

对于解构，德里达在一次对话中再一次地重申了他的观点：

> 我当然要强调这样一个事实，即解构的运动首先是肯定性的运动，不是确定性的，而是肯定性的。让我们再说一遍，解构不是拆毁或破坏，我不知道解构是否是某种东西，但如果它是某种东西，那它也是对于存在（being）的一种思考，是对于形而上学的一种思考。因而表现为一种对存在的权威或本质的权威的讨论，而这样一种讨论或解释不可能简单地是一种否定性的破坏。认为解构就是否定，其实是在一个内在的形而上学的过程（inter-metaphysical process）中简单地重新铭写。关键不在于把人们从这个过程移开，而在于赋予"解构"被思考的可能性。④

---

① ［德］伽达默尔、［法］德里达：《德法之争：伽达默尔与德里达的对话》，孙周兴、孙善春编译，同济大学出版社 2004 年版，第 111—112 页。

② ［美］佳亚特里·斯皮瓦克：《从解构到全球化批判：斯皮瓦克读本》，陈永国等译，北京大学出版社 2007 年版，第 39 页。

③ ［德］恩斯特·贝勒尔：《尼采、海德格尔与德里达》，李朝晖译，社会科学文献出版社 2001 年版，第 19 页。

④ ［法］雅克·德里达：《德里达访谈录》，何佩群译，上海人民出版社 1997 年版，第 18 页。

　　由此看出，解构是德里达将海德格尔的视角继续延伸并修正的结果，是对所谓的外在于文本之外的本质、中心等逻各斯中心主义的思考，是对文本意义多元性、多样性建构可能性的思考，是对文本负责任的思考。解构为我们提供了重新思考文本、世界的可能以及能力。德里达多次进行过这样的声明：“我从来没有表示过解构就是摧毁，解构不是摧毁，不是在摧毁一切后建立一个新的东西，不是这样。”①

　　总之，解构不是摧毁，也不是消解，而是对摧毁与消解的展示；因为任何建筑系统、任何结构系统总有其崩溃的那一天。解构总是意味着文本的自行解构，它关注的是诸如在一则关于韩国前总统卢武铉去世的新闻与紧随其后的洗发水、饼干广告以及明星绯闻之间的并置与互文关系，关注的是媒体的文化逻辑是如何将一个严肃的社会事件消解为一种日常的、可以随意打发的、快餐化的甚至是娱乐化的东西，因而解构不是消解，毋宁说是对消解的展现，是对意义消解的关注，是对意义之产生与消散的思考。

　　及至现在，我们许多的文章仍然是在否定性的意义上使用解构以及“解构主义”（中国独创）一词的，而这两个词大多数的情况下被描述为反现实主义、反崇高、反文化等等。之所以会造成这种情形，一方面与我们对解构一词的真正内涵缺乏足够的了解或认知有关。另一方面或许仅仅是一种策略化的词语误用，用以解决当前我们面对新形势下无从把握新的文化现象时所产生的文化焦虑。改革开放——特别是社会转型——以来，随着消费文化的大肆兴起，借助当代的媒介或传播手段，一些游戏化的、享乐主义化的、极端个人主义化的、恶搞的、受西方文化影响的、扁平肤浅的文化产品大行其道，在此情况下，我们急需一种对于这种所谓的“他性”文化进行命名，只不过解构因其本身在西方世界的污名，正好暗合了我们此时的文化诉求，于是也就顺理成章地成为“恶”的化身，因而在此意义上，解构的别样内涵实际上是被附加上的，而不是本来就如此。

三　解构与政治

（一）从诗学到政治学

　　乔纳森·卡勒将诗学（poetics）定义为“企图通过描述规则

---

① 杜小真、张宁：《德里达中国讲演录》，中央编译出版社 2003 年版，第 145 页。

（conventions）以及使这些规则变为可能的阅读活动来说明文学效果。"① 卡勒还指出了诗学和阐释学（hermeneutics）之间的区别，认为前者是语言学模式，视意义为必须被说明的东西，并且尽力指出意义是如何产生的；而后者从形式出发，试图去解释它们，告诉我们它们意味着什么。② 诗学从意义或效果出发，来研究它们是如何产生的，而阐释学则是立足形式或文本，力图发现新的东西。诗学的基本着眼点不在于我们在阅读作品时读到的文本内容或意义，而是集中于使文学结构和意义成为可能的那些规则。当然在具体的批评活动中，这两种模式往往都是合二为一的。就 20 世纪的基本情况而言，从俄国形式主义到结构主义以及新批评等等基本上都应该属于诗学的范畴，它们的总体特点就是对共时研究的强调，而忽视了历史的维度。许多批评解构批评的观点认为：解构批评仍然是在延续形式主义、结构主义、新批评研究的老路，是反历史主义的又一种表现。马克·柯里认为这一看法并不准确，因为它忽视了后结构主义观点是建立在对结构主义分析的共时性本质持批评态度的基础上的。"很多后结构主义者之所以为后结构主义者，就在于他们试图再次将历史主义观点引入文学批评。即使有些主要的解构主义者在形式批评方面看似新的新批评派，但在他们的理论中很多重要的方面却允许历史批评与形式批评相融合。"③ 柯里虽然没有进一步展开论述，但言下之意已经很清楚了，即解构批评一直惯用的谱系学的研究思路无疑是历时性的，在德里达那里，解构的运作就开始于概念的谱系中。德里达对西方形而上学传统的追问，即对从海德格尔到柏拉图的整个哲学脉络进行了梳理和研究，不仅如此，对于任何形而上学的概念，都是运用一种谱系学的方法对其进行研究，并由此揭示那些被遮蔽的、被忽视了的东西。例如，在《友谊政治学》中，德里达对友谊这个概念进行了梳理，其历史追溯一直从古希腊和罗马到现代社会，揭示了友谊是"阳物语音中心主义的"，而且德里达还指出不要让形而上学的话语将政治遮蔽了，

① Jonathan Culler, *Literary Theory: A Very Short Introduction*, Oxford: Oxford University Press, 1999, p. 69.

② Ibid., pp. 61–62.

③ ［英］马克·柯里：《后现代叙事理论》，宁一中译，北京大学出版社 2003 年版，第 6 页。

"政治本质上是一种实践（dès lors que la politique est essentiellement une praxis）"①。而德·曼、米勒等解构论者更是被布鲁姆称为"版本校订主义"，怎么能说是取消了历史的维度呢？另外，德里达还驳斥了福山所谓的历史终结论，他指出，历史不会终结，历史永远向未来敞开，而真正应该终结的，也许是某个关于历史的形而上学概念。②

同时，解构批评的基本方法本身就可以说是一种政治行为，解构模式就是通过颠覆结构等级制来解放他者。在解构批评看来，任何形而上学或逻各斯中心主义的结构系统中，都包含了这种主项和次项的二元对立，而在这种二元对立中，主项总是对次项起支配作用，主项是原发性的，而次项是派生的，例如男人/女人、本质/现象、中心//边缘等等。解构论者认为，在这种话语模式中，暗含着霸权与暴力，这些二元等级制无不清楚地显示为统治/被统治、压迫/被压迫的政治寓言，但其实所谓的结构等级制不过是一种话语建构，而不是必然如此。通过揭示逻各斯中心主义的运作模式，通过对二元等级制模式的处理，"解构主义促进了对于意识形态的揭示。"③ 在此意义上，我们不妨说解构批评将一种政治修辞学悄悄地引入语言学或诗学中。而且一切文本都具有修辞性，或者说文学性，通过对文本进行修辞分析或者说通过分析任何文本的文学性——这些文本包括政治文本、哲学文本、法律文本、广告文本等等，解构批评揭示出这些文本在其意义上所显示出的双重特征（字面义与比喻义）或者不确定性，来宣告任何霸权化的表述都可以被其压抑了的他者性话语所颠覆。而"保罗·德·曼称之为'文本的寓言'的东西有力地揭示了政治话语，确切地说是就政治的'政治性'的书面承诺所具有的'文学性'或'虚构性'"。④ 在这方面，米勒同德·曼一样，也是将批判的武器转向了

① Jacques Derrida, *Politiques de l'amitié& Suivi de L'oreille de Heidegger.* paris：Galilée, 1994，p. 134.

② Jacques Derrida, *Specters of Marx：The State of the Debt, the Work of Mourning, and the New International*, trans. Peggy Kamuf, New York & London：Routledge，1994，pp. 16-17.

③ ［英］马克·柯里：《后现代叙事理论》，宁一中译，北京大学出版社 2003 年版，第 7 页。

④ Jacques Derrida, *Memorires for Paul de Man*（revised edition），Translated by Cecile Lindsay, Jonathan Culler, Eduardo Cadava, and Peggy Kamuf, New York：Columbia University Press, 1989，p. 132.

对武器的批判，在《阅读我们的时代：重读〈亚当彼得〉和〈米德尔马契〉》一书的结尾，对现实问题提出了解构式的解决方案。米勒指出，全世界的许多人都相信，大自然母亲不会让人类灭绝。然而，证据表明全球变暖是一个残酷的、机械化的进程，当对它进行人格化的描述时，这一进程被篡改了。把太多的二氧化碳排放在大气中，整个地球就会变得暖和起来。似乎是如此简单、如此机械。政客们相信经济学上的"涓滴"理论——在体制之内，给予上层阶级利益会传递给或惠及中下层的民众，尽管这一理论已经一次次地被推翻。我想我们应该在全球气候变化的不可辩驳的证据基础上，如果能有幸能读一读《亚当比德》和《米德尔马契》，即按照我阅读它们的方式去读它们。也在奉行乔治·艾略特的黑暗智慧的基础上，重新回答这些问题，"应该"？我们对谁或对什么负有责任？"行动"？我们应该如何行动？对于这些问题，我们并非可以轻而易举地回答这些问题。乔治·艾略特对这些问题的回答，可以借用多萝西娅对威尔·利拉迪斯拉夫①的回答，她说，我的回答是"无限是"，然而，对于"是"，我要强调的是有什么是神秘的和不确定的。② 米勒认为，不是说，我们不对全球变暖、政治制度这些进行应答，而是说我们必须清楚，所谓的"责任""是"实际上包含着多重的、神秘的、不确定的东西在其中，在我们付诸行动之前，我们要清楚我们的对象以及我们的方式等等。

　　当然，解构论者不是那种朴素的政治主义者或者说天然的左派，他们也不像詹明信、伊格尔顿等（后）马克思主义者那样将政治化的言行直接带入学术研究中来，但是，解构论者从来没有离开过政治，在德里达一篇写于 1968 年 5 月、当年 10 月在一次学术研讨会上演讲的题为《人类的末世＝目的》的论文中，他在文章开头就断言："任何哲学性学术研讨会，也有其必然的政治性意义。"③ 而在分析德里达

---

　　① 多萝西娅和威尔·利拉迪斯拉夫是乔治·艾略特的小说《米德尔马契》中的主人公，多萝西娅嫁给了一个年长自己 27 岁的牧师卡素朋，但婚后却过得百无聊赖，直到后来，遇到了卡素朋的侄儿威尔·利拉迪斯拉夫。后来在卡素朋逝世以后，多萝西娅放弃了财产，与威尔结为伉俪。

　　② J. Hillis Miller, *Reading for Our Time Adam Bedeand Middlemarch Revisited*, Edinburgh: Edinburgh University Press, 2012, pp. 169-170.

　　③ ［日］高桥哲哉：《德里达：解构》，王欣译，河北教育出版社 2001 年版，第 31 页。

解构理论的特点时，詹明信认为，在文本分析中，德里达总是力图寻求文本中隐匿的二元对立规范。"规范总是二项中的正项，它系统地压制、排挤二项中的负项。德里达的这一分析实质上是从政治出发的，它力图认识、揭示各种形式的压制作用。"① 伊格尔顿也指出："普遍的看法认为，解构否认除话语外存在任何东西，或者断言所有意义和同一性都消融在一个差异的王国中。这是对德里达本人的著作以及导源于他的著作的那些最具生产性的著作的歪曲。"② 因而，在解构批评这里存在着一个有趣的悖论，一方面解构批评不像政治左派那样，直接参与到宏观的政治批判或政治斗争；而同时，解构的运作方式本身又呈现出一种展示"政治暴力"的活动中去，因为二元对立本身就是以一种政治或政治的隐喻形式呈现的，而对他者的关注无论如何也显示出某种政治关怀或批判力量。

（二）文本/现实 双重书写

德里达指出："解构不是，也不应该仅仅是对话语、哲学陈述或概念以及语义学的分析；它必须向制度、向社会的和政治的结构、向最顽固的传统挑战。"因此，一切教条主义化了的东西，一切陈旧的、制约人束缚着人的发展的结构和传统等都是解构批评所要解构的对象，尽管像布鲁姆、哈特曼以及米勒等批评家似乎专注于文学的领域从事解构批评，但他们也并没有放弃对传统、对政治结构的思考，布鲁姆对美国传统的阐发，德·曼对于教育、体制的探讨，以及米勒将现实同文学进行互文阅读——只要读一读米勒的《文学中的后现代理论：晚期德里达、莫里森以及他者》③ 就可以知道了。或许，"文本外无物"这句话有助于加深我们对"书写"这一术语的理解，"文本外无物"不是像某些人理解的那样，即解构批评的眼里只有纸张上的墨迹。在解构论者看来，任何事件、任何行为、任何表征、任何现象等等都可以文本化，政治、历史等等并不外在于文本，它们本身就是文本的构造者，同时也被文本构造着。所有这些语言、符号、文本就

---

① ［美］弗雷德里克·詹明信：《晚期资本主义的文化逻辑》，陈清侨等译，生活·读书·新知三联书店 1997 年版，第 328—329 页。

② Terry Eagleton, *Literary Theory*：*An Introduction*（Second Edition），Malden：Blackwell，1996，p. 128.

③ 胡亚敏：《文学批评与文化批判》，华中师范大学出版社 2007 年版，第 13—30 页。

其基本特征而言都是修辞性的，都是不稳定的。那种偏执的形而上学或逻各斯中心主义多年来一直企图通过排斥和赋予某些语词、话语等特权来使语言、文本净化或纯化。形而上学的这种控制不仅仅已经深入我们所阅读的书本里，也渗透在我们的日常生活中，支配着我们的行动和思考。因而，解构的价值不仅仅体现在对文学、哲学、法学等文本的解读中，也应该体现在我们的日常行为等这个更为"现实的"文本的解析中；书写也因此不仅在纸张上进行，也应该在现实的文本中写就。多年来，德里达的"双重书写"——在现实的文本与批评的文本中进行的书写，当然，这种界限在解构论者眼里并不存在，尽管无疑在话语模式、语境上肯定会存在着某些差异。我们做出这样的区分也并不是形而上学意义的区分，也并不是为了使两者绝对地差异化或二元对立化，只是针对现实/理论这种二元对立对解构批评所造成的误解进行分析的一种策略——及其留下的踪迹有助于我们考察他常常言及的解构"承诺"或"债务"是否某种意义上得到兑现或偿还。

德里达认为对霸权、对强权暴政、对专制等等的思考并不外在于解构，也从来没有与他的工作脱节。他说："在我的所有文本、即使是在最早的文本中都能辨认出这个维度。的确，20多年中，我想我已经在长期研究之后为自己安排了必要的条件，目的是要显示这种政治关怀，而又不向知识分子参与的教条形式（我认为正是非—政治化的形式）让步，我希望不过于让步。当我在共产党的捷克斯洛伐克秘密讲学并被捕入狱时，当我为反对南非种族或为释放曼德拉，或为建立国际作家协会而斗争时，当我写马克思，写接待或写有关无——材料、宽恕、见证、秘密、至高权力时，当我在70年代发起哲学研究小组（Greph）运动然后又创立国际哲学学院时，我大胆地认为这些参与的形式，支持这些形式的话语在自身中都是与进行中的结构工作相协调的。我于是力图让——有时达到，但从来没有足够——一种话语或政治实践适应解构的要求。我没有感到在我的著作和我的参与活动之间有什么割裂，只不过存在节奏、话语模式、语境等等的差异。"[①]不仅如此，德里达还于1993年同桑曼·拉休狄等一起创建国际作家协会，并担任协会副主席，而这一协会的目的"是要在现在世界

---

① 杜小真、张宁：《德里达中国讲演录》，中央编译出版社2003年版，第217—218页。

各地遭受各种各样迫害和暴力的知识分子和作家、学者、记者等人之间，建立具体的联络关系，而且靠这种联络关系来对付和处理具体的危机"。① 而在"五月风暴"中，德里达不仅参加了当时的示威，甚至还组织了巴黎高等师范学校的第一次大集会，尽管对于这场运动，德里达从开始就多少有些担忧。②

"德·曼黏附于德里达反逻辑中心主义上面的文学崇拜的修辞，也没有妨碍德·曼做许多好事：帮助确保美国的制度有朝一日将变得较不固执和较不压抑。"③ 关于保罗·德·曼与现实、政治的关系，德里达指出：在大学制度之内与之外，保罗·德·曼所建议的所有阅读都越来越明晰地谈及制度结构、解释学冲突的政治赌注。尽管往往言辞谨慎，但始终对准僵死的右翼或左翼学院派，对准不问政治的传统主义者和活动分子共有的保守主义。"反动分子"（reactionaries）和"政治活动家"处于保护自身而故意误解政治赌注和文本结构、文学文本的政治寓言，以及拒不接受政治文本的寓言和文学结构。在围绕解构展开的政治—制度的辩论中，保罗·德·曼越来越经常地公开表态。④

很明显，对于那些指责解构批评不关心现实的人来说，当他们指责德里达、保罗·德·曼等人的著作不关心现实、政治的时候，同时也应该问问自己在这样说的时候，为什么不去关心一下德里达他们在现实世界里做了些什么呢？换句话说，当他们指责德里达、保罗·德·曼、米勒他们只关心能指的时候，是否应该反观自身，即否只关注了德里达、保罗·德·曼他们用文字所写就的东西，而没有关注他们用自身的行为或者实践所写就的那个文本呢？

---

① ［日］高桥哲哉：《德里达：解构》，王欣译，河北教育出版社 2001 年版，第36 页。

② 德里达在采访中说：我很警惕，面对自发性的联合论者、反联合主义者狂欢的迷醉，面对最终"自由了的"言语、恢复了的"透明度"等的热情，我甚至感到担忧。参见［法］雅克·德里达《德里达访谈录》，何佩群译，上海人民出版社 1997 年版，第 35 页。

③ ［美］理查德·罗蒂：《后哲学文化》，黄勇编译，上海译文出版社 2004 年版，第154 页。

④ Jacques Derrida, *Memorires for Paul de Man* (revised edition), Translated by Cecile Lindsay, Jonathan Culler, Eduardo Cadava, and Peggy Kamuf, New York: Columbia University Press, 1989, p. 142.

　　指责解构批评不关心现实政治的人可能在于他们对文学批评的要求太急功近利了，他们要的是那种看得见、摸得着、立竿见影的每一句话里都似乎应该关涉着意识形态、上层建筑、权力机构等内容的批评。毫无疑问，他们也仍然是逻各斯中心主义或在场的形而上学教化下的子民，他们不自觉地将政治、现实同文字文本二元对立化了，他们认为这两者之间只存在被模仿与模仿、决定与被决定的关系，似乎没有觉察到所谓的政治、现实同样可以被文本化，政治、现实并不在语言之外，政治、现实都不可避免地成为一种关于政治、现实的表述，而这种表述是多重的也是多样的更是异质的，然而似乎总有一些人偏执地认为自己掌握着现实——而不是被现实掌握。不仅如此，他们还凌驾于现实之上对其指指点点，并且貌似权威地指责那些不能够反映他们所说的那种现实的文本便是不关注现实，就是对现实的反动。而他们对待文学的态度也是相当粗暴，只要文学没有反映他们所说的现实，那么这种文学就被说成是无价值的；只要文学批评与他们所期望的那个他们关于现实的理解有所出入，那么就认为这种文学批评必然是无力的，而那些只关心文学世界、文学语言或者说文学性的批评家在他们看来则更是错得离谱。

　　简言之，解构批评分析的不仅是文学语言，也包括法律语言、历史语言以及政治的语言，而最重要的是，他们实际上所要揭示的是语言的政治。而且语言就是最大的政治，没有语言就没有一切，我们不可能脱离语言就像不可能离开空气一样，不要企图将政治、历史和语言二元对立化，政治、历史并不高于语言或外在于语言，任何对政治、历史的思考都要纳入对语言、结构等的思考才是有效的。解构批评关注的不只是语言、符号、信念、行动以及事件本身的意义，而是关注这些意义是如何以及通过什么制造出来的，也即究竟是什么东西在操纵我们的话语、书写、行动以及我们的价值判断。对于解构论者而言，他们不仅用笔书写，而且也用他们本身的行动去书写。从德里达所从事的一系列政治活动来看，他的行为与他的理论写作构成的是呼应而绝不是什么反讽。

四　新人文精神：他者的决定

（一）文本与自我的构造

在照相机面前，我们总是摆出这样或那样的姿势，企图使呈现在相片上的影像尽可能符合我们想象中的效果。在我们的预期中,我们仿佛已经看到了拍摄的结果。然而奇怪的是,总有些事情是我们意想不到的,在那些定格的照片上,总有这样或那样一些地方与我们拍照前所设想的效果有些出入,有时甚至与我们设想的全然相反。这个时候,有的人就说自己不"上相",也就是说相片上的自己没有实际生活中的自己更好看或者更有魅力;当然也有的人觉得自己很"上相",也就是说他在相片里看到了自己之前并未曾意识到的某些特质。

此间,一个非常有趣的事实是,即使我们对自己身体每个部位的构造都已经极为了解,即使我们对我们生活于其中的风景或环境也已经是如此之熟悉,即使我们宣称没有什么比我们自己更了解自己的了,可是为什么在面对相片时,我们还是充满了期待,我们在期待什么——这种期待与我们对文学艺术中所展现的那个世界的期待难道有什么不同吗?我们难道不是在期待一个可能的自我,一个可能的世界吗?

在观赏相片时,即便这些相片所反映的内容是我们生活中最熟悉不过的东西,甚至是一张自己的写真照,但是在观望中,我们常常会发现相片里的自己多少有点"失真",也就是说,我们看到了一个异己的存在,发现了一个他者化的自我或者说发现了自我的他者化,它既是我又似乎不是我,我们因此为之而狂喜或者不悦,照片使我们发现了另一个我们从来没有意识到的自我,我们有时会禁不住说:这是我吗?

我们不妨对上面的这段话进行这样的解释。照相机面前的我们,并不能主导相片的最后的效果;而某种程度上,相片多多少少给了我们重新发现和认识自我的契机,并促使我们反思自我,并最终有可能影响甚至改造自我的行为,换句话说,相片/文本重新组织乃至构造了我们。正是在此意义上,米勒指出,阅读不仅关乎阅读对象,也同样调整和修正着主体,阅读包含着"人的感觉、知觉,也因此是每个人的任何行为"。[①] 文学艺术难道不也是在同样的路径上启发并改造着我们吗?我们之所以全身心地投入文学艺术的阅读或欣赏中去,不也正是因为这些本来外在于我们的东西被我们的体验所充盈,并丰富着我们的感知吗?

"我们",既是站在照相机面前的拍摄对象,又是观赏或者说阅读

---

① J. Hillis Miller, *The Ethics of Reading*: *Kant*, *de Man*, *Eliot*, *Trollope*, *James*, *and Benjamin*, NewYork: Columbia University Press, 1987, p. 58.

相片的人。前者是作为客体，后者作为主体。前者作为相片构图的材料，后者作为读者。个体既是文本的构件同时又是文本的体验者。当我们体验到一个多少有些异己的他者的时候，我们固然会多少有些惊讶，而惊讶之后，或多或少我们会陷入某种反思状态之中，为什么我可以是这样的"我"，我要接受这样的"我"吗，我要回避这样的"我"，还是要扩展这样的"我"？

在解构批评看来，这种异质性的、具有他者性的文本，恰恰为我们重新认识自我、探寻自我可能性并进而改造自我、发展自我提供了某种必要的条件。而自我在被文本化的过程中，或者说主体被客体化的过程中，所产生的修辞力量（反讽、张力、隐喻）使得自我变成了自我的异延，自我成了一种匮乏而撕裂的在场。在对相片的这种镜像式的观赏与凝视中，我们体验到的是一种异质性的、分裂的自我——从解构的角度来看，这是必然的。

无论我们是否认同那早已漫过了我们对自我的前理解之边界的文本，无论我们是否突然意识到自我的捉摸不定，就像我们面对那浩瀚的、无边的宇宙和那未知的、不确定的未来时那般迷茫。当然，我们无法控制那个帮我们拍照或创造文本的人。同时，我们也无须过分责怪或夸赞文本作者，因为一旦相片拍出或文本写就，这一切就与他无关了，我们需要面对的仅仅是文本。

因此，照相这个最为简单又为 21 世纪的人类如此痴迷的活动，清楚地向我们展示了文本的构造以及多义性阅读所散发出的积极性的、肯定性的作用，而在相片上所发生的反讽正是所有文本都难以避免的。一方面，照相机面前的我们创作了一个文本并期待读者（拍照人）去阅读并且能够做出绝对忠诚的阐释（照片），拍照人就成了我们的第一个读者，而且我们希望他们能够像现象学的批评家或者像模仿论者那样去阅读并按照我们内心的意愿去再现我们。另一方面，照相机面前的我们又成了拍照人眼中一个新文本的创作元素，我们被阅读、被注视，并最终被修正或改写。因而对于拍照人来说，照片既是一个原创文本，同时又是一个批评文本，同时我们需要被提醒的是，不要忽视这个批评文本的颠覆力量，而且再也不要盲目地听信那个拍照前的自以为是的自我了。这倒不是因为我们在别人的注视中被改变了，而是因为我们在注视着别人的"注视"之时，又批评性地重构了自我。由是，阅读照片的我们就成为读者的读者，我们的阅读就变成阅读的阅读，阅读使我们解放了自我，并重新发现了他者——那个自我意识从未重视过的他者，而很快这个他者就会重新修正我们关于自我的惯常定位；同时我们还是作者，是重构文本的书写者。而解构就置身其中，我们于此间变得敏锐，并且将一个新的他者化的自我镶嵌在那个已然需要重新构造的历史化的自我中去。我们的历史由此就转变为一边阅读一边写作的历史，变成了一个个断裂的、不连贯的自我缝合的历史，变成了一组组看似连贯而实则杂乱的蒙太奇镜头的历时性拼贴。当然，总有些粗心大意的人们，他们对照片中呈现的自己，没有任何表示，因而是不是有这种可能，那就是照片呈现出的状态有可能完全符合这些人对自己的期许呢？在解构批评看来，这几乎是不可能的，只要你阅读得足够仔细，一定会发现照片中的异己他者，一定会发现文本的异质性。

总之，在解构批评看来，不存在一个本质主义或逻各斯中心主义意义上的自我，自我总是在文本阅读过程中不断被改写和修正。正是文本中的他者呼唤着自我的不断更新，因而，没有他者便没有自我，当然这其中的确充满了拉康式的镜像凝视意味，但解构意义上的他者显然要宽泛得多。

（二）新人文主义

人文主义这个词有时也被称作人本主义，这个术语无论是在国外还是在国内都日渐成为一个歧义丛生的概念。在我国，20世纪80年代，对于人文主义的大讨论尽管已经催生出了大量的有价值的文字，但是这个术语至今仍是个人云亦云的东西。而对于像尼采、海德格尔、福柯、拉康、德里达等人来说，他们对人文主义的批判似乎从来就没有停止过，其主题就是福柯所说的，"人本主义是现代的中世纪"[1]。人不再是万物的主宰，人被规则、权力、制度、话语所生产，而不是相反。当然，笼统地将后结构主义表述为反人文主义，这是不负责任的。准确地说来，他们反对的是形而上学的或先验论的人文主义，即那种认为存在着永恒的、确定的本质或存在，如上帝、道、太一、实体等等。实际上，后结构主义论者不是一般意义上的反对人文主义，毋宁说他们反对的是本质主义意义上的人文主义；没有一成不

变的、永恒的人文主义，人文主义本身是一种话语建构。

在尼采看来，上帝死了（当然尼采并不一定希望上帝死去），就不存在什么不变的人性来充当永恒的真理。尼采抨击人本主义，"把它看成这样一种学说，它把主体的核心角色分配给了人，同时认为人是一种总体的存在，是容纳自我意识的场所。既然上帝已经死了，尼采接受了依赖于任何先验基础的不可能性，无论这先验基础是什么"①。在尼采看来。上帝死了这一事件最为积极的意义就在于：人的主体地位的复归，人有自我决断的权利，人从从属的位置上回归到作为主体的人自身上。因而，尼采说："我相信：一切的价值都必须重新评估。"②

如果说弗洛伊德引入的无意识以及本我概念是对那个自明性的主体、意识、自我同一性的一种大胆批判，那么海德格尔对"形而上学、存在神学、作为在场的存在的规定性的瓦解"③ 则似乎更为鲜明地质疑了这种外在于人的"存在"给人所套上的枷锁与限制。但是，在德里达看来："尼采、弗洛伊德和海德格尔所操作的就是从形而上学那里继承来的概念。由于这些概念并非一些组成部分、一些单子，也由于它们是在某个句法或系统中进行的，所以每一个既定的借用都会随之牵带上整个形而上学。"④ 因而，在德里达看来，尼采、弗洛伊德和海德格尔在反对形而上学的路子上走的还不够远，他们使用的还是形而上学的话语。

德里达指出：主体是"异延的一种效果，是在差异系统内部出现的一种效果"⑤。如果说在尼采那里还有主体的位置，那么在德里达这

---

① ［法］弗朗索瓦·多斯：《从结构到解构：法国 20 世纪思想主潮》，季广茂译，中央编译出版社 2005 年版，第 487 页。

② ［德］尼采：《尼采文集·悲剧的诞生》，周国平等译，青海人民出版社 1995 年版，第 306 页。

③ ［法］雅克·德里达：《书写与差异》，张宁译，生活·读书·新知三联书店 2001 年版，第 506 页。

④ 同上书，第 507 页。

⑤ Jacques Derrida, *position*, Alan Bass trans, Chicago: University of Chicago Press, 1982, p. 2。延异（différance）是德里达为了使其与差异（différent）有所区分而故意杜撰的一个词，两者虽然发音相同，但异延一词既具有差异的意思，同时还有延宕的意思。延异既没有本质，也不是存在。

里，主体不过是一种效果。当然，之所以形成这一看法，这与德里达以及拉康等后结构主义者看待语言的方式有关，在他们看来，语言不再是主体的工具，恰恰相反，主体被包裹在语言之中。因而不是主体说话，毋宁说是话说人，主体因此就变成了异延的一个组成部分，主体淹没在语言系统之中了。

可以说，对自足自我或者说自明主体的质疑，构成了解构乃至后结构主义的重要主题。我们不妨将这种质疑或批评，看作对笛卡尔式的主体概念的俄狄浦斯式的激进反抗。在从笛卡尔到康德的传统认识论中，历来主张主客二分，并且始终相信存在着永恒的实体。笛卡尔的名言"我思故我在"强调了独立的精神实体的存在，我们可以怀疑一切，但"怀疑"本身无法怀疑，人和动物的区别就在于，动物只属于物质世界，而人还会思考，人是会思考的动物。康德在《实践理性批判》《判断力批评》等著作中，突出地研究了人的主体性问题，强调了人格的尊严，"人为自然界立法"，表现出了强烈的人本主义精神。

后结构主义批评家尽管在话语呈现的方式上各不相同，但某种程度上，都有着相同的冲动："把人文主体'解构'成知识与意义未来的源泉。这种描述把人类自我重新界定为由文化的社会话语、语言结构和指意实践（signifying practice）所建构的存在实体（entity），而不仅仅是这些因素的反映。"① 后结构主义理论本身在理论旨趣上有着某种一致性，即我们通常所说的语言学转向。这些理论家不无悲观地指出，不是我们在使用语言，而是我们被淹没在语言的系统之中。对于巴特来说，"'语言存在着'，语言无处不在，作为主体的人溶解在语言中，这一意识是他以后许多理论立场的基础"②。我们置身于浩瀚而无边的语言汪洋之中无处逃遁，或者说我们置身于"语言的牢笼"之中无以脱身，迟早有一天，我们都会腐朽，但语言之网历久弥新。可以说，后结构主义将自我与文本、主体与语言之间的关系进行了颠倒。罗兰·巴特指出："文（Text）的意思是织物（Tissu）；不过，迄

---

①　［英］维克多·泰勒、查尔斯·文奎斯特：《后现代主义百科全书》，章燕、李自修译，吉林人民出版社 2007 年版，第 467 页。

②　［法］路易-让·卡尔韦：《结构与符号》，车槿山译，北京大学出版社 1997 年版，第 134。作者还指出："正是德里达，以及克里斯蒂娃和索莱尔夫妇，将巴特带到了另一个能指嬉戏的王国。"见该书第 179 页。

今为止我们总是将此织物视作产品，视作已然织就的面纱，在其背后，忽隐忽露地闪现着意义（真理）。如今我们以这织物来强调生成的观念，也就是说，在不停地编织之中，文被织就，被加工出来；主体隐没于这织物——这纹理内，自我消融了，一如蜘蛛叠化于蛛网这极富创造性的分泌物内。"① 巴特的比喻是非常形象的，文一经诞生，自我便隐匿了，主体便缺席了。

诚如上文所说，解构论者将主体界定为一种语言的效果。"主体性追随着语言的运动，是一种被'延异'（difference）所控制的无休无止的'书写'。"② 主体被卷入延异的运作中去，主体是开放的，是流动的。"当延异这一术语运用到人类自我的身上时，它暗示了一种话语建构的主体，这种主体决不会协调一致地构成完整的或者和谐统一（un-contradictory）的个体。"③ 主体再也不是什么有机统一的存在了，主体不仅不是先于语言并独立于语言之外的存在，毋宁说本身就是话语构造的结果。也正是在此意义上，米勒指出："一般的人，能够很快地成为许多不同的人，具有多种不同的身份。""其实每一个人都是，并且一直是不同的异质的人的聚集体。当前的人的状态只是人的习性的一个极端的例子，在当前条件下，每个人都可能一下子成为众多完全不同的'他人'。"④ 那么，解构论者是否就此忽视人的主体性呢？显然没有，解构论者只是强调主体的异质性、流动性和建构性。

事实上，"在法国，把福柯、德里达、布尔杜、拉康等等一概被视为危险的'反人类主义'"。⑤ 的确，解构批评拒斥形而上学的人文主义，反对先验的主体概念，反对的是在场。而且很显然，德里达要终结的是形而上学意义上之在场或存在，因为在场将"人的多种可能性"封闭起来，将人的全部意义简约为存在的一个功能，并且对存

---

① ［法］罗兰·巴特：《文之悦》，屠友祥译，上海人民出版社 2002 年版，第 76 页。

② ［英］维克多·泰勒、查尔斯·文奎斯特：《后现代主义百科全书》，章燕、李自修译，吉林人民出版社 2007 年版，第 468 页。

③ 同上。

④ ［美］J. 希利斯·米勒：《谁害怕全球化?》，李作霖译，《长江学术》2006 年第 4 期。

⑤ ［日］高桥哲哉：《德里达：解构》，王欣译，河北教育出版社 2001 年版，第 23 页。

在、实体概念的强调严重限制了人的发展，当人的价值和意义成为一种已经确定了的，那么人发展的可能性就被规约了。因此，人的终结并非是反本质主义所赐，恰恰相反，是已然被形而上学传统规划好了的，人被存在占有了，人作为人的丰富性、多样性便被压缩了、被抽空了。

　　西方形而上学或逻各斯中心主义都包含着一种不对等的二元结构，例如，男人/女人、光明/黑暗、灵魂/肉体等等。而任何二元对立都是一种暴力结构，这个暴力结构中，不仅处于被支配的次项是个遭贬损被压抑的他者，而且还有那些实际上不能也不应该被简单化约为任何一项的中间地带，例如，在白与黑之间，还有灰。这些中间地带不是被强行归为二元结构中的某一项，就是被轻轻抹除。可以说，在二元结构中，非此即彼、非黑即白、非敌即友、非左即右是形而上学传统或逻各斯中心主义的基本逻辑，而在这种结构中，主项与次项的关系是功能性的，在男/女这组结构中，一旦确立了这种对立关系，同时也生成了一系列关于男人、女人的话语，这些话语强化了男人与女人之间的差异，并深刻地制造出性别上的对立。男人应该怎么说、怎么做，女人应该怎么说、怎么做，似乎逐渐成为一种约定俗成的规范，一旦有所僭越，就会引来非议甚至是非难。而非常有趣的是，在男人与女人这对结构中，我们发现，易装的女性往往不会被责难，对女性诸如"假小子""女汉子"之类的称呼，未必就是贬义。而如果我们称呼一位男性为"娘娘腔""娘炮"等等，显然通常意义上都不被看作褒义。这显然还是二元结构在起作用，因为在男/女这组结构中，男性处于支配地位，被认为是优等性别；女性处于从属地位，属于劣等性别。因此，一个劣等的性别在模仿一个优等的性别不会被嘲笑，相反，如果一位男性举手投足都十分女性化，这在深层意义上，可以看作对劣等性别的模仿，因此是一种堕落的形式，是需要纠正和批判的。可见，男/女这种二元结构是一种话语构造，在这种思维模式下，人的丰富性、人的多种可能性就极易被抹杀。解构批评的积极意义就在于对这种二元结构的拒斥，所谓二元对立是一种话语结构，它的可怕之处在于，不仅贬抑了次项，更遮蔽了非此非彼、非黑非白、非敌非友等等不可一概而论的三元、四元。再比如即便是女性主义，第一世界的女性与第三世界的女性，白人女性与黑人女性，在生存境遇、文化构造上都存在着诸种差异。

　　在解构论者看来，如果在场、主体这些人为虚构的概念对我们的思维、观念仍然是一种压制性的力量，仍然是束缚我们成为多种可能性的人的阻碍性力量，那么这种人文主义就是极其可疑的。

　　同时，在解构批评看来，对人文主义的呼唤不应该仅仅停留在喊口号上，应该更加务实一些。今天我们理解人文主义的最佳方式除了阅读、除了修辞分析，别无他法。任何政治的、文化的话语构造，我们只有深入语言和话语中去，才能揭露其意识形态本质，而只有这样我们才能重新发现他者，进而营救他者，让他者发声。

　　《白蛇传》通过戏曲、影视、小说等形式的演绎，已经成为家喻户晓的故事，其凄美的爱情故事令人动容。一般说来，人们会对白素贞和许仙的爱情保有毫无保留的同情，而对于白许二人爱情的破坏者法海几乎可以说是深恶痛绝，为此，鲁迅还专门属文《论雷峰塔的倒掉》。本来是互不相干的个体，为什么偏偏法海管起别人的闲事儿来呢？"和尚本应该只管自己念经。白蛇自迷许仙，许仙自娶妖怪，和别人有什么相干呢？他偏要放下经卷，横来招是搬非，大约是怀着嫉妒罢——那简直是一定的。"法海真的是嫉妒白许二人的大好姻缘吗？如何理解法海、白素贞、许仙之间的纠葛呢？而他们之间的纠葛是否可以理解为种族、身份认同、政治斗争的隐喻呢？

　　毋庸置疑，法海是个典型的本质主义者，他基本上是从血统、出身来判定对象的合法与不合法，而不是从白素贞的所作所为或者说从白素贞在人间所织就的文本来给出裁决的根据。在法海看来，白素贞之所以是一个必须被专政的对象，是因为她和小青处于人/妖二元关系中的次项"妖"的位置，而在人与妖之间没有灰色地带。但事实上，白素贞一直在积极地用她的善举试图改写着自己的身份。在戏曲《白蛇传》中的《断桥》一折中，白素贞更直接声称："你妻不是民间女，妻本是峨眉一蛇仙。"妖和仙这两个能指被以一种极为强烈的非此即彼式的二元结构所捕获，在此意义上，白素贞也仍然没有逃脱形而上学的结构之网，而这两个能指同时被两种截然悖反的强烈的价值取向所附着，并最终将主体塑造成两种不同的身份。蛇妖和蛇仙可以是同一个所指吗？这就要看认识主体的理解范式了。但这种努力和尝试不被法海认可。在此，一个非常有趣的认同便不无反讽地出现在观者之中。即如果我们从字面义上去理解这个故事的话，我们看到，在整个《白蛇传》里，最正常的人恰恰是法海，他敏锐地看到一条蛇在和一个人谈恋爱，并且行动起来，尽可能地要阻止他们继续交往下去。而其中最不正常的则是白素贞和许仙，人和蛇怎么可以谈恋爱呢？于观众而言，恰恰是最正常的被认为是最不正常的，而最不正常的被认为是最正常的。可见，观众从来都不是从字面义上理解此文本的，而是在隐喻的意义上理解的，观众不是在一般意义上把白素贞等同于我们日常生活中见到的白蛇，而是将白素贞理解为非蛇，即通过一千多年的修为，已经改写了自己的身份。可见法海与白素贞之间的对立仍然是理解范式上的差异所致。而许仙倒成了这两种范式争夺的对象，当然许仙最后打破了这种旧的、法海式的理解范式，实现了人的认识的超越性发展。

可见，本质主义意义上的主体观、身份观的确是一个可疑的、充满偏见的概念，它并不能承载我们那不确定的、有着多种可能性的未来。

米勒指出："我不相信呼吁在文学课程中保留传统人文价值以抵御现状在今天还能被人们所接受，不论是学生还是财务主管、院长或教务长。我一点也不相信那些重申人文价值的人还像以前一样虔诚；有时候他们的重申听起来像是在防守。请不要误解我的意思。我同意文学研究应该着重探讨这些价值。在文学中与在生活中一样，道德、哲学、宗教问题仍然是重要的问题，理解它们的最好场所之一便是用母语创作出来的杰作。然而，无论如何，强调人文价值应该伴随着在文学课上阅读足够的作品。此外，我相信在今天，根据文学确认的价值为文学做的任何辩护，都必须与下面这个观点结合起来，即如果不好好阅读我们语言中最好的东西，那么就无法写好一篇文章，哪怕是商业信函或科学报告。"[①] 米勒所说的阅读，当然是解构式阅读，即从语言或修辞的维度入手，而不是先入地假定什么理论预设，不是以某一种人文思想先行带入，然后强制性地肢解文本，而是以修辞分析的方式去理解政治、道德、哲学和宗教等等。

此外，解构批评并没有完全否定理想和信念，在德里达和他的同事那里，仍然为信念保留一定的空间，或者用德里达的话说，那就是存在着不可解构之物，而这一不可解构之物就是信念，就是弥赛亚。弥赛亚并非是什么先验之物，也不是上帝。弥赛亚代表着即将到来还

---

① ［美］J. 希利斯·米勒：《重申解构主义》，郭英剑译，中国社会科学出版社1998年版，第82页。

远未到来之物。在德里达看来，存在着一种弥赛亚的号召，而这个救世主就是"那个绝对的、不可预知的、具有独特性的、代表着即将到来的正义的那个就要降临的他者。我们相信，弥赛亚仍然有一种抹不掉的马克思的遗产的印迹———一种既不能也不应当抹除的印迹，无疑，它也是一般意义上遗产继承经验和继承行为的印迹"①。德里达所说的弥赛亚并非形而上学意义上的永恒不变的太一、上帝等等，而是有着多种可能性、多个面目的面向未来的东西，它的指向是善，但又不具体显现为某一个单一的善，它向未来敞开，并召唤我们为之努力。

不仅如此，德里达为了批判福山的"历史终结论"，还专门重新阅读马克思，并写了一部影响广泛的著作《马克思的幽灵》，他高度评价了马克思给这个世界带来的丰富遗产，并且指出，"不去阅读马克思，不去重读和讨论马克思——就是说也有另外一些人——并且是超越学术性的'阅读'和'讨论'，永远都是个错误，也将日益成为一个问题，一个理论的、哲学的、政治责任上的错误"②。在我们的时代，共产主义越来越被看作一个遥远而虚幻的神话，或者干脆就是一部极富想象力的文学文本。可以说，共产主义可能既被看作一个时间概念，又被看作一个空间概念。对于前者来说，它预示了一个类似经过漫长炼狱阶段的人最终实现了的自我肯定的可能；就后者而言，它指的是人类最终将栖居在 个类似于天堂的至善与至美的所在。或者说，那些对共产主义怀有敬意的人，在如何理解共产主义上，既可能将其理解为此岸世界，也可能将其看作一个彼岸世界、一个戈多的世界；看作永远缺场，又永远是即将到来。当然，不管怎么说，这个被马克思主义所承诺的自由王国，在我们的时代还无法成为现实，人们也似乎渐渐懒得论证共产主义是否可以成为可能——就像许多年前，西方人充满激情地论证上帝的存在那样。但即使这样，共产主义也仍然不应该被当作一个华丽的肥皂泡而草草打发。在此意义上，共产主义信念与德里达所说的不可解构之物弥赛亚又是何其相似？

不难发现，对于解构批评缺乏人文关怀的指责，多是些所谓的人道

① Jacques Derrida, *Specters of Marx: The State of the Debt, the Work of Mourning, and the New International*, trans. Peggy Kamuf, New York & London: Routledge, 1994, p. 33.

② Ibid. , p. 14.

主义者或政治左派，在他们看来，即便是化学符号或者几何定理也应该包含着对人生的现实关怀。他们习惯于将一切符号进行政治化的读解。当然，政治批评也好，道德批判也好，社会历史批评也罢，都有其合理性和有效性。的确，唯物史观告诉我们，只有将事物放置于特定的历史结构中去，才能对其进行有效的说明。这显然是正确无误的。这是我们进行理解和评价的基础，但这不等于说，我们在还未曾进行理解和评价之前，就先行地扣帽子、贴标签。我们对人的理解，是不是应该允许其有异质性、多样性和多面性呢？而且即便是政治批判和道德反思，是不是我们的逻辑关系搞反了？或许要紧的不是我们对语言进行政治化、道德化的解读，毋宁说是要对政治、道德进行语言的、修辞的解读。因为在解构批评看来，一切符号都是修辞的或都是文学的。

综上，解构不是对于主体的解构，因为事实上，根本不存在主体，主体仅仅存在于话语建构和话语表述之中，仅仅是一套虚构，而这种虚构又依赖于另一个概念：他者。解构的积极意义就在于发现他者并营救他者。当然，德里达的确写过关于《人的终结》的文章，但是德里达真正要表达的是，形而上学意义上的人的总结，在此意义上，就像马克思主义意义上的"真正的人"一样，人作为人还远未到来。马克思主义提醒我们：在"真正的人"的时代到来之前。我们需要的是有思想的行动者，或者是可以制造有价值的行动的思想者。而正是在这个意义上，解构论者并非与马克思主义的传统相去甚远。

五　解构批评的政治危机

（一）事件

20世纪80年代末，围绕保罗·德·曼于1940—1942年写就的文章所引发的"战争"，已经使得解构批评的声誉日渐凋敝。该"战争"最早引爆于英、美国家，而后迅速超出了英、美两国学术界，几乎变成了一个全球性的议题。某种程度上，这场"战争"已经不是个单纯的学术事件，而毋宁说是一个政治事件。多年来，对解构批评或解构的批判都或多或少地将这一事件牵扯进来。很多人认为：保罗·德·曼"是一位令人愤慨的人士，这是由于在他死后，被曝光了他在二战期间的比利时，参与了合作主义分子的报刊"①。对于这些重新发

---

① Martin McQuillan, *Paul De Man*, London and New York：Routledge, 2001, p. 1.

现的尘封已久的报刊，许多左派知识分子与其说是非常愤怒，不如说是异常兴奋；因为这意味着，保罗·德·曼这个几十年来一直让他们非常棘手却又无力驳倒的刁钻而傲慢的学术劲敌，终于被他自己那不甚光彩的旧时所为彻底颠覆或者无情地解构了。无疑，这一具有反讽意味的时刻让他们等了太久，不过好在还是来到了。同时，对于那些德·曼的拥护者、那些受益于德·曼思想的人而言，这一事件所引起的震惊与创伤迅速地撕扯着他们已有的认知（结构）。而这一事件发生时，德·曼先生已经去世四年多了。对于这一事件的影响，德·曼的学生芭芭拉·约翰逊写道："德·曼死了两次，两次不同的死亡。"① 为何会如此呢？不言而喻，芭芭拉·约翰逊提到的两次死亡：一次是 1983 年，德·曼真实的死亡；一次是由这一事件导致的他在声誉上的一落千丈。

那么，究竟是一些什么样的文章引发了如此酷烈的争论？或者说，保罗·德·曼究竟在他 20 多岁的青春岁月里做了一些什么样的出格之事呢？为什么这一事件会发生在 80 年代末而不是"二战"刚刚结束之后呢？

我们先要提几个和这个事件有关的并应该被标记出的时间：1940—1942 年、1955 年、1987 年。

德·曼事件是由另一事件引起的，另一事件的开端可能要追溯到 1940 年。一定意义上讲，1940 年这个时间点决定了这一事件的性质、方式、内容以及风格，因而它就不只是构成了一种语境式的存在，毋宁说本身就是文本的一部分，它确乎有一个具体而明确的意义指向——第二次世界大战。但这个时间仍只是这个事件得以构成的潜在时间，在事件正式或真正登场的时候，或者说在事件参与到文本的构造之前，这个时间是沉默的。

我们随后还要提到一个显然被人们忽略的年份：1955 年。这一年，保罗·德·曼就自己为那两份报纸写文艺评论的事情致信哈佛大学研究员协会（Harvard's Society of Fellows）主席雷纳托·波焦利（Renato Poggioli），显然，在这样的一个时间里、在这样一种诱因中，也完全可能爆发这一事件，但奇怪的是，这时也就是 1955 年却风平

---

① Barbara Johnson, *The Wake of Deconstruction*, Oxford: Blackwell Publishers, 1994, p. 20.

浪静，难道这不值得我们打上一个大大的问号吗？

1987 年，同样是比利时人的一位叫奥尔特温·格拉特（Ortwin Glathe）的研究生正在准备关于保罗·德·曼的博士论文，很显然，他对他的这位远在美国但已去世的老乡无比钦佩，他尽可能地收集所有保罗·德·曼留下来的文字，很快他就发现了保罗·德·曼1940—1942 年间用荷兰语和法语写下的后来被人称为反犹的（anti-Semtic）和亲纳粹（pro-Nazi）的文章——在 1940 年 12 月到 1942 年 11 月，保罗·德·曼为布鲁塞尔的晚报（Le Soir）写了近两百篇书评和乐评，同时在弗兰芒语（Flemish）报纸（Het Vlaamsche Land）上也发表过一些。① 尽管奥尔特温·格拉特已经预料到这些文章的重见天日将会给保罗·德·曼以及解构批评带来什么样的影响，但是对于一个在学术上默默无闻的年轻人来说，这些文章会给他在学界带来何种影响，这自然不言而喻，他如何能放弃这样千载难逢的好机会呢。奥尔特温·格拉特怀着忐忑不安或许还带着些激动和兴奋的心情将这些文章中的四篇《作为民族本质之反映的艺术：评 A. E. 布林克曼〈民族精神〉》（1942 年 3 月 29—30 日）、《欧洲观念之要旨》（1942 年 5 月 31 日—6 月 1 日）、《批评与文学史》（1942 年 6 月 7—8 日）、《文学与社会学》（1942 年 9 月 27—28 日）翻译成英文并寄给了英国杂志《文本实践》（Textual Practice）。一时间，可谓一石激起千层浪。对于保罗·德·曼这个名字在当时的处境来说，可以用在劫难逃或者声名狼藉来形容。而更糟糕的是，许多学者之锋芒所向并不仅仅是保罗·德·曼，而是解构批评或解构。但随后我们将会指出德·曼的这些文章并没有传说中的那么可怕，整个事件用马克·柯里（Mark Currie）的话来说就是："德·曼的战时文章绝大多数是为比利时的一份与敌人有瓜葛的报纸写的并无冒犯性的评论，却被认为是用解构主义叙事手法认可潜在的法西斯主义。"② 乔恩·维纳在《民族报》上发表了《解构德·曼》一文（1988 年 1 月 9 日），"他妄图将一系列的恶意中

---

① 乔纳森·卡勒在《保罗·德·曼对文学批评与理论的贡献》一文中给出的具体数字为196 篇。参见［美］拉夫尔·科恩《文学理论的未来》，程锡麟等译，中国社会科学出版社 1993 年版，第 353 页。

② ［英］马克·柯里：《后现代叙事理论》，宁一中译，北京大学出版社 2003 年版，第 10 页。

伤或诽谤性影射转嫁给解构及解构的'政治学'（他想象中的解构及解构的政治学）"①。而弗兰克·希尔马赫尔（Frank Schimnacher）这样评论道："形形色色的解构主义（deconstructionism），不可能通过德·曼事件被摧毁。如果以为我们把解构主义称作'法西斯主义'，那是对我们的误解。解构主义无疑代表了一种对文学和自我的现代理解来说极为宝贵的分析方法。但是，这一学派今天已经面对'解构主义就是法西斯主义'这一等式。因此，它必须对此做出回答。"② 德里达指出，尽管看上去希尔马赫尔也承认解构批评作为一种分析方法上的难能可贵，但他先后暗示解构（从每一行都可以看出他对解构也是一无所知）同法西斯主义和其他类似的东西有着某些亲缘关系，这实在是令人遗憾。多年来，茨维坦·托多罗夫（Tzventan Todorov）一直都是解构批评较为猛烈的反对者，而德·曼事件让他成功地将保罗·德·曼和海德格尔一并送上审判席。在托多罗夫看来，保罗·德·曼是"一位有影响的海德格尔哲学的传播者"③。而海德格尔骨子里就是个纳粹主义者，而受海德格尔影响的解构批评或者解构也当然就不言而喻了。我们这里似乎还应该简单地谈一下有关海德格尔论争的问题。海德格尔论争起始于法国。1987 年，威克特尔·法力阿斯在其著作《海德格尔和纳粹分子》一书中认为，海德格尔参与纳粹党的问题并不是一时性的，自他青年时起就有这种思想背景，并且是始终一贯的本质性问题。这种观点被新闻媒体大肆报道后，使战后深受海德格尔哲学影响的法国思想界一片哗然。④ 就海德格尔与纳粹主义的关系而言，理查德·罗蒂将海德格尔称为"偶然的纳粹主义者"⑤。罗蒂认为，即便是许多对民主和现代性持怀疑态度的德国人，其实大

---

① Jacques Derrida, *Memorires for Paul de Man* (revised edition), Translated by Cecile Lindsay, Jonathan Culler, Eduardo Cadava, and Peggy Kamuf, New York: Columbia University Press, 1989, p. 254.

② Ibid., p. 258.

③ 实际上，在德·曼去世之前，他和托多罗夫应该说是比较熟悉的，托多罗夫是《诗学》杂志的创始人和主持人之一，而德·曼是该杂志的编委之一。

④ ［日］高桥哲哉：《德里达：解构》，王欣译，河北教育出版社 2001 年版，第37 页。

⑤ ［美］理查德·罗蒂：《后哲学文化》，黄勇译，上海译文出版社 2004 年版，第38 页。

多也都没有成为纳粹主义者。海德格尔之所以会成为纳粹主义者，是因为：较之这类怀疑的德国知识分子，海德格尔属于一个更无情的机会主义者和一个政治上无知的人。尽管海德格尔的哲学并没有什么特别的极权主义的隐义，它确实假定了，想为饥饿者提供食物和缩短工作日等方面的努力与哲学没有什么关系。德里达在《论精神：海德格尔及其问题》中，修辞性地阅读了海德格尔的"Geist"，指出这个词很少出现在海德格尔其他著作中，即便是出现，也一定会打上括号，而在《校长就职演讲》中，这个词不仅频繁出现而且没有加括号。这不免使人生疑，海德格尔要求读者对"精神"这个词保持警惕，因为它可能会使主体被实体化，而我们都清楚的事实是，海德格尔反对实体化，反对在场，但是如果存在本身的本性不被质疑，那么这种反对就显得荒诞。而在题为《德国大学的自我宣言》的《校长致辞》（*Rektoratsrede*）中，海德格尔却一反常态地对伟大的精神和权利意志毫无愧疚地赞扬一番，因而此时的海德格尔和其他著作中所体现的海德格尔是反讽式的或悖论式的。

但无论如何，海德格尔在"二战"中的行为是洗刷不掉的，而且就海德格尔的某些思想是不是全然与他战时的行为毫无瓜葛，我们似乎也还不宜仅凭德里达和罗蒂的辩护之词而太过草率地下结论；然而德·曼不是这样的，德·曼不是纳粹分子，至少他在战时所写的文章里尚无这方面的主张，如果说他有什么错误，那就是对当时的形势估计不足、判断失策，也就是说他当时在反对纳粹和反对资本主义两者之间，多少同他的伯父（社会主义者）一样，认为后者比前者更为紧迫，我们在下文中将会具体谈到这一点。

当然，对保罗·德·曼的指控似乎总是被不可避免引向了对解构批评的批判，在他们看来，这两个东西有着本质上的一致性，年轻时代的保罗·德·曼所犯下的罪行并没有连同"二战"的结束而终结，那令人恐慌的"非理性主义、反人道主义、独裁主义、极权主义、甚至达尔文主义"只是以"解构"之名重新包装面世，其本质是反动的、是法西斯主义式的。而对于那些信奉解构的人而言，某种程度上，德·曼事件似乎倒成了解构批评内部的一个解构性事件，它在解构批评的内部制造了某种分裂，它似乎预示着解构批评信誓旦旦所承诺的对权威、对等级制、对逻各斯等等的质疑与追问，不过是些徒有其表的谎言罢了。就此而论，保罗·德·曼事件应该说是灾难性的。

要言之，对解构批评的这两种情感或者态度，应该说有着某种相似的
东西，那就是首先都承认了这样一个前提，也就是承认了这样一种典
型的三段论逻辑：德·曼是亲纳粹分子，而解构批评的主要头目（之
一）是德·曼，因而解构批评是法西斯主义。

　　（二）语境

　　从文化唯物论的角度来说，我们似乎应该关注的不只是文章表述
的年代，而且更应该关注书写文章的年代。有趣的是，当我们在谈论
语境的时候，语境早已变成了一堆看似散漫无序的材料。在当事人已
经缺席的情况下，我们如何客观公正地对待那些他的替补之物——他
留下来的文章，如何对德·曼之所为进行合理地评判，这就不得不涉
及到德·曼自身的经历以及当时特定的历史语境了。我们先来看看在
1940 年 12 月之前和 1942 年 11 月之后的时段里，德·曼都做了些什
么。我们注意到，在写这些文章之前，也就是说在 1940 年 12 月之
前，德·曼还出任过一个不出名的杂志——《自由判断手册》——的
社长，而这个刊物在德军占领前夕，始终以"民主、反教权（anti-
clerical）、反教条主义和反法西斯主义（antifascist）"① 的面貌出现。

　　而在 1942 年 11 月之后，也就是法西斯主义日益猖狂的时候，
德·曼就再也没有为这两家报纸写过什么文章，就连最最普通的文艺
评论也没有，原因可能有两个，一是现实的沉闷气息让他无法写作，
另一个原因就是当局对文章的审查加大了力度。实际上，在德军最初
占领比利时，对报纸和杂志等出版物的审查仅限于一些重要的政治文
章，而文学专栏并没有接受太过严格的审查，只是到了 1942 年的年
底，这种审查才扩展到文学领域，而如果德·曼的文章是亲纳粹的，
那为何他不继续写呢？或者说他写了为什么发表不出来呢？

　　下面将要提到的这个人，无疑对于保罗·德·曼是至关重要的，
一方面，这个人对年轻的保罗·德·曼有着重要的影响，这里的影响
主要指的是思想方面；另一方面，如果没有他，保罗·德·曼也许没
有机会成为这两份报纸文艺评论专栏的作家。而这个人就是保罗·
德·曼的伯父和教父，也是前比利时劳动党主席亨利·德·曼。

──────────

　　① Jacques Derrida, *Memorires for Paul de Man* (revised edition), Translated by Cecilc Lind-
say, Jonathan Culler, Eduardo Cadava, and Peggy Kamuf, New York: Columbia University Press,
1989, p. 173.

　　德里达和芭芭拉·约翰逊在关于纪念保罗·德·曼的文章中都用了较大的篇幅来介绍这位"其行动和著述所产生的影响达半个世纪之久"的"杰出的社会理论家"。①

　　亨利·德·曼生于1885年，20岁赴德国，遇到考茨基、卢森堡等马克思主义者，积极投身马克思主义，任青年社会主义国际第一秘书。1910年加入伦敦的马克思主义激进组织——社会民主联合会，次年回到比利时。"一战"时开始怀疑马克思主义。此后赴美任华盛顿州立大学社会心理学教职，1929年任教于法兰克福，1933年，因发表《社会主义思想》而被纳粹查封。在德国占领初期，一度非常绝望，认为战争已经结束了，比利时的命运将走向新的轨道。1940年建立了统一工会联合会。与占领者的关系迅速恶化。1941年因不堪忍受重压移居萨瓦。1942年参与刺杀希特勒行动，后逃亡瑞士。光复时受军事法庭重判。亨利·德·曼的主要著作有：《超越民族主义》《单枪匹马》《逆水行舟》等等。

　　下面所录的是其写于1940年7月的一篇文章中的一个部分：

　　　　为了重新开始、为了工作、为了过正常的生活，请成为与贫穷和堕落做斗争的一员吧！但是我认为抵制占领势力已经没有必要了，接受占领者胜利的事实吧，可以从中吸取教训，由此出发使其构成新社会进程的新起点。战争已经导致在所谓的民主之下的议会政体和财阀统治的崩溃。破败的世界的倒塌，对于工人阶级和社会主义来说，远不是一场灾难，而是一种解放。②

　　同当时大多数人一样，亨利·德·曼也认为战争已经结束了，德国的占领和统治也似乎已经是板上钉钉了，而生活还要继续。因此他认为人们现在最为重要的任务是要同贫穷和道德败坏做斗争。亨利·德·曼后面的论述则显示了他对当时的比利时政府、资本主义及其政体的强烈不满，以及他对纳粹的错误估计。用芭芭拉·约翰逊的说法

　　① Barbara Johnson, *The Surprise of Otherness*: *A Note on the Wartime Writings of Paul de Man*, see, Perter Collrer, Helga Geyer Ryan. *Literary Theory Today*, Cambridge: Polity Press, 1990, p. 15.

　　② Ibid..

就是："他在 1940 年的错误是，将资本主义视为比纳粹主义更为糟糕的恶魔。"①

得益于其伯父的关系，保罗·德·曼担任了晚报（Le Soir）文艺专栏的特约撰稿人，或者说成了一名专栏作家。无论如何，他似乎已经接受了他的伯父所说的那些话，尽管不是全部。

也许我们现在应该将注意力转向那近两百篇报刊评论了。拉康对爱伦·坡的小说《被窃的信》的读解，想必我们一定都非常熟悉。在小说中，叙述者没有提及信的具体内容，只是说：王后不能让王知道这封信。因而信似乎已经成为一个纯粹的能指了，也就是说，作为能指的这封信完全可以被其他什物来替代；它的位移决定了主体的行动、主体的命运等等。而在许多对德·曼的声讨声中，德·曼的那些文本也同那封被窃的信一样，只是作为一个能指被提出，而文本的具体内容并未提及。对于德·曼的某些激烈的攻击者而言，有这个事实——即这些文章是刊载于德国占领者首肯的报纸上的——这已经足够了，文本的具体内容不是不需要读了，而是根本就没必要去读。那么实际的情况是否真的是这样？这些决定德·曼乃至解构批评命运的文章是否真的如同那份脱离主人的信一样，具有如此骇人的威慑力？接下来我将结合德里达、芭芭拉·约翰逊以及米勒的言论来表明，德·曼的那些文本尽管多少有些年轻气盛或者锋芒毕露，但在字里行间向我们展现的也并非是什么恐怖的法西斯主义。

德·曼的文章被置于"德国占领者认可的报纸"这一前提下来讨论，就有可能事先朝着两个方向发展，一是无论德·曼写了什么，都不可避免地要接受占领者的审查和修改，即便是他对占领者有所不满，但至少在形式上——为了通过德国占领者的审查——默认了法西斯的统治；而另一个方向则似乎显示了，无论德·曼写了什么，这些都不一定是德·曼的本意，是被篡改了的，至少也是被逼无奈的。那么在我们看来，后者显然是站不住脚的，因为他完全可以选择沉默。因此这一事实无论怎么涂抹，也都不可避免地要在德·曼

---

① Barbara Johnson, *The Surprise of Otherness: A Note on the Wartime Writings of Paul de Man*, see, Perter Collrer, Helga Geyer Ryan. *Literary Theory Today*, Cambridge: Polity Press, 1990, p. 15.

的文本上打上灰色的烙印，但同时这又似乎不能构成我们阅读这些文本的出发点和落脚点，从而将这些文本东拉西扯地拼凑成一份"交代材料"。

我们现在开始进入文本。

（三）文本

德·曼与纳粹。

再次回到公众视线里的这些失去了主人的评论究竟要对我们说些什么呢？为什么这些文本会被当成保罗·德·曼作为"法西斯主义支持者"的证据呢？而只要阅读过这些文本的人都知道，"纳粹"这个词只在这些文本中出现过一次：

> 面对在纽伦堡纳粹党大会这样的景象，布拉希拉奇对这一表现的"怪异性"感到某种恐慌，他的反应就像某人对于人们生活中这样突发的政治重要性而成为无法解释的现象一样。[1]

这篇文章基本上是以一种中立的和报道式的面貌出现的，而其原委还是"批评当时最为法国合作主义分子所'认可'的法国作家之一：布拉希拉奇以及他那匮乏的政治判断力"！[2]

那么为什么"纳粹"一词还是被牵连到保罗·德·曼身上呢？我们认为主要还是源于一种简单的二元对立思维在起作用，这种所谓非此即彼、非东即西、非好即坏、非黑即白、非左即右的思维模式构成了冷战时期几乎一切问题的逻辑框架。而需要补充一句的是，这些正是解构所要打破的东西。那么，德国作为产生法西斯主义的大本营，在战后这些"胜利者"的眼中，被完全等同于"纳粹"就显得毫不奇怪了。而在保罗·德·曼的文本中，对于德国文化、德国民族问题、德国在欧洲命运方面所起的作用的论述，也就不可避免地要被归属于"亲纳粹"的言论。当然这里姑且不考虑某些人的别有用心或故意歪曲。

---

① See Jacques Derrida, *Memorires for Paul de Man* (revised edition), Translated by Cecile Lindsay, Jonathan Culler, Eduardo Cadava, and Peggy Kamuf, New York: Columbia University Press, 1989, p. 189.

② Ibid. .

就"德国"和"纳粹"这两个词之间存在的差异，我们先存疑。退一步讲，保罗·德·曼有没有讲过什么"亲德国"的话。经过考察，我们发现，相对于法国，保罗·德·曼的确更钟情于德国，保罗·德·曼多次提醒人们不要忘记反对法国的影响。那么为什么要在论述保罗·德·曼与德国文化、传统、政治的时候要提到法国呢？

为了更好地说明这一问题，我们首先要对当时比利时这个国家的基本情况做一个看似简明扼要却相当必要的介绍。这个国家主要由两大民族构成，一为弗兰芒族，二为瓦隆族。前者居住于比利时北部，与荷兰交界，这里的人们主要讲荷兰语（一般被称为弗兰芒语）；我们都知道荷兰语和德语同属印欧语系下的日耳曼语族，荷兰语介于德语和英语之间。瓦隆族隶属比利时南部，与法国接壤，该地区的人们主要讲法语。保罗·德·曼 1919 年 12 月 6 日出生于安特卫普（Antwerp），祖籍弗兰德，将弗兰芒语或荷兰语视为自己的母语，当然德·曼也精通法语。这个国家在其历史上多次被占领，在近代先后被西班牙、奥地利和法国所统治。从这里我们也可以清晰地看出，保罗·德·曼对法国和德国的不同态度是有其历史依据的。但是保罗·德·曼也反对狭隘的民族主义，他指出：

> 保持法国精神的连续性是欧洲强盛的内在条件。特别是当总体趋势朝向深层的、蒙昧的、自然的力量时，法国使命（包括克制过度、保持同过去的必不可少的联系、平衡不稳定性因素）之至关重要的必要性就显现出来了。这就是为什么试图通过强权去改变、从而破坏拉丁精神的是有害的和愚蠢的。这也正是为什么如果断绝与这种文化之各种表现的联系，就会犯下不可饶恕的错误。①

很显然，保罗·德·曼这些文本所论述的核心问题是民族问题，这一问题被播撒到他关于语言、文学、历史、政治、音乐、美学等等

---

① See Jacques Derrida, *Memorires for Paul de Man* (revised edition), Translated by Cecile Lindsay, Jonathan Culler, Eduardo Cadava, and Peggy Kamuf, New York: Columbia University Press, 1989, pp. 199-200.

的论述里。那么他是如何看待德国的呢？

> 德国过去的和将来的历史命运不会使我们无动于衷的另一个原因是：我们直接取决于该命运。（……）任何人都无法否认，德国对于整个西方社会的生活有着根本的重要性。①

从这段话里，我们多少可以看到亨利·德·曼这个"世界主义者"对于保罗·德·曼的巨大影响；同时，对于大多数比利时人来说，德国的统治已成定局。"我们直接取决于该命运"，这句话让我们看到了保罗·德·曼对当时比利时民众的反抗已经不抱什么希望了，必须接受"德国统治比利时"这个事实，这种颇为典型的右倾思想很难不让人对他的政治立场唏嘘不已。但是保罗·德·曼在当时那种特定的高压政治下，并没有放弃民族立场，也并没有丧失民族气节，他在《弗兰德的命运》里写道：

> 然而必须指出，同化的危险照样存在（指弗兰芒族被德国所同化——笔者注），而且由于这两个民族之间的相似性（主要指两者在语言上比较接近），这一危险更为明显。对于弗兰德人来说，融入日耳曼共同体的诱惑只会更大，而该共同体可能抹掉所有构成他们之深厚的独特性的东西。……有些人大概担心这将导致作为一个民族的弗兰德人被等同于德国人。我毫不犹豫地声明，这样一种构想在弗兰德将导致各种灾难出现……我们要成为一个日耳曼国家的名副其实的成员，先决条件是这个国家允许我们成为名副其实的荷兰人（Netherlanders）。②

不言而喻，对于德国的同化，保罗·德·曼是警觉的，尽管在语言上，弗兰芒语更接近德语，但是德·曼指出，先决条件是，弗兰芒族保持自己的民族性。

---

① See Jacques Derrida, *Memorires for Paul de Man* (revised edition), Translated by Cecile Lindsay, Jonathan Culler, Eduardo Cadava, and Peggy Kamuf, New York: Columbia University Press, 1989, pp. 182-183.

② Ibid. , pp. 200-201.

总之，在政治立场上，保罗·德·曼的确有些右倾，但将他判定为纳粹合作主义者则是说不通的，在面对异族的同化这个问题上，保罗·德·曼的立场是坚定的，他坚定地站在弗兰芒族的立场上，反对德国的同化。

（四）德·曼与反犹主义

对于保罗·德·曼反犹主义的指责，应该是集中于 1941 年 3 月 1日发在《晚报》上的《当前文学中的犹太人》一文，而实际上，保罗·德·曼提到犹太人的文章也只有这一篇，而在这一篇中，提到犹太人的段落主要集中于这么几个段落：

> 庸俗反犹主义一厢情愿地以为，战后的文化现象（1914—1918 年第一次世界大战后）因受犹太影响的渗透而退化衰落。文学也未能幸免这一简单的判决：只需要发现一些用拉丁化笔名的犹太作家，就能认定全部当代作品都受到了污染，都是有害的。这种观点带来一些相当危险的后果。首先它先验地否定了整整一部分丝毫不该遭此命运的文学。再者，既然人们乐于将少许功绩记在当今文学的名下，那么将一些西方作家贬为他们所不熟悉的外来的犹太文化的模仿者，这实在是一种不怎么讨好人的评价。

> 犹太人自身也为这一神话的传播做出了贡献。他们常常因为充当我们这个时代所特有的诸文学运动的首领而颇感荣耀。但事实上，这种错误有其深层次的原因。一个广为流传的看法，即小说和诗歌不过是世界大战的可怕的赘疣，是犹太人侵入论的根源。因为犹太人实际上在 1920 年以来欧洲不自然的和无序的生活中扮演了一个重要角色，所以一部在此环境下产生的小说在一定程度上可称为受犹太人影响的小说。①

德里达对文中所提到的"庸俗反犹主义"进行了分析，很显然批评庸俗的反犹主义，这是文本中公开的和被强调的首要意图。那么批评庸俗反犹主义，"是不是嘲笑反犹主义之庸俗性呢"？对庸俗反犹主

---

① See Jacques Derrida, *Memorires for Paul de Man* (revised edition), Translated by Cecile Lindsay, Jonathan Culler, Eduardo Cadava, and Peggy Kamuf, New York: Columbia University Press, 1989, pp. 205-206.

义的谴责是不是暗示着存在某种高雅的反犹主义呢？这两段话是在告诉我们，犹太人在文学上的影响并没有想象中的那么严重，一方面，他批评了庸俗反犹主义将"西方作家贬低为他们所不熟悉的犹太文化的普通模仿者"的夸大其词；另一方面对某些犹太人的夸夸其谈也不以为然。统观全篇，我们就会发现，保罗·德·曼在这里提出这个问题主要是想讨论欧洲的文学状况，并且对犹太人在欧洲文学领域里的影响夸大化的言论给予了批评，尽管语气上有些傲慢。保罗·德·曼在这篇文章里还谈到了他的文学观念，以及文学评判的依据。这些看法在他的整个学术生涯里都是一以贯之的。在他看来，文学的发展有其内在的逻辑，它不可能和战争、政治有什么必然的联系。文学有自己独立的系统，它始终应该是中立的，至少是独立于道德和政治，"那些把文学奉献给时政的人将被遗忘"。也许很多人急急忙忙在这里要给保罗·德·曼定罪，但不要忘记保罗·德·曼说这些话的时间，那个时候，纪德、劳伦斯等一大批作家正因其自身或作品上的道德和政治问题而受到攻击，就像沈从文、张爱玲曾经受到的那些指责一样。从这个意义上来讲，他的这些观点即便不说其是进步的，也至少是勇敢的。我们再来看看保罗·德·曼在这篇文章里所推崇的作家吧，纪德、卡夫卡、劳伦斯、海明威、超现实主义作家、未来主义作家等等，这里有犹太人，但是没有一个是德国人。而这些作家"无一不代表纳粹主义或右翼革命原本要将其从历史和伟大传统中根除的东西"。[①] 德·曼是怎么说的呢？

　　　纪德、卡夫卡、海明威、劳伦斯——这个名单可以无限延伸——所做的不过是试图按照与他们各自的个性相适应的方法，去穿透内心生活的秘密。通过这些特征，他们所显示的不是与一切过去的传统决裂的创新者，而只是进一步深化已有一个世纪之久的现实主义美学的接续者。同样相似的论证也可以发生在诗歌领域，其实，我们认为最具革命性的形式，如超现实主义或未来

---

① See Jacques Derrida, *Memorires for Paul de Man* (revised edition), Translated by Cecile Lindsay, Jonathan Culler, Eduardo Cadava, and Peggy Kamuf, New York: Columbia University Press, 1989, p. 212.

主义，都拥有一些无法摆脱的正统和直系尊亲属。①

通过谱系研究，德·曼将这些纳粹主义意欲消除的东西、这些某些人看来是犹太人影响下的产物，重新组织进欧洲文学的传统中去。在此，我们丝毫看不出保罗·德·曼有丝毫的反动，如果有什么反动，那也是针对纳粹主义而采取的。他的才华以及他的睿智，更重要的是他的勇敢都从那年轻的心脏里喷薄而出。

同时，我们还可以举出例子来证明德·曼并非什么亲纳粹分子。在1943年，德·曼还经常同乔治·格里耶利（Georges Goriely）会面，而格里耶利是比利时当时的抵抗分子，通过格里耶利提供的证词，他从来没有——哪怕一分钟——担心他的地下活动会被保罗·德·曼告发。②

（五）德·曼事件与解构批评

可能这里应该进一步解释一下解构批评和法西斯主义的关系，但这方面的论述我们似乎已经说得太多了，我们不妨引用德里达的话来做一个简单的回应，当然德里达的话带着一种显然是悲愤的语调：

> 为什么有些人如此仓促地否定一些当前的问题、一些分析成果、一些现实的提问，而他们非常清楚这样的提问恰恰是在努力解构蒙昧主义、极权主义或纳粹主义、种族主义和一般意义上的专制等级制度的基础（而不是将自身限制在所谓的合理思维的欲求、好的良知或蛊惑人心的共识上），为什么有人忽视这样的事实，若要行使（理论的和伦理—政治的）责任，就不可能先验地避开解构性问题？因为在我看来，解构完全就包含着去履行该责任，尤其在它分析关于责任这个概念的传统的或教条的公理的时候。③

---

① See Jacques Derrida, *Memorires for Paul de Man* (revised edition), Translated by Cecile Lindsay, Jonathan Culler, Eduardo Cadava, and Peggy Kamuf, New York: Columbia University Press, 1989, p. 213.

② See Shoshana Felman, *Paul de Man's Silence*, Critical Inquiry, Vol. 15, No. 4, 1989.

③ Jacques Derrida, *Memorires for Paul de Man* (revised edition), Translated by Cecile Lindsay, Jonathan Culler, Eduardo Cadava, and Peggy Kamuf, New York: Columbia University Press, 1989, pp. 258-259.

（六）结论

第一，从保罗·德·曼的这近两百篇的报刊评论中，我们不能得出他是个纳粹主义者、纳粹主义支持者或者极端反犹主义者这样的结论。对于托多罗夫的逻辑或看法——认为保罗·德·曼是海德格尔思想的传播者，因而他们两个人在战时所做的事基本上没什么本质区别，我们也不能够认同。先不说海德格尔的哲学、思想同海德格尔在"二战"期间所犯的错误有什么必然联系，即便仅就海德格尔思想的影响来说，德·曼同德里达的态度是一致的，并不是无保留地认同，相反，在为数不多的谈及海德格尔的文章里，德·曼对他的批判远远多过褒奖。德里达说："我并不想做对海德格尔进行无罪化的工作（这是我永远不会做的，我甚至认为，海德格尔没有逃脱他的时代和他的圈子的最庸俗的反犹主义。——我们全体在那时都有点是反犹主义者，我记得伽达默尔说过这样的话）。"[①] 而哈特曼也同样在《盲视与洞见：保罗·德·曼、法西斯和解构》一文中指出，反犹倾向在那个时代并不是德·曼独有的，许多思想家都有这个倾向，如庞德、海德格尔、艾略特、叶芝以及托马斯·曼。[②] 对于保罗·德·曼，德里达不仅指出德·曼是无罪的，而且还希望人们应该将海德格尔和保罗·德·曼在政治上的界限划清。

第二，将解构批评和纳粹主义等同起来，这一说法也是不成立的。在解构论者看来，似乎有必要对"纳粹主义"这个词进行谱系学和修辞学意义上的分析，但不管"纳粹主义"这个词有多么丰富、复杂的定义，至少其内核包含着极权主义、专制主义、反人道主义等等，很显然这与解构批评是格格不入的；不仅格格不入，而且这些东西首先就是应该被解构的。这方面，陈晓明先生的《德里达的底线》、尚杰先生的《精神的分裂——与老年德里达谈话》、陆扬先生的《德里达的幽灵》等等都做了极为精彩的论述。在对待他人、他者的态度上，法西斯主义恰恰是蔑视他人、他者，将他人、他者视为工具性的存在；而解构批评则对他人、他者表示出了极大的尊敬。尚杰先生指出："法西斯把他人当作一样随意摆弄的东西。而你们这些后现代思想家们，把他者当作神

---

① 杜小真、张宁编：《德里达中国演讲录》，中央编译出版社2003年版，第216页。

② Geoffrey Hartman, *Blindness and Insight：Paul de Man, Fascism. and Deconstruction*, *The New Republic*. Vol. 198, No. 10, March, 1988.

灵一样的敬畏对象，差别该有多么大啊!"① 诚如我在前文中所说，解构或者解构批评最大的敌人就是极权主义，我们甚至可以将逻各斯中心主义看作这种极权主义的一个范例或隐喻。

第三，即便保罗·德·曼应该为他的行为付出代价，但我们是否能够将他在文学理论和文学批评上的功绩一并抹杀了呢? 答案当然是否定的，我们不应该也不能否认他的贡献。在德·曼的追思会上，德里达这样描述他的朋友的成就:"作为一个文学理论领域的改革者，更新了所有的渠道，整个美国乃至欧洲的大学内以及大学外都得到他的灌溉; 文学批评家、德·曼的同事杰弗里·哈特曼将他的死形容为'悲剧'; 在德·曼去世后不久，美国著名文学批评家希利斯·米勒写道: 如果所有的男人和女人都成为在德·曼的理性指导下的好的读者，人类太平盛世的普遍公正（justice）与和平就会到来。1999 年，后殖民理论家、马克思主义批评家加亚特里·C. 斯皮瓦克（Gayatri Chakravorty Spivak）将她的《后殖民理性批判》一书献给保罗·德·曼，而那时保罗已经去世 16 年了。"② 在此，我们不妨按照乔纳森·卡勒的总结，简单地回顾一下德·曼所开拓的文学研究的空间或疆土: 一是德·曼对隐喻的重新评价。二是德·曼对浪漫主义的重新评价。"浪漫主义不应该被认为是居于主体与客体、心灵与自然的一种辩证关系的中心，而应该被认为是在探究空间系统和时间系统的冲突，探究对短暂性观点的明确表达。"③ 三是对盲视与洞见之间关系的鉴别。德·曼指出: 我们应"把最佳的洞见归功于对这些洞见所驳斥的预设上"，④ "洞见正是由于批评家们基于这种特殊的盲视中才得以斩获"。⑤ 四是语言的比喻结构导致了如下一些区分——符号与意义、意义与意图、表述（performative）功能与述愿（constative）功能，以及作为说服的修辞学与作为转义的修辞学之间的一道鸿沟。五是对那种粗暴地将感觉与认识、形式与思想联系在一起

---

① 尚杰:《精神的分裂——与老年德里达谈话》，同济大学出版社 2006 年版，第 304 页。

② J. Hillis Miller, *The Ethics of Reading*: *Kant*, *de Man*, *Eliot*, *Trollope*, *James*, *and Benjamin*, NewYork: Columbia University Press, 1987, p. 58.

③ ［美］拉夫尔·科恩:《文学理论的未来》，程锡麟等译，中国社会科学出版社 1993 年版，第 359—368 页。

④ Paul de Man, *Blindness and Insight*: *Essays in the Rhetoric of Contemporary Criticism*, New York: Oxford University Press, 1983, p. 141.

⑤ Ibid. , p. 105.

的美学，给予解构式的批评，认为那种思想"总是被文学（只要阅读得当）证明是无效的"①。

第四，我们还是忍不住要向德里达表达一下我们的敬意，当一个饱经沧桑的犹太人在为一个"疑是反犹主义分子"开脱、辩护的时候——而这个人还是他的好朋友，他该是怎样的一种愁肠百转呢？而同时，由他自己——一个犹太人——创立的学说却被冠以"法西斯主义"的称号时，他又该是怎样的一种酸楚呢？

第二节　解构批评与虚无主义、相对主义、怀疑主义

尽管解构作为解构批评的较为核心的话语，或者说作为一个术语，是在最近几十年里才引起了人们的关注；但是在一种本体论意义上，或者说在解构还没有被命名的时候，解构这种运动方式就一直存在。解构代表着一种自由意志和民主、平等精神。尽管绝对意义上的自由、民主、平等，这些都似乎是不可能的，但正因为不可能才向可能开放，只有实现不了才诱惑我们尽力去实现。而解构正是对不可能之物的思考，它代表了一种运动方向，它是对不可能之物、对绝境的开拓，某种意义上，也可以说是解放，在解构批评眼里，只有不可能才是有可能的。解构也酷似酒神狄俄尼索斯，将一种众生平等的福音以一种决不妥协的姿态插入结构等级制的裂隙之中，它顽强地将那无声的他者推向结构系统或文本的前台，让那种自以为是的、逻各斯中心主义式的话语建构清晰地表露出它的虚构与妄想特征。总之，解构代表了一种生生不息的生命力，它永不停歇、永无止境；解构审视着处于文本或结构系统内部具有等级制的二元关系，并认为这种关系从其建立伊始就是不牢靠的，这种等级制最终逃脱不了被颠覆的命运。同时解构本身预示着一个新的文本意义之建构的可能，也意味着解构总是从一个结构奔向另一个结构。这样看来，结构和解构密不可分，没有结构系统、没有文本，解构也就无从谈起。我们在本书一开始就尝试着用保罗·德·曼在《阅读的寓言》

_____

① ［美］拉夫尔·科恩：《文学理论的未来》，程锡麟等译，中国社会科学出版社1993年版，第365页。

中提到过的一个隐喻即"有缺陷的墙角石"来解释解构的运作。很显然，这个有缺陷的墙角石在整个建筑中，既是整个建筑的一部分，又是整个建筑意欲排除的他者，因为它的存在威胁着整个建筑物。就此而言，拱顶石对墙角石似乎是有着某种不言自明的操控能力；但在解构看来，这不过是逻各斯中心主义傲慢无理的偏见。解构就是通过这块有缺陷的墙角石来颠覆这种等级制的，而一旦墙角石和拱顶石的角色、功能被颠覆了，它们又马上被新的结构所捕获，并且被重新命名，而解构又继续着新一轮的运作。

在解构的基本思路影响和指导下研究符号和文本，也即解构批评，是德里达和他的美国朋友们40多年来所进行的一项颇为浩瀚的工程。当然包括伊格尔顿在内的许多左派人士有理由将其斥为"政治性的灾难"，因为这些纯粹虚构的"理论上的否定力量在实践中是束手无策的"。然而，对等级制的颠覆难道不是一种政治化的行为吗？对性别（男性/女性）秩序的解构难道不是实实在在的政治吗？倘若认为这种解构仅仅是种话语，那么显然是对理论的要求太过苛刻了。"事物就是符号。"① 德里达如是说。德里达还说："解构不是，也不应该仅仅是对话语、哲学陈述或概念以及语义学的分析；它必须向制度、向社会的和政治的结构、向最顽固的传统挑战。"② 许多年以后，准确地说，是在德里达去世后的一个星期，伊格尔顿这样评价德里达，"他在政治上始终是坚定的左翼人士"。③ 即便如此，解构在西方也仍然饱受非议；在中国，解构所遭遇的境况也并没有好到哪里去。国内的一些学者以"思想恐怖主义"和"文化取消主义"来对解构批评加以命名，著名学者徐岱先生认为这几顶帽子扣在解构批评头上十分合适。他指出："德里达的解构理论事实上能够被一言以蔽之：以一种'跟着感觉走'的方式，对任何肯定性事物实施无穷的否定。"④ 我们在前文已经指出过，解构不可以被简单地理解为一种摧毁，因为不存在牢不可破的建筑物，

① Jacques Derrida, *Speech and Phenomena*, Baltimore, M. D.: Johns Hopkins University Press, 1997, p. 49.

② ［法］雅克·德里达：《德里达访谈录——一种疯狂守护着思想》，何佩群译，上海人民出版社1997年版，第21页。

③ Terry Eagleton, *Don't deride Derrida-Academics are wrong to rubbish the philosopher*, The Guardian, Friday, 15h, October, 2004.

④ 徐岱：《解构主义与后形而上诗学》，《文学评论》2006年第5期。

任何事物都必然有其破败、死亡的那一天，解构根本没有借助于一种外在的力量，来摧毁建筑，而毋宁说解构就在建筑之内，解构只是展示了建筑物的必然走向，因为总会有一块有缺陷的墙角石的出现，总会有墙角石对于整个建筑物的威胁，它虽然也是建筑物的一个组成部分，但它是异质性的，是个他者性的存在，他者的解放早已是解构料定了的结局。当然，按照德里达的看法，也不能简单地把解构中的"解（de）"和"构（con）"看作两个相继的阶段，但我们可以概括地说，解构是对他者的肯定。解构批评就是对形而上学所表述的历史的怀疑与拒斥，是对在场的攻击，是对能指的解放，是对教条主义义无反顾的排除。因此，我们极为诧异的是，为什么这么多年来解构批评要承受那么多貌似毫无道理的指责呢？

一 解构批评与虚无主义

解构批评反对对文学作品进行政治的、心理的、历史等等的外部研究，认为尽管这样的研究也是非常有价值的，但是这些研究价值不在文学本身，而在文学之外。而这可能是解构批评被扣上非历史主义、非政治化等帽子的主要原因。但解构批评认为可以对政治的、历史的、心理的文本进行文学批评或修辞研究，因为一切文本都具有修辞性，而只有对这些文本进行修辞分析才能揭示其价值。对于像虚无主义这样的指责，解构论者愤懑至极。

正如希利斯·米勒所指出的那样，"虚无主义，这个词已经不可避免地作为一个'解构'的标签而出现，隐蔽或公开地作为一种命名，用以表示人们对于这种新的批评模式，对于它能够贬低一切价值观念、使传统的阐释模式'不可能'所感到的恐惧"①。米勒意在指出，对解构批评的虚无主义或者历史虚无主义的指责，其实仍属于形而上学或逻各斯中心主义的一个组成部分。而事实上，解构论者不仅没有否认历史，而且是最为严肃的谱系学研究者。或如詹明信所说，解构"直率地讲述历史如何变成了'形上学'或西方的认识论思维以及科学或工具主义的理性（或者如这些历史叙述形式中常暗示的那样，转变成资产阶

---

① Harold Bloom, Paul De Man, et. al, *Deconstruction and Criticism*, London: Routledge & Kegan Paul Ltd, 1979, pp. 226-227.

级的思想意识）"①。另外，德里达对逻各斯中心主义的指责并非脱离了西方哲学史，而恰恰是认真阅读和研究自柏拉图以降的西方哲学史。解构批评没有怀疑历史，而怀疑的是被形而上学所表述的历史，同时也是在质疑形而上学的历史概念。因此，解构批评不仅不是虚无主义，而是要对虚无主义进行猛烈的抨击，因为虚无主义本身也是形而上学的一部分。

　　解构批评不是要撤销历史，这一点只要看看德里达对"历史终结论"的批判就能得出。德里达表示，"历史不会终结，或者不可能被任何以自我利益为重的意识形态的简单呓语引向终结"②。解构批评不仅不反对历史，而且可以说是对历史表现出了应有的尊敬。可能我们要弄清楚的是，历史似乎总是可以指涉两种东西，一个是已经和正在发生着的一系列的真实的事件，而另一个则指的是对前一种历史的描述或者叙事；而后者本质上同其他类型的文本没有太大区别，它同样是一种语言和修辞结构，而且在此意义上的历史或历史叙事往往被一种言说方式所掌控，这种言说方式认为历史是逻辑的、历史是连贯的、历史是有其自身目的性的，这就是形而上学的历史观。这种历史观往往服务于占统治地位的意识形态，而且也往往依照一种成王败寇的逻辑将历史事件归档。而解构批评却对被形而上学编造的历史表示了最为深刻的质疑，并指出，形而上学的历史也正是霸权化的历史，就是将真理、本质、道、存在等凌驾于语言、表象之上的整个逻各斯中心主义的西方哲学史。而解构的责任"首先正是尽可能地去重建这种霸权的谱系：它从哪儿来的，为什么是它获得了今日的霸权地位"③。同时，解构对形而上学的线性的、目的论的历史概念也进行了分析，指出："这一概念将历史当作意义的历史：它展开自己、产生自己、完成自己。"④ 历史在这里有着明确的目的性，有终极意义，有绝对价值；而且存在着自己建构自

---

　　① ［美］詹明信：《晚期资本主义的文化逻辑》，陈清侨等译，生活·读书·新知三联书店 1997 年版，第 335 页。

　　② ［英］斯图亚特·西姆：《德里达与历史终结》，王昆译，北京大学出版社 2005 年版，第 97 页。

　　③ ［法］雅克·德里达：《书写与差异》，张宁译，生活·读书·新知三联书店 2001 年版，第 15 页。

　　④ ［法］雅克·德里达：《德里达访谈录——一种疯狂守护着思想》，何佩群译，上海人民出版社 1997 年版，第 102 页。

身，沿着历史自我设定的方向连续地前进着，这种历史不需要其他概念设定就能够呈现自身；它是在场的，是意义的制造者，而不是被制造者。这种看法，正像海德格尔所一针见血地指出的那样，"形而上学就是超出存在者之上的追问，以求返回来对这样的存在者整体获得理解"。① 德里达以及他的美国朋友们所要批判的就是这样一种观念，或者说，这种批判再一次回到了解构所熟悉的批判领域，即对在场的形而上学之批判。德里达指出："我不相信有着'原本'的'形而上学'概念。没有任何概念是单独的，它原本就是形而上学的，并且脱离包括它在内的所有的文本活动。"② 解构批评在这里明确表态，作为能指的历史并不比其他能指更具有神性，并不比其他能指拥有更多的权力。对它的定义仍然需要借助差异系统，仍然需要上下文的限制，所谓的本体及所有不言自明的东西都无法自我显现，都无法脱离语言的差异系统。康德认为，我们无法认识物自体，只能认识它的现象；而解构批评则表明，根本不存在物自体，一切能指只在语言的差异系统或者说异延游戏中被生产出来。因而，某种意义上，与其说解构批评是历史虚无主义，毋宁说这种对解构的责难，本身就是对解构批评所批判的形而上学的历史概念或历史概念的形而上学特征的念念不忘。

而同时，我们也需要指出的是，虚无主义以及下文所涉及的相对主义、怀疑主义事实上都属于形而上学的一部分。那么我们再来看看虚无主义到底是个什么东西？这个问题由尼采提出，海德格尔通过这样一个隐喻来回答。

"'虚无主义的一种妥帖的定义似可比作使癌症杆菌（cancer bacillus）能够为肉眼所见。'……虚无主义本身如同癌症杆菌一样微小，是某种不健全的东西。对于虚无主义的实质，求取治疗方法的前景和有意义的主张是不存在的。……虚无主义的实质既非可治愈的，亦非不可治愈的。它是不可治的，而它本身又是被健康所驱逐的。"③

因此，虚无主义不在哪里，而是一直寄居在逻各斯中心主义住宅之

---

① ［德］马丁·海德格尔：《海德格尔选集》，孙周兴译，生活·读书·新知三联书店1999年版，第149页。

② ［法］雅克·德里达：《书写与差异》，张宁译，生活·读书·新知三联书店2001年版，第15页。

③ Harold Bloom, Paul De Man, et. al, *Deconstruction and Criticism*, London：Routledge & Kegan Paul Ltd, 1979, p. 227.

中，它不是这个住宅之外的空气般的东西，而是一位早已寄居于此的令人不安的幽灵。这个幽灵显然既构成了形而上学的有效性，正是因为它自身的虚无性才支持了形而上学的充盈；但这个幽灵又明显是需要被形而上学的话语所排除掉的东西。逻各斯中心主义只有将这个寄生物即内部的虚无之物排除在自身之外才能斩钉截铁地承认自己的肌体健康无比。"如果说虚无主义是内在于形而上学住宅之内寄生的陌生人的话，那么，'虚无主义'作为贬低一切价值或使一切价值都缩减为虚无的命名，就不是在虚无主义'自身之内'为其命名，它是形而上学外加给它的名称，正如'无意识'这个名词是意识外加给它不能直接面对的那一部分自身的名称一样。"① 因而尽管虚无主义在其被形而上学贬斥为他者并意欲排除之物的时候仍然坚定地表示，它是构成形而上学的一个部分。"解构"在此不仅恢复了作为被支配的、被否定的、具有他性的虚无主义的真实面貌，还肯定了它在支撑逻各斯中心主义住宅所具有的不可忽视的作用。因而虽然虚无主义作为一个被压抑、被贬低的他者得到了解构的同情，这种同情就像对那有缺陷的墙角石的同情一样。但是对于它隶属的逻各斯中主义住宅来说，它仍是其内部的一分子，因而同样需要解构批评的对立面，在此意义上，解构批评既要取消形而上学的霸权，颠覆二元等级制，同时也将关于"虚无主义"的命名改写。因而，"解构既不是虚无主义，也不是形而上学，而只不过就是阐释本身，即通过细读文本来清理虚无主义中形而上学的内涵，以及形而上学中虚无主义的内涵"。②

因此，解构批评从来就不是虚无主义，解构论者对这个能指从本能上是抗拒的。从另一个角度，也恰如我们在对形而上学的虚无主义概念进行解构时所做的那样，解构是一种肯定，但它肯定的不是虚无主义，而是虚无主义在整个形而上学大厦中所处的位置。这种位置对解构形而上学提供了绝佳的支点。就如同肯定那从属于建筑物的有缺陷的墙角石所占据的位置一样，或者说肯定具有他性的构成建筑物本身的那块石头所释放出的能力，被压迫的他者因此就不再是沉默的，它必然展开了另一种叙事，并且重构了文本，开始了关于自己的叙事，而不是被表述。

---

① Harold Bloom, Paul De Man, et. al, *Deconstruction and Criticism*, London: Routledge & Kegan Paul Ltd, 1979, p. 228.

② Ibid. , p. 230.

解构的这种肯定性声音回荡在本文的任意一个被压抑的角落里，它使那种稳固的、透明的文本充满了裂隙。然而还需要指出的是，这种肯定必定是在解构运动中所揭示出来的，而文本或者说结构系统的重新定位正是在解构的运行中生发出来的。

当然，作为一种文本或结构系统中本来就存在着的内驱力，解构也许只是一种客观存在的、无意识、无主体的从一种场域到另一种场域的运动，这种运动是无限的、无止境的。甚至可以说，就解构作为一种置身于结构系统之中的内在力量而言，解构也许无意于解救他者，只是在具体的运作中碰巧做了这件事。它或许根本没有什么目的可言，就像一个对着导火索撒尿的小孩，他不认识导火索，他撒尿只是因为他尿急，他无意阻止爆破，但是它的确阻止了爆破。因而，不管解构愿不愿意承认，它都是一种肯定他者的行为。

伊格尔顿在《后现代主义的幻象》中指出："后现代主义所拒绝的不是历史而是大写的历史——即一种观念，这种观念认为存在着一个称为大写的历史的实体，它具有一种内在的意义与目的，它悄悄地在我们周围展开，甚至就在我们说话的时候。"① 尽管后现代主义本身并非铁板一块，其间充满了裂隙和差异；或者如伊格尔顿所言："与大多数后现代主义者不同，我自己在后现代主义问题上是一个多元论者，我相信在后现代时尚中，关于后现代主义也存在着不同的叙述，它们中的某些远不如其他的那么肯定。"② 但是，毫无疑问，解构批评也同其他形形色色的后现代主义一样，对这种大写的历史表现出深深的疑虑。而稍有不同的是，解构批评较为积极的一点就在于，它虽然对这种大写的历史、对那种形而上学的历史概念进行了最为痛切地质疑，但是在解构论者看来，始终存在着一些面向未来的东西，这些东西比如"正义"将会把我们引向一个更为敞开的空间，这些东西就是所谓的不可解构之物，这些不可解构之物是某种不可能之物，它为历史的发展、人类的进步带来了一抹亮色，却又似乎永远是那么的难以触及。比如，我们前文提到的正义以及德里达经常说的"弥赛亚性"是不可解构的，"不仅不

---

① ［英］特里·伊格尔顿：《后现代主义的幻象》，华明译，商务印书馆2005年版，第38页。

② 同上书，第34页。

能解构，相反，是解构的源泉"①。德里达在《马克思的幽灵》中指出：
"一种解构的思维——这对我来说是一个很重要的概念，总是已经指出
了声明的不可还原性，并因此也是允诺意义上的，正如某种正义观念
（这里指的是与法律相分离的正义观念）的不可解构性（undecon-
strutibility）。这样一种思维若是没有对一种激进的、无止歇的、无限的
（正如人们常常说的那样，在理论和实践上）批判原则的合法性的说
明，便无法运作。"② 正义在这里不是一个已经存在或者可以实现的东
西，而是如同一盏指路明灯一样高挂在人类混沌而苦难的尽头，真正的
正义或许我们永远都无法实现，然而正是这种实现的不可能性构成了某
种可能性的前提；也正是这种不可能性在召唤着解构，激发着人类的想
象力和创造力，这种人类自身不断自我解构、不断走向公正的历史才是
人类真正的历史。

二 解构批评与怀疑主义

解构批评不是怀疑一切，而是怀疑一切自以为是、不言自明的命名
与叙事，怀疑所谓的基于认识论上的傲慢偏见，怀疑形而上学的表述，
怀疑那些所谓的确定性的文本。这种怀疑不是构成了对在场的全盘否
定，而是构成了对其批判的基础。在这里我们的进一步讨论可能和上一
个部分有所区分，即我们不是花大量的篇幅来解构"怀疑主义"这个
概念本身，证明这一点毫不费力，然而重复性地借助解构的"技术"
可能会败坏解构批评的名声，解构不只是意味着一种方法或技巧。当
然，事实上怀疑主义也仍然属于逻各斯中心主义系统的一个必要的组成
部分。对于形而上学而言，为了使自身整个住宅得以高高耸立，使得整
个住宅没有任何异质性，就必然要弃绝一切怀疑主义的话语，就必须压
制所有怀疑主义的话语。然而，这个住宅又不可能没有怀疑主义这一特
殊的衬托来自我呈现。正如健康没有疾病的衬托就无所谓健康一样，然
而，疾病不在别处，疾病就隐藏在健康之中。因而怀疑主义作为一个他
者内隐于形而上学或逻各斯中心主义内部，并构成了解构批评既利用又
批判的一个对象。

---

① 杜小真、张宁：《德里达中国讲演录》，中央编译出版社 2003 年版，第 97 页。

② Jacques Derrida, *Specters of Marx: The State of the Debt, the Work of Mourning, and the New International*, trans, Peggy Kamuf, New York & London: Routledge, 1994, p. 112.

如果说解构肯定的是结构中处于被支配的他者所具有的颠覆能量，那么解构所针对的矛头必然指向处于支配地位的那一项，指向这种不平等的、被形而上学话语所建构的二元等级制。解构批评集中针对的领域主要是逻各斯中心主义，逻各斯中心主义也即在场的形而上学。所谓形而上学"指的是自柏拉图、亚里士多德以降联结我们文化的设定（assumptions）的体系。这个体系包括了很多概念：始源、连续、结局；因果关系；辨证进程；有机统一体；缘由；简言之，也就是各种意义上的逻各斯的概念"。① 而所谓的"实在主义或感觉主义、'经验主义'，都是逻各斯中心主义的变种"。② 这种在场的观念就体现在一些二元对立项如言语/文字、直觉/表现、灵魂/肉体等等的关系之中，前者（逻各斯）对后者（在场的替代物）的支配。西方话语基本上都是对这个逻各斯的承认与臣服，"这个逻各斯既是理性、话语、比例关系，又是计算和言语——逻各斯意谓的是这一切——它也指'聚集'：legein，也就是使聚集者。所以也就是那种系统的观念。本质上，系统稳定性观念，自我聚集的观念与逻各斯观念联系在一起"。③ 逻各斯的永恒性一直就存在于西方的文化血脉之中。逻各斯中心主义反对差异、反对缺席。

语音中心主义和逻各斯中心主义在西方文化中有着密切的关系，在西方文化中，语音中心主义可以被视为逻各斯中心主义的具体体现。语音中心主义是主导的西方传统，它认为，言语（口头语言）尽管也是一种符号形式，但是它是最接近思想的符号形式。就言语（口头语言）与文字之间的关系来说，语音中心主义认为，在任何交流或对话之前，"首先有 doxa（见解），看法、感觉或由此同时在我心中产生的评价与真实的表象类似或者有关的东西。然后当我把那个见解大声喊出、表述给在场的一个与我对话者，它就变成了话语（逻各斯）"。④ 言语是直

---

① ［美］J. 希利斯·米勒：《重申解构主义》，郭英剑译，中国社会科学出版社 1998 年版，第 256 页。

② ［法］雅克·德里达：《德里达访谈录——一种疯狂守护着思想》，何佩群译，上海人民出版社 1997 年版，第 109 页。

③ ［法］雅克·德里达：《书写与差异》，张宁译，生活·读书·新知三联书店 2001 年版，第 10 页。

④ ［法］雅克·德里达：《文学行动》，赵兴国译，中国社会科学出版社 1998 年版，第 75 页。

接呈现为在场，而书写则成了"（所谓的）活生生的（所谓的）对话的替代物"。① 言语或者口头语言与书写相比，就在于言说主体的必定在场，是活生生的喷发而出的话语。而话语发出的同时就被另一个主体捕捉到并且直接理解。言说或口头语言得以确保思想和意义流动的连贯性、一致性。而书写暗示着在场的缺席，意味着原初语境的缺席，意味着听者的不在场，因而书写无法保证意义的流向。柏拉图在《斐德罗篇》的那个故事里指出，文字不但不能改善人们的记忆力，不仅不能使人聪明；反而让人们更加依赖写下来的东西，不再使用自己的大脑去记忆。文字不是智慧，而是"智慧的赝品"。② 而且苏格拉底还指出，一件事情一旦被文字确定下来，就到处流传，而文本自身不能选择接受的对象。"如果受到曲解和虐待，它总是要它的作者来援救，自己却无力为自己辩护，也无力保卫自己。"③

解构批评对逻各斯中心主义中那些理论预设提出了质疑和批判，这些关于真理、本质、直觉的概念似乎不需要任何证明就先验地存在着，而且这些预设限制并决定着它对符号系统及其相关的一切符号的解释。解构认为这些都不足以证明逻各斯霸权地位的合法性，反而要求逻各斯中心主义交出或放弃对其他被支配项的控制权。解构批评指出，逻各斯中心主义特别是语音中心主义集中体现了认识论的固执与傲慢。在德里达看来，言语作为一种符号形式并不必然地比文字更高明，而且文字这种不在场的书写物并不应该被还原为在场。他说："我坚持认为'文字'或'文本'无法还原到书写的或'字面上的'能感觉到的或可见的在场。"④

让我们将视线再一次拉回到那块有缺陷的石头，解构所要质疑的是处于整个建筑物中心的拱顶石的地位以及拱顶石对于墙角石的这种压制性等级秩序。解构表明整个建筑物中拱顶石的这种支配地位首先就是可疑的，墙角石的颠覆性力量随时都会危及到拱顶石的地位，拱顶石并不

---

① ［法］雅克·德里达：《文学行动》，赵兴国译，中国社会科学出版社 1998 年版，第76 页。

② ［古希腊］柏拉图：《柏拉图全集》第 2 卷，王晓朝译，人民出版社 2003 年版，第198 页。

③ 同上书，第 199 页。

④ ［法］雅克·德里达：《书写与差异》，张宁译，生活·读书·新知三联书店 2001 年版，第 109 页。

必然决定着墙角石的存在，如果存在着这种支配；那么墙角石必然是从其被命名为墙角石的时候就已经开始了这种反抗支配的行动。

因而，在此意义上，我们不妨将解构批评看作一种批判理论。一定意义上也可以将它说成是一种怀疑理论，而它怀疑的就是它所批判的。它怀疑的是等级制中占主导、控制地位的一方，怀疑的是权威，怀疑的是逻各斯，怀疑的是对民主自由造成压制性的霸权。但这与怀疑主义相去甚远，解构也在怀疑怀疑主义。之所以怀疑是为了批判，之所以批判是为了采取行动，是为了解构这些应该被质疑的东西。用德里达的话说就是，解构是"一种介入伦理及政治转型的姿态。因此也是去转变一种存在霸权的情境，自然这也等于去转移霸权。去叛逆霸权并质疑权威。从这个角度讲，解构一直都是对非正当的教条、权威与霸权的对抗"。①

需要指出的是，解构批评的这种质疑、批判仍属于系统内部的批判，这与捣墙石所做的事有点类似却又截然不同。但不管怎么说，解构批评是对形而上学话语的怀疑，是对文本或结构系统中的等级关系的怀疑，是对一切霸权话语的怀疑，也是对怀疑主义的怀疑。我们认为这种怀疑与怀疑主义相去甚远，而且就连怀疑主义这个概念也是需要进行解构的，而在对其进行解构之时，我们看到的依然是在场形而上学的虚妄与傲慢。

除此之外，我们还想继续考察一下怀疑主义的谱系，看看人们在最初是如何看待这个概念的。斯图亚特·西姆（Stuart Sim）在《信念帝国：为什么我们在 21 世纪需要更多的怀疑主义与怀疑》一书中进行了这方面的研究。他认为怀疑主义本身是启蒙运动的遗产，主要矛头直指传统的权威，因而怀疑主义在其最初的意义上是对权威主义的质疑，它是教条主义、极端主义的对立面。然而斯图亚特·西姆指出，怀疑主义对当今社会仍有价值，他认为教条主义的态度可以在我们生活的许多领域如政治、经济中发现，我们自启蒙运动所继承的怀疑观已经受到很大的威胁，毋庸置疑，信念植根于我们的文化中并且努力使其如此，在此情形下，为了全人类的利益，重申怀疑主义则显得尤为迫切。应该声称，少一点信念多一些怀疑，少一些原教旨主义和教条主义（dogma-

---

① ［法］雅克·德里达:《书写与差异》，张宁译，生活·读书·新知三联书店 2001 年版，第 16 页。

tism)，多一些怀疑主义——再多一些怀疑主义①并且指出："我认为，怀疑主义是走向更为平等的（egalitarian）未来的一种方式，其中整合与服从不再被视为我们的命运。"② 我们在这里引用斯图亚特·西姆的说法，并不是表明我们不加批判地赞同怀疑主义，而是说"怀疑主义"一词本身就是非常含混的，是需要解构的。在西姆对怀疑主义进行的谱系学的研究中，我们发现怀疑主义最初针对的是君主专制，它是对专制权威的一种抵制，是启蒙运动的一个传统，因而具有积极性的一面。西姆针对的是西方社会的基本情况，指出这种意义上的怀疑主义不仅没有什么过错，反而是应该提倡的。我们在这里也需要指出解构批评也并不是要怀疑一切，而是怀疑一切不言自明的形而上学话语，怀疑那被某些权力掌控者言说并遮蔽了的话语，怀疑那些将自己的利益夸大为所有人的利益的说辞。解构批评要重新释放那些被形而上学话语所遮蔽了的东西，例如，被形而上学所贬抑的怀疑主义，通过对其进行谱系学上的清理，除去附着于身上的积淀物之后，我们发现了它有价值的一面。因而，在此意义上，解构批评作为一种分析方法，要求我们在进行价值评判之前，应该尽可能仔细地发现它所蕴含着的一切可能的意义。德里达指出："我阅读柏拉图、亚里士多德等哲学家的方式并不是掌控、重复与保持这份遗产。我是要通过分析，找出他们的思想中有效（work）和无效的部分，找出他们著作内部的张力、矛盾和异质性。这种自身解构，'自身-解构（auto-deconstruction）'的法则是什么？解构不是一种你从文本外部加以运用的方法或工具。解构是一种发生在文本内部的事件；比如柏拉图的著作里，就有解构在运作着。"③

三　解构批评与相对主义

对某些批评理论的相对主义指责之声似乎经常是不假思索地加之于"后思想"之上的，在美国，解构批评及实用主义似乎总是这些指责首当其冲的对象。在对这种相对主义指责的抗拒与辩护中，

---

① Stuart Sim, *Why We Need More Scepticism and Doubt in the Twenty-First Century*, Edinburgh: Edinburgh University Press Ltd 2006, p. 4.

② Ibid. , pp. 2-3.

③ ［法］德里达：《解构与思想的未来》，夏可君译，吉林人民出版社 2006 年版，第45 页。

实用主义的重要代表人物理查德·罗蒂指出："相对主义——超越甲和乙而在它们之间保持中立——是一个不可能的计划。"① 那么在这里，罗蒂将这种抽象的相对主义概念实用主义化了，他要提的问题是：我们到底要相对主义做些什么呢？很显然，相对主义与实际生活中的男男女女们的行为格格不入。罗蒂指出，相对主义这个概念本身不过是逻各斯中心主义一个虚构的假想敌，它似乎也仅仅存在于话语之中。如果按照解构论者的常规做法，对这种指责的抗拒首先就表现在对相对主义这一形而上学概念进行谱系学研究，或者说是对相对主义这个概念形成和发展的历史过程进行分析，尽可能地分析其具有的意义。与上面两个问题的分析一样，我们很容易就能得出相对主义隶属于形而上学，也很容易就能够得出它既是形而上学意欲排除的东西，又是形而上学不可或缺的一个组成部分；它仍然处在那块有缺陷的墙角石所隐喻的范围之内。但由于相对主义又属于整个形而上学系统的内部，对形而上学的批判同时必然意味着对相对主义的批判。证明这一点并不困难。

　　不过，解构批评也可能面临着这样的危险，即被形而上学捕获的危险。因为一旦谈论形而上学，一旦解构批评对虚无主义、怀疑主义、相对主义表示出某种肯定性的应答；或者在解构的职责范围之内里展开行动，就意味着需要尽可能地重建形而上学的霸权谱系。在这个谱系中，一方面是这个霸权话语得以确立的历史，一方面是作为其系统内部的他者的被压制的历史。然而在谈论这些的时候，解构批评就已经潜在地承认了形而上学的在场，这似乎与它对在场的攻击明显相背离。因而在这里解构批评表现出一种自摆乌龙的尴尬。我们认为，这种看法深刻地说明了形而上学（话语）的无处不在，但是如果以此来解构解构批评，那么很显然是没有很好地理解解构的辩证法，或者说没有看到其中明显类似于苏格拉底式反讽的东西。

　　我们可以这样来理解，这种承认完全是一种权宜之计，它先承认其有——而不是像捣墙石那样，一开始就从其外部完全否定，然后将这种本体上的有放在它之所以存在的历史中来考察，在考察中它不仅

_____

　　①　［美］理查德·罗蒂：《后哲学文化》，黄勇译，上海译文出版社2004年版，第3页。

发现了逻各斯也同时看到了被压抑的他者，发现了在柏拉图的文本中同时存在着形而上学以及被形而上学所遮蔽了的东西，也就是说柏拉图的文本中既包含着形而上学同时也包含着它的对立面。解构为这种矛盾性的、相互抵触的、相互对抗的东西提供了战场，或者毋宁说解构就是战争本身，它是文本或语言的字面义与引申义、指涉性与施为性之间永不妥协的对抗。因而它在承认形而上学存在的同时就立刻展开了对它的攻击。我们权且让解构陷入形而上学的圈套之中，即让相对主义这个概念保持着形而上学所支持的他者性，姑且承认这个概念的腐蚀性和反动性。但即使这样，解构也仍然不会导向相对主义。解构在支持能指造反的同时，并没有将语言引向一种相对主义的企图，解构强调语言的不确定性和相对性，并不表明语言绝对无法理解，也并不表示共识无法达成；解构反对控制，并不表明语言不需要控制；解构反对在场，并不表示不需要上下文。而且似乎任何一个结构系统或者文本中，总是存在着作为白天/黑夜、男人/女人、存在/现象等二元对立关系，并且前者总是对后者存有一种支配关系，而这种结构等级秩序就是在场的形而上学或者逻各斯中心主义的运作模式。换句话说，解构就在形而上学之中，而形而上学本身就解构着形而上学，诚如我们在前文所指出的《圣经》在反对《圣经》一样。而实际上，任何相对主义或二元论的想法都是对这种"政治"关系（压迫与被压迫、统治与被统治）的漠视。那么解构批评是不是否认这种"政治关系"呢？当然不是。解构论者没有否认结构，也从来不是一般地反对结构，它反对的是结构的等级制，反对的是逻各斯中心主义的自以为是；那么是不是在颠覆了一个等级制后，它主张对立的两项应该平等相处呢？当然也不是。我们已经指出过，解构指向的是一种本体性的、生生不息的、蕴含着极大颠覆性与创造性的内驱力。它总是从一个溃败的结构奔向另一个全新的结构，以至无穷，解构批评向我们表明的不单是相对主义的梦呓，而且还是对相对主义的指控，在解构批评看来，似乎只要有结构系统、只要有文本就会有等级制，就会有语言的指涉性与施为性之间的对抗，就会有解构在其中发挥着作用。

　　为了进一步说明这个问题，我们再次回到能指和所指的问题上来。笛卡儿将语词分为专有名词和非专有名词，认为前者指涉或辨认特殊的对象；后者是描述对象，某种意义上，这大概是能指、所指的雏形。皮尔斯（Peirce Charles Sanders）指出："任何事物决定其他事物（它的解释物）去指称一个双重性，这个事物本身也以同样的方式指称这个对象（它的对象），其解释者依次成为指号（sign），一直到无穷。"① 而索绪尔的主要使命是"确立记号的任意性，证明语言作为一个价值系统，既不是凭借内容亦非凭借经验，而是纯粹凭借纯粹的差异建立起来的"。② 解构正是沿着这种差异的方向强化了语言的不确定性。没有所指，只有游戏（play）的能指。语言总是被劫持的，"被某个可能的评注者所盗窃，而这个评注者大概会对之加以承认便将它安置在某种秩序，即本质真理或某种真实的、心理学的，或其他的结构秩序之中"③。说出的话总是播散的。语言本身是向着一切敞开的，它不属于谁；然而对于接受者而言，听到的话总是不可避免地被劫持、被重新建构了。语言的不确定性，就是说，"它从不遵循从一个主体导向另一个主体的那种轨迹。这等于承认了作为其历史性的那种能指自治，而这个能指在我之前独自地说着一切，远比我以为要说的多得多，而相对于这个能指，我的那种承受着而非行动的要说是不足的，让我们说，它是以负债的方式被铭写下来的"。④ 因而对于理解而言，每个接受者都不能够把握到语言的全部，只能是将语言粗暴地劫持，只能是将其限制在具体的上下文之中。"德里达的立场却使符号现象显然具有了客观性！因为我们现在不得不在另一个实际的或可能的符号中，而不是在它与作者意向的特殊关系中寻找一个符号的意义。"⑤ 语言或符号意义的不确定性或相对性，意味着必然要选择符号的某些关系、某种指谓而将其他可能排除在外。而符号在被配给某种指谓时，必然要否定符号的多义性和流动性。劳伦斯·卡弘（Lawrence E. Cahoone）指出："这正是德里达思想的辩证法核心：我

---

① ［美］查尔斯·桑德斯·皮尔斯：《皮尔斯文选》，涂纪亮、周兆平译，社会科学文献出版社 2006 年版，第 301 页。

② ［法］弗朗索瓦·多斯：《从结构到解构》，季广茂译，中央编译出版社 2005 年版，第 66 页。

③ ［法］雅克·德里达：《书写与差异》，张宁译，生活·读书·新知三联书店 2001年版，第 22 页。

④ 同上。

⑤ ［美］劳伦斯·卡弘：《哲学的终结》，冯克利译，江苏人民出版社 2001 年版，第348 页。

们为了有意义，必须压制相对性，然而相对性又是意义之可能性的条件。"① 正是由于符号的相对性，我们才有可供选择的意义，然而正是由于符号意义的不确定性，我们所选择的意义才总是不断地遭到来自符号的抗议。符号之所以不稳定是由于解释符号的工具仍然是符号而不是其他，符号在解释这一符号的同时又引出了自身和其他符号，由此而无限延宕。但是也不能因此而对解构所指出的不稳定性夸大其辞。"德里达认为背景和意义是不稳定的，但是如我们所知，人类的实践，物种的形成，甚至地球的地貌，也是不稳定的。认为德里达否认存在着任何稳定性就是误以为他把符号系统，从而把人类的存在变成了不可能的事情。德里达从未否认在符号系统中存在着稳定性、确定性、可靠性以及和谐性。他只是否认这种稳定性能够完成。稳定性是存在的，但它只是相对的，不完全的，有限的，换言之，它是有背景的稳定性。"② 解构论者强调不确定性，不是企图将意义倒向一种相对主义，而是对"极权主义"或"权威主义"的质疑，"因为不确定性是接近于阐释自由的某种东西，或者说它可以转换成阐释自由"③。

德里达指出："30 年来我一直在尝试，清晰地和不厌倦地尝试反对虚无主义、怀疑主义和相对主义。任何只要稍稍解读过我的作品的人都知道这一点，并且能轻易地发现，我完全没有破坏大学或任何研究领域的意图，相反地我在（据我所知）我的诋毁者们从未做的许多方面，都对大学和学术研究产生了积极的影响。"④ 只要看看后殖民批评、女权主义以及新历史主义所取得的辉煌成绩，就应该肯定（至少是在学术上）解构的这种价值，尽管由于解构没有意识到结构之外的力量，或者说解构没有注意到捣墙石。的确解构太过执着于结构而对结构之外的力量有所忽略，但是不能因此过分指责解构。

---

① ［美］劳伦斯·卡弘：《哲学的终结》，冯克利译，江苏人民出版社 2001 年版，第 348 页。

② 同上书，第 352 页。

③ ［美］哈罗德·布鲁姆：《批评·正典结构与预言》，吴琼译，中国社会科学出版社 2000 年版，第 99 页。

④ ［法］雅克·德里达：《德里达访谈录———一种疯狂守护着思想》，何佩群译，上海人民出版社 1997 年版，第 212 页。

第五章

解构批评的洞见与盲视

解构批评在美国可以说是影响深远,它不但被广泛应用于文学领域,还常常被应用于法律、建筑、广告等领域。而即便是如德·曼、米勒这样的文学批评家,他们也从不将分析的对象仅仅局限于文学作品或文学现象上。在德·曼看来,任何文本都可以进行修辞分析,因为任何文本从根本上说都是修辞性的。而米勒也认为:"在训练阅读的同时,也该训练阅读各种符号:油画、电影、电视、报纸、历史资料、物质文化的资料等等。今日一个受过教育的人,一位有知识的选民,应该是一位会阅读的人,应该具有阅读所有符号的能力。"① 但是解构批评并未因此否认文学的价值。不仅是因为他们的主要阅读对象是文学作品,而且也因为在他们看来,文学对语言的创造性使用启发了我们的想象和构造能力,文学语言不仅不是如柏拉图主义那样认为有碍于人们之间的理解,而恰恰相反,只有经过修辞训练,人们才能够理解语言的复杂性,因为无论如何,只要我们还需要用语言交流,语言的复杂性就必须是我们需要面对的东西。而解构批评对阅读的强调,意在使我们尽可能发展自己的潜能,而不是简单地套用现成的批评模式,不是抹去了自己的主体性,堕入批评理论的罗网之中,那种心理学的、女权主义式的、政治的批评理论都不过是试图将读者组织进自己的分析模式中,从而使阅读变成一种机械化了的、单义性的意义生产流程,在解构批评看来这从根本上是对文学阅读的一种抵制。因而解构批评的着眼点就不再是有关作品主题的阐释学模式,而是一种研究意义是如何产生的修辞学模式。

此外,解构批评对新历史主义批评、后殖民批评、女权主义批评

---

① [美] J. 希利斯·米勒:《重申解构主义》,郭英剑等译,中国社会科学出版社1998 年版,第 226 页。

等等的影响也已成为一个不争的事实。①尽管德里达总是对上述这些文化批评提出这样那样的异议，而文化批评的许多批评家对解构批评也颇有微词。例如后殖民理论的主将萨义德（Edward Said）和德里达之间的矛盾就颇值得玩味。在一次采访中，希利斯·米勒指出："当代后殖民批评家们，包括斯皮瓦克、巴巴和赛义德等，都深受解构理论的影响。同时，这些批评家又都以某种方式对解构理论有所反抗。德里达总是为赛义德就解构理论所说的话感到恼怒，他认为：赛义德从来就没有仔细读过他的作品，只是泛泛地说一些关于他（德里达）和解构理论的话，这些话很容易被证明是错误的。"②而萨义德在《知识分子论》一书后面所附的访谈中，有这样一段对话：

> 单：《开始》一书很少提到德里达，但是在我看来，你"开始"的观念和德里达的"衍异"（différance）的观念有关。
> 萨：是的，我想是有关系；或者说他"衍异"的观念和我"开始"的观念有关，因为别忘了《开始》一书的主要论文《有关开始的沉思》（"A Meditation on Beginnings"）出现于"衍异"之前。我在1966年秋天与德里达见面，两人有一段时间留意彼此的作品，然后就分道扬镳了。显然，他的作品欠缺社会、政治、历史脉络。"不确定性"（indeterminay）的观念也让我不满意，因为我很感兴趣的是历史的确定（determination of history），而不是意义的不确定性（indeterminacy of meaning）。因此后来他的作品对我变得比较无趣。③

尽管萨义德对修辞分析并不像德里达、德·曼等人那般重视，但是对于逻各斯中心主义的批评却同德里达一样猛烈，尽管萨义德极力想摆脱"前辈作家"德里达的影响，但是不可否认后殖民理论不可能在没有任何理论准备的情况下突然出现，而作为后殖民理论重要代表

---

① 肖锦龙：《德里达的解构理论思想性质论》，中国社会科学出版社2004年版，第277—292页。

② 生安锋：《批评的愉悦、解构者的责任与学术自由——米勒访谈》，《国外理论动态》2007年第1期。

③ ［美］爱德华·萨义德：《知识分子论》，单德兴译，生活·读书·新知三联书店2004年版，第110—111页。

的斯皮瓦克则是德·曼的学生，她还翻译过德里达的《论文字学》；而另一位后殖民理论的骨干霍米·巴巴（H. K. Bhabha）更是坦言受德里达的影响颇深。因而，我们不妨将萨义德对德里达以及解构的反抗读作是布鲁姆"影响的焦虑"的集中体现。诚如希利斯·米勒所言："赛义德需要反对解构理论，或者他认为他需要这样做，目的是建立他自己的后殖民理论。他需要误读德里达，以此作为陪衬。"①

　　但是正如德·曼所说的那样，任何一种洞见都必然掩盖着其自身可能都无法意识到的盲视。显然，德里达已经意识到了这种理论带来的弊端，因而他指出："延异不能被无限扩展，它的影响会在威力上逐渐减弱；如果无限的延异是可能的，它将会使生活变成'一个冷淡的、不可捉摸的并永恒的在场：无限的延异，上帝或死亡'。"②下面我们就分别来讨论一些解构批评的优点与不足。

第一节　解构批评之洞见

　　在前面几个部分里，我们已经分别就解构批评的基本主张、基本观念进行了较为详细的梳理与说明，针对学界对解构批评某些地方的误读也进行了一些解释。因此在这个部分里，我们主要是对其进行一个比较综合性的概括。我们已经指出，解构批评之所以不同于此前的批评模式，就在于它从判别作品意义的阐释学模式转变为注重意义是如何产生的修辞分析。而之所以会发生这种转向，就在于解构批评敏锐地看到，在它之前的任何一种批评理论都不过是某种主题批评，都预先设定了批评的结果，在此意义上，批评行为不过就是将文本的意义驱赶到这种主题预设上来。在解构批评看来，任何文本都不可能被如此简约化为一种单一的意义模式，因为任何文本都是异质性的，都在抵抗着那种主题式批评模式的暴力阉割。解构批评之所以对隐喻性语言、对文学如此深情，就在于文学是逻各斯中心主义极力排除的一

---

　　①　生安锋：《批评的愉悦、解构者的责任与学术自由——米勒访谈》，《国外理论动态》2007 年第 1 期。

　　②　[英] 克里斯蒂娜·豪威尔斯：《德里达》，张颖、王天成译，黑龙江人民出版社 2002 年版，第 159 页。

种语言，因为文学语言造成了意义的含混或不确定性，但在解构批评看来，这种含混性正是一切语言的本质。

一　对"阅读抵制"的抵制

在解构批评看来，除解构批评之外的所有批评理论都是"憎恨派"（the School of Resentment），因为它们总是将所有的文学作品都变成一个相同文本。与此相反，解构批评则是将一个文学作品变成许多个文本。憎恨派意义上的文学批评基本上都是强调文本意义的单一性，并且在解构批评看来，所有这些憎恨派也似乎都是些先验派，即都认为在文学文本之外存在着某个外在的本质。而批评家们也都严格遵守着一种预先设定好了的规则和效果，然后再依照这些规则、模式去阅读或进行阐释。因此当性、乱伦等等成为某种预设的结果之后，弗洛伊德主义就再也看不到其他什么东西了；当道德律令成为一种阅读指南，读者就再也没有心思将什么想象力、文学性放在眼里；而在某些马克思主义者的阅读里，似乎也只看到了压迫和反抗；女权主义看到的似乎都是些阳物中心主义控制下的被玷污的女性以及那让女人蒙羞受辱的硕大而坚挺的菲勒斯；后殖民批评看到的似乎永远都是傲慢自大的白种人写就的东方主义，诸如此类。因而，批评总是被认为是急功近利并且别有用心的。换句话说，以上这些被解构批评称为憎恨派的批评模式仍然是某种逻各斯中心主义的变体，因为这些批评理论在文学之外事先预设或假定了某种文学的本质、真理等等，文学不过是在展示其所认定的本质、规则等等。而读者也总是被这些看似大相径庭的批评形态或批评范式所捕获，有的变成了弗洛伊德主义式的读者，有的成了女权主义式的读者，还有的可能成为马克思主义式的读者，但是读者是以失去自己的自由阅读为代价的，读者放弃了自己的阅读体验，依附于事先设定好了的规则。不得不说，在此意义上，读者又能有什么主体性可言呢。当然，有些读者尽管可能没有明确表示自己的立场、归属或者理论认同，但在解构批评看来，毫无疑问，主体绝对不可能是个空无的主体，它必然被这样或那样的话语所控制。而且基本上都接受了这样那样的批评理论的教化，并且某种程度上已经将某种批评形态内在化了，因而他们阅读的出发点和落脚点在无意识中就已经教条化了，或者说意识形态化了。阅读就变成一种无主体的行为了，这些读者的阅读总是不可避免地沦为某种批评理论的一个功能，也就是说，批评或阅读意味着某一确定的形态或范式的批评理论在阅读，而非主体。读者在读解文本时完全变成了一个毫无自我的、无声的、机械化了的意义生产车间，变成了集体读者的一分子，变成了话语结构中被操纵的一个构件，因而读者或批评家的声音无疑就成了这个或那个批评团体所发出的声音，因而这种类型的批评就成了代言式的批评。解构批评乃至后结构主义都对这种代言式的批评提出挑战，指出这些批评不过是以权威的身份阻止人们对作品意义进行多种建构的尝试，而将自己的主张、自己的价值观念强加于读者。也正是在此意义上，德·曼指出："批评是阅读行为的一个隐喻，而这种行为是无穷无尽的。"① 也就是说，那种专制的批评理论只是文学作品的一种阅读方式，它必定不能解释作品的全部意义，文本总是不确定的，它是一种异质性的语言编织物。

由于解构批评认定文本是异质性的，认定一部作品可以有多个文本，那么阅读或者说批评就变成了尽可能地去释放作品的这些文本意义，将这些意义都展示出来。而一部作品之所以可以被反复阅读，并且可以产生不同的文本，就在于文本是修辞性的。因此解构批评的分析策略也就意在对文本进行修辞分析。解构批评眼中的修辞研究与传统修辞学研究有着很大的区别，传统修辞学主要是将修辞理解为一种劝说、说服的技巧，通常用在演讲或辩论之中。而解构批评所说的修辞分析主要指的是转义修辞学意义上的，即更注重研究语言的辞格，研究意义产生或运作的机制。例如，一个男生送一个女生玫瑰并不是像其字面义这么简单的一个陈述行为，即送花本身；而是具有施为性，他是在向女孩表达爱意。因为玫瑰在这里代表的不是花本身，而是"我爱你"的一个转义。因此在这里我们通常就将玫瑰花的比喻义即"爱意"强加在这种花身上，而忘却了它作为花本身的意义。解构批评认为语言的这种修辞特征具有普遍性，而在逻各斯中心主义思维模式熏陶下的读者总是不自觉地接受了其中一种意义而忘记或排除了它的其他的可能的意义，或者说将它本来尽可能多的意义简约为一种透明的、单一的意义。解构批评认为这种思维模式本身就是霸权主义、极权主义式的，是对他者——文本其他意义——的蔑视，并且是

① Paul de Man, *Blindness and Insight*：*Essays in the Rhetoric of Contemporary Criticism*, New York：Oxford University Press, 1983, p. 107.

在禁止他者说话。

解构批评之所以对文学有如此大的激情，就在于文学文本之中包含着极为丰富的意义，它或多或少地可以使人们摆脱传统思维观念的束缚，它总是容许人们进行各种各样的解读，这本身就是对逻各斯中心主义、对那种将语言意义视为单一的和透明的"憎恨派"的一种绝佳抵制。解构论者比较认同尼采式的阅读，因为这种阅读"是对世界的游戏、生成的纯真的快乐的肯定，是对某种无误、无真理、无源头、向某种积极解释提供自身的符号世界的肯定。这种肯定因此规定了不同于中心之缺失的那种非中心（non-centre）。它的运作不需要安全感。因为存在着一种有把握的游戏：限制在对给定的、实在的、在场的部分进行替换的那种游戏"。① 简言之，这种阅读让文学向意义敞开，并尽可能释放它的能量，让文学不受什么起源、终极意义、权威的束缚，让它构造尽可能丰富的世界，也让它丰富着我们本来就无比乏味的世界，并且让它开启我们的想象力和创造力。

二　修辞分析的价值

第一，在解构批评眼中，文学的价值就在于有没有提供新鲜的语言，有没有构成一套全新意义的生产方式或者话语表述模式，有没有提供全新的足以挑战或改变人们既定的乃至僵化了的思维模式或世界观的东西，在此意义上，弗洛伊德的著作无疑是一种创新性的文学，柏拉图、马克思、弗莱的著作也同样属于这样一种优秀的、原创性的文学，因为它们的语言是如此的新颖，它们所构建的世界是如此的新奇，而且它们是如此的具有想象力。但是如果将这些著作教条化了，变成一种必须遵从的批评模式，变成一种权威，变成一种我们借以阅读文学或其他东西的清规戒律时，它们就变成了逻各斯中心主义的帮凶，变成了取消阅读主体性的东西，它们使我们的阅读变得单一，并且使我们的阅读变成了它们的一个功能和构件，阅读变成了千篇一律。不仅如此，它们还制约着我们思考问题的角度和方法，还直接建构了我们的行为方式。而最重要的是，这些教条化了的东西限制了我们想象世界的能力，更为可怕的是，它还限制了我们构造世界的能力。而文学的价值就在于，它允

---

① ［法］雅克·德里达：《书写与差异》，张宁译，生活·读书·新知三联书店 2001年版，第 523—524 页。

许我们自由地去想象和构造任何可能的世界。

　　第二，解构批评对于文学的外部研究表示出了深深的忧虑，这倒不是说解构论者反对批评关注现实人生，反对关注少数人的权利，反对思考女性所处的境遇，等等。只是担忧，如果文学研究仅仅着眼于这些东西，而不去关注文学语言自身的特点，那么这种批评还称得上是文学批评吗？在这里，文学的外部研究与内部研究又一次正面遭遇了，它们之间最大的分歧可能就在于：外部研究的目的不在文学自身，而在文学之外；外部研究，无论是出发点还是落脚点，似乎指向的都是文学作品之外的一些东西，比如社会历史、作家等等；而内部研究则认为文学研究无论从对象还是目的而言都首先是文学作品本身，要通过阅读进入文本。希利斯·米勒指出：外部研究往往"误置文学研究的角色，对文学的要求太多。比如，把文学看作一种政治的或历史的力量，或者认为文学教学本身便是明白无误的政治"。① 从前面我们对解构批评的文学及语言的看法中就可以得知，解构批评反对将文学仅仅当成是对现实的模仿，也反对将文学仅仅当成是一种政治的功能，因为在解构论者看来，这些显然不是文学的主要功能和特质，因为比起历史档案来，文学可能并没有它们真实；对于电视等新型媒体来说，文学更是不如它们那样直接给人以视觉上如此巨大的冲击。不仅如此，解构论者并不认为外部研究比解构批评有多少优越性，而那些看起来是外部研究的批评实质上也不过是种变了形的内部研究，希利斯·米勒指出："那些外部关系本身对文本而言就是内在的。所谓内在与外部的区分，极像二元对立，终归是不可靠的、引人误入歧途的。而且那些明显的'外部的'关系本身需要一种修辞分析，例如，要求对各种形式中必然出现的各种各样的修辞手法有贴切的理解，进而探讨一部文学作品与'语境'的关系：'反映'，是隐喻；'语境'，是换喻；'意识形态'，是失真的形象；等等。"② 因而，这些外部研究也依然是在一个修辞系统中进行阐释，反映、语境、意识形态等等这些声称是外部研究的东西并不比隐喻、换喻以及夸张等辞格高明多少，而且后者似乎更像是前者的抽象形式。在文学研究

---

　　① ［美］J. 希利斯·米勒：《重申解构主义》，郭英剑等译，中国社会科学出版社1998 年版，第 219 页。

　　② 同上书，第 220 页。

中，反映论不过是将文学作品转化为另一种叙述，而这种转化似乎也并没有得出更为普遍的真理，而不过是将作品转化为关于作品的一种重述或隐喻。语境论也不过是另一种替换——结果替代原因。意识形态的论调也同样如此。而且解构批评主张对这些所谓外部的东西包括政治、心理、历史等等进行内部研究，也即进行文学研究或修辞分析。解构批评认为通过对这些政治的、心理的、历史的文本进行修辞研究，有利于我们更好地理解我们的现实处境，"为了我们的政治和道德生活，应该继续去发现文学修辞研究"①。

第三，修辞分析的真正意图是实现自由阅读，尽管这种自由阅读需要读者丰富的想象力和语言构造能力，但是这不等于读者可以置阅读对象于不顾，可以天马行空。阅读应该是一种责任，要对阅读对象负责，应该严谨地去逐字阅读。但是与新批评不同的是，解构论者意在发现文本的别异性，包括反复出现的词语、意向、突然的中断、不和谐的叙事语调等等。在此意义上，解构批评倒有点近似于弗洛伊德了，弗洛伊德也常常就是根据这些精神病人的口误、梦呓、一些细节等等来推断病人的病症。同时解构论者还在不同文本间的继承与超越上大做文章，这对于那些以为根据故事大纲就可以对文学作品指指点点的批评家来说，实在是一种挑战；这也是文学专家对文学社会学家提出的挑战。哈特曼也指出所有那些批评——否认语言含混性、修辞性的批评，都是对文学的一种简单化处理，他认为："这些简单化引起一种恶性循环，对更自由的阅读方法有反抗性倾向。"② 不仅如此，解构论者还认为，批评的功能"是将我们从意识形态中、甚至从理论本身的意识形态中解放出来。批评理论所履行的是一种道德和政治行为。它具有制度和社会的力量。因此，批评理论不再'仅仅是理论的'。它使作品没有能力再去传播传统的、主题式阅读方式所盲目主张的意识形态，这些传统方式甚至没有意识到它们仅仅停留在主题层面或受意识形态决定"③。因而，在解构论者眼中，正是解构批评为自

---

① ［美］J. 希利斯·米勒：《重申解构主义》，郭英剑等译，中国社会科学出版社1998年版，第222页。

② ［美］杰弗里·哈特曼：《批评艺术的状况》，［美］拉夫尔·科恩：《文学理论的未来》，程锡麟等译，中国社会科学出版社1993年版，第99页。

③ ［美］J. 希利斯·米勒：《重申解构主义》，郭英剑等译，中国社会科学出版社1998年版，第77页。

由阅读廓清了道路，将一切制约阅读的因素统统打发掉。

三　批评的重新定位

解构批评对于批评功能的看法，我们都已经非常熟悉了，用希利斯·米勒的话说就是："为了语言和文学或为了文学语言重新担负起责任的做法，即我所称的批评。"① 解构批评对所有那些缺乏语言修辞分析的批评理论都给予了批评，要求批评重视语言的特殊性，注重语言的文学性即修辞特征，反对将文学当成是一个单纯普通的语言事件，不仅如此，解构论者还认为，即便是一个普通的语言事件或者说非文学文本都具有文学性或修辞性的特征，都可以进行文学批评，因而解构批评某种意义上已经修改了传统上关于文学批评的定义，即将批评的研究对象锁定在具有文学性或修辞性的文本。除此之外，解构论者还主张批评应该具备以下素质或品质。

（一）批评的创造力

在解构论者看来，"批评文本"绝不是什么"次等的文本"，不是文学作品的附属物。而且创造性的批评（the creative criticism）"绝不是教条式的、官样文章式的，批评家决不能忘记了自己的创造能力"，"真正有价值的批评，不仅具有改变人们对艺术看法的力量，而且能改变究竟什么是艺术、包括批评在内的活动究竟是不是艺术的观念"②。因而批评的创造性就表现为它在形式、观念等的独创性上，每一个批评文本都是不可复制的，都是独一无二的，伟大的批评文本总是同文学一样，影响和改变着人们关于文学艺术的看法，也总是不断地修改着文学艺术、批评等等的范式、观念及其可能负载的功能。而就批评家的职能来说，解构论者认为，批评家应该是个解谜者，批评的一个功能或职能是去蔽或去神秘化，尽可能地去分析阻碍阅读的因素，分析文本的语法和修辞之间的矛盾之处。同时，他们认为不应该对文学实施霸权行为，不应该对文本多义性进行限制或阉割。当然做到这一点实际上是很难，因为批评总是意味着价值判断。因而如布鲁姆所言："批评的语言总是过早地就打碎受体，因为批评家太想成为

① ［美］J. 希利斯·米勒：《重申解构主义》，郭英剑等译，中国社会科学出版社1998年版，第72页。

② 盛宁：《二十世纪美国文论》，北京大学出版社1993年版，第202页。

造物主，尽管也可能只是想成为他自己。但是批评家应该是一个解理想化（de-idealizing）的造物主。"①

（二）释放文本中被压抑的力量

哈特曼在《批评艺术的状况》一文中，对解构批评作了这样的评价：

> 当解构批评严格认真地表明那等级森严的结构的两面性或者表明评论过程中先入为主性；当它以细读为武器对作品的统一性的假设提出挑战，或是揭示每一种用于非转义的表达方式的话语的内驱力（这种内驱力包括模拟性的以及神秘的残余物，实际包括与仍依附于"来源""存在""本体"这些词语的概念有关联的一切东西），——此时，解构批评就不再是一种缺乏确信的征兆，而是对各种伪宗教的一种合情合理、持之以恒的回应。②

哈特曼在这里所说的"确信的征兆"一方面是针对那些视解构批评为虚无主义的诋毁之声，一方面也是对解构批评的基本要义的重申，而这其中至为关键的一条，就是释放作品的意义，建构多重文本。解构批评不大考虑作家与文本、世界与文本之间的联系，而即便是文本同读者的关系，解构批评认为读者所读出的一切也都是文本本身就固有的，换句话说，"一千个读者有一千个哈姆雷特"这句话在解构批评看来，是因为文本中本身就蕴含着那么多个哈姆雷特，文学作品的意义与其说是可以还原的，不如说总是异延的。换句话说，"不是说批评家不知不觉误读了文本，而是说语言的本质就是阅读的不可能"③。解构批评的积极意义也正在这里：让他者说话。这使得解构批评增加了某种政治学的维度，从文学作品中析出不同的甚至是相互矛盾的声音，从而使文学作品彻底地向意义敞开，这本身就是"自由"的一种隐喻。而这种批评观念也体现了批评家对那些被压抑、被

---

① ［美］哈罗德·布鲁姆：《批评、正典结构与语言》，吴琼译，中国社会科学出版社2000年版，第17页。

② ［美］杰弗里·哈特曼：《批评艺术的状况》，［美］拉夫尔·科恩：《文学理论的未来》，程锡麟等译，中国社会科学出版社1993年版，第119—120页。

③ Martin McQuillan, *Paul De Man*, London and New York: Routledge, 2001, p. 17.

支配的他者性的话所给予的支持。德里达指出："所谓解构就是在其自身对某个他者性的肯定性应答，就是这个他者性才呼求解构，才召唤解构，才是带有动机的。"① 而解构批评所倡导的修辞分析也正是意在通过释放文本的修辞力量来发现文本之多元建构的可能。

（三）自由阅读

解构批评无疑将语言放在文学批评的第一位，因为通常我们所说的政治也好、历史也好、道德也好、责任也好，所有这一切无不同语言有关。希利斯·米勒指出："文学如能促发新情况，那是通过语言起作用的，因为语言是文学的构成材料。无论文学有怎样的感召力，政治的、道德的，或其他的，那都与语言有关。这并不是说这些力量没有通过读者的心灵、感情或身体进行的。但这力量是经过字语发生的。所以文学如何能促发新情况说到底就是语言如何能促发新情况。"② 因此文学阅读或者文学批评必然同文学语言有关。与哲学不同的是，文学语言的特殊性就在于它毫不避讳自己使用修辞性语言，毫不避讳自己的含混与虚构。在所有文学批评的范式中，外部研究要么是太过相信作者，将文学的解读归结为有没有正确地理解作者的意图，要么是将作品归结为是否真实地模仿了外部世界，而接受美学则又在不知不觉中转向了对接受者的过分强调。而就文学的内部研究来看，具体的、分门别类的批评范式之间总是争吵不休，新批评重在强调作品的"有机统一"，而解构批评却发现"有机统一"的文学文本从来就不存在，文本是异质性的，文本中到处都是陷阱。保罗·德·曼在《盲视与洞见》一文中指出："对阅读、理解或解释——这些关键问题——的系统性回避，是所有文学分析方法的一个共同的症候（symptom），无论这些方法是结构的还是主题式的，形式主义的还是指称性的（Referential），美国的还是欧洲的，非政治的还是社会承诺的（socially committed）。"③ 因而，在德·曼看来，似乎除解构批评之外的所有的批评都是对阅读的忽视。在解构批评看来，阅读就是对文

① ［日］高桥哲哉：《德里达：解构》，王欣译，河北教育出版社 2001 年版，第122 页。

② ［美］J. 希利斯·米勒：《解构主义者谈解构主义》，《国外文学》1995 年第 3 期。

③ Paul de Man, *Blindness and Insight*: *Essays in the Rhetoric of Contemporary Criticism*, New York: Oxford University Press, 1983, p. 282.

本的体验，这种体验既不指向作者的意识，也不指向外部世界。对于那些批评理论，读者可以将某些批评理论作为参照，但不要将这些理论模式机械地运用在阅读之中，或如布鲁姆所说，"批评不能把我们培养成为弗洛伊德，甚至不能教会我们该如何避免为弗洛伊德所囚禁。我认为，在现时代，批评的功能不是使我们摆脱无情的事实性，即我们对文化的依赖关系，不论是圣经的文化还是弗洛伊德的文化。但是，惟有批评能教会我们去停止按字面意义解释我们的文化两难。只有最真正的教育方案能集中于告诉学生，在与文化的过去之现在性的关系中，什么程度的自由对于他或她才是可能的"。① 布鲁姆在此意在强调自由阅读的积极意义：一方面提醒我们不要中了批评的圈套，从而使阅读变成了一种毫无主体性可言的乏味活动；一方面指出，自由阅读对于培养读者的辨别力、培养具有分析能力的公民具有无可替代的作用。

第二节　解构批评之盲视

艾布拉姆斯同米勒之间展开的论战从 20 世纪 70 年代初一直持续到 80 年代。在《解构的天使》② 以及《建构与解构》（Constructing and Deconstructing）等文章中，艾布拉姆斯对解构批评，特别是对米勒的批评实践提出了颇为严厉的批评，更将米勒讥讽为"解构的天使"——除了制造幻象别无所用。而在米勒看来，艾布拉姆斯根本就没有真正理解解构。针对艾布拉姆斯《建构与解构》一文，米勒指出，从这个标题就可以看出艾布拉姆斯对解构批评的误解有多深，而且米勒还指出艾布拉姆斯仍然是位逻各斯中心主义者，"他采用了极为原始的设定方法，认为一种语言的语法是易于辨认的意义的第一层，也是最基本的层面，这个易于辨认的意义，其修辞的语言——比

---

① ［美］哈罗德·布鲁姆：《批评·正典结构与预言》，吴琼译，中国社会科学出版社 2000 年版，第 119 页。

② M. H. Abrams, *The deconstructive angel.* see David Lodge, *Modern Criticism and Theory*, London and New York：Longman, 1988, pp. 278–285. 中译本见 ［美］艾布拉姆斯《解构主义的天使》，张德劭译，《文艺理论研究》1995 年第 2 期。

喻的异常领域——是作为一种非本质的第二层附加其上的"①。因而，在艾布拉姆斯看来，首先存在着一个基础阅读（under-reading），然后才是修辞分析或解构批评，艾布拉姆斯将之称为超阅读（over-reading）。"解构主义者就像任何其他读者一样，首先已经完成了对文本的基础阅读，也就是对其普通意义的解释，而这是所有有能力的读者都可以自然而然、圆满地完成的。"②但是米勒指出，不存在这种所谓的第一层面、第二层面，不存在基础阅读与超阅读的先后顺序，也不存在什么基础阅读之类的东西。"所有好的阅读，都是在解释句法、语法类型阅读的同时，也是转义（tropes）的阅读。"③ 也就是说，阅读不可避免地要纠缠于这两种形式（即语法和修辞）之间，"没有艾布拉姆斯所假定的那种普通的'基础阅读'的东西。随着这种前提的崩塌，艾布拉姆斯反对解构的所有论据：他对解构的异常的阅读以及他提出的一个可供选择的教学法，也就不攻自破了。事实上从一开始，超阅读也就仅有一种形式，即对语法和转义的共同阅读"④。而在《解构的天使》一文中，艾布拉姆斯对解构批评的"解构"也似乎有赖于这样一个前提，即断定解构批评是一种读者中心主义、一种文字中心主义。尽管艾布拉姆斯出于论战的需要而将解构批评某一方面的倾向极端化为一种普遍原则，但艾布拉姆斯无疑也指出了解构批评的确在某些方面存在着盲视或不足。首先，无视作者的意图。解构批评看重的是文本或语言本身的特征，而将任何企图控制文本、语言的因素都打发掉。"既然唯一存在的是现存的记号，我们就无法求助于讲述或写作的主体，或自我，或思考的自我，或意识，也无法求助于任何可能的力量来获取某种意义。所有这些力量都被认为是语言产生的虚构。"⑤ 其次，在解构批评理论中，的确有忽视历史维度的倾向。尽管解构论者主张对历史、政治、经济等文本进行修辞阅读，但是却反

---

① ［美］J. 希利斯·米勒：《重申解构主义》，郭英剑等译，中国社会科学出版社1998年版，第272页。

② 同上书，第273页。

③ 同上。

④ 同上。

⑤ M. H. Abrams, *The deconstructive angel*. see David Lodge, *Modern Criticism and Theory*, London and New York：Longman，1988，pp. 278-285。中译本见［美］艾布拉姆斯《解构主义的天使》，张德劭译，《文艺理论研究》1995年第2期。

对对文学文本进行政治、历史等模式的阅读。最后，解构批评过分强调语言交流的不可能。但是如果忽略交流者的意图，而任由异延的游戏摇摆不定，那么，我们又何以理解对方？米勒之所以和艾布拉姆斯进行对话，难道不是因为他清楚地理解了对方的意图才进行的吗？正如艾布拉姆斯所说："只要我们能根据别人的话语来了解他的意思，我相信我们会更好地理解对方。不管怎么说，如果不相信语言可以表达意思，不相信通过解释可以了解别人的意图，那么我们就毫无理由进行现在的对话了。"① 除此之外，解构批评也仍然有许多的不足之处。

一　贵族式批评

无疑，解构批评培养出来的读者或批评家再也不能根据故事大概、作者生平、社会背景等等就可以对文学作品指指点点了。而且某种程度上，解构批评似乎也同整个高速运转的现代社会在气质上格格不入；如果不是专门从事文学批评的批评家，谁会愿意花时间为了阅读华兹华斯的一首短诗去绞尽脑汁地思考什么反讽、含混？谁又会为了读懂《灿烂的星》(*Bright Star*)，而去阅读所有济慈写下的诗歌以及有关济慈的文本呢？因此，解构批评对文学阅读提出的要求显然是太过理想化了，这些严苛的要求包括：读者必须有足够的时间可以花在文学阅读上，而且阅读不应该停留在德里达所说的"卢梭式的阅读"或者希利斯·米勒所说的那种快速的阅读 (the allegro reading)——无保留地相信作者，通畅而不做任何思考的阅读。而应追求的是缓慢阅读 (the lento reading) 或者质疑性阅读 (the suspicious reading)。

但某种意义上，我们认为解构批评对阅读如此高规格的要求恐怕要落空了。无疑解构批评是试图将"理想读者"变成理想化的读者。

在解构批评眼里，不存在理想读者。首先是因为不存在作者，作者这个外在于文本的主体存在不存在都毫无关系，只要文本存在就可以了，而文本不是作者写的，文本是由其他文本杂交出来的。其次是

---

① M. H. Abrams, *The deconstructive angel*. see. David Lodge, *Modern Criticism and Theory*, London and New York: Longman, 1988, pp. 278-285. 中译本见［美］艾布拉姆斯《解构主义的天使》，张德劭译，《文艺理论研究》1995 年第 2 期。

根本不需要、也不存在理想读者，因为文本是不确定的，阅读总是误读。而在解构批评看来，最理想的读者是解构式阅读的读者，就是那些有足够的时间去从事文学阅读、并且有足够的想象力和创造力的读者。但事实上普通人不可能像布鲁姆、米勒他们那样将文学阅读当成是一种分内之事，可以一边领取丰厚的薪水，一边心无旁骛地"缓慢阅读"。现实中的普通人不得不将大部分时间花在他们所从事的杂七杂八的工作上，因而在他们的有生之年，估计都很难成为解构批评者。

　　同时，并不是所有人都能像德·曼那样熟读那么多文学、哲学著作；也不可能像希利斯·米勒那样将海德格尔的《艺术作品的始源》《一件东西是什么?》同华兹华斯的几行短诗《沉睡吧，我灵魂的封印》(A Slumber Did My Spirit Seal)、《序曲》放在一起进行互文阅读的。也不可能像布鲁姆那样不仅仔细研读过莎士比亚的作品，而且对于和莎士比亚有关联的其他作品比如马洛、济慈、丁尼生甚至弗洛伊德的作品等等都了如指掌。也不可能像哈特曼那样对华兹华斯的几乎每首诗、每个句子都有研究。

　　诚如盛宁先生所说，要想运用解构批评去阅读文学作品必须具备这么两个基本的素质：一是非凡的想象力，二是广博的文本知识功底。盛宁先生认为解构批评说穿了就是运用非凡的想象，将无数文本意义的可能性绝妙地连缀起来。倘若此前的现象学阅读中，还有一个要被还原的意义之源的创作主体意识的问题，那么现在的这种解构分析阅读方法，则早已将本原意义，亦即所指意义这一局限破除，阅读活动便实实在在成了碧波浩渺的文本海洋中自由自在的荡漾穿行。至于阐释的独创性，则完全表现在读者能否抓住文本中某一修辞的变异，抓住文本中某个有可能让所指意义逃逸的缺口，把对文本的读解引上一条从未有人想到的新思路、新境界。①

　　总之，解构批评家培养的必然是文学研究方面的专家，而不是像其他批评理论培养出心理学家、社会学家、人类学家等等，但是解构批评对阅读提出的要求却往往让人望而生畏，这多少是其走向衰落的重要原因之一。

---

① 盛宁：《二十世纪美国文论》，北京大学出版社1993年版，第196页。

二　强烈的排他性

可以说，任何一种自成一体的批评形态都具有一定的排他性，但似乎解构批评的排他性格外强烈。在解构批评看来，文学批评实际上只有两种类型：一种是形而上学式的，另一种是解构式的。前者的特点是在文学之外设定或者虚构了逻各斯（道、性压抑、自然、作家意图等等），因而批评的全部意义就是指出、读出这些逻各斯。而结构主义批评的语法模式也仍然是形而上学的一种变体，仍然是希望将所有作品都缩减为一个文本甚至一个句子。新批评所说的"有机整体"同样是对文学作品阅读之不可能性的忽视。当然这种排他性必然关涉着范式的基本特点，即范式的不可通约性，在此意义上，不同批评范式之间的争执都在或隐或显地进行着另一种叙事，而它的主题是：党同伐异。

希利斯·米勒指出：在未来的几年里，文学批评的任务"将会是调和文学的修辞研究（就目前而言，'解构'是最严谨的批评）与现在颇具吸引力的文学外部研究之间的矛盾"。① 但是，米勒同时指出：

> 更确切地说，既然调和一词是属于辩证思维的词汇，而且常常意味着某种综合或提高的可能性——通常是以牺牲某一方为代价的——那么，还是用"对抗""遭遇"或是"无法妥协的妥协"比较好，因为，很有可能，一旦被当作一个文本来看待，任何片断语言中的文学或是"文学性"的修辞研究，就要遭遇语言之中所明确表达的东西，而这完全不能用历史的、社会学的或者心理学的阐释方法来替代或是加以解释。即便"遭遇"或是"对抗"使人产生误解，我所说的东西也永远不会面对面相同，而只能是间接的接触，就像泡沫室中的一个宇宙粒子的那些运动轨迹一般。无论如何，文学一旦丢失了修辞研究，仅只重点研究语言及其规律，研究它是什么和它能做什么，特别是仅仅研究与语法和逻辑明确功用纠缠在一起（就像寄生的病毒与寄主细胞的功用密不可分一般）的象征语言的作用，那么，我们就不可能理解文

---

① ［美］J. 希利斯·米勒：《重申解构主义》，郭英剑等译，中国社会科学出版社1998年版，第219页。

学在社会、历史以及个人生活中的作用。[①]

很显然，在希利斯·米勒看来，解构批评无可替代，而且它与那些"憎恨派"似乎也水火不容，修辞研究永远是第一位的。这就使解构批评与其他批评理论之间的对话无法进行下去。

我们认为，一种理论如果想要进一步发展下去，那么这种理论本身就应该具有一定的开放性和包容性，而且我们同样认为，对文学作品进行多维阐释不仅是可以的，而且也是可行的。实际上，解构批评也是在借鉴和吸收其他理论资源的基础上才发展起来的，比如，德里达的写作与现象学就有着密切的关系，而保罗·德·曼、希利斯·米勒等又同时具有现象学和新批评的理论基础，而布鲁姆甚至指出："阅读作为一种艺术有赖于对那被阅读的东西有一个基本的期待，这样，为了阅读一首诗，你就必须首先对诗是什么或能是什么有一个概念。它是否如从马修·阿诺德到 M. H. 阿布拉姆斯的现代人道主义批评告诉我们的，应当是甜蜜，是光明？或者是否如从海德格尔到保罗·德·曼的现代解构批评坚持告诉我们的，它应当是认识论转义的运作？我越来越认为，阿布拉姆斯和希利斯·米勒在为阐释模式争吵不休的时候，真正争执的只是反讽的程度，是期待与满足之间的沟壑的程度。在阅读一首诗的时候，解构批评的实践似乎越来越是柯林斯·布鲁克斯已经十分完备的观念的进一步精密化，而不是对它的决裂。"[②] 而且我们认为，解构批评后来之所以渐趋衰落，就是因为它在成为一种有影响力或者说成熟的批评形态之后，失去了理论自我更新的能力。我们将在下一章结合具体的实例来证明，对于文学作品进行多维共释是可能或者说可行的。

三　解构批评同样是文学的杀手

如果按照解构批评的说法，其他一切形而上学的批评都是意在杀死文学，那么解构批评也至少是在某些方面与文学为敌。之所以说解

---

① ［美］J. 希利斯·米勒：《重申解构主义》，郭英剑等译，中国社会科学出版社 1998 年版，第 219 页。

② ［美］哈罗德·布鲁姆：《批评·正典结构与预言》，吴琼译，中国社会科学出版社 2000 年版，第 254 页。

构批评也是威胁文学的东西，原因在于：解构批评也仍然试图揭示出所有关于文学的秘密，并且认为通过修辞分析就可以抓住文学的要害所在，如果说文学因此而被控制了，其实也就是说，文学也因此而失去了魅力。不仅如此，解构式阅读或者说修辞性阅读既耗时又费力，而且对读者的基本素质也提出了太高的要求，因而这种批评理论不可能被大多数人接受，通俗地说，解构批评既不大众化也不喜闻乐见。

（一）去神秘化

希利斯·米勒指出：

> 理论应该读，但不能全盘接受。为了将理论应用到文学作品上，为以一种冷漠的、有政治打算的方式去分析作品从而去读理论是不可取的。理论可做参照。要读理论但不要理论化。真正的分量来自积极阅读作品本身。①

米勒之所以拒绝全盘使用某种具体的批评理论来解释文学作品，就在于考虑到阅读本身的重要性，并且意在使阅读不被那些批评理论强行控制，不被某种批评理论主题化，但是解构批评难道没有自己设定的主题吗？"反逻各斯中心主义"不是构成了德里达文本分析的主题吗？在此意义上，德里达又何尝不是将所有文本改写为一个反对逻各斯中心主义单义性的文本呢？

而在谈到福柯对于文学批评的影响时，哈特曼指出，用福柯的理论去解释文学，总会有许多不适应感，"无论福柯有多么重要，但总的说来，他的批评实践除了消解文学的神秘性之外，却难以与文学有更多瓜葛。然而，一旦消解了文学的神秘性，文学往往也就不复存在了"②。然而解构批评又何尝不是在消除文学的神秘性呢？当文学作品被修辞分析撕裂为一地碎片时，文学还有何神秘性可言呢？

无疑米勒已经注意到这一点了，他指出："毫无疑问，这两种批评阅读的形式：修辞阅读和文化研究，都促成了文学的死亡。"因为解构批评作为一种解谜或揭秘的活动，同样是使得文学的把戏昭然若

---

① ［美］J. 希利斯·米勒：《解构主义者谈解构主义》，《国外文学》1995 年第 3 期。
② 罗选民、杨小滨：《超越批评的批评——杰弗里·哈特曼教授访谈录》（上），《中国比较文学》1997 年第 3 期。

揭。"修辞阅读或'慢读'（slow reading）揭示出了文学魔法运作的机制，那么这种魔法便不再奏效了。它被看作一种把戏（hocus-pocus）。对《失乐园》进行女权主义阅读时，米尔顿的性别歧视（'他仅仅为上帝而存在，她是为了他身上的上帝'）就表露无遗。因而，这首诗就失去了它的魅力。"①

所以希利斯·米勒后来提出在修辞阅读的同时，有时也很有必要进行快速阅读，也即德里达所说的卢梭式的阅读。

（二）阅读的不可能性使读者不可能阅读

文学的功能是多种多样的。这是因为不同的人在不同的情况下对文学有着不同的需要，而不同知识结构的人在阅读上也总是有着不同的审美趣味。当一则笑话也被送入修辞分析的作坊里，笑话的主要功能其实已经消失殆尽了。笑话当然可以进行修辞分析，但修辞分析却改变了笑话的性质和功能。当解构批评告诉我们，就连一则笑话也可以被无数次地阅读，也可以被理解成不同的文本，尽管它似乎没有说错什么，但无论如何在许多人眼中这纯属多此一举。如此说来，解构批评还真如爱德蒙森所说的那样，是禁欲主义式的，它阻止人们从阅读中获得某种快感。爱德蒙森说道："德里达的解构理论及其禁欲主义的严格，的确是一种反狂热的哲学证明，正如我知道的，那种狂热可能来自被形象和完全在场的真理所诱惑。然而，德里达的立场的弱点在于，为了和他一道超越幻想，我们就必须放弃某些东西。因为德里达以其最严格的禁欲思想强迫人们反对快感、反对观看的诱惑、反对世俗的东西、反对世上的事物。在我看来，这种放弃付出的代价太昂贵了。"② 尽管爱德蒙森的表述多少有些夸张，但无疑这是解构批评不能被普通群众认同的原因之一。

如果说通畅的阅读、文学的可读性是许多读者能够将文学作品持续阅读下去的原因之一，那么解构批评则向读者大声宣布：不经过仔细推敲的阅读是不可取的，阅读总是在语法和修辞之间犹豫不决。这种论调一定会使那些本来就对文学不够忠诚的读者群更加溃散。

因而，解构批评一方面要求我们进入文学文本，另一方面又似乎要我们注意：文学远不是你所认为地那么轻易就可以进入的。

---

① J. Hillis. Miller, *On Literature*, London and New York: Routledge, 2002, p. 125.

② ［英］马克·埃德蒙森：《文学对抗哲学》，中央编译出版社 2000 年版，第 119—120 页。

第六章

解构批评视域下的"新"批评

第一节　解构批评视域下的文化研究

　　自解构批评衰落以来，文化研究日益占据了学界一个颇为醒目的位置，在其大受欢迎的同时，质疑声也一直如影随形。文化研究的路径大致上有两种，一种是对文学文本进行文化研究，如后殖民批评、新历史主义等等，一种是对文化文本进行文学批评。解构批评对这两种形态的文化研究态度是不一致的，解构论者承认后殖民批评、女性主义、新历史主义的积极作用，但是认为它们的分析模式会对文学文本造成某种伤害；解构批评支持第二种路径的文化研究，认为应该对文化文本进行修辞性分析。尽管我们这里主要探讨的是解构批评对第一种类型的文化研究的看法，但有必要说说解构批评对这两种类型的文化研究的启发和影响。

　　如果我们把修辞分析扩展到一切领域，就会发现任何符号一旦被视作文本，就必然被修辞所搅扰。当然，解构论者从来也不认为文学文本和其他文本之间存在着天壤之别。哈特曼·布鲁姆指出："我喜欢史蒂文斯的诗歌的节奏，但这种喜欢实际上与我对我所居住的房子或书房里一把特殊的、已经坍塌的古旧靠椅的喜欢并没有质的区别。"① 那么，怎么理解修辞性分析在非文学领域里的启示性意义呢？我们举个例子便一目了然了。从某种意义上来说，交通工具的作用是人类代步或运输的装置，但在实际的生活中，交通工具的功能并不仅仅是代步或运输，它还具有文化功能。在此意义上，一个

---

① ［美］哈罗德·布鲁姆：《批评·正典结构与预言》，吴琼译，中国社会科学出版社2000年版，第263页。

人赶着牛车、骑着高头大马、坐着八抬大轿、骑着自行车、坐着公交车、开着豪华轿车等等都不是一种简单的事实陈述，而是具有一种施为功能，它是关于身份、阶级、种族、时代、时尚等指称的转义，而如果我们对这些能指进行一种历史或谱系的研究，就会发现，即便是同一种交通工具，在不同的时代也会具有不同的意义，在20世纪六七十年代的中国，人们和自行车的感情与当今社会人们对自行车的看法就全然不可同日而语。一定程度上来说，骑自行车在20世纪七八十年代是一种时尚。相比之下，自行车在当今社会的功能倒是更接近它的字面义，即主要是将其当作一种交通工具来看待，然而只要将自行车置入整个交通工具的系统或文本中，就会发现骑着自行车去上班而不是开着宝马，它一定程度上仍然是关于某种阶层、身份、文化的转义。当然，即便是自行车，也被以各种不同的品牌、款式、价钱、功能划分为不同的等级和类型，因而即便同样是骑自行车，也仍然有可能暗示其身份、趣味、年龄等等的不同。那么，对于解构论者而言，作为一种修辞性的语言，服装、首饰、房子、汽车、钟表、香烟、家具乃至职业、工种等等，这些与我们的文字语言没有实质性的区别，因而这些都可以进行修辞分析。人类就生活在这些符号或者这些语言中，因而对这些语言进行修辞性的分析怎么可能没有价值呢？不难发现，文化研究正是在某种意义上将解构批评的这些发现纳入自己的视域中去。

　　不单单是简单的能值，人类的行为也完全可以修辞化。婴儿啼哭在早期心理学家或者大多数人眼里，可能代表的是满足的匮乏。母亲这个时候应该给婴儿喂奶或者帮助他排泄。因而人们最初对婴儿的啼哭的理解是饥饿、不舒适或者是排泄等的信号，因而是种生理本能。所以即便是最初关于婴儿的啼哭的理解中，婴儿的啼哭也不是一个简单的陈述行为，也具有施为特征，他的啼哭是在表明："我饿了""我好冷""我翻不了身"等意思而不是说什么"我很伤心"之类的，当然即便我们通常将哭泣和伤心联系起来也是在转义的层次上使用的。然而在阿德勒的研究中，婴儿的啼哭其实是别有用心的，哭只是他的一个手段，他是在利用啼哭来制造一种效果，以此来控制自己的母亲。他知道自己只要动动小嘴，这个世界就会围着他转。某种意义上，阿德勒或个体心理学的这种看法将婴儿的啼哭直接描绘为一种施为特征，使啼哭变成了一种企图控制母亲的野心。在解构论者看来，这无疑是对人类想象力和语言的修辞能力的巨大开拓，可见修辞性分析大有用武之地。文化研究在分析人类文化行为方面，也正是巧妙地借助了解构批评意义上的修辞阅读，才将研究的视角伸向文化、政治、道德、伦理等层面，诚如"艾滋病"这个词，在通常的意义上，唤起我们的首先不是我们对这种疾病的关注，而是对艾滋病所附着的伦理意义感到忧惧，而许多人对艾滋病人的远离和放逐是在双重意义上进行的，一方面是怕被感染，而另一层面则是净化意义上的，即这些与我们不同的人一旦被放逐，城邦将得到净化，这与福柯所说的愚人船上的麻风病人毫无二致。因而，艾滋病人被他者化了，被边缘化了。再比如当"安全套"这个词进入我们脑海中的时候，大多数人首先想到的不是"安全"，或者说不是"安全套"本身的功能和特征，而毋宁说它被同"性放纵""不洁"等道德、伦理意义联系在一起，因而在许多人的意识中，它唤起的不是"防止疾病"的意识，而是对"性放纵"的恐慌。因而"安全套"一定意义上已经被修辞化了，它负载了太多道德、伦理上的意义，它与性一样成了一种遮遮掩掩的东西了。

可以说，后殖民批评、女性主义、新历史主义等批评形态都从解构批评吸取了营养，都是意图打破二元对立神话，营救被囚禁的、沉默的他者。例如，德里达就多次使用阳物中心主义（phono-phallogo-centrism）这个词，来批判西方文化传统中占据着主导位置的话语构造，通过这个术语，德里达不仅仅对父权制下的男性宰治进行批评，同时更为深刻地揭露出，这样一种宰治正是通过一系列的哲学、政治等话语构建起来的价值观念为支撑，在这些话语构造中，男性身份往往被支配性的、肯定性的话语所塑造，而女性身份是被支配性的和否定性的。无疑这与当前女性主义批评的主流观点是一致的。而且在方法上，文化研究同解构批评也具有某种一致性，都是试图在文本中寻找那些一再被压抑的、另类的叙事和逻辑。当然，文化研究和解构批评仍然在范式、观念上存在着极大的差异。

一　外部表征与范式之争

从事文化研究的学者尽管面临着学科归属以及研究身份方面的焦虑，但因其研究对象的广泛性、研究方法的多样性、研究维度的政治性等因素，使其受到了世界范围的欢迎。如果单从文化研究之于文学的态度来看，显然文化研究并不太重视文学自身的独创性和文学语言的特殊性，而只是将文学看作人类文化产品的一种类型，看作政治、种族、性别、族群等等的反映。与之相反，解构批评也被称为修辞学分析、修辞批评、修辞性阅读等等，这一批评形态对文化研究的研究方法、理论立场等提出了非常尖锐的批判；反对文化研究将文学视为社会标本，反对文化研究对文学进行非文学式的研究，也即反对文化研究对文学进行社会学、政治学、人类学、女权主义、后殖民主义等模式的分析，而是将修辞分析引入文学研究的领域。著名的解构论者米勒指出："文学研究无疑应该终结那种想当然的指涉性研究，这样的一种（特指解构批评的）文学原则将正确地终止对作品进行专门的思想、主题以及各种各样的人类心理研究，而是（使文学研究）成为语言学、修辞学、比喻认识论的研究。"① 文学研究"应努力阅读这本或那本文学著作，穷究它的独特性和非凡性，而文化研究，像人类学和社会学，更倾向于对事物的典型性和一般性感兴趣"②。因此，在对待文学的态度上，文化研究与解构批评的区别在于：解构批评着眼于文本的独特性、新奇性、独创性等方面，而文化研究更倾向于研究文本之外——例如政治、经济、意识形态等等的特征，研究意义的生产模式或生成机制。

当前，文化研究而不是解构批评日益成为我国学界的一个重要而时髦的学术领域，它使那些曾经是文学研究的学者们再次切实地感受到了时代的召唤；因为自新型媒介如广播、电影、电视、网络等等大行其道以来，我们的生活方式与生活节奏已经发生了巨大的变化。一个明显的现实是，图像文化比纸质文化似乎更受青睐，大众文化较之于精英文化也更受欢迎。随着生活节奏的日益加快，人们似乎已经没有更多的时间留给文学阅读了；小说的服务对象已经不仅仅是现实中的男男女女了，它也更直接地服务于影视剧。因而似乎可以得出这样一个结论，今天我们对文学特别是经典文学进行研究，似乎已经不是那么迫切了，而执着于学科的疆界也已经非常不合时宜了。相对而言，解构批评就没有文化研究那么幸运，尽管解构理论的创导者德里

---

① J.Hillis，Miller，*Narure and the Liguistic Moment*. ed. U.C. Knoepflmacher and G.B. Tennyson，*Nature and the Victorian Imagination*. Berkeley：University of California Press，1977，p.451.

② ［美］J. 希利斯·米勒：《谁害怕全球化》，《长江学术》2006 年第 4 期。

达、J. 希利斯·米勒等学者在国内学界的名号远大于威廉斯、霍加特等人，而且德里达、米勒等人也多次来华布道，但解构批评的批评实践并没有文化研究那般广泛而持久。

代迅在《中西文论异质性比较研究——新批评在中国的命运》中指出：我国现代以来，主流的马克思主义文艺理论与英美新批评，在意识形态上存在着难以逾越的鸿沟，在艺术旨趣上也有着鲜明的异质性。中国古代的文艺理论有着极为强烈的印象式批评特点，新批评则带有明显的形式主义和科学主义倾向，尽管新批评与中国古代文艺思想之间或多或少有着相通之处，但是这些强烈和根本的异质性，决定了新批评在中国始终处于边缘化的境遇。[①] 实际上，我们认为新批评在中国的命运，其实也是俄国形式主义批评、结构主义批评、解构批评等等的集体命运。那么为什么文化研究在学界所占的比重与日俱增呢？究其理论原因，不外乎范式的选择与竞争。

范式一词尽管在古希腊语中早已有之，但是将其术语化并且赋予它全新意义的是库恩。他在《科学革命的结构》（1962）一书中创造性地使用了范式这个词，将其作为科学史、科学哲学等等的专门术语。认为范式"是一个成熟的科学共同体在某个既定的时间内所接纳的研究方法、问题领域（problem-field）和解决问题之标准的源泉"[②]。在库恩看来，科学革命的实质就是范式的转换（paradigm shift），而这种转换包括价值观念、理论视野、研究方法、理论话语、工具等等的变革。范式具有不可通约性，隶属于不同范式的科学共同体因为所采用的工具、方法的不同，以及所面对的具体问题和具体对象都发生了变化，更重要的是这些不同范式的科学共同体的世界观或信念也是迥异的。

库恩指出：

　　开始，一种新的范式候选者可能只有少数支持者，并且有时这些支持者的动机也是可疑的。然而，如果他们真有能力，他们

---

① 代迅：《中西文论异质性比较研究——新批评在中国的命运》，《西南大学学报》（社会科学版）2007 年第 5 期。

② Thomas S. Kuhn, *The Structure of Scientific Revololutions* (Third Edition), London: The University of Chicago Press Ltd, 1996, p. 103.

将会改进它，探索它的可能性，并且表明在其指导下共同体将有
什么样的前景。照此发展下去，如果这个范式注定会赢得胜利，
支持它的论据的数量和说服力将会增加。然后就会有更多的科学
家发生转变，并且对新范式的探索也会继续下去。①

就文学批评的范式来说，按照韦勒克的看法，关注文本、对文本
系统进行研究的属于"内部（intrinsic）研究"，而除此之外的属于
"外部（extrinsic）研究"。内部研究与外部研究的批评模式的确存在
着让人难以想象的"鸿沟"很显然，解构批评属于内部研究，而文化
研究则属于外部研究。当然，在解构论者看来，任何声称外部研究的
东西，也完全是一种内部研究，不过是以一个千篇一律的文本来置换
文学文本，这些外部研究所做的事情就是将所有作品都变成同一个文
本。而所谓的反映、语境等等不过是另一种形式的隐喻、换喻而已。

某种程度上，范式间的竞争体现着不同的科学共同体在信念、权
力、利益上的角逐。在批评领域也存在着这种范式的竞争，一段时
期，某种批评形态可能是压倒性地占据主流位置，或者说控制着话语
权，但这并不能说明它比其他的批评形态或者说文学批评的其他范式
更科学。尽管国内对于解构理论的研究者日益增多，但是解构批评到
底是个舶来品，它不是由于中国的新"形势"而自发产生的；一方
面，在我国，实际上并没有形成如西方形式主义以来的批评传统，而
解构批评虽然在思想上给了我们很多启发，但由于其操作上的繁杂而
并没有被广泛应用于具体的实践层面；另一方面，在面对中国的新
"形势"所提出的问题时，也似乎并没有凸显出解构批评在分析或解
决问题上明显的优势，也就更不要说在中国的具体实践中升华出更具
特色的独创性理论了。

库恩指出："一种新范式的出现，往往是在危机发生或被明确地
认识到之前就出现了，至少是萌发了。"② 很显然，在中国，解构批评
并非基于这样的一种现实境遇才出现的。而对于文化研究来言，它与
马克思主义的基本观念有着一定的亲缘关系。自伯明翰学派以来，文

---

①　Thomas S. Kuhn, *The Structure of Scientific Revololutions* (Third Edition), London: The University of Chicago Press Ltd, 1996, p. 159.

②　Ibid. , p. 86.

化研究尽管没有一个非常统一的研究模式，其研究对象也是如此杂乱而广博，但其批判的理论精神、立场都无疑延续了马克思主义的传统，而文化研究的基本前提及主要依据仍然内在于马克思主义的唯物史观。不言而喻，马克思主义作为我国社会主义建设的指导思想，她对中国的政治、思想、社会、文化、经济等领域有着广泛而深入的影响，她丰富的文艺思想哺育着一代又一代的学者。因而，相较于解构批评，文化研究似乎先天地就具有适应它的土壤，不难想象，文化研究在中国仍将会持久地开展下去。

二　为艺术与为人生

事实上，存在于当前文化研究自身的一个非常有趣的反讽是：一方面它的学科归属仍然不甚明朗，其典型的跨学科或者反学科的特征，让其自身的学科属性面临着一种不甚体面的尴尬；另一方面，至少就我国学界而言，它仍然是站在中文学科的大本营里舞枪弄棒。因而在解构论者看来，文化研究本身就值得进行"文化研究"，那些从事文化研究的工作者沾沾自喜地丢掉了曾经是他们得以安身立命的文学，居然没有丝毫的羞愧。米勒指出："文化研究实际上更接近人类学和社会学之类的社会科学，而不是我们在人文科学中的传统的语言文学系所习惯从事的工作。"[1]

首先，就文学批评的分析模式而言，在解构批评看来，文化研究无疑属于文学研究的"憎恨派"，因为文化研究总是取消了文学自身的独创性，将其变成了与广告、打击乐、肥皂剧等同质化的东西，并且习惯性地将文学文本自身的特性彻底抹平，将文学作品变成一个他们意欲操控的那种文本，文学变成了社会标本；文化研究以一种独裁而专制的手段扼杀了文学的生机。与此相反，解构批评则真诚地面对文学，将文学的诗性语言、文学文本的别异性等视为文学研究的起点。

在解构批评看来，以文化研究为代表的"憎恨派"尽管有着这样那样的进步意义，但对于文本而言，无疑都是杀死文本的恶徒。因为无论是后殖民主义批评还是女权主义批评，亦或是新历史主义批评，基本上都从自身所需出发，片面强调单一性的文本意义，都认为在文

---

① ［美］J. 希利斯·米勒：《谁害怕全球化》，《长江学术》2006 年第 4 期。

学艺术文本之外存在着某个外在的却又控制并决定文本的本质。文化研究的批评家们大都严格遵守着某种预先设定好了的规则和效果，然后再依照这些模式、规则去进行阅读或阐释。因此当身体、政治压迫、社会机制等等成为某种预设的结果之后，文化研究在文学文本中就再也看不到其他什么东西了；当种族歧视、女性受虐成为一种阅读指南，恐怕读者就再也没有心思将什么文学的想象力、文学性放在眼里了。并且后殖民主义批评者似乎总是会发现不可一世、狂妄自大的白种人别有用心写就的东方主义；女权主义批评者看到的往往都是父权制的黑暗阴影所笼罩着的惨遭欺凌和盘剥的女性以及那让女人蒙羞受辱的坚挺而硕大的菲勒斯。显然，在解构批评看来，文化研究所从事的这些研究是急功近利且别有用心的。换句话说，文化研究仍然是某种逻各斯中心主义的变体，因为文学研究在文学之外事先预设或假定了某种文学的本质、真理等等，文学不过是在展示其在阅读展开之前就已预设的本质、规则等等。而读者一旦被文化研究的操作模式所捕获，就会变成某一外部批评的单一意义的生产者，因而有的变成了后殖民主义意义上的读者、有的变成了女性主义意义上的读者。在解构批评看来，无论是对文学还是对读者，这都造成了某种伤害；读者是以失去自己的自由阅读为代价的。读者放弃了自己的阅读体验，依附于事先设定好了的规则和效果，因而在此意义上，读者又能有什么主体性可言呢。

　　德·曼认为：“批评是阅读行为的一个隐喻，而这种行为是无穷无尽的。”[1] 德曼在此主要是为了批判那种形而上学批评对于自由阅读的束缚。对于文化研究而言，且不论它有没有涉及文学文本自身的一些东西，即便仍然将其纳入解释学的一个分支，它对文学的解释也不过是众多文学阅读方法之中的一种，必定不足以解释文学作品的全部意义。文本的不确定性，是任何一种批评都无从控制的。而抛弃了自由阅读的读者往往是非常被动的，一旦他们接受了某一文化研究理论的教化，变成了其信徒，那么显然就很难回到自由阅读的状态了。或许在他们看来，他们看到了与别人以及与他们之前不一样的世界，并为之兴奋。但实际上，他们所看到的这个世界，

---

① Paul De Man, *Blindness and Insight: Essays in the Rhetoric of Contemporary Criticism*, New York: Oxford University Press, 1983, p. 107.

是以牺牲他们本来可以看到更多个不同的世界为代价的。尽管文化研究对于种族、性别、族群等主题的关注，或许对于促进世界的和平与进步有着某种积极的价值，并且对于后冷战时期东方与西方、第一世界与第三世界之间的有效对话起到一定的作用，但对于文本的伤害却也是显而易见的。

其次，就研究对象而言，解构批评认为文化研究完全是本末倒置，不是要将文学进行文化研究，而是要将文化进行文学研究、进行修辞性阅读。米勒指出："经典的概念应当更加宽泛，而且，在训练阅读的同时，也该训练阅读各种符号：油画、电影、电视、报纸、历史资料、物质文化的资料等等。今日一个受过教育的人，一位有知识的选民，应该是一位会阅读的人，应该具有阅读所有符号的能力。这并非易事。"[1] 米勒还指出，文学不应该无保留地认同现实，清醒的批评家应该让读者同现实保持距离。米勒指出："批评性阅读的工作完全可以充当抗争话语现实与物质现实这种灾难性混淆（其名称之一是'意识形态'）的主要手段。"[2] 由此可见，解构批评并非不关注意识形态，而是将对意识形态分析的前提放在本文的修辞性阅读之上。

在此，有必要对解构批评关于"阅读"进行说明。解构批评认为，阅读不仅仅是文学作品的阅读行为，而且包含了"感受（sensation）、感知（perception），也因此是人类的任何行为"[3]。就语言的修辞性来说，在日常语言和文学语言中没有什么明显的区分，因而阅读可以是针对一切文本的，不仅文学，还可以是哲学、法学、电影、广告等等。而修辞性语言的特征便是意义的不确定性，因而解构批评所研究的主要不是阐释学意义上的作品意义，而是作品的意义是如何产生的，研究文本的不确定性，研究如何阅读作品，研究阅读主体如何不被那些专断的、强调单义性的批评范式所操控。阅读创造了经验，而不是还原，阅读本身除了体验什么都不是。并且阅读总是存在着误解，任何文学文本，或者任何种类的任何文本，都要求读者理解其

---

① ［美］J. 希利斯·米勒：《重申解构主义》，郭英剑译，中国社会科学出版社 1998 年版，第 226 页。

② 同上书，第 227 页。

③ J. Hillis Miller, *The Ethics of Reading*: *Kant*, *de Man*, *Eliot*, *Trollope*, *James*, *and Benjamin*, New York: Columbia University Press, 1987, p. 58.

意，阅读就是对这种要求的一种回应。因而，文化研究的做法显然是对文学实施的暴力，是对自由阅读的一种遮蔽。

再次，就文学的人文价值而言，解构批评认为文化研究忽视了文学本身所具有的自由精神。解构批评之所以对文学有如此大的激情，就在于文学文本之中包含着极为丰富的意义，它或多或少地可以使人们摆脱传统思维观念的束缚，它总是容许人们进行各种各样的解读，这本身就是对逻各斯中心主义，是对于那种包括文化研究在内的将语言意义视为单一的、透明的"憎恨派"的一种绝佳抵制。解构论者比较认同尼采式的阅读，因为这种阅读"是对世界的游戏、生成的纯真的快乐的肯定，是对某种无误、无真理、无源头、向某种积极解释提供自身的符号世界的肯定。这种肯定因此规定了不同于中心之缺失的那种非中心（non-centre）。它的运作不需要安全感。因为存在着一种有把握的游戏：限制在对给定的、实在的、在场的部分进行替换的那种游戏"①。简言之，这种阅读让文学向意义敞开，并尽可能释放它的能量，让文学不受什么起源、终极意义、权威的束缚，让它构造尽可能丰富的世界，也让它丰富着我们本来就无比乏味的世界，并且让它开启我们的想象力和创造力。

米勒指出：在未来的几年里，文学批评的任务"将会是调和文学的修辞研究（就目前而言，'解构'是最严谨的批评）与现在颇具吸引力的文学外部研究之间的矛盾"。② 但是，米勒同时指出：

> 无论如何，文学一旦丢失了修辞研究，仅只重点研究语言及其规律，研究它是什么和它能做什么，特别是仅仅研究与语法和逻辑明确功用纠缠在一起（就像寄生的病毒与寄主细胞的功用密不可分一般）的象征语言的作用，那么，我们就不可能理解文学在社会、历史以及个人生活中的作用。③

①　［法］德里达：《书写与差异》，张宁译，生活·读书·新知三联书店 2001 年版，第 523—524 页。

②　［美］J. 希利斯·米勒：《重申解构主义》，郭英剑译，中国社会科学出版社 1998 年版，第 219 页。

③　同上。

三　症候研究与文学坚守

不言而喻，当前形形色色的文化研究已经构成了一道极富表征的学术风景。如果将文化研究进行"文化研究"，那么我们就会得出一个显而易见却很容易被人习惯性无视的事实，那就是最先从事文化研究的学者曾经的工作或研究方向是文学研究。那么，为什么会出现这种情况呢？

米勒在《谁害怕全球化》一文中指出，在当前的人文科学领域，对流行音乐、电影电视、网络游戏、时尚杂志等现代"大众文化"方面的强调，几乎占据了整个文化研究的中心。许多文化研究的从业者过去更多地接受传统人文学科的训练，之所以会转向文化研究，"唯一合理的解释是年轻的人文学者需要研究这些事情。这些文化形式与曾经占主导地位的文化形式——文学相比，对意识形态以及日常生活产生了更大的影响力"①。显然，在美国，文化研究的兴起是与后工业文化的蓬勃发展密不可分的，而这些所谓的消费文化对现实世界中的男男女女有着重要的影响，随之而来的是，这些新型的媒介也正在悄然改变着当前文化发展的面貌。因此，对这些人们与之息息相关的文化现象进行研究，就成了一种大势所趋的必然，而那种象牙塔内的文学研究多少显得有些不合时宜了。

如果说在西方，自"五月风暴"之后，文化研究以其独特的言说方式无孔不入地介入当代的文化现象乃至人们的生活方式，并日益成为一种有效而直接的意识形态批评话语，成为构造当代文化的参与者。那么在我国，文化研究的发展除了与新型媒介和消费文化的快速发展直接有关外，还同人文知识分子的命运息息相关，特别是社会转型对人文学者构成的巨大挑战。这不仅意味着文学政治化研究向度的失效，也意味研究者的理论立场与现实关怀受到了质疑；在此意义上，文学边缘化既是一种表象也是一种症候。所幸的是，文化研究应运而生，一方面，它以一种"与时俱进"的理论姿态正面应和着当前我国的文化现实；另一方面，尽管借重了英美、澳大利亚等国家文化研究的理论和实践经验，但也旗帜鲜明地呼应着马克思主义历史唯物主义传统。这使得人文学者以一种崭新的姿态——尽管已不是直接的

---

① ［美］J. 希利斯·米勒：《谁害怕全球化》，《长江学术》2006 年第 4 期。

政治代言方式——再度出场，并迅速地扩大着自身的言说空间或场域。

毋庸置疑，文化研究正以其独特的方式对我们的社会生活起着日益重要的作用，它对大众文化的引领与批判，对隐匿在文化现象背后的社会结构和社会机制的揭示都是无可替代的，它所坚持的多元文化主义立场也使得这个世界日益宽容起来，这也就是为什么文化研究会对"女权主义、黑人政治、同性恋运动、美籍墨西哥裔文化研究，对于迅速发展的'后殖民主义'研究团体，以及形形色色的大众文化的比较传统的追随者，还有各种马克思主义追随者，统统表示欢迎"。① 但显然这些不能成为我们放弃研究文学自身特性的理由。"文学研究虽然同历史、社会、自我有着千丝万缕的联系，但这种联系，不应是语言学之外的力量和事实在文学内部的主题反映，而恰恰应是文学研究所能提供的、认证语言本质的最佳良机的方法，正如它能对德·曼所称的'历史的实质性'有所影响一样。"② 布鲁姆指出，文学的研究可以使世界上的男男女女们充分认识到，"今天字面的客观真理不过是昨天的隐喻的尸体。那些研究和讲授文学史的人完全能够明白，何以道德和政治思考的词汇可以通过文学的想象来改变，何以诗人有时可以成为未获承认的立法者"③。在解构批评看来，如果存在着一种文学精神，那就应该是一种生生不息的创造力，这种创造力指的是我们得以想象和构造世界的能力。而批评史上最具代表性的骗局可能就是模仿论——假定文学是对现实世界的模仿——所设置的。模仿论无疑是形而上学话语的一种最自然、最具体的表述，模仿论将现实和文学二元对立化，并将前者作为本源性的东西，而将后者作为前者的派生物。解构论者认为，这纯粹是一种人为的建构，并不是必然如此。而从目前的形势来看，文学所面临的危机一定程度上也似乎正是由于模仿论观念的深入人心造成的，因为说起模仿的本事来，文学远不是电视、电影等图像媒体的对手。模仿论取消了文学的特殊性、独立性

---

① ［美］弗雷德里克·詹明信：《文化研究和政治意识》，王逢振译，中国人民大学出版社 2004 年版，第 13 页。

② ［美］J. 希利斯·米勒：《重申解构主义》，郭英剑译，中国社会科学出版社 1998 年版，第 218 页。

③ ［美］理查德·罗蒂：《后哲学文化》，黄勇译，上海译文出版社 2004 年版，第 150 页。

或者说自律性，通过将文学的世界变成现实的影子而将其连根铲除，使其在新的图像媒体前变得被动而空洞。在解构批评看来，文学和现实当然有联系，但文学主要或首要地不是为了反映现实，毋宁说是同现实保持着一定的距离；它同现实是不妥协的，更有甚者，是对既存现实、秩序、传统的质疑、不满、颠覆和改造，是在以言行事。

　　在许多学者所谓的"后工业"的时代，消费文化大举入侵的新形势下，某种程度上可以说，人越来越退化成被动的接受者，变成流水线上的最后一环。在这种情形下，人消失了，消费者诞生了。解构论者不仅看到了消费主义以及新媒体对文学的威胁，也看到了这种威胁背后所真正显露出来的症结所在，布鲁姆在《西方正典》中文序言的最后一个段落颇为不安地指出："诚实迫使我们承认，我们正在经历一个文字文化的显著衰退期。我觉得这种发展难以逆转。媒体大学（或许可以这么说）的兴起，既是我们衰落的症候，也是我们进一步衰落的缘由。"① 显然，解构论者对这种现象是持批判态度的，德里达指出："每一本书都是旨在造就读者的教育。充斥新闻和出版的大量产品并不造就读者，这些产品以令人着迷的方式设定了一个已经列入节目单的读者。这些产品最终形成的是它们事先已经设定的平庸的接受者。"② 我们注意到，解构论者经常使用的词是"阅读"，而不是"消费"。解构批评强调的"阅读""进入文本"正是提醒我们不要丧失自身的主体意识，要有创造力，要创造性地去读或者去写。同时，解构批评如此注重修辞分析，就是意识到："我们的语法不仅控制了我们组织思想的方式，而且更为严重的是，语法也决定了我们可能会有何种思想。所以，我们用来思考的主词－谓词的这个语法意味着，我们将主体—客体框架强加在了世界之上，而这就促使我们以为，我们的头脑里确实存在着一个超越的、笛卡尔式的'自我'或'我'，这个自我又是与我们的肉体存在相分离的。"③ 而这种思维模式最终禁锢了我们的思想和创造力。因此我们有理由认为，解构批评所倡导的

---

　　① ［美］哈罗德·布鲁姆：《西方正典》，江宁康译，译林出版社 2005 年版，第 3 页。

　　② ［法］德里达：《解构与思想的未来》，夏可君译，吉林人民出版社 2006 年版，第 7—8 页。

　　③ ［英］戴维·罗宾逊：《尼采与后现代主义》，程练译，北京大学出版社 2005 年版，第 48—49 页。

修辞性阅读是对后工业时代那种将人变成"终端接收器"的大众文化（mass culture）充满了精英意味的抵制，这种抵制折射出的是解构批评对于人的关注，对于人的创造力的开掘与尊重。

　　尽管解构批评关注和研究的对象并不单纯是文学文本——而是具有文学性或修辞性的文本，但文学所敞开的世界他们从来都没有否认过，文学繁衍、增补、建构了一个个新的世界，并且呼唤读者同它一起创造，一起尽可能地徜徉于语言世界的想象与构造之中。文学不是模仿，即便模仿，它也不是对现实的模仿，而是对之前伟大的文本的模仿。而某种程度上，现实倒似乎是在模仿文学。用布鲁姆的话说，"莎士比亚为我们创造了心智和精神，我们只是姗姗来迟的追随者。"① 同时，解构批评也并不是全然无视作家的存在，相反他们对普鲁斯特、马拉美的评价都是非常之高的；而是说，解构论者认为，读者在阅读时不要被捆绑于这些作家的权威之下而被动地相信他们所说的一切，变成他们的傀儡，而是要发挥自己的想象力去尽可能地创造性地理解、挖掘、生成出一些有价值的东西，而这些东西正是我们得以重新构造世界的资源和起点。

第二节　文化身份认同的主体性

　　在解构论者看来，"中国文化"一词本身就是一个颇具形而上学色彩的概念，这个概念或许可以在区别美国文化、法国文化、日本文化时，见出其在空间或地理意义上的有效性。然而将其当作一个特定的、指向华夏上下五千年的文化内涵的指称，则可能有些似是而非，甚至是不知所谓。因为某种程度上，中国文化在不同的历史时段、不同的文化空间中可能会呈现出不同的文化形态或特征，其间充满着异质性与断裂性，即便是用"儒、释、道"来表征中国文化，那么这种表述本身就充满了差异，儒、释、道显然是异质的。即便"三教合流"这种说法是成立的，那么我们很显然不能说这种"合流"之后的文化会变成一个似儒、似释、似道，又非儒、非释、非道的东西，这

---

① ［美］哈罗德·布鲁姆：《影响的焦虑》，徐文博译，江苏教育出版社 2005 年版，第 7 页。

种合流聚合了某种后来形成了中国文化认同的气质，但究其内部，又始终是充满了异质性。我们似乎还是试图追问，这个或那个到底是以哪家的"文化传统"为主要来源的呢？而即便是儒家文化传统，也还是非常笼统、非常总体化的，我们仍然难以把握，我们仍然还会继续追问，是儒家文化的哪一个传统？是人文主义传统，还是家族主义传统？是天人合一的传统还是内圣外王的传统？而即便是人文主义传统也仍然歧义丛生。退一步讲，我们即便不考虑中国文化发展的谱系，不考虑它在历史演变过程中的不同形态，而将其放置于当下进行共时性的考察，我们同样会发现，这个所谓的"中国文化"也还是会被切割为不同地域、不同（少数）民族的文化，比如，南北文化、黄河流域文化、长江流域文化、赣鄱文化；海派文化、京派文化、各少数民族文化等等。可见，用"中国文化"来笼统地命名、囊括这么一个庞大、驳杂、含混的文化属性、文化认同，总是在"异延"的运作中，见出其多少有些力不从心的仓皇失措。但是，解构的目的不是要摧毁这个概念，它只是提醒人们："任何东西一旦形成一种认同，差异也就同时聚合，两者合二为一。"① 异延同时包含着同一与差异，它提醒我们：在强调"认同"的同时，也一定要尊重差异。本书所要讨论的问题主要是关于中国文化认同的离心与聚合，讨论在"全球化"（按照詹姆逊的说法是全球资本主义化）以及"现代化"的双重运作中，如何坚持中国文化、民族认同的主体性问题。

　　同时，当前我国正处于全球化与现代化交织互动的进程中，之所以有身份认同的问题，就是因为我们在全球化过程中遭遇到了他者，而这个他者又进而将我们指认为他者。我们如何在这种异质性的文化语境中获取自己的身份，就显得尤为重要。同时我们注意到，全球的资本化，正在以一种媚俗的姿态将混杂的身份抛向全球。如果说"后五月风暴"不仅如前所述指的是一种断裂的叙事，或者说隐去了现实抵抗的政治维度的别样的抵抗策略或书写模式，而且它还指向一个渐趋明朗的后现代文化空间，而"我们所称的后现代（或称为跨国性）的空间绝不仅是一种文化意识形态或者文化幻象，而是有确切的历史（以及社会经济）现实根据的——它是资本主义全球性发展史上的第

---

① Niall Lucy, *A Derrida Dictionary*, Oxford：Blackwell Publishing Ltd, 2004, p. 51.

三次大规模扩张"。① 全球化被詹明信描述为全球资本主义化，即便这种全球化貌似采取一种极为包容、极为多元化的姿态。比如说，现在一部好莱坞电影里已经随处可见东方景观，而且越来越多的东方影人进军好莱坞，但这不是说这个世界越来越开明了，而毋宁说更形象地说明了资本的内在逻辑，即以尽可能地获取利润为目的，因而它对其他文化的宽容是有代价的。这是值得我们警惕的。

一　本质主义与非本质主义的身份观

文化身份及相关问题的研究之所以能成为当前我们持续关注的一个理论热点，既有现实方面的原因，也有理论上的推进。就现实情况而言，当今中国社会的基本现实是现代化与全球化的交织互动：一方面，较之于过去，我们的现代化建设取得了长足的进展。社会的快速发展，要求我们有一个与之相匹配的"既是中国的，又截然不同于过去"的文化身份。另一方面，我们又处在一个全球化的时代，全球化使文化的传播速度前所未有地提高了，文化的具体内容也不再局限于本国、本民族的区域之内。但同时，各民族间文化的多样性和差异性也成为一种可以被感知、被确认的东西。因而从这个角度来讲，全球化使文化间的差异不是被消蚀了，而是更加突显出来。全球化刺激了不同国家、不同文化的民族自我意识，并强化了对于自身文化认同的需要。正是在全球化这个关系网中，在与其他各国、各民族的交流与碰撞中，我们深刻地意识到我们需要一种对自身文化的认同。诚如英国伯明翰学派学者乔治·拉伦（Jorge Larrain）所言，"无论侵略、殖民还是其他派生的交往形式，只要不同文化的碰撞中存在着冲突和不对称，文化身份的问题就会出现"。②

就理论层面而言，新时期以来，大批西方理论被翻译介绍到中国，文化研究在中国掀起一股不小的浪潮。这其中，受解构批评影响的后殖民理论视域下的"关于文化身份的研究"成为一个重要的命题。后殖民理论是一些持多元文化主义观念的文化精英，以一种边缘

---

① ［美］弗雷德里克·詹明信：《晚期资本主义的文化逻辑》，陈清侨等译，生活·读书·新知三联书店1997年版，第506—507页。

② ［英］乔治·拉伦：《意识形态与文化身份：现代性和第三世界的在场》，戴从容译，上海教育出版社2005年版，第194页。

的姿态，立足于种族、族性、性别、阶级等层面，发起的一场旨在实现异质文化间平等对话的，具有强烈解构色彩的意识形态文化批判理论。后殖民理论的文化身份观提醒我们，在文化身份的认同与建构过程中，第三世界国家　方面要警惕强势话语的文化霸权，避免在认识自我和发展自我文化认同时，被强大的"东方主义"话语所吞没，也就是避免一种"东方主义"话语的内在化；另一方面，在建构文化身份时，又要避免极端民族主义的傲慢与偏狭。

从以上两个方面来看，文化身份的研究的确是我们当下一个比较重要的理论命题，但是，我们又不能跟着别人的思路走下去。实际上，后殖民理论尽管有其合理性的一面；但是在理论表述与理论实践中，我们认为这种理论对于文化身份的认同与建构中的主体意识还缺乏一种足够的认识。而且对于民族文化身份的研究，我们应该将其放置在中国问题的框架下来提出和思考。我们的研究必须解决和回答以下几个相关问题：一是如何理解文化身份这个概念，文化身份的内核是什么？二是我们需要一种什么样的身份认同？三是如何建构我们的民族文化身份？

有两种对于文化身份的理解。一种是本质主义的，认为文化身份一旦确立，就不容易变更；另一种是非本质主义的，认为文化身份总是时刻被塑造着的永远没有完成的流动着的东西，是处于一种不断建构着的未完成状态。前者往往和民族、国家等概念联系在一起，追求一种"本真性"①的民族文化身份。一般来说，这种观点具有强烈的民族主义色彩或种族中心主义色彩。而后者一般更具有包容性或者多元文化色彩。"多元文化论，是对身份的一种态度。我们主要从人的经验来确定身份，还是（部分地）从某种特定的民族、种族、宗教、社会或其他群体来确定？人类行为的差异性是历史的偶然还是地域的偶然？"②多元文化论认为不存在一种一成不变的文化身份，一个民族的文化身份总是在不断地重新被定位与建构的，文化对于建构个体身

---

①　本真性是人类学家在真正理解异文化时追求的根本目标，一个社会如果未曾被传教士或殖民涉足，则会被认为是更具"本真性"，许多早期的人类学家都想捕捉这样一幅淳朴未开的社会画面。参见［英］肯尼思·麦克利什《人类思想的主要观点：形成世界的观念》，查常平译，新华出版社 2004 年版，第 124—125 页。

②　［英］肯尼思·麦克利什：《人类思想的主要观点：形成世界的观念》，查常平译，新华出版社 2004 年版，第 956—957 页。

份及民族身份起到了很大的作用。用伊格尔顿的话说就是，"文化是战场，而不是可以弥合差异的奥林匹亚神台"。① 这个"战场"，不仅仅是争夺话语的场所，也是争夺主体的所在。后者也正是解构论者所持有的基本立场。

实际上，民族文化身份既是一种相对稳定的结构，同时又会随着历史的发展而不断地重构。一个民族的共同历史记忆、共同语言、共同信仰、共同文化习俗、共同行为模式等等构成了该民族的文化身份认同，这种认同在某一个阶段来说相对比较稳定。但是随着历史的发展和变革，比如殖民文化的渗入、现代化的冲击、全球化不同文化的碰撞等，都可能造成这种文化身份的分裂与重构。

文化身份的核心问题是文化价值观念。正是由于各个民族在文化价值观念上的巨大差异，才会形成美国人、印度人、法国人等不同民族各具特色的文化身份。一个出生在美国的印度人，由于其接受的教育、观念都是美国式的，那么他就更可能认同美国的文化身份。对文化身份的理解应该将其放置在一个关系的网络中才可能被准确地定位。也就是说，文化身份的认同，总是在与异质文化的比照中，才能清晰地见出。但我们不同意西方那种传统的二元身份观，将自身的价值观念理解为文明、进步，而将其他民族的价值观念理解为愚昧、落后。我们承认与他者在价值上的不同，但又不因此而贬低他者的文化。鉴于我们的现实，我们认为这种自我文化认同应该放置在这样的坐标中才能清晰地定位，一是将我们现代的文化身份放置在中华民族发展的整个历史中去，通过与传统的价值观念相比照，来思考我们当前现代化文化身份的认同与建构；另一个是将我们的文化身份放置在全球化网络系统中，通过与异族文化的比照，来确立我们本民族的文化身份。

二　解构式身份观的价值

解构批评、后殖民批评关于文化身份的研究，对于建构我们自身的文化身份有着重要的借鉴意义。解构批评、后殖民文化身份观是在对西方中心主义的批判中提出的。

---

① ［英］特里·伊格尔顿：《历史中的政治、哲学、爱欲》，马海良译，中国社会科学出版社 1999 年版，第 189 页。

我们发现，德里达、萨义德（Edward Said）、斯皮瓦克、霍米·巴巴等人之所以如此关注身份以及差异等问题，是因为他们自身的身份本身就极为不确定并时时遭受质疑乃至质询。比如，德里达 1930年出生于一个当时还是法属殖民地阿尔及利亚首都阿尔及尔的犹太人家庭，而这个家庭并非土生土长的当地人，他们的祖先为了躲避宗教迫害，从西班牙移居至此。德里达出生时，《克雷米厄法案》已经颁布了一甲子，这个法案的生效，意味着阿尔及利亚的全体犹太人被承认拥有法国公民资格。1940 年 6 月，德国占领巴黎后，法国傀儡政府（即维希政府）不久便废除了《克雷米厄法案》，自 1942 年 6 月起，还不到 12 岁的德里达和其他犹太孩子们一样，被驱逐出国家正规教育之外。这是德里达最初关于身份的创伤性体验。在正统的法国公民眼中，德里达是非我族类的或者说是异己的阿尔及利亚犹太人，而同时，德里达以及其他阿尔及利亚犹太人，同样并不被伊斯兰国家的犹太人所接纳，因为他们已经不够纯粹。而像萨义德、斯皮瓦克、霍米·巴巴等后殖民批评家，他们都来自第三世界国家，但都有着西学背景，并且都伴随着惨痛的被殖民记忆。他们遭受着双重的他者化的凝视，他们的身份变得游移而动荡。这使得他们站在一个非常特殊的位置和角度——既非此也非彼，来反思由身份带来的身体、文化、政治等方面的问题。

当然这里需要补充的是，学界一般认为后殖民理论深受解构影响，而其中的代表性批评家斯皮瓦克更是保罗·德·曼的学生。① 但实际上无论是后殖民理论的主将萨义德还是德里达，他们并不买对方的账。在一次采访中，米勒指出，当代这些比较重要的后殖民批评家们，包括赛义德、斯皮瓦克等学者，都深受解构理论的影响。同时，这些批评家试图对解构进行某种方式上的改写。德里达经常为赛义德就解构理论所说的话而大动肝火，德里达认为，"赛义德从来就没有仔细读过他的作品，只是泛泛地说一些关于他（德里达）和解构理论的话，这些话很容易被证明是错误的"②。而萨义德在《知识分子论》

---

① 肖锦龙：《德里达的解构理论思想性质论》，中国社会科学出版社 2004 年版，第285—292 页。

② 生安锋：《批评的愉悦、解构者的责任与学术自由——米勒访谈》，《国外理论动态》2007 年第 1 期。

一书后面所附的访谈中，不仅拒不承认德里达对他的影响，还在某些方面对德里达提出了批评：说到"开始"的观念和德里达的"衍异"（différance）的观念之间的关系，"我想是有关系；或者说他'衍异'的观念和我'开始'的观念有关，因为别忘了《开始》一书的主要论文《有关开始的沉思》（A Meditation on Beginnings）出现于'衍异'之前。我在 1966 年秋天与德里达见面，两人又一段时间留意彼此的作品，然后就分道扬镳了。显然，他的作品欠缺社会、政治、历史脉络。'不确定性'（indeterminay）的观念也让我不满意，因为我很感兴趣的是历史的确定（determination of history），而不是意义的不确定性（indeterminacy of meaning）。因此后来他的作品对我变得比较无趣"①。

尽管萨义德对修辞分析并不像德里达、德·曼等人那般重视，但是对于逻各斯中心主义的批评却同德里达一样猛烈，尽管萨义德极力想摆脱"前辈批评家"德里达的影响，但是不可否认后殖民理论不可能在没有任何理论准备的情况下突然出现，而作为后殖民理论重要代表的斯皮瓦克则是德·曼的学生，她还翻译过德里达的《论文字学》；而另一位后殖民理论的骨干霍米·巴巴更是坦言受德里达的影响颇深。因而，我们不妨将萨义德对德里达以及解构的反抗读作是布鲁姆"影响的焦虑"的集中体现。诚如米勒所言："赛义德需要反对解构理论，或者他认为他需要这样做，目的是建立他自己的后殖民理论。他需要误读德里达，以此作为陪衬。"②

可以说西方人在文化身份的认同与建构中，一直都遵循这样一种看法，即存在着这样的一种二元身份观：代表文明进步的理性文化身份观，以及代表停滞落后的非理性文化身份观，两者相互补充，互为因果。欧洲文化身份的建构过程中，非欧洲他者的在场起了巨大的作用，特别是欧洲国家对于美洲的发现和支配。在异质性文化的较量中，征服者与被征服者互为镜像、互相参照，由此形成了一种基本的主奴身份关系，但是征服者与被征服者的文化身份关系并非是静止

---

① ［美］爱德华·萨义德：《知识分子论》，单德兴译，生活·读书·新知三联书店 2004 年版，第 110—111 页。

② 生安锋：《批评的愉悦、解构者的责任与学术自由——米勒访谈》，《国外理论动态》2007 年第 1 期。

的，而是处于一种永无休止的谈判和身份争夺状态中。显然后殖民理论秉持着一种非决定论的身份观，他们更多地将身份视为一种所指不断增殖或变更的符号在场。殖民者在对殖民地漫长的瓜分与统治过程中，将被殖民者粗暴地规划为如下族群："美洲人是'红色的，易怒的，挺拔的'，亚洲人是'黄色的，犹豫的，刻板的'，非洲人是'黑色的，懒散的，马虎的'。"① 他们不是被唤作麻木落后的蠢货、"肮脏的黑鬼"，就是被视为时刻打算偷懒的老奸巨猾的贱民，而丝毫没有考虑到欧洲人所尊崇的上帝对那些殖民地人民是否同样有效。那些很早就生存在那片土地上的殖民地人民在这些强大的异己者面前，身份更像是被配给的。斯皮瓦克指出，"'印度人'这个词就是殖民话语的产物，作为一种身份涉及的一个不能排除异己力量的属民组成的具体的实际历史过程"② 启蒙运动以来建立的工具理性观对欧洲以外的族群充满了"忧虑"，认为他们代表着混乱的、非理性的文化身份——次等的他者，却颇为自信地标榜自己的理性文化身份。这种观念固定下来就形成了一种白种人优越论的种族身份认同。与此同时，帝国主义的入侵或扩张对于文化身份的形成在民族身份认同的方面又具有双重意义，一方面，他确立了自己占有主导控制权的排他的阳性地位；另一方面也确立了居被动地位的一种抵抗性的对立的民族身份。

后殖民理论对这种种族主义的文化身份观是持批判态度的，因为所谓的欧洲理性文化身份与非欧洲的非理性文化身份都是欧洲殖民者的一厢情愿，这其中充斥着让人生厌的话语霸权以及复杂的权力关系。后殖民理论持一种多元开放的文化身份观，认为文化在建构主体中起着重要的作用。后殖民理论所说的文化指的是宽泛意义上的文化，更多地指向威廉姆斯以及斯图亚特·霍尔所理解的对某一特定的生活方式的描述。霍尔指出："文化与其说是一套东西——小说和绘画，或电视节目和戏剧——毋宁说是一个过程，一套行为。文化首要关注的是在社会和团体成员之间的意义的生产和交换——是意义的给

① ［美］爱德华·萨义德：《东方学》，王宇根译，生活·读书·新知三联书店1999年版，第155页。

② ［英］巴特·穆尔-吉尔伯特：《后殖民理论》，陈仲丹译，南京大学出版社2001年版，第108页。

予和索取。当我们面对完全不同的意义系统时，当我们眼中的'自然的'或'常识'面对别人的'自然'或'常识'时，就会发生所谓'文化震惊'。文化就是我们分享和竞争关于我们自己彼此之间以及我们所生活的社会世界之意义的场所。"① 因而，文化就成为在异质性身份相互观照中所突显出来的意义系统，主体也就成为不同文化间意义争夺的场所。在如今这个全球化信息时代，再也没有那种因居住在某一固定的地方，具有相同的文化背景的人而形成的统一的文化身份了。正像柯尔斯与多德指出的"文化身份总是在可能的实践、关系及现有的符号和观念中被塑造和重新塑造着，有些符号和观念一再被用来定义文化身份，这并不意味着它们的含义总是一样的，或者它们在新的实践中没有文化"②。萨义德的《文化与帝国主义》采用后殖民理论视角重读白人作家的文本，其要义不是简单地梳理从狄更斯、吉卜林到康拉德、福斯特的殖民文学史，而是为了揭示帝国主义意识形态与文化的潜在共谋关系。同其他后殖民理论精英一样，萨义德认为，一切文化都是杂交的，各种不同的文化相互交织在一起，你中有我，我中有你；而且这个多元文化主义不应该是一个交响乐，而更应是一个无调的合奏。在这种东西方文化杂交、平等对话的情况下，话语霸权就在这种杂交过程中被悬置或消解了。

霍米·巴巴在《文化定位》（1994）一书中提出了"文化杂交（杂种）"这一颇为乐观的观点。这种观点指出，在全球信息化、网络化迅猛发展的今天，文化间的碰撞与交流是如此地迅捷与频繁，再也不存在那种一成不变的固定文化了，民族文化要保持自己鲜明的民族性已成为遥远的过去了；对于殖民地宗主国来说，其文化特色也同样受到其他各民族不同文化的浸染和影响。"那些作为文化之间进行比较的基石的东西，比如同质化的、自愿的、临近的历史性传统的传播，或者有机的种族社区，正面临着重新定义的深刻过程。""我倾向认为，精神的爱国热情这方面有着压倒一切的例证说

① ［英］约翰·斯道雷：《文化研究中的文化与权力》，《学术月刊》2005年第9期。
② ［英］乔治·拉伦：《意识形态与文化身份：现代性和第三世界的在场》，戴从容译，上海教育出版社2005年版，第221页。

明了想象社区的杂种特点的跨国性和译转性。"① 巴巴对这种信息时代文化的杂交性赞叹不已，"美洲通往非洲，欧洲民族和亚洲民族相逢于澳大利亚，边缘替代了中心。美国伟大的惠特曼式的感觉中枢和沃霍尔式的爆炸，或克鲁格式的装置艺术，或梅普尔索普式的裸体进行了交换。"②

后殖民理论通过强调文化的杂交性来解构西方中心主义话语霸权，以及那些在西方人心中早已根深蒂固的传统的本质主义思维模式，从而实现这种文化或话语上的真正对话与交流。但是这里面强调文化的杂交却没有充分意识到文化的主体性以及话语言说中的不对等的权力关系。阿赫默德（Aijaz Ahmad）不禁要问，到底是要把自己杂交进谁的文化？按谁的条件进行？

"文化杂种理论以资本和市场全球化理论为基础，它假定作为商品的所有文化是平等的，然而它实际上却并没有消除殖民主义留下来的民族不平等和文化不平等。因为在文化杂交中，显然是原宗主国文化杂交入原殖民地文化中，而不是相反。由于起作用的不仅是市场原则，还有强权政治等许多因素。因此作为商品的文化并没有取得平等的地位。从更深层次上说，抽取所有文化的历史性和具体性，将它们视为可以随意杂交、置换、位移的最小公分母，不仅不能保持所有文化的平等地位，而且会将所有的文化、文化消费者和批评家统统置于从属的地位，使他们限于詹姆逊所谓的晚期资本主义的文化逻辑也即后现代主义的无深度和疯狂中不能自拔。"③ 因此，后殖民理论在批判西方中心主义的文化身份观的同时，由于缺乏一种明显的民族文化主体意识，使得这一理论显得有些空泛。

三　民族文化身份建构的思路

鉴于西方中心主义文化身份观的种种偏见，建构本民族的文化身份，我们认为显然不能通过制造一个"西方主义"来发展我们的自我

---

① 姜飞：《跨文化传播的后殖民语境》，中国人民大学出版社 2005 年版，第204 页。

② 罗钢、刘象愚：《殖民主义文化理论》，中国社会科学出版社 1999 年版，第268 页。

③ ［英］拉曼·塞尔登：《文学批评理论：从柏拉图到现在》，刘象愚、陈永国等译，北京大学出版社 2003 年版，第 37 页。

认同。对于后殖民理论所提出的文化杂交理论，同样也应该加以警惕。建构本民族的文化身份以及在与其他民族的文化交流与对话中，应该充分注意到文化的民族主体意识。但是这种民族文化身份认同与建构中的主体意识又不应该导向一种狭隘的民族主义。我们认为，坚持文化的主体性，应该将其放置于两个系统中：一是将其放在整个民族文化发展的历史中去认识和发展，一是放在全球化系统中去考察。其核心要义，就是要将其放在全球化语境下、放在我们现代化建设的现实中去定义和丰富。

首先，在整个民族文化发展史这个系统中，我们应该坚持一种开放的民族主义立场，坚持现代化为核心的文化身份主体性。

坚持文化的主体性就是坚持以现代化国家为核心的民族文化主体性。文化身份认同与建构的核心问题，说到底是一个价值观念的问题。一个民族的价值观念应该是该民族在历史实践中逐渐形成的，而所谓传统的东西就如同语言一样，一旦形成一种较为稳定的模式，有了一套自身的语法、结构以后，它就先于主体并且可以影响主体的形成或构建。诚如维特根斯坦所言："传统不是一个人能学习的东西，不是他想要的时候能捡起来的一根线；就跟一个人不能选择自己的祖宗一样。"[①] 然而，尽管从某种意义上来说，一个民族的传统、文化价值观念在某一阶段可能比较稳定。但文化身份并不是静止的，它不是标签，而是随着历史不断地向前发展着的。人的认识和实践总是不断地向前推进，人的观念也总是随着人的实践向前展开的。而"文化是一个活跃的机体，它需要不断地创新，需要不断地用新的现实去修正它的历史记忆"。[②] 可以说，近百年来的现代化进程不断地修正并改写着传统的观念。重视传统文化并不意味着我们一定要回到传统的那种文化价值系统中去。在文化身份的建构过程中，我们应该倡导一种开放的民族主义。我们认为，坚持文化的民族性或者民族特色是坚持文化主体性的一个重要表现，但是应该避免极端民族主义的傲慢与偏狭。历史地来看，两次世界大战的起因无不与狭隘的民族主义有关；

---

① ［英］维特根斯坦：《文化与价值》，许志强译，浙江文艺出版社 2002 年版，第 132 页。

② ［德］德特里夫·缪勒：《文化是一个活跃的机体，需要不断地创新》，乐黛云：《跨文化对话》第 2 卷，上海文化出版社 1999 年版，第 45 页。

但同时第三世界反殖运动又无不是在民族主义的大旗下成就的。从梁启超最早引用"民族"一词到"三民主义"中孙中山先生提出的民族主义内容，可以看到民族主义足以构成 20 世纪中国精神和意识形态领域里的重要内容，如果没有强烈的民族自觉意识我们不可能实现中国的解放。但是，极端民族主义又是相当危险的，表现在对自由主义原则的背离，将本民族的利益、文明、价值观凌驾于他民族之上，对其他民族采取一种居高临下的姿态。这种姿态显然不利于对话。从功能上讲，"民族主义能够缓和国家内部的文化冲突，……然而，并非所有民族主义都是民主主义者，许多民族主义拥护本民族对其他民族的政治统治，为了沙文主义和帝国主义牺牲国际主义"。① 因此，一种开放的民族主义有利于凝聚社会的不同的文化力量，而又不致于形成一种民族偏见。这种开放的民族主义在坚持本民族文化主体性立场的同时，又能宽容地对待异族文化。

其次，在全球化这个系统中，我们更应该坚持一种"开放的民族主义"。②

就全球化而言，如果按照社会学家安东尼·吉登斯（Anthony Giddens）的说法，全球化是指这样一个事实，即"我们越来越生活在一个世界中，因而个人、群体和国家越来越相互依赖"。③ 那么这种依赖是有差别的依赖还是无差别的互为一体？两种观点：一种认为，全球化是"'文化帝国主义'的一种形式，在这里，西方世界的价值观、时尚和观念正在传播，其影响之大，以至将窒息单个国家的民族文化"。另一种观点认为，"全球社会现在是以极其多样的文化共存而非文化的同质为特征的，本地传统掺入了大量外来的文化形式，为人们提供了众多可供选择的生活方式，使人不知所措。我们所看到的是支离破碎的文化形态，而非统一的全球文化"。④ 我们认为，必须看到在信息、技术、资本共享的同时，其背后隐含着的复杂的权力关系。发

---

① ［英］肯尼思·麦克利什：《人类思想的主要观点：形成世界的观念》，查常平译，新华出版社 2004 年版，第 987 页。

② 参见胡亚敏《开放的民族主义——论中国当代文学批评之立场》，《华中师范大学学报》（人文社会科学版）2007 年第 6 期。

③ ［英］安东尼·吉登斯：《社会学》，赵旭东、齐山译，北京大学出版社 2003 年版，第 64 页。

④ 同上书，第 79 页。

达国家的价值观、意识形态早已渗透在其输出的文化制品上，甚至渗透到我们日常的衣食住行等诸多方面。在欣赏一部好莱坞电影的同时，我们会看到美国人所宣扬的那种"美国决定一切，美国人特别是美国男人掌握行动"的价值观念。美国人崇尚个人奋斗，赞美个人英雄主义，俨然是拯救世界的超级形象。美国电影《拯救大兵瑞恩》在中国上映，狂卷一个亿的票房，影片所传达的价值观即为了个人而牺牲集体的美国式人道主义观念让国人大为诧异。在反映越战题材的影片《我们曾是战士》中，基本上不对战争做任何反思，而是反复地申诉，美国人引起的这场战争是出于世界和平，是为了和平而战斗。因此，符号背后所蕴含的是不同的价值观，对于全球化大旗所掩盖着的来自发达国家的意识形态侵蚀，我们应该保持一种冷静的态度。我们只有在坚持我们本民族文化主体性的前提之下，才可能进行有效的文化对话与交流。也只有坚持文化的主体性，我们的民族文化身份才能在全球化的系统中找到合适的定位。

最后，民族文化身份的认同与建构，应该放置在我们现代化建设的实践中去把握。

伊格尔顿指出："社会主义共同文化观的充分涵义是，应该在全民族的集体实践中不断地重新创造和重新定义整个生活方式，而不是把别人的现成意义和价值拿来进行被动的生活体验。"① 伊格尔顿的这番真知灼见向我们明确地提出了文化建设中的前提和要求，我们不应该在传统和西化问题上纠缠不休。而是应该强调，民族文化身份不是一成不变的，是随着我们的现代化实践一同发展的。我们要深刻把握住，在我们的现代化建设中，体现着一种什么样的文化价值观念？现代化的展开会把中国人引向一个什么样的方向？由是，我们就必须立足现实，必须看到现代化建设所取得的优秀成果，以及在此过程中形成的一些现代的价值观念。而这些形形色色的观念中，我们要分清，哪些符合我们本民族人民的愿望和利益，哪些是不利于我们民族的长远利益，然后做出取舍。

中共中央提出，要努力建设民主法治、公平正义、诚信友爱、充满活力、安定有序、人与自然和谐相处的社会主义和谐社会。这集中

---

① ［英］特里·伊格尔顿：《历史中的政治、哲学、爱欲》，马海良译，中国社会科学出版社 1999 年版，第 140 页。

地反映了建设富强、民主、文明、和谐的社会主义现代化国家的内在要求，体现了全党和全国各族人民的共同愿望。这种理念不是无源之水，它就来源于现实，来源于我们社会主义建设和发展的伟大实践。因此，对于文化身份的认同与建构也应该将其放置在我们的社会主义现代化建设的实践中去。只有这样才能理解我们当下的文化，也只有这样才能理解我们需要一种什么样的文化。

在处理传统与外来文化的关系时，不应该简单地用一种非此即彼的二元对立思维来使问题简单化。珍视民族传统不一定意味着贬低其他民族的文化。而且各民族的文化实际上不仅仅具有异质性，还具有同构性。中西文化显然是存在着异质性的，但是在全球化的条件下，中西文化又是可以而且应该互补的，西方的文化模式难以照搬，但是西方的文化精神是可以学习借鉴的。中西文化各有所长，各有局限，对于不同的文化模式、文化形态，特别是中西文化，以非此即彼的思维方式，从整体上作优劣判断是没有多大意义的。后殖民理论致力于全球化语境下异质文化特别是中西文化间的平等对话，是具有主体性的双方平等地自由地表达自己的看法，这种表达不是自言自语，是在相互尊重和倾听的基础上，进行的交流；这些话语不因自身民族强大的经济实力或本民族悠久的历史文明而自我膨胀，更不是站在狭隘的民族主义或区域性立场，简单地褒贬弃取，而应当站在一个民族国家现代化发展的立场，站在建设当代人的合乎人性的物质和精神生活方式以及现代性生活观念的立场，来做出价值判断。① 而问题似乎也不在于我们应该将哪种文化当作建构本民族文化身份的主要资源。我们的民族文化身份的认同与建构，应该着眼于当下的现实，避免文化保守主义或者狭隘民族主义的偏狭和傲慢，同时要警惕西方文化霸权的侵蚀，以现代化国家的建设为核心，以一种开放的民族主义立场，建构一个现代化的发展着的和谐的具有鲜明中国特色的社会主义民族文化身份。而这种开放的民族主义立场，要求我们在坚持自身文化主体性的同时，不以对其他异质文明和文化的排斥为前提，不把自己的价值观作为对其他文明和文化评判的前提，尝试以一种积极的对话姿态，寻求在这种全球化语境下可资利用的资源，来为我所用，不断地

---

① 赖大仁：《当代文学及其文论：何往与何为》，江西高校出版社 2008 年版，第 105—108 页。

发展自我、更新自我。

第三节　解构批评视域下的生态批评

随着全球生态危机的进一步加剧，生态运动、生态理论乃至生态思潮对全球的政治、经济、文化等方面都产生了巨大而持久的影响；而将生态思想融入文学研究、文学批评等领域的崭新尝试，可以说是生态思潮向文学领域的拓展。如果说生态批评主要发端于 20 世纪 70 年代，特别是美国批评理论家约瑟夫·密克尔的《生存的悲剧：文学的生态学研究》（1974）后，① 那么彼时的西方批评界也正迎来日后风靡一时的解构批评。两种批评形态的同时发生，想必绝非偶然，一定有其历史的、政治的、现实的以及自身文化逻辑上的根源，因而将生态批评置于解构批评的视域和观照之下，或许对于我们更深入地了解和把握生态批评会有所助益。

一　去中心：让他者说话

解构批评，有时又被称作修辞分析、修辞批评、解构修辞学等等，该批评发端于 20 世纪 60 年代，形成于 70 年代末。德里达、德·曼、J. 希利斯·米勒等解构批评的先驱们将修辞分析引入文本研究的领域，主要探讨文本的异质性、互文性和修辞性等等。而这一批评形态在哲学、美学层面最为精粹的部分当然就是解构思想了。尽管"解构"在多个层次上被国内学界所使用，并且在很多情况下被与"拆毁""摧毁"等否定性的含义相联系，但在笔者看来，解构批评意义上的解构，可以从以下两个层面去理解：

就解构之本体而言，指的是使一种结构奔向另一种结构的内驱力，它存在于文本或结构的二元等级秩序里，蕴含着极大的颠覆性与创造性。解构从来不是从外部施予，毋宁说就蕴藏于结构内部，只要

---

① 参见王诺《生态批评：发展与渊源》，《文艺研究》2002 年第 3 期。另外，曾繁仁认为，作为生态美学应用形态的生态批评，在 20 世纪 80 年代兴起。参见曾繁仁《生态美学："后现代语境下的崭新的生态存在论美学观"》，《陕西师范大学学报》（哲学社会科学版）2002 年第 3 期。

存在着结构性的等级制，只要存在着这种系统内部的权力关系，只要
存在着既隶属于结构又被结构压制着的他者，就存在着解构。正是这
种内驱力推动着一个结构向另一个结构转变与发展，而这种转变与发
展不是结构内部秩序的简单翻转，而是结构内部二元对立项共同完结
后的一种崭新结构的重构，解构不参与这种重构，然而一旦重构的结
构产生，解构便再次苏醒，展开了新一轮的颠覆，无穷无尽、无始
无终。

就解构的技术层面而言，借用乔纳森·卡勒的话就是："对解构
最简单的定义是，将其作为构成西方思想等级制的一种批评：内/外、
精神/肉体、字面的/隐喻的、言语/书写、在场/缺席、自然/文化、
形式/内容。解构二元对立就是要表明这种关系不是本质的、不可避
免的，而是一种建构，是依赖于这种对立的话语生产出来的。"① 在解
构批评看来，任何形而上学或逻各斯中心主义的结构系统中，都包含了
这种主项和次项的二元对立，而在这种二元对立的关系中，主项总是对
次项起着支配作用，主项是原发性的，次项是派生性的，例如，男人/
女人、本质/现象、中心/边缘、人/自然等等。这种话语模式暗含着霸
权与暴力，这些二元等级制无不清楚地显示为统治/被统治、压迫/被压
迫的政治寓言，但其实所谓的结构等级制不过是一种话语建构，而不是
必然如此，解构的要义就在于揭穿这种故弄玄虚的形而上学把戏。在此
意义上，我们不妨将解构的基本精神称为：让他者说话。

在此基础上，我们再来考察生态批评，显然生态批评在其基本出
发点、核心价值等方面与解构批评有着某种一致性，特别是对"中
心"的质疑，以及对"多元共生"的呼唤。

在生态批评论者看来，人类中心主义是生态危机加剧的主要原因
之一。"人类中心主义（Anthropocentrism）是在 19 世纪 60 年代被发
明出来，用以描述和批判这样一种假设，即人类是宇宙的中心。"② 可
以说，"人类中心主义"这个词的出现，本身就表明了人类已经意识
到了人类中心主义给自然、生态带来的严重后果，进而有学者主张以

---

① Jonathan Culler, *Literary Theory: A Very Short Introduction*, New York: Oxford University
Press, 1999, p. 126.

② Elisa K. Campbell, *Beyond Anthropocentrism*, Journal of the History of the Behavioral Sci-
ences, Vol. 19, January, 1983.

生态中心主义或生物中心主义来替代人类中心主义。艾丽莎·坎贝尔认为，"'实用的'生物中心主义也可称之为'开明'或'仁慈'的人类中心主义。这种形式的生物中心主义认为人类依赖自然系统"，因此，"人类活动应该受到限制从而尽可能少地扰乱生态系统。而持此态度的生物中心主义则承担着地球管家的责任"[1]。但也有学者认为，所谓"生态中心主义"这个提法遵循的基本逻辑并没有超越"人类中心主义"，"中心"这个词本身就具有强烈的形而上学性，仍然将人与世界主客二分。因此，应该将"生态中心主义"修正为"生态整体主义（ecological holism）"。其核心思想为："把生态系统的整体利益作为最高价值而不是把人类的利益作为最高价值，把是否有利于维持和保护生态系统的完整、和谐、稳定、平衡和持续存在作为衡量一切事物的根本尺度，作为评判人类生活方式、科技进步、经济增长和社会发展的终极标准。"[2] 可见，生态批评同解构批评在基本的世界观、理论立场等方面有着极为相似的地方。

当然，作为一种跨学科的批评形态，尽管生态批评家都具有生态视角，但不得不说，生态批评在具体的批评实践中，并没有形成一套自己的、完整系统的批评方法。那么在批判"人类中心主义"时，实际上是更多地借鉴了其他批评形态的方法，特别是解构批评。生态批评很多情况正是通过对"人与自然"结构关系的解构，来揭穿这种形而上话语的谵妄性特征的。而且这种话语建构通过教化、制度和禁忌等方式得以形成，如果我们去考察西方哲学传统，就会发现，在这一系列的话语建构过程中，哥白尼、达尔文、赫胥黎、康德、黑格尔等思想家或自愿或有选择性地被铭刻在此系统中，尽管达尔文宣称自己是个非人类中心主义者，他指出："我绝不允许在人与动物之间因其不同的起源而有什么鸿沟。"[3] 但不幸的是，经过漫长的筛选和汰洗，达尔文的进化论已经被以一种高度自觉的话语运作方式妥帖地组织与固着于人类中心主义的话语系统或话语圈套之中了。当然，即便如

---

① Elisa K. Campbell, *Beyond Anthropocentrism*, Journal of the History of the Behavioral Sciences, Vol. 19, January, 1983.

② 王诺:《生态与心态：当代欧美文学研究》，南京大学出版社 2007 年版，第 7 页。

③ Elisa K. Campbell, Beyond Anthropocentrism, *Journal of the History of the Behavioral Sciences*, Vol. 19, January, 1983.

此，西方传统也并非铁板一块，卢梭、利奥波德等文学家、思想家在批判人类中心主义的道路上已出发很久了。

现在再来看看人类中心主义这个命题，在人类中心主义的视野中，其结构可以化约为这样一种二元对立关系，即人/自然。其中人位于主项，自然位于次项，人与自然之间形成了一种支配与被支配的结构关系，人处于中心，自然处于边缘。但这种人为的话语构造，显然只是傲慢的人类意欲掌控自然的一厢情愿，通过这种绝对的书写，为人类对自然的强势掠夺和大肆破坏铺平道路。在这组结构中，自然作为他者是沉默的，是被构造和描述的对象。然而这一结构的存在是有前提的，那就是人类可以随心所欲地改造自然而无须为其后果负责；而一旦自然因人类的大肆破坏反过来对人类造成威胁时，这组人（主项）/自然（次项）的结构关系就有可能被打破。我们现在之所以质疑人类中心主义，重新审视人与自然之间的主客对立，说到底，其实就是这种人与自然二元关系面临着被颠覆的威胁。也正是在此意义上，我们要尊重自然，要关注自然，不再视自然为一个无声的他者，而是要倾听自然，让其言说。

二　绿色政治

生态批评论者普遍持这样一种观点：希望通过对人们进行文化上的启蒙与改造，来影响乃至改变人类观察和思考世界的方式——从生态的角度看世界，并最终引起政治、经济、文化结构的重新调整或重新布局，从而建立一个人与自然和谐共处的绿色社会。显然，生态批评家的出发点是立足于当前的生态境遇的，其看法或主张有着强烈的现实乃至政治诉求，而这一诉求我们不妨称之为绿色政治。"绿色政治反对人文主义中的人类中心主义倾向，这种哲学假定人类有能力通过人类理性、对自然界的重新安排以及男男女女间的相互响应，去面对和解决我们所面临的问题，而人类的生活也将更加繁荣。"① 可以说，绿色政治是生态批评理论家在政治或意识形态上的集中体现。

多布森指出："绿色社会有别于其他意识形态，如果要在它的诸多方面中选一个最佳图片来识别，应该是：生态主义视政治意识形态

---

① Spretnak and Capra, *Green Politics*, London：Paladin, 1985, p. 234.

为自己的权利。"① 多布森所说的其他意识形态主要针对的是当前那种忽视生态问题而一味追求高增长、高科技、高消费的观念，这种观念已经广泛地渗透在政治、经济、文化的制度之中，渗透在人类的生活之中，它使得物质生产大大繁荣的同时，也带了生态的恶化以及人类精神世界的孤独、焦虑和空虚等等。因此，必须马上改变这种观念。多布森多次强调，非人类世界提供了大量供人类使用的资源，"如果我们不节制地使用，将会危及到人类生活本身的基础。即使资源是无穷无尽的，也仍然有一个很好的理由来限制那种纯粹工具性的方式来对待非人类世界"②。所谓"非工具性地对待非人类世界"，就是要摒弃曾经那种"控制自然""征服自然""向大自然宣战"的思想，摒弃那种视自然为人的对立面的做法，而应以一种可持续的、再生性的、善意的乃至审美的方式来对待自然。

　　尽管 21 世纪我们所生活的世界依然遭遇着如此严重的生态危机，但绿色生态的理念已经开始渗透到政治、经济、文化等各个领域，这当然与生态主义者的努力有着很大的关系。唐纳德·沃斯特在 20 多年前就指出："在这个领域，如此顶尖的科学家如蕾切尔·卡森、巴里·康门勒、尤金奥德姆、保罗·埃尔利希等等，已成为我们的新的德尔菲的声音，他们或写畅销书，或出现在媒体上，或帮助政府出谋划策，甚至成为道德的试金石。因此，其影响已使生态学成为我们时代科学的一个分支，简直可以称之为生态时代。"③

　　显然，具有多元主义倾向的解构批评，在政治立场上是站在生态批评这一边的，我们也就不难理解为什么米勒、哈特曼、布鲁姆等解构大师都对浪漫主义诗人情有独钟。而德里达更是直接指出："从撰写《论文字学》开始，我就提出了一种新的适用于所有生物的'印记'概念，或者说是一种生命/死亡关系的概念，这种概念超越了人类学中有关'口语'（或者泛指'语言'）的范畴，超越了语音中心主义和语言中心主义的学说，这些学说将人和动物简单且对立性地加

---

　　① Andrew Dobson, *Green political thought* (3rd Revised edition), London：Routledge, 2000, p. 16.

　　② Ibid. , p. 36.

　　③ Donald Worster, *Nature's Economy：A History of Ecological Ideas*, Cambridge：Cambridge University Press, 1994, p. vii.

以区分。因此我强调'文字、印记、书写、字母的概念'超越了'人类/非人类'的概念。"① 语音中心主义（phonocentrism）重言说而轻文字，认为言说的语言是有生命、有主体、有目的、是认真的，而文字是沉默的、是无目的的，它对任何人讲述。而且言说的语言被认为是始源性的、在场的、自然的语言，文字则被认为是派生的、模仿的、技术性的语言，后者是前者的颓废形式，是语言的替代物。言语或者口头语言与书写相比，就在于言说主体是在场的，言语是活生生喷发而出的。而且言语发出的同时就被另一个主体所捕捉并且直接用来理解。言说或口头语言能够确保思想和意义流动的连贯性、一致性；书写则暗示着在场的缺席，意味着原初语境的缺席，意味着听者的不在场，因而书写无法保证意义的流向，是等而下之的。

德里达对这种自柏拉图以降的在场形而上学表达了不满和抗议，在他看来，所谓的人和自然的这样一种对立关系，正是西方这种二元对立传统所建构出来的，人对自然的这种宰治关系已经强烈地渗透到西方的哲学、政治和生活领域中去了。作为二元论的典型代表，现代哲学之父笛卡尔首当其冲地受到德里达的批判就不足为怪了。笛卡尔显然是西方语音中心主义的一分子，德里达指出："我认为从总体上讲，哲学，特别是笛卡尔的哲学思想，在对待动物的问题上体现了语音中心主义的概念，也体现出了哲学的局限性。所有这些都反映了一种传统，即人与动物并非平等，人占有支配地位。"② 不仅如此，"笛卡尔的哲学遗产在关于动物问题上却对现代社会起着决定作用。笛卡尔的理论认为，动物的语言是通过动作而不是通过词语应答来表示的，即有反应而无词语应答。康德、列维纳斯、拉康和海德格尔（及所有认识论者）在此问题上与笛卡尔的观点是基本一致的"③。其逻辑必然是，人的语言具有独立于行动的特征，动物的语言则取决自身的行为或本能，换句话说，人类可以自由地运用除自身之外的符号，而动物则没有这种自觉意识，更没有这种运用符号的能力，人的语言是优于动物的。因此，动物是劣等的。德里达还特别指出："根据康

---

① ［法］德里达：《明天会怎样：雅克·德里达与伊丽莎白·卢迪内斯库对话录》，苏旭译，中信出版社 2002 年版，第 81 页。

② 同上。

③ 同上书，第 83 页。

德的理论，人类不但要掌握和控制自然，而且要与自然作对，仇恨动物。"① 显然，现代哲学这种二元对立的观念已经使人与自然之间的关系变得非常紧张，人对自然的索取也因这种哲学上的合理性而变本加厉，其最终结果必然引起大自然的疯狂报复。因此，解构批评认为必须超越这种二元对立关系，"这种改变具有'本体'必要性和'伦理'责任性的双重含义"②。而对这种人/自然二元对立关系的超越，又何尝不是当代生态批评的主要观念呢！

三　奇异的文本、学科

蕾切尔·卡森的《寂静的春天》（1962）一经问世，便在世界范围内引起了持久而广泛的关注，并被誉为世界环境运动的奠基之作；卡森也被认为是第一个对人类中心主义发起直接批判的生态思想家和生态文学家。③ 在《寂静的春天》这部著作里，卡森描述了化学农药等现代科技产物不加限制地发展和使用，给这个世界所带来的灾难性后果，卡森在最后一章，再次提醒我们："当前我们正站在两条道路的交叉路口，我们正在行驶的这条道路看似容易——平滑的高速公路上，但灾难却在尽头，而另一条路——较少有人踏足，然而却为我们提供了最后唯一的机会：守护我们的地球。"④

我们姑且不去讨论该书在生态学以及科学伦理等方面所带来的巨大影响——已经有太多的专著和论文对其进行了探讨，而将关注点置于文本本身。在解构批评看来，这显然不是一个正宗的、充满形而上学意味的文本，其浓郁的抒情色彩、丰富的想象力与严谨的科学调查耐人寻味地交织在一起，这不禁让人在文本属性或文本分类上纠结不已，它究竟是文学文本还是科技文本？通常，如柏拉图、德里达等的文本，我们也经常徘徊在哲学文本和文学文本之间，但无论如何，这两种文本还是有着某种亲缘性；但文学和科技这两种学科差异如此明显的文本竟同时汇聚在《寂静的春天》里，显然是一种独创。这个充

---

① ［法］德里达：《明天会怎样：雅克·德里达与伊丽莎白·卢迪内斯库对话录》，苏旭译，中信出版社 2002 年版，第 88 页。

② 同上书，第 82 页。

③ 王诺：《生态与心态：当代欧美文学研究》，南京大学出版社 2007 年版，第 5 页。

④ Rachel Carson, *Silent Spring*, London：Hamish Hamilton, 1962, p. 277.

满了异质性的文本，既为卡森赢得了更多的读者，但同时也受到了来自科学界的指责，当然，更多的指责联系着某一部分人的利益，例如，药剂科学家、农药商等等，他们对卡森的攻击分别涉及主题、文体甚至性别，位科学家轻蔑地说："我把它当作科幻小说来读，这和我在观看电视节目《暮光之城》毫无区别。"[1] 这位科学家显然追随了柏拉图的传统，认为文学不过是制造了混乱并蛊惑人心，因为文学不像科学那样使用的是理性的语言，它使用修辞语言。

修辞学（rhetoric）一般被认为是古典的一种论辩艺术，一门研究说服技艺的学问。亚里士多德指出："姑且把修辞术定义为在每一事例上发现可行的说服方式的能力。"[2] 修辞在古典三科——语法、逻辑、修辞——中的地位是最低的，因为它离真理最远，修辞学只有在被用来美化真理以便人们更容易接受的角度才具有价值；如果它被用来从事欺骗，那么这种蛊惑人心的东西就应该越少越好。而且修辞总是使语言变得摇摆不定，它破坏了语言的透明性、直接性，在此意义上，正是因为诗使用修辞语言，所以才会被柏拉图赶出"理想国"。德·曼指出："在三学科的教学法模式范围内，修辞学的地位及其价值永远是矛盾的：一方面，例如在哲学史上的各个关键时刻（尼采是其中之一），修辞学成为对心智来说是可以想象到的最深远的辩证法思考的基础；另一方面，自昆体良以来，修辞学在教科书里所呈现的面貌似乎一成不变，它是在演说中语法之运用欺骗的、恭顺的不那么受人尊敬的侍女。"[3] 修辞的这种矛盾地位，使得其自身一方面成了需要被剔除的东西，另一方面又成了对心智的构成起决定性作用的东西。

显然，《寂静的春天》极为妥帖地体现了修辞的这种矛盾地位，赞誉者说："寂静的春天提供了一个隐喻系统，它鼓励读者用一种全新的方式来理解这个世界，包括人类自身，世界仿若一个由相互交织

---

[1] Waddell, Craig, *And No Birds Sing*: *Rhetorical Analyses of Rachel Carson's Silent Spring*, Southern Illinois University Press, 2000, p.175.

[2] 苗力田：《亚里士多德全集》，中国人民大学出版社1994年版，第38页。

[3] Paul De Man, *Allegories of Reading*: *Figural Language in Rousseau, Nietzsche, Rike, and Proust*, New Haven and London: Yale University Press, 1979, p.130.

的织线织就的巨大织锦。"① 批评者则认为，卡森使用的是修辞性语言，这与逻辑的、理性的科学语言是背道而驰的。毫无疑问，作为比喻认识论的解构批评是站在赞誉者这一方的，因为修辞使文本的意义变得丰富起来，并创造了全新的阅读体验，而这种全新的体验方式则又会生产出全新的主体。那么在文学语言和科学语言的关系问题上，解构批评显然无法认同传统认识论的看法，即逻辑的、理性的语言要优于修辞语言，因为实际上一切文本都具有修辞性，科学的文本同样如此。德·曼指出："修辞即为文本，因为它包含着两种不可兼容、彼此解构的视点，并因此给任何阅读和理解设置了不可逾越的障碍。"② 这就是为什么当达尔文宣称自己是非人类中心主义者的同时，其《进化论》同样被视为人类中心论的某种体现。而同样，科学的求真意志也绝非是文学作品所不可触及的。蕾切尔·卡森在接受国家图书奖时说，"科学的目的在于揭示和发现真理，而这同样是文学的目的——无论传记、历史或小说，在我看来，科学和文学并非井水不犯河水。虚构和非虚构、文学和非文学之间的边界绝没有人间与天堂那般遥远。"③

　　某种程度上，《寂静的春天》的文本属性——科学的还是文学的——所展示出来的含混，恰恰隐喻着作为跨学科的生态批评在学科定位和学科归属上的尴尬。当前，尽管生态批评因其鲜明的生态维度和政治维度在学界受到了广泛的关注，但对其学科定位和学科归属的合法性也始终质疑不断。如果我们把生态批评的旨趣理解为，在批判工具理性、人类中心主义、科学至上等思想给人与自然造成的双重伤害的同时，将目光聚焦在文化之于人的教化和引导功能上，并逐步将生态思想熔铸于男男女女的世界观之中，从而影响乃至改变人的生活方式和行为方式，在此意义上，生态批评显然应该是文化研究的一个分支，但文化研究的学科归属同样争议不断。于是有学者认为生态美学"不是一个新的美学学科，而是美学学科在当前生态文明新时代的

---

① Waddell, Craig, *And No Birds Sing*: *Rhetorical Analyses of Rachel Carson's Silent Spring*, Southern Illinois University Press, 2000, p. 74.

② Paul De Man, *Allegories of Reading*: *Figural Language in Rousseau, Nietzsche, Rike, and Proust*, New Haven and London: Yale University Press, 1979, p. 120.

③ Waddell, Craig, *And No Birds Sing*: *Rhetorical Analyses of Rachel Carson's Silent Spring*, Southern Illinois University Press, 2000, p. 174.

新发展、新视角、新延伸和新立场，是一种包含生态维度的当代生态存在论审美观。"① 而 "生态批评是对生态文学的理论总结，是批评的具体实践状态；生态美学研究人与自然之间、人与人之间的诗意关系，而生态批评则是生态美学的实际应用形态"。② 因此，我们或许可以说生态批评提供了一种新的批评视角、新的理论资源，但还不能对其草率地进行学科定位。当然，在解构批评看来，学科化本身就是试图通过命名来掌握对象的一种努力，这种命名试图取消对象的多样性和丰富性，让其服膺于某个僵化了的归属，这是形而上学极为粗暴和武断的一种对待对象的方式。因而，生态批评是否学科化在解构批评那里，就不是一个紧迫的事情。而更重要的是，在从无到有的过程中，生态批评为我们带来了什么？

四　憎恨派的批评实践

我们已经多次提到，在解构批评看来，除解构批评之外的所有批评理论和批评实践都可以称之为 "憎恨派"，因为它们的出发点不是文学（语言），而是企图在文学文本之外建构一个外在于文学的本质，因而它们不仅是逻各斯中心主义的一种表现或变体，而且还是对多义性的文学文本其他方面意义的遮蔽甚至是捧杀。在解构批评看来，真正的阅读，或者说成功而有效的阅读不是像意识批评（有时也称作现象学批评）那样将某种 "经验的再现" 还原为叙述者的经验，而毋宁说是阅读者的一次独特的体验，一次穿越文本的探险之旅；阅读创造了经验，而不是还原。而阅读的结果不仅因人而异，即便是同一个人，在每一次的重新阅读中都必然会有不同的体验，或者说进入的并非是一个相同的文本。

如前所述，所有这些主题阅读式的批评形态，都有着一颗太过自负的野心，总以为自己掌握了文学的真相，知晓了文本的秘密。但实际上，其操作模式不过是将所有的文学作品都变成一个有着相似主题的文本，而对于那种并不携带着他们主题特征的作品，他们要么对这些作品视而不见，要么对其极尽贬低之能事。这似乎也能解释为何

---

① 党圣元、刘瑞弘：《生态批评与生态美学》，中国社会科学出版社 2011 年版，第22页。

② 同上书，第25页。

《咏鹅》受到了前所未有的重视——几乎是中国儿童的开蒙诗；同时
又是前所未有的忽视，因为这首诗似乎在任何意义上都不值得被那些
所谓的主题式批评家们所重视。这首诗既没有体现出什么深刻的社会
历史意义，也没有直接的道德评判；既没有精神分析的常规意象，也
没有女性主义时刻警惕的父权制话语；既没有浅薄的东方主义，也没
有什么值得分析的原型。显然，在他们看来，这首诗不是不重要，而
是太简单，实在是没必要分析，连小孩子都看得懂，但实际上，我们
真的看懂了吗？当我们总是想当然地认为，一首出自七岁儿童的诗，
也必然是只要略有心智就能理解。这显然是对阅读和理解太过敷衍
了。同时，这也暴露了我们阅读的传统：知人论世。不幸的是，作者
或署名对于我们自由阅读的束缚，并没有引起我们足够的重视。作者
或署名本身既在作品之内，又在作品之外。当我们阅读作品的时候，
作者是缺席的，但又是幽灵般地遍布在文本的每个角落。而且某种意
义上，作者决定了我们凝视的方向、情感、立场等等。因而，在此意
义上，作者又是在场的，作者的在场会对我们的阅读造成干扰，这使
得我们的自由阅读无法为继。这也就是为什么解构批评一再强调，阅
读要尽可能地"去作者"，即便某种程度上，作者对阅读的干扰不可
避免，也尽量让其成为辅助性的，而不是决定性的。作家虽是作品的
生产者，但却并没有对文本的控制权，他不能也无法阻止作品被多样
化阅读。那么在主题式批评的批评家眼中，他们必定会有自己钟爱的
作家，这是因为某一类作家的写作符合着他们对其文学观念的期待，
当然这位作家的某个作品如果不符合他们的阐释路径或阅读方向，通
常不是视而不见，就是评价不高。

　　米勒指出，"文学研究无疑应该终结那种想当然地指涉性研究，
这样的一种（特指解构批评的）文学原则将正确地终止对作品进行专
门的思想、主题、以及各种各样的人类心理研究，而是（使文学研
究）成为文献学、修辞学、比喻认识论的研究。"① 显然，主题式批
评尽管在某些方面为我们的阅读洞开了理解的思路，但也阻止了我们
对文本进行多种建构的尝试，或者说主题式批评在为我们打开一扇窗

---

① J. Hillis Miller, *Narure and the Liguistic Moment*, in *Nature and the Victorian Imagination*, ed. U. C. Knoepflmacher and G. B. Tennyson, *Nature and the Victorian Imagination*, Berkeley：U-niversity of California Press, 1977, p. 451.

户的同时，也将其他所有的窗户都关上了。

　　不幸的是，生态批评显然也加入了主题式批评或者说"憎恨派"的行列。生态批评割裂了文学和语言、文学和审美的关系，忽视了文学在形式上的独创性，等等，文学或被收编为生态研究的历史文献，或被当作是绿色生态的宣传工具，文学的本体被完全忽视或漠视了。从生态批评的文学观来看，显然，生态批评植根于社会反映论的思想观念，认为生态或环境的改变会对人的生产和生活造成诸种影响，而这些变化和影响必然体现在文学中。通过文学来观照生态以及通过生态来观照文学，这是生态批评通常采取的策略。而同所有主题批评一样，生态批评有着自身的批评兴趣和批评标准。我们发现，在不同类型的作品中，生态批评似乎总是对那些与生态有关的作品非常热衷，而在一个具体的作品中，生态批评也总是对作品中蕴含的生态意识、生态思想、生态预警等格外感兴趣，因而在生态批评眼里，文学作品的全部意义都被化约为一个有关人与自然的故事，这无疑是对文学的一种阉割或戕害，这种粗暴对待文学的方式是解构批评所不能接受的。换句话说，即便在伦理和情感上，解构论者和生态论者的观点可能是一致的，比如都反对破坏环境、虐待动物等，但解构批评又认为，不能因为作品恰到好处地体现了我们所需要的某种生态观念，就无限制地抬高该作品，也不能因为作品体现了人类中心论的观念就对此作品大加责罚，这不是对待文学的态度。德里达指出："我并没有说要反对莱里斯的作品，但我反对斗牛文化、对斗牛的崇拜以及类似的活动。另外我在欣赏和喜爱莱里斯相关的作品的同时不停地问自己和莱里斯，作者是如何找到类似的经验和感觉的。"① 显然，德里达是反对斗牛文化的，但这种道德、伦理以及情感上的判断并没有强加在文学身上，这或许是生态批评需要反思的地方。

　　更为关键的是，解构批评认为，生态批评的做法完全是本末倒置，不是要对文学文本进行生态解读，而是要对生态文本进行文学分析或修辞阅读。J. 希利斯·米勒在其新作《于虚拟网络的时代阅读保罗·德·曼》中提出了这样的问题：阅读德·曼的作品对于当前的现实有何意义？在列举当前五种灾难时，生态危机首当其冲。米勒认

---

　　① ［法］德里达：《明天会怎样：雅克·德里达与伊丽莎白·卢迪内斯库对话录》，苏旭译，中信出版社 2002 年版，第 95 页。

为，德·曼一直强调的修辞分析对于揭露虚假意识形态的独特作用在当今时代并不过时，通过分析，米勒指出："数字化"改变了我们的生活，我们对生活的感受过度地依赖于电脑数据、电脑图景而不是我们实实在在对灾难的感受；其结果是，美国当局除了制造骗局之外，没有做任何事情来缓和气候变化。①

并且仅仅研究文学文本体现了何种生态思想的做法，在解构批评看来，仍然是庸俗社会学或机械反映论的陈词滥调，这当然不是文学研究者所应做的工作，就文学研究者而言，重要的不是文本中潜藏着多少生态观念或生态思想，而是说这些观念或思想是如何被编织进文本的，是以什么样的方式存在着并以何种方式显现出来，同时，这些观念和思想在修辞的意义上是如何被其他观念和思想所压制，解构批评认为这才是一个合格文学研究者应该做的事情。

可以说，解构批评之所以对文学有如此大的激情，就在于文学文本之中包含着极为丰富的意义，它或多或少地可以使人们摆脱传统思维观念的束缚，它总是容许人们进行各种各样的解读，这本身就是对逻各斯中心主义，或者说那种将语言意义视为单一的、透明的"憎恨派"的绝佳抵制。在这方面，尽管生态批评强烈的介入性使得这一批评具有了极为可贵的现实情怀；就文学而言，生态批评也的确敞开了一扇过去鲜有人问津的生态之门，让更多的人可以从生态的角度去进入文学，并在生态思想的观照下理解文学，进而理解我们的世界和人生。但与此同时，生态批评也遮蔽了文学的其他面相，更有甚者，文学被贬低为"生态传声筒"。因此如何建构一种既不伤害文学本体，又全面引入生态观念的极具批判性、包容性、开放性的生态批评理论，或许是生态批评当前和今后需要深入探讨的课题。

第四节　生态批评的内涵及其文化逻辑

从唯物史观的角度看，生态理论、生态美学、生态运动的发生和

---

① See J. Hillis Miller, *Reading Paul de Man While Falling into Cyberspace*: *In the Twilight of the Anthropocene*, ed. J. Hillis Miller, Tom Cohen, Claire Colebrook. The Twilight of the Anthropocene Idols。该书即将问世，笔者有幸提前阅读了希利斯·米勒先生寄来的原稿。

发展既是特定历史条件的产物，又是某种程度上对当前新形势所做出的应答。毫无疑问，如今生态观念或者生态思想已经在政治、经济、文化等领域产生了巨大的影响，为此，唐纳德·沃斯特其至将我们的时代称为"生态的时代"。① 那么，作为人文学科的一个重要分支，文学研究当然不应该自外于这个生态的时代，生态批评便应运而生，我们不妨把生态批评看作生态观念或生态思想在文学领域的拓展。可以说，生态批评自诞生之日起，在方法论、文学观念、学科定位等方面就不断地受到挑战，本文拟将这些问题提炼出来并尝试着进行分析，以便为我们更好地理解和把握这一批评形态提供某种参考。

一　话语合法性问题

生态批评这个概念自提出以来，因其学理依据、逻辑起点上的暧昧不明，使得它在学科定位、学科归属、学科构建上备受质疑。生态批评不像那些非常成熟的批评形态，例如社会历史批评、精神分析学那样，有着自身非常系统的、可以自圆其说的理论、方法和观念。尽管生态批评也有着自身独特的研究视角、理论旨趣，但生态批评的基本理论和观念还不足以回答文学的最基本问题："文学从何而来"，"什么是文学"以及"文学往何处去"等。而这些最为基本的问题，恰恰是生态批评理论建构过程中必须面对和迫切需要回答的问题。

如果说生态批评的理论旨趣可以被概括为，在批判工具理性和人类中心主义给人与自然造成的双重伤害的同时，将目光聚焦于文化对于人的教化和引导功能上，并逐步将生态意识、生态观念、生态思想熔铸于男男女女的世界观之中，从而影响乃至改变人们的生活方式和行为方式。那么，在此意义上，生态批评显然应该是文化研究的一个分支，但文化研究的学科归属同样争议不断。因此，生态批评即便可以纳入到文化研究的系统中去，也并不是说从根本上解决了它的学科定位问题，毋宁说只是使问题变得更为复杂了。

那么，退一步讲，如果我们把生态批评当作一个独立的学科来看待，将会出现什么问题呢？我们不妨做这样的假设：如果生态批评可以被作为一种能够和社会历史批评、精神分析批评、形式主义批评等

---

① Donald Worster, *Nature's Economy：A History of Ecological Ideas*, Cambridge University Press, 1994, p. Ⅶ.

相提并论的批评形态，并被作为一种完备的批评理论纳入到文学批评的学科之中，那么这会带来什么后果呢？我们都知道，生态批评的出发点和归宿并不是文学自身，而是我们当前整个人类所面临的、由生态危机所引起的生存焦虑和生存危机。如果这个逻辑是成立的，那么是不是只要在人类世界的某个领域，或精神或物质或身体方面存在着某种危机，我们就可以或者说应该提出某种批评理论并堂而皇之地将其学科化呢？毋庸置疑，当代快节奏的生活方式已经使得许多人没有时间运动、没有精力运动、没有兴趣运动，甚至是没有机会运动。而缺乏运动将会带来什么后果呢？格雷戈瑞·希斯和他的团队通过一系列的研究表明，由于运动的缺失而导致的死亡，已经占全球死亡人数的十分之一，而因缺乏运动造成的冠心病、乳腺癌、结肠癌等死亡人数已经到了让人震惊的地步。① 而且众所周知，运动不仅可以增强体质、塑造体形、改善身体机能状况、预防疾病，还能舒缓压力、陶冶性情等等，鉴于此，我们是不是也应该提倡一种运动批评呢？运动批评的旨趣显而易见，即从文学作品中发掘运动的价值，发掘运动给幸福生活和和谐社会带来的积极意义。在此意义上，如果说生态批评是合法的，那么运动批评是不是也同样可以成立呢？以此类推，戒烟批评、反酗酒批评等等是不是也同样是成立的呢？

我们接下来从学理上来看看一种流派、理论等要成为一门独立的学科，需要具备哪些条件，看看生态批评是否满足这些条件。曾繁仁指出，生态美学作为一种后现代语境下的生态存在论美学观，从目前的情况看，还只是一个重要的理论问题，并没有形成一个独立的学科。因为作为一个独立的学科，要有独立的研究对象、研究内容、研究方法、研究目的及学科发展的趋势这样五个基本要素。目前，生态美学在这些方面还不完全具备条件。而生态批评由生态美学派生出的，是生态美学的实际应用。② 既然生态美学不足以成为一个独立的学科，那么作为其具体应用形态的生态批评，其学科归属的合法性是不是就值得怀疑呢？具体而言，从生态批评的研究对象来看，生态批

---

① Gregory W. Heath, Evidence-based Intervention in Physical Activity: Lessons From Around the World, *The Lancet*, vol. 380, 21th, July, 2012

② 曾繁仁:《生态美学:"后现代语境下的崭新的生态存在论美学观"》,《陕西师范大学学报》(哲学社会科学版) 2002 年第 3 期。

评实际上主要还是侧重于具有生态意识、生态观念的文本，即生态文学文本，而对于其他类型的文本则漠不关心；从生态批评的基本观念看，实际上也仍然是反映论的观念，即认为生态的变化一定会体现在文学文本中，文学文本一定存在着人类对于生态的某种看法；从生态批评的基本方法看，生态批评实际上并没有形成一整套体系完备的批评方法，而是更多地借鉴了其他形态的批评方法，比如在批评人类中心主义观点中，运用了解构批评的基本方法，对人和自然之间的二元对立关系进行解构；从生态批评的研究目的来看，生态批评试图通过重新阅读文学文本，来挖掘其中的生态思想，并希望以此来改造人们的价值观，并进一步转变人们的生活方式和行为方式，最终建设一个绿色社会，因而在此意义上，文学文本显然不是生态批评唯一感兴趣的东西；从生态批评的发展趋势来看，生态批评已经成为国内学界研究的一个热点，但其理论的系统性和阐释的有效性还有待进一步发展和完善。

二　方法论问题

生态批评秉持着这样一种基本的研究思路，即把一种全新的、具有生态思想的视角引向文学阅读和文学研究，集中挖掘和整理文学文本中隐藏着的生态意识、生态思想以及生态责任等等，希望以此来影响人们的阅读观念，进而影响乃至改变人们观察和思考世界的方式——从生态的角度看世界，并最终引起政治、经济、文化结构的重新调整乃至重新布局，从而建立一个人与自然和谐共处的绿色社会。可以看得出，在生态批评的成本计算之中，文化上的修缮或改造对于"地球的保护"，可以说是如今这个时代付出代价最小而效果却最明显、影响也最为持久的手段了。显然生态批评的这种主观愿望是美好而又低碳的，但在理论操作或者说理论建构的层面上，生态批评在其理论逻辑以及具体的文本实践过程中，又常常暴露出自身在方法论上的偏颇与狭隘，具体而言，表现在以下几个方面：

一是非逻辑化。一般认为，生态批评主要发端于 20 世纪 70 年代，特别是美国批评理论家约瑟夫·密克尔的《生存的悲剧：文学的生态学研究》（1974）出版之后。[①] 当然，也有学者认为，作为生态

---

① 王诺：《生态批评：发展与渊源》，《文艺研究》2002 年第 3 期。

美学应用形态的生态批评,在 20 世纪 80 年代兴起。① 而在几乎所有生态批评者看来,生态美学、生态批评的倡导都源于"生态危机"的加剧,这个表述当然是正确的,但这种表述却是不诚恳的。因为事实上,物种的灭绝、生态的恶化、生态的危机不是二十世纪七八十年代才开始的,而这一现象之所以引起我们的重视,是由于"生态危机"已经严重影响甚至危及到人的生存。也就是说,生态批评的提出,根本原因还是人的生存遇到了危机。指出这一点是非常重要的,换句话说,生态批评的出发点和前提,归根到底是人而不应笼统地概括为生态。之所以提出生态思想,是因为生态的观念、生态的视野对于改善现在和未来人的存在有着积极而重要的意义。或许有人会指出,生态这个概念本身就包含了人,人只是作为生态的一分子存在的,在此意义上,生态危机就暗合着人的危机,这个逻辑看似是合理的,但却是本末倒置的。举个最简单的例子,通常我们认为,是因为针刺到了手,手才会感觉到痛,实际上,在这个逻辑中,我们最容易忽视的恰恰是主体。因而如果我们从主体的角度看,正确的逻辑应该是,因为我们的手感觉到痛,才发现原来是针刺到了我们的手。显然生态批评恰恰是要把我们人的主体地位剔除掉,然而这不仅充满了反讽意味,而且事实上也做不到。文迪·林恩指出:"事实上,即使我们对受人支配的非人类世界持有一种更有责任感的情感而努力抵制人类中心的地位,我们仍然是根据我们的进化史以及我们的认知、地理、文化等条件来定位动物的认知、躯体和感知能力。"② 因而,人类如何能够在一个以自身尺度为依据而建构出来的话语王国中,取消人自身呢?也许,当我们的生态批评家们怀着善良而平等的美好愿望提出"生态中心主义"的时候,我们不妨将其当作一个审美理想来对待,尽管它未必科学,却时刻提醒我们,要尊重自然、尊重生态。

二是非历史化。尽管生态批评的某些思路,对唯物史观是有所借鉴的,例如,相信意识或观念对于人类的实践具有某种指导作用。具体而言,就是相信文化对于人的主观意识具有潜移默化的改造作用,

---

① 曾繁仁:《生态美学:"后现代语境下的崭新的生态存在论美学观"》,《陕西师范大学学报》(哲学社会科学版) 2002 年第 3 期。

② Wendy Lynne Lee, On Ecology and Aesthetic Experience: A Feminist Theory of Value and Praxis, *Ethics and the Environment*, Vol. 11, No. 1, Spring, 2006.

而一旦这种绿色生态的思想驻扎于人类内心，那种破坏乃至毁灭自然的行为就会得到遏制，生态恶化或者说生态危机的现实也将因此而改善，那么只要人人对自然献出一点爱，人类最终也将能够与自然和谐共存，最终现代社会对人与自然造成的双重伤害就能够得到有效的治愈。生态批评理论这种对工具理性和人类中心主义所进行的批判是必要的，但生态批评在批评方法和思路上，又往往是非历史化的。可以说，"人类中心主义、唯发展主义和科技至上观是生态危机的主要思想根源，是当代生态思潮所要解决的核心问题"[①]。而生态批评对这三者展开的批判也是非常激烈的，但往往在具体的批判过程中，只注意到了现实性，却忽视了这三者在整个人类发展历史过程中的历史必然性及其辩证的价值内涵。实际上，马克思主义在"人"与"自然"这个问题既是历史的，也是辩证的，马克思主义认为，生产力的不断提高和发展，物质资料的不断丰富是社会由低级向高级运动的基本前提和必要保证。而在充分肯定了人类认识和改造自然的这种实践活动的同时，又非常深刻地指出："我们不要过分陶醉于我们对自然界的胜利。对于每一次这样的胜利，自然界都报复了我们。每一次胜利，起初确实取得了我们预期的结果，但是往后和再往后却发生完全不同的、出乎意料的影响，常常把最初的结果又取消了。"[②] 人类社会不可能一蹴而就，人的意识和观念都是在特定的社会历史条件下形成的，人对世界的认识不可能超越他所存在的历史。因此，在人类发展历史过程中，人类对自然所犯下的错误是有其历史必然性的。或许是出于批评的策略，生态批评对人类中心主义、唯发展主义、科技主义至上观几乎持完全否定的态度。显然，生态批评没有充分注意到人类中心主义、唯发展主义、科技至上观等价值观念所产生的历史条件，以及这些观念在当时的、特定的社会结构中的历史意义和社会价值。同时，是不是在加了"中心主义""唯""至上"等极端的字眼之后，就可以一劳永逸地让这些曾经为社会财富以及人类智慧有所助益——当然也带来巨大破坏——的价值观念得到彻底的清算呢？

　　三是去差异化。生态批评者大多具有某种"众生平等"的人文情

---

① 王诺：《生态与心态：当代欧美文学研究》，南京大学出版社 2007 年版，第 4—5 页。

② 《马克思恩格斯选集》第 4 卷，人民出版社 1995 年版，第 3 页。

怀，他们认为造成今日生态恶化之局面，"人类中心主义"实乃罪魁祸首。的确，人类在改造世界的过程中，经常表现出妄自尊大的一面，"征服自然""向大自然宣战"等口号的提出就是明证。"人类中心主义是在 19 世纪 60 年代被发明出来，用以描述和批判这样一种假设，即人类是宇宙的中心。"[1] 可以说，人类中心主义这个词的出现，本身就表明了人类已经意识到了人类中心主义给自然、生态带来的严重后果，进而有学者主张以生态中心主义或生物中心主义来替代人类中心主义。艾丽莎·坎贝尔认为"'实用的'生物中心主义也可称之为'开明'或'仁慈'的人类中心主义。这种形式的生物中心主义认为人类依赖自然系统"，因此，"人类活动应该受到限制从而尽可能少地扰乱生态系统。而持此态度的生物中心主义者承担着地球管家的责任"[2]。但也有学者认为，所谓"生态中心主义"这个提法遵循的基本逻辑并没有超越"人类中心主义"，"中心"这个词本身就具有强烈的形而上学性，仍然将人与世界主客二分。因此，应该将"生态中心主义"修正为"生态整体主义（ecological holism）"。其核心思想："把生态系统的整体利益作为最高价值而不是把人类的利益作为最高价值，把是否有利于维持和保护生态系统的完整、和谐、稳定、平衡和持续存在作为衡量一切事物的根本尺度，作为评判人类生活方式、科技进步、经济增长和社会发展的终极标准。"[3] 显然，生态整体主义的看法基于这样一个前提，即地球上的 70 亿人首先要面对和解决的是生态危机的问题，但实际上，这显然是忽视了这 70 亿地球人在生存权、发展权上的差异性，忽视了发达国家和发展中国家之间的差异性，忽视了那些生存于夹缝和边缘状态中的人，忽视了地球上还有很多人尚处于饥饿的威胁和战争的恐惧之中。

三　文学价值论问题

艾布拉姆斯在《镜与灯》一书中提出文学艺术四要素说，即每一件艺术作品都会涉及到以下四个要素：作品、艺术家、世界、欣赏

---

[1]　Elisa K. Campbell, *Beyond Anthropocentrism*, Journal of the History of the Behavioral Sciences, Vol. 19, January, 1983, p. 55.

[2]　Ibid. .

[3]　王诺：《生态与心态：当代欧美文学研究》，南京大学出版社 2007 年版，第 7 页。

者。他指出："尽管任何像样的理论多少都考虑了所有这四个要素，然而我们将看到，几乎所有的理论都只明显倾向于一个要素。就生发出他用来界定、划分和剖析艺术作品的主要范畴，生发出借以评判作品价值的主要标准。"① 一般说来，生态批评的研究对象是生态文学，而生态文学是"以生态整体主义为思想基础、以生态系统整体利益为最高价值的考察和表现自然与人之关系和探寻生态危机之社会根源的文学。生态责任、文明批判、生态理想和生态预警是其突出特点"。② 显然，生态批评家的出发点是立足于当前的生态境遇的，其看法或主张有着强烈的现实乃至政治诉求，而这一诉求我们不妨将其称之为绿色政治。"绿色政治反对人文主义中的人类中心主义倾向，这种哲学假定人类有能力通过人类理性、重新安排自然界以及男男女女间的相互响应，去面对和解决我们所面临的问题，而人类的生活也将更加繁荣。"③ 可以说，绿色政治是生态批评理论家在政治或意识形态上的集中体现。因而，生态批评更倾向于研究作品与外部世界之间的关系，以及挖掘作品在生态上的思想价值，并意在阐明生态思想对于我们重新认识世界的意义；而对于文学和语言、文学和审美之间的关系，可能就不是那么热衷了。

　　按照韦勒克的看法，关注文本、对文本系统进行研究的属于"内部（intrinsic）研究"，而除此之外的属于"外部（extrinsic）研究"。如今，我们对于这四种批评范式似乎都并不陌生了。它们都有一套相对自足的阐释模式，由此形成了模仿论、表现论、接受论、文本论的批评范式。文学的外部研究与内部研究之间最大的分歧可能就在于，外部研究的目的不在文学自身，而在于文学之外。外部研究，无论是出发点、还是落脚点都似乎指向地是文学作品之外的一些东西，如社会历史、作家等等。看得出，生态批评仍然属于外部研究的传统，它对于文学本体并不关心，而即便在文学文本的基本内容、基本思想方面也仅仅关注其中的生态主题。毫无疑问，生态批评仍然属于再现论的文学传统，或者说，生态批评仍然植根于社会反映论的思想观念，

---

　　① ［美］艾布拉姆斯：《镜与灯：浪漫主义文论及批评传统》，郦稚牛译，北京大学出版社 2004 年版，第 5 页。

　　② 王诺：《生态与心态：当代欧美文学研究》，南京大学出版社 2007 年版，第 11 页。

　　③ Spretnak and Capra, *Green Politics*, London：Paladin, 1985, p.234.

认为生态或环境的改变会对人的生产和生活造成诸种影响，而这些变化和影响必然体现在文学中。同时，文学不仅反映或体现着这种变化，同时也以自己的方式象征性地提出某种解决危机的思路或对策。因而，通过文学来观照生态以及通过生态来观照文学，就成为生态批评通常采取的策略。

同所有主题式批评例如女性主义批评、后殖民批评等一样，生态批评也有着自身的批评兴趣和批评标准。我们已经指出，生态批评的研究对象是生态文学，而对于非生态文学的作品的读解就显得力不从心。具体而言，生态批评总是对作品中蕴含的生态意识、生态思想、生态预警等有关生态方面的内容格外感兴趣，因而在生态批评的批评实践中，文学作品的全部意义都可以被化约为一个有关人与自然的故事或寓言，某种意义上，这的确为我们提供了一个重新认识和看待世界的视角，扩充了我们重新感知文学和世界的方式，拉近了文学与自然之间的距离，但同时又何尝不是对内涵丰富的文学文本进行的一种阉割或戕害呢？因为显而易见，同所有再现论的文学观念一样，文学的价值完全由文学之外或者说非文学性的东西所把控，而"文学是什么"的问题也完全被"文学有什么用"的功利目的所取代，那么这样做会带来什么样的后果呢？从文学而非社会学的角度来看，生态批评的文学观念和批评实践，必然使文学堕落为一种承载生态思想、生态观念的文献和工具，而且生态批评一旦成为当前我国文学批评的主导形态或主导范式，那么无疑，它会使我们的文学从曾经的"政治传声筒"导向将来的"生态传声筒"。

更进一步来看，那种仅仅研究文学文本体现了何种生态思想的批评方法，从根本上来说，仍然是庸俗社会学或机械反映论的陈词滥调。我们认为，不是说不可以对文学文本进行生态式解读，而是说当我们在鼓吹或者积极宣扬一种新的批评观念时，是否有注意到文学的本体，是否考虑到文学研究者的身份问题？实际上，对于文学研究者而非社会学的学者而言，或许重要的不是去研究文本中潜藏着多少生态观念或生态思想，而更需要研究的是，这些观念或思想是如何被编织进文本的，是以什么样的方式存在着并以何种方式显现出来的，也即"文学体现了怎样的生态思想"之类的问题，应该让位于，文学是以何种方式体现出这种生态思想。这两个问题是相关的，但后者或许才是文学研究的基本内容。

　　从当前生态批评的理论和批评实践来看，尽管生态批评强烈的介入性使得这一批评具有了极为可贵的现实情怀；于文学而言，生态批评也的确敞开了一扇过去鲜有人问津的生态之门，让更多的人可以从生态的角度去进入文学，并在生态思想的观照下理解文学，进而理解我们的世界和人生。但与此同时，生态批评也遮蔽了文学的其他面相，更为严重的是，它严重忽视乃至伤害了文学的本体。因此如何建构一种既不伤害文学本体，又全面引入生态观念的极具批判性、包容性、开放性的生态批评理论，或许是生态批评当前和今后需要深入探讨的课题。

第七章

解构批评在中国：前景与启示

第一节　文艺批评形态间对话的可能

一　对话与对抗

对于神学框架下的西方人来说，当人体解剖学最初让人们意识到男人的肋骨不是奇数的时候——上帝抽掉了亚当的一根肋骨，他们当时的表情也许不是惊讶，而是不满与愤怒，因为他们所依凭的信念使他们无法接受这个明摆着的事实，他们情愿把那些从事解剖的人当成是撒旦的化身，就像当年那条伊甸园的蛇。而实际上，正是这条蛇让人成为人，让亚当和夏娃结束了他们作为上帝之宠物的、作为物的存在的历史；人体解剖学更是帮助人类摆脱了诸多疾病的困扰，使医学朝向一个自主的、科学的方向发展。某种程度上，人们对伊甸园的那条蛇的憎恶，以及人体解剖学诞生时所面对的教会的反对，都可以被读作是对解构批评在当下语境中所遇到的指责的一种隐喻或者寓言。

前文中，我们已经指出了对解构及解构批评的指责中哪些是合理的，而哪些指责是偏激的或不恰当的。这里我们将分析，为什么会产生这样的指责。我们在下面的分析同样也可以用来理解，为什么尼采主义、弗洛伊德主义在其产生之时会成为道德伦理辩论中的异类，成为为时人所不容的谬论呢？而在许多年以后，这些思想却成为哲学系、文学系、社会学系等专业的学生多年来潜心钻研的对象。想必我们的答案可能仍然要回到库恩，回到库恩所说的范式之争。而且可以说，在漫长的文学批评发展史中，不同的批评范式、批评观念之间的争论似乎从来也没有哪一方可以以一种绝对真理式的姿态止息一切争论乃至争端，我们不禁要思考的是，这些争论本身是在对我们述说着什么呢？

　　库恩指出范式具有不可通约性，而隶属于不同范式的科学共同体因为所采用的工具、方法的不同，以及所面对的具体问题和具体对象都发生了变化，更重要的是这些不同范式的科学共同体的世界观或信念也是迥异的；因此，不同的范式实际上很难形成真正的具有建设性的对话。而且，不同范式间的争执实际上构成了这样一种叙事，它的主题必然是：党同伐异。

　　而一个可能令人沮丧但又显然存在的问题是，"文化为了保护自己，也可以把某些认识和主张制度化，并使那些不持某些信念的人遭受痛苦。但支持这样的制度所采取的形式是官僚和警察，而不是'语言规则'和'合理性标准'。把合理性看作标准的观念已表明，每一种独特的文化都配有某些不容挑战的公理，某些'必然真理'，而这些东西阻碍文化之间的交流。因此文化之间似乎不能有对话，而只能靠武力征服"①。当然，某种情况下，这种制度上的保证是必要的，但学术一旦完全被国家机器所操纵，一旦变得单一而趋同，那么，文化的未来实际上是岌岌可危的，因为它失去了比较和竞争的对立面，失去了同异族文化、文明对话的机会，也就失去了强大、丰富、完善自身的可能。所幸的是，改革开放以来，我们处于一个思想解放的年代，我们的社会也正以一种包容的姿态为各种思想之间的交流对话提供了一个相对较为理想的平台。那么即便是在这种百家争鸣、百花齐放的学术氛围中，解构批评可以一帆风顺吗？我们不妨在此预见一下解构批评在中国的前景。作为一种新近的批评形态，解构批评是否也有可能如同它在美国那样，在中国结出丰硕的果实呢？库恩指出：

　　　　开始，一种新的范式候选者可能只有少数支持者，并且有时这些支持者的动机也是可疑的。然而，如果他们真有能力，他们将会改进它，探索它的可能性，并且表明在其指导下共同体将有什么样的前景。照此发展下去，如果这个范式注定会赢得胜利，支持它的论据的数量和说服力将会增加。然后就会有更多的科学家发生转变，并且对新范式的探索也会继续下去。逐渐地，基于

———————

① ［美］理查德·罗蒂：《后哲学文化》，黄勇编译，上海译文出版社 2004 年版，第81页。

这个范式的实验、仪器、论文、著作的数量都会倍增。更多的人会信服新观点的丰富性，采用这种从事常规科学的新模式，直到最后只剩下一些年长的食古派顽固不化。①

如果库恩是对的，那么从目前国内研究的情况来看，库恩所提供的这种假设对于解构批评而言，可谓是喜忧参半，尽管对解构批评的误解仍然还是普遍存在着的，但是国内已经有一大批学者在从事关于解构的研究工作，如陆扬、陈晓明、汪堂家、尚杰、郑敏、王宁、张宁、朱立元、马驰、胡继华、方向红、夏可君、肖锦龙、杜小真等等，而且研究人员还在不断增加，解构大军也在不断扩充。但是解构批评到底是个舶来品，它不是由于中国的新"形势"而自发产生的；而且关于解构批评的种种论述大多还是停留在理论层面上。也就是说，一方面，它不能被广泛应用于具体的实践层面；另一方面，在面对中国的新"形势"所提出的问题时，也似乎并没有凸显出解构批评在分析或解决问题上明显的优势，也就更不要说在中国的具体实践中升华出更具特色的独创性理论了。因此，解构批评在中国面临的最重要的问题必然是，如何解释、应对或解决中国语境下现实、实践中所提出和面临的一些具体问题和挑战。库恩指出："一种新范式的出现，往往是在危机发生或被明确地认识到之前就出现了，至少是萌发了。"② 很显然，在中国，解构批评并非基于这样的一种现实境遇才出现的。

不过，我们仍然相信，解构批评会对我们理解世界、解决问题有所助益，这是因为如今我们前所未有地处于一个全球化的时代，我们所面临的问题，实际上在其他国家也可能存在着。那么就文学所面临的处境来说，比如图像化扩张问题、消费文学等，我们是可以同其他国家的学者进行对话的，而国外学者的研究思路也可以为我们所借鉴。而且国内学界一段时期以来讨论较为热烈的问题，如"文学危机论""图像化扩张"等都同解构论者特别是希利斯·米勒有着很大的关系。

---

① Thomas S. Kuhn, *The Structure of Scientific Revololutions* (Third Edition), London: The University of Chicago Press, Ltd, 1996, p. 159.

② Ibid., p. 86.

　　而且，难能可贵的是，解构论者是一批具有坚定的文学信念的知识精英，他们深深热爱着文学，也相信文学的力量。布鲁姆指出："文学的研究可以帮助人们认识到，今天字面的客观真理不过是昨天的隐喻的尸体。那些研究和讲授文学史的人完全能够明白，何以道德和政治思考的词汇可以通过文学的想象来改变，何以诗人有时可以成为未获承认的立法者。"①

　　在后工业时代，消费文化的大举入侵的新形势下，解构论者不仅看到了这些新媒体对文学的威胁，也看到了这种威胁背后所真正显露出来的症结所在，布鲁姆在《西方正典》的中文序言的最后一个段落颇为不安地指出："诚实迫使我们承认，我们正在经历一个文字文化的显著衰退期。我觉得这种发展难以逆转。媒体大学（或许可以这么说）的兴起，既是我们衰落的症候，也是我们进一步衰落的缘由。"②

　　那么在这种形势下，我们就更需要那种有创造力，或者至少也是有辨别力的人的出现，而且解构批评从来都不故步自封，德里达从来也没有希望它的解构可以变成一本教科书，可以被教条化为某些阅读原则，所以它一再强调解构不是一种技术、不是一种固定的模式。而解构后来之所以在美国走向衰落，也可能正是由于它被教条化或教科书化的结果。某种程度上，我们也能够理解并可能会认同希利斯·米勒说的这一番话："经典的概念应当更加宽泛，而且在训练阅读的同时，也该训练阅读各种符号：油画、电影、电视、报纸、历史资料、物质文化的资料等等。今日一个受过教育的人，一位有知识的选民，应该是一位会阅读的人，应该具有阅读所有符号的能力。这并非易事。"③ 而且米勒还指出，文学不应该无保留地认同现实，清醒的批评家，应该让读者同现实保持距离。希利斯·米勒指出："批评性阅读的工作完全可以充当抗争话语现实与物质现实这种灾难性混淆（其名称之一是'意识形态'）的主要手段。"④

　　由此可见，解构批评对于解释和应对我们当前的文学危机是具有

---

　　① ［美］理查德·罗蒂：《后哲学文化》，黄勇编译，上海译文出版社 2004 年版，第150 页。

　　② ［美］哈罗德·布鲁姆：《西方正典》，江宁康译，译林出版社 2005 年版，第 3 页。

　　③ ［美］J. 希利斯·米勒：《重申解构主义》，郭英剑译，中国社会科学出版社 1998年版，第 226 页。

　　④ 同上书，第 227 页。

一定价值的，也就是说它在中国是可以而且也应该能够发展下去的。而解构批评如果想真正能够实现中国化，那么它需要解决两个问题：一是同中国主导范式之间的对话与磨合；二是能够真正应对或解决我国的现实问题。

二　当前文学批评的主导范式

代迅在《中西文论异质性比较研究——新批评在中国的命运》一文中指出："英美新批评与中国现代主流的马克思主义文艺理论，在意识形态上存在着难以逾越的鸿沟，在艺术旨趣上也有着鲜明的异质性。中国古代文论带有强烈的印象式批评特点，而新批评则带有强烈的形式主义和科学主义倾向，尽管新批评与中国古代文艺思想之间也有着某种程度上的相同之处，但是两者之间这些强烈和根本的异质性，决定了新批评在中国始终处于边缘化的境遇。"① 就该文所论关于新批评在意识形态上与马克思主义文论有着意识形态上的鸿沟这一点上，我们先存而不论。我们认为该文所论的不仅是新批评的命运，实际上也是俄国形式主义批评、结构主义批评、解构批评的集体命运。不仅如此，精神分析学、原型批评等批评形态也似乎从未主流过。实际上，就目前而言，尽管文化研究在学界所占的比重和"份额"日益凸显，但能够为普通人们所接受、借用的，在日常生活中起作用的实际上还是马克思主义文学批评理论的某一种形态，再具体地说来，是"反映论"模式，也可称之为社会历史批评。②

尽管新时期以来，反映论或者社会历史批评因其"极左路线"的历史问题一再地被拿来批评乃至"声讨"，而且马克思主义文学批评的其他资源比如马克思主义生产理论以及马克思主义人学等也越来越受到学者们的关注；但无可否认，"反映论"仍将作为中国最具影响力的理解模式或者说主导范式存在并长期存在下去。这可能主要有两个原因：一方面是由于 20 世纪 40 年代以来，反映论被作为似乎是唯一正确且有效的批评范式广泛地被民众所接受，而且当时的文学创作

---

① 代迅：《中西文论异质性比较研究——新批评在中国的命运》，《西南大学学报》（社会科学版）2007 年第 5 期。

② 伊格尔顿指出：马克思主义批评大致有四种形态，即人类学的批评形态、政治的批评形态、意识形态的批评形态以及经济的批评形态。

也基本上都是现实主义大行其道。因此它直接铸造了整整一代人的理解模式乃至信念系统，而这一代人又将这种理解方式灌输给下一代。另一方面也和我们的教育实践有着很大的关联，即便是现在，在我们的语义教育中，教师用来指导学生的阅读和理解的模式仍然可能局限于反映论模式之内，即便新时期以来各种纷繁复杂的批评理论被引介进来，这些全新的话语也都广泛见于学界，但这些理论似乎鲜有大规模地进入实践层面，也即用它们来指导阅读，换句话说，知识、范式的更新远不如我们想象的那么迅速。可以说，直到现在，我们的阅读方式仍然是寄希望于作品直接而显在的意义在场，而这种在场无疑就是所谓的"社会历史背景""作家意图"以及"意识形态话语"等等，这种阅读模式显然看重的是文学作品的直白而又似乎理所当然的指涉功能，那么这当然得益于我们从小学语文一直到大学语文课程所培养出来的阅读惯性。在语文教育中，似乎有这样一个深信不疑的观点，那就是认为作品中存在着一个既定的中心思想，而阅读的全部意义就在于删繁就简地搜索、揭示出这个"永恒不变"的中心思想，而往往这个"永恒不变"的中心思想又是由编写教材和教学参考书的权威们确定下来的；一旦这个中心思想被确定下来，便成为课堂教学的圭臬。课堂教学的全部过程，就变成了老师能否调动一切手段把学生有效地引向这个"中心思想"。对老师的评价也相应地就变成了这个老师能否机智地屏蔽掉学生们一不留神冒出来的那些不合时宜的"边缘思想"，使学生信服于这个规定性的指向。而这一切最后以考试（考试又直接和升学以及对学生、老师、学校的评价挂钩）的形式形成一种制度上的保证。尽管从目前来说语文教育一直在不断地改革，但是教师的水平参差不齐，而且似乎只要有教学参考书；只要教学参考书以及课堂的教学目的仍然是服务于寻找什么所谓的"中心思想"，只要考试的形式依然遵循这种独断式的逻各斯搜索模式，而不是将创造的空间让渡给阅读主体，不是将文本的独特性、原创性等等交还给阅读。那么，聪明的、自主的（有充分主体性的）、创造性的阅读也许就不会到来。

当然，社会历史批评自有其价值或存在意义，例如，有助于我们更清楚地理解作品同社会现实之间的关联，有助于我们把握作品产生的具体语境，有助于我们把握创作思潮，有助于我们了解社会现实，等等；但是这并不能代替阅读，并不能代替我们进入文本。因此，即便社会历史批评在中国有着最为完备、最为系统化的理论资源，而且拥有着如此众多的受众，但是我们认为它仍然不足以应对各种文艺想象，也不能够机械地用来解释每一部作品。而这正是批评界目前的尴尬之处，对于当前出现的各种独特的文艺现象，批评界不仅无法做出预见，而且也无力做出解释，这种状态使得批评的力量变得柔弱。而且特别是对于现代主义、后现代主义类型的作品，社会历史批评的局限性就被更大程度地凸显出来。因此，让它继续作为一种主导其他一切解释模式的批评形态显然已经是危机重重了，这一点，基本上可以在学界形成一定的共识，不少学者开始重读马克思主义的经典著作，希望能找到新的理论资源和理论突破口，比如马克思主义人学就是其中一项崭新而富有挑战的课题，这里姑且存而不论。那么，我们再来对比解构批评同反映论，看看两者有没有交集。

库恩指出：

> 从一个处于危机的范式，转换到从一个常规科学的新传统中产生出来的新范式，远不是一个累积过程，即远不是一个可以经由对旧范式的修改或扩展所能达到的过程。毋宁说，它是在一个新的基础上重建该研究领域的过程，这种重建改变了研究领域中某些最基本的理论概括，也改变了该领域中许多范式的方法和应用。在新旧范式的转换期间，新旧范式所能解决的问题之间有一个很大但并不完全重叠的交集。在解密的模式上，也还存在着一个决定性的差异。当转变完成时，专业的视野、方法和目标都将改变。①

很显然，库恩这里所说的"新旧范式所能解决的问题之间有一个很大的交集"至少在话语、方法等层面可能不会发生在解构批评同反映论之间。笼统地说，因为前者属于内部研究，后者属于外部研究，它们之间无论是研究的对象、思路、基本方法以及基本的话语都存在着巨大的差异，而其他如形式主义、新批评、结构主义也同样与反映论模式不存在交集，这似乎也正是为什么形式主义文论在中国一直没

---

① Thomas S. Kuhn, *The Structure of Scientific Revololutions* (Third Edition), London: The University of Chicago Press, Ltd, 1996, pp. 84-85.

有得到很好响应的一个重要的原因吧；与此相对照的是，集中于性别、种族等层面的文化批判因某种程度上与反映论批评模式或者说社会历史批评有着广泛而亲缘性的交集——特别是在社会学及意识形态层面上——而大受欢迎。但是，尽管解构批评对模仿论嗤之以鼻，但解构二元对立、打破僵局、将文本敞开、破除语言的神秘性等等，未必就与反映论的主张截然对立，而它们之间的对话乃至对接也仍值得我们思考。

三　对话是否可能

目前，不同的文化、不同的信仰、不同的族群之间的交流与对话已经日益取代了那种非此即彼、非黑即白、非左即右的独裁式的理解模式或思维方式。而且这个世界也正在变得越来越包容，当然客观地说，包容并不等于纵容，也不等于说一切既存的现象都是合理的，都符合人的真实需要，都有利于人的发展。但至少我们看问题的角度、解决问题的出发点等方面都已经发生了巨大的改变。在不同的文学批评形态之间，我们同样不能武断地做出哪种形态或范式一定是好的，而其他的批评形态则是错误的或危险的判断。只是说，相对而言某一批评范式可能在某一阶段更适应于当时的形势，比如，社会历史批评在我国就具有其历史合理性，并且它适应了当时的历史形势，也在当时产生了某种不可替代的作用。

可以说，任何批评理论都有它的适应性、局限性，任何一种批评理论都只是批评系统中的一维，不可能"包打天下"，所以，各种批评理论之间，以对话、交流来代替打压、指责就显得难能可贵了。当然，这种对话并不一定能够取得实质性的进展，但对话本身就是积极的和重要的。诚如理查德·罗蒂所言："我们对话，并不是因为我们有一个目标，而是因为苏格拉底式的对话正是以自己为目的的活动。"而不是为了意见的一致，"这就好像篮球运动员认为其玩篮球的理由就是投篮。他把活动过程中关键的一步错误地看作活动的目的。更糟糕的是，他好像是一个篮球迷，硬说所有人凭其本性都想玩篮球，或者说事情的本质就是使球进篮圈"①。而实际上，能够达成一种共识，

---

① ［美］理查德·罗蒂：《后哲学文化》，黄勇编译，上海译文出版社 2004 年版，第248 页。

甚至杂交出一种全新的批评理论固然是最理想的结果，但是各种批评形态之间的对话本身就尤为重要，这种以尊重代替讨伐的对话方式本身就是一种和谐、成熟的理论姿态。

但不幸的是，各种批评范式之间要想真正进行对话，其实并不容易。库恩指出："通常，一个成熟的科学共同体的成员服务于一种单一的范式或一组密切相关的范式。不同的科学共同体很少研究相同的问题。那些例外的情形是因为不同的共同体拥有几个共同的主要范式。"① 库恩这番话是在告诉我们，隶属于不同批评形态或范式之下的共同体实际上根本无话可谈，因为它们的视野不同、方法也不同，而且解决的问题也不一样。但是库恩也指出例外的情况，那就是"不同的共同体拥有几个共同的主要范式"，比如说，在大多数美国的解构论者那里，都同时具有现象学、新批评、解构批评的背景，而且他们之所以向新批评提出如此猛烈的批判，就在于他们本身非常熟悉新批评的操作模式。这也就启示我们，不要抱残守缺，要较为全面地了解和把握各种批评形态之间的基本特征。希利斯·米勒指出："文学研究下一步的发展，一部分的动力将来自这样那样的欧洲批评。美国学者在吸收同化了晚近欧洲批评的精华之后，就有可能从美国文化与欧洲思想的结合上发展产生新的批评。"② 这段话其实同样对我们有所启发，只有博采众长才能推陈出新。

那么，就范式间的对话来说，尽管不一定能够深入下去，但是我们至少可以让它们通过互相合作来实现"共释"。

有一则关于豪猪的故事，这个故事大概是叔本华讲过的，弗洛伊德借用过，而德里达也曾说过。具体内容我们都已经相当熟悉了，说的是到了寒冷的冬季，满身硬刺儿的豪猪们不能相互依偎取暖，因为它们害怕相互刺伤。但是到了冰天雪地之时，它们又不得不相互靠近，那么最后它们就找到了这么一种较为合适的距离，"一种既不是友情，又不是敌意的距离"③。这个距离使他们得以既相互取暖，又不

---

① Thomas S. Kuhn, *The Structure of Scientific Revololutions* (Third Edition), London: The University of Chicago Press, Ltd, 1996, p. 162.

② 转引自［美］乔纳森·卡勒《结构主义诗学·前言》，盛宁译，中国社会科学出版社 1991 年版，第 2 页。

③ ［法］德里达：《明天会怎样：雅克·德里达与伊丽莎白·卢迪内斯库对话录》，苏旭译，中信出版社 2002 年版，第 11 页。

至于相互刺伤。

那么不同的文学批评形态之间是否也存在着这种距离呢？这种距离使不同范式、不同观念的批评形态得以相互扶持、相互利用而又不至于丧失了彼此的个性和特色呢？我们认为无论是理论上还是事实上都是行得通的。实际上，各种批评形态就像摸象的盲人那样，不过是摸到了一只耳朵或一条腿就以为摸到了整个大象，但倘若大家都不那么自以为是，能够融合所有人的看法，那么这头大象就会以一种较为清晰的面貌呈现在我们面前了。那么在此意义上，我们甚至可以假设，某种意义上，阅读就是所有类型的批评形态间的话语、范式等等的自由组合。

第二节　多维共释：《封神演义》中的
谜题及其解析

希利斯·米勒指出："阅读时，若采用这种方法，若带着公正的眼光，或至少是带着被非西方文化研究或文化霸权中少数族裔话语的研究磨炼得更为锐利的眼光，那么即便是希腊—罗马—希伯来—基督教文化中最熟悉、最经典的文本也会显得极度陌生，其陌生程度不亚于人类学家或研究少数族裔文化的学者所发现的文本。事实上，它显得如此怪异，你甚至怀疑它们究竟是否真的被人读过。"① 米勒的这段话当然是针对西方文化而言的，他指出被主流意识形态或权威话语所控制着的阅读，其意义的生产在某种程度上已经被机械化了、教条化了。读者就只能是权威话语影响下的理想读者，他们温顺地匍匐于权威话语所引领着的方向上，文本的意义完全是可预见的也是早已被控制了的，是在很久以前或者说阅读以前就被生产出来的。因而在此意义上，对这些所谓的经典的、熟悉的文本的阅读实际上并没有真正开始，即便是有那么多人在阅读，可不幸的是，这种阅读只是对权威话语指导下的阅读的多次重复，真正有效的或多义性的阅读还远未开始。对于西方文化来说，如果采用那种非主流话语的、少数族裔的视

---

① ［美］J. 希利斯·米勒：《解读叙事》，申丹译，北京大学出版社 2002 年版，第 2 页。

角或方法去阅读，那些熟悉的、经典的文本一定会面目全非，不是说它们因此而变得不再经典，而是说它们可能会呈现出别样的特色或内涵。以此来反思我们的文学史，在漫长的历史长河中，我们同样有很多很多瑰丽的、曼妙的文本因为某些意识形态上的需要、某些权威专家的自以为是以及某些理论范式上的偏见而导致人们对它们的阅读似乎迟迟不能展开，即便某些聪明的读者已经意识到它们的价值，但碍于那些权威话语的超我力量，也似乎只能是裹足不前。这里我们姑且以《封神演义》这部小说为例，指出小说并非只有"武王伐纣"这一个中心，并且通过细读文本，找出其中的几点怪异之处，分析其如何改变着人们的阅读与理解方向。同时我们还试图结合其他的批评模式比如结构主义批评、精神分析学批评、女权主义批评等批评理论来对解构批评提出的问题进行回答。

鲁迅先生在《中国小说史略》一书中，将《封神演义》归于"明之神魔小说"，并且就内容上对其评价也不是很高。说其"似志在于演史，而侈谈神怪，什九虚造，实不过假商周之争，自写幻想"。又说"其间时出佛名，偶说名教，混合三教，略如《西游》，然其根柢，则方士之见而已"。① 那么，鲁迅说这些话是什么意思呢？鲁迅说这番话的时候还很年轻，他对《封神演义》的评价也并非是从文学的角度，而是从历史考据的角度去评价，得出的评价自然不会高了。因为书中所谓的"阐教"或"截教"一说根本就是作者的杜撰。但如果从文学的角度去看，我们倒是不必如此责怪于作者，文学本就是一种虚构，或如布鲁姆所说"语言只有在我们认识到它在撒谎的时候才能对我们成其为诗"②。当然，从另一个方面来说，鲁迅的阅读能力是非常强的，他从来都没有进入小说，因为他否认文本意义建构的前提。他比任何人都清楚，这个故事编得不够好，太假了。当然，不知道，许多年后，鲁迅在写了《故事新编》之后，又如何看待之前他说的这些话呢？可以说，鲁迅的这一看法直接影响了之后的学者对这部小说的评价。神魔小说之于中国小说史的地位基本上是边缘的，而这

① 鲁迅：《中国小说史略》释评本，周锡山释评，上海文化出版社 2005 年版，第146 页。

② ［美］哈罗德·布鲁姆：《批评·正典结构与预言》，吴琼译，中国社会科学出版社2000 年版，第 253 页。

部小说似乎也从未进入学界的主流批评视域,① 中国古代文学史多是将其放置在社会历史批评和道德批评的视角下进行历史阐释。惯常的做法是将"封神"的故事变更为武王伐纣的故事;一般都认为这部小说托古讽今,曲折反映社会现实,揭示了得道多助、失道寡助的历史教训,对封建君主暴政和封建伦理观念做了一定的批判,不足之处在于肯定封建王权和神教。② 很显然,这种分析模式的确有助于我们认识到小说的批判价值和历史意义,但是这样做也可能会遮蔽掉小说其他层面或层次上的丰富性和深刻性。我们认为,《封神演义》并不应该局限于社会历史批评、道德批评等层面,否则我们就无法解释小说中的谜题。例如一般说来,纣王的昏聩是因为误信了狐狸精的谗言,但仅仅是这样吗?我们在小说第五回看到叙事者对纣王有这样的赞叹:"纣王乃聪明智慧天子。"③ 那么,我们又如何解释,在没有遇到妲己之前,这"聪明智慧的天子"为何会在女娲宫写下那首淫诗呢?另外,申公豹的助纣为虐又是出于什么动机呢?还有那几个妖精,被女娲派到人间祸乱朝纲,基本上说来,任务的完成情况和完成质量都还不错,为什么却又落得身首异处的下场呢?

　　我们认为对文本的阅读,应该是在多重视角的参照下,才会变得更为明晰。我们不妨融合结构主义叙事学、精神分析学批评、解构批

---

　　① 李建武、尹桂香:《百年来〈封神演义〉研究评论》,《中南民族大学学报》(人文社会科学版) 2007 年第 4 期。

　　② 参见游国恩、王起等《中国文学史》第四册,人民文学出版社 1964 年版,第107—110 页;韦凤娟、海文鹏等《新编中国文学史》下卷,人民教育出版社 1989 年版,第 266—268 页;林庚《中国文学简史》,北京大学出版社 1995 年版,第 597 页;张俊《中国文学史》第四册,北京师范大学出版社 1996 年版,第 90—91 页;裴裴《中国古代文学史》,中央民族大学出版社 1996 年版,第 700—701 页;郭预衡《中国古代文学史长编》元明清卷,首都师范大学出版社 1998 年版,第 634—638 页;罗宗强、陈洪《中国古代文学发展史》下卷,南开大学出版社 2003 年版,第 113—114 页;张炯《中华文学发展史》中世史,长江文艺出版社 2003 年版,第 400—401 页;郭英德《中国古代文学通论》明代卷,辽宁人民出版社 2005 年版,第 141—142 页;等等。其中,郭预衡对《封神演义》的评价较高。他认为,小说充满了大胆的想象,神奇的构想,而且突出地表现了人物鲜明的个性特征。林庚指出,历史上的神话时代既已成为过去,写作神话便不免沦为拟古的赝品。因而认为《封神演义》算不上成功,但有趣的是,林庚的这些话并没有用在《西游记》身上。

　　③ 许仲琳:《封神演义》,岳麓书社 2002 年版,第 23 页。

评等多重视角来对这部小说进行一番解释。不难做出这样一个较为笼统的总体性概括，套用一个俗套的诸如"一个馒头引起的血案"的草根说法，我们可以将这部小说视为：一首淫诗引发的血案。由是，问题的关键就集中在如何理解这首淫诗，如何解读这场血案，以及谁应该对这场血案负责等问题上。

一　不被重视的"淫诗"

我们先来看看这首淫诗。纣王女娲宫题淫诗这个事件构成了整部小说的叙事起点，它是后面一系列事件得以展开的导火索。从目前的情况来看，学界对纣王的这个举动没有给予充分的重视。我们认为对这一事件的深入分析，有助于我们理解纣王此后一系列被认为是大逆不道的行为。从精神分析学批评的角度来看，我们倾向于把"纣王女娲宫题诗"解读为一种典型的恋母情结。[①] 按照弗洛伊德的理论，男孩子对母亲的爱恋十分强烈，但母亲却被父亲所独占，为了得到母亲的感情，男孩子在无意识中甚至想要杀死父亲，以便取而代之。但是出于对强大的父亲的畏惧，只能将这种冲动压抑，从而形成了仇父恋母的俄狄浦斯情结。女娲作为人类之母，采石补天，搓泥为人，为人类赋予了生命；同时她又是作为一个美丽的女性形象出现的。小说中有这样的描写，"容貌端丽，瑞彩翩跹，国色天资，宛然如生。真是蕊宫仙子临凡，月殿嫦娥下世"[②]。因而，女娲孕育的功能被其情色功能巧妙地置换了。纣王在女娲宫的题诗实际上是对母亲深深眷恋的一种突出表现，只是这种恋母情结被女娲的这种情色功能很好地掩饰了。

我们知道恋母情结的另一种表现形式就是弑父，尽管小说中，纣王的肉身父亲始终是缺席的，但是父亲的禁令一直都在场，那些托孤大臣们仍然执行着父亲的功能，他们说着父亲的话语，扮演着父亲的角色，因而纣王对比干等大臣的迫害都显露出这种弑父的无意识冲动。

---

① 恋母情结尽管是弗洛伊德在西方文明的背景下提出的，但我们认为这一理论具有普遍性，对我们也同样适用，因为从家庭组织以及分工的情况来看，无论是西方还是我国，都是男主外女主内的模式，而且也基本上是在父权制这个总体性框架之下。

② 许仲琳：《封神演义》，岳麓书社 2002 年版，第 3 页。

　　文本为我们编织了一个极为微妙的恋母情结幻象，甚至可以说，纣王这个角色在文本中的所有行动都是蜷缩在这种恋母情结之下的。这强大的恋母情结使我们看到：一个拥有巨大权力的男人（纣王），鬼使神差地被天庭的游戏所戏弄。小说极尽所能地让这个"力比多"如此旺盛的君王，在掌握着更高的绝对秩序的女神（女娲）面前，无奈地饱尝命中注定的卑微；同时又让他在一个蛇蝎心肠的女妖精（妲己）面前表演他声色犬马的无能。纣王因为题淫诗而触怒天庭，人类的灾难不可避免地就此展开。我们这里可以引入弗洛伊德关于超我（superego）和本我（id）的概念，弗洛伊德指出，"超我是一切道德限制的代表，是追求完美的冲动或人类生活的较高尚行动的主体"①。而本我指的则是一种原始的本能冲动，"本我不知道价值判断：不知道什么是好的和什么是邪恶的，也不知道什么是道德"②。可以说，纣王的行为就是一场本我向超我发动的惊心动魄的战争。

　　纣王在文本中所展开的一系列行动，几乎都是针对"母亲之爱"无法获得的一种补偿性行为。尽管这里的母亲比较抽象，它不是指具体的肉身母亲，而是暗含了人类原形之阿尼玛（anima）③的女性形象。按照弗洛伊德的理论，男孩子第一个性冲动的对象是自己的母亲，但这种欲望只是产生于孩提时代的无意识中，以后随着年龄的增长以及一系列社会伦理道德良知的制约，这种仇父恋母情结便逐渐得到克服，男女青年便把性爱投射或转移到自己的青年伴侣身上。可以说妲己应运而生，妲己的出现一定程度上代替了女娲；但是俄狄浦斯情节并未就此完结。如果说纣王的昏聩是由于过分相信妲己的谗言，那么这仅仅是涉及问题的表象。我们认为，他对众大臣的不满，源于他对父亲的不满、源于对父亲的畏惧、源于弑父的心理。纣王的权力可以说是至高无上的，但在其无意识之中，仍然对那个具有强大阉割力的父亲心存惧怕和焦虑；父亲尽管缺席，但是父亲的话语、父亲的法、父亲的形象等这些代表超我力量的能指仍然存在，梅伯、比干、

---

　　① ［奥］西格蒙特·弗洛伊德：《精神分析引论新编》，高觉敷译，商务印书馆1987年版，第52页。

　　② 同上书，第81页。

　　③ 这一术语最早由分析心理学的创始人荣格（Carl Gustav Jung）提出，这里专门指在男性的无意识中，通过遗传的方式留存的关于女性的原型。

商容、武成王、闻太师甚至姜皇后——因为这个皇后是父亲为他选定的女人，她所扮演的角色也是祖辈们制度化规定下来的——这些代替父亲功能的形象仍然对纣王造成极大的威慑力。然而强烈的恋母情结或者说本能冲动使得纣王能够战胜超我力量，反叛甚至杀死父亲（父亲的替补物）。所以纣王对这些人的不满、反叛甚至杀戮，其实都是弑父冲动的具体表现。

二　多个逻各斯

我们再来看看这场"血案"。如果纣王的这首诗不是写给女娲，而是写给一个普通的人间女子，那么它不一定被称为淫诗；而且由于帝王所拥有的特殊话语权，这首诗或许可以和《关雎》一样被后世称颂。问题就在于，诗是写给人类的母亲女娲，这显然是有悖于人伦的。然而我们很诧异地看到，这首诗带来的后果，不是纣王一个人的灾难，而是人类和神界的灾难。女娲在文本中所展现的形象在这里不是一个温柔的母亲形象，而是一个愤怒的形象，是一个绝对秩序的掌握者的形象，她的功能是让叙事从她大发雷霆之时悄然展开。于是，一个历史故事便被叙事者修正为一场平息怒气的伦理故事。

学界一般认为，《封神演义》"以神话形式写商周斗争，以仁慈爱民的武王和他的丞相姜子牙为首的周，以暴虐无道的纣王为代表的商，构成了斗争的双方"[1]。这种说法将文本看作对于历史事件的一次夸张演绎，从而将封神的故事变成了一个众人皆知的俗套战争故事。我们认为这种做法抹杀了文本的多义性、丰富性和深刻性。因为即便退一步讲，我们承认小说是在模仿现实，但"模仿使原本单一的叙事线条掺入了杂质，而且不可能使其回归单一的逻各斯"[2]。更何况在这部小说中，伐纣的故事要让位于封神的故事，或者说在这部小说里并非只有一个中心，我们在这里姑且不再深究下去。下面我们将围绕执行着这场血案的两个对立角色姜子牙和申公豹展开一番简要的说明。

如果说姜子牙的行为有着较为明晰的意图，那么申公豹呢？如何解释他所做的一系列损人不利己的事情呢？看起来，申公豹是因为没

---

[1]　张炯：《中华文学发展史·中世史》，长江文艺出版社 2003 年版，第 400 页。

[2]　［美］J. 希利斯·米勒：《解读叙事》，申丹译，北京大学出版社 2002 年版，第 125 页。

有得到元始天尊的封神大任而开罪于姜子牙，但这只触及到了问题的表象。本文试图指出，在这场血案中，申公豹和姜子牙的各为其主并不像我们所看到的那么明朗或冠冕堂皇。从深层的心理驱动来讲，我们认为这种对立是源于弟子间为了占有师父之爱。也就是说，申公豹对姜子牙的怨恨集中体现的是争夺师父之爱的心理诉求。阿尔弗雷德·阿德勒认为，家中最小的孩子是在一个不同于其他子女的境遇中成长的，对于父母来说，他是独特的，因而他得到的爱也相对来说更多更持久。也由于他是最小的，因而总会受到一种特别的关注。这些都使他形成一种特殊的性格，即要成为一个"值得注意的人"，"他对权力的奋争变得显著地突出，而且我们会发现最小的孩子通常有一种想要战胜所有人的愿望。只有成为最好的一个，他们才能满意"①。我们从小说中也看得出，申公豹作为玉虚宫门下最小的弟子，他的确很是自以为是或者自命不凡，他自认为他比那个一无是处的姜子牙高明万倍，他的师父②似乎没有理由不喜欢他。如果封神的大任落在大师兄南极仙翁头上，那么他或许不至于如此不平衡；问题恰恰是，师父的安排大大地超过了申公豹所能承受的预期。封神榜在文本中是一个权力的象征，而在申公豹看来，这是代表着师父之爱的象征性存在。因而，他对姜子牙的百般刁难，从动机上来说，是为了发泄心中的不满或嫉妒；申公豹对姜子牙的仇恨，并不是因为姜子牙对申公豹做了什么难以饶恕的错事，而是因为姜子牙在他看来太过平凡却深得师父恩宠，这是他无法理解、无法接受的事实，因而他想通过自己的努力来引起师父的注意，而且通过战胜姜子牙来证实自己的能力，证实自己才是师父最为得意的弟子，申公豹为此而费尽心机甚至不择手段。

可以说，"兄弟之间的斗争残酷地进行着，并不为着实际的权力，而是为着权力的象征"。③借此，我们将申公豹的行为，理解为"家中"最小的孩子为了吸引父亲（师父）的关注，为了成为最好的那一个而不惜助纣为虐。这个争夺师父之爱的故事交织在上面的这个恋母

---

① ［德］阿尔弗雷德·阿德勒：《理解人性》，陈太胜、陈文颖译，国际文化出版公司2007年版，第117—118页。

② 俗语说，一日为师，终身为父，在功能上，我们认为师父在这里的地位和意义同父亲是相同或近似的。

③ ［德］阿尔弗雷德·阿德勒：《理解人性》，陈太胜、陈文颖译，国际文化出版公司2007年版，第121页。

情结的故事之中，形成一个颇为有趣的套层结构，使得小说看上去迷雾重重，但也因此而更具魅力。

三 怪异的章节

下面我们要讨论的就是，谁应该为这场血案来负责。

我们先要声明的是，上文指出纣王在恋母情结作用下的弑父之举，并不是为了替纣王开脱。而实际上，对纣王罪责的转移与赦免其实是小说的叙事者早已安排好的一个策略，妲己这个形象出色地完成了叙事者的这个阴险而又阴茎主义的意图。小说中，妲己其实更多地是作为一个工具性的存在，她几乎没有多少主体性可言。妲己在小说中的功能是双重的：首先，作为一只狐狸精，是为了实现女娲的目的而存在的；其次是作为一只替罪羊的身份出现的。在替罪羊的所有版本中，无论是被当作恶之代替物的人，还是羊，他们都具有一个典型的功能，就是净化功能，通过把这个代表恶的东西驱逐或者杀死来平息上帝或者神的怒气，避免灾难的降临。更重要的是，这种驱逐和宰杀替罪羊的行为，象征性地保持了城邦的同一性或者纯洁性。

小说的叙事者显然是有意要妲己扮演这样的角色，几乎在狐狸精附体之后，就让其充任一个代表恶的角色。她越是蛇蝎心肠，越是恶毒，越是巧舌如簧，我们就越是憎恨她，也因此，我们对纣王的憎恶也由于这个恶毒妇人的存在而有所减轻。我们甚至觉得纣王屈就于这个作恶多端的妖精之下委实有些可怜，因而某种意义上，纣王的罪恶便被轻而易举地算在了妲己的头上。叙事者总是千方百计地为妲己设计了一系列的滔天罪行，造炮烙，治虿盆，造鹿台，为酒池肉林，残杀忠良，等等。不仅如此，叙事者生怕读者因为商周两军的斗法而忽略了妲己的恶毒。第八十九回（全文一共一百回）"纣王敲骨剖孕妇"中，就小说的叙事结构上来说，它对于推动叙事几乎没有什么作用。那么，在小说快要进入尾声之时，生生地插入这么个相对独立的章节有何用意呢？我们认为，叙事者这样做，主要是为了唤起人们对于纣王和妲己的憎恶。但通过阅读，我们又发现叙事者是将祸端直接转嫁于妲己身上，因为是妲己而非纣王引出了祸端，敲骨也好，剖孕妇也好，这些主意都出自妲己之口，所以真正引起读者憎恶的人应该是妲己。纣王即使恶贯满盈，也仍然可以有妲己为他做挡箭牌。但是，不要忘记，妲己的残害忠良，只是暗合了纣王的恋母弑父情结而已；妲己只是说出了纣王无意识中想做的事情，同时又给纣王提供了可资利用的借口。至于妲己的滥杀无辜，则是这只替罪羊在其被不带一丝同情地宰杀之前，不得不被泼上的一盆又一盆的脏水，① 因而是整个宰杀替罪羊仪式中必不可少的组成部分。总之，妲己的这个替罪羊式的角色设定是小说的叙事者苦心经营的一个文本策略；小说最后借姜子牙之手，通过斩杀这只象征恶的替罪羊而平息了众怒，也净化了城邦。

　　总体上，按照逻辑关系，我们可能会做这样的推论，如果不是纣王题淫诗，那么女娲就不会动怒，女娲不动怒天下就会太平；如果妲己不来迷惑纣王，那么纣王就不会滥杀无辜，纣王不滥杀无辜，那么各路诸侯就不会起兵造反；如果不是申公豹煽风点火，那么各路神仙也可乐得逍遥，如果各路神仙不问红尘，那么也就不会被招去了魂魄。不过，就小说的结局而言，似乎也并不像小说开篇那个愤怒的女娲所预示的那般可怖，即使都是那首淫诗惹的祸，然而这祸患却在小说行将结束时发生了一个有趣的转折。我们看到，那些死去的灵魂都得到了补偿性的封赏，他们一个个各归其位，皆大欢喜，即使是那些罪大恶极的残暴之徒也得到了封赐，那个昏庸的纣王不也获得了一个天喜星的名号吗！但是妲己呢？那个帮助女娲完成心愿、帮助天庭重建新秩序的狐狸精呢？她即使是出色的完成了任务，也不仅是一无所获，而且还丢了性命。本来她和那首淫诗毫无瓜葛，她修行千年，如果不是上天的安排，也许还乐得自在。她像一个斗士一样，接受了上级发布给她的命令，在人间做了十数载的奸细，到头来却落得一个千夫所指的骂名。没有人为她正名，也无从表达，更无从昭雪。这似乎又回到了那个古老的命题上来：为什么男人的犯的错，总是要一个女人来背负！

　　需要补充的是，不要把修辞分析理解的太过狭隘，不要把修辞性阅读粗鄙地理解为"字典主义"，修辞分析不是仅仅仿若孔乙己关于茴香豆的"茴"字有几种写法的迂腐之举。它是打破僵化的、保守的批评模式的有效途径。在对《封神演义》的重新阅读中，我们试图对

---

　　① 往替罪羊身上泼脏水是整个仪式上颇为关键的部分，脏水象征着恶或者罪恶，往替罪羊身上泼脏水意味着恶的东西被象征性地转嫁到替罪羊的身上，而最终通过驱逐或者宰杀替罪羊来使罪恶得以放逐。

各种文学批评范式之间的有效对话进行说明，但也并没有挫伤或违背解构批评的基本精神。恰恰相反，这种阅读或分析模式是契合了解构批评的理论诉求的，也即"使文本开放"。

第一，我们并非在一般意义或狭义上运用修辞分析，我们是将修辞当成是一种宽泛意义上的转义研究。就《封神演义》中的"淫诗"，我们进行了分析，我们分析了这首诗成为淫诗的条件，也即分析"淫"的意思从何而来，接着我们就在转义的意义上将这首"淫诗"的字面义进行悬置，而着重分析其引申义，分析这首诗真正想要表现的东西，我们尝试着同弗洛伊德的"恋母情结"理论进行互文，我们认为这种分析是有效的。它的价值就在于开拓了我们解析文本的视野。

第二，在解构批评的批评观里，我们指出，解构批评非常重视文本的异质性，特别注意那些被忽略的细节，注重语言的别异性。另外，解构批评还非常重视细读，而细读的目的则是挖掘文本的潜在可能性。通过细读文本，我们发现了有这么几处非常重要的描述，但是在"通畅式的阅读"中经常会忽略掉，首先是关于这首"淫诗"；其次是关于小说第五回中，我们看到叙事者对纣王有这样的赞叹："纣王乃聪明智慧天子。"很显然这与我们对纣王的评价有很大的出入；最后是在第八十九回（全文一共一百回）"纣王敲骨剖孕妇"里，很显然这一章看上去有鸡肋之嫌，但是通过分析，我们发现了它在引申义上的某种可能。

第三，我们还指出这部小说并非只有一个中心，这是就传统的阅读习惯而言的，一般的读解模式首先就是将小说简约为一个"武王伐纣"的故事，我们认为这种理解当然有其合理性，但是我们尝试着构建出另一个可能的中心，即把这个故事理解为一个"封神的故事"。

总之，通过重新阅读这个似乎已经是被"盖棺定论"了的文本，我们发现文本错综复杂，并不是目前研究所显示的那么单一。文本似乎永远都是个迷宫，需要我们去殚精竭虑地细读、发现、揭开谜底。不同的批评范式有助于对文本做出多角度的阐释，但是无论哪种批评范式也都只是在某个层次上对文本做出了比较合理的解释，这种解释模式的有效性不应该上升到一种排外性的霸权话语，而应该构成一种与其他批评见解的沟通、对话或共释。乔纳森·卡勒指出："研究小说中的妇女状况要求助女权主义批评；着重研究文学作品的心理内涵，精神分析或能澄清迷雾；而马克思主义批评，也能帮助批评家理解强调阶级差异及经济力量于个人经验之影响的作品。每一种理论都说明了一些问题，错误在于它们认定这些问题是唯一问题。"① 优秀的阅读理论或者批评应该是敞开了阅读的多种可能性，而不是限制或阻碍了对文本的阐释。对《封神演义》这部可阐释性极强的开放性文本，进行一种专制性的把握很有些削足适履的意味，而实际上，文本的多义性是不可能被囚禁的。同时，我们也要质疑的是，将《封神演义》归在神魔小说的名下是不是名至实归，也仍然是个需要拿出来讨论的问题。就其思想内涵以及艺术成就等方面，那些已成定论的东西是不是应该在重新阅读、细读文本之后，来进行进一步的商榷？

---

① Jonathan Culler, *On Deconstruction: Theory and Criticism after Structuralism*, Ithaca: Cornell University Press, 1982, pp. 206-207.

结　语

　　如果用一句话来概括解构的基本精神，那就是：让他者说话！

　　解构从来都不是什么"独裁主义"，甚至根本算不上是什么"主义"。而解构批评的最大价值就在于认定文本是异质性的，并尽可能地让那些一再被遮蔽、被忽略的"他者"发言，这种将文本打开的开放性阅读模式将有助于我们多角度地去分析和理解文本、理解他者。通常认为解构批评同修辞分析密切相关，当然，修辞分析的确在德·曼、米勒等批评家那里可以说是得心应手，而米勒直接就将解构批评称为"修辞阅读"，但需要强调的是：首先，在哈特曼和布鲁姆等解构论者那里，实际上并不总是运用米勒意义上的那种修辞分析；其次，修辞分析不是目的，而是手段，解构批评的目的是发现文本的多重意义，探寻文本的多种可能，而修辞分析仅仅是提供了某种分析思路；最后，不能将修辞分析太过狭隘化，不应该拘泥于修辞分析的某一形式，比如分析一个词从古到今都有哪些意思，而这个词与其他词按照这些意思可能组合出多少新的意义，我们可以笼统地说，只要是在字面义和引申义上做文章，只要是重视文本的不确定性、异质性，某种程度上说就都是修辞分析。

　　解构批评自诞生之日起，就争议不断，"学术游戏？危险的武器？20世纪文学研究最重要的发展？解构不仅动摇了文学批评的前提条件（assumptions），而且也动摇了西方思想的基础。解构仍然是最有争议的当代批评理论的重要组成部分之一"①。尽管解构批评引起了如此之多的争议乃至非议，但一个不可否认的事实是它几乎在当代社会、法律、建筑、文化等诸多领域都产生了巨大的影响。同时，对于最近一段时期以来如火如荼的新历史主义、后殖民主义、女性主义等批评理

---

① Christopher Norris, *Deconstrction*: *Theory and Practice*, London and New York: Routledge, 2004, title-page.

论都产生了一定的影响。而就作为文学批评的解构来说，在某种程度上，它也在改变和挑战着人们对文学、批评乃至一切语言、符号的看法。

在解构批评看来，如果存在着一种文学精神，那就应该是一种生生不息的创造力，这种创造力指的是我们得以想象和构造世界的能力。而批评史上最具代表性的骗局可能就是模仿论——假定文学是对现实世界的模仿——所设置的。模仿论无疑是形而上学话语的一种最自然、最具体的表述，模仿论将现实和文学二元对立化，并将前者作为本源性的东西，而将后者作为前者的派生物。解构论者认为，这纯粹是一种人为的建构，并不是必然如此。而从目前的形势来看，文学所面临的危机一定程度上也似乎正是由于模仿论观念的深入人心造成的，因为说起模仿的本事来，文学远不是电视、电影等图像媒体的对手。模仿论取消了文学的特殊性、独立性或者说自律性，通过将文学的世界变成现实的影子而将其连根铲除，使其在新的图像媒体前变得被动而空洞。在解构批评看来，文学和现实当然有联系，但文学主要或首要的不是为了反映现实，毋宁说是同现实保持着一定的距离；它与现实是不妥协的，更有甚者，是对既存现实、秩序、传统的不满、颠覆、质疑和改造，是在以言行事。

虽然解构批评关注和研究的对象并不单纯是文学文本——而是具有文学性或修辞性的文本，但文学所敞开的世界他们从来都没有否认过，文学繁衍、增补、建构了一个个新的世界，并且呼唤读者同它一起创造，一起尽可能地徜徉于语言世界的想象与构造之中。文学不是模仿，即便模仿，它也不是对现实的模仿，而是对之前伟大的文本的模仿。而某种程度上，现实倒似乎是在模仿文学。用布鲁姆的话说："莎士比亚为我们创造了心智和精神，我们只是姗姗来迟的追随者。"① 同时，解构批评也并不是全然无视作家的存在，相反他们对普鲁斯特、马拉美的评价都是非常之高的；而是说，解构论者认为，读者在阅读时不要被捆绑于这些作家的权威之下而被动地相信他们所说的一切，变成他们的傀儡，而是要发挥自己的想象力去尽可能地创造性地理解、挖掘、生成出一些有价值的东西，而这些东西正是我们得

---

① ［美］布鲁姆：《影响的焦虑·再版前言》，徐文博译，江苏教育出版社 2005 年版，第 7 页。

以重新构造世界的资源和起点。

就批评而言，解构论者认为一共有两种类型的文学批评，一种是形而上学式的，另一种是解构式的；在解构论者看来，除了解构批评之外的一切批评都是形而上学式的批评。形而上学式批评主张单义阅读，认为文学作品都是某一观念、某个外部世界的派生物，解构论者认为这种批评模式并不是真正的阅读，因为这种类型的批评家从来都没有真正进入过文本，只是在文本的外围游荡；而解构批评则主张进入文本、参与文本。同时，在解构批评看来，几乎除它之外的所有批评形态——形而上学式的批评——都是"憎恨派"，因为它们总是将所有的作品都变成一个文本，比如弗洛伊德主义总是千篇一律地将文学同力比多联系起来，而女性主义则永远看到的是被幽闭、受损害的女性；相反，解构批评则是将一个作品变成许多个文本。因而可以说，形而上学式批评或者说主题式批评在为文学解读打开了一扇大门的时候，也旋即关上了其他的门，它们毫不费力地使阅读变成了某种批评理论的一个效果，或者说一种功能。社会历史批评、精神分析批评、传记批评、道德批评、女权主义批评等等无不是这样，无疑这些批评理论都是近代批评史上闪耀着耀眼光芒的伟大洞见，但解构批评提醒我们，不要过分迷恋这些东西，就像我们永远不要直视太阳一样。当你的眼睛直视太阳后，你将看不到你周围的任何东西，因为太阳已经灼伤了你的眼睛，使你在自以为看得最清楚、最明白的时候，双目失明。而瞽者无论是在中国的巫术传统中还是在西方的神学传统中，都拥有一种超凡的能力，他们可以感知或"看见"我们普通人所看不见的东西，并且可以预知未来，据说荷马就是一位盲人。因而这些瞽者的"看见"显然是以他们的看不见为条件的。盲视与洞见总是如德·曼所说的那样相互依存，任何一种洞见，同时也是一种盲视或者遮蔽，形而上学式批评无疑是对自由阐释的阻碍。如果说"憎恨派"只提供了一把钥匙，而这把钥匙似乎不仅向读者打开了一扇门，也总是一不留神就把读者也锁了起来。那么，解构批评也提供了一把钥匙，但解构批评认为这是一把万能钥匙，只要你乐意，你就可以在语言的房子中自由穿行。

可以说，解构批评直接修改了文学批评的传统定义，在解构论者看来，传统的文学批评概念——对文学文本进行批评——实在是太狭窄了。他们认为文学批评的对象不应该局限于文学文本，而应该指向任何具有"文学性"的文本，而解构批评所理解的文学性指的是文本的修辞性。在保罗·德·曼看来，任何文本都具有修辞特征，都是在转义的意义上使用语言，都是将语言之前意义某种程度上的置换或取消，但语言之前的意义并非就此消失，它仍然会在语言符号上留下某种踪迹，解构就是对踪迹的追寻。由此看来，一切文本都可以被拿来进行修辞分析，因而文学批评就不再是仅仅针对文学文本的批评，而是变成了对一切具有文学性或修辞性的文本的批评，文学批评变成了对文本的文学批评而不是对文学进行（社会历史、心理分析、政治等等）批评，而后者通常在解构批评看来并不是文学批评。而且解构批评同上述的这些外部批评在关于"文学与外部"之间关系的看法上，发生了一个有趣的倒置，外部研究主张对文学文本进行政治的、心理的、历史的批评，而解构批评认为这些批评固然有其价值，但是解构批评反问道：这和文学研究有什么关系呢？不仅如此，解构论者认为恰好相反，不应该对文学进行政治的、心理的、历史的分析，而是要对政治的、心理的、历史的文本进行文学批评或修辞分析。希利斯·米勒指出："文学研究虽然同历史、社会、自我有着千丝万缕的联系，但这种联系，不应是语言学之外的力量和事实在文学内部的主题反映，而恰恰应是文学研究所能提供的、认证语言本质的最佳良机的方法，正如它能对德·曼所称的'历史的实质性'有所影响一样。"①

的确，在解构批评出现之后，文学批评写作似乎变得越来越艰难了，它使得过去那种只要知道讲述故事的年代（而不是故事讲述的年代）、作者的身世以及故事大纲等就可以对作品指手画脚、说三道四的批评越来越虚弱不堪。这不仅仅是因为新批评以降的细读法要求批评家将文本细读变成批评的前提，而更令人特别是那些急功近利的批评家难以忍受的是，解构论者不仅要求细读批评对象，还要同时阅读其他的相关文本，包括相关的作品以及相关的批评。在许多人看来，解构批评似乎忽视历史语境，其实不然，解构批评只是把语境变成了文本的一部分。这使得那些懒惰而又喜欢夸夸其谈的批评家再也无法避重就轻地躲在文学的外围耍嘴皮子度日，而必须具备一定的阅读能力，必须直面文本：进入并且咬文嚼字，必须是个博学之士。举例而

---

① [美] J. 希利斯·米勒：《重申解构主义》，郭英剑等译，中国社会科学出版社1998年版，第218页。

言，如果你不理解莎士比亚、弥尔顿、华兹华斯等等，你就无法阅读济慈，而如果你无法阅读济慈，就无法阅读丁尼生。在解构批评看来，文学尽管可能和现实社会有着千丝万缕的联系，而且我们也可以通过文学来理解社会、理解人，但是研究文学的前提是把握语言、细读文本、修辞分析。

　　同时，解构论者的野心并不停留在文学领域——当然，我们丝毫不要怀疑他们对文学的忠诚，他们是被文学喂养出来的一代。在解构批评看来，一切文本都具有修辞性，都可以进行修辞分析。特别是在如今消费文化大行其道的文化空间里，人越来越退化成被动的接受者，变成流水线上的最后一环，在这种情形下，人消失了，消费者诞生了。解构论者对这种现象是持批判态度的，德里达指出："每一本书都是旨在造就读者的教育。充斥新闻和出版的大量产品并不造就读者，这些产品以令人着迷的方式设定了一个已经列入节目单的读者。这些产品最终形成的是它们事先已经设定的平庸的接受者。"① 我们注意到，解构论者经常使用的词是"阅读"，而不是"消费"。解构批评强调的"阅读""进入文本"正是提醒我们不要丧失自身的主体意识，要有创造力，要创造性地去读或者去写。同时，解构批评如此注重修辞分析，就是意识到："我们的语法不仅控制了我们组织思想的方式，而且更为严重的是，语法也决定了我们可能会有何种思想。所以，我们用来思考的主词、谓词的这个语法意味着，我们将主体、客体框架强加在了世界之上，而这就促使我们以为，我们的头脑里确实存在着一个超越的、笛卡尔式的'自我'或'我'，这个自我又是与我们的肉体存在相分离的。"② 而这种思维模式最终禁锢了我们的思想和创造力。因此我们有理由认为，解构批评是对后工业时代那种将人变成"终端接收器"的大众文化（mass culture）充满了精英意味的抵制，这种抵制折射出的是解构批评对于人的关注，对于人的创造力的开掘与尊重。

　　在本文行将结束之前，我们打算再次将"信念"这个词提出来。

----

① ［法］德里达：《解构与思想的未来》，夏可君译，吉林人民出版社 2006 年版，第7—8 页。

② ［英］戴维·罗宾逊：《尼采与后现代主义》，程练译，北京大学出版社 2005 年版，第48—49 页。

德里达在许多场合下都强调过"弥赛亚性"（messianicity）的重要性，"弥赛亚性结构是某种普遍的结构。只要你一开始与他者交谈，向未来开放，只要你有等待未来的现世经验，或者等待某人到来，这就是一种开放的经验。某人将到来，现在就要到来。正义与和平都必须与这种他者的到来、这种许诺相关联。我每次张嘴说话，都是在许诺某件事。当我和你说话的时候，我就是在告诉你，我保证要告诉你某件事，要跟你说真话。所以许诺不是众多言说行为中的一种，每一种言说行为本质上都是许诺。这种许诺的普遍性，这种对未来的期待的普遍性，还有这种期待与正义之间的关系，就是我所说的弥赛亚性。"①因而，弥赛亚性实际上指的是在正义、许诺与具体实践、兑现行为之间所形成的张力关系。这种张力关系使得我们的行为、实践要接受他者的监督和评价。在此基础上，德里达指出："信仰无疑是和'弥赛亚性'相呼应的。没有信仰，没有对他人的信仰，任何社会都无法存在。即使我滥用这种信任，即使我说的都是谎话，即使我为了信仰诉诸暴力，即使是在经济层面，也不可能存在没有信仰、没有起码的信仰行动的社会。"②

　　德里达这样说道："我不希望否定任何什么东西，我不能。"③

---

① ［法］德里达：《解构与思想的未来》，夏可君译，吉林人民出版社2006年版，第58页。

② 同上。

③ 同上书，第7页。

附录

解构、文学阅读及其他

——对话 J. 希利斯·米勒

对于中国学者来说，J. 希利斯·米勒这个名字并不陌生，他曾多次来到中国，访问并进行学术交流活动，并且在多种场合下表示过他对中国文化的热爱，就在前不久，他还对我说，非常怀念曾经在上海吃到过的粽子。他也十分愿意同中国学者进行学术上的交流或沟通。实际上，从米勒先生大学二年级时第一次被丁尼生的诗歌所"蛊惑"，他就决定此生要致力于文学奥妙的探索。如今他已经 88 岁高龄了，仍然勤勤恳恳地从事着文学研究。他为人慷慨而谦逊，无论我多么频繁、多么尖锐地向他提出问题，他总是会在尽可能短的时间里不厌其烦地对我进行回复，用语恳切又温暖。当他得知，我希望能够集中地就一些中国学界较为感兴趣或较为棘手的问题与他进行交流并见诸杂志时，他欣然应允。当然，我们的交流是以信件的方式进行的，这一非语音中心主义式的交流方式，对于从事解构研究的学者而言，本身就值得玩味。因为无论我们双方谁在阅读对方信件的时候，另一方总是既缺席又在场，这便为异延（deférance）的运作提供了某种必要的空间。但非常反讽的是，为了便于阅读，笔者还是将问题与回答组织进同一个文本中，这样做的结果便是，增加了在场感，但同时一定会有意想不到的、充满解构意味的东西横亘于文本之中，期待着读者的发现。

问题一：中西对话

笔者：米勒先生，您好，尽管我现在向您提出的这些问题，多年来，我们已经进行过很多次非正式的交流，但是为了便于中国学者更有效、更集中地理解您的思路和观点，还是希望您能简单地就某些问题进行一些回应。

我的第一个问题，与您和最近我国著名学者张江先生的几次通信有关。尽管您一再强调您和德里达、保罗·德·曼在学术上保持着某种一致性，尽管您从来没有正面回答过我：哈罗德·布鲁姆是否属于解构的一分子，但我想您应该会同意布鲁姆的说法，即将主题式批评例如后殖民主义批评、女权主义批评、社会历史批评、结构主义批评等批评理论理解为"憎恨派"（the School of Resentment），因为这些批评理论在阅读展开之前就预设了某种主题。或者您也会认同保罗·德·曼的观点："对阅读、理解或解释——这些关键问题——的系统性回避，是所有文学分析方法的一个共同的症候，无论这些方法是结构的还是主题式的，形式主义的还是指称性的，美国的还是欧洲的，非政治的还是社会承诺的。"① 而您和张江先生的几次通信中，讨论的核心问题是：文本有没有确定的主题。尽管张江先生所说的主题与我上面所说的主题略有区别，但无疑仍属于经典解释学的范畴，即认为文本有着确定的主题，而这个主题往往是作者所赋予的，不然，理解将无法进行。那么，您认为张江先生是一位形而上学批评家吗？如果是的话，显然你们是在不同的理解范式下进行对话，在此意义上，您认为这种对话是否可能？同时，您认为形而上学阅读"真正可怕"的地方在哪里？

米勒：我不愿意使用布鲁姆的术语"憎恨派"，因为这是属于他自己独有的文学理论语汇，我更愿意将之概括为：专注于在每一个文本中，寻找一个单一的、连贯的，一个可被证实的意义以及一个可辨识的"主题"，这是一个试图掌握文本的可以理解的愿望。这种想要控制文学文本的企图，可以被用于教学和写作的。

在你关于德·曼的引用中，我想德·曼想要表达的是，对于一个给定的文本，如何发现文本究竟想要表达什么意思，这就要通过文本"细读"来发现了。他说所有的文学分析方法都在回避这种阅读，我想这是因为它们仅仅是"方法"。根据这些方法，他们预先知道了他们所要发现的意义。因此他们总是对文本中那些不符合他们预期的元素视而不见。德·曼似乎是在劝教人们在进行文学作品（当然也包括其他类型的作品）阅读时，尽可能不要事先预设那些你想要发现的东西，比如一个明确的主题。读者会假定——至少——一个给定的文本

① Paul De Man, *Blindness and Insight*：*Essays in the Rhetoric of Contemporary Criticism*, New York：Oxford University Press, 1983, p. 282.

将由一个可识别的语言如英语、汉语，或者其他语言来书写。读者期待文本应该遵循该语言的语法和句法的规则，但乔伊斯的《芬尼根的守灵人》甚至连这种最起码的期望都拒不履行。

没有预设的阅读是很难做到的，即便事实上并非不可能。你需要付出极大的努力去发现文本的出人意料之处，去找到一些不可预见的东西。这样的例子，可以是比喻语言的特殊使用、文字游戏、双关以及多个"主题"等等。每个文学作品都是独特的，都是与众不同的，即便这些作品都是出于同一个作者。而这种不同也许就是这个给定的作品的最重要的特征。阅读方法应该承认并尊重这种特征，而"修辞性阅读"就是这样一种方法。

我不会说主题阅读是一种"真正的可怕"，这是一个略带夸张的词，也许用"真正的限制"这个词更好。如果不是在一种非常松散的意义上，我也不愿意说主题阅读就一定是"形而上学的"。当进行严格的弗洛伊德或者严格的女权主义阅读时，给定文本的复杂性当然是被遮蔽了，然而，那种阅读常常在发现给定文本的特定主题方面是有效的。

如果你指的是这句"致力于寻找一个单一的主题，并假设一个给定的文学文本将是一个有机统一体"，那么，张江教授是一个"形而上学的批评家"。在这个例子里，"形而上学的"这一表述可能是关于文学的各种假定，比如，在亚里士多德的《诗学》中。张江教授的各种假定或多或少与亚里士多德相似。

正如你所熟知的，雅克·德里达使用术语"形而上学"和"逻各斯中心"来命名自亚里士多德以降，一直到最近的思想家如海德格尔或者拉康等等，在许多领域里，统治思维和写作的整个假定体系。德里达之所以称之为"逻各斯中心"，是因为形而上学思想假定包括文学在内的一切东西都建基于希腊语所说的"逻各斯"之上。而逻各斯这个词意味着，在所有一切之上，存在着一个先验的/固有的存在。逻各斯这个词在希腊语中，同时还有"词""比例""尺寸""理性""地面"（根本支撑的意义上）等意思。基督教是西方三大宗教之一，其他两个分别是犹太教和伊斯兰教。如你所知，基督教是明显逻各斯中心主义的，基督被称作"道"。《新约·约翰福音》开篇就云："太初有道，道与神同在，道就是上帝。""道"在这里就是基督的名字。张江教授所说的主题和统一的文本的确与西方形而上学或者逻各斯中

心主义有着一致性。从他的信里很难看出，他的（思想）来源是西方
的形而上学（通过不同的中介传递方式获得的）还是源自关于中国文
学艺术的传统思想的某些方面。他的这种观念究竟源自何处，这本身
耐人寻味。

实际上，不同基本假设下的人们通常会有建设性的对话。而这正
是发生在我和张江教授身上的事情。这涉及到一个友好与公平的问
题。我们都试图做到谦和而公正，我们极为尊重彼此的工作以及学术
位置。我们之间的对话可能并不一定要达成某种共识，但是，我们的
对话是对我们不同立场的澄清。共识未必就一定是好的，不同的看法
其价值就在于他们之间的分歧，尤其是当这种分歧的原因在对话中可
以尽可能地阐明。我喜欢说，"让一百朵鲜花绽放"。我觉得我对于文
学、文学理论以及好的文学阅读方法的看法是正确的，但我不奢望每
个人都能认同我。我尊重分歧——例如发生在我和张江教授之间的分
歧。实际上，文学作品的多样性是惊人的，即便是在同一文化和历史
时期，例如济慈和华兹华斯，再如，艾略特和狄更斯。一个特定时期
的文学理论家和文化之间也存在着同样的多样性，如美国新批评的肯
尼斯·伯克和克林斯·布鲁克斯。而这种多样性本身就具有巨大的价
值。文学作品是如此复杂，如此迥异，任何一种阅读方法都必然会错
过一些重要的东西。因此我们需要一些不同的方法，包括纯主题式
的。超过五万多部的维多利亚时期的小说都有求爱和婚姻的主题，但
每部小说又是完全不同的，而重要的恰恰是这些区别。文学研究的目
标不只是发展出一个普遍的方法，而是要尽可能地帮助人们成为好的
文学读者，并从这些阅读行为中获得享受或受益。因此，问题在于如
何促成良好的阅读，而不是理论本身。

问题二：公开的信

笔者：通常，私人信件是非常私密的，似乎仅仅是两个主体间的
交流，例如您和张江先生之间的通信。但如果信是被发表出来的，潜
在的对象就从通信的双方变成许多匿名的、不在场的读者，于是，对
于信件的理解就变得不可控制了，信件在不同的阅读中，就幽灵般地
变成多个异质性的文本。那么，您作为信件的主体，能否接受读者对
您的信件进行解构性阅读，并且阅读结果或许是您根本没有预料
到的？

米勒：信件一旦公开，由于各种原因误读在所难免，这一点我同意，即使我已经尽了我最大的努力尽可能清楚地回答了张江教授的信。自从我知道这些信极有可能公开出版，我就知道一些读者一定会有所误解，这或许是他们对于我讨论的问题，由于他们的预设所导致的。显然，许多中国学者对解构的误解，是建立在脱离语境的基础上的。实际上，我是在反讽以及故意使用错句子的前提下使用"拆开爸爸的手表"来比照解构的。这个句子的语境表明，我描述的其实是一个被误解了的解构。"解构"一词已进入美国的日常语言中，它常常被以各种方式来使用，但这与德里达所说的那个解构几无关联，例如有一个拆迁公司给自己起的名字就叫"解构"。或如一个装修设计师所说，"首先我们要解构房子"，其意思是"撕成碎片"。所以如果解构被用来指称，那种注重语言复杂性的文学作品分析方法的时候，最好的办法是用"修辞性阅读"来代替"解构"这一术语。

问题三：解构与解构主义

笔者：我想您在致张江先生的信中，一定不会使用解构主义这个词，我猜测您的信里使用的应该是解构（deconstruction）而不是（deconstructionism）。但在中文里，不仅是这些信里，很多情况下，您都被称之为解构主义者，据我所知，西方学者很少使用"解构主义"一词，那您认为这个词代表着什么？您是否同意用这个词来指称自己？解构和解构主义之间存在着一种什么样的关系？

米勒：据我所知，在英语中，解构主义者（Deconstructionismist）并不是一个词。在英语中，这看起来很奇怪。我不认为应该使用解构主义者这个词，至少在英语写作中。它听上去像是一个宗教徒或邪教徒的名字。"解构主义"在英语中偶尔会以误导性的方式出现。这的确是种误导，因为解构根本就不是什么主义。在惯常的英语使用中，加上后缀（ism）一般指的是一种一致的信念，正如"儒教"。解构是关于文学作品的灵活而多变的阅读、教学、写作的方式，强调的是语言的复杂性，不是什么主义。既然这个词是如此广泛地被误解和误用，我想还是使用"修辞性阅读"来代替好了。

问题四：解构的运作

笔者：在我看来，如果说存在着一种解构精神，那就是让他者说话。解构应该是对被遮蔽、被压抑的他者的召唤、应答以及解救。如果您同意我的看法，是不是可以说，解构本身就包含着一种政治立场？

米勒：我倒不完全这么看，但我同意在文学解释中，所谓"解构"的目标就是发现文学文本的复杂性，而这正是被其他阅读方法所忽视的。这些复杂性显现于给定的文本的语词上。尽管它们是被一些阅读方法所掩盖或抑制的那一部分，但它们并不是文本的他者，而是主题阅读意义上的他者。在此意义上，解构有一种政治立场，它假定通常阅读方法的使用，有可能遗漏掉给定文本中或隐或现的政治意义。而所谓的"解构"，或者正如我更喜欢称谓的"修辞阅读"，可以将其揭示出来。

谚语有云："布丁好坏，尝尝便知。"接下来，我想说说我在读华莱士·史蒂文斯的一首诗《隐喻的动机》时，发生了什么。

此刻，我也不知道我对史蒂文斯《隐喻的动机》的探索将会把我带向何方。如果我已经知道这首诗指向何方，也就不值得再费尽周折前往那里了。有关他自己作诗的经历，史蒂文斯曾在《遗作集》中写过这样一段话："我想做的是在写下我想做的事之前不知道我想做的事，虽然我在写下我想做的事之前已经知道。"[1] 在这里，我将通过讲述史蒂文斯的诗，以他自己那种谦逊的方式来说说他的这段话。

我想做的是，去说明，当我试图对史蒂文斯的《隐喻的动机》进行妥协的时候，我的想法、我的感觉、我的身体发生了什么变化。我敢说这要比你所设想的奇特得多，这并不是可以概括为"诗歌的逻辑意义上的东西"。《隐喻的动机》是史蒂文斯《前往夏天》（*Transport to Summer*）（1947 年）的第二首诗歌。

隐喻的动机

你喜欢在秋天的树下，
因为一切都半死不活。
风在树叶间如瘸子般步履蹒跚，

---

① Wallace Stevens, *Opus Posthumous*, ed., Samuel French Morse, New York: Knopf, 1957, pp. 219-220.

重复着毫无意义的话。

同样地，你在春天是欢快的，
占据着季度一半的色彩，
氤氲的天空，融化着的云，
形单影只的鸟儿，朦胧的月——

朦胧的月儿映照着一个晦暗的世界，
一切都永无应有的表达，
那儿，你也不再完全是你自己，
不想也不必，

你渴望着转变的愉悦：
隐喻的动机，逃离
正午的重压
存在的 ABC

暴躁的脾气，锤子啊
红蓝相映，强音——
钢铁回应着暗示——强烈的闪光，
那至关重要的，傲慢的，致命的，举足轻重的 X。

　　如何确定这是一首诗？可以是诸种原因。例如，这首诗出现在华莱士·史蒂文斯题为《诗歌集》的这本书里。从页面上看，这首诗符合西方对于诗歌的通常惯例，特别是"现代"诗歌。被打印的每行首字母都是大写的，每一行右边都留有空白，这五个四行被空行所分割。虽然没有押韵，但被打印的每行或多或少（不总是）交替着五音韵和四音韵的诗句。大多数西方文学学者都认为这是一首诗，并且因其缺乏韵律而被认定为现代主义诗歌。显然，说它不是一首诗似乎有悖常理。我强调这一点，是因为一旦假定它是一首诗，那么就会对文本的形式和意义带来各种常规的期待以及与文本理解相关联的文体解释学操作模式。

　　为什么要选择这首诗？我这么做似乎有些随意，但主要是因为，像史蒂文斯的其他三首诗一样，这首诗不仅是明显有关隐喻的，而且题目本身就有"隐喻"的字样。许多甚至大多数人都会同意，隐喻以及其他与比喻相关的东西是诗歌创作的必要方式。毕竟，亚里士多德在《诗学》中就睿智地指出：迄今最伟大的事情就是隐喻的使用，隐喻是不能向他人传授的，它是天才的标志，因为要创造好的隐喻意味着对相似性具有敏锐的眼力。①

而且隐喻的力量是史蒂文斯散文作品的一大主题，集中体现在《必要的天使》以及《遗作集》。这些作品充满了关于隐喻的令人兴奋的构想。一个例子是，他在《箴言录》（关于诗歌的精彩语录的集子）中的其中一篇格言箴语里指出：隐喻创作了一个新的现实，似乎原物倒有些虚幻了。②

如果我试图解释史蒂文斯在其散文作品中所有关于隐喻的断言，甚至仅仅是他在隐喻的动机里面所要表达的东西——我可永远都不会那么做。史蒂文斯所说的是那么微妙，那么丰富，那么矛盾。我或许永远不能转向《隐喻的动机》，所以我把所有这一切放在一边，接下来看看亚里士多德、本雅明、德·曼是怎么说的。

那么，当我（你）读到《隐喻的动机》时，思想、感觉、身体会有什么反应呢？我承认完全没有理论预设地去读是不可能的，正如我不可能没有任何隐含意识地去读一样，这些隐含意识包括：我记得（相当多）关于史蒂文斯的生活和作品，以及关于他作品的评论，以及我之前写过的关于他诗歌的评论。在美国新批评看来，无知是理解一首诗歌的最佳起点。布鲁克林斯·克斯和罗伯特·潘·沃伦在《理解诗歌》里很好地说明了这一点，但我不可能是偶然在秋天的落叶里遇到了这首诗的副本啊。

为了说清楚此刻摆在我面前的这些词汇卡，容我说说我最近的一些想法。继瓦尔特·本雅明之后，保罗·德·曼在"解释学""诗学"和"文体学"之间进行了区分。"修辞性阅读""文体学""诗学"（德·曼使用的三个术语）专注于任何话语的比喻性维度如何干

---

① Aristotle, *The Poetics*, trans. W. Hamilton Fyfe, Loeb bilingual ed. Cambridge, Mass: Harvard University Press, 1991, p. 1459.

② Wallace Stevens, *Opus Posthumous*, ed., Samuel French Morse, New York: Knopf, 1957, p. 169.

扰其明确的逻辑义的陈述。这正是史蒂文斯《隐喻的动机》吸引我的原因所在。这似乎与此问题有关，在史蒂文斯之后，本雅明和德·曼声称"诗学"（意义表达的方式）干扰着"解释学"（被表达的意义）。

在《结论：瓦尔特·本雅明的〈译者的任务〉》这篇有着绝妙反讽意味的文章里，德·曼谈到了这种干扰：

> 在你运用解释学的时候，你关心的是作品的意义；当你运用诗学的时候，你关心的是文体学或者作品意义呈现方式的描述。问题在于两者是否是互补的，是否你能同时运用解释学和诗学来揭示整个作品？经验表明，这是不可能的。当人们试图去实现这种互补时，往往进行的总是解释学而非诗学。人们被有关意义的问题所吸引，即解释学和诗学永远不可能琴瑟和鸣。一旦你在一开始被卷进意义的问题里，就忘记了诗学。非常遗憾，我倾向于认为，两者是互不兼容的，并且在某种程度上是互相排斥的。这正是本雅明所说的问题的一部分：一个纯粹的语言学问题。①

人称代词（某人、你、我）的转换，例如，在这篇文章里，意味着，我无可避免地要重复德·曼所命名的反叛以及承认那可怜的反讽在持续地运作。正如当我多少有些不由自主地尝试着，以牺牲诗学为代价，通过解释学模式来确定这首诗里史蒂文斯所要讲述的东西；即使我说我仅仅想去传达我的想法和想象在我读这首诗的时候发生了什么变化，后者也仍有不同于"解释学"的东西。那么，追问史蒂文斯真正说了些什么，则意味着他所说的可以被明确地辨认并转述出来，并且这种明确性是不会被史蒂文斯的讲述方式所干扰的。

理论是对阅读的抵制，诚如德·曼在他那篇极为晦涩的名为《抵制理论》的论文里所说的那样，尽管在他那么多的话里面他想说的并不多。理论显然是对阅读的抵制，因为理论自称清晰地预见了阅读的结果（对于字面上的隐喻这种反常行为，进行去神秘化），然而阅读本身是不可预测的。你永远不能预先知道你将会在一个给定的文本中

---

① Paul De Man, "Conclusions: Walter Benjamin's 'The Task of the Translator'", *The Resistance to Theory*, Minneapolis: University of Minnesota Press, 1986, pp. 86−88.

发现什么。因而，每一次真正的阅读都是奇特的，不能化约为知道将要发现的那些东西的一套模式的应用。因此，我认为文体学和解释学之间的区别就在于提出问题而不是编好答案。

当你阅读《隐喻的动机》时，你可能首先会注意到：题目告诉你，这首诗的主题从解释学的层面上讲是识别隐喻的动机。这首诗是关于：什么促使诗人或其他人为了避免思考"存在的 ABC"（无论那是什么）而使用隐喻遁词的问题。可能你也会注意到，"动机"（motive）和"隐喻"（metaphor）押了头韵，这暗示着语词之间某些隐晦的联系，也许隐喻是通往事实的一种方式，"动机"也可以意指"主题"（motif），尤其是如果它或者相似的隐喻重复出现在文本中。

之后我注意到"你"是这首诗的第一个词，史蒂文斯没有说："我喜欢在秋天的树下"。他说的是，"你喜欢在秋天的树下"。"你"同时以两种方式在运作。诗人显然是针对自己，反思自我，将自己变成两个人：一个是被表达的、喜欢在秋天的树下，一个是在表达喜欢什么的人。同时，诗人也将读者视为"你"，并邀请我、他、她，将他自己或她自己变成某个喜欢在秋天树下的"你"。

我怀疑，当你开始阅读《隐喻的动机》时，你是否会停留在标题上，担心起"你"来。至少当我第一次读完这首诗时，脑海中接连产生了三个假想的场景。第一个是秋天的景象，第二个是春天的景象，第三个则是一个奇怪的景象：一把锤子正锻打着来自熔炉的金属，灼热光亮，火花四溅。这三个虚构的场景由页面上那自然而然且魅力非凡的文字描绘出来。我可能知道，在《隐喻的动机里》里，秋天和春天的景象是在辅助传达一种理论的概念，即史蒂文斯所说的"隐喻的动机"到底是什么？但这并没有阻碍我。顺便提一下，史蒂文斯所发现的隐喻的动机，迥异于亚里士多德对于有眼力发现相似性的天才诗人的赞美。对于亚里士多德而言，诗人通过隐喻使读者能够更逼真地看到某些东西。对于史蒂文斯来说，隐喻却能够帮助诗人隐去将要看到的东西。当我阅读《隐喻的动机》时，我脑海里不由自主浮现出的场景，是任何对"你"可能是什么的概念性使用所做不到的。毫无疑问，不同的读者会想到不同的场景，即便是同一位读者也不会每次看到同样的场景。

我已说过，我的心理以及感觉上的内部场景是"想象的"。我的意思是，当你读到这首诗的时候，你认为华莱士·史蒂文斯自己正漫步于康涅狄格州哈特福德附近的一个秋天的树林里，或者漫步在春天的月光下（尽管诗里面并没有提到这些）。这与我读小说时，脑海里浮现出的大量生动的人物及人物周围的环境，大抵相似。小说语言创造了一个纯粹的虚构世界。对于每一位读者，这些都是不同的，而且这些都是基于相对有限的言词证据。例如，在安东尼·特罗洛普的《弗莱姆利教区》中，我对罗伯茨·露西与贵族爵爷人物形象进行了一番生动的想象。如果我能看到她（通过与我想象中的她相匹配的照片），我就知道是露西。但是无论如何，特罗洛普的语言和我对露西的想象或者与我对她的钦慕和敬佩，并非同样明确。她只存在于想象的世界中，这个世界只有我在阅读小说中的文字时才被创造出来。我创造了我的心理意象、我的感觉，创造了漫步于史蒂文斯的秋天和春天的景象中我潜意识里的肌肉运动，同时当我读到这些虚构场景时，我感受到了连续敲击东西的手臂。这些都来自我对新英格兰秋天和春天的了解，以及在我孩提时代，参观我的祖父克里泽尔的位于弗吉尼亚州的农场锻造间火花飞溅的记忆。不要告诉我这种联系是无关紧要的，我的思想、我的感觉，以及我的交感神经肌肉反应是如此强烈，以致于不能被常识性的建议所否定。"油然而生"是这里的关键词，不要责怪我，这是没有办法的事情。

如果你对于页面上的语词看起来有些吃力，那么，一些大问题就已经开始冒出来了。那三幅景象的状态是什么样的？他们是其自身的目的吗，也就是说，他们真的是与诗歌"真正有关"的东西吗？这首诗主要是想勾起读者（"你"）对于那些不同版本景象的想象吗？这些言语只是对这首诗歌的补充说明吗？或者在某种程度上，这些景象是其他一些东西的隐喻性表达？也许是隐喻转换的一个例子？也许他们是在以言行事，正如言语行为，正如抵制着"正午的重压"的施为性话语。毕竟这首诗是史蒂文斯称作《前往夏天》那本书的第二首，"运送"或多或少是对希腊语单词"metaphor"的字面翻译，有"传送"之意。这首诗是否如同《前往夏天》里的诗歌一样欲将读者施为性地从春天带往夏天？

正如任何一位熟悉史蒂文斯的读者所知，史蒂文斯对于季节的命名都潜藏着复杂的"象征"或比喻意义。于他而言，秋天和春天表征着转换或流动的时间，而冬天和夏天则是静止状态的时间。正如在他最著名、常被收录的名篇之一《雪人》所写的那样，史蒂文斯笔下的冬天代表着看似永无止息的寒冷季节。亦如精妙的《科利登的夏天》里，夏天于他是温暖正午的一种姿态。《隐喻的动机》体现了秋天、春天和夏天在诗歌里的比喻代称。秋天和春天，是分别去往冬天和夏天的过渡季节，体现着"转变的愉悦"。通过语言来享受这些转变正是隐喻的动机。出现在我脑海、感觉和身体里的三个虚构景象，是如此自然生动，这绝不是诗歌字面义上"关于"什么的那些东西。相反，他们是关于隐喻有哪些作用的比喻示例。

在这一点上，我（你）开始注意到，无论是亚里士多德的隐喻概念（发现相似性的眼力），还是本雅明或德·曼在解释学与文体学上明确的理论区分，都没有多大用处。他们都是在人们开始阅读《隐喻的动机》时被抛出来的理论模式。

亚里士多德说，要创造好的隐喻就是要能看出相似点。显然，他认为喻体或者比喻手法能帮助我们更好地去领会隐喻的要旨。他举了一个例子："船儿在乘风破浪"（The ship plows the waves）。一艘船像一把犁，一把犁像一艘船。这并非毫无意义，亚里士多德关于隐喻的例子是交通工具，是一艘船。这个例子要求我们回到隐喻自身，当你说"船儿犁过波浪"时，你心灵的眼睛似乎更为清晰地看到了船。

然而，这却不适用于《隐喻的动机》。我们来看看史蒂文斯那铺张而怪诞的比喻吧。"风在树叶间如瘸子般步履蹒跚"。我完全可以通过心灵之眼看到一位蹒跚于秋天落叶里的瘸子。但如果说这与秋风"蹒跚……在落叶里"相类似，就太夸张了。这是将一个如此令人吃惊的伪装视为相似。我做这样的比较，是基于史蒂文斯在其诗句里的表述：他喜欢在秋天的树下，因为一切都是半死不活的。你可以说一个瘸子半死不活，但无论如何，"像一个瘸子"并不像亚里士多德那种基于相似性的颇为传统的隐喻，例如，"船儿犁过波浪"。史蒂文斯的隐喻"像一个瘸子"，是一种人格化或拟人，而亚里士多德的则不是。亚里士多德的犁暗中包含着农夫，史蒂文斯则明确地象征着光，也许是间歇性的秋风"像一个瘸子"挣扎着穿过落叶。

此外，当我试图将有别于亚里士多德隐喻概念的、本雅明式或德·曼式的模式——将隐喻看作一种修辞工具——运用于《隐喻的动机》，却并不真正有效。我发现就这首诗而言，我无法轻易地将解释学从诗学中剥离出来。如此强烈地映入我心灵之眼的这些景象是解释学的意义还是文体学的手段？我认为任何单方面的判断都是武断的、毫无根据的。"像个瘸子"是对风在秋天的树林里吹过的字面义的比喻吗？难道不也是我脑海中那番景象的比喻吗？因此，"像个瘸子"不就是比喻的比喻（毋宁说明喻）吗？史蒂文斯在《箴言录》的一篇格言箴语里指出："不存在隐喻的隐喻……当我说，人是上帝，如果我又说，上帝是另一种事物，这就非常容易理解为上帝已经变成某种现实。"① 前一个隐喻变成了第二个隐喻的字面义。史蒂文斯选择的这个例子是令人惊讶的，但绝不是无知的。这意味着，隐喻一直就扎根于神学体系之中。

同时，发生在我身上和发生在德·曼身上的事情是相反的。他试图进行文体学的解释，却终结于解释学。我试图运用解释学，即直截了当地说明《隐喻的动机》的意思，但我几乎立刻被文体学所搅扰。例如，我会试图去构建"像个瘸子"的语言状态，或者当我读这首诗时在我想象中的三幅景象的语言状态。

如你所看到的，当我试图去使用这两种理论模式时（一个来自亚里士多德，一个来自于德·曼），得到的只是越来越多的混乱。我最好抛弃他们及史蒂文斯有关隐喻的言说，在没有他们的帮助下尽我所能，回到阅读《隐喻的动机》自身上来。

让我再回头看看《隐喻的动机》，试图理解其究竟说了什么。我所要做的第一处记录是这首诗的语法构架。不是对它的描述或陈述（例如，"在秋天，一切都是半死不活的。风在树叶间如瘸子般步履蹒跚。"），而是一系列的主观断言且每句断言之后附有我曾提到过的每一个景象。每个景象都由一个联系着"你的"感觉，你的内心情感的词开启："喜欢""欢快""渴望"。"你喜欢在秋天的树下"，"同样地，你在春天是欢快的"，"你渴望着转变的愉悦"。这些诗句解释着隐喻的动机。动机就是喜欢、欢快或渴望这些感觉带来的愉悦。

正如这首诗说的，隐喻的动机是对于"正午的重压"的逃离。秋天和春天扮演着逃离的角色，你因此喜欢他们，或者他们使你愉悦。正如诗歌所表达的，他们的位置非此非彼，但两者同时处于转变或过渡的位置。"你"喜欢秋天，因为"一切都是半死不活的"，既不是完全生，也不是完全死。"你"在春天里是欢愉的，因为春天"占据

---

① Wallace Stevens, *Opus Posthumous*, ed., Samuel French Morse, New York：Knopf, 1957，p. 179.

着季度一半的色彩"。这些东西既不完全是一种色彩，也不是另一种色彩，并且不是一个完全成熟的东西，其减少的部分为："一半的色彩""季度里的东西"。

对于这些并不是十分明确的东西，原文通过生动描述春天的一个夜晚，来表达这种令人振奋的逃离。这些东西均处于昏暗的地方且持续不断地发生着令人愉悦的转变。这些持续的变化由现代分词（融化着、映照着）来表达："氤氲的天空，融化着的云/形单影只的鸟儿，朦胧的月——/朦胧的月儿映照着一个晦暗的世界。"

我犯的一个大错误，就在于某种程度上直接跳跃到了三幅景象中那些生动虚构的意象，即这首诗是关于什么的。这个错误表明，这些段落都被语言指称所终结。树叶间步履蹒跚的风儿像个瘸子，"重复着毫无意义的话"，"你"所喜欢的某物有一个确定的意义，因为虽然这些声音是些絮语，是些没有令人不快的确切絮语。什么时候这些言语不是言语呢？那就是当他们是没有意义的言语的时候，是在持续的叹息声中一遍又一遍地喃喃自语的时候。"毫无意义的话"这个短语唤起了瓦尔特·本雅明的存在于所有语言之间、之下、之上或之外的有着声音的形式或无意义的符号的"纯语言"。本雅明写道，"在这种纯语言中"，并不意味着或表达着什么，但是，正如没有表达力的、新创造的词一样，这意味着，在所有的语言中——所有的信息、所有的感觉以及所有的意图都将注定消失。① 这个朦胧月光映照下的晦暗世界是一个"世界/万物永远都不会得到确切表达的世界"，也就是说，既不是表达也不是不表达。这个晦暗的世界（在此意义上，文本是晦涩的，难以阅读的，正如《隐喻的动机》）意味着，当你进入它以后，你会逃离那个确定的自我。在这幅景象中，"那儿，你自己不再完全是你自己/不想，也不必。"

请注意，这些关于秋天和春天语言的解释不是解释学意义上的，而是文体学或诗学意义上的修辞展示。例如，秋天的风，在现实中根本不重复任何言语，甚至毫无意义的词。这样说只是通过一种诗学的隐喻方式打个比方。《隐喻的动机》是一套由此及彼的隐喻组织，不存在解释学式的可识别的字面义，除非说整首诗解释的就是隐喻的动

---

① Walter Benjamin, *Die Aufgabe des Übersetzers*, Illuminationen: Ausgewählte Schriften, 1969, p. 67.

机是什么。结果证明，确实只有隐喻可以达到解释的效果。

没有字面义指涉的隐喻组织是一系列的词语误用，也就是说，是一些没有名称事物的替换惯用语，例如，"椅子的腿"或者"山的脸"。词语误用既不是字面义的也不是比喻的。之所以说不是字面义，是因为支撑椅子的是木材而不是真正的一条腿。说其不是比喻义是因为单词"腿"并不是对字面单词的代替。你所说的"椅子的腿"是一种名称。亚里士多德在他关于比喻性语言的睿智的见解中，已经呼吁关注这种奇怪的惯用语，呼吁关注这种提问方式——在字面语言和比喻语言之间的纯粹的区分。单词"词语误用"在希腊语中有"被迫或胡乱的转移""反对使用"的意思。许多词语误用实际上是拟人，如"腿""脸"或者如在我列举的"如瘸子般步履蹒跚"。史蒂文斯称，隐喻的所指构成了诗，诗歌的最后一个单词是"X"，"X"在数学符号中指的是未知数，也指的是通过解方程来确定的那个无法列出的数。我认为史蒂文斯的方程是无法解开的。"X"除了被理解为"强烈的闪光"（短暂的一瞥之外）外，仍然是未知的。

总之，让我最后尝试着对《隐喻的动机》最后两节进行说明。这几行是目前最晦涩、最难理解的。我斗胆去阅读它们。这几行的语法在整个诗歌的上下文中还是足够清楚的。这首诗说，"你"喜欢秋天和春天，因为你渴望在这些季节，在外部世界以及你的主观感受，包括自我本身方面出现的"转变的愉悦"。你渴望这些持续的变化，因为你正不断地逃离"正午的重压/存在的 ABC"。隐喻促成了逃离，这就是创造它们的动机。这不是亚里士多德视相似性为隐喻的动机。亚里士多德认为，如果你说"船儿犁过波浪"，那么你看到的船就更为清晰。

当你试图去向你自己或别人解释这两件事情时，阅读最后两小节的困难便出现了：（1）各种短语的确切含义，（2）这些给定的、用逗号束缚在一起的、在语法关系上称为"并置"的短语和单词的确切关系。例如，"正午的重压/存在的 ABC/暴躁的脾气，锤子啊/红蓝相映，强音——/钢铁回应着暗示——强烈的闪光/那至关重要的、傲慢的、致命的、举足轻重的 X"。这个序列真的很奇怪。这可没法通过我正确的却又有些绝望地企图按照熔炉上锻打锤砧的图景去阅读就能够解释的了的。读者会注意到，这里有两组同位语，第一个同位语与内置于其中的第二个同位语构成了一系列的形容词来修饰"X"。

　　同位语列表的问题在于，如果不是不可能的话，在表达相同的事情时，很难决定每一项是不是只是方式不同，是否是在这样或者那样的程度上变化发展、离题，也就是说，每个同位语都会表达出一些不同的意思。只有通过观察每个的语义含义，我们才有希望获得答案。

　　我们可以猜到"正午的重压"指的是什么，史蒂文斯笔下的春天景象，没有出现在漆黑的午夜，也没有出现在日光灼人的正午，而是出现在两者之间，出现在融化的云、"朦胧的月"下，这绝非偶然。仲夏是"正午"，也即一个时刻，所有的事情，内部与外部，都在这一刻全部冻结凝结。我从《科利登的夏天》（没有借助一个单一的隐喻来逃离）中引用有关日光的上下文的句子证实了我读到的这些。在正午一切都呈现出它的本来面目。在诗中史蒂文斯使用的"你"（尽管不是在《科利登的夏天》中）发现确定性是一个不堪忍受的重压。为了逃避它，他愿意做任何事情。他相信隐喻将会在"转变的愉悦"中带他逃离。

　　那么，什么是"存在的ＡＢＣ"？是同位语系列中的下一个意象，还是说仅仅是"正午的重压"的另一种表达？是，但不完全是。"存在"在史蒂文斯那里是一个负载词。这可以轻易地从他的作品中的诸多引用得到证实。大致说来，"存在"在史蒂文斯的作品中有亚里士多德学派和马丁·海德格尔的暗示。这意味着事物不仅是"如其所是""没有借助一个单一的隐喻而逃离"，而且也存在于看不见的地面或岩石之下。"地面"是对某些事物的替代（substance），不仅是对其本然、存在意义上，而且也是词源学的意义上，立于他们之下并支撑他们的东西——他们的"替代/之下——站立（sub-stance）"。

　　这似乎解释了"存在"，可为什么是"ＡＢＣ"呢？"Ｂ"正好对应"being"，因而这句话有一个内部的押韵，但那又如何？ＡＢＣ当然是英语中常见的基本字母。它常被用来比喻性地形容你对于既定的话题所储备的基础知识："我知道关于某事的ＡＢＣ。"有所不同的是，在海德格尔、史蒂文斯那里，"存在"，一定是和语言缠绕在一起，如诗歌所言："毫无意义的话""一切都永无应有的表达"。正午是这样一个时刻，当存在被缩减为绝对的字面语的时候，不可能借助隐喻去逃离。当存在被减少至绝对的惯用语，正午是一个不可能逃避的一个隐喻的时间。史蒂文斯放置在字母表的前几个字母之间的空格，邀请读者去思考一个限定而详尽的同位语系列，一直到Ｚ。"存在是 A，是 B，是 C……是 Z。"只有当诗人能够引入可以支撑的隐喻，他才可以逃避"正午的重压"，即使是通过隐喻性地使用"存在的 A B C"来逃离。汤姆·科恩在最近给我的邮件中，非常巧妙地提出，在存在的隐喻与至关重要的 X 之间有一种可能的联系。科恩指出："沉思：'存在的 A B C'通过前者的连续性和必然性预先阻止了后者，使得 X 想去摆脱后者（X 标示了场所），但其本身是一个字母，一个 Chi。"科恩在此认为隐喻不可避免的"连续性"阻止其抵达"存在"本身，它只是些隐喻。字母表中的字母是按顺序发出的，正如我们在小学被教导的那样，最终到了 X。这是一个字母，但是不同于传统意义上的用词不当的其他字母，不是一个隐喻，而是存在本身。正如科恩所说，"X 标示了场所"。此外，正如在维基百科输入"Chi"后，兼有多重意思，"Chi（字母），希腊字母（大写 X，小写字母 X）"，以及中国文化中表示能量的"气"（Ch'i or qi）。尽管史蒂文斯可能知道，也可能不知道汉语的"气"，他的 X 在用词不当的意义上，将"存在"视为出现在所有事物中的一个普遍的能量，例如，落叶中的秋风，该能量是支配外部一切的主人。科恩也在随后的邮件中说，"X"是一个空白的物质性的铭文，正如科恩引用的，在德·曼的意义上使用的那个句子："铭文侵扰着比喻，犹如狐狸驱散了鸡群。"

从解释学的角度来看，最后一节是全篇中最难解释的。我认为这一系列的意象都出自某个人在锻造间用一把锤子锻打一块发光的金属。这些意象不是在存在的意义上，对同一对象使用不同单词所构成的同位关系；而是一种递进关系。你用一把锤子去击打一块金属，是为了要"锻造"它，也就是说，通过改变之前的分子排列方式让其变得坚硬。你通过添加碳以及其他原料，使铁变成钢。这在某种程度上解释了"暴躁的"（也即火热）"脾气"。"脾气"的含混使用作为一种"主观的精神状态"，如同"感觉"一样，也是存在的。

锤子是"红蓝相间的"，不仅仅是因为击打一块煅烧了的金属而发出的炽热，也是因为单词"红"与"蓝"是史蒂文斯的私人色彩符码。"红色"代表现实，代表着现实的本来面目。"蓝色"是史蒂文斯对想象的命名。于他，想象将一些东西转变为其他东西，正如不确定的"存在的 X"。这种转变的产生主要借助于形象的扩展意义上的隐喻，我们看到的是，正午的重压，作为一系列潜在的从 A 到 Z 的

无穷的其他东西。你看到秋天落叶中的凤儿像个瘸子。一个典型的
"逃离"是，史蒂文斯并不说"钢铁"对抗金属，而是"钢铁对抗暗
示"。我认为，"暗示"是发光的金属被一把钢铁的锤子击打时的命
名。金属被"锻造"（诗的语言主题唤起的词语）充分暗示了它会成
为其他的分子形式。红色和蓝色是史蒂文斯诗歌中摇摆不定的两极，
这种摇摆带来了转变的愉悦。钢铁对暗示的撞击带来了"强烈的闪
光"，就像铁匠的锤子击打那来自熔炉里发光的金属时，飞溅的火花。

　　能够发出"强烈的闪光"的是之后与被称作"至关重要的，傲慢
的，致命的，举足轻重的 X"。闪光是存在的短暂一瞥，是由想象与
现实对"暗示"的击打所产生。同位语中一系列的人格化的或错用的
词语（"至关重要的，傲慢的，致命的，举足轻重的"）修饰没有合
适名字的东西，修饰的只是一个无名的、不知所谓的"X"，即"存
在"。嘈杂的"X"倒像是发光的锤子击打发光的金属时，"强烈的闪
光"发出的短暂爆炸。"钢铁"是史蒂文斯对锤子的命名，正在被煅
烧的发光的金属可以被看作一种"暗示"，因为这"暗示"它可能成
为其他一些东西："钢铁对暗示的抵抗"。

　　这首诗似乎结束于一个关于隐喻胜利的例子：正午的重压。然
而，结局却并不那么简单，隐喻使用更为形象的名字对某物进行了替
代，使其有一个合适的名字，正如我们所说的"船儿犁过波浪"。用
词不当承认对于其所指向的对象，无力转换出或给出足够的语言。此
外，通过一系列人格化的描述，史蒂文斯显然赋予了存在的 X 以至高
无上的权力。这些被称作存在的 X，毫无疑问，是至关重要的、傲慢
的、致命的、举足轻重的人。人格化更恰当地可称之为"拟人"，该
单词在词源学上，有"给一些无可名状的东西一个命名、一张脸、一
个声音"之意。诗歌的结尾处，"你"引人注目地屈服于某些不可抗
拒的力量：一个不能被逃避的隐喻所触及的"X"。它比"你"更大，
大得多。因而，X 是在一个夸张的隐喻，或者更准确地说，是在拟人
的意义上被使用。

　　因此，《隐喻的动机》终究不是一首关于隐喻大获全胜的诗，而
是一首关于逃避正午隐喻而失败的诗，即使我们仅仅是在"用词不
当"的特殊意义上这么说。

问题五：解构与政治

　　笔者：在提这个问题之前，我首先要感谢您对我的信任和爱顾。

几个月前，我读了您发给我的当时还尚未发表的长篇论文《陷入网络空间时阅读保罗·德·曼：人类世的黄昏》，您关注的都是当代问题，例如气候、失业、金融、政治、战争、新媒体等等。并且通过修辞性阅读揭穿了美国当局在许多方面的敷衍了事以及不作为。因此，对于那些说解构不关注现实，罔顾现实世界的男男女女的说法，您有什么要说的吗？

米勒：那篇文章主要是从德·曼的著作中选取一些段落进行阅读，不过我觉得你提到的那些"政治"问题是非常紧迫的，在这个岌岌可危的时代，对于这些问题进行修辞性阅读的必要性显而易见。保罗·德·曼关于这些问题的看法是非常具体的。在德·曼后期的采访中，当斯蒂芬诺·罗素问道，为什么像"意识形态"以及"政治"这些词汇，越来越频繁地出现在德·曼最近的作品中时，德·曼回答说，我不认为我曾经远离过这些问题，它们一直如影随形。我一直认为只有依靠批评语言学分析，我们才可能理解意识形态问题，并且扩展到政治问题。在语言的媒介中，我觉得只有实现了对语言问题的某种程度上的控制才有可能理解它们。[1]

我常常在一些非常重要的段落中引用《抵制理论》，德·曼明确无误地表述过他的意图：通过使用批评语言学的方法去"揭开"政治迷雾。

德·曼指出，我们所称之为意识形态的东西，恰恰是语言学与现实、指称物与现象论的混淆。因此，比起包括经济学在内的其他任何探究模式，文学性的语言学模式在揭示意识形态畸变方面，是一种异常强大又必不可少的工具，在阐明其因何畸变方面更是起着决定性作用。那些指责文学理论忘却了社会的和历史的（即意识形态的）现实，不过是说出了他们的恐惧而已。他们害怕自己意识形态的神秘化将被他们试图抹黑的工具所揭露。简言之，他们是马克思的《德意志意识形态》极为差劲的读者。[2]

正如你也知道的，德里达的许多讲座都有着明确的政治主题，如"主权""证词"。德里达的作品被政治评论所充塞。

---

① Paul de Man, *The Resistance to Theory*, Minneapolis: University of Minnesota Press, 1986, p. 121

② Ibid. , p. 11.

因此，那些说所谓的解构不关心政治的观点，实乃大谬。

问题六：解构的内涵

笔者：在我的理解中，解构阅读意味着做决断，即在字面义和修辞义（许多、许多）上进行艰难的梳理，解构从来不是什么无中生有，毋宁说一直是最为诚实卓绝的劳动者，探寻的是文本的真相（多个真相），探寻的是文本究竟讲了什么以及如何讲述。您是否同意我的看法？

米勒：我倒不认为文学阅读有那么多"决断"要做。准确地说，应该是意义本来就在那儿，"字面义"不可能那么明确地从"修辞义"中区分出来，二者是形影不离地纠结在一起的。也不是你认为的那么无限（许多、许多）。意义是有限的，是可以通过页面上的语词进行确认和核实的。通过我上面举得那个例子，我认为我正确地指出了史蒂文斯的《隐喻的动机》的含义。一个给定的诗歌、小说或散文的意义可能是复杂的，然而这些意义仍然可以或多或少被准确地辨识出来。

对于文学作品，你所说的那种彻底或明显的错误，实际上一直存在，这个"明显错误的"，我的意思是对错误的展示，只能通过语词实际上说了什么来揭示。因而，所谓的"解构"和相对主义压根就不是一回事，尽管许多人错误地认为它是。

问题七：解构在美国

笔者：您能谈谈解构批评在美国目前的状况，以及解构批评未来的发展趋势吗？

米勒：我虽然不清楚你所说的"目前的状况"具体指什么，但美国的许多学者仍然对他们所理解的"解构"充满敌意。不过，修辞性阅读的不同变体一直被一些杰出的批评家所实践，例如，安德烈·沃敏斯基、汤姆·科恩等等。此外，不言而喻，修辞性阅读的一些内容已经以各种方式被吸收进不同的人文领域里，例如，文化研究、电影研究以及女性主义研究等等。

我不是先知，但我希望在未来，德·曼、德里达等人以及包括我本人的作品还会有人去阅读和使用。时间会证明这一点。

问题八：文学精神

笔者：在我看来，如果存在着一种文学精神，那就应该是一种生生不息的创造力，这种创造力指的是我们得以想象和构造世界的能力。但首先，这种创造力是一种文本构造的能力。一个人即使他的生活经验再怎么丰富，如果他不能熟练使用语言（隐喻、拟人等等），他也不会成为一个好的作家。如您所言："文学可以被定义为一种对语言的奇特使用，以此来指向一些物、人以及事件，关于它们，永远不可能知晓是否它们在某个地方隐秘地存在着。这些隐秘的东西是一个沉默的现实——只有作者知道——等待着被变成语言。"① 文学是在以言行事。您曾经在您的著作《阅读叙事》中引用过本雅明的话："小说之所以重要，并不是因为它向我们展示了他人的命运——或许不乏说教意味，而是因为这位陌生人的命运所点燃的火焰给我们带来温暖，而这种温暖无法从我们自己的命运中得到。"② 那么，如果现实不尽如人意，某种程度上，文学的世界不应该给人以新的希望吗？您认为我们应该如何理解文学的超越性？

米勒：尽管你所说的"熟练使用语言"可以有多种不同的表现形式，但我完全同意你所说的这些话。我也同意，语言的别样使用构造了一个文学作品，而文学作品是一种言语行为方式，是一种施为性话语，是在以言行事。

本雅明的话之所以不那么好懂，主要是因为他使用了一些复杂的比喻语言，火焰温暖了我们。在这段关于"文学的超越性"的引文中，本雅明并没有明确说什么。他似乎是在说，小说呈现了一些虚构的陌生人的"命运"的故事，而在某种意义上，这些故事填充了他的生命。想象的命运是自我消耗的，就像燃烧的东西一样，我们自身的命运不足以自我取暖，但阅读小说里那些虚构人物的命运却是温暖的，正如受冻的人在壁炉的火里取暖一样。你或许会说，通过阅读小说，这样的"温暖"给读者以"新的希望"，即便故事的结局是悲惨的，例如主角的离世。这是阅读文学的一个奇怪的事实，就连悲剧都

---

① J. Hillis Miller, *On Literature*, London and New York：Routledge, 2002, p. 45.

② J. Hillis Miller, *Reading Narrative*, Norman：University of Oklahoma Press, 1998, p. 228.

成了某种抚慰。亚里士多德在《诗学》里将其解释为我们过剩的怜悯、恐惧等情感的净化。通过阅读索福克勒斯的《俄狄浦斯王》以及莎士比亚的《李尔王》，我们的情感得到了净化。

现在就你所关心的"文学的超越性"问题，我来做一个简短的回答。你的提问中并没有充分表达你的看法，如果你的意思是，文学让我们进入了一个想象的世界并进而超越了我们每一天的日常生活，我当然同意。如果你的意思是，文学为读者提供了一个超越于日常生活的预先存在的超验世界，那么我恐怕不能确定是否有这样的预先存在的超验世界的存在。有时我认为可能存在，有时我认为这不太可能。在我即将出版的，与兰詹·戈什合著的《穿越大洲思考文学》一书中，我用了两章来讨论这个重要的问题。我的讨论主要是沃尔夫冈·伊瑟尔后期的作品。于我而言，超越性的问题是一个很大的问题。

问题九：文化研究

笔者：无论是在中国还是在西方，文化研究异军突起，越来越多的人将研究对象转向大众文化，例如电影、电视、广告等等，即便是文学研究也几乎和文学语言没有太多关联了，您能谈谈您对文化研究的看法吗？

米勒：我认为文化研究是一个不错的、及时的、必要的领域。学者和学生应该也希望能够研究那些对他们的生活是如此重要的新媒体：电影、电视游戏、电视、广告以及像脸书和推特等社交媒体、各种形式的即时通讯、互联网等。有些学者进行文化研究所使用的方法是，专注于他们所写的"研究对象"的"文学性"。一个有趣的例子是，丹·比列夫斯基刊于 2016 年 6 月 10 日《纽约时报》上的文章《时代·句号·点，无论叫什么，都是过时的风格》。文章精辟地谈到"语言专家们说，标点符号的一个最古老的形式已经过时了，在即时通信的时代，被人们所青睐的不连贯的句子所戕害"。比列夫斯基对大卫·克里斯特尔文本信息的研究是一个极好的例子，这种对语言细节的关注，在文化研究中永远不会消失。我该说，越多越好。

问题十：图像化转向

笔者：消费文化语境下，许多年轻人的阅读兴趣似乎已经从文学文本转移到图像化文本，您认为对于文学批评家来说，我们的研究对象是固守着经典文本，还是也一并转向图像化文本？您认为当前文学批评又该何去何从？

米勒：我同意你的描述，现在许多人对于图像文本，也就是混合媒介产品，给予了大量的关注。修辞性阅读也可以转化成"阅读"图片、音乐的声音等方式，就如同文字文本那样。即使文本显然是由具有视觉方面的语汇来组成：插图、字体的大小、样式、间距等等。在最近的文章中，我试图找出修辞学阅读的这种转换将意味着什么。这个研究领域有很多的工作要做，我认为建立一种混合媒体作品的"修辞性阅读"方式是当前文学批评的一个主要任务。文学批评的未来将——或者说应该——涉及应对这一挑战。此外，在可预见的未来，大量老式的、印刷的诗歌、小说和戏剧在全世界范围内，仍将继续被阅读、教授和写作。修辞性阅读，一种传统意义上的以语言为本的阅读方式，将仍然是文学研究、文学教学以及文学写作最好的方式。它要比主题释义更为见效。

参 考 文 献

代表性译著、中文专著

[奥] 阿尔弗雷德·阿德勒：《理解人性》，陈太胜、陈文颖译，国际文化出版公司 2007 年版。

[法] 安琪楼·夸特罗其、[英] 汤姆·奈仁：《法国 1968：终结的开始》，赵刚译，生活·读书·新知三联书店 2001 年版。

[古希腊] 柏拉图：《柏拉图全集》（第二卷），王晓朝译，人民出版社 2003 年版。

[美] 保尔·德·曼：《阅读的寓言》，沈勇译，天津人民出版社 2008 年版。

[美] 保罗·德·曼：《解构之图》，李自修译，中国社会科学出版社 1998 年版。

[德] 本雅明：《本雅明文选》，陈永国、马海良译，中国社会科学出版社 1999 年版。

[德] 本雅明：《机械复制时代的艺术作品》，王才勇译，中国城市出版社 2001 年版。

[美] 博拉朵莉：《恐怖时代的哲学——与哈马斯和德里达对话》，王志宏译，华夏出版社 2005 年版。

[英] 蔡汀·沙达：《库恩与科学战》，金吾伦译，北京大学出版社 2005 年版。

[美] 查尔斯·桑德斯·皮尔斯：《皮尔斯文选》，涂纪亮、周兆平译，社会科学文献出版社 2006 年版。

[英] 戴维·罗宾逊：《尼采与后现代主义》，程练译，北京大学出版社 2005 年版。

[德] 恩斯特·贝勒尔：《尼采、海德格尔与德里达》，李朝晖译，中国社会科学出版社 2001 年版。

［瑞士］费尔迪南德·索绪尔：《普通语言学教程》，高名凯译，商务印书馆 1980 年版。

［奥］弗洛伊德：《精神分析引论》，高觉敷译，商务印书馆 1987 年版。

［奥］弗洛伊德：《梦的释义》，张燕云译，辽宁人民出版社 1987 年版。

［法］弗朗索瓦·多斯：《从结构到解构》，季广茂等译，中央编译出版社 2005 年版。

［美］弗洛姆：《弗洛姆文集》，冯川译，改革出版社 1997 年版。

［日］高桥哲哉：《德里达——解构》，王欣译，河北教育出版社 2001 年版。

［美］哈罗德·布鲁姆：《批评、正典结构与预言》，吴琼译，中国社会科学出版社 2000 年版。

［美］哈罗德·布鲁姆：《误读图示》，朱立元、陈克明译，天津人民出版社 2008 年版。

［美］哈罗德·布鲁姆：《西方正典：伟大作家和不朽作品》，江宁康译，译林出版社 2005 年版。

［美］哈罗德·布鲁姆：《影响的焦虑》，徐文博译，江苏教育出版社 2006 年版。

［德］黑格尔：《美学》第 2 卷，朱光潜译，商务印书馆 1981 年版。

［法］吉尔·德勒兹：《哲学与权力的谈判——德勒兹访谈录》，刘汉全译，商务印书馆 2001 年版。

［意］加林：《意大利人文主义》，李玉成译，生活·读书·新知三联书店 1998 年版。

［美］佳亚特里·斯皮瓦克：《从解构到全球化批判：斯皮瓦克读本》，陈永国译，北京大学出版社 2007 年版。

［美］杰弗里·哈特曼：《荒野中的批评——关于当代文学的研究》，张德兴译，天津人民出版社 2008 年版。

［德］伽达默尔：《真理与方法——哲学诠释学的基本特征》，洪汉鼎译，上海译文出版社 2004 年版。

［德］伽达默尔、［法］德里达：《德法之争：伽达默尔与德里达的对话》，孙周兴、孙善春编，同济大学出版社 2004 年版。

［美］J. 希利斯·米勒：《小说与重复——七部英国小说》，王宏

图译，天津人民出版社 2008 年版。

　　［美］J. 希利斯·米勒：《解读叙事》，申丹译，北京大学出版社 2002 年版。

　　［美］J. 希利斯·米勒：《重申解构主义》，郭英剑译，中国社会科学出版社 1998 年版。

　　［英］克里斯蒂娜·豪威尔斯：《德里达》，张颖、王天成译，黑龙江人民出版社 2002 年版。

　　［英］肯尼思·麦克利什：《人类思想的主要观点：形成世界的观念》，查常平译，新华出版社 2004 年版。

　　［美］拉夫尔·科恩主编：《文学理论的未来》，程锡麟等译，中国社会科学出版社 1993 年版。

　　［英］拉曼·塞尔登编：《文学批评理论——从柏拉图到现在》，刘象愚等译，北京大学出版社 2003 年版。

　　［美］劳伦斯·卡弘：《哲学的终结》，冯克利译，江苏人民出版社 2001 年版。

　　［美］雷纳·韦勒克：《近代文学批评史》（第 6 卷），杨自伍译，上海译文出版社 2005 年版。

　　［美］理查德·罗蒂：《后哲学文化》，黄勇译，上海译文出版社 2004 年版。

　　［法］路易－让·卡尔韦：《结构与符号》，车槿山译，北京大学出版社 1997 年版。

　　［法］罗兰·巴尔特：《S/Z》，屠友祥译，上海人民出版社 2000 年版。

　　［法］罗兰·巴尔特：《文之悦》，屠友祥译，上海人民出版社 2002 年版。

　　［美］罗伯特·休斯：《文学结构主义》，刘郁译，生活·读书·新知三联书店 1988 年版。

　　［德］马丁·海德格尔：《海德格尔选集》，孙周兴译，上海三联书店 1999 年版。

　　［美］马尔库塞：《爱欲与文明——对弗洛伊的思想的哲学探讨》，黄勇、薛民译，上海译文出版社 1987 年版。

　　［美］马克·爱德蒙森：《文学对抗哲学——从柏拉图到德里达》，马晓冬、王柏华译，中央编译出版社 2000 年版。

　　［英］马克·柯里：《后现代叙事理论》，宁一中译，北京大学出版社 2003 年版。

　　［法］米歇尔·福柯：《疯癫与文明——理性时代的疯癫史》，刘北成、杨远婴译，生活·读书·新知三联书店 2003 年版。

　　［法］莫里斯·布朗肖：《文学空间》，顾嘉琛译，商务印书馆 2003 年版。

　　［美］M. H. 艾布拉姆斯：《镜与灯：浪漫主义文论及批评传统》，郦稚牛、张照进等译，北京大学出版社 2004 年版。

　　［德］尼采：《尼采文集·悲剧的诞生》，周国平等译，青海人民出版社 1995 年版。

　　［俄］普罗普：《故事形态学》，贾放译，中华书局 2006 年版。

　　［比］乔治·布莱：《批评意识》，郭宏安译，广西师范大学出版社 2002 年版。

　　［美］乔纳森·卡勒：《结构主义诗学》，盛宁译，中国社会科学出版社 1991 年版。

　　［美］乔纳森·卡勒：《论解构：结构主义之后的理论与批评》，陆扬译，中国社会科学出版社 1998 年版。

　　［美］乔治·J. E. 格雷西亚：《文本性理论：逻辑与认识论》，汪信砚、李志译，人民出版社 2009 年版。

　　［法］让-雅克·卢梭：《论语言的起源——兼论旋律与音乐的模仿》，洪涛译，上海人民出版社 2003 年版。

　　［美］萨克文·伯科维奇：《剑桥美国文学史》，杨仁敬译，中央编译出版社 2008 年版。

　　［美］萨义德：《知识分子论》，单德兴译，生活·读书·新知三联书店 2004 年版。

　　［美］斯蒂芬·哈恩：《德里达》，吴琼译，中华书局 2003 年版。

　　［英］斯图亚特·西姆：《德里达与历史终结》，王昆译，北京大学出版社 2005 年版。

　　［英］特里·伊格尔顿：《后现代主义的幻想》，华明译，商务印书馆 2000 年版。

　　［英］特里·伊格尔顿：《历史中的政治·哲学·爱欲》，马海良译，中国社会科学出版社 1999 年版。

　　［英］特里·伊格尔顿：《美学意识形态》，王杰、傅德根等译，

广西师范大学出版社 1997 年版。

［英］特伦斯·霍克斯：《结构主义和符号学》，瞿铁鹏译，上海译文出版社 1987 年版。

［奥］维特根斯坦：《文化与价值》，许志强译，浙江文艺出版社 2002 年版。

［美］维克多·泰勒、查尔斯·文奎斯特：《后现代主义百科全书》，章燕、李自修译，吉林人民出版社 2007 年版。

［意］维柯：《新科学》，朱光潜译，人民文学出版社 1986 年版。

［美］沃特斯：《美学权威主义批判》，昂智慧译，北京大学出版社 2000 年版。

［法］雅克·德里达：《德里达访谈录———一种疯狂守护着思想》，何佩群译，上海人民出版社 1997 年版。

［法］雅克·德里达：《德里达中国演讲录》，杜小真、张宁译，中央编译出版社 2002 年版。

［法］雅克·德里达：《多重立场》，佘碧平译，生活·读书·新知三联书店 2004 年版。

［法］雅克·德里达：《胡塞尔〈几何学起源〉引论》，方向红译，南京大学出版社 2005 年版。

［法］雅克·德里达：《解构与思想的未来》，夏可君译，吉林人民出版社 2006 年版。

［法］雅克·德里达：《论文字学》，汪堂家译，上海译文出版社 2005 年版。

［法］雅克·德里达：《明天会怎样：雅克·德里达与伊丽莎白·卢迪内斯库对话录》，苏旭译，中信出版社 2002 年版。

［法］雅克·德里达：《声音与现象》，杜小真译，商务印书馆 2002 年版。

［法］雅克·德里达：《书写与差异》，张宁译，生活·读书·新知三联书店 2001 年版。

［法］雅克·德里达：《文学行动》，赵兴国译，中国社会科学出版社 1998 年版。

［古希腊］亚里士多德：《亚里士多德全集》第七、九卷，中国人民大学出版社 1994 年版。

［日］野家启一：《库恩：范式》，毕小辉译，河北教育出版社

2002 年版。

　　[德] 于尔根·哈贝马斯:《后形而上学思想》,曹卫东、付德根译,译林出版社 2001 年版。

　　[美] 约翰·杜威:《评价理论》,冯平、余泽娜译,上海译文出版社 2007 年版。

　　[英] 约翰·斯特罗克编:《结构主义以来:从列维·斯特劳斯到德里达》,渠东等译,辽宁教育出版社 1998 年版。

　　[美] 詹明信:《晚期资本主义的文化逻辑:詹明信批评理论论文选》,陈清侨译,生活·读书·新知三联书店 1997 年版。

　　[美] 詹姆士·克利夫德:《从嬉皮士到雅皮:昔日性革命亲历者自述》,李二仕、梅峰译,陕西师范大学出版社 1999 年版。

　　[美] 詹姆逊:《批评理论和叙事阐释》,王逢振译,中国人民大学出版社 2004 年版。

　　[美] 詹姆逊:《詹姆逊文集》第 2 卷,王逢振编,中国人民大学出版社 2004 年版。

　　昂智慧:《文本与世界》,上海人民出版社 2009 年版。

　　包亚明:《在语言现实之间》,上海远东出版社 1998 年版。

　　陈厚诚、王宁:《西方当代文学批评在中国》,北京文艺出版社 2000 年版。

　　陈晓明:《德里达的底线——解构的要义与新人文学的到来》,北京大学出版社 2009 年版。

　　陈晓明:《解构的踪迹》,中国社会科学出版社 1994 年版。

　　党圣元、刘瑞弘:《生态批评与生态美学》,中国社会科学出版社 2011 年版。

　　方生:《后结构主义文论》,山东教育出版社 1999 年版。

　　方向红:《生成与解构:德里达早期现象学批判梳论》,南京大学出版社 2006 年版。

　　傅修延:《文本学——文本主义系统研究》,北京大学出版社 2004 年版。

　　胡经之、王岳川:《文艺学美学方法论》,北京大学出版社 1994 年版。

　　胡亚敏主编:《文学批评与文化批判》,华中师范大学出版社 2007 年版。

赖大仁：《当代文学及其文论——何往与何为》，江西高校出版社2008年版。

赖大仁：《文学批评形态论》，作家出版社2000年版。

廖炳惠：《解构批评论集》，东大图书股份有限公司1985年版。

陆扬：《德里达：解构之维》，华中师范大学出版社1996年版。

陆扬：《德里达的幽灵》，武汉大学出版社2008年版。

陆扬：《后现代性的文本阐释：福柯与德里达》，生活·读书·新知三联书店2000年版。

马驰：《叛逆的谋杀者——解构主义文学批评述要》，中国人民大学出版社1990年版。

尚杰：《德里达》，湖南教育出版社1999年版。

尚杰：《解构的文本：读书札记》，中国社会科学出版社1999年版。

尚杰：《精神分裂：与老年德里达对话》，同济大学出版社2006年版。

沈汉、黄凤祝：《反叛的一代——20世纪60年代西方学生运动》，甘肃人民出版社2002年版。

盛宁：《二十世纪美国文论》，北京大学出版社1993年版。

盛宁：《人文困惑与反思：西方后现代主义思潮批判》，生活·读书·新知三联书店1997年版。

汪民安、陈永国：《尼采的幽灵》，社会科学文献出版社1999年版。

汪堂家：《未名讲坛——汪堂家讲德里达》，北京大学出版社2008年版。

王逢振：《2000年新西方文论选》，漓江出版社2000年版。

王一川：《语言乌托邦》，云南人民出版社1994年版。

王岳川：《后现代主义文化研究》，北京大学出版社1992年版。

肖锦龙：《德里达的解构理论思想性质论》，中国社会科学出版社2004年版。

徐岱：《批评美学》，学术出版社2003年版。

杨玉成：《奥斯丁：语言现象学与哲学》，商务印书馆2002年版。

张隆溪：《二十世纪西方文论评述》，生活·读书·新知三联书店1985年版。

赵毅衡：《"新批评"文集》，中国社会科学出版社1888年版。

赵毅衡：《符号学论文集》，百花文艺出版社2004年版。

郑敏:《诗歌和哲学是近邻:结构—解构诗论》,北京大学出版社 1998 年版

朱立元:《当代西方文艺理论》,华东师范大学出版社 1999 年版。

朱立元:《西方美学名著提要》,江西人民出版社 2000 年版。

朱立元、李钧:《二十世纪西方文论选》下卷,高等教育出版社 2002 年版。

代表性外文专著

Andrew Dobson, *Green political thought* (3rd Revised edition), London: Routledge, 2000.

Barbar Johnson, *The Critical Difference*: *Essays in the Contemporary Rhetoric of Reading*, Baltimore: Johns Hopkins University Press, 1980.

Barbara Johnson, *The Surprise of Otherness*: *A Note on the Wartime Writings of Paul de Man*, see perter Collrer, Helga Geyer Ryan, Literary Theory Today.Cambridge: Polity Press, 1990.

Barbara Johnson, *The Wake of Deconstruction*, Blackwell Publishers, 1994.

Christopher Norris, *Deconstruction*: *Theory and Practice*, London and New York: Routledge, 2002.

Donald Worster, *Nature's Economy*: *A History of Ecological Ideas*, Cambridge: Cambridge University Press, 1994.

Geoffrey Hartman, *Saving the Text*, Baltimore: Johns Hopkins University Press, 1981.

Harold Bloom, Paul De Man, et. al, *Deconstruction and Criticism*, London: Routledge & Kegan Paul Ltd, 1979.

J. Hillis Miller, *Communities in Fiction*, New York: Fordham University Press, 2015.

J.Hillis Miller, *On Literature*, London and New York: Routledge, 2002.

J. Hillis Miller, *Others*, Princeton (New Jersey): Princeton University Press, 2001.

J.Hillis Miller, *Reading for Our Time Adam Bedeand Middlemarch Revisited*, Edinburgh: Edinburgh University Press, 2012.

J.Hillis Miller, *Reading Narrative*, Norman: University of Oklahoma

Press, 1998.

J.Hillis Miller, *Speech Acts in Literature*, Stanford California: Stanford University Press, 2001.

J.Hillis Miller, *The Ethics of Reading: Kant, de Man, Eliot, Trollope, James, and Benjamin*, New York: Columbia University Press, 1987.

J.Hillis Miller, *Topographies*, California: Stanford University Press, 1995.

Jacques Derrida, *Memorires for Paul de Man* (revised edition), Translated by Cecile Lindsay, Jonathan Culler, Eduardo Cadava, and Peggy Kamuf, New York: Columbia University Press, 1989.

Jacques Derrida, *Politics of Friendship*, trans, George Collins.London and New York: Verso, 1997.

Jacques Derrida, *Politiques de l'amitié& Suivi de L'oreille de Heidegger*, Paris: Galilée, 1994.

Jacques Derrida, *Position*, Alan Bass trans, Chicago: University of Chicago Press, 1982.

Jacques Derrida, *Specters of Marx: The State of the Debt, the Work of Mourning, and the New International*, trans, Peggy Kamuf, New York & London: Routledge, 1994.

Jacques Derrida, *Speech and Phenomena*, Baltimore: Johns Hopkins University Press, 1997.

Jacques Derrida, *The Truth in Painting*, Trans, Geoff Bennington and Ian Mcleod, Chicago and London: The University of Chicago Press Ltd, London, 1987.

Jeremy Hawthorn, *Unlocking the Text: Fundamental Issues in Literary Theory*, London: Edward Arnold Ltd, 1987.

John D.Caputo, *Deconstruction in a Nutshell*, New York: Fordham University Press, 1997.

John Frow, *Marxism and Literary History*, Cambridge: Harvard University Press, 1986.

Jonathan Culler, *Literary Theory: A Very Short Introduction*, Oxford: Oxford University Press, 1999.

Jonathan Culler, *On Deconstruction: Theory and Criticism after Structuralism*, Ithaca: Cornell University Press, 1982.

Julian Wolfreys, *The J. Hillis Miller Reader*, Stanford California: Stanford University Press, 2005.

Kathleen Davis, *Deconstrunction and Translation*, 上海外语教育出版社 2006 年版。

Lan Ousby, *The Cambridge Guide to Literature in English*, Cambridge: the Press Syndicate of the University of Cambridge, 1988.

M. H. Abrams, et. al, *Deconsturction: A Critique*, Hampshire: The Macmillan Press LTD, 1989.

M. H. Abramsm, *A Glossary of Literary Terms* (Seventh Edition), Fort Worth: Harcourt Brace College Publishers, 1999.

Martin McQuillan, *Paul De Man*, London and New York: Routledge, 2001.

Niall Lucy, *A Derrida Dictionary*, Oxford: Blackwell Publishing Ltd, 2004.

Paul De Man, *Allegories of Reading: Figural Language in Rousseau, Nietzsche, Rilke, and Proust*, New Haven: Yale University Press, 1979.

Paul de Man, *Blindness and Insight: Essays in the Rhetoric of Contemporary Criticism*, New York: Oxford University Press, 1983.

Paul de Man, *The Resistance to Theory*, Minneapolis: University of Minnesota Press, 1986.

Pieter Vermeulen, *Geoffrey Hartman: Romanticism after the Holocaust*, London: Continuum International Publishing Group, 2010.

Simon Blackburn, *Oxford Dictionary of Philosophy*, Oxford: Oxford University Press, 1996.

Spretnak and Capra, *Green Politics*, London: Paladin, 1985.

Stuart Sim, *Why We Need More Scepticism and Doubt in the Twenty-First Century*, Edinburgh: Edinburgh University Press Ltd, 2006.

T. R. Wright, *Theology and Literature*, Oxford: Basil Blackwell, 1989.

Terry Eagleton, *Literary Theory: An Introduction* (Second Edition), Malden: Blackwell, 1996.

Terry Eagleton, *The Illusions of Posemodernism*, Oxfoed: Blackwell, 1996.

Thomas S. Kuhn, *The Structure of Scientific Revololutions* (Third Edition), London: The University of Chicago Press, Ltd, 1996.

U. C. Knoepflmacher and G. B. Tennyson, *Nature and the Victorian Imagination*, Berkeley: University of California Press, 1977.

后　记

　　如果不是解构运动对美国社会的广泛影响，那么美国黑人总统奥巴马的当选是否仍然只是文学作品中的一个荒诞构思？如果解构观念在五六十年前或者更早的时候就被美国社会广泛接纳，那么美国是否就不会在金融海啸中浮沉？如果我们将特朗普现象、桑德斯现象、杜特尔特现象、勒庞现象、英国脱欧公投现象等等，纳入解构的视角下，是否就能得出一个相对清晰的认知呢？

　　总会有人提出这样或那样的假设，这种假设无从证实，但也似乎绝不仅仅是空穴来风。无论如何，解构对于文本——不单单是文学领域——的探究，为我们提供了一种新的理解世界的方式。于我们而言，也许更为重要和紧迫的是，我们如何借重解构这一思想中较为精粹的部分来服务于我们的文学研究、服务于我们的社会，服务于我们的现代化建设，服务于我们的人民；这仍是今后需要我们继续思考的。未来还在向前延伸，而批评之思也必将如影随形。

　　课题研究已近尾声，但我们对解构的可能、解构批评的中国化、解构的未来，以及解构批评之于当前我国文艺批评形态建构的价值等问题的思考仍将继续。

　　在整个研究过程中，我要对那些给予我支持和帮助的人，表示我最诚挚的谢意。我要感谢我的恩师赖大仁先生，感谢他对我各方面工作的指导以及对我生活上无微不至的关心。我也要感谢远在大洋彼岸的 J. 希利斯·米勒先生，多年来，我们一直保持着愉快而又友好的书信往来。对于我向他提出的问题，总是能够得到他热切而又及时的回复。米勒先生的慷慨热忱和无私给予，让我受益良多。

　　我同时要感谢那些给予我智慧与爱的老师和朋友们，感谢陆贵山先生、傅修延先生、胡亚敏先生、谭好哲先生等等。

苏勇

2017 年 10 月 8 日